Elizabeth George

Denn keiner ist ohne Schuld

Elizabeth George

Denn keiner ist ohne Schuld

Roman

Deutsch von
Mechtild Sandberg-Ciletti

Blanvalet

Die amerikanische Originalausgabe erschien
unter dem Titel »Missing Joseph«
bei Bantam Books, New York.

Umwelthinweis:
Dieses Buch und der Schutzumschlag
wurden auf chlorfrei gebleichtem Papier gedruckt.
Die Einschrumpffolie (zum Schutz vor Verschmutzung) ist aus
umweltschonender und recyclingfähiger PE-Folie.

Der Blanvalet Verlag
ist ein Unternehmen der Verlagsgruppe Bertelsmann

2. Auflage

Published by arrangement with Bantam Books,
a division of Bantam Doubleday Dell
Publishing Group, Inc., New York
Satz: Uhl + Massopust, Aalen
Druck: Presse-Druck, Augsburg
Bindung: Großbuchbinderei Monheim
Printed in Germany
ISBN 3-7645-7959-5

Für Deborah

Ich tat nichts als aus Sorge nur für dich,
Für dich, mein Teuerstes, dich, meine Tochter,
Die unbekannt ist mit sich selbst, nicht wissend,
Woher ich bin ...

William Shakespeare, *Der Sturm*

November: Regen

Cappuccino – *das* neue Mittel gegen Weltschmerz und Depression. Ein wenig Espresso, ein Schuß geschäumter heißer Milch, dazu eine im allgemeinen geschmacklose Prise Kakaopulver, und schon war angeblich alles wieder in Butter. So ein Blödsinn!

Deborah St. James seufzte. Sie nahm die Quittung, die eine vorüberkommende Kellnerin ihr diskret auf den Tisch gelegt hatte.

»Wahnsinn!« sagte sie und starrte bestürzt und verärgert auf den geforderten Betrag. Dabei hätte sie sich eine Straße weiter in ein Pub setzen und damit die hartnäckige innere Stimme befriedigen können, die ihr immer wieder gesagt hatte: Was soll dieses Schicki-Micki-Gehabe, Deb? Du kannst doch genausogut irgendwo ein simples Guinness trinken. Aber nein, sie hatte ins *Upstairs* gehen müssen, das aufgedonnerte, von Marmor und Glas blitzende Café des Savoy Hotels, wo jeder, der etwas anderes als Wasser trank, für dieses Privileg teuer bezahlen mußte.

Deborah war ins Savoy gekommen, um ihre Mappe zu präsentieren – einem jungen, aufstrebenden Produzenten namens Richie Rica, der im Auftrag eines neugegründeten Unternehmens der Unterhaltungsbranche namens L. A. Sound Machine arbeitete. Der junge Mann war einmal eben für sieben Tage nach London gekommen, um einen Fotografen zu suchen. Rica hatte den Auftrag bekommen, das neueste Album von *Dead Meat*, einer fünfköpfigen Band aus Leeds, vom Entwurf bis zur Fertigstellung zu betreuen. Sie sei, bemerkte er, als Deborah kam, »der neunte beschissene Knipser«, dessen Arbeiten er sich ansehen müsse. Er hatte offensichtlich keine Lust mehr.

Daran änderte leider auch ihr Gespräch nichts. Rittlings auf einem zierlichen vergoldeten Stuhl sitzend, ging Rica ihre Mappe mit dem Interesse und dem Tempo eines Kartengebers in einem Spielcasino durch. Eine nach der anderen segelten Deborahs Aufnahmen zu Boden. Sie sah zu, wie sie abstürzten: ihr Mann, ihr Vater, ihre Schwägerin, ihre Freunde, die neuen Verwandten, die sie durch ihre Heirat gewonnen hatte. Kein Sting oder Bowie oder George Michael war unter ihnen. Sie hatte den Termin sowieso nur der Empfehlung eines Kollegen zu verdanken, dessen Arbeit dem Amerikaner nicht zugesagt hatte. Nach Ricas Miene zu urteilen, würde auch sie nicht weiterkommen als alle anderen.

Aber das kümmerte sie weniger als das ständige Anwachsen des grauweißen Felds von Fotografien neben Ricas Stuhl. Unter ihnen war eine Aufnahme ihres Mannes, und seine Augen – seine hellen, graublauen Augen, die scharf gegen sein schwarzes Haar abstachen – schienen sie direkt anzusehen. Flucht ist nicht der Weg, schien er zu sagen.

Immer dann, wenn Simon im Grunde recht hatte, wollte sie ihm einfach nicht glauben. Das war die Hauptschwierigkeit in ihrer Ehe: ihre Weigerung, Gefühlsregungen vor Augen Vernunft walten zu lassen, ihre ständige Fehde mit seiner kühlen Beurteilung der gegebenen Fakten. Verdammt noch mal, Simon, rief sie dann, sag mir nicht, was ich für Gefühle habe, du *kennst* meine Gefühle nicht . . . Und am heftigsten, am bitterlichsten pflegte sie zu weinen, wenn sie wußte, daß er recht hatte.

So wie jetzt, da er fast hundert Kilometer entfernt in Cambridge eine Tote untersuchte und eine Serie Röntgenbilder studierte, um mit der ihm eigenen unbestechlichen Sachlichkeit festzustellen zu versuchen, mit was für einer Waffe das Gesicht dieses fremden toten Mädchens entstellt worden war.

Schließlich kam Richie Rica mit Märtyrermiene wegen der immensen Vergeudung seiner kostbaren Zeit zu einem Urteil: »Okay, das ist ja ganz nett, aber wollen Sie die Wahrheit wissen? Mit den Bildern da ließe sich Scheiße nicht mal verkaufen, wenn sie vergoldet wäre.« Deborah nahm die Aussage betont cool. Erst als er, in der Absicht aufzustehen, seinen Stuhl zurückschob, fing ihre leise schwelende Unmut Feuer. Er schob seinen Stuhl nämlich mitten in das Meer von Fotografien, das er auf dem Boden geschaffen hatte, und eines der Stuhlbeine durchbohrte das faltige Gesicht ihres Vaters, wobei ein klaffender Riß entstand.

Doch auch das brachte ihr Blut eigentlich auch noch nicht in Wallung. Genaugenommen war es Ricas lässiger Kommentar: »O Mist, tut mir leid. Aber Sie können den Alten ja noch mal abziehen, oder?«

Sie kniete nieder, sammelte ihre Bilder ein, legte sie wieder in die Mappe, band die Mappe zu, sah dann auf und sagte: »Sie sehen eigentlich gar nicht aus wie ein Ignorant. Warum benehmen Sie sich dann wie einer?«

Womit natürlich – ganz abgesehen einmal vom künstlerischen Wert der Bilder – feststand, daß sie den Auftrag nicht bekommen würde.

Es hat eben nicht sollen sein, Deb, hätte ihr Vater gesagt. Das war natürlich richtig. Es gab vieles im Leben, was nicht sein sollte.

Sie nahm ihre Umhängetasche, ihre Mappe, ihren Schirm und ging durch das riesige Foyer hinaus. Ein paar Schritte an den wartenden Taxis vorbei, und sie war draußen auf dem Bürgersteig. Der morgendliche Regen hatte für einen Augenblick nachgelassen, aber es blies ein scharfer Wind, wie er in London gern herrschte; ein Wind, der aus dem Südosten angefegt kommt, über dem offenen Wasser Geschwindigkeit zulegt und dann durch die Straßen pfeift und Schirme und Kleider packt. Deborah sah blinzelnd in den Himmel. Graue Wolken türmten sich übereinander. Es konnte sich nur um Minuten handeln, ehe es erneut zu regnen anfangen würde.

Sie hatte vorgehabt, ein Stück spazierenzugehen. Sie war nicht weit vom Fluß, und ein Spaziergang das Embankment hinunter erschien ihr ungleich verlockender als die Rückkehr in ein Haus, das bei diesem Wetter düster war und in dem noch ihre letzte unerfreuliche Auseinandersetzung mit Simon nachhallte. Doch in Anbetracht des Windes, der ihr die Haare in die Augen schlug, und der regenschweren Luft überlegte sie es sich anders.

Kurz darauf stand sie gepufft und gestoßen mitten im Gedränge im Bus und fand schon nach wenigen Metern Fahrt, daß ein Marsch selbst im tobenden Sturm dieser Busfahrt eindeutig vorzuziehen sei: Sie war so eingepfercht, daß sie kaum atmen konnte; ein von Kopf bis Fuß in Burberry gekleideter Fremder malträtierte mit der Spitze seines Regenschirms ihre kleine Zehe, und die reizende, großmütterlich aussehende alte Dame neben ihr verströmte penetranten Knoblauchgeruch – das genügte, um Deborah davon zu überzeugen, daß dieser Tag nur noch schlimmer werden konnte.

An der Craven Street brach der Verkehr zusammen. Weitere acht Personen nutzten die Gelegenheit, um sich in den Bus zu drängen. Es begann zu regnen. Scheinbar als Reaktion auf die sich ständig verschlimmernde Situation stieß die reizende alte Dame einen tiefen Seufzer aus, und der Burberry-Mensch stützte sich mit seinem gesamten Gewicht auf seinen Schirm. Deborah versuchte, die Luft anzuhalten; ihr wurde flau.

Nichts – nicht Sturm und Regen, nicht einmal eine Begegnung mit allen vier Reitern der Apokalypse zugleich – konnte schlimmer sein als dies. Nicht einmal ein zweites Gespräch mit Richie Rica. Während der Bus im Schneckentempo in Richtung Trafalgar Square kroch, kämpfte sich Deborah an fünf Skinheads, zwei Punks, einem halben Dutzend Hausfrauen und einer fröhlich schnatternden Gruppe amerikanischer Touristen vorbei. Als die Nelson-Säule in Sicht kam, hatte sie den Ausgang erreicht und rettete sich mit einem resoluten Sprung hinaus in Wind und Regen.

Sie wußte, daß es keinen Sinn hatte, den Schirm aufzuspannen. Der Wind würde ihn packen und wie einen Fetzen Papier die Straße hinunterwirbeln. Statt dessen suchte sie daher einen geschützten Winkel. Der Platz selbst war wie leergefegt, eine große nackte Betonfläche mit ein paar Springbrunnen und ein paar steinernen Löwen. Ohne die Scharen von Tauben, die sich hier niedergelassen hatten, und ohne die Obdachlosen und Freudlosen, die sonst immer bei den Brunnen oder auf den Löwen hockten und die Touristen ermunterten, die Vögel zu füttern, gehörte der Platz ausnahmsweise einmal tatsächlich dem Heldenmonument, das auf ihm stand. Drüben, auf der anderen Seite, war die National Gallery, wo einige Menschen in ihre Mäntel schlüpften, mit Regenschirmen kämpften und wie die Mäuse die breiten Stufen hinaufhuschten. Dort war man vor Wind und Wetter geschützt. Dort gab es zu essen und zu trinken, wenn Deborah das wollte. Kunst, wenn sie das brauchte. Und verlockende Ablenkung, wie sie Deborah in den letzten acht Monaten bewußt gesucht hatte.

Der Regen begann schon durch ihre Haare bis auf die Kopfhaut durchzudringen, als sie die Treppe zum Fußgängertunnel hinunterlief und wenig später auf dem Platz selbst wieder an die Oberfläche kam. Ihre schwarze Mappe fest an sich gedrückt, überquerte sie ihn schnell. Als sie den Museumseingang erreichte, schwamm sie in ihren Schuhen, ihre Strümpfe waren von oben bis unten bespritzt, ihr Haar fühlte sich auf ihrem Kopf an wie eine feuchte Wollmütze.

Und wohin nun? Sie war seit einer Ewigkeit nicht mehr in der National Gallery gewesen. Wie peinlich, dachte sie. Und ich will Künstlerin sein!

Tatsache jedoch war, daß sie sich in Museen unweigerlich überwältigt fühlte, nach spätestens einer Viertelstunde erschlagen vom ästhetischen Overkill. Andere konnten umhergehen, schauen und, die Nasen keine zehn Zentimeter von der Leinwand entfernt, ihre Kommentare zum Pinselstrich geben. Deborah brauchte nur zehn Gemälde weit zu gehen, und schon hatte sie das erste vergessen.

Sie gab ihre Sachen an der Garderobe ab, nahm sich einen Plan des Museums und begann ihre Wanderung, froh, der Kälte entronnen zu sein, dankbar bei dem Gedanken, daß das Museum wenigstens vorübergehend eine Atempause erlaubte. Ein Fotoauftrag, der sie abgelenkt hätte, mochte im Augenblick außer Reichweite sein, aber die Ausstellung hier ließ sie wenigstens noch ein paar Stunden alles andere verdrängen. Und wenn sie wirklich Glück hatte, würde die Arbeit Simon über Nacht in Cambridge festhalten. Dann mußte sie nicht die abgebrochene Diskussion weiterführen, gewann noch ein paar Stunden Schonzeit.

Auf der Suche nach etwas, das sie fesseln konnte, überflog sie rasch den Museumsplan. Frühes Italien, Italien des 15. Jahrhunderts, Niederlande 17. Jahrhundert, England 18. Jahrhundert. Nur ein Künstler wurde mit Namen genannt. »Leonardo«, hieß es da. »Entwurf. Saal 7.«

Sie fand den Raum mühelos, etwas abseits gelegen, nicht größer als Simons Arbeitszimmer in Chelsea. Im Gegensatz zu den Ausstellungsräumen, die sie passiert hatte, hing in

Saal 7 nur ein einziges Werk, Leonardo da Vincis lebensgroße Darstellung der Jungfrau mit dem Kind zusammen mit der heiligen Anna und Johannes dem Täufer als Kind. Der Raum erinnerte an eine Kapelle, dämmrig erleuchtet von schwachen Lampen, die nur auf das Kunstwerk selbst gerichtet waren, mit einer Reihe Bänken ausgestattet, auf denen die Bewunderer sich niedersetzen konnten, um, wie es im Museumsplan hieß, eines der schönsten Werke Leonardos zu betrachten. Im Augenblick allerdings war sie alleine.

Deborah setzte sich. In ihrem Rücken begann sich eine Spannung aufzubauen, die bis zu ihrem Nacken hochstieg. Sie war gegen die feine Ironie, die in der Entscheidung für dieses Gemälde lag, keineswegs gefeit.

Sie entsprang dem Ausdruck der Heiligen Jungfrau, dieser absoluten Hingabe und selbstlosen Liebe. Sie entsprang dem Ausdruck in den Augen der heiligen Anna – tiefes Verständnis in einem Gesicht voller Zufriedenheit –, die auf die Jungfrau gerichtet waren. Wer hätte denn auch besser diese Mutterliebe verstehen können als die heilige Anna: die Liebe ihrer eigenen Tochter für das wundersame Kind, das sie geboren hatte! Und das Kind selbst strebte fort aus den Armen seiner Mutter, streckte die Ärmchen nach dem Täufer aus, verließ schon jetzt – schon jetzt die Mutter ...

Genau auf diesen Punkt, auf die Trennung, würde Simon sich berufen. Da sprach der Wissenschaftler aus ihm, ruhig, analytisch, geneigt, die Welt im Licht der praktischen Gegebenheiten zu sehen, wie sie von den Statistiken dokumentiert wurden. Aber sein Blick auf die Welt war ein anderer als ihrer – ja, seine ganze Welt war eine andere. Er konnte sagen, hör mir zu, Deborah, es gibt andere Bindungen als die des Bluts – weil es für ihn einfach war, gerade für ihn, diese Haltung einzunehmen. Für sie jedoch definierte sich das Leben durch andere Faktoren.

Mühelos konnte sie das Bild der Fotografie heraufbeschwören, das Rica mit seinem Stuhlbein durchbohrt und zerstört hatte: das schüttere Haar ihres Vaters, in dem ein leichter Frühlingswind spielte; der Schatten eines Asts, der wie eine Vogelschwinge geformt auf das Grab ihrer Mutter sank; die Narzissen, die ihr Vater gerade in die Vase steckte und die in der Sonne wie kleine Trompeten leuchteten; seine Hand, die die Blumen hielt, die Finger fest um die Stengel gelegt. Ihr Vater war achtundfünfzig Jahre alt. Er war ihr einziger Blutsverwandter.

Deborah hatte ihren Blick auf die Da-Vinci-Zeichnung gerichtet. Die beiden weiblichen Figuren hätten verstanden, was Simon nicht verstand. Es war die Macht, das Glück, die tiefe Ehrfurcht angesichts des Lebens, das aus dem eigenen entstanden und auf die Welt gekommen war.

Sie sollten Ihrem Körper mindestens ein Jahr Ruhe gönnen, hatte der Arzt zu ihr gesagt. Sie haben sechs Fehlgeburten gehabt. Drei davon allein in den letzten neun Monaten. Die physische Belastung, den gefährlichen Blutverlust, die hormonellen Schwankungen, all dies muß Ihr Körper erst einmal verarbeiten.

Sie haben mich nicht verstanden. Das kommt im Augenblick überhaupt nicht in Frage.

Und in vitro.

Sie wissen, daß nicht die Befruchtung das Problem ist, Deborah, sondern die Erhaltung der Schwangerschaft.

Ich werde neun Monate lang liegen, wenn es sein muß. Ich rühre mich nicht von der Stelle. Ich tue alles.

Dann lassen Sie sich auf eine Adoptionsliste setzen, nehmen Sie die Pille und versuchen Sie es in einem Jahr noch einmal. Wenn Sie nämlich auf diese Art und Weise weitermachen, laufen Sie Gefahr, noch vor Ihrem dreißigsten Lebensjahr Ihre Gebärmutter zu verlieren.

Er hatte ihr ein Rezept ausgeschrieben.

Aber es muß doch eine Chance geben, sagte sie und bemühte sich, die Bemerkung so beiläufig wie möglich klingen zu lassen. Sie konnte es sich nicht erlauben, sich aufzuregen. Sie wollte nicht zeigen, wie angespannt und nervös sie das Thema machte.

Der Arzt zeigte Verständnis. Es *gibt* eine Chance, sagte er. Nächstes Jahr. Wenn Sie Ihrem Körper Zeit lassen, sich zu erholen. Dann sehen wir uns alle Möglichkeiten an. In vitro. Tabletten. Wir machen sämtliche Untersuchungen, die wir machen können. In einem Jahr.

Sie begann also gehorsam die Pille zu nehmen. Aber als Simon mit den Adoptionsformularen nach Hause gekommen war, hatte sie abgeblockt.

Es war völlig sinnlos, jetzt darüber nachzudenken. Sie zwang sich, das Kunstwerk zu betrachten. Die Gesichter waren heiter, entschied sie. Sie schienen ihr klar konturiert zu sein. Der Rest der Zeichnung war großenteils Impression, hingeworfen wie eine Reihe von Fragen, die für immer unbeantwortet bleiben würden. Würde die Jungfrau ihren Fuß erhoben halten, oder würde sie ihn senken? Würde die heilige Anna weiterhin zum Himmel hinaufweisen? Würde die runde Hand des Kindes das Kinn des Täufers umschließen? Und war der Hintergrund Golgatha, oder war das eine allzu schaurige Vision in diesem Moment ruhigen Friedens, etwas, das besser unausgesprochen und unsichtbar blieb?

»Kein Josef. Ja. Natürlich. Kein Josef.«

Deborah drehte sich herum, als sie die geflüsterten Worte hörte, und sah, daß ein Mann – noch im nassen Mantel, mit einem Schal und Hut – in das Kabinett getreten war. Er schien sie gar nicht zu bemerken, und hätte er nicht gesprochen, so hätte auch sie ihn wahrscheinlich nicht bemerkt.

»Kein Josef«, flüsterte er wieder in resigniertem Ton.

Rugbyspieler, dachte Deborah, denn er war groß, und der Körper unter dem schwarzen Mantel schien kräftig zu sein. Und auch die Hände, in denen er einen zusammengerollten Museumsplan hielt, waren groß und kantig, mit kräftigen Fingern, durchaus in der Lage, andere Spieler aus dem Weg zu stoßen, wenn er über das Spielfeld stürmte.

Jetzt allerdings kam er nur ein Stück nach vorn und trat in den gedämpften Schein eines der Lichter. Sein Schritt schien ehrfürchtig. Den Blick auf Leonardos Zeichnung gerichtet, hob er die Hand zum Hut und nahm ihn ab, wie ein Mann das vielleicht in der Kirche tun würde. Er legte ihn auf eine der Bänke. Dann setzte er sich.

Er trug Schuhe mit dicken Sohlen – geländegängiges Schuhwerk –, und er kippte die Füße nach außen auf die Kanten und ließ die Hände zwischen seinen Knien herabhängen. Dann fuhr er sich mit einer Hand durch das lichte Haar, das zu ergrauen begann. Es schien weniger eine Geste der Sorge um sein Aussehen zu sein als eine der Nachdenklichkeit. Sein Gesicht, leicht erhoben, damit er die Zeichnung studieren konnte, sah besorgt und gequält aus; halbmondförmige Tränensäcke unter den Augen, tiefe Falten in der Stirn.

Er hielt die Lippen zusammengepreßt. Die untere war voll, die obere schmal. Sie bildeten eine Naht aus Trauer in seinem Gesicht, die nur unzulänglich seinen inneren Aufruhr überdecken konnte. Auch ein Kämpfender, dachte Deborah, angerührt von seinem Leiden.

»Die Zeichnung ist wunderschön, nicht wahr?« Sie sprach gedämpft, beinahe flüsternd, wie man das an Orten der Meditation und des Gebets automatisch macht. »Ich sehe sie heute zum erstenmal.«

Er wandte sich ihr zu. Er war dunkelhäutig, älter, als er zuerst gewirkt hatte. Er schien überrascht darüber, aus heiterem Himmel von einer Fremden angesprochen zu werden.

»Ich auch«, sagte er.

»Schlimm, wenn ich mir überlege, daß ich seit achtzehn Jahren in London lebe. Ich frage mich, was mir sonst noch alles entgangen ist.«

»Josef«, sagte er.

»Wie bitte?«

Mit dem gerollten Museumsplan deutete er auf die Zeichnung. »Josef ist Ihnen entgangen. Er fehlt immer. Ist Ihnen das noch nie aufgefallen? Daß es immer nur die Madonna mit dem Kind ist.«

»Darüber habe ich tatsächlich noch nie nachgedacht.«

»Oder Jungfrau mit Kind. Oder Mutter mit Kind. Oder die Anbetung der Heiligen Drei Könige mit einer Kuh und einem Esel. Und ein paar Engeln im Hintergrund. Aber Josef sieht man höchst selten. Haben Sie sich nie gefragt, wie das kommt?«

»Vielleicht – na ja, er war natürlich nicht der wirkliche Vater, nicht wahr?«

Der Mann schloß einen Moment die Augen. »Lieber Gott«, sagte er.

Er wirkte so betroffen, daß Deborah eilig zu sprechen fortfuhr: »Ich meine, man lehrt uns doch zu glauben, er sei nicht der Vater gewesen. Aber wir wissen es nicht mit Gewißheit. Woher sollten wir auch? Wir waren ja nicht dabei. Und sie hat kein Tagebuch über ihr Leben geführt. Uns wird nur gesagt, daß der Heilige Geist zu ihr kam oder so ähnlich und … es war eben ein Wunder, nicht wahr? Eben noch war sie eine Jungfrau, und schon in der nächsten Minute war sie schwanger, und nach neun Monaten – kam das Kind auf die Welt. Sie hielt es in ihren Armen und konnte wahrscheinlich gar nicht richtig glauben, daß es ein leibhaftiges Kind war, ihr eigenes Kind, dieses Kind, nach dem sie solche Sehnsucht gehabt hatte … Ich meine, wenn man an Wunder glaubt …«

Erst als sie sah, wie sich das Gesicht des Mannes veränderte, bemerkte sie, daß sie zu weinen angefangen hatte. Und dann hätte sie über die verrückte Situation am liebsten gelacht. Absurd, dieser seelische Schmerz. Sie warfen ihn wie einen Tennisball zwischen sich hin und her.

Er zog ein Taschentuch aus einer Tasche seines Mantels und drückte es ihr zerknittert in die Hand. »Bitte.« Sein Ton war ernst. »Es ist noch fast sauber. Ich habe es nur einmal benützt. Um mir den Regen vom Gesicht zu wischen.«

Deborah lachte zittrig. Sie drückte den Stoff kurz unter ihre Augen und gab es ihm zurück. »Gedanken haben eine Art, einfach ineinander überzugehen, nicht wahr? Man rechnet überhaupt nicht damit. Man bildet sich ein, man hätte sich gut abgeschirmt. Und plötzlich sagt man etwas, das an der Oberfläche absolut vernünftig und risikolos erscheint, und merkt, daß man vor dem, was man nicht fühlen möchte, überhaupt nicht abgeschirmt ist.«

Er lächelte. Der Rest seines Gesichts war müde und alt, Falten an den Augen, schlaffe Haut unter dem Kinn, aber sein Lächeln war wunderschön. »Genauso geht es mir. Ich bin nur hierhergekommen, weil ich einen Ort gesucht habe, wo ich umhergehen und denken könnte, ohne naß zu werden, und statt dessen stieß ich auf diese Zeichnung.«

»Und da dachten Sie an Josef, obwohl Sie das gar nicht wollten?«

»Nein. In gewisser Weise hatte ich sowieso an ihn gedacht.« Er steckte sein Taschentuch wieder ein, und als er zu sprechen fortfuhr, schlug er einen leichteren Ton an. »Ich wäre lieber im Park spazierengegangen, um ehrlich zu sein. Ich war auf dem Weg zum St. James' Park, als es wieder zu regnen anfing. Ich denke nämlich am liebsten draußen im Freien nach. Im Herzen bin ich ein Landmensch, und wenn ich Probleme wälzen oder Entscheidungen fällen muß, dann tue ich das am liebsten in der freien Natur. So ein Marsch an der frischen Luft klärt den Kopf. Und das Herz auch. Es fällt einem leichter, das Richtige und das Falsche im Leben – das Ja und das Nein – zu sehen.«

»Es fällt einem vielleicht leichter, es zu sehen«, meinte sie, »aber es macht es einem nicht leichter, damit umzugehen. Jedenfalls mir nicht. Ich kann nicht ja sagen, nur weil bestimmte Leute es gern hätten, ganz gleich, wie richtig es sein mag, es zu tun.«

Er richtete seinen Blick wieder auf die Zeichnung, rollte den Plan in seiner Hand fester zusammen. »Auch ich kann das nicht immer«, sagte er. »Und da muß ich dann hinaus ins Freie. Ich wollte auf der Brücke im St. James' Park die Spatzen füttern und zusehen, wie sie mir aus der Hand fressen. Die Probleme hätten sich dann ganz von selbst geklärt.« Er zuckte die Achseln und lächelte bekümmert. »Aber dann kam der Regen.«

»Und da sind Sie hierhergekommen. Und mußten sehen, daß Josef fehlt.«

Er griff nach seinem Hut und setzte ihn auf. Die Krempe warf einen dreieckigen Schatten über sein Gesicht. »Und Sie, nehme ich an, haben nur das Kind gesehen.«

»Ja.« Deborah zwang sich zu einem kurzen, mühsamen Lächeln. Sie sah sich um, als hätte auch sie Sachen hier, die sie vor dem Aufbruch einsammeln mußte.

»Was für ein Kind ist es? Eines, das Sie sich wünschen, oder eines, das gestorben ist, oder eines, das Sie nicht haben wollen?«

»Nicht haben –!«

Rasch hob er die Hand. »Eines, das Sie sich wünschen«, sagte er. »Tut mir leid. Das hätte ich eigentlich sehen müssen. Ich hätte die Sehnsucht erkennen müssen. Lieber Gott im Himmel, warum nur sind die Menschen solche Narren?«

»Er möchte, daß wir adoptieren. Ich möchte mein eigenes Kind – sein Kind –, eine richtige Familie, eine, die wir selbst gründen, nicht eine, die man per Fragebogen beantragt. Er hat die Papiere mit nach Hause gebracht. Sie liegen auf seinem Schreibtisch. Ich brauche nur noch meinen Teil auszufüllen und zu unterschreiben, aber das schaffe ich nicht. Es wäre nicht mein Kind, sage ich ihm immer wieder. Es wäre nicht von mir. Nicht von uns. Ich könnte es nicht wirklich lieben, wenn es nicht meines wäre.«

»Das ist sehr wahr«, sagte er. »Sie würden es ganz gewiß nicht auf die gleiche Weise lieben.«

Sie faßte seinen Arm. Die Wolle seines Mantels war feucht und kratzig unter ihren Fingern. »Sie verstehen mich nicht. Genau wie er. Er behauptet, es gäbe Bindungen, die über Blutsbande hinausgehen. Aber bei mir ist das nicht so. Und ich kann nicht verstehen, warum es bei ihm so ist.«

»Vielleicht weil er weiß, daß wir Menschen letztlich immer das, worum wir kämpfen müssen – wofür wir alles aufgeben würden –, weit stärker lieben als die Dinge, die uns zufallen.«

Sie ließ seinen Arm los. Ihre Hand fiel mit einem dumpfen Aufprall auf die Bank zwischen ihnen. Ohne es zu wissen, hatte der Mann mit Simons eigenen Worten gesprochen. Ebensogut hätte ihr Mann hier mit ihr in diesem Raum sein können.

Sie fragte sich, wie sie dazu gekommen war, einem Fremden ihr Herz auszuschütten. Ich brauche einfach so dringend einen Menschen, der meine Partei ergreift, dachte sie; ich suche einen Ritter, der meine Flagge trägt. Es kümmert mich noch nicht einmal, wer dieser Ritter ist, Hauptsache, er versteht mich, stimmt mir zu und läßt mich meinen Weg gehen.

»Ich kann nichts für meine Gefühle«, sagte sie dumpf.

»Ich weiß nicht, ob überhaupt jemand etwas für seine

Gefühle kann.« Der Mann lockerte seinen Schal, knöpfte seinen Mantel auf und griff unter den Mantel in seine Jakkentasche. »Ich würde sagen, Sie brauchen einen langen Marsch an der frischen Luft, um gründlich nachzudenken und einen klaren Kopf zu bekommen«, sagte er. »Weiten Himmel und endlose Blicke. In London können Sie das nicht finden. Wenn Sie Lust haben, Ihre Wanderung im Norden zu machen, dann kommen Sie nach Lancashire.« Er reichte ihr seine Karte.

Robin Sage, stand darauf. *Pfarrei, Winslough.*

»Pfar–«, Deborah blickte auf und sah, was Mantel und Schal bisher verborgen hatten, den steifen weißen Kragen, der seinen Hals umschloß. Sie hätte es gleich erkennen müssen, an der Farbe seiner Kleider, seinen Worten über Josef, an der Ehrfurcht, mit der er sich der Zeichnung genähert hatte.

Kein Wunder, daß es ihr leichtgefallen war, ihm ihr Herz auszuschütten. Sie hatte sich einem anglikanischen Geistlichen anvertraut.

Dezember: Schnee

Brendan Power drehte sich um, als knarrend die Tür aufging und sein jüngerer Bruder Hogarth in die eisige Kälte der Sakristei der Johanneskirche in dem Dorf Winslough trat. Hinter ihm spielte der Organist zum heftigen Tremolo einer einzigen dünnen Stimme, um deren Begleitung bestimmt kein Mensch gebeten hatte, *Ihr alle, die Ihr Rettung sucht*, nachdem er davor *Unerforschlich sind die Wege des Herrn* zum besten gegeben hatte. Brendan war überzeugt, daß beide Stücke den teilnehmenden, aber unerwünschten Kommentar des Organisten zu den Vorgängen dieses Morgens darstellten.

»Nichts«, sagte Hogarth. »Keine Spur. Der Pfarrer ist nicht zu finden. Bei *ihr* drüben sind sie alle kurz vorm Durchdrehen, Bren. Ihre Mutter jammert, daß das Hochzeitsfrühstück verkommt, *sie* hat ganz giftig gesagt, daß sie sich an irgendeiner ›gemeinen Sau‹ rächen will, und ihr Vater ist gerade abgehauen, um sich ›diese widerliche kleine Ratte zu schnappen‹. Echt klasse Leute, diese Townley-Youngs.«

»Vielleicht geht der Kelch noch mal an dir vorüber, Bren«, sagte Tyrone, sein älterer Bruder und Trauzeuge, von Rechts wegen eigentlich der einzige, der außer dem Pfarrer in der Sakristei sein dürfte, in vorsichtig hoffnungsvollem Ton.

»Nie im Leben«, widersprach Hogarth. Er griff in die Tasche seines gemieteten Cuts, der trotz aller Bemühungen des Schneiders die Hängeschultern nicht verbergen konnte, und zog eine Packung Silk Cut heraus. Er steckte sich eine der Zigaretten an und schnippte das Streichholz auf den kalten Steinboden. »Die läßt ihn nicht mehr aus den Klauen, das kannst du mir glauben, Ty. Da mach dir mal keine Illusionen. Und laß dir's 'ne Lehre sein. Behalt ihn in der Hose, bis er das richtige Zuhause findet.«

Brendan wandte sich ab. Sie mochten ihn beide. Und jeder von ihnen hatte seine eigene Art, ihm Trost zu bieten. Aber weder Hogarths Witze noch Tyrones Optimismus konnten an der Realität des Tages etwas ändern. Mochte kommen, was wollte, er würde heute Rebecca Townley-Young heiraten. Er versuchte nicht daran zu denken; versuchte das schon seit dem Tag, an dem sie mit dem Resultat des Schwangerschaftstests zu ihm ins Büro in Clitheroe gekommen war.

»Ich weiß nicht, wie das passieren konnte«, sagte sie. »Ich hab mein Leben lang die Periode nicht regelmäßig bekommen. Mein Arzt hat mir sogar erklärt, ich müßte erst Medikamente nehmen, damit sich das einpendelt, wenn ich mal Kinder haben möchte. Und jetzt... Schau dir die Bescherung an, Brendan.«

Schau dir an, was du mir angetan hast, hieß das. Ausgerechnet du, Brendan Power, Juniorpartner in Daddys Anwaltskanzlei. Gott, wär das nicht ein Pech, dafür jetzt an die Luft gesetzt zu werden?

Nichts von alledem brauchte sie auszusprechen. Sie brauchte nur mit gesenktem Kopf verzweifelt zu sagen: »Brendan, ich habe keine Ahnung, was ich Daddy sagen soll. Was soll ich nur tun?«

Ein Mann in einer anderen Situation hätte gesagt: »Treib ab, Rebecca«, und hätte sich wieder seiner Arbeit zugewandt. Ein anderer Mann hätte vielleicht sogar in Brendans Situation ebendies gesagt. Aber Brendan wußte, daß in anderthalb Jahren St. John Andrew Townley-Young darüber entscheiden würde, welche der Anwälte der Sozietät seine Geschäfte als Seniorpartner übernehmen und sein Vermögen verwalten sollte, wenn er sich aus der Kanzlei zurückzog, und die Vorteile, die dem winkten, für den Townley-Young sich entschied, waren so verlockend, daß Brendan ihnen nicht einfach leichten Herzens den Rücken kehren konnte: Einführung in die feine Gesellschaft, weitere Mandanten vom Kaliber Townley-Youngs, steiler beruflicher Aufstieg.

Eben die Möglichkeiten, die Townley-Youngs Förderung verhießen, hatten Brendan überhaupt erst veranlaßt, sich mit der achtundzwanzigjährigen Tochter des Mannes einzulassen. Er war knapp ein Jahr in der Kanzlei. Er wollte unbedingt vorwärtskommen. Als daher der Seniorpartner, St. John Andrew Townley-Young, Brendan eingeladen hatte, Miss Townley-Young zum Pferde- und Ponymarkt in Cowper zu begleiten, schien Brendan das eine günstige Gelegenheit, die er unmöglich ausschlagen konnte.

Die Vorstellung, ihren Begleiter zu spielen, hatte ihn damals überhaupt nicht geschreckt. Es war zwar richtig, daß Rebecca selbst unter den besten Bedingungen – gut ausgeschlafen und nach anderthalb Stunden vor dem Spiegel – eine fatale Ähnlichkeit mit der alternden Königin Viktoria hatte, aber Brendan war überzeugt, ein oder zwei gemeinsame Ausflüge mit Anstand und vorgetäuschter Kameradschaftlichkeit überstehen zu können. Er verließ sich auf seine Fähigkeit zur Verstellung. Er wußte ja, daß jeder gute Anwalt sich auf anständige Heuchelei verstehen mußte. Er hatte allerdings nicht mit Rebeccas Fähigkeit gerechnet, von Anfang an ihre Beziehung ziemlich eindeutig zu bestimmen und zu gestalten. Als sie sich das zweite Mal trafen, schleppte sie ihn in ihr Bett und ritt ihn wie der Master, der einen Fuchs gesichtet hat. Und als sie das dritte Mal zusammen waren, stürzte sie sich nach kurzem Vorspiel auf ihn und stand schwanger wieder auf.

Er hätte so gern ihr allein die Schuld gegeben. Aber er konnte nicht leugnen, daß er, als sie keuchend und japsend auf ihm herumgehopst war und ihm ihre seltsamen mageren Brüste ins Gesicht schlugen, die Augen geschlossen und lächelnd gesagt hatte: »Mann, du bist eine tolle Frau, Becky!« Dabei hatte er die ganze Zeit an seine bevorstehende Karriere gedacht.

Und heute würde sie ihn heiraten. Nicht einmal das Ausbleiben des Pfarrers, Mr. Sage, würde den Lauf von Brendan Powers Zukunft aufhalten können.

»Wie weit ist es schon über der Zeit?« fragte Hogarth.

Sein Bruder sah auf die Uhr. »Eine gute halbe Stunde.«

»Und es ist noch niemand gegangen?«

Hogarth schüttelte den Kopf. »Aber es wird natürlich getuschelt, du seist derjenige, der nicht erschienen ist. Ich hab mein Bestes getan, um deinen Ruf zu retten, alter Freund, aber vielleicht solltest du dich doch mal auf der Kanzel zeigen und freundlich winken, um das Volk zu beruhigen. Ich frage mich allerdings, wie du deine Braut beruhigen willst. Wer ist diese Sau, der sie Rache geschworen hat? Machst du jetzt schon Seitensprünge? Na ja, übelnehmen würd ich's dir nicht. Ihn bei Becky hochzukriegen, da braucht's schon einiges. Aber dich hat ja die Herausforderung schon immer gereizt, hm?«

»Hör auf, Howie«, sagte Tyrone. »Und mach die Zigarette aus. Wir sind hier in einer Kirche, Herrgott noch mal.«

Brendan ging zum einzigen Fenster der Sakristei, einem gotischen Spitzbogenfenster, das tief in die Mauer eingelassen war. Seine Scheiben waren so staubig wie der Raum selbst, und er mußte erst einen Fleck blank reiben, um hinaussehen zu können. Draußen lag der Friedhof mit seinen dunklen Schiefersteinen, die aussahen wie verunglückte Daumenabdrücke im Schnee, und, in der Ferne, die Hänge von Cotes Fell, dessen Kegel sich vom grauen Himmel abhob.

»Es hat wieder angefangen zu schneien.« Geistesabwesend zählte er nach, wie viele Gräber mit weihnachtlicher Stechpalme geschmückt waren. Sieben, soweit er sehen konnte. Die grünen Sträuße mit den glänzenden roten Beeren mußten am Morgen von Hochzeitsgästen gebracht worden sein, denn sie waren nur leicht mit Schnee bestäubt. »Der Pfarrer mußte wahrscheinlich heute schon in aller Frühe weg. Ja, so muß es gewesen sein. Und dann ist er irgendwo hängengeblieben.«

Tyrone kam zu ihm ans Fenster. Hinter ihm trat Hogarth seine Zigarette in den Boden. Brendan fröstelte. Obwohl die Heizung der Kirche unüberhörbar arbeitete, war es in der Sakristei unerträglich kalt. Er legte seine Hand an die Wand. Sie war eisig und feucht.

»Wie halten sich die Eltern?« fragte er.

»Oh, Mutter ist ein bißchen nervös, aber soweit ich sehen kann, hält sie es immer noch für eine tolle Partie. Gleich ihr erster Sohn, der heiratet, schafft, Gott sei gepriesen, den Sprung in den Schoß des Landadels, wenn nur endlich der Pfarrer aufkreuzen würde. Aber Vater fixiert die Tür, als hätte er die Nase voll.«

»Er war seit Jahren nicht mehr so weit von Liverpool weg«, stellte Tyrone fest. »Er ist nur nervös.«

»Nein. Er fühlt sich nicht wohl in seiner Haut.« Brendan wandte sich vom Fenster ab und musterte seine Brüder. Sie sahen aus wie er, und er wußte es. Hängende Schultern, Hakennasen, alles andere unbestimmt: Haare, weder braun noch blond, Augen, weder blau noch grün; das Kinn, weder stark noch schwach ausgebildet. Sie waren alle, einer wie der andere, Prototypen des potentiellen Massenmörders, mit Gesichtern, die sich in jeder Menge verloren. Entsprechend hatten die Townley-Youngs reagiert, als sie zum erstenmal die ganze Familie zu Gesicht bekommen hatten: als stünden ihnen plötzlich ihre schlimmsten Erwartungen und ihre schrecklichsten Träume in Fleisch und Blut gegenüber. Brendan fand es überhaupt nicht verwunderlich, daß sein Vater die Tür fixierte und die Minuten zählte, bis er endlich würde verschwinden können. Seinen Schwestern ging es wahrscheinlich ebenso. Er beneidete sie ein wenig. Ein, zwei Stunden, dann war es vorbei. Für ihn hingegen hieß es lebenslänglich.

Cecily Townley-Young hatte sich nur deshalb bereit erklärt, bei der Hochzeit ihrer Cousine als Brautjungfer zu fungieren, weil ihr Vater es ihr geboten hatte. Am liebsten hätte sie überhaupt nicht an der Hochzeit teilgenommen. Sie und Rebecca hatten, abgesehen davon, daß sie demselben schwachen Familienstamm entsprangen, nie etwas gemeinsam gehabt, und wenn es nach Cecily ging, konnte das auch in Zukunft so bleiben.

Sie mochte Rebecca nicht. Eben weil sie nichts mit ihr gemeinsam hatte. Für Rebecca war es das höchste der Gefühle, sich auf irgendwelchen Pferdemärkten herumzudrükken, über Widerriste und Schulterhöhe zu fachsimpeln und gummiweiche Pferdelippen anzuheben, um sich mit scharfem Blick diese gräßlichen gelben Gebisse anzusehen. Sie schleppte Äpfel und Karotten wie Kleingeld in ihren Taschen mit sich herum und untersuchte Hufe, Hoden und Augäpfel mit dem brennenden Interesse, das andere Frauen auf Klamotten konzentrierten. Außerdem hatte Cecily ihre Cousine Rebecca ganz einfach satt. Zweiundzwanzig Jahre gequälter Familienfeste auf dem Gut ihres Onkels – zum Zwecke eines Familiensinns, der nie existiert hatte – hatten jeglicher Zuneigung, die sie vielleicht für ihre ältere Cousine übriggehabt hatte, den Garaus gemacht. Die wenigen Kostproben, die Rebecca ihr von ihren unverständlichen und extremen Verhaltensweisen gegeben hatte, hatten sie gelehrt, sicheren Abstand zu wahren, wann immer sie sich länger als eine Viertelstunde unter demselben Dach aufhielten. Und schließlich kam hinzu, daß sie Rebecca unerträglich dumm fand. Noch nie hatte Rebecca sich selbst ein Ei gekocht, noch nie hatte sie einen Scheck ausgeschrieben, niemals selbst ihr Bett gemacht. Auf jedes auch noch so kleine Problem des täglichen Lebens gab es für sie nur eine Antwort: Daddy wird sich schon darum kümmern. Eine Art der Bequemlichkeit und Abhängigkeit von den Eltern, die Cecily verabscheute.

Und auch heute kümmerte sich natürlich Daddy um alles. Sie hatten ihren Teil getan; gehorsam hatten sie mit blauen Lippen von einem Fuß auf den anderen tretend in der Eiseskälte unter dem Nordportal der Kirche auf den Pfarrer gewartet, während drinnen, im mit Stechpalme und Efeu geschmückten Kirchenschiff, die Gäste unruhig wurden und sich wunderten, wieso die Kerzen immer noch nicht angezündet wurden und der Organist noch immer nicht den Hochzeitsmarsch anstimmte. Eine Viertelstunde lang hatten sie im bräutlich weiß fallenden Schnee gewartet, ehe Daddy schließlich über die Straße gefegt war und wutschnaubend beim Pfarrer angeklopft hatte. In weniger als zwei Minuten war er wieder da gewesen, sein sonst so rosiges Gesicht kreideweiß vor Wut.

»Er ist nicht einmal zu Hause«, hatte St. John Andrew Townley-Young in heller Empörung berichtet. »Diese dämliche Kuh ...« Cecily kam zu dem Schluß, daß er damit die Haushälterin des Pfarrers meinte ... »sagte, er sei heute morgen, als sie kam, schon weg gewesen. Wenn man das glauben kann. Dieser inkompetente, elende ...« Die Hände in den perlgrauen Handschuhen ballten sich zu Fäusten. Sein Zylinder bebte. »Geht in die Kirche. Los, rein mit euch. Es hat keinen Sinn, hier in der Kälte herumzustehen. Ich erledige das schon.«

»Aber Brendan ist doch hier, oder?« hatte Rebecca ängstlich gefragt. »Daddy, Brendan ist doch hier?«

»Ja, leider«, antwortete ihr Vater brummig. »Die ganze Familie ist da. Wie die Ratten, die das sinkende Schiff *nicht* verlassen.«

»St. John!« murmelte seine Frau mahnend.

»Los, geht rein!«

»Aber dann bekommen doch die Leute die Braut schon vorher zu sehen«, jammerte Rebecca.

»Himmelherrgott, Rebecca!« Townley-Young verschwand noch einmal für zwei Minuten in der Kirche, ehe er zurückkam und sagte: »Ihr könnt im Glockenturm warten.« Dann machte er sich wieder auf die Suche nach dem Pfarrer.

Und nun warteten sie also immer noch unten im Glockenturm, den Blicken der Hochzeitsgäste durch eine hölzerne Gittertür entzogen, die mit einem staubigen, widerlich riechenden roten Samtvorhang verkleidet war. Der Stoff war so dünn, daß sie dahinter den Glanz der Leuchter im Kirchenschiff sehen konnten. Sie konnten auch das Getuschel und unruhige Füßescharren der Menge hören. Gesangbücher wurden geöffnet und wieder zugeklappt. Der Organist spielte. Unter ihren Füßen, in der Krypta, ächzte und stöhnte die Zentralheizung.

Cecily warf einen taxierenden Blick auf ihre Cousine. Sie hätte es nicht für möglich gehalten, daß Rebecca wirklich einen Mann finden würde, der dumm genug war, sie zu heiraten. Es stimmte zwar, daß sie einmal ein beträchtliches Vermögen erben würde und ihr schon jetzt diese Monstrosität von einem Herrenhaus, Cotes Hall, gehörte, wohin sie sich, sobald der Ring an ihrer Hand steckte und der Trauschein unterschrieben war, in der Ekstase jungen Eheglücks zurückziehen würde, doch Cecily konnte sich nicht vorstellen, daß das Vermögen – wie groß auch immer – oder das bröckelnde viktorianische Herrenhaus – ganz gleich, wie prächtig man es wieder herrichten lassen konnte – einen Mann dazu verleitet haben konnte, sich zu einem Leben mit Rebecca zu verurteilen. Doch jetzt... sie erinnerte sich der morgendlichen Szene in der Toilette. Sie hatte gehört, wie Rebecca sich übergeben und dann schrill gefragt hatte: »Geht das vielleicht jetzt jeden Morgen so?« »Rebecca!« hatte ihre Mutter besänftigend gesagt. »Bitte! Wir haben Gäste im Haus.« Worauf Rebecca geschrien hatte: »Das ist mir doch egal. Mir ist überhaupt alles egal. Rühr mich bloß nicht an. Laß mich hier raus.« Eine Tür fiel krachend zu. Jemand rannte durch den oberen Korridor.

Schwanger? fragte sich Cecily, während sie sich mit Sorgfalt die Wimpern tuschte und dann etwas Rouge auflegte. Sie fand die Vorstellung, daß Rebecca tatsächlich einen Mann gefunden haben sollte, der freiwillig mit ihr geschlafen hatte, fast unglaublich. Wenn das zutraf, dann war alles möglich. Sie musterte ihre Cousine forschend.

Rebecca sah nicht gerade aus wie eine Frau, die ihre Erfüllung gefunden hatte. Wenn es stimmte, daß Frauen in der Schwangerschaft aufblühten, so war Rebecca offensichtlich erst in einem Vorstadium des Knospens – mit einer Neigung zu Hängebacken und Augen, die die Größe und Form von Murmeln hatten. Immerhin, sie hatte eine sehr schöne Haut und einen recht hübschen Mund. Aber irgendwie ergaben die einzelnen Details nicht ein harmonisches Ganzes.

Es war im Grunde nicht ihre Schuld, sagte sich Cecily. Eigentlich hätte man wenigstens ein Fünkchen Mitleid mit einer Frau haben müssen, deren Äußeres so vom Schicksal benachteiligt war. Aber jedesmal, wenn Cecily sich bemühte, aus den Tiefen ihres Herzens ein, zwei freundliche Gedanken hervorzukramen, zerquetschte Rebecca sie wie lästige Insekten.

Wie auch jetzt.

Ihren Brautstrauß wütend in den Händen drehend, lief Rebecca in dem kleinen Raum unter den Kirchenglocken hin und her. Der Boden war schmutzig, aber sie raffte weder ihren Rock noch ihre Schleppe. Das tat ihre Mutter für sie. Satin und Samt in den Händen, folgte sie ihrer Tochter wie ein treues Hündchen. Cecily stand abseits zwischen zwei Blecheimern, einer Rolle Seil, einer Schaufel, einem Besen und einem Haufen Lumpen. Ein alter Staubsauger lehnte an einem Stapel Kartons, und vorsichtig hängte sie ihren eigenen Strauß an dem Metallhaken auf, der eigentlich für das Kabel des Staubsaugers gedacht war. Sie hob den Rock ihres Samtkleids, damit er den Boden nicht berührte. Die Luft in dem kleinen Raum war muffig, und man konnte kaum eine Bewegung machen, ohne irgend etwas zu berühren, was nicht vor Schmutz starrte. Aber wenigstens war es warm.

»Ich hab ja gewußt, daß so etwas passieren würde.« Rebecca erwürgte die zarten Blumen in ihren Händen. »Die ganze Trauung fällt ins Wasser, und die draußen lachen sich kaputt über mich. Ich kann ihr Gelächter richtig hören.«

Mrs. Townley-Young vollführte im Gleichschritt mit ihrer Tochter eine Vierteldrehung und raffte dabei noch etwas mehr Satin in ihren Armen zusammen. »Kein Mensch lacht«, versicherte sie. »Mach dir keine Gedanken, Herzchen. Das ist nur irgendein dummes Mißverständnis. Dein Vater bringt das bestimmt sofort in Ordnung.«

»Wieso soll es ein Mißverständnis sein? Wir waren doch

erst gestern nachmittag bei Mr. Sage. Und als letztes sagte er noch: ›Wir sehen uns dann morgen vormittag.‹ Und das soll er einfach vergessen haben und verschwunden sein?«

»Vielleicht hatte er einen Notfall. Es kann doch sein, daß jemand im Sterben liegt. Vielleicht wollte jemand ...«

»Aber Brendan ist noch mal umgekehrt.« Rebecca hielt in ihren Wanderungen inne. Mit zusammengekniffenen Augen starrte sie nachdenklich auf die Westwand des Glockenturms, als könnte sie durch sie hindurch das Pfarrhaus über der Straße sehen. »Ich war schon beim Auto, da sagte er, er hätte noch etwas vergessen, was er Mr. Sage fragen wollte. Er ist noch einmal umgekehrt. Er ist noch einmal ins Haus gegangen. Ich habe bestimmt eine Minute gewartet. Nein, länger, zwei oder drei. Und ...« Sie wirbelte herum und begann wieder zu marschieren. »Er hat überhaupt nicht mit Mr. Sage gesprochen. Es ist dieses Weib. Diese Hexe! Die steckt dahinter, Mutter. Das weißt du doch so gut wie ich. Aber warte nur, der werd ich's zeigen.«

Cecily fand diese Wendung der Dinge einigermaßen interessant. Das versprach unter Umständen noch ganz unterhaltsam zu werden. Wenn sie diesen Tag schon im Namen der Familie ertragen mußte, dann, sagte sie sich, konnte sie wenigstens versuchen, sich die Qual ein wenig zu versüßen. Sie fragte also: »Wem denn?«

Mrs. Townley-Young sagte in freundlichem, aber strengem Ton: »Cecily!«

Doch die kurze Frage hatte genügt. »Polly Yarkin.« Rebecca stieß den Namen zähneknirschend hervor. »Dieser widerlichen kleinen Schlampe im Pfarrhaus.«

»Die Haushälterin, meinst du?« fragte Cecily. Diese überraschende Wendung mußte doch näher erforscht werden. Schon jetzt eine andere Frau? Alles in allem konnte sie es dem armen Brendan nicht verübeln, fand allerdings, er sei etwas stark abgesunken im Niveau. Sie setzte das Spielchen fort. »Du meine Güte, Becky, was hat die denn mit dem allen hier zu tun?«

»Cecily, mein Kind.« Mrs. Townley-Youngs Stimme klang nicht mehr ganz so freundlich.

»Jedem Mann hält sie ihre Riesenlollos unter die Nase und wartet auf die Reaktion«, sagte Rebecca. »Er findet die Ziege toll. Ich weiß es. Das kann er mir nicht verheimlichen.«

»Brendan liebt dich, Herzchen«, sagte Mrs. Townley-Young. »Er heiratet dich doch.«

»Er hat letzte Woche im *Crofters Inn* mit ihr einen getrunken. Nur schnell ein Glas vor der Rückfahrt nach Clitheroe, hat er zu mir gesagt. Er hätte gar nicht gewußt, daß sie dort sei. Er hätte schließlich nicht so tun können, als würde er sie nicht kennen, sagte er. Wir lebten schließlich in einem Dorf. Da hätte er doch nicht fremd tun können.«

»Liebes, du regst dich wegen nichts und wieder nichts auf.«

»Du glaubst, er ist in die Haushälterin vom Pfarrer verknallt?« fragte Cecily und riß die Augen auf, um sich den Anschein der Naivität zu geben. »Aber Becky, warum heiratet er dich dann?«

»Cecily!« zischte ihre Tante.

»Er heiratet mich ja gar nicht«, rief Rebecca. »Er heiratet überhaupt nicht. Wir haben ja gar keinen Pfarrer.«

In der Kirche auf der anderen Seite des roten Samtvorhangs wurde es totenstill. Der Organist hatte einen Moment zu spielen aufgehört, und Rebeccas Worte schienen durch das ganze Schiff zu hallen. Eilig griff der Organist wieder in die Tasten. Diesmal wählte er *Krön, Herr, mit Liebe diesen frohen Tag.*

»Du meine Güte«, hauchte Mrs. Townley-Young.

Schritte knallten auf dem Steinboden, der rote Vorhang

wurde auf die Seite geschoben. Rebeccas Vater trat herein. »Nichts.« Er klopfte sich den Schnee vom Mantel und Hut. »Nirgends zu finden. Nicht im Dorf. Nicht am Fluß. Nicht auf dem Anger. Einfach weg. Aber das wird er mir mit seinem Posten bezahlen.«

Seine Frau steckte flehend die Arme nach ihm aus, berührte ihn aber nicht. »St. John, um Himmels willen, was sollen wir tun? Die vielen Leute. Das Essen zu Hause. Und Rebeccas Zust...«

»Ich kenne die Details. Du brauchst sie mir nicht aufzuzählen.« Townley-Young zog den Vorhang zur Seite und spähte in die Kirche. »Wir werden für die nächsten zehn Jahre die Zielscheibe des allgemeinen Spotts sein.« Er drehte sich nach den Frauen herum, richtete seinen Blick insbesondere auf seine Tochter. »Du hast dir diese Suppe eingebrockt, Rebecca, und ich sollte sie dich, verdammt noch mal, auch allein auslöffeln lassen.«

»Daddy!« Es klang jammervoll.

»Also wirklich, St. John...«

Cecily fand, dies wäre der Moment, Hilfsbereitschaft zu zeigen. Zweifellos würde gleich ihr Vater aus der Kirche zu ihnen herüberkommen – emotionale Krisen waren ihm stets ein Quell besonderen Ergötzens –, und wenn das der Fall war, konnte es für sie nur von Vorteil sein zu zeigen, daß sie bestens fähig war, bei Familienkrisen erfolgreich in die Bresche zu springen. Er hatte sich schließlich bezüglich ihrer Bitte, das Frühjahr in Kreta zu verbringen, immer noch nicht verbindlich geäußert.

Sie sagte: »Vielleicht sollten wir jemanden anrufen, Onkel St. John. Es muß doch einen anderen Pfarrer in der Nähe geben.«

»Ich habe bereits mit dem Constable gesprochen«, sagte Townley-Young.

»Aber der kann sie doch nicht trauen, St. John«, protestierte seine Frau. »Wir brauchen einen Geistlichen. Wir brauchen eine ordentliche Hochzeitsfeier. Das Essen wartet. Die Gäste werden allmählich hungrig. Die ...«

»Ich möchte Sage sehen«, unterbrach er. »Ich möchte ihn hier sehen. Und zwar auf der Stelle. Und wenn ich diesen Low-Church-Banausen eigenhändig zum Altar schleifen muß!«

»Aber wenn er dringend weggerufen worden ist ...« Mrs. Townley-Young gab sich offenkundig alle Mühe, die Stimme der Vernunft zu vertreten.

»Er ist nicht weggerufen worden. Diese Yankin kam mir im Dorf hinterhergelaufen. Sein Bett sei nicht benutzt, sagte sie. Sein Wagen steht aber in der Garage. Er muß also irgendwo in der Nähe sein. Und mir ist völlig klar, was der Bursche getrieben hat.«

»Der Pfarrer?« fragte Cecily und schaffte es, Entsetzen zu zeigen, während die Entwicklung des Dramas ihr in Wirklichkeit höchstes Vergnügen bereitete. Eine Hochzeit mit Rückenwind, von einem hurenden Geistlichen vorgenommen, zwischen einem widerstrebenden Bräutigam, der die Haushälterin des Pfarrers liebt, und einer wutschäumenden Braut, die auf bittere Rache sinnt. Da lohnte es sich doch fast, Brautjungfer zu sein. »Nein, Onkel St. John. Doch nicht der Pfarrer. Du meine Güte, so ein Skandal.«

Ihr Onkel warf ihr einen scharfen Blick zu. Er deutete mit spitzem Finger auf sie und wollte gerade zu sprechen beginnen, als der Vorhang von neuem auf die Seite gezogen wurde. Wie auf Kommando drehten sie sich alle herum. An der Tür stand der Dorfpolizist. Seine dicke Jacke war voller Schnee, die Gläser seiner Brille beschlagen. Er hatte keine Mütze auf, und sein rotes Haar war mit einer dünnen Schneeschicht bedeckt.

»Und?« fragte Townley-Young. »Haben Sie ihn gefunden, Shepherd?«

»Ja«, antwortete der Constable. »Aber der traut niemanden mehr.«

Januar: Frost

1

»Was war das für ein Schild? Hast du es gesehen, Simon? Es war so eine Art Plakat am Straßenrand.«

Deborah St. James bremste den Wagen ab und sah sich um. Sie hatte die Kurve schon hinter sich, und das dichte Gestrüpp kahler Äste von Eichen und Kastanien verbarg sowohl die Straße selbst als auch die von Flechten überzogene Kalksteinmauer die Straße entlang. »War da ein Hotelschild? Hast du eine Einfahrt gesehen?«

Simon St. James riß sich von den Gedanken los, die ihn auf der langen Fahrt vom Flughafen in Manchester gefangen gehalten hatten: Da war einerseits das winterliche Hochmoor Lancashires mit seinen gedämpften rostroten Farben und dem zartgrünen Weideland; andererseits hatte er darüber gerätselt, mit welchem Instrument man einen dicken Elektrodraht durchtrennen konnte, um damit die Hände und Füße einer weiblichen Leiche so zu fesseln, wie sie in der letzten Woche in Surrey gefunden worden war.

»Eine Einfahrt?« wiederholte er. »Kann schon sein, daß da eine war. Aber ich habe nichts gesehen. Das Schild war ein Hinweis auf die Dorfwahrsagerin.«

»Ach, hör auf!«

»Wirklich! Ist das vielleicht ein Service, den das Hotel bietet und von dem du mir nichts gesagt hast?«

»Nicht, daß ich wüßte.« Die Straße begann zu steigen, und in der Ferne, vielleicht noch anderthalb Kilometer entfernt, schimmerten die Lichter eines Dorfes. »Wir sind wahrscheinlich einfach noch nicht weit genug gefahren.«

»Wie heißt das Hotel?«

»*Crofters Inn.*«

»Nein, das stand eindeutig nicht auf dem Schild. Vergiß nicht, daß wir hier in Lancashire sind. Es wundert mich, daß das Hotel nicht *Zum Hexenkessel* heißt.«

»Dann wären wir nicht hergekommen, Schatz. Mit fortschreitendem Alter werde ich nämlich abergläubisch.«

»Ach, so das ist das.« Er lächelte. Mit fortschreitendem Alter. Sie war gerade fünfundzwanzig und verfügte über die ganze Kraft und den Elan der jungen Jahre.

Aber sie sah müde aus – er wußte, daß sie in letzter Zeit schlecht geschlafen hatte –, und ihr Gesicht war blaß. Ein paar Tage auf dem Land, lange Spaziergänge und viel Ruhe, das war es, was sie jetzt brauchte. Sie hatte in den letzten Monaten zuviel gearbeitet, mehr als er, und war morgens viel zu früh zu Fototerminen aufgebrochen, die mit ihren eigentlichen Interessen nur am Rande zu tun hatten. Ich möchte meinen Horizont erweitern, pflegte sie zu sagen. Landschaften und Porträts reichen nicht, Simon. Ich muß vielseitiger werden. Ich würde meine neuen Arbeiten gern im kommenden Sommer ausstellen. Aber ich bekomme die Bilder nicht zusammen, wenn ich mich nicht auf die Socken mache und Neues ausprobiere, ein paar Kontakte knüpfe und so... Er erhob keine Einwände und versuchte nicht, sie zurückzuhalten. Er wartete einfach darauf, daß die Krise vorbeigehen würde. Sie hatten in den ersten zwei Jahren ihrer Ehe mehrere kritische Phasen gemeistert. Diese Tatsache versuchte er sich vor Augen zu halten, wenn er die Hoffnung zu verlieren drohte, daß sie dies momentan nicht meistern würden.

Sie schob eine kupferrote Haarsträhne hinter ihr Ohr zurück, legte den Gang ein und sagte: »Dann laß uns doch weiterfahren, ins Dorf, ja?«

»Es sei denn, du möchtest dir vorher aus der Hand lesen lassen.«

»Meine Zukunft, meinst du? Nein, besten Dank.«

Er hatte die Bemerkung ganz ohne Absicht gemacht. Der falschen Munterkeit ihrer Antwort entnahm er, daß sie es anders verstanden hatte. »Deborah«, sagte er.

Sie nahm seine Hand. Den Blick auf die Straße gerichtet, drückte sie sie an ihre Wange. Ihre Haut war kühl. Sie war weich, wie die Dämmerung. »Es tut mir leid«, sagte sie. »Diese Zeit gehört uns beiden. Laß mich nicht alles verpatzen.«

Aber sie sah ihn nicht an. Immer häufiger geschah es, daß sie ihm in Momenten der Spannung nicht in die Augen sah. Es war, als glaubte sie, sie räumte ihm sonst Vorteile ein, die sie ihm nicht gönnen wollte; und dabei hatte er den Eindruck, alle Vorteile seien auf ihrer Seite.

Er ließ den Moment verstreichen. Er berührte ihr Haar. Er legte seine Hand auf ihren Schenkel. Sie fuhr weiter.

Vom Schild der Wahrsagerin bis zu dem kleinen Dorf Winslough, das sich einen Hügel hinaufzog, waren es gut anderthalb Kilometer. Zuerst kamen sie an der Kirche vorbei – einem normannischen Bau mit Festungsturm und einer Uhr mit blauem Zifferblatt, auf der es für immer und ewig drei Uhr zwanzig war –, dann an der Grundschule, dann an einer Zeile Reihenhäuser, die am Rand eines freien Felds standen. Auf dem Gipfel des Hügels, an einer Kreuzung, an der die Straße nach Clitheroe mit den West-Ost-Verbindungsstraßen nach Lancaster und Yorkshire zusammentraf, stand das *Crofters Inn*.

An der Kreuzung hielt Deborah an. Sie wischte über die Windschutzscheibe, musterte mit zusammengekniffenen Augen das Haus und seufzte. »Hm, weltbewegend ist es nicht gerade, wie? Ich dachte – ich hatte gehofft ... In der Broschüre klang es so romantisch.«

»Es ist doch ganz in Ordnung.«

»Es stammt aus dem vierzehnten Jahrhundert. Es hat einen großen Saal, wo früher das Gericht getagt hat. Der Speisesaal hat eine alte Balkendecke, und in der Bar ist seit zweihundert Jahren alles unverändert geblieben. In der Broschüre stand sogar, daß...«

»Es ist völlig in Ordnung.«

»Aber ich wollte doch, daß es...«

»Deborah!« Endlich sah sie ihn an. »Wir sind doch nicht des Hotels wegen hergekommen, nicht wahr?«

Sie sah wieder zu dem alten Haus hinüber. Trotz seiner Worte sah sie es durch das Objektiv ihrer Kamera und taxierte genau jedes Element der Gesamtkonzeption: wie das Haus auf seinem Zipfel Land stand, wie es im Verhältnis zum übrigen Dorf stand, wie es gebaut war. Es war eine Betrachtungsweise, die für sie so selbstverständlich geworden war wie das Atmen.

»Nein«, sagte sie schließlich, wenn auch mit Widerstreben. »Nein. Wegen des Hotels sind wir wohl nicht hier.«

Sie fuhr durch das Tor auf der Westseite des Gasthauses und hielt auf dem Parkplatz hinter dem Haus an. Wie alle anderen Gebäude des Dorfes war das Haus aus dem hellen erdfarbenen Kalkstein der Gegend und Kohlensandstein erbaut. Nicht einmal von hinten hatte es, abgesehen von den weißgestrichenen Holzarbeiten und den grünen Blumenkästen, die schon mit überwinternden Stiefmütterchen bepflanzt waren, irgendwelche besonderen Merkmale oder Zierden aufzuweisen. Das Auffallendste war ein gefährlich nach innen gesenktes Schieferdach, bei dessen Anblick Simon inbrünstig hoffte, ihr Zimmer würde sich nicht gerade unter der Mulde befinden.

»Tja«, meinte Deborah mit einer gewissen Resignation.

Simon neigte sich zu ihr, drehte leicht den Kopf und küßte

sie. »Habe ich dir eigentlich gesagt, daß ich schon seit Jahren mal nach Lancashire wollte?«

Darauf lächelte sie. »In deinen Träumen«, antwortete sie und stieg aus.

Als er die Tür öffnete, hatte er das Gefühl, die kalte, feuchte Luft schwappte ihm wie Wasser entgegen. Er nahm Holzrauch war und den morastigen Geruch nasser Erde und verfaulenden Laubs. Er hob sein krankes Bein aus dem Wagen und ließ es auf die Pflastersteine niederfallen. Es lag kein Schnee, aber Rauhreif überzog den Rasen des Wirtsgartens, der jetzt leer und verlassen war. Er konnte ihn sich im Sommer vorstellen, wenn hier die Urlauber saßen, die zum Wandern und zum Angeln hergekommen waren. Simon konnte den nahen Fluß hören, aber nicht sehen. Ein Weg führte zu ihm hin – den konnte er sehen, da die vereisten Steinplatten im Licht der Hofbeleuchtung glitzerten –, und obwohl der Fluß ganz offensichtlich nicht zum Grund des Gasthauses gehörte, war in die Grenzmauer eine Pforte eingelassen, durch die man ihn bequem erreichen konnte. Die Pforte stand offen, und noch während er dort hinübersah, rannte ein junges Mädchen durch das offene Tor und stopfte im Laufen eine weiße Plastiktüte in ihren übergroßen Anorak. Der Anorak war grell orangefarben und hing dem Mädchen, das recht hoch aufgeschossen war, bis zu den Knien. Darunter kamen dünne Beine zum Vorschein, die in großen, schlammverschmierten Gummistiefeln steckten.

Sie fuhr zusammen, als sie Deborah und St. James bemerkte. Doch anstatt an ihnen vorbeizulaufen, ging sie direkt auf sie zu und packte ohne ein Wort der Erklärung oder Bekanntmachung den Koffer, den St. James gerade aus dem Kofferraum des Wagens gehoben hatte. Sie warf einen Blick ins Innere des Kofferraums und nahm auch gleich seine Krücken.

»So, hier sind Sie also«, sagte sie, als hätte sie sie unten am Fluß gesucht. »Bißchen spät, oder? In unserem Buch steht, Sie würden spätestens um vier kommen.«

»Ich kann mich nicht erinnern, eine Zeit angegeben zu haben«, versetzte Deborah einigermaßen verwirrt. »Unsere Maschine ist erst...«

»Ist ja auch egal«, unterbrach das Mädchen. »Jetzt sind Sie jedenfalls hier, stimmt's? Und bis zum Abendessen ist noch massenhaft Zeit.« Sie sah zu den beschlagenen unteren Fenstern des Gasthauses hinüber, hinter denen sich im grellen Licht einer Küche eine schemenhafte Gestalt hin und her bewegte. »Wenn ich Ihnen einen Tip geben darf – nehmen Sie auf keinen Fall das Bœuf Bourguignon. Das ist nämlich ordinärer Eintopf. Kommen Sie. Ich zeige Ihnen den Weg.«

Sie setzte sich in Richtung Hintertür in Bewegung. Mit dem Koffer in der Hand und St. James' Krücken unter dem anderen Arm bewegte sie sich merkwürdig tolpatschig, beinahe humpelnd, wobei sie den einen Gummistiefel über das Pflaster schleifte und mit dem anderen klatschend auftrat. Es blieb ihnen gar nichts anderes übrig, als ihr zu folgen. Sie gingen hinter ihr her über den Parkplatz, dann eine kurze Treppe hinauf und durch die Hintertür in das Gasthaus. Durch einen kurzen Korridor kamen sie zu einer Tür mit einem handbeschrifteten Schild, auf dem *Aufenthaltsraum für Hotelgäste* stand.

Das Mädchen ließ den Koffer auf den Teppich fallen und lehnte die Krücken dagegen, deren Enden sich in eine verblichene Axminster-Rose bohrten. »So!« sagte sie und rieb sich die Hände, als wollte sie sagen, ich habe meinen Teil getan. »Würden Sie meiner Mutter sagen, daß Josie Sie draußen erwartet hat? Josie, das bin ich.« Dabei stieß sie sich ihren Daumen in die Brust. »Sie täten mir einen Riesengefallen. Ich würd mich auch revanchieren. Ehrlich.«

Es hätte St. James interessiert, wie sie das machen wollte. Das junge Mädchen sah ihn und Deborah mit ernster Miene an.

»Okay«, sagte sie dann, »ich seh schon, was Sie denken. Also, um ganz ehrlich zu sein, sie *ist fertig mit mir*, Sie verstehen, was ich meine. Dabei hab ich eigentlich gar nichts getan. Ich meine, es ist nur lauter blödes Zeug. Aber hauptsächlich sind's meine Haare. Ich mein, die schauen sonst nicht so aus, wissen Sie. Aber jetzt werden sie wohl eine Weile so bleiben.«

St. James war sich nicht schlüssig, ob sie über den Schnitt oder die Farbe sprach; beides war fürchterlich. Der Schnitt, Versuch eines Bubikopfes, schien mit Nagelschere und Rasierapparat unternommen worden zu sein. Er verlieh ihr eine bemerkenswerte Ähnlichkeit mit Heinrich V., wie er auf einem Gemälde in der National Portrait Gallery zu sehen war. Die Farbe war ein unglücklicher Lachston, der sich mit dem Orange ihres Anoraks biß. Gefärbt vermutlich, wobei offensichtlich mehr Begeisterung als Expertise im Spiel gewesen war.

»Schaum«, sagte sie aus heiterem Himmel.

»Bitte?«

»Schaum. Sie wissen schon. Das Zeug für die Haare. Auf der Schachtel stand *Rötlicher Lichterglanz*, aber es hat nicht funktioniert.« Sie schob ihre Hände in die Taschen des Anoraks. »Irgendwie ist einfach alles gegen mich, wissen Sie. Glauben Sie vielleicht, Sie finden in der vierten Klasse einen Jungen, der meine Größe hat? Na ja, da hab ich mir gedacht, wenn ich mir eine andere Frisur mache, dann könnte ich mir vielleicht einen aus der fünften oder sechsten angeln. Blöd, ich weiß schon. Sie brauchen's mir gar nicht erst zu sagen. Das tut nämlich meine Mutter schon seit drei Tagen ununterbrochen. *Was soll ich nur mit dir machen, Josie?* Josie, das bin ich. Meiner Mutter und Mr. Wragg gehört das Gasthaus. *Ihr*

Haar ist übrigens echt geil.« Diese letzten Worte waren an Deborah gerichtet, der schon eine Weile Josies intensives Interesse galt. »Und groß sind Sie auch. Aber Sie haben wahrscheinlich schon aufgehört zu wachsen, oder?«

»Ja, ich denke, schon.«

»Ich noch nicht. Der Doktor hat gesagt, daß ich mal über einsachtzig groß werde. Eine echte Wikingertochter, sagt er immer, und dann lacht er und haut mir auf die Schulter, als ob das der beste Witz aller Zeiten wär. Aber ich möcht gern wissen, was die blöden Wikinger hier in Lancashire zu suchen hatten.«

»Und deine Mutter wird sicher wissen wollen, was du am Fluß zu suchen hattest«, meinte St. James.

Josie wurde rot und wedelte mit beiden Händen. »Ich war gar nicht am Fluß. Und ich hab auch nichts Schlimmes getan. Ehrlich. Und es wär ja nur eine Gefälligkeit. Wenn Sie meinen Namen erwähnen, mein ich. – Ach, übrigens hat uns auf dem Parkplatz ein junges Mädchen erwartet, Mrs. Wragg. Groß. Ein bißchen schlaksig. Sie hat uns gesagt, sie heiße Josie. Sie war sehr freundlich. Wenn Sie das ungefähr so bringen würden, würde meine Mutter sich vielleicht wieder ein bißchen abregen.«

»Jo-se-*phine*!« rief von irgendwo eine Frau mit lauter Stimme. »Jo-se-phine Eugenia Wragg!«

Josie schnitt eine Grimasse. »Ich hasse es, wenn sie das tut. Erinnert mich immer an die Schule. ›Josephine Eugenia Wragg, Bohnenstange und Klassenschreck‹.«

So sah sie nicht aus. Aber sie war groß, und sie bewegte sich linkisch, wie junge Mädchen das tun, die sich plötzlich ihres Körpers bewußt geworden sind und sich noch nicht an ihn gewöhnt haben. St. James mußte an seine Schwester denken, als sie in diesem Alter gewesen war: geschlagen mit ihrer Größe, mit den scharf ausgeprägten Gesichtszügen, in die sie noch nicht hineingewachsen war, und mit einem unglücklich zweideutigen Namen. Sydney, pflegte sie sich selbst mit grimmigem Spott vorzustellen, der letzte der St.-James-Jungen. Jahrelang hatte sie das Gespött ihrer Schulkameraden ertragen müssen.

Ernsthaft sagte er: »Danke, daß du uns auf dem Parkplatz erwartet hast, Josie. Es ist immer angenehm, wenn man am Ziel einer Reise erwartet wird.«

Das Gesicht des Mädchens leuchtete auf. »Danke. Das ist echt nett«, sagte sie und steuerte auf die Tür zu, durch die sie gekommen waren. »Ich revanchier mich. Sie werden schon sehen.«

»Ich zweifle nicht daran.«

»Gehen Sie einfach durch die Gaststube. Da nimmt Sie schon jemand in Empfang.« Sie deutete auf eine zweite Tür auf der anderen Seite des Raums. »Ich muß schleunigst die Gummistiefel ausziehen.« Mit einem beschwörenden Blick fügte sie hinzu: »Ach, bitte sagen Sie nichts von den Gummistiefeln. Die gehören nämlich Mr. Wragg.«

Kein Wunder, daß sie in ihnen herumgeschlappt war wie ein Taucher mit Schwimmflossen. »Ich werde schweigen wie ein Grab«, versprach St. James. »Deborah?«

»Ich auch.«

Josie grinste dankbar und schlüpfte zur Tür hinaus.

Deborah nahm St. James' Krücken und sah sich in dem L-förmigen Raum um, der als Salon für die Hotelgäste diente. Die Polstermöbel waren schäbig, und mehrere Lampenschirme saßen schief. Aber auf einer Kredenz lag ein Sortiment von Zeitschriften für die Gäste bereit, und der Bücherschrank war zum Bersten voll. Die Wände schienen frisch tapeziert zu sein – ein Muster von ineinanderverschlungenen Rosen und Mohnblumen –, und es roch deutlich nach Potpourri. Sie wandte sich Simon zu. Er sah sie lächelnd an.

»Was ist?« fragte sie.

»Ganz wie zu Hause«, antwortete er.

»Fragt sich nur, wessen Zuhause.« Sie ging ihm voraus in die Gaststube.

Sie waren offenbar außerhalb der Geschäftszeit angekommen; am Mahagonitresen stand niemand, die Brauereitische, auf denen die Bierdeckel wie Farbkleckse lagen, waren leer. Unter der niedrigen Zimmerdecke, deren massive Holzbalken von Rauch geschwärzt waren, gingen sie zwischen Tischen und Stühlen hindurch. Im offenen Kamin schwelten noch die Reste eines Feuers vom Nachmittag; mit einem gelegentlichen lauten Knacken barsten letzte Harznester.

»Wo ist sie nur jetzt wieder hin verschwunden, das verflixte Gör?« schalt eine Frau. Ihre Stimme kam aus einem Raum, der wohl das Büro war. Er befand sich links von der Bar, seine Tür stand offen. Unmittelbar daneben führte eine Treppe, deren Stufen so schief hingen, als lastete ein doppelseitiges Gewicht schwer auf ihnen, nach oben. Die Frau kam heraus, rief die Treppe hinauf: »Josephine!« und bemerkte dann erst St. James und Deborah. Genau wie Josie fuhr sie erst einmal zusammen. Genau wie Josie war sie groß und dünn, und ihre Ellbogen waren so spitz wie Pfeilspitzen. Ein wenig verlegen hob sie eine Hand zu ihrem Haar und zog eine Plastikspange, die mit rosaroten Rosenblüten verziert war, heraus. Mit der anderen Hand strich sie sich über den Rock, der voller Fussel war. »Die Handtücher«, bemerkte sie erklärend. »Eigentlich sollte meine Tochter sie falten. Aber sie hat es wieder mal vergessen. So geht's einem mit den Töchtern.«

»Ich glaube, wir haben sie gerade kennengelernt«, sagte St. James. »Auf dem Parkplatz.«

»Ja, sie hat uns erwartet«, steuerte Deborah bei. »Sie hat uns die Sachen hereingetragen.«

»Ach, wirklich?« Der Blick der Frau wanderte zu ihrem Koffer. »Sie müssen Mr. und Mrs. St. James sein. Herzlich willkommen. Wir haben Ihnen Himmelsblick gegeben.«

»Himmelsblick?«

»Das Zimmer. Es ist unser schönstes. Um diese Jahreszeit nur leider ein bißchen kalt. Aber wir haben Ihnen einen extra Heizofen hineingestellt.«

Kalt war milde ausgedrückt für die Temperatur in dem Zimmer, in das die Frau sie führte, im zweiten Stock, direkt unter dem Dach. Der elektrische Ofen lief zwar auf Hochtouren und sandte spürbare Wärmequellen aus, aber die drei Fenster und die beiden zusätzlichen Oberlichte wirkten wie Kältespender. Man brauchte nur bis auf einen halben Meter an sie heranzugehen, um den eisigen Zug zu spüren.

Mrs. Wragg zog die Vorhänge zu. »Abendessen gibt es von halb acht bis um neun. Haben Sie vorher irgendeinen Wunsch? Haben Sie schon Tee getrunken? Josie kann Ihnen gern eine Kanne heraufbringen, wenn Sie möchten.«

»Für mich nicht, danke«, sagte St. James. »Und du, Deborah?«

»Nein, danke.«

Mrs. Wragg nickte. Sie rieb sich mit den Händen die Oberarme. »Gut«, sagte sie und bückte sich, um einen langen weißen Faden vom Teppich aufzuheben. Sie wand ihn um ihren Finger. »Das Bad ist da durch die Tür. Aber seien Sie vorsichtig. Die Tür ist ein bißchen niedrig. Sind sie übrigens alle. Das ist eben so in einem alten Haus. Sie kennen so was ja.«

»Ja, natürlich.«

Sie ging zu der Kommode zwischen den beiden vordersten Fenstern und rückte den Ankleidespiegel zurecht, zupfte an dem Spitzendeckchen, das darunter lag. Sie öffnete den Kleiderschrank und sagte: »Hier haben Sie zusätzliche Decken, wenn Sie welche brauchen«, und sie klopfte auf die Chintzpolsterung des einzigen Sessels im Zimmer. Als es beim besten Willen nichts mehr zu zeigen oder zu tun gab, sagte sie: »Sie kommen aus London, nicht?«

»Ja«, antwortete St. James.

»Wir haben hier nicht oft Leute aus London.«

»Es ist ja auch ziemlich weit.«

»Nein. Das ist es nicht. Die Londoner zieht's alle nach Süden. Dorset oder Cornwall. Da fahren die alle hin.« Sie trat an die Wand hinter dem Sessel und machte sich an einem der beiden Drucke zu schaffen, die dort hingen, eine Reproduktion von Renoirs *Zwei Mädchen am Klavier* in weißem Passepartout, das an den Rändern vergilbt war. »Die meisten Leute mögen die Kälte nicht«, bemerkte sie.

»Ja, das ist wahr.«

»Und die Leute aus dem Norden ziehen auch gern nach London. Aber die machen sich meiner Ansicht nach nur Illusionen. Wie Josie. Hat sie – es würde mich interessieren, hat sie sich bei Ihnen nach London erkundigt?«

Simon sah seine Frau an. Deborah hatte den Koffer aufs Bett gelegt und geöffnet. Bei der Frage hielt sie im Auspacken inne und richtete sich auf, einen feinen grauen Schal in den Händen.

»Nein«, sagte sie. »Sie hat nicht nach London gefragt.«

Mrs. Wragg nickte, lächelte dann flüchtig. »Na, das ist ein Trost. Sie wäre nämlich wirklich zu jeder Dummheit bereit, nur um aus Winslough wegzukommen.« Sie rieb sich die Hände, faltete sie auf dem Bauch und sagte: »Gut dann. Sie wollen frische Luft und lange Spaziergänge. Wir können beides bieten. Im Hochmoor. Auf den Feldern. Über die Hügel. Im letzten Monat hatten wir Schnee – seit einer Ewigkeit das erste Mal, daß es hier in der Gegend geschneit hat –, aber jetzt haben wir nur Reif. Da wird's tagsüber matschig, aber Sie haben sicher Gummistiefel dabei, oder?«

»Ja.«

»Gut. Wenn Sie wandern wollen, fragen Sie nur Ben – das ist mein Mann –, der kennt sich hier aus wie kein anderer.«

»Danke«, sagte Deborah. »Das werden wir tun. Wir freuen uns aufs Wandern. Und auf einen Besuch beim Pfarrer.«

»Beim Pfarrer?«

»Ja.«

Mrs. Wraggs rechte Hand glitt von der Taille zum Kragen ihrer Bluse hinauf.

»Was ist denn?« fragte Deborah. Sie und Simon tauschten einen Blick. »Mr. Sage ist doch noch hier an der Kirche?«

»Nein. Er ist...« Mrs. Wragg drückte ihre Finger fest an ihren Hals und sagte hastig: »Er hat's wie alle anderen gemacht. Er ist nach Cornwall gegangen. Könnte man sagen.«

»Wieso?« fragte St. James.

»Da...«, sie schluckte, »da ist er begraben.«

2

Polly Yarkin wischte mit einem feuchten Tuch über die Arbeitsplatte und hängte es dann sauber gefaltet über den Rand der Spüle. Es war überflüssige Mühe. In den letzten vier Wochen hatte kein Mensch die Küche im Pfarrhaus benutzt, und es sah ganz so aus, als würde so bald auch keiner sie wieder benutzen. Dennoch kam sie täglich hierher, so wie sie das die letzten sechs Jahre getan hatte, und sah nach dem Rechten, so wie sie für Mr. Sage nach dem Rechten gesehen hatte und ebenso für seine zwei jugendlichen Vorgänger, die jeder dem Dorf genau drei Jahre gegeben hatten, ehe sie weitergezogen waren, um sich höheren Dingen zu widmen. Wenn es so etwas in der anglikanischen Kirche gab.

Polly trocknete sich die Hände an einem karierten Geschirrtuch und hängte dieses an seinen Haken über der Spüle. Sie hatte am Morgen den Linoleumboden gewachst und bemerkte mit Genugtuung, daß sie, wenn sie hinunterblickte, ihr Spiegelbild in der glänzenden Fläche sehen konnte. Natürlich nicht klar und deutlich. Ein Fußboden ist schließlich kein Spiegel. Aber sie konnte ganz gut ihre krausen karottenroten Löckchen erkennen, die sich aus dem fest gebundenen Tuch um ihren Kopf herausgestohlen hatten. Und sie konnte – viel zu klar – die Silhouette ihres Körpers sehen, ihrer Schultern, die sich unter dem Gewicht ihres schweren Busens nach vorn wölbten.

Das Kreuz tat ihr weh wie immer, und ihre Schultern schmerzten vom Zug der Büstenhalterträger. Sie schob den Zeigefinger unter einen und zog ein Gesicht, da die Erleichterung auf der einen Seite den Druck auf der anderen nur um so fühlbarer machte. Mensch, Polly, du kannst vielleicht froh sein, hatten ihre Freundinnen früher neidisch gesagt, den Jungs schlottern schon die Knie, wenn sie nur an dich denken. Und ihre Mutter hatte auf ihre typisch mütterlich-kryptische Art gesagt, im Zeichen des Kreises gezeugt, von der Göttin gesegnet, und hatte ihrer Tochter zum ersten- und letztenmal den Hintern versohlt, als diese verkündet hatte, sie wollte sich operieren lassen, um ihren großen Busen, den sie als bleischwer und unförmig empfand, verkleinern zu lassen.

Sie bohrte sich beide Fäuste ins Kreuz und sah zu der Wanduhr über dem Küchentisch. Es war halb sieben. So spät am Tag würde kein Mensch mehr ins Pfarrhaus kommen. Es gab keinen Grund, länger zu bleiben.

Tatsächlich gab es keinen Grund, überhaupt noch hierherzukommen. Dennoch kam Polly jeden Morgen und blieb bis nach Einbruch der Dunkelheit. Sie wischte Staub, sie putzte und erklärte den Kirchenvorstehern, es sei wichtig – ja, um diese Zeit gerade unerläßlich –, das Haus für Mr. Sages Nachfolger in Ordnung zu halten. Und während sie arbeitete, paßte sie ständig auf, ob sich drüben beim nächsten Nachbarn des Pfarrers etwas rührte.

Tag für Tag tat sie das, seit Mr. Sages Tod, als Colin Shepherd zum erstenmal mit seinen amtlichen Fragen und seinem amtlichen Notizbuch gekommen war und auf seine ruhige, kompetente Art Mr. Sages Sachen durchgesehen hatte. Immer hatte er ihr nur einen Blick zugeworfen, wenn sie ihm morgens die Tür geöffnet hatte. Immer sagte er nur *Hallo, Polly,* und sah dann sofort weg. Meistens ging er ins Arbeitszimmer oder ins Schlafzimmer des Pfarres. Manchmal setzte er sich auch nieder und sah die Post durch. Dann machte er sich Notizen und starrte lange in den Terminkalender des Pfarrers, als sei die Lösung des Rätsels, das den Tod von Mr. Sage umgab, in seinen Terminen zu finden.

Sprich mit mir, Colin, hätte sie am liebsten gesagt, wenn er da war. Komm zurück. Mach, daß es wieder so wird, wie es einmal war. Laß uns doch wieder Freunde sein.

Aber sie sagte nichts dergleichen. Statt dessen bot sie ihm Tee an. Und wenn er ablehnte – nein, danke, Polly, ich gehe gleich wieder –, kehrte sie an ihre Arbeit zurück, polierte den Spiegel, putzte die Fenster, schrubbte Toiletten, Böden, Waschbecken und Badewanne, bis ihre Hände rot und rauh waren und das ganze Haus vor Sauberkeit blitzte. Wann immer sich eine Möglichkeit ergab, musterte sie ihn und zählte sich die Einzelheiten auf, die es ihr leichter machen sollten, ihr Schicksal zu ertragen. Das Kinn ist zu eckig. Die Augen haben zwar eine schöne Farbe, dieses klare Grün, aber sie sind viel zu klein. Die Haare sind unmöglich. Er kämmt sie zurück, aber dann fallen sie in der Mitte auseinander und hängen ihm in die Stirn. Dauernd fummelt er daran herum, fährt mit den Fingern durch, anstatt einen Kamm zu benutzen.

Weiter als bis zu den Fingern kam sie nie mit ihrer nutzlosen schwarzen Liste. Er hatte nämlich die schönsten Hände der Welt. Und wegen dieser Hände, der Vorstellung, sie auf ihrer Haut zu fühlen, endete es immer da, wo es angefangen hatte. Sprich mit mir, Colin. Mach, daß es wieder so wird, wie es einmal war.

Aber das tat er nicht, und es war gut so. Denn im Grund wollte sie gar nicht, daß es zwischen ihnen wieder so wurde, wie es gewesen war.

Allzu bald waren die Ermittlungen abgeschlossen. Colin Shepherd, Constable in Winslough, trug bei der Leichenschau des Coroner mit rauchiger Stimme die Ergebnisse seiner Nachforschungen vor. Sie war zur Leichenschau gegangen, weil alle anderen im Dorf auch hingegangen waren. Der große Saal im Gasthaus war brechend voll gewesen. Aber im Gegensatz zu den anderen war sie nur hingegangen, um Colin zu sehen und seine Stimme zu hören.

»Tod durch Mißgeschick«, verkündete der Coroner. Und damit war der Fall erledigt.

Aber das machte dem Getuschel und den versteckten Anspielungen kein Ende, änderte nichts an der Realität, daß in einem Dorf wie Winslough *Vergiftung* und *durch Unfall* Reizwörter waren, die unweigerlich zu Klatsch und Gerüchten einluden. Polly war also auf ihrem Posten im Pfarrhaus geblieben, kam jeden Morgen pünktlich um halb acht und wartete, hoffte Tag für Tag darauf, daß der Fall wiederaufgerollt und Colin zurückkehren werde.

Müde ließ sie sich auf einen der Küchenstühle sinken und schob ihre Füße in die Arbeitsstiefel, die sie am frühen Morgen auf dem wachsenden Stapel Zeitungen abgestellt hatte. Niemand hatte bisher daran gedacht, Mr. Sages Abonnements zu kündigen. Sie selbst war zu sehr mit ihren Gedanken an Colin beschäftigt gewesen, um es zu tun. Ich tu's morgen, sagte sie sich. Das würde ein Grund sein, noch einmal hierherzukommen.

Nachdem sie die Haustür geschlossen hatte, blieb sie einen Moment auf der Treppe stehen, um das Tuch abzunehmen, mit dem sie ihr Haar gebändigt hatte. Befreit krauste es sich wie Stahlwolle um ihr Gesicht, und der Abendwind blies es ihr über die Schultern nach hinten. Sie faltete das Tuch zu einem Dreieck, wobei sie sorgfältig darauf achtete, daß die Worte *Rita hat in mir wie in einem offenen Buch gelesen* nicht zu sehen waren. Sie schob sich das Dreieck über den Kopf und knotete es unter dem Kinn. Das so eingefangene Haar kitzelte sie an Wangen und Hals. Sie wußte, daß diese Tracht nicht attraktiv aussah, aber wenigstens würde ihr so das Haar auf dem Heimweg nicht dauernd um den Kopf flattern und in Mund und Augen geweht werden. Außerdem bot sich hier, auf der Treppe unter dem Außenlicht, das sie stets brennen ließ, wenn es dunkel wurde, Gelegenheit zu einem ungehinderten Blick auf das Nachbarhaus. Wenn die Lichter brannten, wenn sein Wagen in der Einfahrt stand...

Beides war nicht der Fall. Während Polly mit knirschenden Schritten über den Kies zur Straße ging, fragte sie sich, was sie denn getan hätte, wenn Colin Shepherd an diesem Abend zu Hause gewesen wäre.

Hätte sie bei ihm angeklopft?

Ja? Ach, hallo. Was gibt's denn, Polly?

Auf die Klingel gedrückt?

Ist etwas nicht in Ordnung?

Das Gesicht ans Fenster gepreßt?

Brauchst du Hilfe von der Polizei?

Wäre sie schnurstracks hineingegangen und hätte zu reden angefangen und gehofft, daß auch Colin reden würde?

Ich versteh nicht, was du eigentlich von mir willst, Polly.

Sie knöpfte ihren Mantel bis zum Kinn zu und stieß warmen Atem auf ihre Hände. Es wurde kälter. Es mußte mindestens fünf Grad unter null sein. Die Straßen würden eisig und glatt werden, wenn es jetzt zu regnen anfing. Wenn er nicht vorsichtig fuhr, konnte er leicht die Herrschaft über seinen Wagen verlieren. Vielleicht würde sie ihn dann finden. Sie würde die einzige sein, die sofort Hilfe leisten konnte. Sie würde seinen Kopf in ihren Schoß legen und ihre Hand auf seine Stirn, sie würde ihm das Haar aus dem Gesicht streichen und ihn warm halten. Colin.

»Er kommt wieder, Polly«, hatte Mr. Sage drei Tage vor seinem Tod zu ihr gesagt. »Bleiben Sie standhaft und harren Sie aus. Seien Sie bereit, ihm zuzuhören. Er wird Sie in seinem Leben noch brauchen. Vielleicht schon früher, als Sie glauben.«

Aber das war natürlich nichts als christliches Geschwafel, Ausgeburt dieser albernsten aller religiösen Vorstellungen, daß es da einen Gott gäbe, der, wenn man nur lange genug betete, tatsächlich zuhörte, das Anliegen prüfte, sich den langen weißen Bart strich, ein nachdenkliches Gesicht machte, hm, ja, ich verstehe, sagte und einem seinen Traum erfüllte.

Lauter Quatsch.

Polly ging in südlicher Richtung aus dem Dorf hinaus, folgte der Straße nach Clitheroe. Der Pfad am Straßenrand war schlammig und mit welkem Laub bedeckt. Sie hörte lauter als das Ächzen des Windes in den Bäumen das Schmatzen ihrer Schritte im Matsch.

Die Kirche drüben auf der anderen Straßenseite war dunkel. Solange kein neuer Pfarrer da war, mußte der Abendgottesdienst ausfallen. Der Kirchenrat war seit zwei Wochen mit Bewerbern im Gespräch, aber es schien nicht viele Geistliche zu geben, die das Landleben schätzten. Keine grellen Lichter, keine große Stadt, das schien für sie zu heißen, daß es keine Seelen zu retten gab. In Winslough gab es aber für Heil und Erlösung Aufgaben genug. Mr. Sage hatte das schnell erkannt, besonders – und vielleicht am deutlichsten – in Pollys Fall.

Denn sie war eine langjährige, tief gefallene Sünderin. Nackt in der Kälte des Winters, in den milden Nächten des Sommers, im Frühjahr und im Herbst hatte sie den Kreis gezogen. Sie hatte den Altar nach Norden gerichtet. Sie hatte die Kerzen an den vier Toren des Kreises aufgestellt, und mit Wasser, Salz und Kräutern hatte sie einen heiligen magischen Kosmos erschaffen, von dem aus sie beten konnte. Die vier Elemente waren gegenwärtig: Wasser, Luft, Feuer, Erde. Der Strick lag um ihren Oberschenkel. Der Stab lag fest und sicher in ihrer Hand. Zum Feuermachen nahm sie Lorbeersalz und verbrannte Gewürznelken und gab sich – mit Leib und Seele, erklärte sie – dem Kult der Sonne hin. Für Gesundheit und Lebenskraft. Betete um Hoffnung, wo es den Ärzten zufolge keine mehr gab. Flehte um Heilung, obwohl die Ärzte nichts mehr versprechen konnten als Morphium gegen die Schmerzen, bis endlich der Tod der Qual ein Ende bereitete.

Von den Kerzenflammen und dem Schein des brennenden Lorbeers umstrahlt, hatte sie singend ihre Bitte an jene vorgetragen, die sie in tiefem Ernst angerufen hatte:

Gott und Göttin, erhört meine Lieder,
Gebt Annie die Gesundheit wieder.

Und sie hatte sich eingeredet – sich vorgemacht –, alle ihre Absichten seien rein und edel. Sie betete für Annie, die Freundin aus der Kindheit, Annie Shepherd, Colins Frau.

Aber nur die Unbefleckten konnten die Göttin anrufen und erwarten, erhört zu werden. Der Zauber der Bittsteller mußte rein sein.

Einem plötzlichen Impuls folgend, ging Polly zur Kirche und trat auf den Friedhof. Er war so schwarz wie der Schlund des Gehörnten Gotts, aber sie brauchte kein Licht, um ihren Weg zu finden. Und sie brauchte auch keines, um die Inschrift auf dem Stein zu lesen. *Annie Alice Shepherd.* Und darunter die Daten und die Worte *Geliebte Ehefrau.* Nicht mehr, nichts Auffallendes, denn Extravaganz war nicht Colins Art.

»Ach, Annie«, sagte Polly zu dem Stein, der in dem tiefen Schatten eines Kastanienbaumes dicht bei der Friedhofsmauer stand. »Dreifach hat es mich heimgesucht, genau wie es im Buch vorausgesagt war. Aber ich schwöre dir, Annie, ich wollte dir nie etwas Böses.«

Doch die Zweifel bedrängten sie, noch während sie schwor. Wie eine Heuschreckenplage fielen sie über sie her und legten ihr Gewissen bloß. Sie zeigten das Schlimmste, was sie gewesen war, eine Frau, die den Ehemann einer anderen für sich selbst begehrte.

»Sie haben getan, was Sie konnten, Polly«, hatte Mr. Sage gesagt und ihre Hand mit seiner großen bedeckt. »Niemand kann Krebs durch Gebete heilen. Man kann darum beten, daß die Ärzte die Weisheit und das Wissen besitzen, um helfen zu können. Oder daß der Patient die Kraft entfaltet, um auszuhalten. Oder daß die Angehörigen lernen, mit dem Schmerz umzugehen. Aber die Krankheit selbst... nein, meine liebe Polly, die kann man nicht einfach wegbeten.«

Der Pfarrer hatte es gut gemeint, aber er hatte sie im Grunde nicht gekannt. Er war nicht der Typ, der ihre Sünden verstehen konnte. Für das, was sie sich im finstersten Teil ihres Herzens gewünscht hatte, gab es keine Absolution, kein *Gehe hin in Frieden.*

Jetzt bezahlte sie dreifach dafür, daß sie sich den Zorn der Götter zugezogen hatte. Aber nicht den Krebs hatten sie ihr zur Heimsuchung geschickt. Ihr war eine Rache subtilerer Art vorbehalten.

»Ich würde mit dir tauschen, Annie«, flüsterte Polly. »Ja, wirklich. Ich würde sofort mit dir tauschen.«

»Polly?« Ein leises, körperloses Flüstern in der Finsternis.

Sie sprang vom Grab zurück, die Hand auf den Mund gedrückt.

»Polly, sind Sie das?«

Gleich auf der anderen Seite der Mauer hörte sie knirschende Schritte, das Knistern dürrer Blätter unter Gummistiefeln. Dann sah sie ihn, einen Schatten unter Schatten. Sie roch den Pfeifenrauch, der in seinen Kleidern hing.

»Brendan?« Sie brauchte nicht auf Bestätigung zu warten. Das schwache Licht fiel direkt auf Brendan Powers Hakennase. Niemand sonst in Winslough hatte ein solches Profil. »Was tun Sie denn hier draußen?«

Er schien eine unterschwellige und unbeabsichtigte Aufforderung aus der Frage herauszuhören. Er sprang über die Mauer. Sie trat zurück. Er kam ihr eilig nach. Sie konnte sehen, daß er seine Pfeife in der Hand hielt.

»Ich war draußen im Haus, Cotes Hall.« Er klopfte seine Pfeife an Annies Grabstein aus, und der verbrannte Tabak, der herunterfiel, legte sich schwarz auf die gefrorene Decke des Grabs. Im nächsten Moment wurde ihm bewußt, wie ungehörig das war, was er getan hatte, und er sagte hastig: »Oh. Verdammt. Tut mir leid.« Er ging in die Hocke und fegte den Tabak weg. Dann richtete er sich wieder auf, steckte die Pfeife ein und trat von einem Fuß auf den anderen. »Ich war auf dem Rückweg ins Dorf. Zu Fuß. Da habe ich jemand auf dem Friedhof gesehen und ...« Er senkte den Kopf und schien die kaum sichtbaren Spitzen seiner schwarzen Gummistiefel zu studieren. »Ich hab gehofft, daß Sie es wären, Polly.«

»Wie geht's Ihrer Frau?« fragte sie.

Er hob den Kopf. »Ach, bei den Renovierungsarbeiten in Cotes Hall hat's schon wieder Sabotage gegeben. Jemand hat im Bad einen Wasserhahn nicht zugedreht. Ein ganzes Stück Teppich ist ruiniert. Rebecca hat sich wahnsinnig aufgeregt.«

»Das ist doch verständlich«, meinte Polly. »Sie möchte ihr eigenes Heim. Es ist bestimmt nicht einfach, bei den Eltern zu leben, noch dazu, wenn ein Kind unterwegs ist.«

»Nein, einfach ist das nicht«, bestätigte er. »Für keinen, Polly.«

Bei der Wärme seines Tons sah sie weg, in die Richtung des fernen Herrenhauses, wo seit vier Monaten Innendekorateure und Handwerker an der Arbeit waren, um das heruntergekommene Gebäude für Brendan und seine Frau bewohnbar zu machen. »Ich verstehe nicht, warum er nicht einen Nachtwächter einstellt.«

»Er sagt, er läßt sich nicht nötigen. Schließlich habe er ja Mrs. Spence direkt auf dem Grundstück. Er bezahlt sie dafür, daß sie aufpaßt. Und sie müßte bei Gott abschreckend genug sein. Sagt er jedenfalls.«

»Und hört ...« Es kostete sie Anstrengung, den Namen auszusprechen und sich dabei nichts anmerken zu lassen. »Und hört Mrs. Spence denn nie was, wenn da jemand Unfug treibt?«

»Von ihrem Haus aus nicht. Das steht zu weit weg vom Herrenhaus, sagt sie. Und wenn sie ihre Runden macht, ist nie eine Menschenseele zu sehen.«

»Hm.«

Sie schwiegen beide. Brendan bewegte sich nervös. Der eisige Boden knackte unter seinen Füßen. Ein Windstoß fuhr durch die kahlen Äste der Kastanie und packte hinten, wo das Kopftuch lose saß, Pollys Haare.

»Polly.«

Sie hörte das Drängen und Flehen in seiner Stimme. Beides hatte sie auch stets auf seinem Gesicht gesehen, wenn er sie im Pub gefragt hatte, ob er sich zu ihr an den Tisch setzen dürfte. Als habe er einen siebten Sinn für ihr Tun und Treiben, erschien er jedesmal, wenn sie ins *Crofters Inn* ging, um ein Glas zu trinken. Und genau wie all die anderen Male wurde ihr innerlich kalt bei seinem Ton.

Sie wußte, was er wollte. Das gleiche, was alle wollten: Rettung, Flucht, ein Geheimnis, an das man sich klammern konnte, einen hübschen Traum. Was spielte es für eine Rolle, wenn sie dabei verletzt wurde? Wo wurde schon darüber Buch geführt, was für eine kranke Seele zu zahlen sei?

Sie sind verheiratet, Brendan, hätte sie gern in einem Ton, in dem Geduld und Mitgefühl lagen, zu ihm gesagt. Selbst wenn ich Sie liebte – was nicht der Fall ist, wie Sie wissen –, Sie haben eine Frau. Gehen Sie jetzt nach Hause zu Rebecca und schlafen Sie mit ihr. Sie haben es doch mal ganz gern getan.

Aber sie war keine Frau, der Zurückweisung und Kälte leichtfielen. Darum sagte sie statt dessen nur: »Ich muß jetzt gehen, Brendan. Meine Mutter wartet mit dem Essen.« Und sie ging den Weg zurück, den sie gekommen war.

Sie hörte, daß er ihr folgte. Er sagte: »Ich begleite Sie. Sie sollten um diese Zeit nicht allein unterwegs sein.«

»Es ist zu weit«, widersprach sie. »Und den Weg sind Sie doch gerade gekommen, oder nicht?«

»Aber auf dem Fußweg«, erwiderte er mit einer Gelassenheit, als bewiese seine Antwort unerschütterbare Logik. »Über die Wiese. Über die Mauern. Ich bin nicht die Straße entlang gegangen.« Er paßte seinen Schritt dem ihren an. »Ich habe eine Taschenlampe«, fügte er hinzu und zog sie aus seiner Tasche. »Sie sollten hier nachts nicht ohne eine Lampe herumwandern.«

»Es sind doch nicht mal zwei Kilometer, Brendan. Das schaff ich schon noch.«

»Ich auch.«

Sie seufzte. Sie hätte ihm gern erklärt, daß er nicht einfach im Dunkeln mit ihr spazierengehen konnte. Daß man sie sehen würde. Daß die Leute es in den falschen Hals bekommen würden.

Aber sie wußte im voraus, wie er auf ihre Erklärung reagieren würde. Sie werden nichts weiter glauben, als daß ich auf dem Weg nach Cotes Hall bin, würde er entgegnen. Ich marschier da ja jeden Tag hinaus.

Wie naiv er war. Wie wenig Ahnung er vom Leben in einem Dorf hatte. Den Leuten, die sie sahen, würde es völlig gleichgültig sein, daß Polly und ihre Mutter seit zwanzig Jahren in dem kleinen Giebelhäuschen am Beginn der Auffahrt zum Herrenhaus lebten. Kein Mensch würde das in Betracht ziehen oder einen Gedanken daran verschwenden, daß Brendan vielleicht nur den Fortschritt der Renovierungsarbeiten am Herrenhaus überprüfte, um dort so bald wie möglich mit seiner jungen Frau einziehen zu können. Nein, von einem heimlichen Stelldichein würde man im Dorf tuscheln. Es würde Rebecca zu Ohren kommen. Und dann würde sie es sie und Brendan büßen lassen.

Aber Brendan büßte sowieso schon. Daran gab es für Polly keinen Zweifel. Sie hatte mit Rebecca Townley-Young oft genug zu tun gehabt, um zu wissen, daß die Ehe mit ihr selbst unter den besten Bedingungen kein Honigschlecken sein konnte.

Brendan tat ihr leid, und das war der Grund, warum sie ihm abends im *Crofters Inn* gestattete, sich zu ihr zu setzen; warum sie jetzt einfach nur am Straßenrand weiterging und den Blick auf den ruhigen, hellen Strahl von Brendans Taschenlampe gerichtet hielt. Sie versuchte nicht, ein Gespräch in Gang zu bringen. Sie wußte ziemlich genau, wohin ein Gespräch mit Brendan Power unweigerlich führen würde.

Ungefähr vierhundert Meter weiter rutschte sie auf einem glitschigen Stein aus, und Brendan griff nach ihrem Arm.

»Vorsicht«, sagte er.

Sie spürte seine Finger an ihrem Busen. Bei jedem ihrer Schritte hoben und senkten sich die Finger und rieben wie liebkosend über die Seite ihres Busens. Sie zuckte die Achseln, in der Hoffnung, seine Hand abzuschütteln. Doch er packte nur fester zu.

»Es war Craigie Stockwell«, sagte Brendan zaghaft in das sich zwischen ihnen vertiefende Schweigen hinein.

Sie zog die Augenbrauen zusammen. »Craigie wie?«

»Der Teppich in Cotes Hall. Craigie Stockwell. Aus London. Jetzt ist er total ruiniert. Der Ablauf im Becken war mit einem Lappen zugestopft. Freitag abend ist das gemacht worden, vermute ich. Es sah ganz so aus, als sei das Wasser das ganze Wochenende gelaufen.«

»Und kein Mensch hat das gemerkt?«

»Wir waren in Manchester.«

»Aber schaut denn niemand im Haus nach, wenn die Handwerker nicht da sind? Sieht denn da niemand nach dem Rechten?«

»Mrs. Spence, meinen Sie?« Er schüttelte den Kopf. »Sie überprüft im allgemeinen nur die Fenster und die Türen.«

»Aber ist es denn nicht ihre Aufgabe ...«

»Sie ist Hausmeisterin, kein Wachposten. Außerdem kann ich mir vorstellen, daß es ihr ziemlich unheimlich ist, ganz allein da draußen. So ganz ohne Mann, meine ich. Das Haus liegt einsam.«

Aber mindestens einmal hatte sie unbekannte Eindringlinge erfolgreich in die Luft geschlagen, das wußte Polly. Sie hatte selbst das Krachen des Gewehrs gehört. Und ein paar

Minuten später die trampelnden Schritte von zwei oder drei eilig davonlaufenden Flüchtlingen sowie bald darauf das Knattern eines Motorrads. Danach hatte es sich im ganzen Dorf herumgesprochen, daß mit Juliet Spence nicht gut Kirschen essen war.

Polly fröstelte. Der Wind frischte auf. Er pfiff in kurzen, bitterkalten Böen durch die kahle Weißdorndecke, die die Straße säumte. Er versprach stärkeren Frost für den kommenden Morgen.

»Ihnen ist kalt«, sagte Brendan.

»Nein.«

»Aber Sie zittern ja, Polly. Hier.« Er legte ihr den Arm um die Schultern und zog sie fest an sich. »Das ist doch gleich besser, oder nicht?« Sie antwortete ihm nicht. »Wir gehen im Gleichschritt. Haben Sie das gemerkt? Aber wenn Sie Ihren Arm um meine Taille legen, geht es sich noch leichter.«

»Brendan!«

»Sie waren diese Woche gar nicht im Pub. Warum denn nicht?«

Wieder antwortete sie nicht. Sie bewegte ihre Schultern. Aber er ließ sie nicht los.

»Polly, waren Sie oben auf dem Cotes Fell?«

Sie fühlte die Kälte auf ihren Wangen. Unaufhaltsam kroch sie ihren Hals hinunter. Ah, dachte sie, jetzt kommt es endlich. Er hatte sie im letzten Herbst eines Abends dort gesehen. Er wußte das Schlimmste.

Doch er fuhr ganz zwanglos fort. »Ich merke, daß mir das Wandern von Woche zu Woche mehr Spaß macht. Stellen Sie sich das mal vor, ich war schon dreimal draußen beim Stausee. Ich habe eine lange Wanderung durch den Trouth of Bowland gemacht und dann noch eine, in der Nähe von Claughton, den Beacon Fell hinauf. Die Luft ist so herrlich frisch. Ist Ihnen das auch aufgefallen? Wenn man oben angekommen ist, meine ich. Aber Sie sind wahrscheinlich viel zu beschäftigt, um Wanderungen machen zu können.«

Gleich wird er's sagen, dachte sie. Gleich nennt er mir den Preis, den ich ihm dafür bezahlen muß, daß er den Mund hält.

»Bei den vielen Männern in Ihrem Leben.«

Die Anspielung war ihr ein Rätsel.

Er warf ihr einen Blick zu. »Es gibt doch Männer in Ihrem Leben, oder? Eine ganze Menge bestimmt. Das ist wahrscheinlich auch der Grund, warum Sie in letzter Zeit nie im Pub waren. Sie waren beschäftigt, hm? Mit Ihren Verehrern, meine ich. Da gibt's doch sicher einen besonderen?«

Einen besonderen? Polly lachte müde.

»Es gibt jemanden, nicht wahr? Bei einer Frau wie Ihnen. Ich meine, ich kann mir nicht vorstellen, daß ein Mann da nein sagen würde. Wenn er nur die geringste Chance hätte. Ich jedenfalls bestimmt nicht. Sie sind eine tolle Frau, Polly. Das sieht doch jeder.«

Er schaltete die Taschenlampe aus und steckte sie ein. Mit der jetzt freien Hand faßte er sie beim Arm.

»Sie sehen so gut aus, Polly«, sagte er und neigte sich näher zu ihr. »Sie riechen so gut. Ich fasse Sie so gern an. Wer da kalt bleibt, der braucht einen Arzt.«

Er ging immer langsamer und blieb schließlich ganz stehen. Es hatte seinen Grund, sagte sie sich. Sie hatten die Einfahrt zu dem Häuschen erreicht, in dem sie wohnte. Aber dann drehte er sie herum, so daß er ihr ins Gesicht sehen konnte.

»Polly«, sagte er drängend. Er streichelte ihre Wange. »Ich empfinde so viel für Sie. Ich weiß, Sie haben es gemerkt. Würden Sie mich bitte ...«

Das blendende Licht zweier Autoscheinwerfer fing sie ein wie die Kaninchen. Der Wagen kam nicht die Clitheroe Road herunter, sondern rumpelte holpernd auf der schmalen Straße dahin, die hinter dem Häuschen zum Herrenhaus hinaufführte. Und genau wie Kaninchen erstarrten sie im Lichtschein, Brendan mit einer Hand an Pollys Wange und der anderen auf ihrem Arm. Seine Absichten waren unmißverständlich.

»Brendan!« sagte Polly.

Hastig senkte er beide Hände und trat zur Sicherheit zwei Schritte zurück. Aber es war zu spät. Der Wagen näherte sich ihnen langsam, wurde noch langsamer. Es war ein alter grüner Landrover, schmutzig und mit Schlamm bespritzt. Windschutzscheibe und Fenster waren jedoch sauber.

Polly wandte sich ab, weniger weil sie nicht gesehen, nicht zum Gegenstand des Dorfklatschs werden wollte – sie wußte, daß nichts sie davor bewahren würde –, sondern vielmehr, um den Fahrer nicht sehen zu müssen und die Frau, die neben ihm saß, mit ihrem gerade geschnittenen, graugesprenkelten Haar und dem kantigen Gesicht. Ach, ohne es zu wollen, konnte Polly es alles so klar sehen – wie die Frau den Arm auf der Rückenlehne des Sitzes ausgestreckt hatte, so daß ihre Fingerspitzen den Nacken des Fahrers berührten.

Colin Shepherd und Mrs. Spence verbrachten wieder einmal einen idyllischen Abend miteinander. Die Götter ließen Polly ihre Sünden nicht vergessen.

Verdammt, die Luft und der Wind, dachte Polly. Es gab eben keine Gerechtigkeit. Sie konnte tun, was sie wollte, immer lief es falsch. Sie knallte die Tür hinter sich zu und schlug einmal mit der Faust dagegen.

»Polly? Bist du das, Schatz?«

Sie hörte den watschelnden Schritt ihrer Mutter, als diese schwerfällig durch das Wohnzimmer schlurfte. Sie hörte ihren pfeifenden Atem und das Klappern und Klirren ihres

Schmucks – Armbänder, Halsketten, Golddublonen und was ihre Mutter sonst noch so anzulegen pflegte, wenn sie morgens Toilette machte.

»Ja, klar, ich bin's, Rita«, antwortete sie. »Wer denn sonst?«

»Keine Ahnung, Kind. Ein gutaussehender junger Mann vielleicht, der Unterhaltung sucht. Man muß immer auf eine Überraschung gefaßt sein. Ist jedenfalls mein Motto.« Rita lachte.

Duftwolken lagen in den Räumen: Giorgio. Sie pflegte es eßlöffelweise über sich zu gießen. Sie kam zur Tür, füllte die ganze Öffnung, eine ungeheuer voluminöse Frau, die vom Hals bis zu den Knien zu einer einzigen formlosen Masse auseinanderquoll. Sie lehnte sich an den Türpfosten und atmete mühsam. Das Flurlicht glitzerte auf dem Schmuck auf ihrem gewaltigen Busen. Ihr Körper warf einen grotesken Schatten an die Wand.

Polly hockte sich nieder, um ihre Stiefel aufzuschnüren. An den Sohlen klebten dicke feuchte Erde und Lehmklumpen. Ihrer Mutter entging das nicht.

»Wo warst du, Kind?« Rita klimperte mit einer ihrer langen Halsketten, eine Gliederkette aus großen Katzenköpfen in Messing. »Hast du 'ne Wanderung gemacht?«

»Die Straße ist matschig«, antwortete Polly mit einem Ächzen, während sie sich einen Stiefel vom Fuß zog und sich den anderen vornahm. Die Schnürsenkel waren klatschnaß und ihre Finger steif. »Wir haben Winter. Hast du vielleicht vergessen, wie's da hier aussieht?«

»Ha, ich wünschte, das könnte ich«, antwortete ihre Mutter. »So, und wie war's heute in der großen Metropole?«

Sie betonte das Wort falsch, legte den Akzent auf die zweite Silbe. Sie tat es absichtlich. Das gehörte zu ihrer Selbstinszenierung. Hier im Dorf umgab sie sich mit dem Schein der Unwissenheit, Teil der Rolle, in die sie schlüpfte, wenn sie für den Winter nach Hause, nach Winslough, kam. Im Frühling, Sommer und Herbst war sie Rita Rularski, Wahrsagerin, die aus den Tarot-Karten, aus geworfenen Steinen, aus der Hand las. In ihrer Bude blickte sie für all jene, die bereit waren, die geforderte Geldsumme hinzublättern, in die Zukunft, legte die Vergangenheit aus und erläuterte den Sinn einer unruhigen, widerspenstigen Gegenwart. Ob Einheimische, Touristen, Urlauber, neugierige Hausfrauen oder feine Damen, die sich amüsieren wollten, Rita empfing sie alle mit gleicher Grandezza, in einen Kaftan gehüllt, der groß genug für einen Elefanten war, auf dem Kopf ein leuchtendes Tuch, das ihr graues krauses Haar bedeckte.

Doch im Winter wurde sie wieder Rita Yarkin, kehrte für die drei kalten Monate zu ihrem einzigen Kind nach Winslough zurück. Sie stellte ihr handgefertigtes Schild am Straßenrand auf und wartete auf Kundschaft, die selten kam. Sie las Zeitschriften und saß vor dem Fernseher. Sie fraß wie ein Scheunendrescher und lackierte sich regelmäßig die Nägel.

Polly warf einen neugierigen Blick darauf. Purpurrot heute, mit einem Goldstreifen, der sich diagonal über jeden Nagel zog. Die Farbe biß sich mit ihrem kürbisfarbenen Kaftan, doch sie war dem gestrigen Gelb entschieden vorzuziehen.

»Hast du heute abend mit jemand Streit gehabt, Schätzchen?« fragte Rita. »Du hast eine Aura, weißt du, die ist echt auf nichts geschrumpft. Das ist gar nicht gut, hm? Komm, laß mich mal dein Gesicht ansehen.«

»Es ist nichts.« Polly gab sich geschäftig. Sie knallte ihre Stiefel in den Holzkasten, der neben der Haustür stand. Sie nahm das Kopftuch ab und faltete es säuberlich Ecke auf Ecke. Dann schob sie es in ihre Manteltasche und fegte mit der Hand über den Mantel, um Fussel und nicht vorhandene Schmutzspritzer zu entfernen.

Aber so leicht ließ ihre Mutter sich nicht ablenken. Sie stieß sich mit einiger Anstrengung vom Türpfosten ab und wälzte ihre Massen watschelnd zu Polly hinüber. Sie drehte ihre Tochter herum und blickte ihr aufmerksam ins Gesicht. Mit der offenen Hand zeichnete sie in einem Abstand von ungefähr zwei Zentimetern die Form von Pollys Kopf und Schultern nach.

»Hm. Ich seh schon.« Sie schürzte die Lippen und ließ seufzend die Arme herabfallen. »Sterne und Erde, Mädchen, hör endlich auf, so dumm zu sein.«

Polly wich zur Seite aus und steuerte auf die Treppe zu. »Ich brauche meine Hausschuhe«, sagte sie. »Ich hol sie schnell. Ich bin gleich wieder da. Ich riech schon das Essen. Hast du Gulasch gemacht, wie du gesagt hast?«

»Jetzt hör mir mal zu, Pol. Mr. C. Shepherd ist nichts Besonderes«, sagte Rita. »Er hat einer Frau wie dir nichts zu bieten. Siehst du das denn immer noch nicht?«

»Rita . . .«

»Was zählt, ist das Leben. Das Leben, verstehst du? Du hast Leben und Wissen wie Blut in deinen Adern. Du hast Gaben, wie ich sie nie gehabt, wie ich sie nie gesehen habe. Gebrauch sie! Verdammt noch mal, wirf sie nicht einfach weg! Bei allen Göttern im Himmel, wenn ich nur die Hälfte von dem hätte, was du hast, würde mir die ganze Welt gehören. Jetzt bleib endlich stehen, Mädchen, und hör mir zu!« Sie schlug mit der Hand krachend auf das Treppengeländer.

Polly spürte, wie die ganze Treppe zitterte. Mit einem Seufzer der Resignation drehte sie sich herum. Sie und ihre Mutter waren jedes Jahr nur diese drei Monate im Winter zusammen, aber in den letzten sechs Jahren zogen sich diese immer unerträglich in die Länge, da Rita den geringsten Anlaß nutzte, um Pollys Lebensart unter die Lupe zu nehmen und zu kritisieren.

»Das war doch er, der da eben im Auto vorbeigefahren ist, oder?« fragte Rita. »Mr. C. Shepherd höchstpersönlich. Mit *ihr* zusammen, stimmt's? Sie sind von oben, vom Herrenhaus gekommen. Und das tut dir weh, nicht wahr?«

»Es ist nichts«, sagte Polly wieder.

»Da hast du ausnahmsweise recht. Es ist nichts. *Er* ist nichts. Was grämst du dich dann?«

Aber es stimmte ja nicht, daß er für Polly nichts war. Nur, wie konnte sie das ihrer Mutter erklären, deren einzige Liebe ein abruptes Ende gefunden hatte, als ihr Mann an einem regnerischen Morgen, dem Morgen von Pollys siebtem Geburtstag, Winslough verlassen hatte, um nach Manchester zu fahren und »seinem kleinen Mädchen etwas ganz Besonderes zu kaufen«, und nie wieder nach Hause gekommen war.

Wenn sie erzählte, was ihr und ihrem einzigen Kind zugestoßen war, sagte Rita Yarkin nie, sie sei verlassen worden. Sie sagte immer, es sei ein Segen gewesen. Wenn der Mann zu dumm gewesen sei, um zu erkennen, was er an diesen beiden Frauen gehabt hatte, dann seien sie ohne ihn besser dran. Das war Ritas Sichtweise des Lebens. Jede Schwierigkeit, jede Prüfung und jedes Unglück ließen sich mit Leichtigkeit zu verkappten Glücksfällen umdefinieren. Enttäuschungen waren wortlose Botschaften der Göttin. Zurückweisungen waren nichts weiter als Hinweise darauf, daß der am brennendsten gewünschte Weg nicht der beste war. Schon vor langer Zeit nämlich hatte sich Rita Yarkin – mit Leib und Seele – dem Schutz und der Obhut der Bruderschaft der Weisen anvertraut. Polly bewunderte sie für soviel Vertrauen und Hingabe. Sie wünschte nur, sie wäre ebenfalls dazu imstande.

»Ich bin nicht wie du, Rita.«

»Bist du schon«, widersprach Rita. »Du bist mir ähnlicher als ich mir selbst. Wann hast du das letzte Mal den Kreis gezogen? Seit ich wieder da bin, bestimmt nicht.«

»Doch. Zwei- oder dreimal.«

Ihre Mutter zog skeptisch eine nachgezogene Braue hoch. »Da warst du aber sehr zurückhaltend, hm? Wo hast du ihn denn gezogen?«

»Oben am Cotes Fell. Das weißt du doch, Rita.«

»Und zu wem hast du gebetet?«

Polly hätte ihr am liebsten nicht geantwortet, aber die Macht ihrer Mutter wurde mit jeder Antwort, die sie gab, stärker. Sie fühlte sie jetzt ganz deutlich, als flösse die Energie aus Ritas Fingern und kröche das Treppengeländer hinauf in Pollys Hand.

»Venus«, antwortete sie unglücklich und wandte den Blick von Rita ab. Sie wartete auf den Spott.

Aber der kam nicht. Statt dessen hob Rita ihre Hand vom Geländer und sah ihre Tochter nachdenklich an. »Venus«, sagte sie. »Aber hier geht's doch nicht darum, Liebestränke zu mischen, Polly.«

»Das weiß ich.«

»Dann ...«

»Aber um Liebe geht es. Du willst nicht, daß ich Liebe empfinde. Das weiß ich, Mama. Aber sie ist trotzdem da. Ich kann sie nicht abstellen, nur weil du das gern hättest. Ich liebe ihn. Glaubst du nicht, ich würde sofort damit aufhören, wenn ich das könnte? Glaubst du nicht, daß ich darum bete, nichts für ihn zu empfinden – oder wenigstens nicht mehr als er für mich? Glaubst du denn, ich hab mir diese Folter ausgesucht?«

»Ich glaube, jeder von uns sucht sich seine eigene Folter aus.« Rita watschelte zu einem alten Zeitungsständer aus Rosenholz, der neben der Treppe stand. Ächzend bückte sie sich und zog die einzige Schublade des kleinen Möbels auf. Sie entnahm ihr zwei rechteckige Holzstücke. »Hier«, sagte sie. »Nimm.«

Wortlos nahm Polly das Holz. Sie roch seinen unverwechselbaren Duft, scharf, aber angenehm, durchdringend. »Zeder«, sagte sie.

»Richtig«, bestätigte Rita. »Verbrenn es für Mars. Bitte ihn um Kraft. Überlaß die Liebe denen, die nicht deine Gaben besitzen.«

3

Mrs. Wragg verließ sie sofort, nachdem sie ihnen vom Tod des Pfarrers berichtet hatte. Auf Deborahs bestürzte Fragen antwortete sie zurückhaltend: »Tja, Genaues kann ich Ihnen da nicht sagen. Sie waren mit ihm befreundet?«

Nein. Natürlich nicht. Befreundet waren sie nicht gewesen. Sie hatten lediglich an einem regnerischen, windigen Novembertag ein paar Minuten zusammen in der National Gallery verbracht. Aber Deborah, die sich gut an Robin Sages freundliche Art erinnerte, fühlte sich von der Nachricht wie gelähmt.

»Das tut mir wirklich leid, Liebes«, sagte Simon, nachdem Mrs. Wragg die Tür hinter sich geschlossen hatte. Deborah sah die Besorgnis, die seine Augen verdunkelten, und sie wußte, daß er ihre Gedanken las, wie dies nur ein Mensch konnte, der sie ihr Leben lang gekannt hatte. Sie wußte, daß er nicht sagte, was er gern gesagt hätte: Es hat nichts mit dir zu tun, Deborah. Du bist kein Todesbringer, ganz gleich, was du denkst... Statt dessen nahm er sie einfach in die Arme und hielt sie fest.

Später, um halb acht, stiegen sie die Treppe zwischen der Bar und dem Büro hinunter. Das Pub hatte sich gefüllt. Bauern standen in lebhaftem Gespräch am Tresen. An einigen Tischen saßen Hausfrauen, die sich einen freien Abend gönnten. Zwei ältere Ehepaare unterhielten sich über die

Qualität von Spazierstöcken, während in einer Ecke sechs junge Leute laut ihre Witze machten und rauchten.

Aus dieser Gruppe junger Leute – unter denen sich ein Pärchen befand, das ganz ungeniert schmuste und höchstens eine Pause einlegte, wenn das blutjunge Mädchen einen Schluck aus der Flasche nehmen oder der Bursche an seiner Zigarette ziehen wollte – löste sich Josie Wragg. Sie hatte sich für den Abend umgezogen, trug jetzt eine Art Arbeitstracht. Doch an ihrem schwarzen Rock war ein Stück Saum heruntergerissen, und die rote Schleife an ihrem Haar saß völlig schief.

Sie verschwand kurz hinter dem Tresen, wo sie zwei Speisekarten holte, und sagte dann sehr förmlich, mit einem etwas ängstlichen Blick auf den fast kahlköpfigen Mann, der mit der selbstverständlichen Autorität des Wirts das Bier zapfte: »Guten Abend, Sir. Guten Abend, Madam. Ist alles zu Ihrer Zufriedenheit?«

»Vollkommen«, antwortete Simon.

»Dann möchten Sie jetzt sicher die Speisekarte sehen.« Sie reichte ihnen die Karten und fügte mit gesenkter Stimme hinzu: »Aber vergessen Sie nicht, was ich Ihnen über das Bœuf gesagt habe.«

Sie gingen an den Bauern vorbei, von denen einer mit rotem Kopf und drohend erhobener Faust erklärte: »...ihm sagen, daß es ein öffentlicher Fußweg ist – *öffentlich*, wohlgemerkt...«, und suchten sich ihren Weg zwischen den Tischen hindurch zum offenen Kamin, in dem mehrere Birkenscheite brannten. Neugierige Blicke folgten ihnen auf ihrem Weg durch die Gaststube – Touristen waren um diese Zeit in Lancashire eine Seltenheit –, und auf ihr freundliches »Guten Abend« nickten die Männer brüsk und wortlos, die Frauen neigten leicht die Köpfe. Nur die Teenager in ihrer Ecke zollten ihnen keinerlei Beachtung. Ihr ganzes Interesse galt dem Schauspiel, das die kesse kleine Blondine und ihr Freund boten, der seine Hand gerade unter ihr gelbes Sweat-Shirt schob.

Deborah setzte sich auf eine Bank unter einer verblaßten Petit-Point-Wiedergabe von *Sonntag nachmittag auf der Grande Jatte*. Simon nahm auf dem Stuhl ihr gegenüber Platz. Sie bestellten Sherry und Whisky, und als Josie ihnen die Getränke an den Tisch brachte, stellte sie sich so, daß ihnen der Blick auf das innig umschlungene Liebespärchen versperrt war.

»Tut mir leid, das da drüben«, sagte sie mit einem Naserümpfen, als sie Deborah ihren Sherry hinstellte und Simon seinen Whisky. »Das ist Pam Rice, spielt zur Abwechslung mal das leichte Mädchen. Fragen Sie mich nicht, warum. Sie ist kein schlechter Kerl. Nur wenn sie mit Todd zusammen ist... Der ist schon siebzehn.«

Sie sagte es, als erklärte das Alter des Jungen alles. Aber vielleicht fürchtete sie, es könnte doch nicht genügen, denn sie fügte hinzu: »Und dreizehn. Pam, meine ich. Sie wird im nächsten Monat vierzehn.«

»Und irgendwann im nächsten Jahr zweifellos fünfunddreißig«, meinte Simon trocken.

Josie sah sich mit zusammengekniffenen Augen nach dem Pärchen um. Trotz ihres vorher so verächtlichen Blickes stieß sie jetzt einen zitternden Seufzer aus. »Ja. Na ja...« Und dann wandte sie sich, mit einer Anstrengung, wie es schien, wieder ihnen zu.

»Also, was darf es sein? Außer dem Bœuf, meine ich. Der Lachs ist gut. Und die Ente auch. Und das Kalbfleisch...« Die Außentür des Pubs wurde geöffnet, und ein eisiger Luftzug fegte herein und umspielte wie flatternde Seide ihre Beine »... ist mit Tomaten und Champignons gemacht. Außerdem haben wir heute abend Seezunge mit Kapern und ...« Josie geriet ins Stocken, als hinter ihr das Stimmengewirr der Gäste auffallend plötzlich verstummte.

Ein Mann und eine Frau standen an der Tür unter der Deckenlampe, die deutlich den Kontrast zwischen ihnen zeigte. Zunächst das Haar: seins ingwerfarben; das ihre dunkel, mit Grau gesprenkelt, dick, glatt, auf Schulterlänge geschnitten. Dann das Gesicht: seins jugendlich und gut geschnitten, jedoch fiel sofort das harte Kinn auf; sie stark und kraftvoll, ungeschminkt, das Gesicht einer Frau mittleren Alters. Und die Kleidung: er in Tweedjacke mit langer Hose; sie in einer abgetragenen dicken Seemannsjacke und ausgebleichten Blue jeans mit einem Flicken auf einem Knie.

Einen Moment lang blieben sie Seite an Seite am Eingang stehen. Die Hand des Mannes lag auf dem Arm der Frau. Er trug eine Brille, in deren Gläsern sich funkelnd das Licht brach und das Spiel seiner Augen verdeckte. Sie jedoch sah sich langsam um, nahm bewußt mit jedem, der dies wollte, Blickkontakt auf.

»...mit Kapern und – und ...« Josie schien ihren Text vergessen zu haben. Sie schob ihren Bleistift in ihr Haar und kratzte sich damit am Kopf.

Mr. Wragg, der hinter dem Tresen gerade ein Guinness zapfte, sagte: »Guten Abend, Constable. Guten Abend, Mrs. Spence. Kalter Abend, was? Ich glaub, da kommt noch einiges auf uns zu, wenn Sie mich fragen. Na, wie steht's, Frank Fowler? Noch ein Dunkles?«

Endlich riß wenigstens einer der Bauern seinen Blick von der Tür los. Andere folgten seinem Beispiel. »Da sag ich nicht nein, Ben«, antwortete Frank Fowler und schob sein Glas über den Tresen.

Ben zapfte. Irgend jemand sagte: »He, Billy, hast du zufällig Zigaretten bei dir?« Ein Stuhl wurde krachend über den Fußboden geschoben. Aus dem Büro war das Läuten des

Telefons zu hören. Langsam kehrte im Pub wieder Normalität ein.

Der Constable ging zum Tresen und sagte: »Ein Black Bush und eine Limonade, Ben«, während Mrs. Spence auf einen Tisch zusteuerte, der etwas abseits von den anderen stand. Sie bewegte sich ohne Eile, eine ziemlich große Frau mit hocherhobenem Kopf und geraden Schultern. Doch anstatt sich auf der Bank an der Wand niederzulassen, nahm sie auf einem Stuhl Platz, der mit dem Rücken zum Gastraum stand. Sie zog ihre Jacke aus. Darunter trug sie einen hellen Rolli.

»Na, wie geht's, Constable?« erkundigte sich Ben Wragg. »Ist Ihr Vater nun schon im Altenheim?«

Der Constable zählte ein paar Münzen ab und legte sie auf den Tresen. »Ist letzte Woche eingezogen«, antwortete er.

»Tja, war schon ein bemerkenswerter Mann, Ihr Vater, Colin. Erstklassiger Polizist.«

Der Constable schob das Geld zu Wragg hinüber. »Ja«, sagte er. »Kann man wohl sagen. Wir haben ja auch alle lang genug Zeit gehabt, das zu merken.« Damit nahm er die beiden Gläser und ging zu seiner Begleiterin hinüber.

Er setzte sich auf die Bank, den Blick in die Gaststube. Langsam sah er von einem Tisch zum anderen. Und einer nach dem anderen sahen die Leute weg. Die Gespräche im Raum waren so gedämpft, daß man aus der Küche deutlich das Klappern der Töpfe hören konnte.

Nach einem Moment sagte einer der Bauern: »Tja, ich denk, das wär's für heute, Ben«, und ein anderer sagte: »Ich muß noch rüber zu meiner Großmutter.« Ein dritter warf wortlos eine Fünf-Pfund-Note auf den Tresen und wartete auf das Wechselgeld. Innerhalb von Minuten nach der Ankunft des Constables und Mrs. Spences hatte sich das Pub praktisch geleert; zurück blieben nur ein Mann im Tweedjakket, der träge an die Wand gelehnt stand und den Gin in seinem Glas schwenkte, und die Gruppe Teenager, die jetzt zu einem Spielautomaten am anderen Ende des Raums trottete, um dort ihr Glück versuchen.

Josie hatte die ganze Zeit mit halb offenem Mund und großen Augen am Tisch gestanden. Erst als Ben Wragg blaffte: »Los, Josephine, mach voran!«, wachte sie auf und erinnerte sich, daß sie die Gäste ja zum Abendessen beraten sollte. Aber selbst dann brachte sie nicht mehr zustande als ein gestammeltes: »Äh – was möchten Sie essen?« Noch ehe sie eine Wahl treffen konnten, fügte sie hinzu: »Der Speisesaal ist gleich nebenan, wenn Sie bitte mitkommen würden.«

Sie führte sie durch eine niedrige Tür neben dem offenen Kamin. Die Temperatur fiel mit einem Schlag um gut fünf Grad, statt nach Zigarettenrauch und Ale roch es hier nach frisch gebackenem Brot. Sie führte sie zu einem Tisch neben einem glühenden Heizkörper und sagte: »Sie haben heute abend den ganzen Saal für sich allein. Wir haben außer Ihnen keine Gäste. Ich geh mal rasch in die Küche und sag denen, was Sie –«, worauf ihr endlich bewußt zu werden schien, daß sie niemandem etwas zu sagen hatte. Sie biß sich betreten auf die Unterlippe. »Ach, entschuldigen Sie«, sagte sie. »Ich bin ganz durcheinander. Sie haben ja noch gar nicht bestellt.«

»Ist denn etwas nicht in Ordnung?« erkundigte sich Deborah.

»Nicht in Ordnung?« Wieder schob sie den Bleistift in ihr Haar, mit der Mine voraus diesmal, und zog ihn hin und her, als mache sie eine Zeichnung auf ihrer Kopfhaut.

»Ich meine, gibt es ein Problem?«

»Problem?«

»Ist jemand in Schwierigkeiten?«

»In Schwierigkeiten?«

Simon machte dem Spiel ein Ende. »Ich glaube, ich habe noch nie erlebt, daß ein Polizist ein Gasthaus so schnell geleert hat. Ohne daß Polizeistunde war, meine ich.«

»Ach nein«, sagte Josie. »Wegen Mr. Shepherd ist das nicht. Ich meine – jedenfalls eigentlich nicht ... Es ist nur ... Wissen Sie, hier sind ein paar Sachen passiert, und Sie wissen ja, wie das in einem Dorf ist, und ... Aber jetzt sollte ich vielleicht wirklich Ihre Bestellung aufnehmen. Mr. Wragg wird immer stocksauer, wenn ich zuviel mit den Gästen rede. ›Die Leute sind nicht nach Winslough gekommen, damit jemand wie du ihnen Geschichten erzählt, Miss Josephine.‹ So sagt er immer. Mr. Wragg, mein ich.«

»Ist es wegen der Frau, die mit dem Constable hier war?« fragte Deborah.

Josie warf einen Blick zu der Schwingtür, die in die Küche zu führen schien. »Ich sollte wirklich nicht soviel reden.«

»Durchaus verständlich«, sagte Simon und sah in seine Speisekarte. »Also dann, für mich zuerst die gefüllten Champignons und dann die Seezunge. Und was möchtest du haben, Deborah?«

Aber Deborah wollte sich nicht einfach so abwimmeln lassen. Sie sagte sich, wenn Josie über das eine Thema nicht sprechen wollte, dann würde vielleicht der Wechsel zu einem anderen Thema ihr die Zunge lösen.

»Josie«, sagte sie daher, »kannst du uns etwas über den Pfarrer sagen, Mr. Sage?«

Josie hob mit einem Ruck den Kopf von ihrem Block. »Woher wissen Sie denn davon?«

»Wovon?«

Sie schlenkerte ihren Arm in Richtung zur Gaststube. »Da draußen. Woher wissen Sie das?«

»Wir wissen gar nichts. Außer, daß er tot ist. Wir sind auch deshalb hierher, nach Winslough, gekommen, weil wir ihn besuchen wollten. Kannst du uns erzählen, was passiert ist? War sein Tod unerwartet? War er vorher krank?«

»Nein.« Josie senkte den Blick wieder zu ihrem Block und konzentrierte sich ganz darauf, die Bestellung aufzuschreiben. »Krank war er nicht direkt. Jedenfalls nicht lang.«

»Wieso? War es eine plötzliche Krankheit?«

»Plötzlich war's, ja. Richtig plötzlich.«

»Ein Herzanfall? Oder ein Schlaganfall? Etwas in dieser Richtung?«

»Etwas – es ist jedenfalls sehr schnell gegangen. Er ist ganz schnell gestorben.«

»Eine Infektion? Ein Virus?«

Josie machte ein gequältes Gesicht. Sie war offensichtlich hin und her gerissen zwischen dem Gefühl, diskret sein zu müssen, und der Lust, richtig auszupacken. Sie wedelte unschlüssig mit ihrem Bleistift.

»Er ist doch nicht ermordet worden?« fragte Simon.

»Nein!« stieß Josie entsetzt hervor. »Nein, ganz bestimmt nicht. Es war ein Unfall. Wirklich. Ganz ehrlich. Sie wollte nicht ... Sie kann gar nicht ... Ich meine, ich kenne sie doch. Wir kennen sie alle. Sie hat ihm bestimmt nichts Böses gewollt.«

»Wer?« fragte Simon.

Josies Blick glitt zur Tür.

»Mrs. Spence, nicht wahr?« sagte Deborah.

»Aber es war kein Mord«, beteuerte Josie.

Während sie das Essen brachte, Wein einschenkte, das Käsebrett auftrug und ihnen den Kaffee hinstellte, erzählte sie in Bruchstücken die Geschichte.

Eine Lebensmittelvergiftung, berichtete sie. Im vergangenen Dezember. Während sie in kurzen, abgerissenen Sätzen erzählte, flog ihr Blick immer wieder zur Küchentür. Sie wollte offensichtlich nicht dabei ertappt werden, daß sie klatschte. Mr. Sage hatte regelmäßig seine Runden in der Gemeinde gemacht, jede einzelne Familie besucht, entweder nachmittags zum Tee oder abends zum Essen.

»Mr. Wragg hat immer gesagt, er esse sich zum Ruhme Gottes durch. Aber auf den darf man nicht hören, der geht nämlich nie in die Kirche, außer an Weihnachten oder bei einer Beerdigung.«

Und an einem Freitag abend besuchte er Mrs. Spence. Er war allein mit ihr, weil Mrs. Spences Tochter . . .

»Sie ist meine beste Freundin – Maggie.«

». . .den Abend mit Josie zusammen hier, im Pub, verbracht hatte. Mrs. Spence hatte immer jedem, der es wissen wollte, klar und deutlich gesagt, daß sie im allgemeinen nichts davon hielt, zur Kirche zu gehen, obwohl der Kirchgang im Dorf das einzige gesellschaftliche Ereignis war, das regelmäßig wiederkehrte. Aber sie wollte dem Pfarrer gegenüber auch nicht unhöflich sein, deshalb war sie bereit, ihn anzuhören, als er versuchte, sie dazu zu überreden, der Kirche noch einmal eine Chance in ihrem Leben zu geben. Sie war immer eine höfliche Frau. So war sie einfach. Der Pfarrer ging also an dem Abend zu ihrem Haus hinaus und hoffte, es werde ihm gelingen, sie in den Schoß der Kirche zurückzuholen. Am nächsten Morgen hatte er eine Trauung.

»Da sollte er diese dürre Ziege, Becca Townley-Young, und Brendan Power verheiraten – der draußen an der Bar steht und Gin trinkt, haben Sie ihn gesehen?«

Aber er erschien nicht, und da suchte man ihn und fand ihn tot.

»Er war schon ganz steif und hatte ganz blutige Lippen, und die Zähne hatte er so fest zusammengebissen, als hätten sie sie ihm zusammengeklammert.«

»Na, das muß aber schon eine merkwürdige Lebensmittelvergiftung gewesen sein«, bemerkte Simon skeptisch. »Denn wenn Nahrungsmittel verdorben sind ...«

Nein, *so* eine Lebensmittelvergiftung sei es ja nicht gewesen, erklärte Josie, und legte eine kurze Pause ein, um sich durch ihren dünnen Rock hindurch am Po zu kratzen. Es sei eine richtige Lebensmittelvergiftung gewesen.

»Du meinst, es war Gift im Essen?« fragte Deborah.

Das Essen war das Gift. Wilde Pastinaken, die sie unten am Teich gleich beim Herrenhaus gepflückt hatte. »Aber es waren gar keine wilden Pastinaken, wie Mrs. Spence gedacht hat. Überhaupt nicht. Es war was ganz anderes.«

»Ach Gott«, sagte Deborah, als die Umstände klarer wurden. »Wie tragisch.«

»Es war Schierling, Giftwasserschierling«, sagte Josie atemlos. »Wie das Zeug, das Sokrates damals in Griechenland getrunken hat. Sie hat gedacht, es wäre Pastinake, und der Pfarrer dachte es auch, und darum hat er's gegessen, und dann ...« Sie packte sich selbst an der Kehle und gab Röchelgeräusche von sich. Gleich darauf sah sie sich ängstlich und verstohlen um. »Sagen Sie bloß meiner Mutter nicht, daß ich das gemacht hab. Die bringt mich um, wenn sie hört, daß ich mit dem Tod gespaßt hab. Bei den Jungs im Dorf ist es so 'ne Art schwarzer Witz, wissen Sie: Zieh-ku-ta-jetzt und gleich-biste-mausetot.«

»Zieh was?« fragte Deborah.

»*Cicuta*«, sagte Simon. »Der lateinische Name für die Gattung. *Cicuta maculata. Cicuta virosa.* Die Sache ist wohl eindeutig.«

Die Stirn gerunzelt, spielte er geistesabwesend mit dem Messer, mit dem er sich kurz zuvor ein Stück Käse abgeschnitten hatte. Doch den Käse beachtete er nicht; aus irgendeinem Grund, den er in diesem Moment nicht verstand, mußte er plötzlich an Professor Ian Rutherford von der

Universität Glasgow denken, der selbst zu den Vorlesungen stets im weißen Kittel erschien und immer sagte: *Einer Leiche kann man nichts übelnehmen, Herrschaften.* Wieso, zum Teufel, fragte sich Simon, kam ihm der alte Professor so unversehens in den Sinn?

»Und zu der Hochzeit am nächsten Morgen ist er nicht erschienen«, fuhr Josie fort. »Mr. Townley-Young ärgert sich darüber heute noch grün. Erst nachmittags um halb drei haben sie einen anderen Pfarrer gefunden, und das ganze Hochzeitsfrühstück war total im Eimer. Mehr als die Hälfte der Gäste war schon wieder abgehauen. Manche Leute behaupteten, Brendan hätte das alles eingefädelt – weil's nämlich eine Muß-Heirat war und keiner sich vorstellen kann, daß es einen Mann gibt, der nicht versuchen würde, eine Heirat mit Becca Townley-Young irgendwo doch noch abzubiegen. Aber jetzt mach ich schon wieder meine Witzchen. Wenn meine Mutter das erfährt, gibt's Riesenzoff. Sie hat Mr. Sage nämlich gern gemocht.«

»Und du?«

»Ich hab ihn auch gemocht. Alle haben ihn eigentlich gemocht. Außer Mr. Townley-Young. Der hat immer gesagt, der Pfarrer wär ihm viel ›zu volkstümlich und zu protestantisch‹, weil nämlich der Pfarrer nie Weihrauch benutzt hat und sich auch nicht mit Seidengewändern und Spitze aufgedonnert hat. Aber ich finde, für einen richtigen Pfarrer gibt's viel wichtigere Dinge. Und um die wichtigen Dinge hat Mr. Sage sich echt gekümmert.«

Simon hörte dem Geplapper des Mädchens mit halbem Ohr zu. Sie goß ihnen Kaffee ein und reichte ihnen einen Porzellanteller, auf dem sechs Petits fours in Regenbogenfarben lagen, gastronomisch äußerst fragwürdig.

Der Pfarrer sei wirklich sehr aktiv gewesen, berichtete Josie. Er hatte eine Jugendgruppe ins Leben gerufen – *sie* sei übrigens zweiter Vorstand und für die Kontaktpflege verantwortlich –, er hatte regelmäßig die Kranken besucht, die das Haus nicht verlassen konnten, und er hatte sich bemüht, die Leute dazu zu bewegen, wieder in die Kirche zu kommen. Er hatte jeden im Dorf beim Namen gekannt. Dienstag nachmittags hatte er den Kindern in der Grundschule vorgelesen. Wenn er zu Hause gewesen war, hatte er die Tür immer selbst geöffnet. Er war überhaupt nicht eingebildet gewesen.

»Ich habe ihn in London flüchtig kennengelernt«, sagte Deborah, »und fand ihn sehr nett.«

»Das war er auch. Wirklich. Und deswegen wird's auch immer ein bißchen heikel, wenn Mrs. Spence hier aufkreuzt.« Josie beugte sich über den Tisch und rückte die Tortenspitze unter den Petits fours zurecht. Den Teller selbst schob sie näher an die kleine Tischlampe mit dem Troddelschirm heran, um das farbenprächtige Gebäck ins rechte Licht zu rücken. »Ich meine, es war ja schließlich nicht *irgend jemand*, dem dieser Irrtum passiert ist. Sondern ausgerechnet sie.«

»Aber jeder, dem so ein Fehler unterlaufen wäre, wäre eine Zeitlang gewiß mit einer gewissen Skepsis behandelt worden«, meinte Deborah. »Besonders, da Mr. Sage so beliebt war.«

»Ja, aber Mrs. Spence ist eine Kennerin«, widersprach Josie eilig. »Sie sammelt Kräuter und Pflanzen. Sie kennt sich aus. Sie hätte doch eigentlich wissen müssen, was sie da ausgegraben hat, ehe sie's dem Pfarrer vorsetzte. So sagen jedenfalls die Leute. Im Pub. Sie wissen schon. Die kauen die Geschichte immer wieder durch, wie einen alten Knochen. Und sie lassen nicht locker. Denen ist es ganz egal, was bei der Leichenschau rausgekommen ist.«

»Eine Kräutersammlerin, die den Schierling nicht erkannt hat?« fragte Deborah.

»Ja, genau darüber regen sich die Leute auf.«

Simon hörte schweigend zu. Unversehens kehrte das Bild Ian Rutherfords wieder, wie er auf dem Arbeitstisch mit der Sorgfalt des Kenners die Gläser mit den Proben aufreihte, während der Formaldehydgeruch, der wie das Parfum eines Leichenfledderers von ihm ausging, jeden Gedanken ans Mittagessen abtötete. *Kommen wir gleich zu den Primärsymptomen, Herrschaften,* pflegte er kreuzfidel zu sagen, während er jedes Glas mit großer Geste bezeichnete. *Brennender Schmerz in der Kehle, exzessive Speichelbildung, Nausea. Weiter Schwindel, ehe die Konvulsionen anfangen. Es handelt sich hier um spasmodische Zuckungen, die die Muskulatur versteifen. Erbrechen wird durch krampfhaftes Verschließen des Mundes ausgeschlossen.* Befriedigt pochte er auf den Metalldeckel eines der Gläser, in dem ein menschlicher Lungenflügel zu schweben schien. *Tod innerhalb von fünfzehn Minuten, kann aber auch bis zu acht Stunden dauern. Asphyxie. Herzversagen. Komplettes Versagen der Atemorgane.* Und wieder pochte er auf den Deckel. *Fragen? Nein? Gut. Genug des Cicutoxins. Weiter zum Curare. Primärsymptome ...*

Doch St. James hatte seine eigenen Symptome, und er spürte sie, noch während Josie weiterplapperte: Unruhe zunächst, ein ausgeprägtes Unbehagen. *Hier nun haben wir ein typisches Beispiel,* sagte Rutherford. Aber das Beispiel, das er gab, der Punkt, auf den er hinaus wollte, war nicht zu fassen. St. James legte sein Messer weg und nahm sich eines von den Petits fours. Josie strahlte.

»Den Guß habe ich selbst gemacht«, sagte sie. »Ich finde, die mit Grün und Rosa schauen am schönsten aus.«

»Zu welchem Zweck sammelt sie Kräuter?«

»Mrs. Spence?«

»Ja.«

»Sie macht Medizin aus ihnen. Sie pflückt alles mögliche im

Wald und oben in den Hügeln und vermischt es miteinander und zerstampft es. Gegen Fieber und Krämpfe, Kopfschmerzen und so. Maggie – Mrs. Spence ist ihre Mutter, und sie ist meine beste Freundin, sie ist echt nett –, also Maggie war noch nie in ihrem Leben beim Arzt, hat sie gesagt. Wenn sie irgendwo eine Wunde hat, mixt ihre Mutter gleich eine Salbe. Wenn sie Fieber hat, macht ihre Mutter ihr einen Tee. Sie hat zum Beispiel mir ein Gurgelwasser aus Pfennigkraut gemacht, als ich das letzte Mal draußen beim Herrenhaus war – da wohnen sie nämlich, gleich bei Cotes Hall –, und ich hab nur einen Tag damit gegurgelt, und die Halsschmerzen waren weg.«

»Sie kennt sich also mit Pflanzen aus.«

Josie nickte. »Deswegen hat's ja so verdächtig ausgesehen, wie Mr. Sage gestorben ist. Wie konnte ausgerechnet die sich irren, haben die Leute bei sich gedacht. Ich meine, *ich* könnte natürlich wilde Pastinaken nicht mal von Heu unterscheiden, aber Mrs. Spence ...« Statt fertigzusprechen, breitete sie in einer Geste der Ratlosigkeit die Hände aus.

»Aber das ist doch alles bei der Leichenschau abgehandelt worden«, meinte Deborah.

»O ja. Gleich hier oben, im Gerichtssaal – haben Sie den schon gesehen? Da müssen Sie noch reinschauen, ehe Sie zu Bett gehen.«

»Und wer hat ausgesagt?« fragte St. James, der ziemlich sicher war, wie die Antwort lauten würde, und erwartete, daß sie sein Unbehagen neu beleben würde. »Ich meine, außer Mrs. Spence.«

»Der Constable.«

»Der Mann, der heute abend mit ihr hier war?«

»Ja, genau, Mr. Shepherd. Er hat Mr. Sage gefunden – die Leiche, mein ich. Draußen auf dem Fußweg zum Herrenhaus und zum Cotes Fell. Das war am Samstag morgen.«

»Hat er die Untersuchung allein durchgeführt?«

»Soviel ich weiß, ja. Er ist schließlich für unser Dorf zuständig, oder?«

St. James sah, wie Deborah sich ihm neugierig zuwandte. Sie sagte nichts, aber sie kannte ihn gut genug, um zu wissen, wohin seine Gedanken führten.

Es war, dachte er, nicht ihre Angelegenheit. Sie waren in dieses Dorf gekommen, um Urlaub zu machen. Fern von London und fern von zu Hause, hatten sie geglaubt, würde es keine Ablenkungen geben, das Gespräch zu verdrängen, das zwischen ihnen notwendig geworden war.

Aber es war eben nicht so leicht, dem analytischen Fragen, das ihm zur zweiten Natur geworden war und Antwort verlangte, einfach den Rücken zu kehren. Noch schwerer war es, die Stimme Rutherfords zu überhören. *Sie brauchen das dikkere Ende der Pflanze, Herrschaften. Ganz typisch, dieses Prachtexemplar hier, der Stengel und die Wurzel. Der Stengel ist verdickt, wie Sie sehen werden, und daran hängt nicht nur eine Wurzel, sondern mehrere. Wenn wir den Stengel anschneiden, so etwa, steigt uns sofort der Geruch roher Pastinake in die Nase. Also, rekapitulieren wir... Wer wagt es?* Die buschigen Brauen zusammengezogen, die selbst wie verwilderte Pflanzen aussahen, pflegte Rutherford sich mit seinen blauen Augen im Labor umzusehen, um den Unglücksraben unter den Studenten zu ertappen, der allem Anschein nach am wenigsten begriffen hatte. Er besaß eine besondere Gabe dafür, sowohl Verwirrung als auch Desinteresse zu erkennen, und rief mit Vorliebe diejenigen auf, bei denen Derartiges zu bemerken war. *Mr. Allcourt-St. James. Klären Sie uns auf. Bitte. Oder ist das an diesem herrlichen Morgen zuviel verlangt?*

St. James hörte die Worte so deutlich, als stünde er, in diesem Moment gerade einundzwanzig Jahre alt, in dem Labor in Glasgow, jedoch mit seinen Gedanken keineswegs bei organischen Giften, sondern bei der heißen Nacht, die er beim letzten Besuch zu Hause mit seiner Freundin verbracht hatte. Aus seinen Phantasien gerissen, unternahm er einen tapferen Versuch zu bluffen. *Cicuta virosa*, sagte er und räusperte sich, um Zeit zu gewinnen, *Gift: Cicutoxin. Wirkt direkt auf das zentrale Nervensystem, ruft heftige Konvulsionen hervor ...* Der Rest war ein Geheimnis.

Und, Mr. St. James? Was noch? Was noch?

Aber ach, seine Gedanken ließen sich nicht aus dem Schlafzimmer losreißen. Sonst erinnerte er sich an nichts.

Doch hier, in Lancashire, mehr als fünfzehn Jahre später, gab Josephine Eugenia Wragg ihm die Antwort. »Sie hebt die Wurzeln und Knollen immer im Keller auf. Kartoffeln und Karotten und Pastinaken und alles, jedes in einem extra Korb. Und da hat's dann geheißen, wenn sie's dem Pfarrer nicht absichtlich hingestellt hat, dann könnte vielleicht sich jemand in den Keller geschlichen und den Schierling heimlich zu den Pastinaken gelegt haben. Und dann hat er einfach abgewartet. Aber sie hat bei der gerichtlichen Untersuchung gesagt, das könnte nicht passiert sein, weil der Keller immer abgeschlossen ist. Na schön, haben daraufhin alle gesagt, dann wollen wir das glauben, aber wenn es so ist, dann hätte gerade sie wissen müssen, daß es keine wilde Pastinake war, weil ...«

Ja, natürlich hätte sie es wissen müssen. Wegen der Wurzel. Auf die Wurzel nämlich hatte Ian Rutherford damals hinaus gewollt. Eine Beschreibung der Wurzel hatte er von seinem unaufmerksamen und zerstreuten Studenten ungeduldig erwartet.

In der Wissenschaft werden Sie keinen Fuß auf den Boden bekommen, mein Junge.

Ja, nun, man würde sehen.

4

Da war es wieder, das Geräusch. Es klang wie das leise Knirschen zögernder Schritte auf dem Kies. Zuerst hatte sie geglaubt, es käme aus dem Hof. Ihre Angst hatte sich ein wenig gelegt, als sie merkte, daß derjenige, der da draußen in der Dunkelheit herumschlich, anscheinend nicht zum Verwalterhäuschen wollte, sondern zum Herrenhaus selbst. Und es mußte ein *Er* sein, sagte sich Maggie Spence. Bei Nacht in alten Häusern herumgeistern, das war nichts für Frauen.

Maggie wußte, daß sie nach allem, was in den letzten Monaten im Herrenhaus vorgefallen war, insbesondere seit der Zerstörung des teuren Teppichs am letzten Wochenende, wachsam sein mußte. Wachsam sein und die Hausaufgaben machen, das war das einzige, was ihre Mutter von ihr verlangt hatte, ehe sie am Abend mit Mr. Shepherd weggegangen war.

»Ich bleib höchstens zwei, drei Stunden, Schatz«, hatte sie gesagt. »Wenn du etwas hörst, dann geh nicht hinaus. Ruf mich einfach an. In Ordnung?«

Genau das hätte sie jetzt eigentlich tun müssen. Die Nummern hatte sie ja alle. Sie lagen unten neben dem Telefon in der Küche. Mr. Shepherds Privatnummer, die Nummer vom *Crofters Inn* und die der Townley-Youngs nur für den Fall. Sie hatte sie überflogen, ehe ihre Mutter gegangen war, und hätte am liebsten mit falscher Ungeduld gesagt: Aber du gehst doch nur ins Pub, oder, Mami? Warum hast du mir dann Mr. Shepherds Nummer auch noch aufgeschrieben? Doch die Antwort auf diese Frage wußte sie bereits, und wenn sie sie gestellt hätte, so nur, um die beiden in Verlegenheit zu bringen.

Manchmal hatte sie gute Lust, sie so richtig in Verlegenheit zu bringen. Da hätte sie am liebsten lauthals gerufen: Der dreiundzwanzigste März! Ich weiß, was da passiert ist. Ich weiß, daß ihr's da getan habt. Ich weiß sogar, wo, und ich weiß auch, wie. Aber sie sagte es nie. Selbst wenn sie sie nicht zusammen im Wohnzimmer beobachtet hätte – da sie nach einem Streit mit Josie und Pam zu früh nach Hause gekommen war –, selbst wenn sie sich beim Anblick ihrer Mutter und dessen, was sie da tat, nicht mit weichen Knien vom Fenster weggschlichen hätte, selbst wenn sie sich nicht auf die von Unkraut überwucherte Terrasse von Cotes Hall zurückgezogen hätte, um in Gesellschaft von Punkin, der sich zu ihren Füßen zusammenrollte, nachzudenken, hätte sie es gewußt. Ein Blinder konnte es sehen – so wie Mr. Shepherd ihre Mutter immer anstarrte, mit schmachtendem Blick und ganz weichem Mund, und so wie ihre Mutter sich Mühe gab, ihn nur ja nicht anzusehen.

»Die *tun's*?« hatte Josie Wragg atemlos geflüstert. »Und du hast tatsächlich, ganz in Wirklichkeit gesehen, wie sie's getan haben? Nackt und so? Im Wohnzimmer? Mensch, Maggie!« Sie zündete sich eine Gauloise an und streckte sich auf ihrem Bett aus. Alle Fenster standen offen, damit ihre Mutter nicht merkte, daß sie geraucht hatte. Aber Maggie zweifelte daran, daß selbst der stärkste Wind der Welt den widerlichen Gestank vertreiben konnte, den Josies französische Lieblingszigaretten hinterließen. Sie klemmte sich ihre eigene Zigarette zwischen die Lippen und füllte ihren Mund mit Rauch. Sie stieß ihn aus. Das mit dem Inhalieren klappte noch nicht so recht, und sie war sich gar nicht sicher, ob sie es überhaupt lernen wollte.

»Sie waren nicht ganz ausgezogen«, sagte sie. »Jedenfalls Mom nicht. Ich meine, sie war überhaupt nicht ausgezogen. Es war auch gar nicht nötig.«

»Nicht nötig? Ja, aber was haben sie denn getan?« fragte Josie.

»Du meine Güte, Josephine!« Pam Rice gähnte. Sie warf das blonde Haar in den Nacken, und es fiel wie immer zu einem perfekt geschnittenen Pagenkopf. »Vielleicht wirst du langsam mal gescheit. Was glaubst du denn, was die getan haben? Ich dachte, du wärst die Expertin hier.«

Josie runzelte die Stirn. »Aber ich verstehe nicht, wie ... ich meine, wenn sie überhaupt nicht ausgezogen waren.«

Pam hob mit Märtyrermiene den Blick zum Himmel. Sie zog intensiv an ihrer Zigarette und ließ den Rauch langsam durch die Nase heraus. »Er war in ihrem Mund«, sagte sie. »M-u-n-d. Soll ich's dir aufzeichnen, oder hast du's jetzt kapiert?«

»In ihrem ...« Josie schien verwirrt. Sie berührte mit den Fingerspitzen ihre Zunge, als würde das ihr erlauben, besser zu verstehen. »Du meinst, sein Ding war allen Ernstes ...«

»Sein *Ding*? Lieber Gott? Penis heißt das Ding, Josie. P-e-n-i-s. Okay?« Pam wälzte sich auf den Bauch und starrte mit zusammengekniffenen Augen das glühende Ende ihrer Zigarette an. »Dazu kann ich nur sagen, ich hoffe, sie hat auch was davon gehabt, was wahrscheinlich nicht der Fall war, wenn sie alle ihre Sachen anhatte.« Wieder warf sie das Haar zurück. »Todd weiß genau, daß er sich gar nicht erst einzubilden braucht, er könnte Schluß machen, bevor's mir gekommen ist, das kannst du mir glauben.«

Josie runzelte angestrengt die Stirn. Sie war offensichtlich immer noch damit beschäftigt, diese Information zu verdauen. Sie, die sich stets als wandelnde Autorität über die weibliche Sexualität ausgab – dank einer eselsohrigen Ausgabe von *Das entfesselte Weib – weibliche Sexualität zu Hause (Bd. I)*, aus dem Müll stibitzt, dem ihre Mutter das Buch übergeben hatte, nachdem sie auf Insistieren ihres Ehemanns zwei Monate lang versucht hatte »libidinös zu werden oder so was« –, war völlig ratlos.

»Haben sie...«, sie schien Mühe zu haben, das richtige Wort zu finden. »Haben sie sich dabei bewegt oder so was, Maggie?«

»Mensch, das gibt's doch nicht!« rief Pam. »Hast du denn überhaupt keine Ahnung? Da braucht sich keiner zu bewegen. Sie braucht nur zu lutschen.«

»Zu...« Josie drückte ihre Zigarette auf dem Fensterbrett aus. »Maggies Mutter? Bei einem Mann? Igitt, das ist ja widerlich!«

Pam lachte träge. »Nein, das ist *entfesselt*. Mit allen Schikanen, wenn du mich fragst. Hat davon denn in deinem Buch nichts gestanden, Jo? Die raten einem wohl nur, daß man seine Titten in Schlagsahne tauchen und sie dem lieben Ehemann dann mit den Erdbeeren zum Tee servieren soll, was? Das kennen wir doch: Machen Sie Ihrem Mann das Leben zu einer einzigen Überraschung.«

»Ich finde es ganz in Ordnung, wenn eine Frau sich auf ihre Sinnlichkeit einstellt«, entgegnete Josie mit Würde. Sie senkte den Kopf und zupfte an einem Schorf an ihrem Knie. »Oder auf die eines Mannes.«

»Genau. Du sagst es. Eine richtige Frau muß wissen, was wen aufgeilt und wo. Findest du nicht, Maggie?« Pam sah sie mit blauem Unschuldsblick an. »Findest du nicht auch, daß das wichtig ist?«

Maggie kreuzte die Beine im Schneidersitz und kniff sich in den Handballen. Das war ihre Methode, sich zu ermahnen, ja nichts zu verraten. Sie wußte genau, was Pam aus ihr herauslocken wollte – sie sah Josie an, daß die es auch wußte –, aber sie hatte nie in ihrem Leben jemanden verpetzt, und sich selbst würde sie bestimmt nicht verpetzen.

Josie kam ihr zu Hilfe. »Hast du was gesagt? Ich mein, nachdem du sie gesehen hast?«

Nein, sie hatte nichts gesagt, jedenfalls damals nicht. Und

als sie es schließlich zur Sprache gebracht hatte, als schrillen Vorwurf, halb im Zorn, halb zur eigenen Verteidigung, hatte ihre Mutter ihr eine Ohrfeige gegeben. Nein, nicht eine, sondern gleich zwei. Eine Sekunde später – und vielleicht war der Ausdruck ungläubiger Überraschung und des Schocks auf Maggies Gesicht schuld daran, denn ihre Mutter hatte sie nie zuvor geschlagen – schrie sie auf, als sei sie selbst geschlagen worden, zog Maggie an sich und drückte sie so fest, daß Maggie kaum atmen konnte. Dennoch, darüber gesprochen hatte sie nicht. »Das ist alles meine Sache, Maggie«, hatte ihre Mutter mit Entschiedenheit gesagt.

Na schön, dachte Maggie. Und meins ist allein meine Sache.

Aber so war es nicht. Ihre Mutter ließ es nicht zu. Vierzehn Tage lang hatte sie nach dem großen Krach Maggie jeden Morgen den scheußlichen Tee ins Zimmer gebracht. Sie hatte sich neben Maggie gestellt und gewartet, bis sie ihn bis auf den letzten Tropfen ausgetrunken hatte. Auf ihre Proteste hatte sie entgegnet: »Ich weiß, was gut für dich ist.« Und auf ihre weinerlichen Klagen, wenn der Schmerz ihren Magen zusammenzog: »Das geht schon vorüber, Maggie.« Und sie tupfte ihr die Stirn mit einem kühlen weichen Tuch.

Maggie sah die schwarzen Schatten in ihrem Zimmer an und lauschte wieder. Sie konzentrierte sich ganz, um das Geräusch von Schritten vom Klappern einer leeren Plastikflasche zu unterscheiden, die der Wind draußen über den Kies trieb. Sie hatte oben nirgends Licht gemacht, schlich leise zum Fenster und spähte in die Nacht hinaus. In der Gewißheit, daß sie sehen konnte, ohne selbst gesehen zu werden, fühlte sie sich sicher. Unter ihr im Hof glotzten sie die Schatten des Ostflügels von Cotes Hall wie große schwarze Löcher an und boten jedem, der verborgen bleiben wollte, großzügigen Schutz. Mit zusammengekniffenen Augen prüfte sie ein schwarzes Loch nach dem anderen und versuchte auszumachen, ob die massige Gestalt drüben an der Mauer nur ein Eibenbusch war, der gestutzt werden mußte, oder ein Einbrecher, der versuchte, durch das Fenster einzusteigen. Sie konnte es nicht erkennen. Sie wünschte, ihre Mutter und Mr. Shepherd würden zurückkommen.

Früher hatte es ihr nie etwas ausgemacht, allein zu Hause zu bleiben, aber schon bald nach ihrer Ankunft in Lancashire hatte sich in ihr eine Abneigung dagegen entwickelt, allein in dem Häuschen zu bleiben, ob nun bei Tag oder bei Nacht. Es war vielleicht kindisch, aber sobald ihre Mutter mit Mr. Shepherd davonfuhr, sobald sie in den Opel stieg, um allein wegzufahren, oder in den Wald ging, um Kräuter und Pflanzen zu suchen, hatte Maggie das Gefühl, daß die Mauern ihr immer näher rückten. Sie war sich dauernd ängstlich bewußt, daß sie auf dem riesigen Anwesen von Cotes Hall ganz allein war. Zwar wohnte Polly Yarkin gleich vorn an der Einfahrt, aber das war fast anderthalb Kilometer entfernt, und Polly würde sie bestimmt nicht hören, wenn sie schreien sollte, weil sie Hilfe brauchte.

Da half es Maggie nicht viel zu wissen, wo ihre Mutter ihre Pistole aufbewahrte. Selbst wenn sie schon einmal zur Übung mit ihr geschossen hätte – was sie nie getan hatte –, konnte sie sich nicht vorstellen, die Waffe tatsächlich auf einen Menschen zu richten, geschweige denn abzudrücken. Deshalb vergrub sie sich statt dessen, wenn sie allein war, wie ein Maulwurf in ihrem Zimmer. Im Dunkeln wartete sie auf das Motorengeräusch oder das Knirschen des Schlüssels ihrer Mutter im Haustürschloß. Und während sie wartete, lauschte sie Punkins leisem Schnurren, das in gleichmäßigen Wellen von der Mitte ihres Betts aufstieg. Den Blick auf das kleine Bücherregal aus Birkenholz gerichtet, auf dem Bozo, der geliebte alte Stoffelefant, wie ein tröstlicher Hüter unter den anderen Stofftieren hockte, hielt sie ihr Album mit Zeitungsausschnitten und Pressefotos an sich gedrückt. Sie dachte an ihren Vater.

Er existierte in der Phantasie, Eddie Spence, tot noch vor Erreichen seines dreißigsten Lebensjahrs, sein Körper so verstümmelt wie die Karosserie seines Rennwagens in Monte Carlo. Er war der Held einer nie erzählten Geschichte, auf die ihre Mutter nur ein einziges Mal angespielt hatte: »Daddy ist bei einem Autounfall ums Leben gekommen, Schatz«, und »Bitte, Maggie. Ich kann mit niemandem darüber sprechen.« Sie hatte zu weinen angefangen, als Maggie weitere Fragen hatte stellen wollen. Maggie versuchte oft, sein Gesicht aus der Erinnerung heraufzubeschwören, aber es gelang ihr nicht. So hielt sie denn das, was ihr von ihrem Vater geblieben war, in ihren Armen: die Fotos von Formel-Eins-Rennwagen, die sie ausschnitt und sammelte und mit Berichten über jeden Grand Prix in ihr Album einklebte.

Sie warf sich auf ihr Bett, und Punkin rührte sich. Er hob den Kopf, gähnte und spitzte plötzlich die Ohren. Wie kleine Radarantennen drehten sie sich in Richtung Fenster, und mit einer einzigen, geschmeidigen Bewegung stand er auf und sprang lautlos vom Bett auf das Fensterbrett. Dort hockte er sich nieder, den zuckenden Schwanz um die Vorderpfoten gelegt.

Vom Bett aus beobachtete Maggie, wie er, ähnlich wie sie selbst kurz zuvor, in den Hof hinunterblickte. Träge blinzelnd spähte er hinaus, während sein unruhiger Schwanz gegen die Fensterscheibe schlug. Aus den Büchern, die sie gelesen hatte, als er noch klein gewesen war, hatte sie gelernt, daß Katzen ein äußerst feines Gespür für jede Veränderung in ihrer Umgebung besitzen. Es beruhigte sie ein wenig zu wissen, daß Punkin ihr sofort mitteilen würde, wenn draußen etwas geschah, vor dem sie sich fürchten mußte.

Nicht weit vom Fenster stand eine alte Linde. Ihre Äste knarrten. Maggie horchte angespannt. Zweige kratzten zitternd am Glas. Etwas rieb an der gefurchten Rinde des alten Baums. Es ist nur der Wind, sagte sich Maggie, doch noch während sie dies dachte, gab Punkin ihr das Zeichen, daß etwas nicht in Ordnung war. Er sprang auf und machte einen Riesenbuckel. Maggie klopfte das Herz plötzlich bis zum Hals. Punkin sprang vom Fensterbrett auf den Teppich hinunter. Wie ein orangefarbener Blitz sauste er zur Tür hinaus, noch ehe Maggie Zeit hatte, sich klarzumachen, daß jemand den Baum hinaufgeklettert sein mußte.

Und dann war es schon zu spät. Sie hörte den gedämpften Aufprall eines Körpers auf dem Schieferdach des Häuschens. Leise Schritte folgten. Dann hörte sie vorsichtiges Klopfen an der Fensterscheibe.

Am liebsten hätte sie geschrien: Sie haben sich geirrt, Sie wollen doch ins Herrenhaus, oder nicht? Statt dessen jedoch ließ sie das Album mit den Zeitungsausschnitten neben dem Bett auf den Boden sinken und glitt an der Wand entlang in die dunkelste Ecke des Raumes. Ihre Handflächen juckten. Ihr Magen knurrte. Sie wollte nach ihrer Mutter rufen, aber das hätte überhaupt keinen Sinn gehabt. Einen Augenblick später war sie froh, daß ihre Mutter nicht da war.

»Maggie? Bist du da?« hörte sie ihn leise rufen. »Mach auf, ja? Ich frier mir hier draußen den Hintern ab.«

Nick! Maggie flitzte durch das Zimmer. Sie konnte ihn sehen. Er kauerte auf dem schrägen Dach gleich neben ihrem Dachfenster und lachte sie an. Seidige schwarze Haarsträhnen lagen wie Vogelschwingen auf seinen Wangen. Sie sperrte auf. Nick, Nick, dachte sie. Aber gerade, als sie das Fenster hochschieben wollte, hörte sie ihre Mutter sagen: Ich möchte dich nie wieder allein mit Nick Ware erwischen. Ist das klar, Margaret Jane? Schluß damit. Das ist vorbei.

Sie zögerte.

»Maggie!« flüsterte Nick. »Laß mich rein. Es ist kalt.«

Sie hatte ihr Wort gegeben. Ihre Mutter hatte fast geweint bei ihrem Streit, und der Anblick ihrer roten, feuchten Augen hatte Maggie dazu gebracht, das Versprechen zu geben, ohne darüber nachzudenken, was es tatsächlich bedeutete.

»Ich kann nicht«, sagte sie.

»Was?«

»Nick, meine Mutter ist nicht zu Hause. Sie ist mit Mr. Shepherd ins Dorf gefahren, und ich hab ihr versprochen...«

Sein Grinsen wurde noch breiter. »Na wunderbar. Das ist doch bestens. Komm schon, Mag. Laß mich rein.«

Sie schluckte krampfhaft. »Ich kann nicht. Ich darf nicht mit dir allein sein. Ich hab's versprochen.«

»Warum denn?«

»Weil – ach Nick, du weißt doch.«

Er senkte die Hand, die bis jetzt an der Fensterscheibe gelegen hatte. »Aber ich wollte dir doch nur zeigen – ach, verdammter Mist.«

»Was denn?«

»Nichts. Vergiß es. Laß es.«

»Nick, sag's mir.«

Er wandte das Gesicht ab. Er trug das Haar in einer Art Bubikopf, das Deckhaar übermäßig lang, genau wie die anderen Jungen, aber bei ihm sah es nie modisch aus. Es sah genau richtig aus, so als hätte er die Frisur erfunden.

»Nick.«

»Es ist nur ein Brief«, sagte er. »Ganz unwichtig. Vergiß es.«

»Ein Brief? Von wem denn?«

»Es ist nicht wichtig.«

»Aber wenn du extra hergekommen bist...« Dann fiel es

ihr ein. »Nick, hat etwa Lester Piggott dir geschrieben? Ja? Hat er dir auf deinen Brief geantwortet?«

Es war kaum zu glauben. Aber Nick schrieb an alle Jockeys und vergrößerte beständig seine Sammlung an Briefen. Er hatte von Pat Eddery Antwort bekommen, von Graham Starkey, Eddie Hide. Aber Lester Piggott war die Krönung, ganz zweifellos.

Sie schob die Scheibe hoch. Der kalte Wind blies wie eine Wolke ins Zimmer.

»Hab ich recht?« fragte sie.

Aus seiner abgewetzten alten Lederjacke – angeblich das Geschenk eines amerikanischen Bomberpiloten des Zweiten Weltkriegs an seinen Großonkel – zog Nick einen Brief hervor. »Viel ist es nicht«, sagte er. »Nur *Nett von Dir zu hören, mein Junge*. Aber er hat selbst unterschrieben, ganz klar und deutlich. Keiner hat geglaubt, daß er mir antworten würde, weißt du noch, Mag? Das wollte ich dir nur erzählen.«

Es wäre gemein gewesen, ihn draußen in der Kälte zu lassen, wo er doch aus so unschuldigem Grund gekommen war. Selbst ihre Mutter konnte dagegen nichts einzuwenden haben. »Komm rein«, sagte Maggie.

»Lieber nicht, wenn du dann Ärger mit deiner Mutter kriegst.«

»Nein, nein, das ist schon in Ordnung.«

Er schob sich durch die Fensteröffnung und ließ das Fenster demonstrativ offen. »Ich hab gedacht, du wärst schon ins Bett gegangen. Ich hab zu den Fenstern reingeschaut.«

»Und ich hab gedacht, du wärst ein Einbrecher.«

»Warum machst du kein Licht?«

Sie senkte den Blick. »Ich hab Angst. Wenn ich allein bin.« Sie nahm den Brief aus seiner Hand und bewunderte die Anschrift. *Nick Ware, Esq., Skelshaw Farm*, stand da mit fester, großer Hand geschrieben. Sie gab ihn Nick zurück. »Das freut mich wirklich, daß er dir geantwortet hat. Ich hab mir gedacht, daß er's tun würde.«

»Ja, ich weiß. Darum wollte ich dir ja den Brief auch zeigen.« Er schüttelte sich das Haar aus dem Gesicht und sah sich im Zimmer um. Maggie beobachtete es mit Schrecken. Jetzt würde er die Stofftiere und Puppen sehen, die dicht gedrängt im Rohrstuhl saßen. Er würde zum Bücherregal gehen und die Kinderbücher sehen, die sie immer noch las, und merken, was für ein Baby sie in Wirklichkeit war. Er würde nicht mehr mit ihr gehen wollen. Er würde sie wahrscheinlich überhaupt nicht kennen wollen. Warum nur hatte sie daran nicht gedacht, bevor sie ihn hereingelassen hatte?«

»Ich war noch nie in deinem Zimmer«, sagte er. »Es ist echt schön, Mag.«

Die Angst schmolz. Sie lächelte. »Findest du?«

»Grübchen«, sagte er und berührte mit dem Zeigefinger das Grübchen in ihrer Wange. »Ich hab's gern, wenn du lächelst.« Wie versuchsweise legte er ihr die Hand auf den Arm. Sie konnte seine kalten Finger sogar durch ihren Pullover spüren.

»Du bist ja Eis«, sagte sie.

»Es ist kalt draußen.«

Sie war sich klar bewußt, daß sie sich auf verbotenem Terrain befand. Das Zimmer erschien ihr kleiner mit ihm darin, und sie wußte, es hätte sich gehört, ihn jetzt hinunterzubringen und zur Haustür hinauszulassen. Aber jetzt, da er hier war, wollte sie nicht, daß er ging, nicht ohne ein Zeichen, daß er sie noch mochte, trotz allem, was seit dem letzten Oktober in ihrer beiden Leben geschehen war. Es reichte nicht zu wissen, daß er es gern hatte, wenn sie lächelte und er das Grübchen in ihrer Wange berühren konnte. Bei Babys hatten es die Leute auch gern, wenn sie lächelten, das sagten sie jedenfalls immer. Aber sie war kein Baby.

»Wann kommt deine Mutter heim?« fragte er.

Jeden Augenblick, hätte sie sagen müssen. Es war nach neun. Aber wenn sie die Wahrheit sagte, würde er sofort wieder gehen. Er würde es vielleicht für sie tun, um ihr Ärger zu ersparen, aber er würde es tun. Darum sagte sie: »Ich weiß nicht. Sie ist mit Mr. Shepherd weggefahren.«

Nick wußte Bescheid über ihre Mutter und Mr. Shepherd, er wußte also, was das hieß. Der Rest war seine Sache.

Sie wollte das Fenster schließen, doch seine Hand lag noch auf ihrem Arm, es war also einfach genug für ihn, sie daran zu hindern. Er war nicht grob. Das brauchte er nicht zu sein. Er küßte sie nur, streichelte mit seiner Zunge verheißend ihre Lippen.

»Da wird sie sicher noch eine Weile ausbleiben.« Sein Mund wanderte zu ihrem Hals. Sie schauderte. »Die kriegt ja schön regelmäßig, was sie braucht.«

Ihr Gewissen gebot ihr, ihre Mutter gegen Nicks Interpretation des Dorfklatsches zu verteidigen, aber jedesmal, wenn er sie küßte, rannen ihr Schauder die Arme und die Beine hinunter, so daß sie überhaupt nicht mehr klar denken konnte. Dennoch versuchte sie, ihre fünf Sinne beisammenzuhalten und ihm eine strenge Antwort zu geben, aber da begann er, ihren Busen zu streicheln, und entfachte eine so heftig prickelnde Hitze in ihr, daß sie nur noch stöhnen konnte. Es tat so gut. So unglaublich gut.

Sie wußte, daß sie über ihre Mutter hätte sprechen, ihr Verhalten hätte erklären sollen. Aber sie konnte diesen Gedanken immer nur in dem flüchtigen Augenblick fassen, da Nick aufhörte, sie zu liebkosen. Sobald seine Finger wieder ihren Busen berührten, konnte sie nur daran denken, daß sie jetzt keine Diskussion riskieren wollte, sondern nur auf ein Zeichen wartete, daß zwischen ihnen alles in Ordnung war. Darum sagte sie schließlich ganz unbewußt: »Meine Mutter und ich haben jetzt eine Vereinbarung«, und fühlte sein Lächeln an ihrem Mund. Nick war ein kluger Junge. Er glaubte ihr wahrscheinlich keine Sekunde.

»Du hast mir gefehlt«, flüsterte er und zog sie eng an sich. »Mag, komm, faß mich an.«

Sie wußte, was er wollte. Sie wollte es auch. Sie wollte es durch seine Jeans fühlen, wie es groß und steif wurde wegen ihr. Sie drückte ihre Hand dagegen. Er bewegte ihre Finger hinauf und hinunter.

»O Gott«, flüsterte er. »O Gott. Mag.«

Er schob ihre Finger die ganze Länge hinauf bis zur Spitze. Er legte sie darum herum. Sie drückte sachte, dann fester, als er stöhnte.

»Maggie«, sagte er. »Mag.«

Er atmete laut. Er zog ihr den Pullover aus. Sie fühlte den Nachtwind auf ihrer Haut. Und dann fühlte sie nur noch seine Hände auf ihrem Körper. Und dann nur noch seinen Mund.

Sie fühlte sich dahinschmelzen. Sie schwebte. Die Finger an seiner Blue jeans waren nicht ihre. Sie war es nicht, die den Reißverschluß öffnete. Sie war es nicht, die ihn entblößte.

Er sagte: »Warte, Mag. Wenn deine Mutter heimkommt . . .«

Sie brachte ihn mit ihrem Kuß zum Schweigen. Sie tastete blind nach ihm, nach seiner Süße und Fülle, und er half ihren Fingern. Er stöhnte, seine Hände krochen unter ihren Rock, seine Finger rieben heiße Kreise zwischen ihren Beinen.

Und dann lagen sie zusammen auf dem Bett, Nicks Körper blaß und mager über dem ihren. Sie selbst bereit, mit erhobenen Hüften, gespreizten Beinen. Nichts sonst war von Bedeutung.

»Sag mir, wenn ich aufhören soll«, sagte er. »Maggie, ja? Diesmal tun wir's nicht. Sag mir nur, wenn ich aufhören soll.«

Nur noch einmal. Nur dieses eine Mal. Es konnte doch keine so schreckliche Sünde sein. Sie zog ihn dichter an sich.

»Maggie. Mag, meinst du nicht, wir sollten aufhören?«

Sie drückte es mit ihrer Hand dichter und dichter an sich.

»Mag! Ich kann es nicht zurückhalten.«

Sie hob den Mund, um ihn zu küssen.

»Wenn deine Mutter heimkommt –«

Sie ließ langsam ihre Hüften kreisen.

»Maggie. Nicht.« Er drang in sie ein.

Hure, dachte sie. Hure, Nutte, Flittchen. Sie lag auf dem Bett und starrte zur Zimmerdecke. Ihr Blick verschleierte sich, als ihr die Tränen aus den Augen traten und über die Schläfen zu den Ohren herunterrannen.

Ich bin nichts, dachte sie. Ich bin eine Hure. Ich bin eine Nutte. Ich treib's mit jedem. Jetzt ist es nur Nick. Aber wenn morgen ein anderer kommt und ihn mir reinstecken will, erlaub ich's ihm wahrscheinlich auch. Ich bin eine Hure. Eine Nutte.

Sie setzte sich auf und schwang die Beine aus dem Bett. Sie sah sich im Zimmer um. Bozo, der Elefant, trug seine übliche Dickhäuter-Versonnenheit zur Schau, aber an diesem Abend schien ihr sein Blick noch etwas anderes auszudrücken. Enttäuschung. Sie hatte Bozo enttäuscht. Aber das war nichts im Vergleich mit dem, was sie sich selbst angetan hatte.

Sie stieg aus dem Bett und ließ sich zum Boden hinunter. Dort kniete sie nieder. Sie spürte die Wülste des alten Flickenteppichs, die sich in ihre Knie preßten. Sie faltete fest die Hände und suchte nach den Worten, die zur Vergebung führen würden.

»Es tut mir leid«, flüsterte sie. »Ich wollte es nicht, lieber

Gott. Ich hab mir nur gedacht: Wenn er mich küßt, dann weiß ich, daß zwischen uns noch alles in Ordnung ist, ganz gleich, was ich Mami versprochen habe. Aber wenn er mich so küßt, dann will ich immer nicht, daß er aufhört, und dann tut er andere Dinge, und ich will ja auch, daß er sie tut, und dann will ich immer mehr. Ich will nicht, daß er aufhört. Ich weiß, daß es unrecht ist. Ich weiß es. Wirklich, ja. Aber ich kann doch nicht für meine Gefühle. Es tut mir leid. Lieber Gott, es tut mir leid. Bitte gib, daß das keine bösen Folgen hat. Es kommt bestimmt nie wieder vor. Bestimmt nicht. Es tut mir leid.«

Aber wie oft konnte Gott ihr verzeihen, wenn sie doch wußte, daß es unrecht war; und er wußte, daß sie es wußte, und sie es trotzdem tat, nur weil sie Nick ganz nah fühlen wollte? Man konnte nicht endlos mit Gott verhandeln. Sie würde teuer für ihre Sünden bezahlen müssen, und es war nur eine Frage der Zeit, wann der Moment der Abrechnung gekommen war.

»Aber so denkt Gott nicht, mein Kind. Er führt nicht Buch. Er ist unendlicher Vergebung fähig. Darum ist er ja unser Höchstes Wesen, der Maßstab, an dem wir uns orientieren. Wir können natürlich nicht hoffen, seine Vollkommenheit zu erreichen, und das erwartet er auch gar nicht von uns. Er verlangt lediglich, daß wir unverzagt immer wieder versuchen, uns zu bessern, aus unseren Fehlern zu lernen, andere zu verstehen.«

Wie einfach das alles geklungen hatte, als Mr. Sage ihr das an jenem Abend im letzten Oktober in der Kirche gesagt hatte. Sie hatte in der zweiten Bank gekniet, vor dem Lettner, die Stirn auf ihre ineinandergekrampften Fäuste gedrückt. Ihr Gebet war dem von heute abend sehr ähnlich gewesen. Nur war es damals das erste Mal gewesen, auf einem Berg steifer Abdeckplane, von der die getrocknete Malerfarbe abbröckelte, in einer Ecke der Spülküche von Cotes Hall. »Wir tun's nicht richtig«, hatte Nick gesagt, genau wie heute abend. »Sag mir, wenn ich aufhören soll, Mag.« Er hatte das immer wieder gesagt: Sag mir, wenn ich aufhören soll, Maggie, sag's mir, während sein Mund den ihren bedeckt und seine Finger sie in heiße Erregung gestürzt und sie sich gegen seine Hand gepreßt hatte. Sie wollte Hitze und Nähe. Sie wollte gehalten werden. Sie sehnte sich danach, größer zu werden, zusammenzugehören. Und er war die lebende Verheißung all dessen, was sie begehrte, dort in der Spülküche. Sie brauchte nur ja zu sagen.

Das, was danach kam, das hatte sie nicht erwartet, den Moment, als die Reue, kein anständiges Mädchen mehr zu sein, sie übermannte: Jungen haben keinen Respekt vor Mädchen, die ... sie prahlen vor ihren Freunden damit ... sag einfach nein, das kannst du schon ... sie wollen immer nur das eine ... willst du dir eine Krankheit holen ... was, wenn er dich schwängert, glaubst du vielleicht, daß er dann auch noch so scharf auf dich ist ... du hast einmal nachgegeben, du hast mit ihm eine Grenze überschritten, jetzt wird er es immer wieder versuchen ... er liebt dich nicht; wenn er es täte, würde er nicht ...

In ihrer Verzweiflung war sie schließlich zur Abendandacht in die Kirche gegangen. Sie war nur mit halbem Ohr der Lesung gefolgt. Sie hatte mit halbem Ohr die Lieder gehört. Die ganze Zeit hatte sie den fein gearbeiteten Lettner betrachtet und den Altar dahinter: Texte und Darstellungen der zehn Gebote – in einzelne Bronzetafeln eingeritzt –, und es gelang ihr nicht, ihren Blick vom siebten Gebot loszureißen. Es war Erntedankfest. Auf den Altarstufen war eine Fülle herbstlicher Opfergaben ausgebreitet. Kornähren, gelbe und grüne Kürbisse, Kartoffeln in Körben, Bohnen in Fässern verströmten ihren markigen frischen Geruch in der

Kirche. Maggie jedoch nahm all das nur am Rande wahr, so wie sie die Gebete, die gesprochen wurden, die Orgelstücke, die gespielt wurden, nur am Rande wahrnahm. Das Licht des großen Leuchters im Altarraum fiel glitzernd direkt auf das Retabel, und das Wort Ehebruch flimmerte vor ihren Augen. Es schien immer größer zu werden, schien auf sie zu zeigen, sie anzuklagen.

Sie versuchte sich zu sagen, daß bei Ehebruch mindestens einer der Partner ein Ehegelöbnis abgelegt haben mußte. Aber sie wußte, daß ein ganzes Heer abscheulicher Verhaltensweisen unter dem Dach dieses einen Wortes vereinigt war, und der meisten dieser Dinge hatte sie sich schuldig gemacht: unreiner Gedanken, sinnlichen Begehrens, sexueller Phantasien und jetzt des Beischlafs, der schlimmsten Sünde überhaupt. Sie war schwarz und verderbt, auf dem Weg in die ewige Verdammnis.

Ach, könnte sie doch nur vor ihrem eigenen Benehmen entsetzt zurückschrecken! Dann würde Gott ihr vielleicht verzeihen. Wenn nur der Akt ihr das Gefühl gegeben hätte, unrein zu sein, würde er diesen einen kleinen Ausrutscher vielleicht übersehen. Wenn sie nicht Nick und die unbeschreiblich schöne Wärme bei der Vereinigung ihrer Körper immer wieder wollte!

Sünde, Sünde, Sünde. Sie senkte den Kopf auf ihre Fäuste und blieb so, während der Rest des Gottesdienstes über sie hinwegging. Sie begann zu beten, flehte Gott um Vergebung an und hielt dabei die Augen so fest zugedrückt, daß sie Sterne sah.

»Es tut mir leid, es tut mir leid, es tut mir leid«, flüsterte sie immer wieder. »Bitte, laß mir nichts Böses geschehen. Ich tue es nicht wieder. Ich verspreche es. Es tut mir leid.«

Es war das einzige Gebet, das ihr einfiel, und sie wiederholte es immer wieder, ohne nachzudenken, getrieben allein von ihrem Bedürfnis, die Stimme von oben zu vernehmen. Sie hörte den Pfarrer nicht kommen, und sie merkte nicht, daß der Gottesdienst vorüber und die Kirche fast leer war. Erst als sie eine Hand fühlte, die fest ihre Schulter umschloß, fuhr sie mit einem Aufschrei in die Höhe. Alle Leuchter waren gelöscht. Nur auf dem Altar brannte noch eine grünliche Lampe. Ihr Schein fiel von der Seite auf das Gesicht des Pfarrers und zeichnete lange, halbmondförmige Schatten unter seinen Augen.

»Gott *ist* die Vergebung«, sagte er leise. Seine Stimme war so beruhigend wie ein warmes Bad. »Daran brauchst du niemals zu zweifeln. Er existiert, um zu vergeben.«

Die ruhige Heiterkeit seines Tons und die Güte seiner Worte trieben ihr die Tränen in die Augen. »Aber nicht das«, sagte sie. »Ich weiß nicht, wie er das vergeben kann.«

Er drückte noch einmal kurz ihre Schulter und ließ die Hand herabfallen. Er kam zu ihr in die Kirchenbank, kniete aber nicht nieder, sondern setzte sich, und sie stand auf und setzte sich ebenfalls. Er wies auf das Kruzifix auf dem Lettner. »Wenn die letzten Worte unseres Herrn Jesus lauteten *Vergib ihnen, Vater*, und wenn sein Vater in der Tat vergeben hat – und daran gibt es keinen Zweifel –, warum sollte er dann nicht auch dir vergeben können? Ganz gleich, was für eine Sünde du begangen haben magst, Kind, sie kann niemals so schlimm sein wie der Tod von Gottes Sohn, was meinst du?«

»Nein«, flüsterte sie, obwohl sie zu weinen angefangen hatte. »Aber ich habe gewußt, daß es unrecht war, und hab's trotzdem getan, weil ich wollte.«

Er zog ein Taschentuch heraus und reichte es ihr. »Das ist die Natur der Sünde. Wir sind in Versuchung, wir können wählen, und wir wählen unklug. Da bist du nicht die einzige. Aber wenn du in deinem Herzen entschlossen bist, nicht wieder zu sündigen, dann verzeiht Gott dir. Siebzig mal siebenmal. Darauf kannst du bauen.«

Aber eben die Entschlossenheit im Herzen war ihr Problem. Sie wollte ja gern das Versprechen geben. Sie wollte so gern an ihr Versprechen glauben. Aber leider war ihr Verlangen nach Nick noch stärker.

»Das ist es ja gerade«, sagte sie. Und dann erzählte sie dem Pfarrer alles.

»Meine Mutter weiß es«, schloß sie, während sie sein Taschentuch fältelte und es wieder auseinanderzog. »Meine Mutter ist furchtbar böse auf mich.«

Der Pfarrer senkte den Kopf. Er schien die verblichene Stickerei auf den Kniekissen zu begutachten. »Wie alt bist du, mein Kind?«

»Dreizehn«, antwortete sie.

Er seufzte. »Guter Gott.«

Neue Tränen stiegen ihr in die Augen. Sie tupfte sie weg und sagte stockend: »Ich bin böse. Ich weiß es. Ja, ich weiß es. Und Gott weiß es auch.«

»Nein. Das ist es nicht.« Er legte flüchtig seine Hand auf die ihre. »Was mich bekümmert, ist dieser Drang, erwachsen zu werden. Diese Bereitschaft, so früh schon so viel Kummer auf sich zu nehmen.«

»Aber für mich ist es doch kein Kummer.«

Er lächelte sanft. »Nein?«

»Ich liebe ihn. Und er liebt mich.«

»Ja, und da fängt der Kummer im allgemeinen an, nicht wahr?«

»Sie machen sich lustig«, sagte sie steif.

»Ich spreche die Wahrheit.« Er sah von ihr weg zum Altar. Seine Hände lagen auf seinen Knien, und Maggie sah, wie seine Finger sich anspannten, als er seine Knie fester umfaßte. »Wie heißt du?«

»Maggie Spence.«

»Ich sehe dich heute zum erstenmal in der Kirche, nicht?«

»Ja. Wir – meine Mutter und ich gehen nie in die Kirche.«

»Ach so.« Immer noch hielt er seine Knie umfaßt. »Tja, Maggie Spence, du bist in reichlich zartem Alter auf eine der größten Herausforderungen der Menschheit gestoßen. Wie soll man mit der Fleischeslust umgehen? Noch vor der Zeit unseres Herrn haben die alten Griechen Mäßigung in allen Dingen empfohlen. Sie wußten nämlich, was für Folgen es haben kann, wenn man seinen Begierden nachgibt.«

Sie runzelte verwirrt die Stirn.

Er bemerkte ihren Blick und sagte erklärend: »Auch der Sex ist eine Begierde, Maggie. Ähnlich wie der Hunger. Der Anfang ist zwar nicht Magenknurren, sondern eher eine zaghafte Neugier, aber daraus wird bald eine heftige Neigung, die immer wieder Stillung verlangt. Und leider liegt der Fall hier anders als bei übermäßigem Essen oder Alkoholgenuß, auf die ziemlich prompt ein mehr oder weniger starkes körperliches Unbehagen eintritt, das uns später an die Folgen unüberlegter Genußsucht erinnert. Der Sex löst nämlich ein Gefühl des Wohlbefindens und der Befreiung aus, und das ist ein Gefühl, das wir dann immer wieder haben möchten.«

»Wie bei einer Droge?« fragte sie.

»Ganz ähnlich einer Droge, ja. Und genau wie bei vielen Drogen zeigen sich die schädlichen Eigenschaften nicht sofort. Und selbst wenn wir sie kennen – vom Kopfe, meine ich –, besitzt die Verheißung des Genusses häufig eine so starke verführerische Kraft, daß wir es wider die eigene Vernunft nicht bleiben lassen können. In solchen Momenten müssen wir uns an Gott wenden. Wir müssen ihn bitten, uns die Kraft zu geben zu widerstehen. Er wurde selbst in Versuchung geführt, das weißt du ja. Er weiß, was es heißt, ein Mensch zu sein.«

»Meine Mutter redet nie von Gott«, sagte Maggie. »Sie redet von Aids und Herpes und Warzen und Schwangerschaft. Sie meint, ich werd's schon nicht tun, wenn meine Angst groß genug ist.«

»Du bist ungerecht zu ihr, mein Kind. Die Sorgen, die sie sich macht, sind durchaus realistisch. Der Sex hat in unserer heutigen Zeit schlimme Begleiterscheinungen. Es ist klug – und gut – von deiner Mutter, dich auf sie aufmerksam zu machen.«

»Ja, ja, das kann ja sein. Aber was ist denn mit ihr selber? Wenn sie und Mr. Shepherd ...« Sie brach ab. Nein, so erbost sie auch war, sie konnte ihre Mutter nicht an den Pfarrer verraten. Das wäre nicht recht gewesen.

Der Geistliche neigte den Kopf leicht zur Seite, gab aber sonst durch nichts zu verstehen, ob er wußte, in welche Richtung Maggies Worte gezielt hatten. »Schwangerschaft und Krankheit sind auf lange Sicht die Konsequenzen, mit denen wir rechnen müssen, wenn wir uns dem Genuß der Fleischeslust hingeben«, sagte er. »Doch mitten in einer Begegnung, die zum Geschlechtsverkehr führt, denken wir leider nur selten an etwas anderes als die dringliche Forderung des Augenblicks.«

»Bitte?«

»Das Bedürfnis, es zu tun. Sofort.« Er nahm das bestickte Kniekissen von seinem Haken an der Rückwand des Kirchenstuhls vor ihm und legte es auf den unebenen Steinboden. »Statt dessen sagen wir uns *Es wird bestimmt nicht, ich werde schon nicht* und *Es ist ausgeschlossen*. Das Verlangen nach Befriedigung unserer körperlichen Begierden gebiert die Verleugnung aller unangenehmen Möglichkeiten. Und diesem Akt der Verleugnung entspricht letztlich unser tiefster Kummer.«

Er kniete nieder und bedeutete ihr mit einer Geste, es ihm

gleichzutun. »Herr«, sagte er leise, den Blick auf den Altar gerichtet, »hilf uns, in allen Dingen deinen Willen zu erkennen. Wenn wir geprüft und in Versuchung geführt werden, dann laß uns erkennen, daß nur deine Liebe uns diese Prüfungen schickt. Wenn wir stolpern und sündigen, vergib uns unsere Missetaten. Und verleihe uns die Kraft, allen Gelegenheiten zu Sünde in Zukunft aus dem Weg zu gehen.«

»Amen«, flüsterte Maggie. Durch ihr dichtes Haar hindurch fühlte sie die Hand des Pfarrers, die leicht auf ihrem Nacken lag, ein Ausdruck von Kameradschaft, der ihr seit Tagen erstmals Ruhe brachte.

»Kannst du den Entschluß fassen, nicht mehr zu sündigen, Maggie Spence?«

»Ich möchte es.«

»Dann spreche ich dich frei von aller Sünde im Namen des Vaters, des Sohnes und des Heiligen Geistes. Amen.«

Er ging mit ihr in den Abend hinaus. Im Pfarrhaus auf der anderen Straßenseite brannten die Lichter, und Maggie konnte in der Küche Polly Yarkin sehen, die dem Pfarrer den Abendbrottisch deckte.

»Natürlich«, sagte der Pfarrer wie in Fortführung eines Gedankens, »sind Absolution und Entschluß nur die eine Seite. Das andere ist schwieriger.«

»Es nicht wieder zu tun?«

»Und sich mit anderen Dingen zu beschäftigen, damit man gar nicht erst in Versuchung kommt.« Er sperrte die Kirchentür ab und steckte den Schlüssel ein. Er betrachtete sie nachdenklich und strich sich dabei das Kinn. »Ich gründe hier in der Gemeinde eine Jugendgruppe. Vielleicht möchtest du auch dazukommen. Wir werden eine Menge unternehmen. Du wirst viel zu tun haben. Das wäre vielleicht in Anbetracht der Dinge gar nicht so übel.«

»Ich würde gern kommen, aber ... Wir sind nicht in der

Kirche, meine Mutter und ich. Und ich glaube nicht, daß sie mir erlaubt mitzumachen. Die Religion ... Sie sagt immer, die Religion hinterläßt einen üblen Nachgeschmack.« Maggie senkte den Kopf bei dieser letzten Enthüllung. Sie erschien ihr angesichts der Güte, die der Pfarrer ihr gezeigt hatte, besonders unfair. Hastig fügte sie hinzu: »Ich selbst sehe das nicht so. Jedenfalls glaub ich nicht, daß ich es tu. Es ist nur, eigentlich weiß ich überhaupt nichts über die Kirche. Ich meine – ich war fast nie in der Kirche.«

»Hm.« Seine Mundwinkel zogen sich nach unten, und er griff in seine Jackentasche. Er zog eine kleine weiße Karte heraus, die er ihr reichte. »Sag deiner Mutter, ich würde sie gern einmal besuchen«, sagte er. »Mein Name steht auf der Karte. Meine Telefonnummer auch. Vielleicht gelingt es mir, ihr die Kirche etwas sympathischer zu machen. Oder wenigstens den Weg so weit zu ebnen, daß du in unsere Gruppe kommen kannst.« Neben ihr trat er aus dem Kirchhof hinaus und berührte zum Abschied flüchtig ihre Schulter.

Mit einer Jugendgruppe, dachte sie, würde ihre Mutter vielleicht einverstanden sein, wenn sie ihren ersten Widerwillen darüber, daß sie von der Kirche organisiert war, überwunden hatte. Aber als Maggie ihr die Karte des Pfarrers gab, blickte ihre Mutter nur lange wortlos darauf, und als sie wieder aufsah, war ihr Gesicht leichenblaß, und ihr Mund hatte einen ganz merkwürdigen Zug.

Du bist zu jemand anderem gegangen, sagte ihre Miene so deutlich, als hätte sie gesprochen. Du hast deiner Mutter nicht vertraut.

Maggie bemühte sich, sie zu besänftigen und den unausgesprochenen Vorwurf zurückzuweisen, indem sie hastig sagte: »Josie kennt Mr. Sage, Mom. Pam Rice auch. Josie hat erzählt, daß er erst seit drei Wochen hier ist und versucht, die

Leute wieder in die Kirche zu holen. Josie hat gesagt, daß die Jugendgruppe ...«

»Gehört Nick Ware auch zu der Gruppe?«

»Ich weiß nicht. Ich hab nicht gefragt.«

»Lüg mich nicht an, Maggie.«

»Das tu ich doch gar nicht. Ich hab nur gedacht ... Der Pfarrer möchte mit dir darüber sprechen. Du sollst ihn mal anrufen.«

Ihre Mutter ging zum Abfalleimer, zerriß die Karte und warf sie zu Kaffeesatz und Grapefruitschalen. »Ich habe nicht die Absicht, mit einem Geistlichen über irgend etwas zu sprechen, Maggie.«

»Aber, Mami, er wollte doch nur ...«

»Die Diskussion ist beendet.«

Aber trotz der Weigerung ihrer Mutter, ihn anzurufen, war Mr. Sage dreimal zum Häuschen hinausgekommen. Winslough war ja nur ein kleines Dorf, da war es nicht schwierig gewesen, zu erfragen, wo die Familie Spence wohnte. Als er eines Nachmittags unerwartet erschienen war, vor Maggie, die ihm öffnete, den Hut zog, war ihre Mutter allein im Treibhaus gewesen, um einige Pflanzen umzutopfen. Sie hatte Maggies nervöse Mitteilung, der Pfarrer sei da, mit den kurzen Worten entgegengenommen: »Geh solang ins Pub. Ich ruf dich an, wenn du nach Hause kommen kannst.« Ihr zorniger Ton und ihr starres Gesicht hatten Maggie gesagt, daß es klüger sei, keine Fragen zu stellen. Sie wußte schon lange, daß ihre Mutter für Kirche und Religion nichts übrig hatte. Aber über die Gründe schwieg sie so beharrlich wie über das Schicksal von Maggies Vater.

Und dann war Mr. Sage gestorben. Genau wie Daddy, dachte Maggie. Und er hat mich gemocht, genau wie Daddy. Ich weiß, daß er mich gemocht hat.

Jetzt, in ihrem kleinen Zimmer, gingen Maggie die Worte

aus, die sie zum Himmel hinaufsenden konnte. Sie war eine Sünderin, eine Hure, eine Nutte, ein Flittchen. Sie war das schlechteste Geschöpf, das Gott je auf die Welt gebracht hatte.

Sie stand auf und rieb sich die Knie, die von den Wülsten des Teppichs rot und wund waren. Niedergeschlagen trottete sie ins Badezimmer und kramte im Schrank, um das Ding herauszusuchen, das ihre Mutter dort versteckt hielt.

»Es ist nämlich so«, hatte Josie in vertraulichem Ton erklärt, als sie eines Tages zufällig auf den komischen Plastikbehälter mit dem noch komischeren abnehmbaren Schnabel gestoßen war, der tief unter den Handtüchern vergraben gewesen war. »Nach dem Geschlechtsakt macht die Frau dieses Ding voll Öl und Essig. Dann steckt sie sich den langen Schnabel unten rein, ihr wißt schon, und pumpt ganz fest, dann kriegt sie kein Kind.«

»Aber hinterher riecht sie wie eine Schüssel Salat«, warf Pam Rice ein. »Ich glaub, du bringst da was durcheinander, Jo.«

»Überhaupt nicht, du Supergescheite.«

Maggie sah sich die Flasche an. Sie schauderte bei dem Gedanken. Die Knie wurden ihr ein bißchen weich, aber sie würde es tun müssen. Sie nahm das Ding mit hinunter in die Küche, legte es auf die Arbeitsplatte und holte Öl und Essig. Josie hatte nicht gesagt, wieviel man nehmen mußte. Halb und halb höchstwahrscheinlich. Sie schraubte die Essigflasche auf.

Da öffnete sich die Küchentür. Ihre Mutter kam herein.

5

Es gab nichts zu sagen, darum machte Maggie einfach weiter, den Blick starr auf den steigenden Pegel des Essigs gerichtet. Als der Behälter etwa zur Hälfte gefüllt war, schraubte sie die Flasche wieder zu und öffnete die Ölflasche.

»Was, in Gottes Namen, tust du da, Margaret?«

»Nichts«, antwortete sie. Es war doch offensichtlich genug. Der Essig. Das Öl. Die Plastikflasche mit dem abnehmbaren, langen Schnabel, der neben der Flasche auf dem Tisch lag. Was sollte sie wohl anderes tun, als Vorbereitungen dafür zu treffen, ihren Körper von den Spuren zu befreien, die ein Mann in ihm hinterlassen hatte? Und wer anders konnte dieser Mann sein als Nick Ware?

Juliet Spence schloß mit einer entschiedenen Bewegung hinter sich die Tür. Bei dem Geräusch erschien Punkin aus der Dunkelheit des Wohnzimmers und huschte durch die Küche, um ihr um die Beine zu streichen. Er miaute leise.

»Du hast ihn wohl nicht gefüttert?«

»Ich hab's vergessen.«

»Wieso? Was hast du denn getan?«

Maggie antwortete nicht. Sie goß Öl in die Flasche und beobachtete, wie es sich in bernsteinfarbenen Schlieren verbreitete, als es mit dem Essig zusammentraf.

»Antworte mir, Margaret.«

Maggie hörte, wie die Handtasche ihrer Mutter auf einen Küchenstuhl fiel. Die schwere Seemannsjacke folgte. Dann hörte sie das Klappern ihrer Stiefelabsätze auf dem Küchenboden. Nie war sich Maggie der körperlichen Überlegenheit ihrer Mutter stärker bewußt gewesen als in diesem Moment, als diese neben sie an die Arbeitsplatte trat. Sie schien vor ihr zu stehen wie ein drohender Racheengel. Eine falsche Bewegung, und das Schwert würde herabsausen.

»Würdest du mir vielleicht verraten, was du mit diesem Gebräu vorhast?« fragte Juliet. Ihre Stimme klang angestrengt, ähnlich wie bei jemand, der sich gleich übergeben muß.

»Ich brauch's eben.«

»Wozu?«

»Für nichts.«

»Das erleichtert mich ungemein.«

»Wieso?«

»Weil eine Spülung mit Öl eine Riesenschweinerei ist, falls du plötzlich die weibliche Hygiene entdeckt haben solltest. Denn es geht doch wohl um Hygiene, Margaret? Es steckt doch nichts anderes dahinter, nicht wahr? Abgesehen von einem seltsamen und recht plötzlichen Bedürfnis nach innerer Reinheit.«

Maggie stellte das Öl neben den Essig auf die Arbeitsplatte und betrachtete angelegentlich das wabernde Gemisch, das sie bereitet hatte.

»Ich habe auf dem Heimweg Nick Ware gesehen. Er war mit dem Fahrrad in Richtung Clitheroe unterwegs«, fuhr ihre Mutter fort. Sie sprach jetzt schneller, und jedes Wort klang kurz und abgehackt. »Ich möchte lieber nicht darüber nachdenken, was das – in Verbindung mit dem faszinierenden Experiment, das du hier gerade durchführst – bedeuten könnte.«

Maggie berührte mit dem Zeigefinger die Plastikflasche. Sie betrachtete ihre Hand. Wie alles an ihrem Körper war sie klein und rundlich, mit Grübchen versehen. Sie hätte der Hand ihrer Mutter kaum unähnlicher sein können. Sie eignete sich nicht zu Hausarbeit und schwerer Arbeit, sie war es nicht gewöhnt, zu graben und mit Erde zu arbeiten.

»Diese Essig-und-Öl-Geschichte hat doch nichts mit Nick Ware zu tun? Sag mir, daß es reiner Zufall war, daß ich ihn vor nicht einmal zehn Minuten auf dem Weg ins Dorf gesehen habe.«

Maggie bewegte die Flasche hin und her und sah zu, wie das Öl über dem Essig schwebte und schwankte. Ihre Mutter packte sie beim Handgelenk.

»Au, du tust mir weh«, rief Maggie.

»Dann rede endlich, Margaret. Sag mir, daß du nicht wieder mit ihm geschlafen hast. Ich rieche es doch. Weißt du das, daß du danach riechst? Du riechst wie eine Hure, Margaret.«

»Na und? Du riechst doch genauso.«

Krampfartig zog sich die Hand ihrer Mutter zusammen. Ihre kurzen Fingernägel preßten sich scharf in die weiche Unterseite von Maggies Arm. Maggie schrie auf und wollte sich losreißen, schlug jedoch statt dessen nur ihre beiden verkrampften Hände gegen die Plastikflasche, so daß diese ins Spülbecken rutschte. Essig und Öl spritzten in hohem Bogen heraus und bildeten eine schlierige Pfütze, die langsam versickerte und rote und goldene Tropfen auf dem weißen Porzellan hinterließ.

»Du meinst wohl, ich hätte diese Erwiderung verdient«, sagte Juliet. »Du findest, wenn du mit Nick schläfst, ist das die perfekte Retourkutsche für mich. Das bezweckst du doch damit, nicht wahr? Auge um Auge ... Darauf hast du doch seit Monaten gewartet, hm? Meine Mutter hat sich einen Liebhaber genommen, aber ich werd's ihr zeigen.«

»Es hat mit dir überhaupt nichts zu tun. Es ist mir egal, was du tust. Es ist mir egal, wie du es tust. Und es ist mir auch egal, wann. Ich liebe Nick. Und er liebt mich.«

»Ach, so ist das. Und wenn er dich geschwängert hat und du sein Kind erwartest, wird er dich dann auch noch lieben? Glaubst du, er wird die Schule verlassen, um euch beide zu ernähren? Und wie wirst du dich dabei fühlen, Margaret

Jane Spence – als Mutter mit noch nicht einmal vierzehn Jahren?«

Juliet ließ sie los und ging in die altmodische Speisekammer. Maggie rieb sich das Handgelenk und lauschte dem Knallen von luftdicht verschlossenen Behältern, die draußen auf- und wieder zugemacht wurden. Als ihre Mutter wieder in die Küche kam, füllte sie den Wasserkessel und stellte ihn auf den Herd.

»Setz dich«, sagte sie.

Maggie zögerte. Sie verschmierte mit den Fingern die Reste von Essig und Öl im Spülbecken. Sie wußte, was jetzt kam – genau das, was nach ihrem ersten Stelldichein mit Nick im Oktober gekommen war. Doch im Gegensatz zu damals wußte sie jetzt, was diese beiden Worte bedeuteten, und ihr wurde eiskalt bei diesem Wissen. Wie dumm sie vor drei Monaten noch gewesen war. Was hatte sie denn eigentlich geglaubt? Jeden Morgen hatte ihre Mutter ihr eine Tasse Tee mit der sämigen Flüssigkeit gebracht, die sie ihr als einen besonderen Tee, extra für Frauen, angepriesen hatte, und Maggie hatte die Zähne zusammengebissen und das Gebräu brav getrunken, weil sie geglaubt hatte, es seien zusätzliche Vitamine, wie ihre Mutter behauptete; Vitamine, die jedes Mädchen brauchte, wenn es zur Frau wurde. Jetzt jedoch, in Zusammenhang mit den Worten ihrer Mutter an diesem Abend, erinnerte sie sich eines getuschelten Gesprächs, das ihre Mutter hier, in dieser Küche, vor fast zwei Jahren mit Mrs. Rice geführt hatte; damals hatte Mrs. Rice sie um etwas gebeten, um »es abzutöten, ein Ende zu machen, ich bitte Sie, Juliet«, und ihre Mutter hatte gesagt: »Das kann ich nicht tun, Marion. Sicher, es ist ein rein persönlicher Eid, aber es ist nun einmal ein Eid, und ich werde ihn halten. Sie müssen in eine Klinik gehen, wenn Sie es nicht haben wollen.« Worauf Mrs. Rice zu weinen anfing und sagte: »Aber davon will Ted nichts wissen. Er würde mich umbringen, wenn er auch nur den Verdacht hätte, daß ich etwas dagegen unternommen habe ...« Und sechs Monate später waren ihre Zwillinge zur Welt gekommen.

»Ich habe gesagt, du sollst dich setzen«, sagte Juliet Spence. Sie goß Wasser über getrocknete und fein gemahlene Chinarindenwurzel. Der Dampf trug den scharfen Geruch durch den Raum. Sie goß zwei Teelöffel voll Honig zu dem Getränk, rührte es kräftig um und trug es zum Tisch. »Komm hierher.«

Ohne getrunken zu haben, spürte Maggie schon die schneidenden Krämpfe in ihrem Magen, ein Phantomschmerz, den die Erinnerung geboren hatte. »Nein, ich trinke das nicht.«

»Und wie du es trinkst!«

»Nein. Du willst ja nur das Baby umbringen, aber es ist *mein* Baby. Meins und Nicks. Das hast du damals, im Oktober, auch schon getan. Du hast gesagt, es wären Vitamine, damit ich kräftige Knochen bekomme und mehr Kraft. Du hast gesagt, daß Frauen mehr Calcium brauchen als kleine Mädchen, und ich sei kein kleines Mädchen mehr und darum müßte ich das Zeug trinken. Aber du hast mich angelogen, stimmt's? Stimmt's, Mom? Du wolltest nur ganz sicher sein, daß ich kein Kind kriege.«

»Du bist ja hysterisch.«

»Du glaubst, daß es passiert ist. Du glaubst, daß ich ein Kind in meinem Bauch hab, stimmt's? Deswegen willst du doch, daß ich das Zeug trinke.«

»Wir machen es ungeschehen, wenn es geschehen sein sollte. Das ist alles.«

»Nein! Es ist mein Kind!« Maggie wich vor ihrer Mutter zurück, bis sie hart gegen die Kante der Arbeitsplatte stieß.

Juliet stellte den Becher auf den Tisch und stemmte eine

Hand in die Hüfte. Mit der anderen Hand rieb sie sich die Stirn. Im Schein der Küchenlampe wirkte ihr Gesicht hager. Die grauen Strähnen in ihrem Haar schienen plötzlich stumpfer und deutlicher hervorzutreten. »Was hattest du denn dann mit dem Öl und dem Essig vor, wenn nicht den Versuch – ein ziemlich unwirksamer Versuch übrigens –, die Entstehung eines Kindes zu verhüten?«

»Das ist ...« Maggie wandte sich unglücklich ab.

»... etwas anderes? Und wieso? Weil da etwas schmerzlos fortgespült wird? Weil da etwas beendet wird, das noch gar nicht angefangen hat? Wie bequem für dich, Maggie. Nur leider ist es nicht so. Komm jetzt her und setz dich.«

Maggie zog Essig- und Ölflasche an sich. Eine sinnlose Geste.

»Selbst wenn Essig und Öl wirksame Verhütungsmittel wären – was sie nicht sind –, so ist eine Spülung, die mehr als fünf Minuten nach dem Geschlechtsverkehr vorgenommen wird, völlig nutzlos.«

»Das ist mir doch egal. Dafür hab ich's überhaupt nicht gebraucht. Ich wollte nur sauber sein. Genau wie du gesagt hast.«

»Na also. Wunderbar. Ganz wie du willst. Also, wirst du jetzt das hier trinken, oder müssen wir die ganze Nacht hier herumstehen und streiten und die Realität verleugnen? Keine von uns beiden wird nämlich diesen Raum verlassen, solange du das hier nicht getrunken hast, Maggie. Darauf kannst du dich verlassen.«

»Aber ich trinke es nicht. Du kannst mich nicht dazu zwingen. Ich bring das Baby auf die Welt. Es gehört mir. Ich will es haben. Ich werde es liebhaben. Ja.«

»Du weißt überhaupt nicht, was es heißt, einen Menschen liebzuhaben.«

»Doch!«

»Ach ja? Was heißt es dann, einem Menschen, den man liebt, ein Versprechen zu geben? Sind das nur leere Worte? Ist das etwas, das man nur sagt, um den anderen loszuwerden? Etwas, das man nur sagt, um den anderen zu besänftigen? Oder um das zu bekommen, was man haben möchte?«

Maggie spürte Tränen aufsteigen. Alles auf der Arbeitsplatte – der zerbeulte Toaströster, vier Metallbehälter, ein Mörser mit Stößel, sieben Einmachgläser – verschwamm vor ihrem Blick, als sie zu weinen begann.

»Du hast mir ein Versprechen gegeben, Maggie. Wir hatten eine Vereinbarung. Muß ich dich erst daran erinnern?«

Maggie packte den Wasserhahn über dem Spülbecken und schob ihn hin und her, rein um der Gewißheit willen, etwas unter der Hand zu haben, das sie beherrschen konnte. Punkin sprang auf die Arbeitsplatte und schlängelte sich zwischen Gläsern und Metallbehältern hindurch zu ihr. Einmal blieb er kurz stehen, um an ein paar Krümeln auf dem Toaster zu schnuppern. Er miaute klagend und rieb sich an ihrem Arm. Blind zog sie ihn zu sich heran und senkte ihr Gesicht zu seinem Nacken hinunter. Er roch nach feuchtem Heu. Sein Fell blieb an ihren nassen Wangen kleben.

»Wenn wir im Dorf bleiben würden, hast du gesagt, wenn wir nur dies eine Mal nicht weiterziehen würden, dann würde ich das nie bereuen. Du würdest alles tun, damit ich stolz auf dich sein könnte. Erinnerst du dich daran? Erinnerst du dich, daß du mir dein Wort gegeben hast? Hier an diesem Tisch hast du gesessen, im August, und hast darum gebettelt, in Winslough zu bleiben. ›Nur das eine Mal, Mami. Bitte. Laß uns bleiben. Ich habe so gute Freundinnen hier, Mami. Ich möchte die Schule fertigmachen. Ich tu auch alles, was du willst. Bitte. Nur laß uns bleiben.‹«

»Das stimmt auch. Ich hab hier Freundinnen. Josie und Pam.«

»Es war eine Art Abwandlung der Wahrheit, weniger als die halbe Wahrheit. Und schon zwei Monate später hast du es drüben im Herrenhaus mit einem fünfzehnjährigen Bauernlümmel getrieben und weiß der Himmel mit wieviel anderen Burschen.«

»Das ist nicht wahr!«

»Was ist nicht wahr, Maggie? Daß du es mit Nick getrieben hast? Oder daß du jeden seiner scharfen kleinen Freunde rangelassen hast, der mal mit dir bumsen wollte?«

»Ich hasse dich!«

»Ja. Seit das angefangen hat, hast du mir das klar und deutlich zu verstehen gegeben. Und es tut mir leid. Denn ich hasse dich nicht.«

»Du tust doch nichts anderes.« Maggie drehte sich nach ihrer Mutter herum. »Du hältst mir Vorträge darüber, daß man so was nicht tun darf, und dabei tust du es die ganze Zeit selber. Du bist überhaupt nicht besser als ich. Du tust es mit Mr. Shepherd. Das weiß jeder.«

»Das ist der springende Punkt, oder? Du bist dreizehn Jahre alt. Dein Leben lang hab ich niemals einen Freund oder Geliebten gehabt. Und du bist entschlossen, es mir auch diesmal gründlich auszutreiben. Ich soll gefälligst weiterhin nur für dich leben, so wie du es gewöhnt bist. Richtig?«

»Nein.«

»Und wenn du schwanger werden mußt, um mich kirre zu machen, dann ist das auch in Ordnung?«

Maggie packte die Essigflasche und schleuderte sie auf den Fliesenboden. Glasscherben sprangen in alle Richtungen. Die Luft in der Küche roch augenblicklich beißend sauer. Punkin fauchte und wich mit gesträubtem Fell und hohem Katzenbuckel zurück.

»Ich werde mein Kind liebhaben«, schrie Maggie schrill. »Ich werde es liebhaben und für es sorgen, und es wird mich liebhaben. So ist das mit allen Babys. Sie haben ihre Mütter lieb, und ihre Mütter haben sie lieb.«

Juliet Spence sah auf die Bescherung am Boden. Auf den hellen Fliesen sah der Essig aus wie verdünntes Blut.

»Es ist Veranlagung.« Ihre Stimme klang erschöpft. »Lieber Gott, es ist dir im Innersten eingeimpft.« Sie zog sich einen Küchenstuhl heran und sank darauf nieder. Sie legte beide Hände um den Porzellanbecher mit dem Tee. »Babys sind keine Liebesmaschinen«, sagte sie. »Sie wissen nicht, wie man liebt. Sie wissen nicht, was Liebe ist. Sie haben Hunger und Durst, sie brauchen Schlaf, sie machen in die Windeln. Und das ist alles.«

»Gar nicht wahr!« widersprach Maggie. »Babys lieben ihre Mutter. Sie machen, daß die Mutter sich gut fühlt. Sie gehören einem. Hundert Prozent. Man kann sie festhalten und mit ihnen in einem Bett schlafen und sich ganz eng mit ihnen zusammenkuscheln. Und wenn sie groß werden ...«

»Dann brechen sie einen in Stücke. So oder so. Darauf läuft es am Ende immer hinaus.«

Maggie rieb sich mit dem Handrücken die nassen Wangen. »Du willst nur nicht, daß ich was habe, das ich liebhaben kann. Du hast Mr. Shepherd. Aber ich soll nichts haben.«

»Glaubst du das im Ernst? Glaubst du denn nicht, daß du mich hast?«

»Du bist nicht genug.«

»Ach so.«

Maggie nahm die Katze auf den Arm und drückte sie an sich. Sie sah die Niedergeschlagenheit und den Schmerz in der Haltung ihrer Mutter, die zusammengesunken auf ihrem Stuhl saß, die langen Beine kraftlos vor sich ausgestreckt. Es war ihr gleichgültig. Sie wollte nur ihren Vorteil wahren. Mom konnte sich ja bei Mr. Shepherd Trost holen, wenn sie sich verletzt fühlte.

»Ich möchte jetzt endlich wissen, was mit Daddy war.«

Ihre Mutter sagte nichts. Auf dem Tisch lag ein Stapel Fotografien, die sie in den Weihnachtstagen aufgenommen hatte. Sie griff danach. Die Feiertage waren noch vor der Leichenschau gewesen, und sie hatten sich große Mühe gegeben, guter Dinge zu sein und nicht daran zu denken, wie die Zukunft aussähe, wenn Juliet der Prozeß gemacht werden sollte. Sie sah die Bilder durch, die alle nur sie beide zeigten. Immer war es so gewesen, Jahr für Jahr nur sie und Maggie, eine Beziehung, die das Eindringen eines Dritten nicht geduldet hatte.

Maggie beobachtete ihre Mutter. Sie wartete auf eine Antwort. Ihr Leben lang hatte sie so gewartet, zu ängstlich, um zu fordern, zu ängstlich, um zu drängen, sofort von Schuldgefühlen überwältigt und von Mitleid erfüllt, wenn ihre Mutter mit Tränen reagierte. Aber heute abend war es anders.

»Ich möchte endlich wissen, was mit Daddy war«, wiederholte sie.

Ihre Mutter sagte noch immer nichts.

»Er ist gar nicht tot, stimmt's? Er sucht mich. Und das ist der Grund, warum wir dauernd von einem Ort zum anderen ziehen.«

»Nein.«

»Weil er mich bei sich haben möchte. Er liebt mich. Er möchte wissen, wo ich bin. Er denkt Tag und Nacht an mich. So ist es doch.«

»Das ist Phantasterei, Maggie.«

»Ist es nicht so, Mami? Ich will es endlich wissen.«

»Was denn?«

»Wer er ist. Was er tut. Wie er aussieht. Warum wir nicht mit ihm zusammenleben. Warum wir nie mit ihm zusammengelebt haben.«

»Es gibt nichts zu erzählen.«

»Ich sehe ihm ähnlich, nicht wahr? Denn dir sehe ich ja überhaupt nicht ähnlich.«

»Solche Diskussionen bringen nichts.«

»Doch. Doch. Weil ich dann endlich weiß, was los ist. Und wenn ich ihn suche...«

»Das kannst du nicht. Er ist tot.«

»Ist er nicht.«

»Maggie, er ist tot. Und ich möchte nicht darüber sprechen. Ich werde mir keine Geschichten ausdenken. Ich werde dir keine Lügen erzählen. Er ist aus unserem Leben verschwunden. Er war immer abwesend. Von Anfang an.«

Maggies Lippen bebten. Sie versuchte, das Zittern zu unterdrücken, aber es gelang ihr nicht. »Er hat mich lieb. Daddy hat mich lieb. Und wenn du mir erlauben würdest, ihn zu suchen, dann könnte ich es dir auch beweisen.«

»Dir selbst möchtest du es beweisen, Maggie. Und wenn du es nicht mit deinem Vater beweisen kannst, wie du das gern tätest, dann muß Nick herhalten.«

»Nein.«

»Aber Maggie, es ist doch offensichtlich.«

»Das ist nicht wahr. Ich liebe ihn. Er liebt mich.« Sie wartete auf eine Erwiderung ihrer Mutter. Als Juliet nichts tat, nur den Becher auf dem Tisch ein Stück verschob, wurde Maggie innerlich ganz hart. Ihr war, als wüchse in ihrem Herzen eine finstere schwarze Bedrohung. »Wenn ich schwanger bin, dann bring ich das Baby auf die Welt. Hast du das gehört, Mom? Aber ich werd nicht so eine Mutter wie du. Ich werde keine Geheimnisse vor meinem Kind haben. Mein Kind wird wissen, wer sein Vater ist.«

Sie stürmte am Tisch vorbei aus der Küche hinaus. Ihre Mutter machte keinen Versuch, sie zurückzuhalten. Zorn und Selbstgerechtigkeit trugen sie bis in den oberen Flur hinauf, wo sie endlich haltmachte.

Unten in der Küche hörte sie das Scharren eines Stuhls. Das Wasser wurde aufgedreht. Der Becher schlug klirrend gegen das Porzellan. Ein Schrank wurde geöffnet. Sie hörte, wie trockenes Katzenfutter in einen Napf geschüttet und auf den Boden gestellt wurde.

Danach Stille. Und dann ein tiefer, rauher Seufzer und die Worte: »O Gott!«

Seit beinahe vierzehn Jahren hatte Juliet kein Gebet mehr gesprochen, nicht weil sie nicht das Bedürfnis gehabt hätte, die Hilfe Gottes zu beschwören – es hatte Momente gegeben, da hatte sie sich solche Hilfe verzweifelt gewünscht –, sondern weil sie nicht mehr an Gott glaubte. Früher waren das tägliche Gebet, der Kirchgang, die von Herzen kommende Zwiesprache mit einer liebenden Gottheit für sie so selbstverständlich gewesen wie das Atmen. Aber sie hatte das blinde Vertrauen verloren, das für den Glauben an das Unbenennbare so notwendig ist, als ihr langsam klargeworden war, daß es in einer Welt, in der die Guten Qualen leiden mußten, während die Bösen ungestraft tun konnten, was sie wollten, keine Gerechtigkeit gab. In ihrer Jugend hatte sie geglaubt, einst käme der Tag der Abrechnung für alle. Ihr war klar gewesen, daß sie vielleicht nicht erfahren würde, auf welche Weise ein Sünder vom ewigen Gericht bestraft werden würde, aber daß er vor Gericht gestellt werden würde, im Leben oder nach dem Tod, dessen war sie sicher gewesen. Jetzt wußte sie es anders. Es gab keinen Gott, der Gebete erhörte, Unrecht wiedergutmachte oder Leiden linderte. Es gab nichts als die schwere Bewältigung des Lebens und das Warten auf jene flüchtigen Glücksmomente, die das Leben lebenswert machten.

Sie warf zwei weiße Handtücher auf den Küchenboden und beobachtete, wie der Essig das Weiß mit wachsenden rosafarbenen Blüten durchtränkte. Punkin sah mit ernster Miene und starrem Blick von seinem Posten auf der Arbeitsplatte aus zu, wie sie die Handtücher ins Spülbecken warf und dann Besen und Schrubber holte. Der Schrubber war überflüssig – die Tücher hatten alle Flüssigkeit aufgesogen, und das Glas ließ sich mit dem Besen entfernen –, aber sie hatte schon vor langem die Erfahrung gemacht, daß körperliche Anstrengung quälende Grübelei erstickte. Das war auch der Grund, weshalb sie jeden Tag in ihrem Treibhaus arbeitete, schon bei Tagesanbruch mit ihrem Korb durch den Eichenwald marschierte, ihren Gemüsegarten mit fanatischer Gewissenhaftigkeit pflegte und ihre Blumen mehr aus innerem Drang denn aus Stolz betreute.

Sie fegte die Scherben auf und warf sie in den Müll. Sie beschloß, auf den Schrubber zu verzichten. Besser, den Fliesenboden auf Händen und Knien zu scheuern und den dumpfen Schmerz zu spüren, der meist in ihren Kniescheiben begann und dann in die Beine ausstrahlte. Noch wirksamer als körperliche Anstrengung war Schmerz. Als sie fertig war, wischte sie sich den Schweiß mit dem Ärmel ihres Pullovers vom Gesicht. Colins Geruch hing noch in ihm: Zigarettentabak und Sex, der schwüle Geruch seines Körpers, wenn sie sich liebten.

Sie zog sich den Rolli über den Kopf und warf ihn auf ihre dunkelblaue Jacke auf dem Stuhl. Einen Moment lang redete sie sich ein, daß sich an ihrem Zusammenleben mit Maggie nichts geändert hätte, wenn sie nicht in einem Augenblick egoistischen Verlangens der Begierde nachgegeben hätte. So lang war das Begehren nach einem Mann in ihr verschüttet gewesen, daß sie es schon tot geglaubt hatte. Als sie es völlig unerwartet und ohne Vorwarnung überfallen hatte, hatte sie ihm nichts entgegenzusetzen gehabt.

Sie machte sich bittere Vorwürfe, daß sie nicht stärker

gewesen war, daß sie vergessen hatte, was elterliche Vorhaltungen sie in der Kindheit gelehrt hatten, ganz zu schweigen von den »Großen Romanen«, die sie ihr Leben lang gelesen hatte: daß die Leidenschaft unausweichlich zu Zerstörung führt.

Aber es war nicht Colins Schuld. Wenn er gesündigt hatte, dann nur, indem er liebte und in seiner Liebe blind war. Sie konnte es verstehen. Sie liebte ja selbst. Nicht Colin – niemals mehr würde sie einen Mann als Partner in ihr Leben eindringen lassen –, sondern Maggie, die ihr Leben war, mit einer Art qualvoller Selbstaufgabe, die an Verzweiflung grenzte.

Mein Kind. Mein schönes Kind. Meine Tochter. Was würde ich nicht tun, um dich vor Kummer zu bewahren.

Doch alle elterliche Obhut hatte ihre Grenzen. Sie zeigten sich, sobald das Kind darauf bestand, seinen eigenen Weg einzuschlagen; wenn es die Herdplatte berührte, obwohl es hundertmal das Wort nein gehört hatte; wenn es im Winter bei Hochwasser allzu nahe beim Fluß spielte; wenn es einen Schluck Brandy oder eine Zigarette stibitzte. Maggies unbeirrbare Entschlossenheit, in die sexuelle Welt der Erwachsenen einzudringen, obwohl sie noch ein Kind war. Juliet war auf diese Art pubertärer Rebellion nicht vorbereitet gewesen.

Maggie und Sex. Juliet wollte nicht daran denken. Im Lauf der Jahre war sie in der Kunst der Verdrängung immer routinierter geworden. Dinge, die Kummer oder inneren Aufruhr hervorriefen, verbot sie sich einfach. Sie sah immer nur vorwärts, konzentrierte ihre Aufmerksamkeit auf den fernen Horizont, zog als schweigsame Fremde von Ort zu Ort. Und bis zum letzten August hatte sich Maggie immer ihrem Lebensrhythmus gefügt.

Juliet ließ die Katze hinaus und sah ihr nach, bis sie in den Schatten des Herrenhauses verschwunden war. Dann ging sie nach oben. Die Tür zu Maggies Zimmer war geschlossen, aber sie klopfte nicht an, wie sie das normalerweise getan hätte, um hineinzugehen und sich ans Bett ihrer Tochter zu setzen, ihr das Haar aus dem Gesicht zu streichen und mit ihren Fingerspitzen über die pfirsichweiche Haut zu streichen. Statt dessen ging sie in ihr eigenes Zimmer auf der anderen Seite des Flurs und zog sich im Dunkeln aus. Normalerweise hätte sie dabei vielleicht an die Berührung und die Wärme von Colins Händen auf ihrem Körper gedacht und hätte sich fünf Minuten gegönnt, um sich seine Umarmung ins Gedächtnis zu rufen, den Anblick seines Gesichts über ihr, scharf umrissen im Halbdunkel seines Zimmers. An diesem Abend jedoch bewegte sie sich wie ein Automat, schlüpfte in ihren wollenen Morgenrock und ging ins Badezimmer, um die Wanne einlaufen zu lassen.

Du riechst doch genauso.

Wie konnte sie mit gutem Gewissen ihrer Tochter etwas verbieten, dem sie selbst sich hingab – mit Wonne und Sehnsucht. Sie konnte es nur verbieten, wenn sie ihn aufgab und weiterzog, wie sie das in der Vergangenheit stets getan hatte, ohne einen Blick zurück. Das war die einzige Lösung. Wenn der Tod des Pfarrers nicht ausgereicht hatte, sie zur Vernunft zu bringen – hatte sie denn auch nur einen Moment lang im Ernst geglaubt, sie könnte als liebende Ehefrau des Dorfpolizisten ein neues Leben beginnen? –, dann würde Maggies Beziehung zu Nick Ware dies tun.

Mrs. Spence, mein Name ist Robin Sage. Ich bin gekommen, weil ich mit Ihnen über Maggie sprechen wollte.

Und sie hatte ihn vergiftet. Diesen teilnahmsvollen Mann, der ihr und ihrer Tochter nur Gutes gewollt hatte. Was für ein Leben konnte sie sich jetzt noch in Winslough erhoffen, da jeder an ihr zweifelte, jedes geflüsterte Wort sie verurteilte und keiner außer dem Coroner selbst die Courage besaß, sie zu fragen, wie ihr dieser tödliche Irrtum hatte unterlaufen können.

Sie badete mit Muße, gestattete sich lediglich die unmittelbaren körperlichen Empfindungen, die das Bad – der Waschlappen auf ihrer Haut; der aufsteigende Dampf; die Wasserrinnsale zwischen ihren Brüsten – auslösten. Die Seife roch nach Rosen, und sie atmete den Duft ein, um alle anderen Gerüche zu vergessen. Sie wünschte, das Bad würde alle Erinnerung fortspülen und sie von aller Leidenschaft befreien.

Ich möchte endlich wissen, was mit Daddy war.

Was kann ich dir sagen, mein Liebstes? Daß es ihm nichts bedeutete, mit seinen Fingern dein daunenweiches Haar zu berühren; daß der Anblick deiner zarten Wimpern, die wie gefiederte Schatten auf deinen Wangen ruhten, wenn du schliefst, in ihm nicht den Wunsch weckte, dich zu nehmen und zu halten; daß er niemals vor Entzücken gelacht hätte, wenn er dich mit schmutzigen Händchen ein tropfendes Eis am Stiel hätte halten sehen; daß es in seinem Leben für dich nur einen Platz gab: still und schlafend hinten im Auto, kein Geschrei, kein Aufhebens und keine Forderungen. Daß du für ihn niemals so real warst wie er für sich selbst. Du warst nicht der Mittelpunkt seiner Welt. Wie kann ich dir das erklären, Maggie? Soll ausgerechnet ich deinen Traum zerstören?

Die Glieder waren ihr schwer, als sie sich abtrocknete. Ihre Arme schienen ihr mit Gewichten beschwert, als sie sich das Haar bürstete. Der Badezimmerspiegel war beschlagen. Sie beobachtete darin ihre Bewegungen, ein gesichtsloses Bild, dessen einziges Erkennungsmerkmal dunkles, rasch ergrauendes Haar war. Den Rest ihres Körpers konnte sie im Spiegel nicht sehen, aber sie kannte ihn gut genug. Er war kräftig und widerstandsfähig, ohne Furcht vor harter Arbeit. Es war der Körper einer Bäuerin, die einer Schar Kinder das Leben schenkte. Ihr aber war nur ein junges Lebewesen anvertraut worden, und sie hatte nur eine Chance, diesen Menschen auf seinen Weg zu bringen.

Hatte sie versagt? fragte sie sich nicht zum erstenmal. Hatte sie die elterliche Wachsamkeit um ihrer eigenen Wünsche willen vernachlässigt?

Sie legte die Haarbürste auf den Rand des Waschbeckens und ging über den Flur zur geschlossenen Zimmertür ihrer Tochter. Sie lauschte. Durch die Ritze unter der Tür fiel kein Licht. Lautlos drehte sie den Knauf und trat ins Zimmer.

Maggie schlief und wachte auch nicht auf, als der dämmrige Lichtstrahl vom Flur über ihr Bett fiel. Sie hatte, wie so oft, die Decken weggeschoben und lag zusammengerollt auf der Seite, die Knie hochgezogen, eine Kind-Frau im rosa Schlafanzug. Die beiden obersten Knöpfe an der Jacke fehlten, so daß der halbmondförmige Ansatz einer vollen Brust zu sehen war. Sie hatte ihren Stoffelefanten vom Bücherregal genommen. Er lag zusammengedrückt in der Mulde ihres Magens. Seine Beine ragten steif in die Luft, sein Rüssel war von Jahren der Zärtlichkeit und Liebkosungen zum Stummel geschrumpft.

Juliet deckte ihre Tochter wieder zu und sah auf sie hinab. Mein Kind. Meine Tochter. Ich kann dir nicht alle Antworten geben, Margaret. Die meiste Zeit habe ich das Gefühl, daß ich selbst bloß eine ältere Version eines Kindes bin. Ich fürchte mich, aber ich darf dir meine Furcht nicht zeigen. Ich verzweifle, aber ich darf meinen Schmerz nicht mit dir teilen. In deinen Augen bin ich stark – Herrin über mein Leben und mein Schicksal –, während ich in Wirklichkeit dauernd das Gefühl habe, daß mir jeden Moment die Maske heruntergerissen werden und die Welt mich so sehen wird – du mich so sehen wirst –, wie ich wirklich bin, schwach und von Zweifeln geplagt. Du wünschst dir Verständnis. Ich soll dir sagen, wie alles werden wird. Ich soll die Dinge richten – das Leben richten –, indem ich den Zauberstab meiner Empörung über aller Ungerechtigkeit und deinen Verletzungen schwenke, aber das kann ich nicht. Ich weiß ja nicht einmal, wie es geht.

Die Mutterrolle lernt man nicht, Maggie. Die Mutterrolle muß man einfach leben. Nicht jeder Frau ist diese Fähigkeit von der Natur gegeben, weil es nicht natürlich ist, daß ein anderes Leben völlig von einem selbst abhängt. Es ist eine Aufgabe, bei der man sich unentbehrlich und zugleich völlig allein fühlen kann. Und in Krisenmomenten – wie dieser einer ist, Maggie – hat man kein kluges Buch zur Hand, in dem man nachschlagen kann, wie man verhindern kann, daß ein Kind sich selbst schadet.

Kinder stehlen einem mehr als das Herz, mein Liebes. Sie stehlen einem das Leben. Sie holen das Schlechteste und das Beste aus uns heraus und schenken uns dafür ihr Vertrauen. Aber der Preis ist hoch und der Lohn gering, und es dauert lange, bis man ihn ernten kann.

Und am Ende, wenn man sich darauf vorbereitet, das Kind ins Erwachsenenleben zu entlassen, tut man es mit der Hoffnung, daß das, was zurückbleibt, größer – und mehr – sein wird als die leeren Hände einer Mutter.

Das Getuschel nimmt kein Ende

6

Das hoffnungsvolle Zeichen war, daß sie, als er sie berührte – mit der Hand über die glatte Linie ihres Rückens strich –, weder zusammenzuckte noch die Liebkosung gereizt abschüttelte. Das machte ihm Hoffnung. Gewiß, sie sagte kein Wort, und sie fuhr fort, sich anzukleiden, aber im Augenblick war Lynley bereit, alles zu akzeptieren, was nicht offene Zurückweisung mit nachfolgendem Abgang war. Es war, dachte er, entschieden die Schattenseite der Intimität mit einer Frau. Wenn mit gegenseitiger Liebe ein »glücklich bis an ihr Lebensende« verbunden war, so war es ihm und Helen noch nicht geglückt, dies zu finden.

Aller Anfang ist schwer, versuchte er sich zu sagen. Sie hatten sich noch nicht daran gewöhnt, Liebende zu sein, nachdem sie mehr als fünfzehn Jahre lang mit eiserner Entschlossenheit gute Freunde gewesen waren. Dennoch wünschte er, sie würde die Kleider Kleider sein lassen und wieder ins Bett kommen, wo die Laken von ihrem Körper noch warm waren und der Duft ihres Haars noch an seinem Kopfkissen haftete.

Sie hatte kein Licht gemacht. Sie hatte auch die Vorhänge nicht aufgezogen, um das fahle Morgenlicht des Londoner Winters hereinzulassen. Dennoch konnte er sie in dem schwachen Lichtschein, der durch die Vorhänge schimmerte, deutlich sehen. Aber auch wenn das Zimmer stockfinster gewesen wäre, hätte er mit seinen Händen den Bogen ihrer Taille beschreiben können, den genauen Winkel, in dem sie den Kopf zu neigen pflegte, bevor sie ihr Haar zurückwarf, die Rundung ihrer Waden, den Schwung ihres Fußes, die Schwellung ihrer Brüste.

Er hatte auch früher schon geliebt, häufiger in seinen sechsunddreißig Jahren, als er sich und anderen gern eingestand. Nie zuvor jedoch hatte er dieses befremdliche, absolut primitive Bedürfnis empfunden, eine Frau zu unterwerfen und zu besitzen. Seit zwei Monaten, seit Helen seine Geliebte geworden war, sagte er sich, daß dieses Bedürfnis sich legen würde, wenn sie nur einwilligte, ihn zu heiraten. Das Verlangen, zu dominieren, konnte in einer Atmosphäre der Partnerschaft, der Gleichwertigkeit und des Dialogs kaum gedeihen. Und wenn dies die wesentlichen Bestandteile der Beziehung waren, die er sich mit ihr wünschte, dann würde jene Triebkraft in ihm, die er so dringend beherrschen und bestimmen wollte, bald geopfert werden müssen.

Das Problem war, daß er selbst jetzt, da er wußte, daß sie verstimmt war, da er den Grund dafür kannte und ihr, wenn er ehrlich bleiben wollte, keine Schuld daran geben konnte, daß er selbst dann das völlig irrationale Verlangen verspürte, sie zu unterwürfigem und verzeihungsheischendem Eingeständnis einer Schuld zu zwingen, die sie logischerweise mit der Rückkehr in sein Bett hätte büßen müssen. Und darin lag das zweite und drängendere Problem. Bei Morgengrauen war er, erregt von der Wärme ihres Körpers, der sich im Schlaf an den seinen drängte, erwacht. Er hatte mit der Hand über die Linie ihrer Hüfte gestrichen, und noch im Schlaf hatte sie sich herumgedreht und war voll schläfriger Zärtlichkeit in seine Arme gekommen. Dann hatten sie still unter verhedderten Decken gelegen, und, den Kopf an seiner Schulter, die Hand auf seiner Brust, hatte sie gesagt: »Ich kann dein Herz schlagen hören.«

»Na, Gott sei Dank«, hatte er geantwortet. »Das heißt, daß du es mir noch nicht gebrochen hast.«

Darauf hatte sie gelacht, ihm einen Kuß gegeben, gegähnt und eine Frage gestellt, auf die er, vernarrter Tölpel, der er war, ihr brav und direkt Antwort gegeben hatte. Der Streit war nicht mehr zu vermeiden gewesen. »Du machst Frauen zu Objekten, du machst mich zum Objekt, Tommy, mich, die du zu lieben behauptest«, hatte Helen ihm vorgeworfen. Seine Antwort hatte Helen jedenfalls bewogen, sich ohne weitere Diskussion anzukleiden, um zu gehen. Nicht im Zorn, o nein, jedoch aus dem Bedürfnis heraus – und dies nicht zum erstenmal –, sich »damit allein auseinanderzusetzen«.

Du lieber Gott, das Bett macht uns wirklich zu Narren, dachte er. Einen Augenblick völliger Hingabe und danach lebenslanges Bedauern. Und das Verflixte war, daß er, während er ihr beim Ankleiden zusah, die Hitze und das wachsende Drängen seiner eigenen Begierde spürte. Sein Körper war der schlagende Beweis dafür, daß ihr Vorwurf berechtigt war. Der Fluch, ein Mann zu sein, schien ihm unausrottbar in dem aggressiven und primitiven Trieb verwurzelt, der daran schuld war, daß der Mann die Frau begehrte, ohne Rücksicht auf die Umstände und manchmal – zu seiner Schande – gerade aufgrund der Umstände. Er verfluchte den ewigen Kampf des Fleisches gegen den Geist.

»Helen«, sagte er.

Sie ging zur Kommode und nahm seine schwere silberne Bürste, um sich damit das Haar zu richten. Ein kleiner Drehspiegel stand zwischen Familienfotos, sie stellte ihn auf ihre Größe ein.

Er wollte nicht mit ihr streiten, aber er fühlte sich genötigt, sich zu verteidigen. Aufgrund der Frage jedoch, die sie zum Gegenstand ihres Streits gemacht hatte, konnte seine Verteidigung nur auf einer gründlichen Durchleuchtung ihres Lebenswandels aufbauen. Schließlich war ihre Vergangenheit um keinen Deut besser als seine.

»Helen«, sagte er. »Wir sind beide erwachsen. Wir haben eine gemeinsame Geschichte. Aber wir haben auch jeder eine eigene Geschichte, und ich glaube nicht, daß es uns hilft, wenn wir diese vergessen machen wollen. Oder wenn wir Urteile aufgrund von Situationen fällen, die vielleicht schon vor unserer Beziehung bestanden haben. Ich meine jetzt, vor dieser gegenwärtigen Beziehung. Und ich meine ihren körperlichen Aspekt.«

Im Geist verdrehte er die Augen über sein tolpatschiges Bemühen, dieser Unstimmigkeit zwischen ihnen ein Ende zu bereiten. Verdammt noch mal, wir lieben uns doch, hätte er am liebsten gesagt. Ich begehre dich, ich liebe dich, und du mich doch verdammt noch mal auch. Hör also auf, so lächerlich empfindlich auf etwas zu reagieren, das mit dir überhaupt nichts zu tun hat, weder mit meinen Gefühlen für dich noch mit dem, was ich von dir möchte, und zwar mit dir zusammen für den Rest unseres Lebens. Ist das klar, Helen? Antworte mir! Ist das klar? Gut. Das freut mich. Dann komm jetzt wieder zu Bett.

Sie legte die Haarbürste weg, aber sie drehte sich nicht herum. Sie hatte ihre Schuhe noch nicht angezogen, und daraus schöpfte Lynley neue, wenn auch zaghafte, Hoffnung. Ebenso aus seiner festen Überzeugung, daß sie eine Entfremdung zwischen ihnen ebensowenig wollte wie er. Sicher, Helen war verärgert über ihn – vielleicht nur geringfügig mehr als er über sich selbst –, aber sie hatte ihn nicht ganz abgeschrieben. Irgendwie mußte ihr doch Vernunft beizubringen sein, und wenn nur, indem man ihr vor Augen hielt, wie leicht er selbst in den vergangenen zwei Monaten ihre einstigen romantischen Bindungen hätte falsch auslegen können, wäre er je auf den idiotischen Gedanken gekommen, die Geister ihrer früheren Liebhaber heraufzubeschwören, wie sie das jetzt bei ihm getan hatte. Sie würde ihm natürlich entgegenhalten, daß es ihr überhaupt nicht um seine früheren Geliebten ginge, daß sie sie ja nicht einmal ins Gespräch gebracht habe. Ihr ginge es vielmehr um die Frauen im allgemeinen und seine Einstellung ihnen gegenüber und um dieses machohafte Hey-hey-ich-schieb-heute-nacht-wieder-eine-heiße-Nummer, das ihrer Auffassung nach hinter seiner Gewohnheit steckte, eine Krawatte um den äußeren Knauf seiner Schlafzimmertür zu schlingen.

Er sagte: »Natürlich habe ich kein Mönchsleben geführt. Und du hast auch nicht wie eine Nonne gelebt. Aber das wußten wir doch beide schon immer voneinander.«

»Was soll das heißen?«

»Nichts. Es ist schlicht Tatsache. Wenn wir jetzt anfangen, einen Balanceakt zwischen der Vergangenheit und der Zukunft unseres gemeinsamen Lebens zu versuchen, stürzen wir garantiert ab. Das geht einfach nicht. Was wir haben, ist jetzt. Darüber hinaus die Zukunft. Meiner Meinung nach sollte dem unsere erste Sorge gelten.«

»Das hier hat mit der Vergangenheit nichts zu tun, Tommy.«

»Doch. Es ist noch keine zehn Minuten her, daß du gesagt hast, du kämst dir vor wie ›Seiner Lordschaft flottes kleines Sonntagnacht-Vergnügen‹.«

»Du hast überhaupt nicht verstanden, worum es mir geht.«

»Ach ja?« Er neigte sich über die Bettkante und hob seinen Morgenrock auf, der irgendwann am vergangenen Abend dort auf dem Boden gelandet war. »Bist du ärgerlicher über eine Krawatte am Türknopf …«

»Über das, was die Geste impliziert.«

»… oder über die Tatsache, daß ich meinem eigenen absolut blöden Geständnis zufolge diese Masche schon früher drauf hatte?«

»Ich denke, du kennst mich gut genug, um eine solche Frage gar nicht erst stellen zu müssen.«

Er stand auf, schlüpfte in den blauen Morgenrock und sammelte die Kleider ein, die er am vergangenen Abend kurz vor Mitternacht in aller Eile hatte fallen lassen. »Und ich denke, du bist in deinem Innern ehrlicher mit dir selbst, als du jetzt mit mir bist.«

»Wieder eine Anschuldigung. Das gefällt mir nicht besonders. Und ebensowenig gefällt mir der Beigeschmack von Überheblichkeit.«

»Deine oder meine?«

»Du weißt, was ich meine, Tommy.«

Er ging durch das Zimmer und zog die Vorhänge auf. Es war ein trister Tag draußen. Ein böiger Wind trieb schwere Wolken von Ost nach West, und eine dünne Frostschicht lag wie Gaze auf dem Rasen und den Rosenbüschen im Garten seines Hauses. Eine der Katzen aus der Nachbarschaft hockte auf der Backsteinmauer, an der dichter Nachtschatten in die Höhe kletterte. Wie zwei übereinanderliegende Kugeln aus Kopf und Körper hockte sie dort, das scheckige Fell vom Wind zerzaust, das Gesicht verschlossen, und schaffte es, nach typischer Katzenmanier, gleichzeitig majestätisch und unberührbar zu wirken. Lynley wünschte, er besäße dieses Talent auch.

Er wandte sich vom Fenster ab und bemerkte, daß Helen ihn im Spiegel beobachtete. Er ging zu ihr und stellte sich hinter sie.

»Wenn ich wollte«, sagte er, »könnte ich mich beim Gedanken an die Männer, die deine Liebhaber waren, in blinde Wut steigern. Um der Wut nicht direkt Ausdruck geben zu müssen, könnte ich dich dann beschuldigen, du hättest diese Männer nur für deine eigenen Zwecke mißbraucht, nämlich um dir selbst zu schmeicheln und dein Selbstwertgefühl zu heben. Aber meine Wut wäre dennoch die ganze Zeit da, würde unmittelbar unter der Oberfläche schwelen, ganz gleich, wie heftig meine Vorwürfe wären. Ich würde die Wut lediglich ablenken, indem ich meine Aufmerksamkeit – ganz zu schweigen von meiner selbstgerechten Empörung – auf dich richte.«

»Clever«, sagte sie und sah ihn an.

»Was?«

»Diese Methode, der entscheidenden Frage auszuweichen.«

»Und die wäre?«

»Was ich nicht sein möchte.«

»Meine Frau.«

»Nein. Lord Ashertons Spielgefährtin. Inspector Lynleys neue heiße Tussi. Anlaß für ein Augenzwinkern und ein verständnisinniges Grinsen zwischen dir und Denton, wenn er dir das Frühstück bringt.«

»Okay. Das ist verständlich. Dann heirate mich. Das will ich seit zwölf Monaten und will es immer noch. Wenn du dich dazu durchringen kannst, diese Affäre auf die konventionelle Art zu legitimieren – was ich von Anfang an vorgeschlagen habe, wie du weißt –, brauchst du dich in Zukunft um Klatsch und mögliche Abschätzigkeiten nicht mehr zu sorgen.«

»So einfach ist das nicht. Es geht nicht um den Klatsch.«

»Du liebst mich nicht?«

»Doch, natürlich liebe ich dich. Du weißt, daß ich dich liebe.«

»Was ist es dann?«

»Ich lasse mich nicht zum Objekt machen.«

Er nickte bedächtig. »Und du hast dich in den vergangenen zwei Monaten wie ein Objekt gefühlt? Wenn wir zusammen waren? Letzte Nacht vielleicht?«

Ihr Blick wurde unsicher. Er sah, wie ihre Finger sich um den Griff der Haarbürste krümmten. »Nein. Natürlich nicht.«

»Aber heute morgen?«

Sie schüttelte den Kopf. »Gott, ich hasse es, mit dir zu streiten.«

»Wir streiten nicht, Helen.«

»Du versuchst, mir eine Falle zu stellen.«

»Ich versuche, die Wahrheit herauszufinden.« Er hätte ihr gern mit der Hand über das weiche Haar gestrichen, sie zu sich herumgedreht, ihr Gesicht mit seinen Händen umschlossen. Er begnügte sich damit, ihr die Hände auf die Schultern zu legen. »Wenn wir nicht mit der Vergangenheit des anderen leben können, haben wir keine Zukunft. Das ist der springende Punkt, auch wenn du etwas anderes behauptest. Ich kann mit deiner Vergangenheit leben: St. James, Cusick, Rhys Davies-Jones und mit wem du sonst noch geschlafen hast, sei es eine Nacht oder ein Jahr. Die Frage ist: Kannst du mit meiner leben? Denn darum geht es doch in Wirklichkeit. Mit meiner Einstellung Frauen gegenüber hat das alles überhaupt nichts zu tun.«

»Es hat alles damit zu tun.«

Er bemerkte den Nachdruck in ihrer Stimme und sah die Resignation in ihrem Gesicht. Da begriff er und begriff mit Trauer die Wahrheit. Nun drehte er sie doch zu sich herum. »Ach Gott, Helen«, sagte er seufzend. »Ich habe keine andere Frau gehabt. Ich habe nicht mal nach einer ausgeschaut.«

»Ich weiß«, sagte sie und legte den Kopf an seine Schulter. »Wieso hilft das nicht?«

Nachdem Sergeant Barbara Havers die zweite Seite des weitschweifigen Memorandums aus der Feder von Chief Superintendent Sir David Hillier gelesen hatte, knüllte sie sie zu einer kleinen Kugel zusammen und warf sie, wie schon die erste, geschickt quer durch Lynleys Büro in den Papierkorb, den sie zur Übung neben die Tür gestellt hatte. Sie gähnte, massierte sich mit den Fingern einen Moment energisch die Kopfhaut, stützte den Kopf auf die geballte Faust und las weiter. »Papst Davids Enzyklika zur reifen Dienstauffassung«, hatte McPherson in der Kantine mit gesenkter Stimme gesagt.

Alle waren sich darin einig, daß sie Wichtigeres zu tun hatten, als Hilliers Epistel über die »Schwerwiegenden Verpflichtungen der Polizei bei Bearbeitung eines Falles mit möglicher Verbindung zur IRA« zu lesen. Sie verstanden selbstverständlich, daß der Anlaß zu diesem Schreiben die Entlassung der Sechs von Birmingham gewesen war – und keiner von ihnen hatte das geringste Verständnis für jene Angehörigen der West Midlands Polizei, gegen die infolge davon ein Ermittlungsverfahren eingeleitet worden war –, aber das änderte nichts an der Tatsache, daß sie alle viel zu sehr mit ihrer eigenen Arbeit beschäftigt waren, um dem Traktat ihres Chief Superintendent mehr als flüchtige Aufmerksamkeit zu gönnen.

Barbara allerdings strampelte gegenwärtig nicht wie einige ihrer Kollegen in einem Morast von einem halben Dutzend Fällen zugleich. Sie hatte Urlaub. In diesen zwei lang ersehnten freien Wochen hatte sie vorgehabt, das alte Haus ihrer Eltern in Acton herzurichten, um es dann einem Makler zu übergeben und selbst in ein kleines Cottage zu ziehen, das sie in Chalk Farm, hinter einem großen Eduardischen Haus versteckt, aufgestöbert hatte. Das Vorderhaus war in vier Wohnungen und ein geräumiges Parterreapartment aufgeteilt, deren Mieten jedoch für Barbaras begrenztes Budget unerschwinglich waren. Doch das Cottage, hinten im Garten unter einer Akazie, war praktisch für jeden, der nicht bereit war, wie in einem Puppenhaus zu leben, zu klein. Nun war Barbara zwar kein Zwerg, aber die Ansprüche, die sie an ein Zuhause stellte, waren äußerst bescheiden. Sie hatte nicht vor, große Einladungen zu geben, sie wollte weder heiraten noch eine Familie gründen, sie arbeitete viel und brauchte im Grund nur einen Ort, an dem sie nachts Ruhe finden konnte. Das Cottage würde völlig genügen.

Sie hatte den Mietvertrag sehr aufgeregt unterschrieben. Dies würde ihr erstes eigenes Zuhause sein. Sie machte Pläne, wie sie das Häuschen einrichten würde, wo sie die Möbel kaufen, welche Fotos und Bilder sie an die Wände hängen würde. Sie ging in ein Gartencenter und sah sich Pflanzen an, schrieb sich auf, was für Pflanzen für Blumenkästen geeignet waren, welche viel Sonne brauchten und welche wenig. Sie ging das Häuschen der Länge und der Breite nach ab, sie nahm für die Fenster und Türen Maß und war, als sie nach Acton zurückkehrte, voller Pläne und Ideen, die sämtlich total unrealistisch und undurchführbar erschienen, als sie erkannte, wie umfangreich die Instandsetzungsarbeiten für das alte Haus sein würden.

Innenanstrich, Außenreparaturen, neue Tapeten, Ausbesserung des Holzes, Teppichreinigung – die Liste schien endlos. Und nicht genug damit, daß sie bei dem Bemühen, ein Haus zu renovieren, für das nichts mehr getan worden war, seit sie von der Schule abgegangen war, ganz auf sich allein gestellt war – das allein war schon reichlich entmutigend –, wenn sie eine Aufgabe dann wirklich in die Tat umgesetzt hatte, überkam sie immer ein unbestimmbares Gefühl von Unbehagen.

Dies betraf ihre Mutter, die seit zwei Monaten in Greenford, etwas außerhalb Londons, lebte. Sie hatte sich in dem Heim mit dem Namen *Hawthorn Lodge* relativ gut eingelebt, aber Barbara fragte sich auch jetzt noch, wie weit sie das Schicksal herausforderte, wenn sie das alte Haus in Acton tatsächlich verkaufte und in eine hübschere Gegend umzog, um sich unter dem Motto *Neues Leben – Neue Träume* in einem verlockend bohemienhaften Häuschen einzunisten, in dem für ihre Mutter eigentlich kein Platz war. Ging es nicht in Wirklichkeit um etwas ganz anderes als lediglich darum, durch den Verkauf eines nunmehr zu großen Hauses den möglicherweise langen Aufenthalt ihrer Mutter in Greenford zu finanzieren? War der Verkauf des Hauses nicht vielleicht nur ein Vorwand, hinter dem sich ihr persönlicher Egoismus versteckte?

Du hast dein eigenes Leben, sagte sie sich mindestens zehnmal am Tag mit Nachdruck. Es ist kein Verbrechen, dein eigenes Leben zu führen, Barbara. Aber wenn nicht gerade das ganze Projekt ihr über den Kopf wuchs, fühlte sie sich wie eine Verbrecherin. Sie war ständig hin und her gerissen, machte Listen all der Dinge, die erledigt werden mußten; sagte sich verzweifelt, daß sie das niemals alles schaffen würde; fürchtete den Tag, an dem das ganze über die Bühne, das Haus verkauft und sie endlich frei sein würde.

Wenn sie zwischendurch auf ihre innere Stimme horchte, gestand Barbara sich ein, daß das Haus etwas war, an dem sie sich festhalten konnte, eine letzte Illusion von Geborgenheit in einer Welt, zu der sie keinerlei Bindung hatte. Obwohl sie seit Jahren hier keinen Menschen mehr gehabt hatte, auf den sie hatte bauen können – das lang andauernde Leiden ihres Vaters und der geistige Verfall ihrer Mutter hatten das unmöglich gemacht –, das Leben in demselben alten Haus, in demselben alten Viertel vermittelte wenigstens einen Anschein von Geborgenheit. Dies aufzugeben und ins Unbekannte vorzustoßen... Manchmal erschien ihr Acton ungleich besser.

Es gibt keine einfachen Antworten, hätte Inspector Lynley gesagt; nur das Leben bringt die Antworten. Aber der Gedanke an Lynley machte sie unruhig, und sie zwang sich, Hilliers Memo weiterzulesen. Die Zeilen sagten ihr nichts. Sie konnte sich nicht konzentrieren. Da sie nun einmal, ohne es zu wollen, den Gedanken an ihren Vorgesetzten heraufbeschworen hatte, würde sie sich damit auseinandersetzen müssen.

Nur wie? Sie legte das Memorandum zu den anderen Berichten und Akten, die sich während seiner Abwesenheit auf dem Schreibtisch gestapelt hatten, und kramte in ihrer Schultertasche nach ihren Zigaretten. Als sie sie gefunden hatte, zündete sie sich eine an, blies den Rauch in die Luft und starrte mit zusammengekniffenen Augen ins Leere.

Sie stand in Lynleys Schuld. Er würde es natürlich bestreiten, ganz zweifellos mit einem Ausdruck so tiefer Verwunderung, daß sie einen Moment lang an ihren eigenen Schlußfolgerungen zweifeln würde. Die Situation, in die er sie gebracht hatte, paßte ihr gar nicht. Wie sollte sie sich revanchieren, solange ihre Lebensverhältnisse in so krassem Gegensatz standen? Er würde ja nicht einmal das Wort »Schuld« akzeptieren.

Ach, verdammt, dachte sie, er sieht zuviel, er weiß zuviel, er ist zu schlau, um sich ertappen zu lassen. Sie drehte den Schreibtischsessel, so daß sie das Bild von Lynley und Helen Clyde sehen konnte, das auf dem Aktenschrank stand. Mit finsterer Miene starrte sie Lynley an.

»Zum Teufel mit Ihnen«, sagte sie heftig und schnippte Asche auf den Boden. »Lassen Sie gefälligst Ihre Finger aus meinem Leben, Inspector.«

»Muß es gleich sein, Sergeant? Oder hat es noch etwas Zeit?«

Barbara fuhr herum. Lynley stand in der Tür, den Kaschmirmantel lose über der Schulter, und hinter ihm hüpfte mit verzweifelter Miene Dorothea Harriman – die Sekretärin des Abteilungsleiters – auf und nieder. Mit den Lippen formte sie unhörbar die Worte *Tut mir leid. Ich hab ihn nicht kommen sehen und konnte Sie nicht warnen*, und unterstrich sie mit wildem verzeihungsheischendem Armewedeln. Als Lynley über die Schulter zurückblickte, klimperte Harriman rasch mit allen zehn Fingern, lächelte ihn strahlend an und verschwand im Sprayglanz ihres blonden Haares.

Barbara stand sofort auf. »Sie sind doch im Urlaub«, sagte sie.

»Genau wie Sie.«

»Was tun Sie dann...«

»Und Sie?«

Sie zog lang an ihrer Zigarette. »Ich dachte mir, schau mal kurz vorbei. Ich war gerade in der Gegend.«

»Ah ja.«

»Und Sie?«

»Das gleiche.« Er kam herein und hängte seinen Mantel auf. Im Gegensatz zu ihr, die die Illusion von Urlaub wenigstens insofern aufrechterhalten hatte, als sie in löchriger Blue jeans und Sweatshirt ins Yard gekommen war, war Lynley in gewohnt korrekter Dienstkleidung: Anzug mit Weste, frisches, leicht gestärktes Hemd, seidene Krawatte und schräg über der Weste die Uhrkette, die niemals fehlte. Er ging zu seinem Schreibtisch – wo sie ihm eiligst Platz machte –, warf einen scheelen Blick auf ihre schwelende Zigarette und begann, die Papierberge durchzusehen.

»Was ist denn das?« fragte er und hielt die restlichen acht Seiten des Memorandums hoch, das Barbara zu lesen versucht hatte.

»Hilliers Überlegungen zur Zusammenarbeit mit der IRA.«

Er klopfte auf seine Jackentasche, nahm seine Lesebrille heraus und überflog den Text. »Komisch, das fängt ja mitten im Text an«, bemerkte er.

Verlegen griff sie in den Papierkorb und holte die beiden ersten Seiten heraus. Sie glättete sie auf ihrem kräftigen Schenkel und reichte sie ihm, wobei sie Zigarettenasche auf seinen Jackenärmel fallen ließ.

»Havers...« Seine Stimme war der Inbegriff von Langmut.

»Tut mir leid.« Sie fegte die Asche weg. Ein Fleck blieb zurück. Sie rieb ihn in den Stoff. »Das ist gut fürs Material«, sagte sie. »Altes Ammenmärchen.«

»Machen Sie das verdammte Ding doch aus.«

Seufzend drückte sie die Zigarette an der Sohle ihres linken Turnschuhs aus. Sie schnippte den Stummel in Richtung Papierkorb, traf jedoch nicht, und der Stummel landete auf dem Fußboden. Lynley hob den Kopf von Hilliers Memorandum, beäugte die Kippe über den Rand seiner Brille und zog irritiert eine Augenbraue hoch.

»Tut mir leid«, sagte Barbara wieder und ging hin, um den Stummel in den Korb zu befördern. Dann stellte sie den Papierkorb wieder an seinen Platz neben Lynleys Schreibtisch und ließ sich in einen der Besuchersessel fallen. Sie begann an den ausgefransten Rändern eines Lochs in ihrer Jeans zu zupfen und warf ab und zu einen verstohlenen Blick auf Lynley, während er las.

Er wirkte frisch und sorglos. Das blonde Haar lag perfekt geschnitten wie immer – sie hätte schon lange gern gewußt, wer eigentlich auf so wunderbare Weise dafür sorgte, daß es stets so aussah, als wachse sein Haar nicht einen Millimeter über eine bestimmte Länge hinaus – an seinem Kopf an, seine braunen Augen waren klar, keine dunklen Ringe beschatteten die Haut unter ihnen, keine tiefen Furchen infolge von Abgespanntheit oder Sorge hatten sich den Alterslinien auf seiner Stirn zugesellt. Dennoch blieb die Tatsache bestehen, daß er in diesem Augenblick eigentlich auf der Fahrt in den lang geplanten Urlaub mit Helen Clyde hätte sein müssen. Sie wollten nach Korfu. Ihre Maschine ging um elf. Aber es war jetzt Viertel nach zehn, und wenn der Inspector nicht vorhatte, innerhalb der nächsten zehn Minuten per Helikopter nach Heathrow zu fliegen, würde er die Maschine verpassen.

»Ist Helen mit Ihnen gekommen, Sir?« erkundigte sie sich in munterem Ton.

»Nein.« Er las weiter. Er hatte soeben die dritte Seite des Traktats fertig gelesen und knüllte sie wie Barbara zusammen, nur schien es bei ihm eher ein unbewußtes Vorgehen zu sein. Er hatte es geschafft, ein ganzes Jahr nicht zu rauchen, aber manchmal war es, als brauchten seine Finger dringend einen Ersatz für die Zigarette, die sie sonst immer gehalten hatten.

»Sie ist doch nicht krank? Ich meine, Sie beide wollten doch ...«

»Ja, wir wollten. Pläne ändern sich manchmal.« Er sah sie über den Rand seiner Brille an. »Und wie sieht es mit Ihren Plänen aus, Sergeant? Haben die sich auch geändert?«

»Ich leg nur mal eine kleine Pause ein. Sie wissen ja, wie das ist. Man schuftet und schuftet, und nach einer Weile sehen die Hände aus wie durch den Wolf gedreht. Ich will ihnen mal eine kleine Pause gönnen.«

»Ah ja.«

»Das Anstreichen ist ihnen allerdings sowieso erspart geblieben.«

»Wie?«

»Das Anstreichen. Sie wissen schon. Der Innenanstrich im Haus. Vor zwei Tagen kreuzten plötzlich drei Kerle bei mir auf, Maler, mit einem ordnungsgemäß unterschriebenen Auftrag, mein Haus zu streichen. Das war wirklich verdammt komisch, wissen Sie, weil ich überhaupt keinen Auftrag gegeben hatte. Und noch komischer war, daß die ganze Arbeit schon im voraus bezahlt worden war.«

Lynley runzelte die Stirn und legte das Memorandum auf einen gebundenen Bericht über die Beziehungen zwischen Bürger und Polizei in London. »Ja, das ist wirklich komisch«, meinte er. »Und Sie sind sicher, daß die Leute bei Ihnen an der richtigen Adresse waren?«

»Todsicher«, bestätigte sie. »Hundert Pro. Sie wußten ja sogar meinen Namen. Sie nannten mich sogar Sergeant. Sie haben sogar gefragt, wie man sich als Frau bei der Kripo fühlt. Waren ganz schön geschwätzig, die Burschen. Aber ich frag mich, woher sie gewußt haben können, daß ich hier im Yard arbeite.«

Lynleys Gesicht war, wie sie erwartet hatte, ein Bild tiefster Verwunderung. Halb erwartete sie, daß er jetzt die Miranda aus dem Hut ziehen und in Bewunderungsrufe über die herrlichen Geschöpfe einer wackeren neuen Welt ausbrechen würde, obwohl sie beide wußten, daß diese Welt im allgemeinen korrupt und nicht von herrlichen Geschöpfen bevölkert war.

»Und Sie haben den Auftrag gelesen? Sie haben sich vergewissert, daß die Männer an der richtigen Adresse waren?«

»Aber ja. Und sie waren verdammt gut, Sir, alle drei. Innerhalb von zwei Tagen waren sämtliche Räume im Haus wie neu.«

»Faszinierend.« Er wandte sich wieder dem Bericht zu.

Sie ließ ihn so lange lesen, wie sie brauchte, um von eins bis hundert zu zählen. »Sir«, sagte sie dann.

»Hm?«

»Was haben Sie ihnen bezahlt?«

»Wem?«

»Den Malern.«

»Welchen Malern?«

»Tun Sie doch nicht so, Inspector. Sie wissen genau, wovon ich rede.«

»Von den Leuten, die Ihr Haus gestrichen haben?«

»Was haben Sie ihnen bezahlt? Ich weiß genau, daß Sie ihnen den Auftrag gegeben haben, Sie brauchen gar nicht erst zu versuchen zu leugnen. Außer Ihnen wissen nur MacPherson, Stewart und Hale, daß ich im Urlaub das Haus renoviere, und von den dreien kann es sich keiner leisten, die Kohle hinzulegen, die so was kostet. Also, was haben Sie ihnen bezahlt, und wieviel Zeit hab ich, um es Ihnen zurückzuzahlen?«

Lynley legte den Bericht auf die Seite und spielte mit seiner Uhrkette. Er zog die Taschenuhr heraus, klappte den Deckel auf und sah demonstrativ nach der Zeit.

»Ich will Ihre verdammte Wohltätigkeit nicht«, sagte sie. »Ich hab keine Lust, mich als Sozialfall behandeln zu lassen. Und ich möchte niemandem etwas schulden.«

»Ja, Schulden sind lästig«, sagte er. »Immer fühlt man sich verpflichtet, das eigene Verhalten an der Schuld zu messen. Wie kann ich meine Wut an ihm auslassen, wenn ich ihm doch verpflichtet bin? Wie kann ich ohne jede Diskussion meinen eigenen Weg gehen, wenn ich doch in seiner Schuld stehe? Wie kann ich mir den Rest der Welt sicher vom Leib halten, wenn ich da irgendwo in einer Beziehung stehe.«

»Schulden machen keine Beziehung, Sir.«

»Nein. Aber Dankbarkeit im allgemeinen.«

»Ach, dann wollten Sie mich also kaufen? Ja?«

»Einmal vorausgesetzt, ich hätte mit der Sache überhaupt etwas zu tun – und ich warne Sie lieber gleich: das ist eine Unterstellung, für die Sie keinerlei Beweise finden werden –, so darf ich Sie darauf aufmerksam machen, Sergeant, daß ich Freundschaft im allgemeinen nicht kaufe.«

»Womit Sie sagen wollen, daß Sie die Leute bar bezahlt haben und ihnen wahrscheinlich auch noch eine Prämie dafür gegeben haben, daß sie den Mund halten.« Sie beugte sich vor und schlug mit einer Hand leicht gegen seinen Schreibtisch. »Ich will Ihre Hilfe nicht, Sir, jedenfalls nicht auf diese Art. Ich möchte nichts von Ihnen haben, was ich nicht zurückgeben kann. Und außerdem ... Auch wenn es nicht so wäre, ich bin einfach noch nicht so weit –« Sie verlor plötzlich die Nerven und hielt seufzend inne.

Manchmal vergaß sie, daß er ihr Vorgesetzter war. Schlimmer, manchmal vergaß sie, was sie sich geschworen hatte, in seinem Beisein niemals zu vergessen: Der Mann war von Adel, er hatte einen Titel, es gab in seinem Leben Leute, die ihn *Mylord* nannten. Zugegeben, unter seine Kollegen im Yard sah seit nunmehr zehn Jahren keiner etwas Besonderes in ihm, aber ihr fehlte eben diese Kaltblütigkeit, die es ihr erlaubt hätte, sich mit einem Mann auf eine Stufe zu stellen, dessen Familie mit Leuten verkehrte, die es gewöhnt waren, mit *Euer Hoheit* und *Euer Gnaden* angesprochen zu werden. Ihr sträubten sich die Haare, wenn sie daran dachte, und sie wurde wütend, wenn sie länger bei der Vorstellung verweilte. Und wenn sie es vergessen hatte und es ihr dann unversehens wieder einfiel – so wie jetzt –, kam sie sich vor wie eine Vollidiotin. Man schüttete nicht einem Blaublütigen sein Herz aus. Man konnte ja nicht einmal sicher sein, ob die Blaublütigen überhaupt selber ein Herz besaßen.

»Und auch wenn es nicht so wäre«, führte Lynley ihren Gedanken weiter, »bekommt die Aussicht, Acton zu verlassen, etwas immer Bedrohlicheres, je näher der Stichtag rückt. Es ist schön, einen Traum zu haben, o ja. Aber wenn der Traum dann Wirklichkeit wird, sieht die Sache wieder ganz anders aus.«

Sie ließ sich in ihrem Sessel zurücksinken und starrte ihn an. »Mann o Mann«, sagte sie, »wie, zum Teufel, hält Helen es nur mit Ihnen aus?«

Er lächelte flüchtig, nahm die Brille ab und steckte sie ein. »Tut sie ja nicht. Jedenfalls im Augenblick nicht.«

»Die Reise nach Korfu findet nicht statt?«

»Leider nein. Es sei denn, sie reist allein. Was sie ja, wie wir beide wissen, schon einmal getan hat.«

»Warum?«

»Ich habe sie aus dem Gleichgewicht gebracht.«

»Ich meine nicht, warum damals. Ich spreche von heute.«

»Ach so.« Er drehte seinen Sessel, aber nicht zum Aktenschrank, auf dem Helens Bild stand, sondern zum Fenster, wo man die oberen Etagen des öden grauen Nachkriegsbaus sehen konnte, in dem das Innenministerium untergebracht war. Er legte unter dem Kinn seine Hände aufeinander. »Wir sind leider über eine Krawatte gestolpert.«

»Eine Krawatte?«

Zur Verdeutlichung griff er sich an den Schlips, den er trug. »Ich hatte gestern abend eine Krawatte über den Türknauf gehängt.«

Barbara runzelte die Stirn. »Macht der Gewohnheit, meinen Sie? So wie man die Zahnpasta aus der Mitte der Tube drückt? So was, das dem anderen auf die Nerven geht, wenn der erste romantische Glanz ein bißchen verblaßt ist?«

»Ich wünschte, es wäre das.«

»Was ist es dann?«

Er seufzte.

»Lassen Sie nur«, sagte sie. »Es geht mich ja gar nichts an. Es tut mir leid, daß es nicht geklappt hat. Ich meine, mit dem Urlaub. Ich weiß, daß Sie sich darauf gefreut haben.«

Er spielte mit dem Krawattenknoten an seinem Hals. »Ich habe meine Krawatte am Türknauf hängen lassen – außen an der Tür –, bevor wir zu Bett gegangen sind.«

»Und?«

»Ich habe mir nicht überlegt, daß sie es vielleicht bemerken könnte. Ich tu das gelegentlich einfach.«

»Und?«

»Tatsächlich hat sie es auch nicht bemerkt. Aber sie hat mich gefragt, wie es kommt, daß Denton uns nicht ein einziges Mal morgens überrascht hat, seit wir – wir zusammen sind.«

Barbara ging ein Licht auf. »Ach so, jetzt begreif ich. Er sieht die Krawatte. Sie ist ein Zeichen. Er weiß dann, daß jemand bei Ihnen ist.«

»Äh – ja.«

»Und das haben Sie ihr gesagt? Du meine Güte, was sind Sie doch für ein Idiot, Inspector.«

»Ich habe nicht darüber nachgedacht. Ich befand mich in einem Zustand der Euphorie, in dem keiner überlegt. Und da sagte sie: Tommy, wie kommt es eigentlich, daß Denton an den Tagen, an denen ich hier übernachtet habe, nicht ein einziges Mal mit deinem Morgentee ins Zimmer gestolpert ist? Und ich habe ihr die Wahrheit gesagt.«

»Daß Sie Denton durch die Krawatte das Zeichen gegeben haben, daß Helen bei Ihnen war?«

»Ja.«

»Und daß Sie es mit anderen Frauen früher auch schon so gehalten haben?«

»Guter Gott, nein, so blöd bin ich nun auch wieder nicht. Obwohl es an der Lage der Dinge kaum etwas geändert hätte, wenn ich es gesagt hätte. Sie nahm sofort an, daß ich dieses Zeichen schon seit Jahren verwende.«

»Und hat sie recht damit?«

»Ja. Nein. In letzter Zeit hab ich die Krawatte ja überhaupt nicht mehr gebraucht. Ich meine, außer wenn sie da war. Es hat keine andere Frau gegeben, seit sie und ich – ach, zum Teufel.« Er winkte ungeduldig ab.

Barbara nickte mit ernster Miene. »Mir ist jetzt ziemlich klar, wie Sie sich in die Nesseln gesetzt haben.«

»Sie behauptet, es sei ein Beispiel für meine tiefsitzende Frauenfeindlichkeit: Mein Diener und ich verständigen uns beim Frühstück mit einem verschmitzten Grinsen darüber, wer in meinem Bett am lautesten gestöhnt hat.«

»Was Sie selbstverständlich niemals getan haben.«

Er drehte seinen Sessel wieder zu ihr herum. »Wofür halten Sie mich, Sergeant!«

Sie zuckte die Achseln, zupfte mit wachsendem Interesse an dem Loch in ihrer Hose. »Sie hätten den Morgentee natürlich auch ganz aufgeben können. Ich meine, als Sie angefangen haben, Frauen über Nacht bei sich zu behalten. Dann hätten Sie so ein Zeichen gar nicht gebraucht. Oder Sie hätten anfangen können, den Morgentee selbst zu machen und dann mit dem Tablett in Ihr Schlafzimmer zu huschen.« Sie preßte die Lippen aufeinander bei der Vorstellung, wie Lynley in seiner Küche herumstolperte – immer vorausgesetzt, er wußte überhaupt, wo sie war – und verzweifelt den Wasserkessel suchte. »Ich meine, das wäre eine Art Emanzipation für Sie gewesen, Sir. Mit der Zeit hätten Sie sich vielleicht sogar ans Toaströsten herangewagt.«

Und dann kicherte sie, was durch die zusammengepreßten Lippen allerdings mehr wie ein Grunzen klang. Sie schlug sich mit der Hand auf den Mund und sah ihn an, halb beschämt darüber, daß sie sich über seine Situation lustig machte, halb amüsiert bei der Vorstellung, wie er – mitten in der heißesten Verführungsszene – klammheimlich eine Krawatte an den Türknauf hängte.

Sein Gesicht war steinern. Er schüttelte den Kopf. »Ich weiß nicht«, sagte er, ohne eine Miene zu verziehen. »Ich kann mir nicht vorstellen, daß ich's je bis zum Toaströsten bringen werde.«

Sie platzte laut heraus. Er schmunzelte.

»Na, die Sorgen haben wir in Acton wenigstens nicht«, sagte sie lachend.

»Und das ist zweifellos einer der Gründe, weshalb Sie sich so schwer entschließen, dort wegzugehen.«

Was für ein sicheres Ziel, dachte sie. Selbst mit einer Binde vor den Augen würde er ins Schwarze treffen. Sie erhob sich aus ihrem Sessel und ging zum Fenster. Dort blieb sie stehen, die Finger in den Gesäßtaschen ihrer Jeans.

»Ist das nicht der Grund, weshalb Sie hier sind?« fragte er.

»Ich habe Ihnen doch gesagt, ich war gerade in der Gegend.«

»Sie haben Ablenkung gesucht, Havers. Wie ich.«

Sie sah zum Fenster hinaus. Sie konnte die Wipfel der Bäume von St. James' Park sehen. Ganz kahl, vom Wind bewegt, hoben sie sich wie mit Kohle gezeichnet vom Himmel ab.

»Ich weiß nicht, Inspector«, sagte sie. »Ich weiß so genau, was ich tun möchte. Und ich habe Angst davor, es zu tun.«

Das Telefon auf Lynleys Schreibtisch begann zu läuten. Sie wollte hingehen.

»Lassen Sie«, sagte er. »Wir sind doch gar nicht hier.« Sie blickten beide auf den läutenden Apparat, als glaubten sie, ihn mit vereintem Willen beschwören zu können. Schließlich hörte das Läuten auf.

»Ich nehme an, Sie können das nachvollziehen«, fuhr Barbara fort, als hätte das Telefon sie nicht unterbrochen.

»Es hat was mit den Göttern zu tun«, sagte Lynley. »Wenn

sie einen richtig quälen wollen, geben sie einem das, was man am meisten begehrt.«

»Helen«, sagte sie.

»Die Freiheit«, sagte er.

»Wir sind ein großartiges Paar.«

»Inspector Lynley?« Dorothea Harriman stand an der Tür. Sie trug ein schmales schwarzes Kostüm und auf dem Kopf ein Pillbox-Hütchen. Sie hätte sich jederzeit mit der gesamten königlichen Familie auf dem Balkon von Buckingham Palace dem Volk zeigen können.

»Ja, Dee?« sagte Lynley.

»Telefon.«

»Ich bin nicht hier.«

»Aber ...«

»Sergeant Havers und ich sind nicht zu erreichen, Dee.«

»Aber es ist Mr. St. James. Er ruft aus Lancashire an.«

»St. James?« Lynley sah Barbara an. »Sind er und Deborah nicht in Urlaub gefahren?«

Barbara zuckte die Achseln. »Sind wir das nicht alle?«

7

Am späten Nachmittag erreichte Lynley, auf der Clitheroe Road fahrend, die Steigung, die nach Winslough hinaufführte. Zaghaft drang die Sonne, die gegen Abend zu verblassen begann, durch den winterlichen Nebel. In schmalen Streifen fiel sie auf die alten Steinbauten – Kirche, Schule, Wohnhäuser und Läden, reihenweise Musterbeispiele für Lancashires rustikale Architektur – und verlieh den normalerweise düsterbraunen, von Ruß geschwärzten Mauern einen lichten Ockerton. Die Straße war naß, und Pfützen, mit Eis und Reif überzogen, glitzerten im Licht.

Etwa fünfzig Meter vor der Kirche bremste Lynley den Bentley ab. Er hielt am Straßenrand und stieg aus. Die Luft war bitter kalt, und er konnte den Rauch eines frischen Holzfeuers riechen, das irgendwo in der Nähe brannte. Der würzige Duft mischte sich mit den vorherrschenden Gerüchen von Mist, aufgeworfener Erde und feuchter, langsam verfaulender Vegetation, die vom freien Land jenseits der struppigen Hecke am Straßenrand aufstiegen. Er blickte über die Hecke hinweg. Zu seiner Linken bog sie sich nach Nordosten, der Straße zur Kirche folgend. Etwa einen halben Kilometer weiter begann das eigentliche Dorf. Zu seiner Rechten, drüben auf der anderen Straßenseite, verdichtete sich eine Baumgruppe zu einem alten Eichenwald, über dem weiß ein Hügel aus dem Dunst herausragte. Und direkt vor ihm fiel das freie Feld sachte zu einem gewundenen Bach ab, auf dessen anderem Ufer das Gelände, von einem Gitterwerk niedriger alter Steinmauern durchzogen, wieder anstieg. Höfe lagen dort drüben, und Lynley konnte selbst auf diese Entfernung Schafe blöken hören.

Er lehnte sich an den Wagen und betrachtete die Johanneskirche. Wie die Häuser des Dorfes war die Kirche ein schlichter Bau, mit Schiefer gedeckt, ihr einziger Schmuck der Glockenturm mit der Uhr und den normannischen Ziffern. Vor einem dunstigen eierschalenfarbenen Himmel inmitten eines Kirchhofs mit einer Gruppe Kastanien stehend, sah sie eigentlich nicht aus wie die Kulisse zu einem Drama, dessen Kern ein Mord bildete.

»Irgend etwas Merkwürdiges geht hier vor«, hatte St. James gesagt. »Soweit ich gehört habe, hat es der Constable im Dorf geschafft, mehr als eine oberflächliche Untersuchung durch die zuständige Kriminalpolizei abzubiegen. Und er scheint mit der Frau, die dem Pfarrer – Robin Sage – den Schierling verabreicht hat, ein Verhältnis zu haben.«

»Aber es hat doch bestimmt eine Leichenschau stattgefunden, St. James.«

»Ja, natürlich. Die Frau – sie heißt übrigens Juliet Spence – hat zugegeben, daß sie dem Geistlichen die giftige Pflanze zu essen gegeben hat, und behauptete, es sei ein Versehen gewesen.«

»Ja, aber wenn die Sache dann nicht weiterverfolgt wurde und der Coroner auf Tod durch Unglücksfall erkannt hat, müssen wir doch annehmen, daß die Autopsie, oder was sonst an Beweismaterial vorlag, ihre Aussage bestätigt hat.«

»Aber wenn man berücksichtigt, daß sie eine ganze Menge von Pflanzen und Kräutern versteht...«

»Jeder macht mal einen Fehler. Überleg doch mal, wie viele Leute schon gestorben sind, weil ein angeblicher Pilzkenner im Wald die falschen Pilze gepflückt und seinen Lieben aufgetischt hat.«

»Das ist nicht ganz das gleiche.«

»Du hast doch gesagt, sie habe den Schierling mit wilder Pastinake verwechselt.«

»Richtig. Und genau da stinkt die Sache.«

St. James legte ihm die Fakten vor. Es sei zwar zutreffend, sagte er, daß die Pflanze nicht auf Anhieb von verschiedenen anderen ihrer Gattung – den *umbelliferae* – zu unterscheiden sei, aber die Ähnlichkeiten zwischen Arten und Gattungen beschränkten sich größtenteils auf jene Teile der Pflanzen, die zu essen man sowieso nicht in Versuchung käme: nämlich Blätter, Stengel, Blüten und Früchte.

Warum nicht die Früchte, wollte Lynley wissen. War denn diese ganze Situation nicht daraus entstanden, daß jemand die Frucht gepflückt, gekocht und zum Essen serviert hatte?

Keineswegs, klärte ihn St. James auf. Die Frucht, die genauso giftig sei wie der Rest der Pflanze, bestehe aus trockenen, zweigeteilten Kapseln, die anders als beim Pfirsich oder

Apfel nicht fleischig seien, daher nicht zum Essen reizten. Wenn jemand in dem Glauben, es handle sich um Pastinake, Giftwasserschierling erntete, so ginge es ihm keineswegs um die Früchte. Vielmehr würde er die Pflanze ausgraben, um die Wurzel zu verwenden.

»Und genau da liegt der Hase im Pfeffer«, fügte St. James hinzu.

»Die unterscheidenden Merkmale sind also an der Wurzel zu finden, nehme ich an.«

»Richtig.«

Nun regte sich bei Lynley doch ein gewisses Unbehagen. Dies war zum Teil der Grund dafür, daß er den Koffer, den er für eine Woche im milden Winter Korfus eingepackt hatte, wieder leerte, um ihn mit geeigneter Kleidung für den bitterkalten Norden zu füllen, und dann den M1 bis zum M6 hinauffuhr und auf diesem weiter bis tief hinein zu den gottverlassenen Hochmooren, wolkenverhangenen Bergen und alten Dörfern Lancashires, aus denen vor mehr als dreihundert Jahren der Hexenwahn in seinen häßlichsten Auswüchsen aufgestanden war.

Roughlee, Blacko und Pendle Hill und die Erinnerung, die mit diesen Namen verbunden war, waren von dem Dorf Winslough nicht allzu weit entfernt. Und nahe war auch das Trough of Bowland, durch das zwanzig Frauen zu ihrem Prozeß und ihrer nachfolgenden Hinrichtung auf Lancaster Castle gebracht worden waren. Immer wieder konnte man in der Geschichte beobachten, daß Wahn und Verfolgung am ehesten gediehen, wenn in einer Gemeinschaft wachsende Spannungen vorhanden waren und man einen Sündenbock brauchte, um sie zu lösen. Lynley fragte sich, ob der Tod eines Dorfpfarrers durch die Hand einer Frau wohl Spannung genug hervorgebracht hatte.

Er löste sich von seiner Betrachtung der Kirche und kehrte

zu seinem Bentley zurück. Er schaltete die Zündung ein, und die Musik, die er sich auf der Fahrt angehört hatte, setzte wieder ein. Mozarts Requiem. Die düsteren Töne von Streichern und Holzbläsern, die den feierlichen Chorgesang begleiteten, schienen den Umständen angemessen. Er lenkte den Wagen wieder auf die Straße hinaus.

Wenn Robin Sage nicht durch einen Irrtum ums Leben gekommen war, dann auf andere Weise, aus den Fakten zu schließen, durch Mord.

»An der Wurzel kann man den Giftwasserschierling von den anderen *umbelliferae* unterscheiden«, hatte St. James erklärt. »Die wilde Pastinake hat einen einzelnen Wurzelstock. Der Giftwasserschierling hat ein Büschel von Wurzelknollen.«

»Aber wäre es nicht im Bereich des Möglichen, daß diese besondere Pflanze nur einen einzigen Wurzelstock hatte?«

»Möglich ist es, ja. Ebenso wie eine andere Pflanze statt eines einzigen Wurzelstocks zwei oder drei Nebenwurzeln haben kann. Aber statistisch gesehen ist es höchst unwahrscheinlich, Tommy.«

»Trotzdem, man kann es nicht ausschließen.«

»Gut. Aber selbst wenn diese spezielle Pflanze in dieser Hinsicht anormal gewesen wäre, gibt es am unterirdischen Teil der Sproßachse noch andere Charakteristika, die, sollte man meinen, einer Frau, die sich mit Pflanzen und Kräutern auskennt, aufgefallen wären. Wenn man nämlich die Sproßachse des Giftwasserschierlings der Länge nach aufschneidet, sieht man, daß sie in Knoten und Internodien gegliedert ist.«

»Moment mal, Simon. Ich bin kein Naturwissenschaftler.«

»Entschuldige. Man könnte vielleicht von Kammern sprechen. Sie sind hohl, und über dem hohlen Teil spannt sich horizontal eine Scheidewand aus Markgewebe.«

»Und die wilde Pastinake hat diese Kammern nicht?«

»Nein. Und sie verliert auch keine ölige gelbe Flüssigkeit, wenn man ihren Stengel anschneidet.«

»Aber hätte sie den Stengel denn überhaupt angeschnitten? Hätte sie ihn der Länge nach aufgemacht?«

»Nein, letzteres wahrscheinlich nicht. Aber wie hätte sie die Wurzel entfernen können – selbst wenn es normalerweise nur eine einzige war –, ohne den Stengel abzuschneiden? Selbst wenn sie die Wurzel abgebrochen hätte, hätte die Pflanze diese Flüssigkeit abgesondert.«

»Und du meinst, das müßte für einen Kenner Warnung genug sein? Ist es nicht möglich, daß sie abgelenkt war und deshalb nicht aufgepaßt hat? Vielleicht war sie in Begleitung, als sie die Pflanze ausgegraben hat. Vielleicht hat sie sich mit jemand unterhalten oder gestritten oder war sonst in irgendeiner Weise abgelenkt. Vielleicht wurde sie sogar ganz bewußt abgelenkt.«

»Das sind alles Möglichkeiten. Und man sollte ihnen nachgehen, nicht wahr?«

»Laß mich erst mal ein paar Anrufe machen.«

Die hatte er gemacht. Die Antworten, die er erhielt, hatten sein Interesse geweckt. Da der geplante Urlaub in Korfu nur zu einem weiteren unerfüllten Versprechen geschrumpft war, hatte er kurzentschlossen Jeans, Pullover und Anorak eingepackt und den Koffer zusammen mit Gummi- und Wanderstiefeln im Kofferraum seines Wagens verstaut. Schon seit Wochen hatte er den Wunsch, London eine Weile den Rücken zu kehren. Zwar wäre es ihm lieber gewesen, mit Helen Clyde nach Korfu zu verschwinden, aber nun mußte er sich eben mit Lancashire begnügen.

Er fuhr langsam an den Reihenhäusern vorbei, die den Beginn des eigentlichen Dorfes signalisierten, und fand das Pub an der Kreuzung der drei Straßen, genau wie St. James es ihm beschrieben hatte. St. James selbst fand er zusammen mit Deborah in der Gaststube.

Das Pub selbst war noch nicht geöffnet. Die schmiedeeisernen Wandlämpchen mit den kleinen Quastenschirmchen brannten nicht. An der Bar hatte jemand eine schwarze Tafel hingestellt, auf der in einer Handschrift mit merkwürdig spitzen Buchstaben die Tageskarte zu lesen war, in schräg abfallenden Zeilen, mit fuchsienfarbener Kreide. *Lasagnia* wurde da angeboten, *Minutten-Steak* und *Charamellpudding*. Wenn die Orthographie ein Hinweis auf die Qualität der Küche war, sah das nicht gerade vielversprechend aus. Lynley nahm sich vor, lieber im offiziellen Restaurant zu essen.

St. James und Deborah saßen an einem der beiden Fenster, die zur Straße hinausgingen. Auf dem Tisch zwischen ihnen lag neben dem Teegeschirr ein Bündel Papiere, das St. James jetzt gerade zu Hand nahm, um sie in die Innentasche seines Jacketts zu stopfen.

»Hör mir zu, Deborah«, sagte er, worauf sie antwortete: »Ich will aber nicht. Du brichst unsere Vereinbarung.« Sie kreuzte die Arme auf der Brust. Lynley kannte diese Geste. Er verlangsamte seinen Schritt.

Drei Scheite brannten im offenen Kamin neben ihrem Tisch. Deborah drehte sich auf ihrem Stuhl herum und blickte in die Flammen.

»Sei doch vernünftig«, sagte St. James.

»Sei du fair«, entgegnete sie.

Eines der Scheite brach, und ein Funkenregen ging auf die Kaminplatte nieder. St. James griff zum Schürhaken, Deborah rückte weg. Sie gewahrte Lynley. »Tommy«, rief sie lächelnd und fast ein wenig erleichtert. Er stellte seinen Koffer an der Treppe ab und ging auf sie zu.

»Du bist aber schnell da«, sagte St. James, als Lynley erst ihn und dann Deborah begrüßte.

»Ich hatte Rückenwind.«

»Und keine Schwierigkeiten, vom Yard wegzukommen?«

»Du vergißt, daß ich Urlaub habe. Ich war nur ins Büro gefahren, um meinen Schreibtisch aufzuräumen.«

»Und wir haben dich aus dem Urlaub geholt?« fragte Deborah. »Simon! Das ist ja grausam.«

Lynley lächelte. »Eine Gnade, Deb.«

»Aber ihr hattet doch sicher Pläne, Helen und du.«

»Ja. Aber sie hat sich's plötzlich anders überlegt, und da stand ich nun und wußte nicht, was mit mir anfangen. Entweder eine Fahrt nach Lancashire oder einsame Wanderungen durch mein Haus in London. Da war mir Lancashire schon lieber. Das ist wenigstens eine Abwechslung.«

»Weiß Helen, daß du hier bist?« fragte Deborah.

»Ich ruf sie heute abend an.«

»Tommy . . .«

»Ich weiß. Es ist nicht die feine englische Art, sich auf französisch zu empfehlen.«

Er ließ sich auf den Stuhl neben Deborah fallen und nahm einen Keks. Er goß sich etwas Tee in ihre leere Tasse und gab Zucker dazu, während er kaute. Er sah sich um. Die Tür zum Speisesaal war geschlossen. Die Lichter hinter dem Tresen brannten nicht. Die Bürotür war einen Spalt offen, aber von drinnen war nichts zu hören, und eine dritte Tür – schräg hinter dem Tresen – war zwar so weit geöffnet, daß ein durch den Spalt fallender Lichtstrahl die Etiketten auf den Flaschen über dem Tresen beleuchtete, aber aus dem Raum dahinter war ebenfalls kein Geräusch zu hören.

»Es ist wohl gar niemand da?« fragte Lynley.

»Irgendwo werden sie schon sein. Auf dem Tresen steht eine Glocke.«

Er nickte, machte aber keine Anstalten hinüberzugehen.

»Sie wissen schon, daß du vom Yard kommst, Tommy.«

Lynley zog eine Braue hoch. »Wieso?«

»Während des Mittagessens kam ein Anruf für dich. Das hat im Pub sofort die Runde gemacht.«

»Adieu incognito.«

»Es hätte uns wahrscheinlich sowieso nicht gedient.«

»Wer weiß Bescheid?«

»Daß du vom CID bist?« St. James lehnte sich zurück und ließ seinen Blick schweifen, als versuche er, sich zu erinnern, wer in der Gaststube gewesen war, als der Anruf gekommen war. »Auf jeden Fall der Wirt und seine Frau. Sechs oder sieben Einheimische. Eine Gruppe Wanderer, die sicherlich längst wieder weg ist.«

»Und bei den Einheimischen bist du dir sicher?«

»Ben Wragg – das ist der Wirt – unterhielt sich gerade mit einigen von ihnen, als seine Frau mit der Neuigkeit aus dem Büro kam. Den übrigen wurde die Information mit dem Mittagessen serviert. Jedenfalls Deborah und mir.«

»Na, hoffentlich haben die Wraggs dafür wenigstens was extra berechnet.«

St. James lachte. »Das haben sie nicht getan, aber sie haben uns alle prompt benachrichtigt. Ein Anruf von Sergeant Dick Hawkins, Polizeidienststelle Clitheroe, für Inspector Thomas Lynley.«

»›Ich hab ihn gefragt, wer dieser Inspector Thomas Lynley denn sein soll‹«, ergänzte Deborah, bemüht, den Dialekt der Einheimischen nachzuahmen, »›und ob Sie's glauben oder nicht‹ – mit einer herrlichen dramatischen Pause, Tommy – ›er ist von New Scotland Yard. Und will hier bei uns wohnen. Er hat das Zimmer vor noch nicht mal drei Stunden persönlich reserviert. Ich hab selbst mit ihm gesprochen. Also, was glauben Sie, was der hier will?‹« Deborahs Nase krauste sich, als sie lächelte. »Du bist die Sensation der Woche. Du hast aus Winslough St. Mary Mead gemacht.«

Lynley lachte. St. James sagte nachdenklich: »Clitheroe ist nicht die Regionaldienststelle für Winslough, nicht wahr? Und dieser Hawkins hat nichts davon gesagt, daß er zu irgendeinem CID gehört, sonst hätten wir das bestimmt erfahren.«

»Clitheroe ist lediglich die Bezirksdienststelle«, antwortete Lynley. »Hawkins ist der vorgesetzte Beamte des örtlichen Constable. Ich habe heute morgen mit ihm gesprochen.«

»Aber er ist nicht CID?«

»Nein. Und du hattest recht mit deinen Schlußfolgerungen in dieser Hinsicht, St. James. Als ich mit Hawkins sprach, bestätigte er mir, daß das CID von Clitheroe sich darauf beschränkt hat, die Leiche zu fotografieren, den Tatort zu besichtigen, die Spuren zu sichern und eine Autopsie zu veranlassen. Den Rest hat Shepherd selbst erledigt: Ermittlungen und Vernehmungen. Aber nicht allein.«

»Wer hat ihm denn geholfen?«

»Sein Vater.«

»Na, das ist aber wirklich etwas seltsam.«

»Seltsam und regelwidrig, aber nicht gesetzeswidrig. Sergeant Hawkins sagte mir, daß Shepherds Vater zur fraglichen Zeit Chief Inspector des CID bei der Regionaldienststelle in Hutton-Preston war. Offensichtlich hat er Hawkins gegenüber auf seinen höheren Rang gepocht und die Sache selbst in die Hand genommen.«

»Er *war* Chief Inspector?«

»Die Sache mit Sage war sein letzter Fall. Kurz nach der Leichenschau ist er pensioniert worden.«

»Dann muß also Colin Shepherd seinen Vater mobil gemacht haben, um die Kriminalpolizei Clitheroe aus der Sache herauszuhalten«, bemerkte Deborah.

»Oder sein Vater hat es so gewollt.«

»Aber warum?« meinte St. James verwundert.

»Nun, um das herauszufinden, sind wir, denke ich, hier.«

Sie gingen zu Fuß die Clitheroe Road hinunter zur Kirche.

Colin Shepherd wohnte unmittelbar neben dem Pfarrhaus, gleich gegenüber der Johanneskirche. Hier trennten sich die drei. Deborah ging mit einem »Ich habe sie mir sowieso noch nicht angesehen« zur Kirche hinüber, um die beiden Männer ihr Gespräch mit Shepherd allein führen zu lassen.

Zwei Autos standen in der Einfahrt vor dem rotbraunen Backsteinhaus, ein schlammbespritzter Landrover, der mindestens zehn Jahre alt war, und ein Golf, der relativ neu zu sein schien. Vor dem Nachbarhaus stand kein Auto, aber als sie auf dem Weg zu Colin Shepherds Haustür um den Rover und den Golf herumgingen, trat eine Frau an eines der Fenster des Pfarrhauses und beobachtete sie, ohne einen Versuch zu machen, sich zu verstecken. Mit der einen Hand löste sie den Knoten eines Schals, der ihr krauses karottenrotes Haar im Nacken zusammenhielt, mit der anderen knöpfte sie einen marineblauen Mantel auf. Sie ging selbst dann nicht vom Fenster weg, als klar war, daß Lynley und St. James sie bemerkt hatten.

Colin Shepherds Haus war durch ein schmales, rechteckiges Schild gekennzeichnet, das zur Straße hervorsprang. Es war blau-weiß und trug nur das Wort *Polizei*. Wie in den meisten Dörfern war das Haus des Constable auch seine Dienststelle. Lynley überlegte flüchtig, ob Shepherd Juliet Spence zum Verhör hierhergebracht hatte.

Auf ihr Läuten antwortete Hundegebell, gedämpft zunächst, aus einem entfernten Teil des Hauses kommend, dann rasch lauter werdend, als das Tier zur Haustür rannte und unmittelbar dahinter Position bezog. Ein großer Hund, dem Krawall nach zu urteilen, und nicht unbedingt ein freundlicher Hund.

»Ruhig, Leo, setz dich«, sagte ein Mann, und augenblicklich hörte das Bellen auf. Das Licht der Veranda flammte auf – obwohl es noch nicht ganz dunkel war –, und die Tür wurde geöffnet.

Colin Shepherd, an dessen Seite ein großer schwarzer Retriever saß, musterte sie mit einer Miene, die weder Unwissenheit noch Verwunderung zeigte, und seine Worte erklärten sogleich, wie das kam. Mit einem kurzen, förmlichen Nicken sagte er: »Scotland Yard. Sergeant Hawkins sagte mir schon, daß Sie wahrscheinlich heute bei mir vorbeikommen würden.«

Lynley zeigte seinen Dienstausweis und stellte St. James vor, zu dem Shepherd nach einem prüfenden Blick sagte: »Sie wohnen im *Crofters Inn*, nicht wahr? Ich habe Sie gestern abend dort gesehen.«

»Ja, meine Frau und ich wollten Mr. Sage besuchen.«

»Die Dame mit dem roten Haar. Sie war heute morgen draußen am Stausee.«

»Ja, sie wollte einen Spaziergang machen.«

»Hier in der Gegend kann es sehr plötzlich neblig werden. Da sollte man lieber nicht allein wandern, wenn man das Gebiet nicht kennt.«

»Ich werde es ihr sagen.«

Shepherd trat von der Tür zurück. Der Hund stand auf und knurrte leise. »Ruhig jetzt«, sagte Shepherd. »Geh wieder ans Feuer.« Gehorsam trottete der Hund davon.

»Sie brauchen ihn dienstlich?« fragte Lynley.

»Nein. Nur zur Jagd.«

Shepherd wies mit dem Kopf auf einen Garderobenständer am einen Ende des Flurs. Darunter standen drei Paar Gummistiefel, zwei davon auf den Seiten mit frischem Schlamm beschmiert. Neben den Stiefeln stand ein Milchkorb aus Metall; von einer seiner Querstangen hing an einem

Fädchen die Puppe eines bereits ausgeschlüpfen Insekts herab. Shepherd wartete, während Lynley und St. James ihre Mäntel aufhängten. Dann führte er sie in der Richtung, die schon der Retriever eingeschlagen hatte, weiter durch den Korridor.

Sie traten in ein Wohnzimmer, in dem ein Feuer brannte. Ein älterer Mann war gerade dabei, ein Scheit in die Flammen zu legen. Man sah auf den ersten Blick, daß es Colin Shepherds Vater war. Die beiden hatten viel Ähnlichkeit. Nur die langgliedrigen sensiblen Finger, die bei Colin sofort auffielen, fehlten dem Vater, dessen Hände breit und grobknochig waren.

Der ältere Shepherd klatschte kurz in die Hände, um sie von Holzstaub zu befreien. Dann trat er auf Lynley und St. James zu. »Kenneth Shepherd«, sagte er. »Chief Inspector CID Hutton-Preston. Jetzt im Ruhestand. Aber ich vermute, das wissen Sie bereits.«

»Sergeant Hawkins hat es mir gesagt, ja.«

»Freut mich, Sie beide kennenzulernen.« Er warf einen Blick auf seinen Sohn. »Möchtest du den Herren nicht etwas anbieten, Col?«

Der Constable blieb trotz der Jovialität seines Vaters reserviert. Die Augen hinter den Brillengläsern blieben wachsam. »Bier«, sagte er. »Whisky. Cognac. Ich habe auch einen Sherry da, der schon seit sechs Jahren Staub ansetzt.«

»Ja, Annie hat gern Sherry getrunken, nicht wahr?« meinte der Vater. »Sie ruhe in Frieden. Ich versuch mal den Sherry. Und Sie?«

»Nichts«, antwortete Lynley.

»Für mich auch nicht«, sagte St. James.

An einem kleinen Beistelltisch an der Wand goß Shepherd den Sherry für seinen Vater ein und aus einer Karaffe etwas für sich. Lynley sah sich derweilen im Zimmer um.

Die Einrichtung war spärlich und machte den Eindruck, als hätte der Bewohner in aller Eile bei Hausstandsauflösungen zusammengekauft, was er gerade gebraucht hatte, ohne dem Aussehen des Mobiliars Beachtung zu schenken. Über dem Rücken eines mitgenommenen Sofas hing wie der Mantel der Nächstenliebe eine selbstgestrickte Decke aus vielen bunten Quadraten, die den ursprünglichen Bezug mit den großen, mittlerweile zum Glück verblaßten pinkfarbenen Anemonen größtenteils verbarg. Zwei Ohrensessel, die nicht zusammenpaßten, standen sich mit abgewetzten Bezügen und Mulden in den Rückenlehnen, wo unzählige Köpfe ihren Eindruck hinterlassen hatten, gegenüber. Abgesehen von einem Couchtisch mit geschwungenen Beinen, einer Messingstehlampe und dem Beistelltisch, auf dem die Getränke standen, war nur ein gutes Stück in dem Raum, und das hing an der Wand. Es war eine Glasvitrine mit einer Sammlung von Gewehren und Schrotflinten. Die Waffen waren das einzige in diesem Raum, das gepflegt aussah. Sie waren Shepherd wohl ebenso wichtig wie sein Hund, der es sich inzwischen auf einem fleckigen alten Polster vor dem Feuer bequem gemacht hatte. Seine Pfoten waren, wie die Gummistiefel im Flur, schlammverkrustet.

»Vögel?« fragte Lynley mit einem Blick zu den Gewehren.

»Eine Zeitlang auch Rotwild. Aber das habe ich aufgegeben. Der Abschuß ist der Pirsch nie gerecht geworden.«

»Ah ja.«

Mit dem Sherryglas in der Hand wies Shepherd senior zu Sofa und Sesseln. »Nehmen Sie Platz«, sagte er und ließ sich in das Sofa sinken. »Wir sind selber gerade erst von einem langen Marsch heimgekommen. Da setzt man sich gern. Ich muß in einer Viertelstunde wieder weg. In meinem Apartment im Heim wartet ein Mäuschen von achtundfünfzig mit dem Abendessen auf mich.«

»Sie leben nicht hier in Winslough?« fragte St. James.

»Seit Jahren nicht mehr. Ich hab's gern, wenn ein bißchen was los ist, und gegen hübsche Frauen hab ich auch nichts einzuwenden. Abwechslung gibt's in Winslough nicht, und die hübschen Frauen sind alle gebunden.«

Der Constable kam zum Kamin, hockte sich neben seinem Hund nieder und strich dem Tier mit einer Hand über den Kopf. Leo öffnete kurz die Augen und drehte sich so, daß sein Kinn auf Shepherds Schuhen zum Liegen kam. Befriedigt klopfte er mit dem Schwanz auf den Boden.

»Du schaust ja sauber aus«, sagte Shepherd und zupfte den Hund sachte am Ohr. »Als hättest du eine Schlammschlacht hinter dir.«

Shepherd senior prustete. »Du meine Güte, Hunde! Die können einem genauso unter die Haut gehen wie Frauen.«

Lynley nahm die Bemerkung als Aufhänger für seine Frage, obwohl ihm klar war, daß der alte Shepherd sie dazu nicht gedacht hatte. »Was können Sie uns über Mrs. Spence und den Tod von Robin Sage sagen?«

»Das ist eigentlich nicht Sache des Yard, hm?« Der Ton war freundlich, doch die Erwiderung folgte der Frage ein wenig zu schnell. Das ließ darauf schließen, daß er vorbereitet war.

»Offiziell? Nein.«

»Aber inoffiziell?«

»Sie werden doch nicht leugnen, daß die Untersuchung reichlich ordnungswidrig war, Chief Inspector? Kein CID. Die persönliche Verbindung Ihres Sohnes zur Täterin.«

»Es war ein Unglücksfall, kein Verbrechen.« Colin Shepherd blickte auf, blieb aber neben seinem Hund in der Hocke sitzen.

»Eine ordnungswidrige Entscheidung, aber nicht gesetzeswidrig«, sagte Shepherd senior. »Colin war der Überzeugung, er könne den Fall allein erledigen. Ich war auch der

Meinung. Und er hat ihn erledigt. Ich habe ihm die meiste Zeit assistiert, das Yard braucht sich also nicht darüber aufzuregen, daß das CID nicht zugezogen wurde. Das CID war da.«

»Sie waren bei allen Vernehmungen anwesend?«

»Bei den wichtigen, ja.«

»Chief Inspector, Sie wissen, das ist mehr als ordnungswidrig. Ich brauche Ihnen nicht zu sagen, daß wir, wenn ein Verbrechen vorliegt ...«

»Aber es lag kein Verbrechen vor«, warf der Constable ein. Er sah Lynley unverwandt an. »Die Leute von der Spurensicherung sind sofort gekommen und haben sich am Tatort genau umgesehen. Innerhalb einer Stunde war die Sache klar. Es war kein Verbrechen. Es war eindeutig ein Unglücksfall. So hab ich es gesehen. So hat es der Coroner gesehen. Und die Geschworenen haben es auch so gesehen. Ende der Geschichte.«

»Und Sie waren von Anfang an sicher?«

Der Hund zuckte zusammen, als die Hand, die ihn hielt, fester zupackte. »Natürlich nicht.«

»Und dennoch beschlossen Sie, nachdem die Spurensicherung zunächst den Tatort untersucht hatte, Ihr zuständiges CID nicht zuzuziehen, eben die Leute, die geschult sind festzustellen, ob einem Todesfall ein Unfall, ein Selbstmord oder ein Mord zugrunde liegt.«

»Die Entscheidung habe ich getroffen«, bemerkte der Vater.

»Wie das?«

»Ich habe ihn angerufen«, antwortete sein Sohn.

»Sie haben den Todesfall Ihrem Vater gemeldet? Nicht der Bezirksdienststelle in Clitheroe?«

»Beiden. Ich habe Hawkins gesagt, ich würde mich um alles kümmern. Mein Vater hat das bestätigt. Nachdem ich mit Juliet – Mrs. Spence – gesprochen hatte, schien alles ziemlich klar zu sein.«

»Und Mr. Spence?« fragte Lynley.

»Den gibt es nicht.«

»Ach so.«

Der Constable senkte die Lider. »Das hat mit unserer Beziehung nichts zu tun. Es war kein Mord.«

St. James beugte sich in seinem Sessel vor. »Wieso sind Sie so sicher? Wieso waren Sie da gleich so sicher, Constable?«

»Sie hatte kein Motiv. Sie hat den Mann ja gar nicht gekannt. An dem Abend haben sie sich erst zum drittenmal getroffen. Er wollte sie dazu bringen, wieder zur Kirche zu gehen. Und er wollte mit ihr über Maggie sprechen.«

»Maggie?« fragte Lynley.

»Ihre Tochter. Juliet hatte Schwierigkeiten mit ihr, und da hat der Pfarrer sich eingemischt. Er wollte helfen. Vermitteln. Raten. Das ist alles. Hätte ich deswegen das CID zuziehen sollen? Oder hätten Sie lieber zuerst ein Motiv gehabt?«

»Auch Mittel und Gelegenheit für sich sind Hinweise, die man nicht außer acht lassen darf«, sagte Lynley.

»Das ist doch Quatsch, und das wissen Sie auch«, warf der alte Shepherd ein.

»Vater ...«

Der Alte winkte mit dem Sherryglas ab. »Jedesmal, wenn ich mich ans Steuer meines Wagens setze, verfüge ich über das Mittel, einen Mord zu begehen. Jedesmal, wenn ich aufs Gaspedal trete, habe ich die Gelegenheit dazu. Ist es Mord, Inspector, wenn ich jemand überfahre, der mir vor den Wagen läuft? Müssen wir da dann das CID zuziehen, oder können wir davon ausgehen, daß es ein Unfall war?«

»Vater ...«

»Wenn Sie so argumentieren wollen, warum haben Sie

selbst dann eingegriffen, Sie sind doch auch CID – waren es damals.«

»Weil er eine persönliche Beziehung zu der Frau unterhält, Herrgott noch mal. Er wollte mich an seiner Seite haben, um sicherzustellen, daß er einen klaren Kopf behalten würde. Und er hat einen klaren Kopf behalten, sage ich Ihnen. Die ganze Zeit.«

»Die ganze Zeit, die Sie bei ihm waren. Ihren eigenen Worten zufolge waren Sie nicht bei jeder Vernehmung zugegen.«

»Verdammt noch mal, das war auch gar nicht...«

»Vater!« Shepherds Stimme war scharf. Sie wurde ruhig, als er zu sprechen fortfuhr. »Natürlich sah es übel aus, als Sage starb. Juliet kennt sich mit Pflanzen aus, und es war schwer zu glauben, daß sie Giftwasserschierling mit wilder Pastinake verwechselt haben sollte. Aber so war es nun mal.«

»Da sind Sie ganz sicher?« fragte St. James.

»Natürlich. Sie wurde ja selbst krank in der Nacht, in der Mr. Sage ums Leben kam. Sie hatte hohes Fieber. Sie hat sich bis zwei Uhr morgens mehrmals übergeben. Sie werden mir doch nicht sagen wollen, daß sie ohne Motiv *wissentlich* von der giftigsten Pflanze essen würde, die es gibt, nur um einen Mord als Unglücksfall hinzustellen. Schierling ist etwas anderes als Arsen, Inspector Lynley. Dagegen kann man nicht langsam immun werden. Wenn Juliet Mr. Sage hätte umbringen wollen, wäre sie bestimmt nicht so verrückt gewesen, selbst etwas von dem Schierling zu essen. Sie hätte ja sterben können. Es war reines Glück, daß das nicht passiert ist.«

»Sie wissen mit Gewißheit, daß sie selbst krank war?« fragte Lynley.

»Ich war bei ihr.«

»Beim Essen?«

»Später. Ich bin bei ihr vorbeigefahren.«

»Um welche Zeit?«

»Gegen elf. Nach meiner letzten Runde.«

»Warum?«

Shepherd kippte den Rest seines Drinks hinunter und stellte das leere Glas auf den Boden. Er nahm seine Brille ab und beschäftigte sich einen Moment damit, das rechte Glas am Ärmel seines Flanellhemdes zu polieren.

»Constable?«

»Sag's, wie's war, mein Junge«, riet sein Vater. »Das ist das beste.«

Shepherd zuckte die Achseln, setzte die Brille wieder auf. »Ich wollte sehen, ob sie allein war. Maggie hat an dem Abend bei einer Freundin übernachtet...« Er seufzte.

»Und Sie glaubten, Mr. Sage könnte das gleiche bei Mrs. Spence tun?«

»Er war dreimal bei ihr gewesen. Juliet hatte mir keinen Anlaß gegeben zu glauben, daß sie mit ihm etwas angefangen hatte. Aber ich hab mir meine Gedanken gemacht. Ja, ich geb's zu. Stolz darauf bin ich weiß Gott nicht.«

»Wäre es denn wahrscheinlich gewesen, daß sie schon nach so kurzer Bekanntschaft mit einem Mann intim geworden wäre, Constable?«

Shepherd griff zu seinem Glas, sah, daß es leer war, stellte es wieder ab. Eine Sprungfeder im Sofa quietschte, als Shepherd senior sich vorbeugte.

»Nun, Constable?«

Die Brillengläser Colin Shepherds blitzten im Licht auf, als er den Kopf hob, um Lynley besser ins Gesicht zu sehen. »Das kann man doch bei keiner Frau mit Sicherheit wissen. Schon gar nicht bei der Frau, die man liebt.«

So unrichtig, dachte Lynley, war das gar nicht, auch wenn er es nicht gern zugab. Die Leute redeten immer von Vertrauen. Er fragte sich, wie viele von ihnen tatsächlich im

Vertrauen lebten, ohne je von Zweifeln bedrängt zu werden, die wie ruhelose Zigeuner am Rand ihres Bewußtseins kampierten. »Ich nehme an, Sage war schon weg, als Sie kamen?«

»Ja. Sie sagte, er sei um neun gegangen.«

»Und wo war sie?«

»Im Bett.«

»Krank?«

»Ja.«

»Aber sie hat Sie hereingelassen?«

»Ich hab geklopft. Sie reagierte nicht. Da bin ich einfach reingegangen.«

»Die Tür war nicht versperrt?«

»Ich hab einen Schlüssel.« Er sah, wie St. James einen schnellen Blick auf Lynley warf, und fügte hinzu: »Nicht von ihr. Von Townley-Young. Die Schlüssel zum Pförtnerhäuschen, zum Herrenhaus, für alle Gebäude auf dem Anwesen. Er ist der Eigentümer. Sie ist eine Art Verwalterin.«

»Sie weiß, daß Sie die Schlüssel haben?«

»Ja.«

»Zur Sicherheit?«

»Könnte man sagen.«

»Und benutzen Sie die Schlüssel häufig? Bei Ihren dienstlichen Runden?«

»Nein, im allgemeinen nicht.«

Lynley sah, daß St. James den Constable mit zusammengezogenen Brauen nachdenklich betrachtete. Er sagte: »War schon ein bißchen riskant, da einfach an dem Abend in ihr Haus zu marschieren, finden Sie nicht? Was wäre denn gewesen, wenn Sie sie mit Mr. Sage im Bett angetroffen hätten?«

Shepherds Gesicht spannte sich, aber er antwortete ganz ruhig: »Da hätte ich ihn wahrscheinlich eigenhändig umgebracht.«

8

Die erste Viertelstunde verbrachte Deborah in der Johanneskirche. Unter der Stichbalkendecke hindurch ging sie langsam den Mittelgang entlang zum Altarraum und ließ dabei einen behandschuhten Finger über die Schneckenverzierungen des Gestühls gleiten. Gegenüber der Kanzel und von den übrigen durch eine Pforte mit gedrehten Säulen getrennt, stand eine einzelne Bank. Das Törchen trug ein kleines Bronzeschild mit geschwärzter Schrift. *Townley-Young*, hieß es da. Deborah öffnete die Pforte und trat ein, während sie sich fragte, was für Leute das waren, die es nötig hatten, diesen unschönen alten Brauch aufrechtzuerhalten und sich von denen abzukapseln, die sie als unter ihrem Stand betrachteten.

Sie setzte sich auf die schmale Bank und sah sich um. Die Luft in der Kirche war muffig und kalt, und als sie ausatmete, war der Hauch zu sehen. An einer Säule hing die Tafel mit den Liedernummern vom letzten Gottesdienst. Nummer 338 stand an erster Stelle, und ohne sonderliches Interesse schlug sie eines der Gesangbücher an der entsprechenden Stelle auf und las:

Lamm Gottes, das du getragen hast
Schand und Sünde deiner Herde,
Dich beugt am Kreuze nun die Last
Von Streit und Furcht auf diese Erde.

Und dann weiter:

Wie dereinst du, so wollen wir sorgen
Für alle Lahmen, Blinden, Kranken,
Und auferstehen wollen wir alle Morgen,
Den Schmerz zu teilen, dir zu danken.

Sie starrte auf die Worte, und ihre Kehle schnürte sich schmerzhaft zu. Es war, als seien die Verse für sie geschrieben. Aber das waren sie nicht. Nein, das waren sie *nicht*.

Heftig klappte sie das Buch zu. Links von der Kanzel hing schlaff eine Kirchenfahne an einer Metallstange herab. *Winslough* stand in eingestickten gelben Buchstaben auf blaßblauem Hintergrund. Darunter prangte eine Darstellung der Johanneskirche in wattiertem Patchwork, aus dem an mehreren Stellen die Füllung quoll und wie Schnee auf dem Glockenturm und dem Ziffernblatt der Uhr lag. Sie überlegte, bei welchen Gelegenheiten die Fahne wohl gebraucht wurde, wann man sie hier aufgehängt, wer sie angefertigt hatte und warum. Sie stellte sich vor, wie eine alte Frau aus der Gemeinde an dem Bild arbeitete, sich gewissermaßen die Gunst des Herrn erstickte, indem sie diesen Schmuck für sein Heiligtum anfertigte. Wie lange mochte sie gebraucht haben? Hatte sie Hilfe gehabt? Wußte jemand Näheres darüber? Gab es jemanden, der diese Art der Kirchengeschichte pflegte?

Ach, diese Spielchen, dachte Deborah. Was für Mühe sie sich gab, nur um ihre Gedanken an der Kandare zu halten. Wie wichtig es war, die Ruhe und den Frieden zu spüren, die ein Besuch in der Kirche und ein Zwiegespräch mit Gott verhießen.

Aber deshalb war sie nicht hierhergekommen. Sie war hergekommen, weil ein Spaziergang am späten Nachmittag in Begleitung ihres Mannes und des Mannes, der sein engster Freund war, der einmal ihr Liebhaber gewesen war und der Vater des Kindes, das sie hätte haben können – niemals haben würde –, ihr der beste Weg schien, dem Gefühl zu entkommen, verraten worden zu sein.

Unter Vorspiegelung falscher Tatsachen nach Lancashire

geschleppt, dachte sie und lachte schwach bei dem Gedanken; gerade sie, die letztlich die Verräterin war.

Sie hatte die Unterlagen zur Adoption unter Simons Schlafanzügen und Socken entdeckt und war tief empört gewesen, daß er dies zum Thema ihrer gemeinsamen Tage fern des Londoner Alltags machen wollte. Er habe mit ihr darüber sprechen wollen, erklärte er, als sie die Papiere auf die Kommode geknallt hatte. Er fände, es sei an der Zeit, sich gründlich auszusprechen.

Es gab nichts, worüber man sich aussprechen mußte. So eine Aussprache führte höchstens zu einem Streit, der sich zu einem ziemlichen Gewitter entwickelte, aus Mißverständnissen Tempo und Kraft gewann und mit Worten, die im Zorn und zur Selbstverteidigung herausgeschleudert wurden, zerstörerisch wirkte. Nicht das gemeinsame Blut machte eine Familie aus, würde er ach so vernünftig sagen, weil Gott wußte, daß Simon Allcourt-St. James Wissenschaftler, Gelehrter und die Logik in Person war. Menschen machen eine Familie aus. Menschen, die durch Zeit, durch Nähe und gemeinsame Erfahrung miteinander verbunden sind, Deborah. Wir bauen unsere Beziehung auf dem Geben und Nehmen von Gefühlen, auf der wachsenden Sensibilität für die Bedürfnisse des anderen, auf gegenseitiger Unterstützung auf. Die Anhänglichkeit eines Kindes an seine Eltern hat überhaupt nichts damit zu tun, wer es geboren hat. Sie entwickelt sich aus dem täglichen Zusammenleben, aus dem Genährtwerden und Geführtwerden, aus der Tatsache, daß da ein Mensch ist – ein zuverlässiger Mensch –, dem man vertrauen kann. Das weißt du.

Aber das ist es doch gar nicht, das ist es nicht, wollte sie dann sagen, während ihr schon die verhaßten Tränen kamen und sie am Sprechen hinderten.

Was ist es dann? Sag es mir. Hilf mir zu begreifen.

Meines – es wäre nicht – deines. Es wäre nicht wir. Verstehst du das denn nicht? Warum willst du das nicht sehen?

Er pflegte sie dann einen Moment anzusehen, ohne etwas zu sagen, nicht um sie durch inneren Rückzug zu strafen, so hatte sie sein Schweigen früher ausgelegt, sondern um nachzudenken, eine Lösung zu finden. Dabei wünschte sie sich doch nichts weiter, als daß auch er weinen und durch seine Tränen zeigen würde, daß er ihren Kummer verstand.

Weil er das niemals tun würde, konnte sie das Letzte, Unsagbare zu ihm nicht sagen. Sie hatte es ja noch nicht einmal zu sich selbst gesagt. Sie wollte den Schmerz nicht spüren, der die Worte begleiten würde. Daß er sich niemals geschlagen gab; daß er das Leben nahm, wie es auf ihn zukam, und es seinem Willen gefügig machte.

Dir ist es ja gleichgültig, waren die Worte, die sie wählen würde. Dir bedeutet das ja nichts. Du willst mich gar nicht verstehen.

Wie praktisch so ein Schlagabtausch war.

Sie war an diesem Morgen losgezogen, um eine Konfrontation zu vermeiden. Draußen auf dem Hochmoor, während sie mit dem Wind im Gesicht über holprigen Boden wanderte, hier und dort einem dornigen Ginsterstrauch auswich und durch winterbraunes Heidekraut stapfte, hatte sie sich ganz auf die körperliche Verausgabung konzentriert.

Jetzt jedoch, in der Stille der Kirche, gab es kein Ausweichen. Sie konnte die Gedenksteine betrachten, zusehen, wie mit dem Sterben des Lichts die Farben der Fenster dunkler wurden, die zehn Gebote lesen, die in Bronze gemeißelt das Retabel bildeten, und darüber nachdenken, wie viele von ihnen sie bisher gebrochen hatte. Sie konnte über dem schiefgetretenen Boden der Kirchenbank der Familie Townley-Young ihre Beine baumeln lassen, und sie konnte die Mottenlöcher im roten Altartuch zählen. Sie konnte die kunstvollen Holzarbeiten des Lettners bewundern. Sie konnte über den Klang der Glocken nachsinnen. Aber der Stimme ihres Gewissens, das die Wahrheit sprach, konnte sie nicht entrinnen:

Wenn ich diese Papiere ausfülle, so heißt das, ich gebe auf. Es ist ein Eingeständnis der Niederlage. Es bestätigt mir, daß ich eine Versagerin bin, keine Frau. Der Schmerz wird zwar nachlassen, aber vergehen wird er nie. Und das ist nicht gerecht. Denn dies ist das einzige, was ich mir wünsche.

Deborah stand auf und stieß die Pforte des Kirchenstuhls auf. Sie hörte wieder Simons Worte: Willst du dich selbst bestrafen, Deborah? Sagt dir dein Gewissen, du habest gesündigt und könntest nun Buße tun, indem du ein Leben durch ein anderes ersetzt, das du selbst hervorgebracht hast? Ist es das? Glaubst du, mir das zu schulden?

Vielleicht zum Teil. Denn er war die Vergebung selbst. Wäre er ein anderer Mensch gewesen – einer, der gelegentlich geschimpft oder ihr den Vorwurf gemacht hätte, sie sei selbst an der Situation schuld –, so hätte sie es vielleicht leichter ertragen können. Aber gerade weil er nichts tat, als nach einer Lösung zu suchen und seiner wachsenden Besorgnis über ihr Befinden Ausdruck zu geben, fiel es ihr so schwer, sich selbst zu verzeihen.

Auf dem abgetretenen roten Teppich ging sie den Weg zurück zum Nordportal der Kirche. Sie trat ins Freie. Sie fröstelte in der zunehmenden Kälte und schob ihren Schal unter den Kragen ihres Mantels. Drüben, auf der anderen Straßenseite, standen immer noch die zwei Autos vor dem Haus des Constables. Auf der vorderen Veranda brannte Licht. Aber hinter dem großen Fenster rührte sich nichts.

Deborah wandte sich ab und ging auf den Friedhof. Sein Boden war uneben wie das Hochmoor, an den Rändern war er von dornigem Gestrüpp begrenzt. Im Dickicht um eines der Gräber glühte das tiefe Rot von Hartriegel. Über der Grabstätte stand ein Engel, den Kopf gesenkt, die Arme ausgestreckt, als wollte er sich sogleich in das feuerrote Ästegewirr stürzen.

Robin Sage war seit einem Monat tot, aber die Vernachlässigung der Gräber und des Kirchhofs schien früheren Ursprungs zu sein. Der Weg war von Unkraut überwuchert. Die Gräber waren mit schwarzen, toten Blättern gesprenkelt. Die Steine waren grün von Flechten und voller Schmutzflecken.

Nur ein Grab wirkte wie ein stummer Vorwurf inmitten von soviel Gleichgültigkeit. Es war sauber gepflegt. Seine Decke aus zähem Moosgras war ordentlich geschnitten. Sein Stein war rein und ohne Flecken. Deborah trat näher, um es sich anzusehen.

Anne Alice Shepherd stand auf dem Stein. Sie war bei ihrem Tod siebenundzwanzig Jahre alt gewesen. Der Zustand des Grabs ließ vermuten, daß die *geliebte Ehefrau* auch im Tode noch geliebt wurde.

Ein heller Farbtupfer erheischte Deborahs Aufmerksamkeit. Er schien so fehl am Platz wie der rote Hartriegel auf dem eintönigen Friedhof, und sie bückte sich zum Fuß des Grabsteins hinunter, wo zwei leuchtend pinkfarbene, ineinandergeschlungene Ovale sich von grauer Unterlage abhoben. Auf den ersten Blick schien es, als fließe das Grau aus dem Stein, als sei dieser im Begriff, in Staub zu zerfallen. Doch bei näherem Hinsehen erkannte sie, daß es sich um ein Häufchen Asche handelte, in dessen Mitte mit Sorgfalt ein kleiner glatter Stein eingebettet war. Auf diesen Stein waren die ineinandergeschlungenen Ovale aufgemalt, die zuerst ihr Augenmerk auf sich gezogen hatten, zwei pinkfarbene Ringe von gleicher Größe.

Ein seltsamer Grabschmuck, wollte ihr scheinen. Im Winter legte man Stechpalmenkränze aufs Grab oder Wacholder. Schlimmstenfalls griff man zu den gräßlichen Plastikblumen, die in Plastiketuis langsam verschimmelten. Aber Asche und Stein und, wie sie jetzt entdeckte, vier Holzstäbchen, die den Stein festhielten?

Sie berührte ihn mit dem Finger. Er war so glatt wie Glas. Und er war ziemlich flach. Genau vor der Mitte des Grabsteins hatte man ihn auf den Boden gelegt, aber das Ganze war anscheinend nicht in liebevollem Gedenken an die Tote geschehen, sondern wirkte wie ein Botschaft an die Lebenden.

Zwei Ringe, ineinander verschlungen. Vorsichtig, ohne die Asche aufzuwirbeln, hob Deborah den Stein auf. Von Größe und Gewicht war er einer Ein-Pfund-Münze nicht unähnlich. Sie zog einen Handschuh aus – und fühlte den Stein kalt wie eine Lache stehenden Wassers auf ihrer Handfläche.

Trotz der ausgefallenen Farbe erinnerten die Ringe sie an Trauringe, wie man sie in Gold gestanzt oder graviert auf Hochzeitseinladungen zu sehen pflegt. Kreisrund als Symbol von Einheit und der Einigkeit, deren Verkörperung eine gute Ehe sein sollte.

Aber soweit Deborah sehen konnte, war dies im Leben immer etwas anders. Gewiß, mit der Liebe wuchs allmählich Vertrauen. Die Intimität gab Wärme und Sicherheit. Und der Leidenschaft entsprangen Momente des Glücks. Aber wenn völlige Übereinstimmung des Fühlens und Denkens das Ziel einer Ehe war, so hatte diese Integration bei ihr und Simon noch nicht stattgefunden.

Ihre Finger schlossen sich um den Stein mit den zwei Ringen. Sie würde ihn als Talisman behalten. Er sollte ihr Symbol für das sein, was aus der Einigkeit der Ehe eigentlich wachsen sollte.

»Na, diesmal hast du's wirklich gründlich vermasselt. Das weißt du ja wohl? Sie sind entschlossen, die Untersuchungen über diesen Todesfall neu aufzurollen, und du hast nicht die geringste Chance, sie davon abzuhalten. Das ist dir doch wohl klar, oder?«

Colin trug sein Whiskyglas in die Küche. Er stellte es direkt unter den Wasserhahn. Obwohl sonst kein Geschirr im Spülbecken stand und nichts auf dem Tisch oder der Arbeitsplatte, was gespült werden mußte, spritzte er das nach Zitrone riechende Spülmittel in das Glas und ließ Wasser hineinlaufen, bis es schäumte.

»Jetzt geht's um deine Karriere. Von Constable Nit, der in der Besserungsanstalt den Jugendlichen Beine macht, bis zum Chief Constable von Hutton-Preston werden alle von dieser Geschichte hören. Du hast einen Fleck auf deiner weißen Weste, Col, und wenn das nächste Mal beim CID eine Stelle frei wird, wird das leider keiner vergessen. Ist dir das klar?«

Colin zog den gestreiften Spüllappen vom Wasserhahn herunter und tauchte ihn mit einer Präzision in das Glas, wie er sie vielleicht bei der Reinigung seiner Gewehre angewendet hätte. Er drückte ihn zu einem dicken Bausch zusammen, wischte damit das Glas mehrmals aus und säuberte dann sorgfältig seinen Rand. Wie merkwürdig, daß es ihm selbst heute noch passieren konnte, in einem unerwarteten Moment wie diesem plötzlich von der Erinnerung an Annie überwältigt zu werden. Stets überfiel sie ihn ohne jede Warnung – ein blitzartiges Aufwallen von Kummer und Sehnsucht, das ihm aus den Lenden bis zum Herz hinaufschoß –, und stets wurde es durch eine Alltäglichkeit heraufbeschworen, so daß er nie darüber nachdachte, wie heimtückisch der Angriff war, der ihn stets völlig unvorbereitet traf. Ein Zittern schüttelte ihn. Er rieb das Glas noch energischer.

»Du glaubst, ich kann dir auch jetzt noch helfen, nicht, Junge?« fuhr sein Vater fort. »Ich habe einmal eingegriffen . . .«

»Weil du selbst es wolltest. Ich hab dich hier nicht gebraucht, Vater.«

»Hast du eigentlich völlig den Verstand verloren? Bist du verrückt geworden? Dieses Weib hat dir wohl total den Kopf verdreht, was?«

Colin spülte das Glas aus, trocknete es mit der gleichen Sorgfalt, mit der er es gesäubert hatte, und stellte es neben den Toaströster, der, wie er bemerkte, staubig war und oben voller Krümel. Erst dann sah er seinen Vater an.

Kenneth Shepherd stand, wie das seine Gewohnheit war, direkt vor der Tür und blockierte den Fluchtweg.

»Was, zum Teufel, hast du dir eigentlich gedacht?« fragte Kenneth Shepherd. »Was, verdammt noch mal, hast du dir dabei gedacht?«

»Das haben wir alles schon x-mal besprochen. Es war ein Unfall. Ich habe Hawkins informiert. Ich habe mich genau an die Vorschriften gehalten.«

»Den Teufel hast du! Du hast mit einer Leiche dagestanden, die aus sämtlichen Poren nach Mord gestunken hat. Die Zunge in Fetzen gebissen. Der Körper aufgedunsen wie der von einem Schwein. Das ganze Umfeld verwüstet, als hätte er mit dem Teufel persönlich Ringkämpfe ausgetragen. Und das nennst du Unfall? Hast du das deinem Vorgesetzten gemeldet? Heiliger Herr im Himmel, ich versteh nicht, warum sie dich nicht längst an die Luft gesetzt haben.«

Colin verschränkte die Arme auf der Brust, lehnte sich an die Arbeitsplatte und bemühte sich, ruhig und langsam zu atmen. Sie wußten beide, warum. Er faßte die Antwort in Worte. »Du hast ihnen keine Chance gegeben, Vater. Aber mir hast du auch keine Chance gegeben.«

Das Gesicht seines Vaters lief rot an. »Heiliger Vater! Keine Chance! Das ist doch hier kein Spiel. Hier geht's immer noch um Leben und Tod. Nur mußt du diesmal allein sehen, wie du damit fertig wirst, Jungchen.«

Er hatte nach der Rückkehr von ihrer Wanderung, sobald sie ins Haus getreten waren, die Ärmel aufgekrempelt. Jetzt rollte er sie wieder herunter, zog den Stoff über seine Arme und klopfte und zupfte, bis er richtig lag. An der Wand rechts von ihm wedelte Annies Katzenuhr mit dem schwarzen Pendelschweif und rollte die Augen mit jedem Tick und Tack. Er mußte gehen, wenn er noch zu seinem »Mäuschen« wollte. Colin brauchte nur abzuwarten.

»Verdächtige Umstände erfordern die Zuziehung des CID. Das weißt du doch, oder?«

»Ich *habe* das CID zugezogen.«

»Ja, den verdammten Fotografen.«

»Die ganze Mannschaft von der Spurensicherung war da. Ich habe gesehen, was sie gesehen haben. Es gab nicht einen einzigen Anhaltspunkt dafür, daß außer Mr. Sage jemand am Tatort war. Im Schnee waren nur seine Fußabdrücke. Es gab keinen Zeugen, der an diesem Abend noch eine andere Person auf dem Fußweg gesehen hatte. Das Umfeld war verwüstet, weil er Krämpfe gehabt hatte. Man brauchte ihn nur anzusehen, um zu erkennen, daß er irgendeinen heftigen Anfall gehabt hatte. Ich brauchte jedenfalls keinen Inspector, um mir das zu sagen.«

Sein Vater ballte die Fäuste, schwang die Arme hoch und senkte sie wieder. »Du bist heute noch genauso stur wie vor zwanzig Jahren. Und auch noch genauso dumm.«

Colin zuckte die Achseln.

»Du hast jetzt keine Wahl. Das weißt du doch, nicht wahr? Du hast wegen dieser scharfen Muschi, hinter der du so her bist, das ganze Dorf . . .«

»Das reicht, Vater«, sagte Colin mit erzwungener Ruhe. »Fahr jetzt lieber. Wenn ich mich nicht irre, wartet ja auf dich selbst irgendwo eine scharfe Muschi.«

»Du bist für eine Tracht Prügel noch nicht zu alt, Junge.«

»Kann sein. Aber diesmal würdest du wahrscheinlich den kürzeren ziehen.«

»Nach allem, was ich für dich getan ...«

»Du brauchtest nichts zu tun. Ich habe dich nicht gebeten, hierherzukommen. Ich habe dich nicht gebeten, mir hinterherzulaufen wie ein Hund, der den Fuchs in die Nase gekriegt hat. Ich hatte alles im Griff.«

Sein Vater nickte spöttisch. »Stur, dumm und blind dazu.« Er ging aus der Küche hinaus zur Haustür, schlüpfte in seine Jacke, stieß wütend einen Fuß in einen seiner Stiefel. »Du kannst froh sein, daß sie gekommen sind.«

»Ich brauche sie nicht. Sie hat nichts getan.«

»Außer daß sie den Pfarrer vergiftet hat.«

»Versehentlich, Vater.«

Sein Vater stieg in den zweiten Stiefel und richtete sich auf. »Da bete mal lieber dafür, Junge. Im Moment sieht's für dich nämlich verdammt schwarz aus. Im Dorf. Und in Clitheroe genauso wie in Hutton-Preston. Und die schwarze Wolke wird sich nur verziehen, wenn die Freunde vom Yard nicht im Bett deiner Freundin Verdacht wittern.«

Er kramte seine Lederhandschuhe aus seiner Tasche und zog sie über. Schweigend setzte er seine Schirmmütze auf, dann warf er seinem Sohn einen scharfen Blick zu. »Du warst mir gegenüber doch offen? Du hast mir doch nichts verheimlicht?«

»Vater ...«

»Wenn du sie nämlich gedeckt hast, dann bist du erledigt. Sie feuern dich, und sie hängen dir ein Verfahren an. So läuft das. Das begreifst du wohl, wie?«

Colin sah die ängstliche Sorge in den Augen seines Vaters und hörte sie durch den Zorn in seiner Stimme. Er wußte, daß eine Menge väterlicher Fürsorge dahintersteckte, aber er wußte auch, daß vor allem sein absolut unverständlicher Mangel an Ehrgeiz und Erfolgssucht seinen Vater zur Weißglut trieb. Nie hatte es ihn gejuckt, aufzusteigen. Er gierte nicht nach einem höheren Rang und dem Recht, es sich hinter einem Schreibtisch bequem zu machen. Er war vierunddreißig Jahre alt und immer noch Dorfpolizist, und sein Vater war der Meinung, das ließe sich nur durch einen triftigen Grund rechtfertigen. *Es gefällt mir so*, reichte nicht aus. *Ich lebe gern auf dem Land*, würde niemals akzeptiert werden. Vor einem Jahr hätte sein Vater vielleicht ein *Ich kann meine Annie nicht verlassen* noch gelten lassen, wenn Colin jetzt von Annie gesprochen hätte, da sein Leben sich um Juliet Spence drehte, hätte er getobt.

Und nun drohte auch noch Demütigung infolge der Beteiligung seines Sohns an der Vertuschung eines Verbrechens. Nachdem der Coroner sein Urteil gefällt hate, war der alte Shepherd beruhigt gewesen. Jetzt würde er Qualen leiden, bis die Leute vom Yard ihre Ermittlungen abgeschlossen und sichergestellt hatten, daß kein Verbrechen vorlag.

»Colin«, sagte er wieder. »Du warst doch offen zu mir? Du hast mir nichts verheimlicht?«

Colin sah ihm direkt in die Augen. Er war stolz darauf, daß er es schaffte. »Ich habe nichts verheimlicht«, sagte er.

Erst als Colin die Tür hinter seinem Vater geschlossen hatte, wurden ihm die Knie weich. Er hielt sich am Türknauf fest und drückte die Stirn gegen das Holz. Es war nichts, worüber er sich Sorgen zu machen brauchte. Kein Mensch brauchte es je zu erfahren. Er hatte selbst nicht einmal daran gedacht, bis der Inspector vom Yard seine Frage gestellt und die Erinnerung an Juliet und die Pistole wachgerufen hatte.

Er war zu ihr hinausgefahren, um mit ihr zu sprechen, nachdem drei zornige und verängstigte Elternpaare ihn angerufen hatten, deren Söhne auf dem Anwesen von Cotes Hall Unfug getrieben hatten. Sie hatte damals gerade ein Jahr im Verwalterhaus gewohnt, eine großgewachsene, herbe Frau, die niemals Gesellschaft suchte, sich ihr Leben mit dem Anbau von Pflanzen und Kräutern verdiente, aus denen sie heilende Tränke mischte, mit ihrer Tochter zusammen ausgedehnte Wanderungen im Hochmoor machte und nur äußerst selten ins Dorf kam. Ihre Lebensmittel kaufte sie in Clitheroe ein, was sie für ihren Garten brauchte, in Burnley. Pflanzen und getrocknete Kräuter verkaufte sie in Laneshawbridge. Sie unternahm ab und zu einen Ausflug mit ihrer Tochter, immer war die Wahl des Ziels dabei eher ungewöhnlich, so besichtigte sie lieber das Lewis Textil-Museum in Lancaster Castle, zog die Sammlung von Puppenhäusern von Hoghton Tower den Vergnügungen Blackpools am Meer vor. Als er in seinem alten Landrover die holprige Straße entlanggerattert war, hatte er zunächst nur gedacht, wie hirnverbrannt eine Frau sein mußte, die in der Dunkelheit auf drei Jungen schoß, die am Waldrand Tiergeräusche machten. Und dann auch noch mit einer Schrotflinte. Da hätte das Schlimmste passieren können.

Sonnenlicht fiel an diesem Nachmittag in den Eichenwald. Helles Grün sproß an den Ästen der Bäume, erstes Zeichen des nahenden Frühlings. Er fuhr um die Kurve auf der miserablen Straße, die die Townley-Youngs seit Jahren nicht mehr ausgebessert hatten, als plötzlich durch das offene Fenster Lavendelduft hereinwehte und eines jener schmerzlichen Erinnerungsbilder an Annie heraufbeschwor. So lebendig war es, daß er unwillkürlich auf die Bremse trat und einen Moment lang fast erwartete, sie würde aus dem Wald gelaufen kommen, wo man vor mehr als hundert Jahren, als

Cotes Hall auf den Bräutigam gewartet hatte, der nie erschienen war, am Straßenrand den Lavendel in dichten Büschen gepflanzt hatte.

Tausendmal waren sie hier gewesen, er und Annie. Sie pflegte an den Lavendelbüschen zu zupfen, so daß der Duft der Blüten und des Laubs in die Luft stieg, während sie an seiner Seite vor sich hin ging. Sie sammelte die Knospen für Duftkissen, die sie zu Hause zwischen die Wollsachen und die Bettwäsche legte. Er erinnerte sich auch dieser Duftkissen, unförmige kleine Gazebeutel, die mit ausgefranstem roten Band gebunden waren. Immer gingen sie innerhalb einer Woche auf. Dauernd las er sich Lavendelblüten aus den Socken oder fegte sie vom Bettlaken. Aber trotz seines Protests »Ach, hör doch auf, Annie. Was soll das denn?« verteilte sie weiterhin die Beutelchen eifrig in sämtlichen Nischen und Winkeln des Hauses, einmal hatte sie ihm sogar eins in die Schuhe gesteckt und erklärte dazu: »Die Motten, Col. Wir wollen doch keine Motten haben, oder?«

Nach ihrem Tod warf er sie alle hinaus. Gleich nachdem er ihre Medikamente vom Nachttisch gefegt, gleich nachdem er ihre Kleider von den Bügeln gerissen und ihre Schuhe in Müllsäcke gestopft, gleich nachdem er ihre Parfumflaschen in den Garten hinausgetragen und eine nach der anderen mit einem Hammer zertrümmert hatte, als könnte er damit seine Wut loswerden, hatte er sich auf die Suche nach Annies Duftkissen gemacht. Der Geruch von Lavendel beschwor unweigerlich ihr Bild herauf. Es war schlimmer als nachts, wenn er sie in seinen Träumen sah, sich erinnerte und nach dem sehnte, was einmal gewesen war. Am Tag, wenn nur der Duft ihn verfolgte, war sie da, aber unerreichbar wie ein Wispern, das auf dem Wind an ihm vorübergetragen wurde.

Annie, dachte er, Annie, und starrte, die Hände um das Lenkrad gekrampft, auf die Straße hinaus.

Deshalb sah er Juliet Spence nicht gleich, und deshalb war sie ihm gegenüber im Vorteil gewesen, den sie, dachte er manchmal, bis heute gewahrt hatte. Sie sagte: »Alles in Ordnung, Constable?«, und er drehte den Kopf mit einem Ruck zum offenen Fenster und sah, daß sie mit einem Korb am Arm und verdreckten Jeans aus dem Wald getreten war.

Er fand es überhaupt nicht merkwürdig, daß Juliet Spence wußte, wer er war. Das Dorf war klein. Sie hatte ihn gewiß schon des öfteren gesehen, obwohl sie einander nie vorgestellt worden waren. Außerdem hatte Townley-Young ihr wahrscheinlich gesagt, daß er im Rahmen seiner abendlichen Runden auch nach dem Herrenhaus zu sehen pflegte. Vielleicht hatte sie ihn ab und zu sogar vom Fenster ihres Häuschens aus gesehen, wenn er durch den Hof gefahren war und mit seiner Taschenlampe hier und dort die verbretterten Fenster des Herrenhauses angeleuchtet hatte, um sicherzustellen, daß diese bröckelige alte Ruine dem Zahn der Zeit überlassen blieb und nicht von Menschen vereinnahmt wurde.

Er überging ihre Frage und stieg aus. Er sagte, obwohl er die Antwort schon wußte: »Sie sind Mrs. Spence, nicht wahr?«

»Richtig.«

»Sind Sie sich darüber im klaren, daß Sie gestern abend mit Ihrer Schrotflinte auf drei zwölfjährige Jungen geschossen haben? Auf Kinder also, Mrs. Spence.«

Sie hatte verschiedene Grünpflanzen, Wurzeln und Zweige in ihrem Korb und dazu eine kleine Schaufel und eine Gartenschere. Sie nahm die Schaufel heraus, schob einen Klumpen feuchter Erde von ihrer Spitze herunter und wischte sich die Finger an ihrer Jeans ab. Ihre Hände mit kurzgeschnittenen Nägeln waren groß und schmutzig. Sie sahen aus wie Männerhände. Sie sagte: »Kommen Sie mit ins Haus, Mr. Shepherd.«

Damit machte sie auf dem Absatz kehrt und verschwand wieder im Wald. Allein rumpelte er das letzte Stück Straße hinunter, lenkte den Wagen im Hof über den knirschenden Kies und hielt schließlich im Schatten des Herrenhauses an. Als er zum Haus kam, hatte sie ihren Korb bereits weggestellt, sich den Schmutz von den Jeans gebürstet, sich die Hände so gründlich gewaschen, daß die Haut fast wundgescheuert war, und Wasser aufgesetzt. Die Haustür stand offen, und als er die einzige Stufe hinaufstieg, sagte sie: »Ich bin in der Küche, Constable. Kommen Sie herein.«

Tee, dachte er. Fragen und Antworten in Schach gehalten vom Ritual des Einschenkens, des Weiterreichens von Milch und Zucker und einem geblümten Teller mit Keksen. Geschickt, dachte er.

Aber anstatt Tee zu machen, goß sie das kochende Wasser langsam in einen großen Topf, in dem eine Anzahl Einmachgläser stand. Dann stellte sie den Topf auf den Herd.

»Es muß alles steril sein«, erläuterte sie. »Es stirbt so leicht jemand, wenn die Leute so dumm sind zu glauben, sie könnten einkochen, ohne vorher zu sterilisieren.«

Er schaute sich in der Küche um und versuchte, einen Blick in die Speisekammer auf der anderen Seite zu werfen. Merkwürdige Jahreszeit zum Einkochen, dachte er. »Was kochen Sie denn ein?«

Statt einer Antwort ging sie zu einem Schrank und nahm zwei Gläser und eine Karaffe heraus, aus der sie eine Flüssigkeit einschenkte, deren Farbe etwa zwischen Schmutzigbraun und Bernsteingelb lag. Es war eine trübe Flüssigkeit, und als sie ein Glas damit vor ihn auf den Tisch stellte, an dem er sich, in dem Bemühen, Autorität zu demonstrieren, ohne Aufforderung niedergelassen hatte, hob er es mißtrauisch hoch und roch daran. Was für einen Geruch hatte das Zeug? Wie Baumrinde? Alter Käse?

Sie lachte und trank einen kräftigen Schluck aus ihrem eigenen Glas. Sie stellte die Karaffe auf den Tisch, setzte sich ihm gegenüber und legte eine Hand um ihr Glas. »Trinken Sie nur«, sagte sie. »Es ist Löwenzahn und Holunder. Ich trinke es jeden Tag.«

»Und wozu ist es gut?«

»Es reinigt.« Sie lächelte und trank wieder.

Er hob das Glas. Sie beobachtete ihn. Nicht seine Hände, als er das Glas hob, nicht seinen Mund, als er trank, sondern seine Augen. Das war es, was ihm später auffiel, als er über ihre erste Begegnung nachdachte: daß sie nicht einen Moment ihren Blick von ihm abgewandt hatte. Er war selbst auch neugierig und sammelte erste Eindrücke von ihr: Sie war nicht geschminkt; ihr Haar begann grau zu werden, aber ihre Haut hatte kaum Falten, sie konnte also nicht viel älter sein als er; sie roch schwach nach Schweiß und Erde, und ein Schmutzfleck über ihrem Auge sah aus wie ein Muttermal; sie trug ein Männerhemd, übergroß, am Kragen zerschlissen und an den Manschetten ausgefranst; im Ausschnitt konnte er den Ansatz ihres Busens sehen; sie hatte starke Handgelenke; breite Schultern; er meinte, sie beide könnten die gleichen Sachen tragen.

»Ja, so ist das«, sagte sie leise. Sie hatte dunkle Augen, mit Pupillen, so groß, daß die Augen selbst schwarz wirkten. »Anfangs ist es die Angst vor etwas, das größer ist als man selbst – über das man keine Kontrolle hat und das man nicht begreift –, das sich aus eigener Macht in ihrem Körper, dem Körper der eigenen Frau breitmacht. Dann kommt der Zorn, daß eine gemeine Krankheit ihr Leben und das eigene angegriffen und kaputtgemacht hat. Und dann folgt die Panik, weil niemand eine Antwort weiß, der man glauben kann, und weil einem jeder eine andere Antwort gibt. Dann folgt die tiefe Niedergeschlagenheit darüber, daß man mit ihr und ihrer Krankheit geschlagen ist, wo man doch nichts weiter wollte als eine Frau, eine Familie, ein ganz normales Leben.

Dann kommt das Grauen darüber, im eigenen Haus mit dem Anblick, den Gerüchen und Geräuschen ihres Sterbens eingesperrt zu sein. Aber so seltsam es erscheinen mag, am Ende wird es alles Bestandteil des täglichen Lebens, der Art und Weise, wie man als Frau und Mann zusammenlebt. Man gewöhnt sich an die grausame Realität von Bettpfanne und Nachtstuhl, von Erbrechen und Urin. Man erkennt, wie wichtig man für sie ist. Man ist ihr Anker und ihr Retter, man ist Vernunft und Normalität für sie. Alle Bedürfnisse, die man selbst hat, werden zur Nebensache – unwichtig, selbstsüchtig, gemein sogar – im Licht der Rolle, die man für sie spielt. Darum fühlt man sich, wenn es vorbei ist, wenn sie tot ist, gar nicht erlöst, wie alle glauben. Man fühlt sich vielmehr wie eine Form des Wahnsinns. Die anderen sagen einem, es sei ein Segen, daß Gott sie endlich zu sich genommen habe. Aber man weiß, daß es gar keinen Gott gibt. Es gibt nur diese klaffende Wunde im eigenen Leben, die Lücke, die sie hinterlassen hat, nun, da sie uns nicht mehr braucht und nicht mehr unsere Zeit in Anspruch nimmt.«

Sie goß ihm noch etwas von dem Getränk in sein Glas. Er wollte irgend etwas antworten, aber noch lieber wollte er aufstehen und davonlaufen, um nicht antworten zu müssen. Er nahm seine Brille ab – drehte seinen Kopf, anstatt sie einfach von seinem Nasenrücken zu ziehen –, und indem er das tat, gelang es ihm, seinen Blick dem ihren zu entziehen.

Sie sagte: »Der Tod ist für niemanden außer den Sterbenden eine Erlösung. Für die Lebenden ist er die Hölle, die nur ständig ihr Gesicht verändert. Man glaubt, es wird einem bessergehen. Man glaubt, eines Tages wird man den Schmerz loslassen können. Aber der Tag kommt nie. Niemals kann man den Schmerz ganz loslassen. Und die einzigen Menschen, die das verstehen können, sind die, die das gleiche durchgemacht haben.«

Natürlich, dachte er. Ihr Mann. Er sagte: »Ich habe sie geliebt. Dann habe ich sie gehaßt. Dann habe ich sie wieder geliebt. Sie brauchte mehr, als ich geben konnte.«

»Sie haben gegeben, was Sie konnten.«

»Am Ende nicht mehr. Ich war nicht stark, als ich stark hätte sein sollen. Ich habe mich an die erste Stelle gestellt. Als sie im Sterben lag.«

»Vielleicht hatten Sie schon genug ertragen.«

»Sie wußte, was ich getan hatte. Sie hat nie ein Wort gesagt, aber sie hat es gewußt.«

Er fühlte sich eingeengt, bedrängt. Er setzte seine Brille wieder auf. Er stand vom Tisch auf und ging zur Spüle, wo er sein Glas auswusch. Er sah aus dem Fenster. Es ging nicht zum Herrenhaus, sondern zum Wald hinaus. Sie hatte einen großen Garten angelegt, wie er sah. Sie hatte das alte Gewächshaus repariert. Ein Schubkarren stand daneben, anscheinend mit Mist gefüllt. Er stellte sich vor, wie sie ihn in der Erde verteilte, mit kräftigen, großen Bewegungen. Und sie würde dabei schwitzen. Sie würde innehalten, um sich die Stirn mit dem Hemdsärmel abzuwischen. Sie würde keine Handschuhe tragen – sie würde den hölzernen Stiel des Spatens fühlen wollen und die sonnenwarme Erde –, und wenn sie durstig war, würde das Wasser, das sie trank, ihr an den Mundwinkeln herabrinnen und ihren Hals befeuchten. Ein kleines Rinnsal würde zwischen ihre Brüste sickern.

Er zwang sich, sich vom Fenster abzuwenden und sie anzusehen. »Sie besitzen eine Schrotflinte, Mrs. Spence.«

»Ja.« Sie blieb, wo sie war, nur ihre Haltung war verändert. Sie stützte jetzt den Ellbogen auf den Tisch und hielt mit einer Hand ihr Knie umfaßt.

»Und Sie haben gestern abend damit geschossen?«

»Ja.«

»Warum?«

»Das ganze Anwesen ist für Unbefugte gesperrt. Alle hundert Meter steht ein Verbotsschild, Constable.«

»Aber es besteht ein öffentlicher Fußweg, für den das Verbot nicht gilt. Das wissen Sie sehr wohl. Und Townley-Young ebenfalls.«

»Die Jungen waren nicht auf dem Fußweg zum Cotes Fall. Und sie waren auch nicht auf dem Rückweg ins Dorf. Sie waren im Wald hinter meinem Haus und schlichen sich zum Herrenhaus hinauf.«

»Wissen Sie das mit Sicherheit?«

»Aber ja, ich habe ja ihre Stimmen gehört.«

»Und Sie haben die Jungen zunächst durch Zuruf gewarnt?«

»Zweimal.«

»Sie haben nicht daran gedacht, telefonisch Hilfe zu erbitten?«

»Ich brauchte keine Hilfe. Ich mußte sie nur vertreiben. Und Sie müssen zugeben, daß mir das recht gut gelungen ist.«

»Mit einer Schrotflinte. Sie haben mit Schrot ins Dunkle geschossen. Da hätte leicht ...«

»Es war Salz.« Sie strich sich das Haar aus dem Gesicht. »Die Flinte war mit Salz geladen, Mr. Shepherd.«

»Und laden Sie sie manchmal auch mit etwas anderem?«

»Gelegentlich, ja. Aber wenn ich das tue, schieße ich nicht auf Kinder.«

Erst jetzt bemerkte er, daß sie Ohrringe trug, kleine goldene Stecker, in denen sich das Licht fing, wenn sie den Kopf drehte. Sie waren ihr einziger Schmuck, abgesehen von einem Ehering, der, wie sein eigener, völlig schmucklos war und beinahe so schmal wie eine Bleistiftmine. Auch in ihm fing sich das Licht, wenn sie mit den Fingern ruhelos auf ihre

Knie klopfte. Sie hatte lange Beine. Er sah, daß sie ihre Stiefel ausgezogen hatte und nur graue Socken trug.

Weil er irgend etwas sagen mußte, um bei der Sache zu bleiben, sagte er: »Mrs. Spence, Schußwaffen sind in den Händen von unerfahrenen Leuten ein gefährliches Spielzeug.«

Sie entgegnete: »Wenn ich die Absicht gehabt hätte, jemanden zu verletzen, hätte ich genau das getan, Mr. Shepherd, das können Sie mir glauben.«

Sie stand auf. Er erwartete, sie würde durch die Küche gehen, ihr Glas in die Spüle stellen, die Karaffe wieder im Schrank verstauen, sich in sein Territorium hineindrängen. Aber sie sagte nur: »Kommen Sie mit.«

Er folgte ihr ins Wohnzimmer, an dem er vorher schon, auf dem Weg zur Küche, vorübergekommen war. Das Nachmittagslicht fiel in breiten Streifen auf den Teppich, und Hell und Dunkel glitten über sie hinweg, als sie zu einer alten Kommode ging, die an der Wand stand. Sie zog die oberste linke Schublade auf. Sie nahm ein kleines Frotteebündel heraus, das mit einer Schnur gebunden war. Sie packte es aus, und ein Revolver kam zum Vorschein, der sehr sauber und gut geölt aussah.

Wieder sagte sie: »Kommen Sie mit.«

Er folgte ihr zur Haustür. Sie stand immer noch offen, und es wehte ein leichter frischer Wind, der ihr Haar erfaßte. Auf der anderen Seite des Hofs stand leer, mit verbretterten Fenstern, verrosteten Regenrinnen und bröckelnden Mauern das alte Herrenhaus.

Sie sagte: »Die zweite Schornsteinklappe von rechts. Ihre linke Ecke.« Sie hob den Arm, zielte, drückte ab. Ein Terracotta-Splitter flog wie eine Rakete vom zweiten Schornstein weg.

Noch einmal sagte sie: »Wenn ich jemanden hätte verletzen wollen, dann hätte ich genau das getan, Mr. Shepherd.« Damit kehrte sie ins Wohnzimmer zurück und wickelte die Waffe wieder in den Stoff, der zwischen einem Nähkorb und mehreren Fotografien ihrer Tochter auf der Kommode lag.

»Haben Sie einen Waffenschein?« fragte er sie.

»Nein.«

»Warum nicht?«

»Das war nicht notwendig.«

»Aber es ist gesetzliche Vorschrift.«

»Da, wo ich das Ding gekauft habe, nicht.«

Sie stand mit dem Rücken an die Kommode gelehnt. Er blieb an der Tür. Er dachte daran, das zu sagen, was er eigentlich hätte sagen müssen. Er erwog, das zu tun, was das Gesetz von ihm erwartete. Sie besaß eine Handfeuerwaffe, ohne einen Waffenschein dafür zu haben, er hätte ihr die Waffe abnehmen und sie wegen illegalen Waffenbesitzes belangen müssen. Statt dessen sagte er: »Wozu benutzen Sie die Waffe?«

»Hauptsächlich zum Üben. Ansonsten zu meinem Schutz.«

»Vor wem?«

»Vor jedem, dem ein Zuruf oder ein Schuß mit der Büchse nicht genug ist. Es ist eine Form der Versicherung.«

»Sie wirken aber durchaus sicher.«

»Keiner, der ein Kind im Haus hat, ist sicher. Besonders nicht eine Frau allein.«

»Und der Revolver ist immer geladen?«

»Ja.«

»Das ist leichtsinnig. Das ist eine Herausforderung.«

Ein Lächeln zuckte flüchtig um ihren Mund. »Vielleicht. Aber vor heute habe ich ihn nie im Beisein anderer abgefeuert. Außer in Maggies Beisein.«

»Es war dumm von Ihnen, ihn mir zu zeigen.«

»Ja, das stimmt.«

»Warum haben Sie es dann getan?«

»Aus dem gleichen Grund, aus dem ich die Waffe überhaupt hier habe. Zum Schutz, Constable.«

Er starrte sie an. Sein Herz schlug schnell, und er fragte sich, wann das begonnen hatte. Irgendwo im Haus tropfte ein Wasserhahn, von draußen hörte er das schrille Tirilieren eines Vogels. Er sah die sachte Bewegung ihres Busens, den tiefen Ausschnitt ihres Hemdes, in dem ihre Haut zu glänzen schien, die straffe Spannung der Blue jeans über ihren Hüften. Sie war ungraziös und verschwitzt. Sie sah verdreckt und unordentlich aus. Er hatte nicht von ihr lassen können.

Ohne einen Gedanken machte er zwei große Schritte, und sie kam ihm in der Mitte des Zimmers entgegen. Er riß sie in seine Arme, tauchte seine Finger in ihr Haar und drückte seinen Mund auf den ihren. Er hatte nicht gewußt, daß es eine solche Begierde nach einer Frau überhaupt geben konnte. Hätte sie nur den geringsten Widerstand geleistet, so hätte er, das wußte er, sie gezwungen, aber sie widerstand nicht und wollte offensichtlich auch gar nicht widerstehen. Ihre Hände suchten sein Haar, seinen Hals, seine Brust. Ihre Arme umschlossen ihn, als er sie fest an sich zog, ihr Gesäß umfaßte und sich an sie drängte. Er hörte einen Knopf herunterfallen, als er ihr das Hemd vom Leib riß und ihren Busen suchte. Dann fiel auch sein Hemd zu Boden, und ihr Mund war auf seiner nackten Haut, suchte sich unter Küssen und Bissen einen Weg zur Taille. Sie kniete nieder, machte sich an seinem Gürtel zu schaffen und schob seine Hose herunter.

Nur zwei Dinge jagten ihm durch den Sinn, daß er sich in ihren Mund ergießen könnte, daß sie ihn loslassen könnte, bevor er dazu kam.

9

Sie hätte nicht weniger Ähnlichkeit mit Annie haben können. Vielleicht lag darin die anfängliche Anziehung begründet. An die Stelle von Annies weicher, williger Fügsamkeit trat nun Juliets Eigenständigkeit und Stärke. Sie hatte sich leicht nehmen lassen, hatte es eilig gehabt, genommen zu werden, aber sie machte es einem nicht leicht, ihr nahezukommen. In der ersten Stunde ihrer wilden Umarmung an jenem Märznachmittag hatte sie nur zwei Worte zustande gebracht: *Gott* und *fester*. Letzteres hatte sie dreimal wiederholt. Und als sie sich aneinander gesättigt hatten – lang nachdem sie aus dem Wohnzimmer in ihr Schlafzimmer hinaufgegangen waren –, hatte sie gesagt: »Wie heißt du mit Vornamen, Mr. Shepherd, oder soll ich dich weiterhin Mr. Shepherd nennen?«

Er zeichnete mit einem Finger die helle Linie auf ihrem Bauch nach, einziges Anzeichen – außer dem Kind selbst –, daß sie ein Kind zur Welt gebracht hatte. Er hatte das Gefühl, sein ganzes Leben würde nicht ausreichen, um jeden Zentimeter ihres Körpers ganz kennenzulernen, und obwohl er bereits viermal mit ihr zusammengewesen war, weckte der Anblick ihres ausgestreckten Körpers bereits wieder seine Lust. Mit Annie hatte er nie öfter als einmal in vierundzwanzig Stunden geschlafen. Er hatte gar nicht daran gedacht, etwas anderes zu machen. Die Liebe mit ihr war zärtlich und süß gewesen, und er hatte hinterher immer ein Gefühl von Glück und Harmonie empfunden, voll tiefer Dankbarkeit für das Empfangene. Die Liebe mit Juliet hatte seine Sinne geweckt, ein Begehren offengelegt, das unstillbar zu sein schien. Nach einem Abend, einer Nacht, einem Nachmittag mit ihr brauchte er nur irgendwo ihren Duft aufzufangen – an seinen Händen, an seinen Kleidern, wenn er sich das Haar kämmte –, und schon flammte das Begehren wieder auf, so daß es ihn zum Telefon trieb, und er wartete, bis sie mit leiser Stimme antwortete: »Ja. Wann?«

Doch auf ihre erste Frage überhaupt sagte er nur: »Colin.«

»Wie hat deine Frau dich genannt?«

»Col. Und wie hat dich dein Mann genannt?«

»Ich heiße Juliet.«

»Und dein Mann?«

»Wie er heißt?«

»Nein, wie er dich genannt hat.«

Sie strich mit den Fingern über seine Augenbrauen, folgte dem Schwung seines Ohrs, seiner Lippen. »Du bist schrecklich jung«, war ihre Antwort.

»Ich bin dreiunddreißig. Und du?«

Sie lächelte, eine kleine traurige Bewegung ihres Mundes. »Ich bin älter als dreiunddreißig. Alt genug, um ...«

»Um was?«

»Um klüger zu sein, als ich bin. Weit klüger, als ich heute nachmittag war.«

Seine männliche Eitelkeit antwortete: »Aber du wolltest es doch, nicht wahr?«

»O ja. Sobald ich dich da in dem Rover sitzen sah. Ja. Ich wollte. Es. Dich. Was auch immer.«

»War das so eine Art Liebestrank, was du mir da gegeben hast?«

Sie hob seine Hand zu ihrem Mund, nahm seinen Zeigefinger zwischen ihre Lippen, sog sachte daran. Ihm stockte der Atem. Sie ließ ihn los und lachte leise. »Du brauchst keinen Liebestrank, Mr. Shepherd.«

»Wie alt bist du?«

»Auf jeden Fall so alt, daß es bei diesem einen Nachmittag bleiben muß.«

»Das ist nicht dein Ernst.«

»Doch, das muß mein Ernst sein.«

Doch er hatte nicht lockergelassen, und mit der Zeit ließ ihr Widerstand nach. Sie verriet ihr Alter, dreiundvierzig, und sie erlag immer wieder dem Begehren. Aber wenn er von der Zukunft sprach, verwandelte sie sich in Stein. Ihre Antwort war immer die gleiche.

»Du brauchst eine Familie. Kinder, die du großziehen kannst. Du bist zum Vater bestimmt. Das kann ich dir nicht geben.«

»Unsinn! Frauen, die älter sind als du, bekommen noch Kinder.«

»Ich habe bereits mein Kind, Colin.«

In der Tat. Maggie war das Problem, das gelöst werden mußte, wenn er Juliet für sich gewinnen wollte, und er wußte es. Doch sie war nicht zu fassen, ein Irrlicht von einem Kind, das ihn von der anderen Seite des Hofs aus mit ernster Miene beobachtet hatte, als er an jenem ersten Nachmittag das Haus verlassen hatte. In den Armen hatte sie eine ungepflegte Katze gehalten und ihn unverwandt angesehen. Sie weiß es, dachte er. Er sagte hallo, nannte ihren Namen, aber sie verschwand um die Ecke des Herrenhauses. Seitdem war sie ihm gegenüber stets höflich gewesen – ein wahrer Ausbund an guter Erziehung –, aber in ihrem Gesicht sah er das Urteil. Schon lange bevor Juliet erkannte, wohin Maggies Verliebtheit in Nick Ware führte, hätte er prophezeien können, auf welche Weise sie von ihrer Mutter Vergeltung fordern würde.

Er hätte irgendwie eingreifen können. Er kannte Nick Ware, er war gut bekannt mit den Eltern des Jungen. Er hätte von Nutzen sein können, wenn Juliet es ihm erlaubt hätte.

Statt dessen hatte sie zugelassen, daß der Pfarrer sich in ihr und Maggies Leben drängte. Und Robin Sage hatte nicht lange gebraucht, um das zu schaffen, was Colin erfolglos herzustellen versucht hatte: eine Verbindung zu Maggie. Er sah sie vor der Kirche miteinander sprechen, Seite an Seite ins Dorf wandern, wobei die schwere Hand des Pfarrers auf der Schulter des Mädchens ruhte. Er sah sie mit dem Rücken zur Straße auf der Kirchhofsmauer sitzen, die Gesichter dem Cotes Fell zugewandt. Er registrierte die Besuche, die Maggie im Pfarrhaus machte. Und er nahm sie zum Anlaß, mit Juliet über das Thema zu sprechen.

»Ach, da ist doch nichts dahinter«, meinte Juliet. »Sie sucht ihren Vater. Sie weiß, daß du es nicht sein kannst – sie hält dich für zu jung, und außerdem bist du ja niemals aus Lancashire weggewesen, nicht wahr? –, also versucht sie, Mr. Sage in die Rolle zu pressen. Sie ist überzeugt, daß ihr Vater ständig auf der Suche nach ihr ist. Warum also nicht in Gestalt eines Pfarrers?«

»Und wer ist ihr Vater?«

Ihr Gesicht verschloß sich wie immer. Er fragte sich manchmal, ob dieses Schweigen ihre Art war, seine Leidenschaft wachzuhalten, ihn, indem sie sich interessanter machte, als andere Frauen es waren, herauszufordern, brav und bereitwillig immer weiter seine Männlichkeit unter Beweis zu stellen. Aber nicht einmal das schien für sie große Bedeutung zu haben; wenn er in seinem verzweifelten Wunsch, die Wahrheit zu erfahren, darauf anspielte, daß er sie verlassen würde, pflegte sie nur zu sagen: »Nichts dauert ewig, Colin.«

»Wer ist er, Juliet? Er ist gar nicht tot, nicht wahr?«

»Maggie möchte daran glauben.«

»Und ist es wahr?«

Sie schloß einen Moment die Augen. Er hob ihre Hand, küßte die Innenseite, zog sie auf seine Brust. »Juliet, ist es wahr?«

»Ich glaube, ja.«

»Du glaubst? Bist du noch mit ihm verheiratet?«

»Colin. Bitte!«

»Warst du überhaupt mit ihm verheiratet?«

Wieder schloß sie die Augen. Unter ihren Wimpern sah er Tränen aufblitzen, und für einen Moment konnte er weder ihren Schmerz noch ihre Traurigkeit verstehen. Dann sagte er: »Ach Gott! Juliet! Juliet, bist du vergewaltigt worden? Ist Maggie... Hat jemand...«

Sie flüsterte: »Erniedrige mich nicht.«

»Du warst nie verheiratet, nicht wahr?«

»Bitte, Colin!«

Doch diese Tatsache änderte nichts. Sie weigerte sich dennoch, ihn zu heiraten. Zu alt für dich, lautete ihre Ausrede.

Jedoch nicht zu alt für den Pfarrer.

Den Kopf an das kühle Holz der Haustür gedrückt, hinter der die Schritte seines Vaters längst verklungen waren, stand Colin Shepherd da und lauschte Lynleys Frage nach, die wie ein hartnäckiges Echo all seiner Zweifel in seinem Schädel dröhnte.

Wäre es denn wahrscheinlich gewesen, daß sie schon nach so kurzer Bekanntschaft mit einem Mann intim werden würde?

Er drückte die Augen zu.

Was änderte es, daß Mr. Sage nur nach Cotes Hall hinausgegangen war, um mit ihr über Maggie zu sprechen? Der Dorfpolizist war auch nur hinausgefahren, um eine Frau zu verwarnen, die mit einer Schrotflinte auf kleine Jungen geschossen hatte, und binnen einer Stunde hatte er ihr in blindem Begehren die Kleider vom Leib gerissen. Und sie hatte keine Einwände erhoben, sie hatte nicht versucht, ihm Einhalt zu gebieten. Im Gegenteil, sie war so aggressiv gewesen wie er. Was war das für eine Frau?

Eine Sirene, dachte er und versuchte, die warnenden Worte seines Vaters zu verdrängen. *Bei einer Frau muß man immer die Oberhand haben, Junge, und man muß die Oberhand behalten. Von Anfang an. Die machen dich zum Waschlappen, wenn du ihnen nur die kleinste Chance gibst.*

Hatte sie das mit ihm getan? Und mit Sage auch? Er meint es gut, hatte sie gesagt. Sie sei, was das Kind anging, am Ende ihrer Weisheit angelangt und wollte sich daher dem Pfarrer nicht verschließen, wenn dieser Hilfe anböte.

Sie hatte ihm forschend ins Gesicht geblickt. »Du traust mir nicht, Colin, nicht wahr?«

Nein. Nicht einen Schritt. Dennoch sagte er: »Aber natürlich vertraue ich dir.«

»Du kannst auch kommen, wenn du möchtest. Am Tisch zwischen uns sitzen. Aufpassen, daß ich nicht meinen Schuh auszieh und meinen Fuß an seinem Bein reibe.«

»Das will ich nicht.«

»Was dann?«

»Ich möchte einfach, daß zwischen uns alles klar ist. Ich möchte, daß alle es wissen.«

»Das ist nicht möglich.«

Und nun, solange nicht Scotland Yard sie von allem Verdacht reinwusch, würde es erst recht nicht möglich sein. Denn er wußte, daß er – nun einmal abgesehen von all ihren Hinweisen auf den Altersunterschied – Juliet Spence nicht heiraten und gleichzeitig seine Position in Winslough behalten konnte, solange jedes gemeinsame Auftreten in der Öffentlichkeit unüberhörbares Getuschel auslöste. Und er konnte Juliet nicht einfach heiraten und mit ihr aus Winslough weggehen, wenn er sich nicht mit ihrer Tochter überwerfen wollte. Er saß in einer selbstverschuldeten Zwickmühle. Nur New Scotland Yard konnte ihn da herausholen.

Die Türglocke über seinem Kopf schellte so schrill und unerwartet, daß er zusammenfuhr. Der Hund begann zu bellen. Colin wartete, bis er aus dem Wohnzimmer gesprungen kam.

»Ruhig!« sagte er. »Sitz!« Leo gehorchte, den Kopf zur Seite geneigt. Colin öffnete die Tür.

Die Sonne war untergegangen. Schon war es fast stockdunkel. Unter der Lampe auf der Veranda, die er zum Empfang von New Scotland Yard eingeschaltet hatte, stand Polly Yarkin. Mit einer Hand zerknäulte sie ihren Schal zwischen den Fingern, mit der anderen hielt sie den Kragen ihres alten marineblauen Mantels zu. Ihr Filzrock reichte bis zu den Knöcheln, und darunter waren ihre abgewetzten Stiefel zu sehen. Verlegen trat sie von einem Fuß auf den anderen, lächelte scheu.

»Ich hab gerade drüben im Pfarrhaus fertig gemacht, und da hab ich gesehen ...« Sie warf einen Blick zurück zur Clitheroe Road. »Ich hab gesehen, wie die beiden Herren gegangen sind. Ben im Pub hat gesagt, daß sie von Scotland Yard kommen. Ich hätt ja keine Ahnung gehabt, wenn mich Ben nicht angerufen hätte – er gehört ja zum Kirchenvorstand, wie du weißt – und mir gesagt hätte, daß sie sich wahrscheinlich das Pfarrhaus würden anschauen wollen. Er hat gesagt, ich soll warten. Aber sie sind gar nicht gekommen. Ist alles in Ordnung?«

Während sie mit der einen Hand den Mantelkragen fester zuzog, drehte sie mit der anderen die beiden Enden des Schals zusamen. Er konnte den Namen ihrer Mutter darauf erkennen und sah, daß er eines der Souvenirs war, mit denen sie für ihren Laden in Blackpool Reklame machte. Sie hatte Schals, Bierdeckel, bedruckte Streichholzheftchen verteilt – wie die Geschäftsführerin eines schicken Hotels –, und eine Zeitlang, als sie »in aller Reinheit und Wahrhaftigkeit sicher« gewesen war, daß der Tourismus aus dem Orient bald ein nie dagewesenes Ausmaß erreichen würde, hatte sie sogar kostenlos Eßstäbchen ausgegeben. Rita Yarkin – alias Rita Rularski – war die geborene Unternehmerin.

»Colin?«

Er wurde sich bewußt, daß er den Schal anstarrte und darüber nachdachte, warum Rita ausgerechnet ein schreiendes Grasgrün gewählt und dessen Farbe dann mit scharlachroten Rauten verziert hatte. Er richtete sich auf, warf einen Blick zu Leo hinunter und sah, daß dieser freudig mit dem Schwanz wedelte. Der Hund kannte Polly.

»Ist alles in Ordnung?« fragte sie wieder. »Ich hab deinen Vater auch weggehen sehen. Ich hab ihn angesprochen – ich war gerade dabei, die Veranda zu fegen –, aber er hat mich anscheinend nicht gehört. Jedenfalls hat er nicht geantwortet. Deshalb wollte ich wissen, ob alles in Ordnung ist.«

Er wußte, daß er sie nicht da draußen auf der kalten Veranda stehen lassen konnte. Er kannte sie schließlich seit frühester Kindheit, und selbst wenn das nicht der Fall gewesen wäre, sie war, so schien es jedenfalls, aus freundschaftlicher Anteilnahme gekommen.

»Komm rein.« Er schloß die Tür hinter ihr.

Im Vorraum blieb sie stehen, knüllte ihren Schal zusammen und drehte ihn mehrmals in den Händen, ehe sie ihn schließlich in ihre Manteltasche stopfte. Sie sagte: »Meine Stiefel sind ganz schmutzig.«

»Das macht nichts.«

»Soll ich sie hier draußen ausziehen?«

»Unsinn, du hast sie ja eben erst angezogen.«

Mit dem Hund an seiner Seite kehrte er ins Wohnzimmer zurück. Das Feuer brannte noch, und er legte ein Scheit nach. Er spürte die Hitze, die ihm in Wellen ins Gesicht schlug. Er verharrte über die Flammen geneigt – und ließ sein Gesicht schmoren.

Hinter sich hörte er Pollys zögernden Schritt. Ihre Stiefel knarrten. Ihre Kleider raschelten.

»Ich war schon lange nicht mehr hier«, sagte sie zaghaft.

Nun, sie würde feststellen, daß sich alles sehr verändert hatte: Annies chintzbezogene Couchgarnitur verschwunden, Annies Bilder nicht mehr an den Wänden, Annies Teppich herausgerissen, all ihre Sachen durch ein geschmackloses Mischmasch ersetzt, nur danach ausgesucht, ob es zu gebrauchen war. Zweckmäßigkeit war das einzige, was er von dem Haus und seiner Einrichtung verlangte, seit Annie tot war.

Er erwartete eine Bemerkung von ihr, aber sie sagte nichts. Schließlich wandte er sich vom Feuer ab. Sie hatte ihren Mantel nicht ausgezogen. Sie war nur drei Schritte ins Zimmer hereingekommen. Mit bebenden Lippen lächelte sie ihn an.

»Ein bißchen kalt hier«, sagte sie.

»Stell dich doch vors Feuer.«

»Danke. Das mach ich.« Sie hielt die Hände an die Flammen, knöpfte dann ihren Mantel auf, zog ihn aber nicht aus. Sie hatte einen voluminösen lavendelblauen Pullover an, dessen Farbe sich mit dem Rostrot ihres Haares und dem Magenta ihres Rockes biß. Ein schwacher Geruch nach Mottenpulver schien von ihr auszugehen.

»Geht es dir gut, Colin?«

Er kannte sie gut genug, um zu wissen, daß sie diese Frage immer stellen würde. »Ja. Möchtest du etwas trinken?«

Ihr Gesicht hellte sich auf. »Ach ja. Danke.«

»Einen Sherry?«

Sie nickte. Er ging zum Tisch und schenkte ihr ein, nahm aber selbst nichts. Sie kniete vor dem offenen Kamin nieder und streichelte den Hund. Als er ihr das Glas reichte, blieb sie, wo sie war. An den Sohlen ihrer Stiefel haftete eine dicke Lehmschicht. Bröckchen davon waren auf den Boden gefallen.

Obwohl es das Natürliche gewesen wäre, wollte er sich nicht zu ihr setzen. Mit Annie hatten sie oft im Halbkreis um den Kamin gesessen, aber damals war ihre Beziehung noch eine andere gewesen: Keine Sünde hatte ihre Freundschaft zur Lüge gemacht. Er entschied sich daher für den Sessel, setzte sich auf seine Kante, die Arme auf den Knien, die Hände lose gefaltet vor sich wie eine Barriere.

»Wer hat sie angerufen?« fragte sie.

»Scotland Yard, meinst du? Der Mann mit dem kaputten Bein hat den anderen angerufen, vermute ich. Er war hierhergekommen, um Mr. Sage zu besuchen.«

»Und was wollen sie jetzt?«

»Den Fall wieder aufrollen.«

»Haben sie das gesagt?«

»Das brauchten sie nicht zu sagen.«

»Aber wissen sie denn etwas: Ist denn etwas Neues rausgekommen?«

»Sie brauchen nichts Neues. Sie brauchen nur Zweifel zu haben. Die teilen sie dem CID Clitheroe oder der Dienststelle Hutton-Preston mit. Und dann fangen sie an zu schnüffeln.«

»Macht es dir Sorgen?«

»Sollte es?«

Sie sah auf ihr Glas hinunter. Sie hatte noch nicht davon getrunken. Er fragte sich, wann sie es tun würde.

»Ich meine nur, dein Vater ist ein bißchen sehr streng mit dir«, sagte sie. »So war er immer, nicht wahr? Ich hab mir gedacht, er wird das vielleicht ausnützen, um dir die Hölle heiß zu machen. Er sah richtig sauer aus, als er ging.«

»Wie mein Vater reagiert, kümmert mich überhaupt nicht, falls du das meinst.«

»Na, dann ist ja alles in Ordnung, oder?« Sie drehte das kleine Sherryglas auf ihrer Handfläche. Leo, der neben ihr lag, gähnte und legte seinen Kopf auf ihre Oberschenkel. »Er hat mich immer gemocht«, sagte sie, »schon von klein auf. Er ist wirklich ein netter Hund.«

Colin erwiderte nichts. Die Flammen ließen ihr Haar noch feuriger glitzern und überzogen ihre Haut mit einem goldenen Schimmer. Sie war auf eine aparte Weise attraktiv. Und die Tatsache, daß ihr dies nicht bewußt zu sein schien, hatte einmal einen Teil ihres Charmes ausgemacht. Jetzt weckte es nur Erinnerungen, die er seit langem zu vergessen suchte.

Sie sah auf. Er wich ihrem Blick aus. Sie sagte leise und unsicher: »Ich hab gestern abend den Kreis für dich gezogen, Colin. Ich habe Mars angerufen. Und um Kraft gebeten. Rita hat gesagt, ich soll für mich selbst bitten, aber das habe ich nicht getan. Ich hab's für dich getan. Ich möchte das Beste für dich, Colin.«

»Polly ...«

»Ich weiß noch, wie es früher war. Wir waren so gute Freunde, nicht wahr? Wir sind zum Stausee rausgewandert. Wir waren in Burnley im Kino. Und einmal sind wir auch nach Blackpool gefahren.«

»Mit Annie.«

»Aber wir beide waren auch Freunde, du und ich.«

Er sah auf seine Hände hinunter, um ihrem Blick nicht begegnen zu müssen. »Ja, das stimmt. Aber wir haben alles verpfuscht.«

»Nein, wieso denn? Wir haben doch nur ...«

»Annie hat's gewußt. Sofort als ich ins Schlafzimmer kam, hat sie's gewußt. Wie war euer Picknick, hat sie gesagt. War's schön? Hast du ein bißchen frische Luft geschnappt, Col? Sie hat's gewußt.«

»Wir wollten ihr doch gar nicht weh tun.«

»Sie hat mich nie gebeten, ihr treu zu sein. Hast du das gewußt? Sie hat es gar nicht erwartet, nachdem sie erfahren hatte, daß sie sterben würde. Einmal nachts im Bett hat sie meine Hand genommen und gesagt, sorg gut für dich, Col, ich weiß, wie dir zumute ist, ich wollte, wir könnten wieder so miteinander sein, aber das geht nicht, mein Liebster, darum mußt du gut für dich sorgen, das ist nur richtig so.«

»Aber wieso sagst du dann ...«

»Weil ich mir an dem Abend geschworen hab, daß ich sie niemals betrügen würde, ganz gleich, was geschehen würde. Und dann hab ich sie trotzdem betrogen. Mit dir. Ihrer Freundin.«

»Aber es war doch nicht Absicht. Wir hatten es doch überhaupt nicht so geplant.«

Er sah sie an, hob den Kopf mit einer heftigen Bewegung, die sie offenbar nicht erwartet hatte, denn sie fuhr zurück. Etwas von dem Sherry, den sie in der Hand hielt, schwappte aus dem Glas und tropfte auf ihren Rock. Leo beschnupperte ihn neugierig. »Ist ja auch egal«, sagte er. »Annie hat im Sterben gelegen. Und du und ich, wir haben draußen im Moor in einer Scheune gebumst. Wir können an diesen Tatsachen nichts ändern. Wir können sie nicht beschönigen oder entschuldigen.«

»Aber wenn sie doch zu dir gesagt hat ...«

»Nein. Nicht – mit – ihrer – Freundin.«

Polly schossen die Tränen in die Augen. »Von dem Tag an hast du mich nicht mehr angesehen, Colin, du hast dich von mir abgewandt, du hast mich nie mehr angefaßt, kaum noch mit mir gesprochen. Wie lange soll ich denn noch für das leiden, was damals geschehen ist? Und jetzt ...« Sie schluckte.

»Jetzt was?«

Sie senkte die Lider.

»Jetzt was? Sag schon!«

Ihre Antwort klang wie eine Beschwörung. »Ich habe Zedernholz für dich verbrannt, Colin. Ich habe die Asche auf ihr Grab gelegt. Ich habe den Ringstein dazu gelegt. Ich habe Annie den Ringstein geschenkt. Er liegt auf ihrem

Grab. Du kannst ihn sehen, wenn du willst. Ich habe den Ringstein hergegeben. Ich hab's für Annie getan.«

»Was jetzt?« fragte er wieder.

Sie neigte sich zu dem Hund hinunter und rieb ihre Wange an seinem Kopf.

»Antworte mir, Polly!«

Sie hob den Kopf. »Und jetzt strafst du mich noch mehr.«

»Wieso?«

»Und das ist nicht fair, weil ich dich liebe, Colin. Ich habe dich zuerst geliebt. Ich liebe dich schon länger als sie.«

»Sie? Wer? Wieso strafe ich dich?«

»Ich kenne dich besser als alle anderen. Du brauchst mich. Du wirst schon sehen. Mr. Sage hat es mir gesagt.«

Bei ihren letzten Worten bekam er die Gänsehaut. »Was hat er dir gesagt?«

»Daß du mich brauchst. Daß du es noch nicht weißt, aber daß du es schon bald merken wirst, wenn ich dir nur treu bleibe. Und ich bin dir treu geblieben. Immer. Ich lebe nur für dich, Colin.«

Ihr Geständnis unverbrüchlicher Liebe war völlig nebensächlich; zuerst mußte geklärt werden, was hinter dem *Mr. Sage hat es mir gesagt* steckte, damit man entsprechend handeln konnte. »Sage hat mit dir über Juliet gesprochen, stimmt's?« fragte Colin. »Was hat er gesagt?«

»Nichts.«

»Er hat dir doch eine Art Zusicherung gegeben. In welcher Form? Daß sie mit mir Schluß machen würde?«

»Nein.«

»Du weißt doch etwas.«

»Nein, ich weiß gar nichts.«

»Sag es mir.«

»Ich weiß nichts.«

Er stand auf. Er war einen guten Meter von ihr entfernt,

dennoch schreckte sie zurück. Leo hob den Kopf, spitzte die Ohren, begann zu knurren. Polly stellte ihr Sherryglas auf den Kaminsims, hielt es aber fest, als fürchtete sie, es könnte davonfliegen.

»Was weißt du über Juliet?«

»Nichts. Das hab ich dir doch schon gesagt.«

»Und über Maggie?«

»Auch nichts.«

»Über ihren Vater? Was hat Robin Sage dir gesagt?«

»Nichts!«

»Aber du warst dir deiner Sache über mich und Juliet ziemlich sicher, oder vielleicht nicht? Die Sicherheit hat er dir gegeben. Was hast du getan, um die Information von ihm zu kriegen, Polly?«

Ihr Haar flog, als sie den Kopf in die Höhe riß. »Was soll das heißen?«

»Hast du mit ihm geschlafen? Du warst doch jeden Tag stundenlang mit dem Mann allein im Pfarrhaus. Hast du's vielleicht mit irgendeinem Zauber versucht?«

»Niemals!«

»Bist du auf ein Mittel gekommen, um zwischen uns alles kaputtzumachen? Hast du die Idee von ihm?«

»Nein! Colin ...«

»Hast *du* ihn umgebracht? Polly? Und Juliet soll dafür büßen?«

Sie sprang auf, stellte sich breitbeinig vor ihn hin, stemmte die Fäuste in die Hüften. »Du solltest dich mal hören! Du redest von mir. Sie hat dich verhext. Sie hat dir den Kopf verdreht, hat dich so weit gebracht, daß du ihr aus der Hand frißt, dann hat sie den Pfarrer umgebracht und ist ungeschoren davongekommen. Und dich macht deine eigene hirnlose Lust so blind, daß du nicht einmal siehst, wie sie dich benützt hat.«

»Es war ein Unglücksfall.«

»Es war Mord, Mord, Mord, und sie hat's getan, und alle wissen es. Keiner kann sich vorstellen, daß du so dumm bist, auch nur ein Wort von dem zu glauben, was sie behauptet. Nur wissen wir ja alle, warum du ihr glaubst, nicht wahr, wir wissen ja alle, was du von ihr kriegst, wir wissen sogar, wann du's kriegst. Und meinst du nicht, sie könnte unserem netten kleinen Herrn Pfarrer auch ein bißchen was davon gegeben haben?«

Der Pfarrer ... Der Pfarrer ... Es überkam Colin: Blut und Hitze. Seine Muskeln spannten sich, und seine Mutter schrie: *Nein, Ken, nicht!*, als er seinen Arm in die Höhe schwang, rechte Hand zur linken Schulter, und vorwärtsstürzte, um zuzuschlagen. Mit Feuerlunge und rasendem Herzen und dem Wunsch nach Kontakt und Schmerz und Vergeltung und –

Polly schrie auf, taumelte nach rückwärts. Ihr Stiefel stieß gegen das Sherryglas. Es flog zum Feuer und zerbrach am Kamingitter. Der Sherry tropfte zischend ins Feuer. Der Hund begann zu bellen.

Und Colin stand mit erhobenen Armen und lechzte danach zuzuschlagen. Polly war nicht Polly, und er war nicht Colin, und die Vergangenheit und die Gegenwart tobten um ihn wie der Wind. Die Arme erhoben, das Gesicht in einem Ausdruck entstellt, den er tausendmal gesehen, aber niemals an sich selbst gefühlt hatte, von dem er niemals geglaubt, niemals geträumt hatte, daß er ihn je fühlen würde. Weil er unmöglich der Mann sein konnte, von dem er sich geschworen hatte, daß es ihn niemals geben würde.

Leos Bellen wurde zu schrillem Gekläff. Es klang wild und ängstlich.

»Ruhig!« fuhr Colin ihn an.

Polly zuckte zusammen. Sie machte einen Schritt zurück.

Ihr Rock streifte die Flammen. Colin packte sie am Arm und zog sie vom Feuer weg. Sie riß sich los. Leo sprang zurück. Seine Krallen kratzten über den Boden. Neben dem Knakken des Feuers und Colins keuchendem Atem war dieses Kratzen das einzige Geräusch im Raum.

Colin hielt seine Hand in Brusthöhe hoch. Er starrte auf seine zitternden Finger. Nie in seinem Leben hatte er eine Frau geschlagen. Er hätte nie geglaubt, dazu überhaupt fähig zu sein. Sein Arm fiel herab wie ein schweres Gewicht.

»Polly!«

»Ich hab den Kreis für dich gezogen. Und für Annie auch.«

»Polly, es tut mir leid. Ich bin völlig durcheinander. Ich kann keinen klaren Gedanken fassen.«

Sie begann, ihren Mantel zuzuknöpfen. Er sah, daß ihre Hände noch stärker zitterten als seine, und er wollte ihr helfen, hielt jedoch sogleich inne, als sie laut »Nein!« schrie, als fürchtete sie, geschlagen zu werden.

»Polly . . .« Seine Stimme klang verzweifelt, selbst in seinen eigenen Ohren. Aber er wußte nicht, was er sagen wollte.

»Sie hat dich so weit gebracht, daß du keinen klaren Gedanken mehr fassen kannst«, sagte Polly. »Ja, das ist es. Aber du merkst es nicht. Du willst es nicht einmal merken. Du willst es nicht sehen, weil genau das, was macht, daß du mich haßt, auch das ist, was dich davon abhält, die Wahrheit über sie zu erkennen.«

Sie zog ihren Schal aus der Tasche, versuchte mit zitternden Händen, ihn zu einem Dreieck zu falten, und warf ihn über ihren Kopf, um ihr Haar zu bändigen. Sie knotete die Enden unter ihrem Kinn. Ohne ihn eines weiteren Blickes zu würdigen, ging sie an ihm vorüber, ging mit ihren knarrenden alten Stiefeln durch das Zimmer. An der Tür blieb sie stehen und erklärte, ohne sich umzudrehen:

»Während du an dem Tag in der Scheune gebumst hast, habe ich geliebt.«

»Auf dem Wohnzimmersofa?« rief Josie Wragg ungläubig. »Hier im Haus, meinst du? Obwohl deine Eltern da waren? Das gibt's doch nicht!« Sie näherte ihr Gesicht so weit wie möglich dem Spiegel über dem Waschbecken und versuchte sich mit ungeschickter Hand an dem flüssigen Eyeliner. Ein Klümpchen blieb in ihren Wimpern hängen. Sie zwinkerte, kniff krampfhaft die Augen zu, als die Schminke mit dem Auge in Berührung kam. »Aua! Das brennt vielleicht. So ein Mist. Schau doch mal, was ich da gemacht habe.« Sie sah aus, als hätte ihr jemand eins aufs Auge gegeben. Mit einem Papiertaschentuch begann sie zu reiben und verwischte das schwarze Zeug über ihre Wange. »Das hast du nie getan«, sagte sie. »Das glaub ich dir nicht.«

Pam Rice hockte auf dem Badewannenrand und blies Zigarettenrauch in die Luft. Dabei ließ sie den Kopf träge nach rückwärts fallen. Wahrscheinlich hat sie das in einem alten amerikanischen Film gesehen, dachte Maggie, Bette Davis. Joan Crawford. Vielleicht Lauren Bacall.

»Soll ich dir den Fleck zeigen?« fragte Pam.

Josie runzelte die Stirn. »Was für einen Fleck?«

Pam schnippte Asche in die Badewanne und schüttelte den Kopf. »Mann o Mann! Du weißt aber auch gar nichts, oder, Josephine Bohnenstange?«

»Wieso? Natürlich weiß ich Bescheid.«

»Ach wirklich? Na prima. Dann sag du mir doch, was für ein Fleck.«

Das mußte Josie erst einmal gründlich durchkauen. Maggie sah ihr an, daß sie krampfhaft versuchte, sich eine gute Antwort zu überlegen, auch wenn sie so tat, als konzentrierte sie sich auf die schwarze Bescherung um ihre Augen.

Sie waren im Badezimmer des Reihenhauses, schräg gegenüber vom *Crofters Inn*, in dem Pam Rice wohnte. Während direkt unter ihnen Pams Mutter die Zwillinge mit Rührei und Bohnen auf Toast fütterte – zur Begleitung von Edwards vergnügtem Geschrei und Alans Gelächter –, sahen sie Josie beim Experimentieren mit ihrer neuesten kosmetischen Errungenschaft zu: einer halben Flasche Eyeliner, die sie einer Fünftkläßlerin abgekauft hatte, welche sie wiederum ihrer Schwester aus der Kommode geklaut hatte.

»Gin«, erklärte Josie schließlich. »Wir wissen doch alle, daß du den dauernd trinkst, wir haben ja die Flasche gesehen.«

Pam lachte und blies wieder lässig den Rauch in die Luft. Dann warf sie ihre Zigarette in die Toilette. Sie hielt sich am Badewannenrand fest und lehnte sich zurück, noch weiter diesmal, so daß ihre Brüste spitz zur Decke hinaufzeigten. Sie hatte noch ihre Schuluniform an – genau wie die anderen beiden Mädchen –, aber sie hatte die Wolljacke ausgezogen und die Bluse aufgeknöpft, so daß man das Tal zwischen ihren Brüsten sehen konnte, und die Ärmel hochgekrempelt. Pam schaffte es immer, eine harmlose weiße Baumwollbluse so hinzudrapieren, daß es so aussah, als schreie sie nur danach, ihr vom Leib gerissen zu werden.

»Mensch, heut hab ich's echt nötig«, sagte sie. »Wenn Todd heut abend keine Lust hat, hol ich's mir bei einem anderen Kerl.« Sie drehte ihren Kopf in der Richtung zur Tür, wo Maggie im Schneidersitz auf dem Boden hockte. »Na, wie geht's denn unserm Nicky?« fragte sie ganz cool.

Maggie rollte ihre Zigarette zwischen ihren Fingern hin und her. Sie hatte sechs Alibizüge gemacht – durch den Mund hinein, durch die Nase hinaus, nichts in die Lunge – und ließ die Zigarette jetzt einfach herunterbrennen, bis sie sie ebenfalls in die Toilette werfen konnte. »Gut«, sagte sie.

»Und groß ist er auch?« fragte Pam und drehte dabei den Kopf hin und her, daß ihr Haar wie ein dichter blonder Vorhang von einer Seite zur anderen flog. »Wie eine Salami, hab ich gehört. Stimmt das?«

Maggie sah zu Josies Spiegelbild hinauf, flehte stumm um Hilfe.

»Und, hab ich recht?« sagte Josie in Pams Richtung.

»Womit?«

»Daß es Gin ist.«

»Samen«, sagte Pam höchst gelangweilt.

»Sa – was?«

»Na komm schon.«

»Wohin?«

»Mensch, bist du blöd! Das ist es doch.«

»Was?«

»Der Fleck. Der ist von ihm. Okay? Das tropft raus, verstehst du? Wenn man fertig ist.«

Josie musterte aufmerksam ihr Spiegelbild und wagte noch einen Versuch mit dem Eyeliner. »Ach *so*«, sagte sie und tauchte das Bürstchen in die Flasche. »So wie du geredet hast, hab ich gedacht, es müßte was ganz Besonderes sein.«

Pam hob ihre Umhängetasche auf, die auf dem Boden lag. Sie nahm ihre Zigaretten heraus und zündete sich wieder eine an. »Meine Mutter hatte Schaum vorm Mund, als sie ihn gesehen hat. Sie hat sogar daran gerochen. Könnt ihr euch das vorstellen? Und dann hat sie losgelegt. ›Du widerliches kleines Flittchen‹, hat sie gesagt. ›Du legst dich wohl für jeden von diesen Burschen hin? Ich kann mich ja in diesem Dorf nicht mehr sehen lassen. Und dein Vater auch nicht.‹ Ich hab gesagt, wenn ich endlich mein eigenes Zimmer hätte, müßte ich's nicht mehr auf dem Sofa machen, und dann bräuchte sie die Flecken nicht zu sehen.« Sie lachte und streckte sich. »Todd macht immer so unheimlich lange, dem kommt's immer in einem Riesenguß.« Und mit einem listigen Blick zu Maggie: »Wie ist das bei Nick?«

»Also ich kann dazu nur sagen, ich hoffe, du verhütest«, warf Josie, die gute Freundin, eilig ein. »Denn wenn ihr's wirklich so oft tut, wie du sagst, und wenn er dich jedesmal – na ja, du weißt schon – befriedigt, dann kriegst du früher oder später Ärger, Pam Rice.«

Pam, die gerade an ihrer Zigarette ziehen wollte, hielt inne. »Was redest du da?«

»Das weißt du ganz genau. Tu doch nicht so.«

»Ich hab keine Ahnung, Josie. Erklär's mir doch.« Sie nahm einen kräftigen Zug an ihrer Zigarette, aber Maggie konnte sehen, daß sie es vor allem tat, um ihr Lächeln zu verbergen.

Josie schluckte den Köder. »Wenn du einen – na du weißt schon ...«

»Orgasmus?«

»Genau.«

»Ja, wenn du also einen Orgasmus hast, was ist dann?«

»Dann kommen diese kleinen Kaulquappen viel leichter in dich rein. Und deswegen wollen viele Frauen keinen – du weißt schon ...«

»Keinen Orgasmus?«

»Ja, weil sie die Kaulquappen nicht haben wollen. Ach, und sie können sich nicht entspannen. Das kommt auch noch dazu. Das hab ich in einem Buch gelesen.«

Pam brüllte vor Lachen. Sie sprang vom Badewannenrand und riß das Fenster auf, um laut hinauszuschreien: »Josie mit dem Spatzenhirn, Josie mit dem Spatzenhirn«, ehe sie sich lachend den Bauch hielt und an der Wand entlang abwärts rutschte, bis sie auf dem Boden zu sitzen kam.

Maggie war froh, daß sie das Fenster geöffnet hatte. Man konnte ja kaum noch atmen. Sie wollte sich einreden, es wäre wegen des vielen Rauchs in dem kleinen Raum. Aber sie wußte, es war wegen Nick. Sie wollte irgend etwas sagen, um Josie gegen Pams Spott zu helfen.

»Wann hast *du* denn das letztemal was darüber gelesen?« fragte Josie, während sie die Flasche mit dem Eyeliner zuschraubte und im Spiegel die Früchte ihrer mühsamen Arbeit begutachtete.

»Ich brauch nichts zu lesen. Ich mache praktische Erfahrungen«, antwortete Pam.

»Wissenschaftliche Forschung ist genauso wichtig wie praktische Erfahrung, Pam.«

»Ach wirklich? Und wie sieht die wissenschaftliche Forschung aus, die du gemacht hast?«

»Ich weiß einiges.« Josie war dabei, sich das Haar zu kämmen. Aber es half nichts. Ganz gleich, was sie tat, es endete immer wieder mit der gleichen scheußlichen Frisur: hochstehende Stirnfransen, Borsten im Genick. Sie hätte niemals versuchen sollen, sich die Haare selbst zu schneiden.

»Du weißt nur das, was du gelesen hast.«

»Nein, ich habe auch Beobachtungen gemacht. Das nennt man imperische Forschung.«

»Und was hast du beobachtet?«

»Mama und Mr. Wragg.«

Diese Auskunft schien Pam sehr zu gefallen. Sie schleuderte ihre Schuhe weg und zog ihre Beine unter sich. Sie schnippte ihre Zigarette in die Toilette und sagte nichts, als Maggie die Gelegenheit benutzte, das gleiche zu tun. »Was?« fragte sie mit blitzenden Augen. »Wie denn?«

»Ich lausche an der Tür, wenn sie miteinander schlafen. Er sagt dann dauernd, ›Komm schon, Dora, komm, komm, komm, Baby, komm, Schatz‹, und sie macht keinen Mucks. Daher weiß ich übrigens auch mit Sicherheit, daß er nicht mein Vater ist.« Als Pam und Maggie diese Neuigkeit ohne sichtbares Verständnis aufnahmen, fügte sie hinzu: »Kann er doch auch gar nicht sein, ihr braucht euch ja nur die Tatsachen anzuschauen. Nicht ein einziges Mal ist sie von ihm – na, ihr wißt schon, befriedigt worden. Ich bin ihr einziges Kind. Ich bin sechs Monate nach ihrer Hochzeit auf die Welt gekommen. Und ich hab so einen alten Brief gefunden, von einem Paddy Lewis...«

»Wo denn?«

»In der Schublade, wo sie ihre Unterhosen hat. Und mit ihm hat sie's auch gemacht, das hab ich an dem Brief gesehen. Und er hat sie befriedigt. Ganz oft. *Bevor* sie Mr. Wragg geheiratet hat.«

»Wie lange vorher?«

»Zwei Jahre.«

»Ach«, sagte Pam spöttisch, »dann hat deine Mutter mit dir wohl die längste Schwangerschaft aller Zeiten erlebt?«

»Ich hab doch nicht gesagt, daß sie's nur einmal gemacht haben, Pam. Sie haben's zwei Jahre, bevor sie Mr. Wragg geheiratet hat, regelmäßig getan. Und sie hat schließlich den Brief behalten! Ganz bestimmt liebt sie ihn noch.«

»Aber du schaust doch genau aus wie dein Vater«, sagte Pam.

»Er ist nicht...«

»Okay, okay. Du siehst aus wie Mr. Wragg.«

»Das ist der reine Zufall«, behauptete Josie. »Wahrscheinlich sieht Paddy Lewis auch wie Mr. Wragg aus. Ist ja auch ganz einleuchtend, oder nicht? Ist doch klar, daß sie sich einen suchen würde, der sie an Paddy erinnert.«

»Das heißt dann, daß Maggies Vater wie Mr. Shepherd aussieht«, verkündete Pam. »Alle Liebhaber von ihrer Mutter müssen so ausgesehen haben.«

»Pam«, sagte Josie peinlich berührt. Über die eigenen Eltern konnte man Spekulationen anstellen bis in alle Ewigkeit, aber es gehörte sich nicht, das mit fremden Eltern zu tun. Aber Pam war ja schon immer gleichgültig gewesen, was sich gehörte und was nicht.

Maggie sagte leise: »Meine Mama hat vor Mr. Shepherd nie einen Liebhaber gehabt.«

»Sie hat mindestens einen gehabt«, widersprach Pam.

»Das ist nicht wahr.«

»Ist doch wahr. Woher bist du sonst gekommen?«

»Von meinem Vater. Und meiner Mama.«

»Genau. Er war ihr Liebhaber.«

»Ihr Mann.«

»Wirklich? Wie hat er denn geheißen?«

Maggie zupfte an einem losen Faden ihrer Strickjacke.

»Na, wie hat er geheißen?«

Maggie zuckte die Achseln.

»Du weißt es nicht, weil er keinen Namen hatte. Oder vielleicht hat sie ihn auch nicht gewußt. Weil du ein uneheliches Kind bist.«

»Pam!« Den Eyeliner in der geballten Faust, machte Josie einen drohenden Schritt nach vorne.

»Was denn?«

»Red nicht solchen Quatsch.«

Pam strich sich mit einer trägen Handbewegung das Haar aus dem Gesicht. »Ach, mach doch nicht so ein Theater, Josie. Du kannst mir doch nicht weismachen, daß *du* diesen ganzen Blödsinn glaubst, daß Daddy ein Rennfahrer war und Mom ihm davongelaufen ist und Daddy jetzt seit dreizehn Jahren sein süßes kleines Mädchen sucht.«

Maggie hatte das Gefühl, immer kleiner zu werden. Sie sah Josie an, konnte sie aber nicht klar erkennen, weil sie in einer Nebelwolke zu stehen schien.

»Wenn sie überhaupt verheiratet waren«, fuhr Pam im Konversationston fort, »hat sie ihn wahrscheinlich eines

Abends beim Essen mit einer Portion Pastinaken ins Jenseits befördert.«

»Pam!«

Maggie stemmte sich gegen die Tür und stand auf. »Ich muß gehen«, sagte sie. »Mom wird sich schon wundern ...«

»Na, das würden wir aber wirklich nicht wollen«, sagte Pam.

Ihre Mäntel lagen in einem Haufen auf dem Boden. Maggie zog den ihren heraus, aber ihre Hände zitterten so, daß sie es nicht schaffte, ihn überzuziehen. Es machte nichts. Ihr war sowieso ziemlich heiß.

Sie riß die Tür auf und rannte die Treppe hinunter. Sie hörte Pam lachend sagen: »Nick Ware sollte lieber aufpassen, daß er sich bei Maggies Mutter nicht unbeliebt macht.«

Josie antwortete: »Ach, gib's doch endlich auf«, ehe sie selbst die Treppe hinuntergepoltert kam. »Maggie!« rief sie.

Draußen war es dunkel. Ein kalter Wind blies aus Westen die Straße hinunter. Maggie zwinkerte und wischte sich die Tränen weg, dann schob sie einen Arm in ihren Mantel und ging los.

»Maggie!« Schon nach zehn Schritten holte Josie sie ein. »Es ist nicht so, wie du glaubst. Ich meine, du hast schon recht, aber es ist nicht so. Ich hab dich damals ja noch gar nicht gut gekannt. Pam und ich haben miteinander geredet. Und da hab ich ihr von deinem Vater erzählt, das stimmt, aber das ist wirklich alles, was ich ihr je erzählt habe. Ehrenwort.«

»Es war gemein von dir, es weiterzuerzählen.«

Josie hielt sie fest und blieb stehen. »Ja, das war es. Ja. Aber ich hab's ihr nicht zum Jux erzählt. Bestimmt nicht. Ich hab's ihr erzählt, weil es bei dir so ähnlich ist wie bei mir.«

»Aber das stimmt doch gar nicht, Josie. Mr. Wragg ist dein Vater, und das weißt du auch.«

»Na ja, kann schon sein. Womöglich hätt ich damit noch Glück! Meine Mom brennt mit Paddy Lewis durch, und ich sitz in Winslough mit Mr. Wragg fest. Aber das habe ich sowieso nicht gemeint. Ich hab gemeint, daß wir beide unsere Traumwelt haben. Wir sind anders. Wir denken viel weiter. Wir denken über andere Dinge nach, nicht nur über das, was hier im Dorf vorgeht. Ich hab dich als Beispiel benützt, verstehst du? Ich hab gesagt, ich bin nicht die einzige, Pamela Bammela. Maggie macht sich auch ihre Gedanken über ihren Vater. Und da wollte sie wissen, was das für Gedanken sind, und da hab ich's ihr gesagt, und das hätt ich nicht tun sollen. Aber ich hab mich echt nicht über dich lustig gemacht.«

»Das mit Nick weiß sie auch.«

»Aber nicht von mir. Ich hab ihr kein Wort gesagt, ehrlich nicht.«

»Wieso fragt sie dann dauernd?«

»Weil sie glaubt, was zu wissen. Sie will auf den Busch klopfen und hofft, daß dir mal was rausrutscht.«

Maggie sah ihre Freundin forschend an. Das trübe Licht von der einzelnen Straßenlampe gegenüber, an der Einfahrt zum Parkplatz des Pub, ließ Josies Gesicht sehr ernst wirken. Und ein wenig seltsam. Der Eyeliner war noch nicht richtig trocken gewesen, als sie nach dem Auftragen die Augen wieder geöffnet hatte, und war auf ihren Augenlidern verlaufen wie Tinte im Regen.

»Ich hab ihr nichts von Nick gesagt«, beteuerte Josie wieder. »Das bleibt unter uns. Ich versprech's dir.«

Maggie sah auf ihre Schuhe hinunter. Sie waren vorn abgestoßen.

»Maggie! Es ist wahr. Wirklich.«

»Er ist gestern abend zu mir gekommen. Wir – es ist wieder passiert. Meine Mama weiß es.«

»Nein!« Josie packte sie am Arm und führte sie über die

Straße auf den Parkplatz. Sie gingen um einen blitzenden silbergrauen Bentley herum und dann den Weg hinunter, der zum Bach führte. »Und du hast keinen Ton gesagt.«

»Ich wollt's dir ja erzählen. Ich hab den ganzen Tag nur darauf gewartet, es dir zu erzählen. Aber sie ist ja nie gegangen.«

»Diese Pam«, sagte Josie, als sie durch das Tor gingen. »Die ist echt wie ein Bluthund, wenn sie irgendwo Klatsch wittert.«

Ein schmaler Weg führte im rechten Winkel vom Pub zum Bach hinunter. Josie ging voraus. Etwa dreißig Meter weiter stand ein altes Eishaus, genau an jener Stelle, wo der Bach über steil abfallenden Kalkstein sprudelte und die sprühende Gischt die Luft selbst an den heißesten Sommertagen kühl hielt. Es war aus dem gleichen Stein erbaut wie die übrigen Häuser des Dorfs und hatte genau wie diese ein Schieferdach. Aber es hatte keine Fenster, nur eine Tür, deren Schloß Josie schon vor langer Zeit aufgebrochen hatte, um das Eishaus zu ihrem geheimen Lager zu machen.

Mit der Schulter drückte sie die Tür auf und trat ein. »Augenblick«, sagte sie und zog den Kopf ein, als sie unter dem niedrigen Türsturz hindurchging. Sie tastete im Dunkeln umher, stieß gegen irgend etwas, sagte: »Verdammter Mist!«, und riß ein Streichholz an. Einen Augenblick später flammte ein Licht auf. Maggie trat ein.

Auf einem alten Faß stand eine Laterne, die zischend gelbes Licht verströmte. Es fiel auf einen Flickenteppich – hier und dort bis auf sein strohfarbenes Unterfutter durchgetreten –, zwei dreibeinige Melkschemel, eine Pritsche, auf der eine alte rote Steppdecke lag, und eine aufgestellte Kiste, über der ein Spiegel hing. Auf diesen provisorischen Toilettentisch stellte Josie die Flasche mit dem Eyeliner zu all ihren anderen heimlichen Schätzen wie Wimperntusche, Rouge, Lippenstift, Nagellack und Haargel.

Von irgendwoher holte sie eine Flasche Eau de toilette und sprühte reichlich davon auf Wände und Boden. Ihre Bewegungen erinnerten an ein Kultopfer. Doch Moder und Schimmelgeruch, die in der Luft hingen, waren damit für einige Zeit verdrängt.

»Willst du eine Zigarette?« fragte sie, nachdem sie sich vergewissert hatte, daß die Tür richtig verschlossen war.

Maggie schüttelte den Kopf. Sie fröstelte. Es war klar, warum man das Eishaus gerade an dieser Stelle gebaut hatte.

Josie zündete sich eine Gauloise an, ließ sich auf die Pritsche fallen und sagte: »Was hat deine Mom gesagt? Wie hat sie's gemerkt?«

Maggie zog einen der beiden Hocker näher zur Laterne, die etwas Wärme abstrahlte. »Sie hat's einfach gewußt. Genau wie letztesmal.«

»Und?«

»Es ist mir gleich, was sie denkt. Ich hör bestimmt nicht auf damit. Ich liebe ihn.«

»Na ja, sie kann dich schließlich nicht überall überwachen.« Josie legte sich auf den Rücken und schob einen Arm unter ihren Kopf. Sie zog die knochigen Knie an, schlug ein Bein über das andere und wippte mit dem Fuß. »Mensch, du hast so ein Glück.« Sie seufzte. Das Ende ihrer Zigarette glühte feuerrot. »Ist er – na ja, du weißt schon – befriedigt er dich?«

»Ich weiß nicht genau. Es geht ziemlich schnell.«

»Ach so. Aber ist er – du weißt schon, was ich meine. Das, was Pam auch wissen wollte.«

»Ja.«

»Wahnsinn. Kein Wunder, daß du nicht aufhören willst.« Sie kuschelte sich tiefer in die alte Steppdecke und streckte einen imaginären Liebhaber die ausgebreiteten Arme entgegen. »Komm und hol dir's, Baby«, sagte sie mit der Zigarette im Mund. »Es wartet nur auf dich, und es ist alles – für – dich.«

Mit einem Ruck wälzte sie sich plötzlich auf die Seite. »Ihr paßt doch auf?«

»Eigentlich nicht.«

Sie riß die Augen auf. »Maggie! Mensch! Du mußt doch aufpassen. Verhüten. Oder er wenigstens. Hat er Kondome?«

»Nein. Das will ich auch gar nicht.«

»Das willst du nicht! Bist du verrückt? Er *muß* sie benützen.«

»Warum denn?«

»Weil du sonst ein Kind kriegst.«

»Aber du hast doch vorher gesagt, daß eine Frau befriedigt sein muß...«

»Vergiß es. Es gibt immer Ausnahmen. Ich bin ja schließlich auch hier, wie du siehst. Und ich bin Mr. Wraggs Kind, stimmt's? Bei diesem Paddy Lewis hat meine Mutter geseufzt und gestöhnt, aber ich bin entstanden, als sie eiskalt war. Das ist doch der beste Beweis dafür, daß alles passieren kann, ganz gleich, ob man befriedigt wird oder nicht.«

Maggie ließ sich das durch den Kopf gehen, während sie an dem letzten Knopf ihres Mantels herumfingerte. »Na dann ist es ja gut«, sagte sie.

»Gut? Maggie, verdammt noch mal, du kannst doch nicht...«

»Ich möchte ein Kind«, sagte sie. »Ich möchte ein Kind von Nick. Wenn er versuchen sollte, ein Kondom zu benützen, erlaube ich's ihm einfach nicht.«

Josie starrte sie an wie ein Weltwunder. »Du bist doch noch nicht mal vierzehn.«

»Na und?«

»Du kannst nicht Mutter werden, wenn du noch nicht mal mit der Schule fertig bist.«

»Wieso nicht?«

»Was würdest du denn mit einem Kind anfangen? Wohin würdest du gehen?«

»Nick und ich würden heiraten. Dann würden wir das Kind bekommen. Und dann wären wir eine Familie.«

»Das kannst du doch nicht im Ernst wollen?«

Maggie lächelte froh. »O doch, das will ich.«

10

»Guter Gott«, murmelte Lynley bei dem plötzlichen Temperaturabfall, der sich bemerkbar machte, als er im *Crofters Inn* die Schwelle zwischen Gaststube und Speisesaal überschritt. In der Gaststube entwickelte das Feuer im großen offenen Kamin immerhin so viel Hitze, daß selbst in den entferntesten Winkeln noch eine gewisse, wenn auch moderate Wärme herrschte. Die müde Zentralheizung im Speisesaal hingegen ließ allenfalls die zaghafte Hoffnung aufkommen, daß der Körperteil, den man dem Heizkörper zuwandte, nicht vor Kälte erstarren würde. Auf dem Weg zu Deborah und St. James, die an ihrem Ecktisch saßen, mußte er jedesmal, wenn er unter einem der niedrigen Deckenbalken aus dunkler Eiche hindurchging, den Kopf einziehen. Am Tisch hatten die Wraggs aufmerksamerweise einen Heizlüfter aufgestellt, von dem halbherzige Wärmewellen bis zu ihren Knöcheln gelangten und zu ihren Knien aufstiegen.

An den Tischen war für mindestens dreißig Gäste gedeckt, aber es sah ganz so aus, als sollten die drei den Raum mit lebloser Gesellschaft teilen: An den Wänden hing eine Serie goldgerahmter Drucke, in denen die historische Sternstunde von Lancashire festgehalten war, die Karfreitagsversammlung am Malkin Tower und die Hexenprozesse, die ihr vorausgegangen waren und ihr folgten. Der Künstler hatte die Protagonisten mit bewundernswerter Subjektivität dargestellt. Richter Roger Nowell war wirklich der strenge Dickwanst, den man sich vorstellte, mit einem Gesicht, das von göttlichem Zorn und der Macht christlicher Gerechtigkeit gezeichnet war. Chattox sah angemessen heruntergekommen aus: alt und grau, gebeugt, in Lumpen gekleidet. Elizabeth Davies wirkte mit ihren wild rollenden Augen so entstellt, daß leicht zu glauben war, daß sie sich für den Kuß des Teufels verkauft hatte. Die übrigen bildeten eine lüstern dreinschauende Gruppe von Teufelsliebchen, einzige Ausnahme Alice Nutter, die mit gesenktem Blick abseits stand, sich augenscheinlich in Schweigen hüllend, wie sie das getan hatte, bis sie in ihr Grab gesunken war. Sie war die einzige verurteilte Hexe adeliger Herkunft.

»Ah«, sagte Lynley mit Blick auf die Bilder, während er seine Serviette ausbreitete, »Lancashires geschichtliche Größen. Abendessen mit Aussicht auf ernsthafte Disputation. Haben sie oder haben sie nicht? Waren sie oder waren sie nicht?«

»Ich denke, da besteht die Gefahr, daß man den Appetit verliert«, meinte St. James trocken. Er schenkte dem Freund ein Glas süßen Schaumwein ein.

»Ja, da hast du wahrscheinlich recht. Daß damals der Schlaganfall eines einzigen Mannes ausreichte, um schwachsinnige Mädchen und hilflose alte Weiber an den Galgen zu bringen, macht einen schon nachdenklich, nicht wahr? Wie können wir essen, trinken und fröhliche Lieder singen, wenn der Tod hier von der Wand auf uns herunterschaut?«

»Wer sind die Frauen eigentlich?« fragte Deborah, als Lynley einen Schluck von seinem Wein trank und sich dann eines der Brötchen nahm, die Josie Wragg gerade auf den Tisch gestellt hatte. »Ich weiß, daß sie alle Hexen sind, aber erkennst du sie, Tommy?«

»Nur weil sie alle karikiert sind. Ich bezweifle, daß ich sie erkannt hätte, wenn der Maler nicht so übertrieben hätte.« Lynley gestikulierte mit seinem Buttermesser. »Da haben wir den gottesfürchtigen Ritter und da die armen Geschöpfe, die er der gerechten Strafe zugeführt hat. Die Demdikes und die Chattox' – das sind die runzligen Alten, vermute ich. Alice und Elizabeth Davies, Mutter und Tochter. Die anderen habe ich vergessen, außer Alice Nutter. Sie ist diejenige, die so entschieden fehl am Platz wirkt.«

»Also ehrlich gesagt, ich finde, sie hat Ähnlichkeit mit deiner Tante Augusta.«

Lynley, der sich gerade ein Brötchen mit Butter bestreichen wollte, hielt inne und musterte das Konterfei Alice Nutters mit taxierendem Blick. »Da könnte etwas dran sein. Sie haben die gleiche Nase.« Er grinste. »Da muß ich mir wirklich überlegen, ob ich nächstes Weihnachten bei meiner Tante esse. Weiß der Himmel, was sie uns in den Weihnachtspunsch mischt.«

»War das ihr Verbrechen? Haben sie Zaubertränke gemischt? Jemanden verwünscht? Oder haben sie vielleicht Kröten regnen lassen?«

»Letzteres klingt ziemlich abstrus«, meinte Lynley. Er betrachtete die anderen Drucke, während er sein Brötchen kaute, und versuchte, sich an Einzelheiten zu erinnern. Eine seiner Arbeiten in Oxford hatte sich am Rande mit den Hexenverfolgungen im siebzehnten Jahrhundert befaßt. Er erinnerte sich ganz genau an die Dozentin – sechsundzwanzig Jahre alt und eine schrille Feministin, die schönste Frau, die er je gesehen hatte, und etwa so zugänglich wie ein Eisberg.

»Heute würden wir vom Dominoeffekt sprechen«, sagte er. »Eine von ihnen ist in den Malkin Tower eingebrochen, in dem eine der anderen wohnte, und besaß dann die Frechheit, in aller Öffentlichkeit irgendein Kleidungsstück zu tragen, das sie gestohlen hatte. Als sie vor den Kadi geschleppt wurde, verteidigte sie sich damit, daß sie die Familie, die im Malkin Tower wohnte, der Zauberei beschuldigte. Der Richter hätte das möglicherweise als lächerliches Manöver abgetan, von der eigenen Schuld abzulenken, aber ein paar Tage später verfluchte Alizon Davies, die eben in diesem Turm wohnte, einen Mann, der danach innerhalb von zwei Minuten einen Schlaganfall bekam. Von dem Moment an wurde zum Halali auf die Hexen geblasen.«

»Und mit Erfolg, wie es aussieht«, sagte Deborah, den Blick auf die Abbildungen gerichtet.

»O ja. Die Frauen bekannten sich zu allen möglichen lächerlichen Verfehlungen, als sie vor den Richter geschleppt wurden: mit Katzen, Hunden und Bären intim gewesen zu sein; Tonfiguren in Gestalt ihrer Feinde gefertigt und sie mit Dornen durchbohrt zu haben; Kühe getötet zu haben; die Milch gesäuert zu haben; gutes Bier verdorben zu haben...«

»Also, das ist wirklich ein Verbrechen, das bestraft werden muß«, stellte St. James fest.

»Und gab es Beweise?« fragte Deborah.

»Wenn eine alte Frau, die mit ihrer Katze tuschelt, ein Beweis ist. Wenn ein Fluch, der zufällig von einem Dorfbewohner gehört wurde, ein Beweis ist.«

»Aber warum haben sie dann gestanden?«

»Sozialer Druck. Angst. Es handelt sich fast durchweg um einfache, ungebildete Frauen, die vor einen Richter gezerrt wurden, der einer anderen Schicht entstammte. Man hatte sie gelehrt, vor den Höhergestellten zu katzbuckeln. Konnte man das wirksamer tun, als wenn man dem zustimmte, was die Höhergestellten behaupteten?«

»Obwohl das ihren Tod bedeutete?«

»O ja.«

»Aber sie hätten doch leugnen können. Sie hätten einfach schweigen können.«

»Das hat Alice Nutter ja getan. Und sie wurde trotzdem gehängt.«

Deborah runzelte die Stirn. »Und das wird nun mit einer ganzen Bilderserie gefeiert.«

»Das ist der Tourismus«, sagte Lynley. »Die Leute bezahlen doch auch dafür, daß sie die Totenmaske der Königin von Schottland sehen dürfen.«

»Ganz zu schweigen von den Verliesen im Tower«, warf St. James ein.

»Richtig, weshalb an die Kronjuwelen Zeit verschwenden, wenn es den Richtblock zu sehen gibt?« fügte Lynley hinzu. »Das Verbrechen macht sich nicht bezahlt, aber Tod und Folter locken die Leute allemal. Sie sind sogar bereit, dafür Geld auszugeben.«

»Ist das etwa Ironie von einem Mann, der mindestens fünfmal am zweiundzwanzigsten August zum Bosworth Field gepilgert ist?« fragte Deborah heiter. »Eine alte Kuhweide irgendwo draußen in der Prärie, wo man aus dem Brunnen trinkt und Richards Geist schwört, daß man auf Seiten der Yorks gekämpft hätte?«

»Das ist nicht Tod und Folter«, erklärte Lynley mit einiger Würde und hob sein Glas, um ihr zuzuprosten. »Das ist Geschichte, mein Kind. Es muß doch jemanden geben, der bereit ist, klare Verhältnisse zu schaffen.«

Die Tür zur Küche flog auf, und Josie Wragg brachte ihnen ihre Vorspeisen. »Räucherlachs für Sie«, murmelte sie, »Pâté für Sie und Garnelencocktail für Sie«, während sie die Teller auf dem Tisch verteilte. Danach versteckte sie Tablett und ihre Hände hinter ihrem Rücken. »Haben Sie genug Brötchen?« Sie stellte die Frage an alle und machte dabei einen recht erfolglosen Versuch, Lynley unauffällig zu mustern.

»Danke«, sagte St. James.

»Möchten Sie mehr Butter?«

»Nein, danke.«

»Und der Wein ist in Ordnung? Mr. Wragg hat den ganzen Keller voll, falls der hier nicht mehr gut ist. Das passiert bei Wein manchmal, wissen Sie. Da muß man vorsichtig sein. Wenn man ihn nicht richtig lagert, trocknet der Korken aus und schrumpft, und dann kommt Luft rein, und der Wein wird ganz salzig. Oder so was ähnliches.«

»Der Wein ist sehr gut, Josie. Und wir freuen uns schon auf den Bordeaux.«

»Mr. Wragg ist ein richtiger Weinkenner, ja.« Sie bückte sich, um sich am Fuß zu kratzen, und sah dabei zu Lynley auf. »Sie sind aber nicht im Urlaub hier, oder?«

»Nicht direkt, nein.«

Sie richtete sich auf, packte wieder das Tablett hinter ihrem Rücken. »Das hab ich mir gleich gedacht. Meine Mutter hat gesagt, daß Sie ein Detektiv aus London sind, und zuerst hab ich gedacht, Sie wären gekommen, weil Sie ihr was über Paddy Lewis sagen wollten, was sie mir natürlich nicht erzählt hätte, weil sie Angst gehabt hätte, daß ich es Mr. Wragg weitersagen würde. Ich würd das natürlich nie im Leben tun, nicht mal, wenn sie vorhätte, mit ihm wegzugehen – mit Paddy, meine ich – und mich hier mit Mr. Wragg zurückzulassen. Ich weiß schließlich, was wahre Liebe ist. Aber so ein Detektiv sind Sie wohl nicht, was?«

»Was für einer?«

»Ach, Sie wissen schon. Wie im Fernsehen. So einer, den man engagiert.«

»Ein Privatdetektiv? Nein, das bin ich nicht.«

»Zuerst hab ich gedacht, Sie wären einer. Aber dann hab

ich Sie eben telefonieren hören. Ich hab nicht gelauscht, ehrlich nicht. Aber Ihre Tür war nur angelehnt, und ich hab grade frische Handtücher in die Zimmer gebracht, und da hab ich zufällig gehört, was Sie gesagt haben.« Sie machte eine kleine Pause, dann sagte sie: »Sie ist doch die Mutter von meiner besten Freundin, wissen Sie. Sie hat's bestimmt nicht bös gemeint. Das ist so ähnlich, wie wenn jemand Marmelade einkocht und irgendwas Falsches reintut und dann ein Haufen Leute krank werden. Zum Beispiel wenn Sie die Marmelade bei einem Flohmarkt vor der Kirche kaufen oder so. Erdbeer oder Brombeer. Ich mein, so was wär doch möglich, nicht? Und dann nehmen Sie sie mit nach Hause, und am nächsten Morgen streichen Sie sie auf Ihren Toast, und dann wird Ihnen schlecht oder so. Aber dann weiß jeder, daß es ein Unglücksfall war. Verstehen Sie?«

»Natürlich, so etwas kann passieren.«

»Und so was ist hier auch passiert. Nur war's nicht bei einem Flohmarkt. Und es war auch keine Marmelade.«

Keiner von ihnen sagte etwas. St. James drehte nachdenklich sein Weinglas, Lynley saß still und tat gar nichts, und Deborah blickte von den Männern zu dem jungen Mädchen und wartete darauf, daß einer von ihnen etwas sagen würde. Als das nicht geschah, fuhr Josie fort.

»Ich mein, Maggie ist doch meine beste Freundin. Und ich hab vorher noch nie eine beste Freundin gehabt. Ihre Mutter – Mrs. Spence –, die ist ziemlich eigenbrötlerisch. Die Leute finden das komisch und möchten gern so tun, als ob was dahintersteckt. Aber es steckt nichts dahinter. Ich finde, daran sollten Sie denken, meinen Sie nicht?«

Lynley nickte. »Doch, das ist klug von dir. Ich bin ganz deiner Meinung.«

»Ja dann ...« Sie neigte nickend den Kopf mit dem völlig verschnittenen Haar, und einen Moment sah es aus, als wollte sie knicksen. Statt dessen jedoch entfernte sie sich rückwärts gehend in Richtung Küche. »Sie wollen jetzt sicher essen, nicht wahr?Die Pâté hat meine Mutter selbst gemacht. Der Räucherlachs ist ganz frisch. Und wenn Sie irgendwas brauchen ...« Ihre Stimme verklang, als die Tür hinter ihr zufiel.

»Das ist Josie«, sagte St. James, »für den Fall, daß man dich nicht mit ihr bekannt gemacht hat. Eine überzeugte Verfechterin der Unfalltheorie.«

»Das ist mir bereits aufgefallen.«

»Was hat eigentlich Sergeant Hawkins gesagt? Ich nehme an, das war das Telefongespräch, das Josie zufällig mitgehört hat.«

»Richtig.« Lynley schob ein Stück Lachs in den Mund und stellte angenehm überrascht fest, daß er tatsächlich ganz frisch war. »Er wollte nur noch einmal darauf hinweisen, daß er von Anfang an den Anordnungen aus Hutton-Preston gefolgt ist. Die Dienststelle Hutton-Preston wurde über Shepherds Vater mit der Sache befaßt, und was Hawkins angeht, war von dem Moment an alles in bester Ordnung. Und ist es immer noch. Er steht also voll hinter seinem Mann, Shepherd, und ist überhaupt nicht begeistert davon, daß wir hier herumschnüffeln.«

»Nun ja, das ist verständlich. Er ist schließlich für Shepherd verantwortlich. Wenn dem Dorf-Constable etwas Negatives nachgesagt werden kann, wird sich das auch in Hawkins' Akte nicht gut ausnehmen.«

»Er wollte mich außerdem wissen lassen, daß Mr. Sages Bischof mit der Untersuchung, der Leichenschau und dem Urteil völlig zufrieden war.«

St. James sah von seinem Garnelencocktail auf. »Er war bei der Leichenschau?«

»Er hat offensichtlich einen Vertreter geschickt. Und Hawkins scheint zu glauben, wenn die Untersuchung und die Leichenschau schon den Segen der Kirche haben, dann sollte verdammt noch mal auch das Yard seinen Segen geben.«

»Er ist also nicht zur Kooperation bereit?«

Lynley spießte das nächste Stück Lachs auf. »Es ist keine Frage der Kooperation, St. James. Er weiß, daß die Untersuchung nicht ganz korrekt war und daß es für ihn und seinen Mann die beste Verteidigung ist, wenn sie uns Gelegenheit geben, die Richtigkeit ihrer Schlußfolgerungen zu beweisen. Aber sympathisch braucht ihnen das deswegen noch lange nicht zu sein.«

»Es wird ihnen noch unsympathischer werden, wenn wir uns etwas eingehender mit Juliet Spences Gesundheitszustand an dem fraglichen Abend befassen.«

»Was heißt das?« fragte Deborah.

Lynley berichtete, was der Constable ihnen über die Erkrankung der Frau an dem Abend, als der Pfarrer gestorben war, gesagt hatte. Er erklärte die Beziehung zwischen dem Constable und Juliet Spence und schloß mit den Worten: »Und ich muß zugeben, St. James, ich habe den Verdacht, daß du mich vielleicht doch für nichts und wieder nichts hierher gehetzt hast. Es macht zwar wirklich keinen guten Eindruck, daß Colin Shepherd nach einer flüchtigen Tatortbesichtigung durch die Spurensicherung des CID Clitheroe den Fall ganz allein bearbeitet hat, nur mit sporadischer Hilfe seines Vaters, aber wenn die Frau ebenfalls erkrankte, verleiht das der Unfalltheorie weit mehr Wahrscheinlichkeit, als wir ihr zunächst zubilligen wollten.«

»Es sei denn«, bemerkte Deborah, »der Constable lügt, um sie zu schützen, und sie war überhaupt nicht krank.«

»Ja, das ist natürlich eine Möglichkeit, die wir nicht ignorieren können. Das würde allerdings bedeuten, daß die beiden gemeinsame Sache gemacht haben. Wenn aber sie allein schon kein Motiv hatte, den Mann zu ermorden – was natürlich im Moment noch strittig ist –, was sollte dann das gemeinsame Motiv gewesen sein?«

»Wenn wir einen Schuldigen suchen, geht es nicht nur darum, Motive aufzudecken«, sagte St. James. Er schob seinen Teller auf die Seite. »An dieser Erkrankung der Frau an dem fraglichen Abend stimmt etwas nicht. Das paßt nicht zusammen.«

»Wie meinst du das?«

»Shepherd hat uns erzählt, daß sie sich mehrmals übergeben hat. Außerdem hatte sie hohes Fieber.«

»Und?«

»Das sind nicht die Symptome einer Vergiftung mit Giftwasserschierling.«

Lynley stocherte einen Moment in seinem letzten Stück Lachs herum, gab ein paar Tropfen Zitrone darauf, ließ es aber dann doch liegen. Nach dem Gespräch mit Constable Shepherd war er bereit gewesen, St. James' Befürchtungen hinsichtlich des Todes des Pfarrers als unbegründet abzutun. Ja, er war sogar so weit gewesen, das ganze Abenteuer als ein etwas übertriebenes Abkühlungsmanöver nach der morgendlichen Unstimmigkeit mit Helen zu sehen. Aber jetzt...

»Erzähl«, sagte er.

St. James zählte ihm die Symptome auf: übermäßige Speichelbildung, Zittern, Krämpfe, Schmerzen im Unterleib, Vergrößerung der Pupillen, Delirium, Versagen der Atmung, völlige Lähmung. »Das Gift wirkt auf das zentrale Nervensystem«, schloß er. »Schon eine geringe Dosis kann einen Menschen umbringen.«

»Shepherd lügt also?«

»Nicht unbedingt. Sie ist eine Kräuterkundige. Das hat uns Josie gestern abend erzählt.«

»Und du hast es mir heute morgen erzählt. Das vor allem

war der Grund, warum ich hier heraufgesaust bin wie Nemesis auf Rädern. Aber ich verstehe nicht, was ...«

»Pflanzen sind genau wie Drogen, Tommy, und sie wirken auch wie Drogen. Sie regen den Kreislauf an oder das Herz, sie entspannen, sie führen ab, sie wirken schleimlösend ... Kurz, sie tun all das, was auch die Mittel tun, die der Arzt dir verschreibt.«

»Du willst damit sagen, daß sie etwas genommen hat, um sich krank zu machen?«

»Sie hat etwas genommen, um Fieber herbeizuführen. Um Erbrechen herbeizuführen.«

»Aber ist es nicht möglich, daß sie auch etwas von dem Schierling gegessen hat, den sie für wilde Pastinake hielt, daß ihr dann, nachdem der Pfarrer gegangen war, übel wurde und sie irgend etwas eingenommen hat, um sich von dieser Übelkeit zu befreien, ohne sie mit dem Abendessen in Verbindung zu bringen? Das wäre doch eine Erklärung für das wiederholte Erbrechen. Und könnte das wiederholte Erbrechen nicht zu einer erhöhten Körpertemperatur geführt haben?«

»Möglich ist es, ja. Aber wenn es so gewesen sein sollte – und ich kann es mir ehrlich gesagt nicht vorstellen, Tommy, vor allem nicht in Anbetracht dessen, wie schnell das Gift des Wasserschierlings wirkt –, hätte sie dann nicht dem Constable gesagt, daß sie etwas genommen hatte, weil ihr nach dem Essen nicht gut war? Und hätte uns das der Constable nicht heute erzählt?«

Lynley hob den Kopf und richtete den Blick wieder auf die Bilder an der Wand. Dort hing immer noch Alice Nutter und hüllte sich in hartnäckiges Schweigen. Wenn sie wirklich Geheimnisse gehabt hatte, so hatte sie sie alle mit ins Grab genommen. Ob es ihre Verachtung des Katholizismus war, der ihre Zunge lähmte, oder Stolz oder die zornige Gewißheit, daß sie von einem Richter ungerecht verurteilt wurde, wußte niemand. Doch in einem abgelegenen Dorf umgab eine Frau mit Geheimnissen, die sie nicht zu teilen bereit war, stets eine Aura des Geheimnisvollen. Und stets war da eine bösartige kleine Sucht, so einer Person etwas anzuhängen und sie auf diese Weise für ihre Eigenbrötelei bezahlen zu lassen.

»Wie auch immer, irgend etwas stimmt hier nicht«, sagte St. James. »Ich neige zu der Auffassung, daß Juliet Spence den Wasserschierling ausgrub, genau wußte, was es war, und ihn für den Pfarrer kochte. Aus welchem Grund auch immer.«

»Und wenn sie keinen Grund hatte?« fragte Lynley.

»Dann hat garantiert jemand anders einen gehabt.«

Nachdem Polly gegangen war, trank Colin Shepherd den ersten Whisky. Damit endlich die Hände aufhören zu zittern, dachte er. Er kippte das erste Glas hinunter. Der Whisky brannte wie Feuer in seiner Kehle. Aber als er das Glas auf den Beistelltisch stellte, klapperte es so heftig, daß es wie das Klopfen eines Spechts klang. Noch eins, sagte er sich. Die Karaffe schlug klirrend gegen das Glas.

Den nächsten trank er, um sich zu zwingen, daran zu denken. Great Stone of Fourstones, dann Back End Barn, der Schafstall. Der Great Stone war ein massiger Granitbrokken, ein Kuriosum dieser Gegend, mitten im wilden Grasland von Loftshaw Moss, ein ganzes Stück nördlich von Winslough. Dort hatten sie an jenem schönen Frühlingstag ihr Picknick gemacht. Back End Barn war ihr Ziel gewesen, als sie nach dem Essen wieder aufgebrochen waren. Die Wanderung war Pollys Vorschlag gewesen. Er hatte jedoch die Richtung gewählt, und er wußte, was dort wartete. Er, der diese Hochmoore seit seiner Kindheit durchstreifte. Er, der jede

Quelle und jeden Bach kannte, der den Namen jedes Hügels wußte und jeden Steinhaufen finden konnte. Er hatte sie direkt zum Back End Barn geführt. Er hatte vorgeschlagen, einen Blick hineinzuwerfen.

Den dritten Whisky trank er, um alles wieder lebendig zu machen. Den Einstich eines Splitters, der sich ihm in die Schulter gebohrt hatte, als er die verwitterte Tür aufgestoßen hatte. Den durchdringenden Schafsgeruch und die federleichten Wollbüschel, die am Mörtel hingen. Die zwei Lichtstreifen, die durch Ritzen in dem alten Schieferdach hereinfielen und einen Keil bildeten, an dessen Spitze Polly stehengeblieben war und lachend gesagt hatte: »Wie im Scheinwerferlicht, nicht wahr, Colin?«

Als er die Tür schloß, schien der Rest des Stalls in Dunkelheit zu versinken. Und mit dem Stall versank auch die Welt. Das einzige, was blieb, waren diese beiden goldgelben Lichtstrahlen und Polly, die an ihrem Schnittpunkt stand.

Sie blickte von ihm zu der Tür, die er geschlossen hatte. Dann strich sie mit beiden Händen an ihrem Rock hinunter und sagte: »Wie ein geheimes Versteck, nicht wahr? Ich meine, wenn die Tür zu ist und so. Kommt ihr immer hierher, du und Annie? Ich meine, seid ihr früher hierhergekommen? Bevor – du weißt schon.«

Er schüttelte den Kopf. Sie mußte aus seinem Schweigen geschlossen haben, daß er in Gedanken bei der Kranken in Winslough war. Impulsiv sagte sie: »Ich hab die Steine mitgebracht. Komm, ich werfe sie für dich.«

Ehe er etwas antworten konnte, ging sie in die Knie und zog aus ihrer Rocktasche einen kleinen schwarzen Samtbeutel, der mit roten und silbernen Sternen bestickt war. Sie öffnete ihn und schüttete die acht Runensteine in ihre Hand.

»Daran glaube ich nicht«, sagte er.

»Weil du es nicht verstehst.« Sie hockte sich auf ihre Fersen und klopfte neben sich auf den Steinboden, uneben und holprig. Und er starrte vor Dreck. Colin kniete neben ihr nieder. »Was möchtest du wissen?«

Er antwortete nicht. Ihr Haar leuchtete im Licht. Ihre Wangen waren gerötet.

»Nun komm schon, Colin«, sagte sie. »Irgend etwas mußt du doch wissen wollen.«

»Nein, nichts.«

»Aber irgendwas doch.«

»Nein.«

»Gut, dann werf ich die Steine eben für mich selbst.« Sie schüttelte sie wie Würfel in ihrer Hand, neigte den Kopf zur Seite und schloß die Augen. »So, jetzt. Was soll ich fragen?« Die Steine klirrten und schepperten. Schließlich sagte sie hastig: »Wenn ich in Winslough bleibe, finde ich dann den Mann meiner Träume?« Und zu Colin sagte sie mit einem schelmischen Lächeln: »Falls der nämlich hier sein sollte, scheint er ziemlich schüchtern zu sein. Er hat sich mir noch nicht vorgestellt.« Mit einem Schlenkern ihres Handgelenks warf sie die Steine. Sie sprangen klappernd über den Boden. Drei Steine zeigten ihre bemalte Seite. Polly beugte sich vor, um sie sich anzusehen, und drückte erfreut die Hände auf ihre Brust. »Siehst du«, sagte sie, »lauter gute Omen. Da der Ringstein, der ist am weitesten weg. Der steht für Liebe und Heirat. Und der Glücksstein liegt daneben. Schau, sieht doch aus wie eine Ähre, nicht wahr. Das bedeutet Reichtum und Wohlstand. Und die drei fliegenden Vögel liegen mir am nächsten. Das bedeutet eine plötzliche Veränderung.«

»Also wirst du ganz plötzlich jemanden mit Geld heiraten, wie? Mir scheint, du steuerst schnurstracks auf Townley-Young zu.«

Sie lachte. »Na, der würde vielleicht einen schönen

Schrecken kriegen.» Sie sammelte die Steine wieder ein. »Jetzt bist du dran.«

Es hatte nichts zu bedeuten. Er glaubte nicht daran. Aber er stellte die Frage dennoch, die einzige Frage, die er hatte. Es war dieselbe Frage, die er jeden Morgen beim Aufstehen stellte, jeden Abend, wenn er sich endlich in sein Bett legte. »Wird Annie die neue Chemotherapie helfen?«

Polly krauste die Stirn. »Willst du das wirklich fragen?«

»Los, wirf die Steine.«

»Nein. Wenn es deine Frage ist, dann mußt du sie selbst werfen.«

Er tat es, warf sie von sich, wie sie es zuvor getan hatte, aber als er hinschaute, sah er, daß nur ein Stein seine bemalte Seite zeigte, ein großes schwarzes H. Wie der Ringstein bei Polly, lag dieser Stein am weitesten von ihm entfernt.

Sie blickte auf die Steine hinunter. Er sah, wie sie mit der linken Hand ihren Rock raffte. Dann beugte sie sich vor, als wollte sie die Steine zu einem einzigen Häufchen zusammenfegen. »Einen einzigen Stein kann man leider nicht lesen. Du mußt es noch einmal versuchen.«

Er packte sie am Handgelenk, um ihr Einhalt zu gebieten. »Das ist doch nicht die Wahrheit, oder? Was hat der Stein zu bedeuten?«

»Nichts. Einen Stein allein kann man nicht deuten.«

»Lüg mich nicht an.«

»Ich lüge überhaupt nicht.«

»Es bedeutet nein, stimmt's? Aber wir hätten die Frage gar nicht zu stellen brauchen. Wir haben die Antwort sowieso gewußt.« Er ließ ihre Hand los.

Einen nach dem anderen hob sie die Steine auf und legte sie wieder in den Beutel, bis nur noch der schwarze dalag.

»Was hat er zu bedeuten?« fragte er noch einmal.

»Kummer. Trennung. Verlust.«

»Ja. Ja, natürlich.« Er hob den Kopf und blickte zum Dach hinauf, als könnte das den Druck hinter seinen Augen lindern. Er versuchte, sich auf die Frage zu konzentrieren, wie viele Schieferschindeln man brauchen würde, um das Sonnenlicht auszusperren, das in den Stall hereinströmte. Eine? Zwanzig? Konnte man die Ritzen überhaupt schließen? Würde nicht das ganze Dach einstürzen, wenn man hinaufkletterte, um den Schaden auszubessern?

»Es tut mir leid«, sagte Polly. »Es war dumm von mir. Ich bin eben dumm. Ich denke immer erst hinterher.«

»Es ist nicht deine Schuld. Sie stirbt. Das wissen wir doch beide.«

»Aber ich wollte doch so gern, daß das heute ein besonderer Tag für dich wird. Ein paar Stunden weg von allem. Und dann hab ich die Steine rausgeholt. Ich habe überhaupt nicht daran gedacht, was du fragen würdest... Aber was sonst hättest du denn überhaupt fragen sollen. Ach, ich bin ja so dumm. Wirklich dumm.«

»Hör auf.«

»Ich hab alles nur noch schlimmer gemacht.«

»Man kann es nicht schlimmer machen.«

»Doch. Ich hab es schlimmer gemacht.«

»Nein.«

»Ach, Col...«

Er senkte den Kopf. Es überraschte ihn, den eigenen Schmerz in ihrem Gesicht gespiegelt zu sehen. Seine Augen waren die ihren, seine Tränen waren die ihren, die Linien und Schatten, die seinen Schmerz verrieten, waren in ihre Haut eingekerbt, verdunkelten ihre Schläfen und ihre Wangen.

Er dachte, nein, das kann ich nicht tun, und streckte doch die Arme aus, um ihr Gesicht mit seinen Händen zu umschließen. Er dachte, nein, das werde ich nicht tun, und begann doch schon, sie zu küssen. Er dachte, Annie, Annie, als er sie mit sich zu Boden zog, sie auf sich fühlte, mit seinem Mund ihre Brüste suchte, die sie ihm darbot, während gleichzeitig seine Hände unter ihren Rock glitten, er ihr den Slip abstreifte, seine eigene Hose herunterzog, sie in heißem Verlangen, hitzigem Begehren auf sich herabdrückte, die Wärme, so weich, und jene erste gemeinsame Stunde, wie wunderbar sie war, überhaupt nicht scheu, wie er gedacht hatte, sondern offen für ihn, voller Liebe, ein wenig erschrocken zuerst über die Fremdheit, das Ungewohnte, ehe sie sich auf den Rhythmus seines Körpers einließ und ihm entgegenkam, seinen nackten Rücken liebkoste und sein Gesäß mit ihren Händen umschloß, um ihn mit jedem Stoß tiefer in sich aufzunehmen, und die ganze Zeit, ihr Blick so tief in dem seinen, leuchtend vor Glück und Liebe, während er aus den Wonnen ihres Körpers Energie schöpfte, aus der Hitze, aus der Feuchtigkeit, aus dem süßen Gefängnis, das ihn gefangenhielt und ebenso begehrte, wie er begehrte und begehrte, bis er auf der Höhe der Lust »Annie! Annie!« rief und über dem Körper von Annies Freundin zusammensank.

Colin trank einen vierten Whisky, um zu vergessen. Er wollte ihr die Schuld geben, obwohl er wußte, daß er die Verantwortung trug. Schlampe, hatte er gedacht, sie hat nicht einmal den Anstand, Annie gegenüber loyal zu sein. Sie war bereit und willens gewesen, sie hatte nicht versucht, ihm Einhalt zu gebieten, sie hatte sogar eigenhändig ihre Bluse und ihren BH ausgezogen, und sie hatte ihn ohne ein Wort des Protests eingelassen.

Doch er hatte ihr Gesicht gesehen, als er nur Augenblicke nachdem er Annies Namen gerufen hatte, die Augen öffnete. Er hatte gesehen, wie tief er sie getroffen hatte. Und egoistisch hatte er sich gesagt, wer einen verheirateten Mann verführt, verdient nichts Besseres. Sie hatte die Steine absichtlich mitgebracht. Sie hatte alles geplant. Wie immer sie auch bei ihrem Wurf gefallen wären, sie hätte sie so interpretiert, daß das Ende vom Lied gewesen wäre, daß er mit ihr bumste. Sie war eine Hexe. Jeden Tag, jeden Augenblick wußte sie, was sie tat. Bei ihr war alles genau geplant.

Colin wußte, daß ein *Es tut mir leid* die Sünden nicht geringer machte, die er an jenem Frühlingsnachmittag im Back End Barn und jeden folgenden Tag seither an Polly Yarkin begangen hatte. Sie hatte ihm in Freundschaft die Hand geboten – wie schwierig das für sie angesichts ihrer Liebe auch gewesen sein mochte –, und er hatte sich von ihr abgewandt, immer wieder, weil er wie besessen war von dem Drang, sie zu strafen, weil ihm der Mut fehlte, sich das Schlimmste über sich selbst einzugestehen.

Nun hatte sie sogar den Ringstein herausgegeben, hatte ihn zusammen mit all ihren naiven Zukunftshoffnungen auf Annies Grab gelegt. Er wußte, daß sie es zur Buße getan hatte, in dem Bemühen, für eine Sünde zu bezahlen, an der sie nur geringen Anteil gehabt hatte. Es war nicht recht.

»Leo!« sagte Colin. Der Hund, der am Feuer lag, hob erwartungsvoll den Kopf. »Komm!«

Er nahm seine dicke Jacke und eine Taschenlampe. Er trat in die Nacht hinaus. Leo ging an seiner Seite, nicht angeleint, die Nase witternd erhoben, um die verschiedenen Gerüche aufzunehmen, die in der winterlichen Luft hingen: Rauch und feuchte Erde, die Abgase eines vorüberfahrenden Autos, frisch gebratener Fisch. Für ihn war der Abendspaziergang lange nicht so aufregend wie ein Marsch am Tag, wenn er Vögel jagen und hin und wieder ein Schaf mit seinem Kläffen erschrecken konnte. Aber es war besser als nichts.

Sie überquerten die Straße und traten in den Friedhof. Sie suchten ihren Weg zu der alten Kastanie, Colin leuchtete ihnen mit der Taschenlampe, Leo lief etwas rechts von ihm, außerhalb des Lichtkegels, schnuppernd vor ihm her. Der Hund wußte, wohin sie gingen. Sie waren ja schon oft genug hiergewesen. Er erreichte daher Annies Grab vor seinem Herrn und schnüffelte am Fuß des Grabsteins herum – und nieste –, als Colin sagte: »Leo! Nein!«

Er leuchtete auf das Grab. Und darum herum. Er ging in die Hocke, um genauer sehen zu können.

Was hatte sie gesagt? *Ich habe Zedernholz für dich verbrannt, Colin. Ich habe die Asche auf ihr Grab gelegt. Ich habe den Ringstein dazugelegt. Ich habe Annie den Ringstein geschenkt.* Aber er war nicht hier. Und das einzige, was man mit einigem guten Willen als Zedernasche hätte sehen können, waren ein paar schwache graue Flecken auf der Rauhreifdecke. Gewiß, die konnten von der Asche stammen, wenn sie vom Wind fortgeweht und durch das Stöbern des Hundes aufgewirbelt worden war, aber der Runenstein konnte nicht vom Wind weggetragen worden sein.

Er ging langsam um das ganze Grab herum. Er wollte Polly glauben. Vielleicht hatte ja der Hund den Stein zur Seite geschoben. Er leuchtete den Boden rund um das Grab mit der Lampe ab und drehte jeden Stein um, der die passende Größe zu haben schien. Aber er fand nichts, und schließlich gab er auf.

Er lachte voller Hohn über seine Leichtgläubigkeit. Offensichtlich hatte sie das Erstbeste gesagt, was ihr in den Kopf gekommen war, um sich selbst gut hinzustellen, um wie immer zu versuchen, ihm die Schuld zu geben. Und gleichzeitig setzte sie alles daran – wie das auch alle anderen zu tun schienen –, ihn von Juliet zu trennen. Aber das würde nicht klappen.

Er senkte die Taschenlampe, so daß ihr Licht hell und weiß auf den Boden fiel. Zuerst blickte er nach Norden, in Richtung des Dorfs, wo die Lichter den Hang sprenkelten, so vertraut in ihrer Anordnung, daß er jede Familie hinter jedem Lichtpunkt hätte nennen können. Dann blickte er nach Süden, zum Eichenwald, hinter dem sich wie eine schwarz verhüllte Gestalt Cotes Fell vor dem dunklen Nachthimmel erhob. Und am Fuß des Bergs, halb versteckt in einer Lichtung, standen das Herrenhaus, Cotes Hall, und das Verwalterhäuschen, in dem Juliet Spence wohnte.

Wie dumm von ihm, wegen nichts hierher auf den Friedhof zu laufen! Er stieg über Annies Grab und war mit zwei großen Schritten bei der Mauer. Er übersprang sie, rief den Hund und wandte sich zum öffentlichen Fußweg, der vom Dorf nach Cotes Fell hinaufführte. Er hätte zurückgehen und den Rover holen können. Das wäre schneller gegangen. Aber er redete sich ein, daß er den Spaziergang jetzt brauchte, um sich in seiner Entscheidung ganz geerdet zu fühlen. Und gab es da eine bessere Möglichkeit, als die Erde selbst unter seinen Füßen zu spüren, das Spiel seiner Muskeln und den raschen Fluß seines Bluts?

Den Gedanken, der so beharrlich in sein Bewußtsein drängte, während er auf dem Pfad dahinging, schob er zur Seite: Wenn er in seiner Position auf Umwegen zum Verwalterhäuschen ging, so konnte man daraus nicht nur auf ein heimliches Stelldichein mit Juliet schließen, sondern außerdem auf ein geheimes Einverständnis zwischen ihnen. Weshalb nahm er den verschwiegenen Fußweg zum Häuschen, obwohl er nichts zu verbergen hatte? Obwohl er ein Auto hatte? Obwohl er mit dem Auto viel schneller dagewesen wäre? Obwohl die Nacht kalt war?

So kalt wie damals im Dezember, als Robin Sage den gleichen Weg zum selben Ziel gegangen war. Robin Sage, der ein Auto besaß, der hätte fahren können, der es vorzog, zu Fuß zu gehen, obwohl Schnee lag, obwohl für die Nacht weitere

Schneefälle vorausgesagt waren. Warum war Robin Sage an jenem Abend zu Fuß gegangen?

Er liebte Bewegung, frische Luft, das Wandern auf dem Hochmoor, sagte sich Colin. Er hatte Sage in den zwei Monaten, die dieser vor seinem Tod in Winslough gelebt hatte, oft genug mit Gummistiefeln und Spazierstock im Dorf und der Umgebung gesehen. Zu seinen Besuchen bei den Dorfbewohnern war er stets zu Fuß gegangen. Und zu Fuß war er auch zur Gemeindewiese gegangen, um die Enten zu füttern. Weshalb hätte er Juliet Spence im Verwalterhäuschen von Cotes Hall nicht auch zu Fuß aufsuchen sollen?

Wegen der Entfernung, des Wetters, der Jahreszeit, der Kälte, der Dunkelheit. Die Antworten kamen Colin ganz von selbst, und sogleich stand ihm die Tatsache vor Augen, die er die ganze Zeit zurückzudrängen suchte. Niemals hatte er Sage nach Einbruch der Dunkelheit zu Fuß unterwegs gesehen. Wenn der Pfarrer abends noch außerhalb des Dorfs zu tun gehabt hatte, hatte er seinen Wagen genommen. Er hatte das auch das einzige Mal getan, als er zur Skelshaw Farm hinausgefahren war, um Nick Wares Eltern aufzusuchen. Und er hatte es bei seinen Besuchen auf den übrigen Höfen ebenso gehalten.

Und auch zu den Townley-Youngs war er mit dem Auto gefahren, als diese ihn kurz nach seiner Ankunft in Winslough zum Abendessen eingeladen hatten, bevor St. John Andrew Townley-Young die tiefverwurzelte Sympathie für die Low Church erkannt und ihn von seiner Liste erstrebenswerter Bekanntschaften gestrichen hatte. Warum also war Sage zu Juliet zu Fuß gegangen?

Der Gedanke, den er bisher abzuwehren versucht hatte, brach sich Bahn: Sage hatte nicht gesehen werden wollen, ebenso wie Colin selbst nicht dabei ertappt werden wollte, daß er ausgerechnet am Abend jenes Tages, an dem New

Scotland Yard im Dorf erschienen war, Juliet Spence besuchte. *Gib es zu! Gib es doch zu ...*

Nein, dachte Colin. Das war nur ein Angriff des giftigen grünäugigen Ungeheuers auf Vertrauen und Glauben. Wenn er ihm nachgab, so bedeutete das den sicheren Tod der Liebe und die Vernichtung all seiner Zukunftshoffnungen.

Er beschloß, nicht mehr darüber nachzudenken, und knipste, um sich selbst in seinem Vorsatz zu bestärken, die Taschenlampe aus. Obwohl er den Fußweg seit fast dreißig Jahren kannte, mußte er sich ganz darauf konzentrieren, um nicht über irgendeine Unebenheit zu straucheln. Doch die Sterne halfen ihm.

Leo trabte voraus. Colin konnte ihn nicht sehen, doch er konnte das Brechen der dünnen Eisdecke unter den Pfoten des Hundes hören und mußte lächeln, als Leo beim Überspringen einer Mauer übermütig bellte. Einen Augenblick später schon begann der Hund richtig zu bellen. Und dann rief ein Mann: »Nein! Nein! Immer mit der Ruhe!«

Colin knipste die Taschenlampe wieder an und ging schneller. Leo rannte vor der nächsten Mauer hin und her und sprang immer wieder an einem Mann hoch, der auf dem Treppchen saß, das über die Mauer führte. Colin leuchtete ihm ins Gesicht. Der Mann kniff die Augen zusammen und fuhr zurück. Es war Brendan Power. Der Anwalt hatte eine Taschenlampe bei sich, benützte sie jedoch nicht.

Colin befahl dem Hund, Ruhe zu geben. Leo gehorchte, hob jedoch einen Vorderlauf und scharrte eifrig am rauhen Stein der Mauer, als wollte er den anderen Mann begrüßen.

»Tut mir leid«, sagte Colin. »Hoffentlich hat er Sie nicht zu sehr erschreckt.«

Powers Pfeife glühte schwach, und ein süßlicher Tabaksgeruch hing in der Luft. Laffentabak, hätte Colins Vater verächtlich gesagt. Wenn du schon rauchst, Junge, dann wenigstens etwas, das beweist, daß du ein Mann bist.

»Nicht so schlimm«, sagte Power und hielt dem Hund seine Hand hin, um ihn daran schnuppern zu lassen. »Ich bin ein Stück gelaufen. Ich dreh abends gern noch mal eine Runde, wenn es geht. Ein bißchen Bewegung tut gut, wenn man den ganzen Tag am Schreibtisch gesessen hat. Hält einen in Form.« Er paffte an seiner Pfeife und schien auf eine ähnliche Erwiderung von Colin zu warten.

»Waren Sie drüben beim Herrenhaus?«

»Beim Herrenhaus?« Power griff in seine Jacke und zog einen Beutel heraus, den er öffnete. Ohne die Pfeife gereinigt zu haben, begann er sie mit frischem Tabak zu stopfen. Colin beobachtete ihn neugierig. »Ja. Richtig. Ich war draußen beim Herrenhaus. Um nach dem Rechten zu sehen. Becky ist unruhig. Es ist soviel schiefgegangen, aber das wissen Sie ja schon.«

»Es hat doch seit dem Wochenende nicht neuen Ärger gegeben?«

»Nein, nein. Nichts. Aber man kann nicht vorsichtig genug sein. Es beruhigt Becky, wenn ich nach dem Rechten sehe. Und ich hab nichts gegen den Spaziergang. Frische Luft, das ist gut für die Lunge.« Wie zur Demonstration holte er einmal tief Atem. Dann versuchte er, seine Pfeife anzuzünden, doch der Erfolg war von kurzer Dauer. Der Tabak begann zwar zu brennen, aber da er zu fest gestopft war, zog es nicht. Nachdem Power noch zwei weitere Versuche gemacht hatte, gab er auf und steckte Pfeife, Tabaksbeutel und Streichhölzer ein. Er sprang von der Mauer. »Becky wird sich wundern, wo ich bleibe. Also dann, guten Abend, Constable.« Er setzte sich in Bewegung.

»Mr. Power!«

Abrupt drehte Brendan Power sich herum. Er achtete

darauf, außerhalb des Lichtkegels zu bleiben, den Colin auf ihn richtete. »Ja?«

Colin nahm die Taschenlampe, die auf der Mauer lag. »Sie haben die Lampe vergessen.«

Power bleckte die Zähne, es sollte wahrscheinlich ein Lächeln sein. Er lachte kurz. »Ja, die frische Luft muß mir zu Kopf gestiegen sein. Vielen Dank.«

Als er nach der Taschenlampe griff, hielt Colin sie einen Augenblick länger als unbedingt nötig fest. Und da New Scotland Yard ohnehin bald den Finger auf die Wunde legen würde, bemerkte er: »Wußten Sie, daß dies die Stelle ist, wo Mr. Sage gestorben ist? Gleich hier, auf der anderen Seite der Treppe.«

Power schluckte. »Äh, ich ...«

»Er hat versucht, auf die andere Seite herüberzukommen, aber er hatte Konvulsionen. Wußten Sie das? Er ist mit dem Kopf auf die unterste Stufe aufgeschlagen.«

Powers Blick flog rasch von Colin zur Mauer. »Nein, das habe ich nicht gewußt. Nur, daß er – daß Sie ihn irgendwo hier auf dem Weg gefunden haben.«

»Sie waren doch am Morgen vor seinem Tod noch bei ihm, nicht wahr? Zusammen mit Miss Townley-Young?«

»Ja. Aber das wissen Sie doch schon. Was ...«

»Das waren doch Sie gestern abend mit Polly, nicht wahr? Draußen vor dem Pförtnerhäuschen?«

Power antwortete nicht gleich. Er sah Colin leicht verwundert an, und als er schließlich sprach, tat er es langsam, als dächte er noch darüber nach, was diese Frage überhaupt bedeuten sollte. Er war schließlich Anwalt. »Ich war auf dem Weg zum Herrenhaus. Polly war auf dem Weg nach Hause. Wir sind zusammen gegangen. Irgend etwas dagegen?«

»Und was ist mit dem Pub?«

»Mit dem Pub?«

»*Crofters*. Da waren Sie doch auch mit ihr. Am Abend. Und haben was getrunken.«

»Ein-, zweimal, ja, da hab ich Polly zufällig im Pub getroffen, wenn ich nach meinem Spaziergang noch auf ein Bier hineingegangen bin. Natürlich hab ich mich zu ihr gesetzt.« Er warf die Taschenlampe von einer Hand in die andere: »Was soll das alles?«

»Sie haben Polly schon vor Ihrer Heirat gekannt. Sie sind ihr im Pfarrhaus begegnet. Hat sie Sie gut behandelt?«

»Was soll das heißen?«

»Ich meine, hat sie Ihre Gesellschaft gesucht? Hat sie Sie um Gefälligkeiten gebeten?«

»Nein. Natürlich nicht. Worauf wollen Sie hinaus?«

»Sie haben doch Zugang zu den Schlüsseln zum Herrenhaus, nicht wahr? Und auch zu denen für das Verwalterhäuschen? Hat sie nie gefragt, ob sie die Schlüssel einmal ausleihen kann, und Ihnen zur Belohnung ein Angebot gemacht?«

»Das ist eine Unverschämtheit! Was, zum Teufel, wollen Sie damit andeuten? Daß Polly...?« Power brach ab und blickte zum Cotes Fell hinüber. »Was soll das alles? Ich dachte, die Angelegenheit wäre erledigt.«

»Nein«, antwortete Colin. »Jetzt haben wir Besuch von New Scotland Yard.«

Power drehte den Kopf. Sein Blick war kühl. »Ach, und Sie versuchen, sie auf eine falsche Spur zu setzen.«

»Ich versuche, die Wahrheit herauszufinden.«

»Ich dachte, die hätten Sie schon gefunden. Ich dachte, die hätten wir bei der Leichenschau zu hören bekommen.« Power zog seine Pfeife wieder heraus. Er klopfte den Pfeifenkopf am Absatz seines Schuhs aus, ohne den Blick von Colin zu wenden. »Sie sitzen in der Tinte, wie, Constable Shepherd? Nun, dann lassen Sie mich einen Vorschlag machen: Versuchen Sie lieber nicht, Polly Yarkin anzuschwärzen.«

Ohne ein weiteres Wort ging er davon, blieb erst nach etwa zwanzig Metern stehen, um seine Pfeife neu zu stopfen und anzuzünden. Das Streichholz flammte auf, die nachfolgende Glut verriet, daß es diesmal funktionierte.

11

Den Rest des Wegs machte Colin seine Taschenlampe nicht mehr aus. Jeder Versuch, sich in die Dunkelheit zu flüchten, war jetzt sinnlos geworden. Brendan Powers letzte Worte hatten ihn wachgerüttelt.

Er versuchte sich abzusichern, das konnte er nicht leugnen, indem er falsche Spuren legte. Er war auf der Suche nach einer Alternativrichtung, in die er die Londoner Polizei führen konnte.

Nur für den Fall, sagte er sich. Weil die Alternativen in seinem Hirn immer lauter zu rumoren begannen und er etwas tun mußte, um dem ein Ende zu bereiten. Er mußte etwas unternehmen, das in seiner Zuständigkeit lag, unter den Umständen geboten war und ihm garantierte, daß er ruhig schlafen konnte.

Er hatte nicht darüber nachgedacht, wohin ein solcher Versuch führen würde; erst bei der Begegnung mit Brendan Power war ihm plötzlich klargeworden, was geschehen sein konnte, was geschehen sein *mußte*, daß Juliet sich die Schuld gab, obwohl sie nur indirekt verantwortlich war.

Gleich von Anfang an war er überzeugt gewesen, daß der Tod des Pfarrers auf einen Unfall zurückzuführen war; hätte er eine andere Erklärung auch nur in Betracht gezogen, so hätte er sich morgens nicht mehr im Spiegel ansehen können. Jetzt aber sah er, wie grundlegend er sich möglicherweise geirrt hatte, wie sehr er Juliet in jenen finsteren Augenblicken unrecht getan hatte, da er – wie alle anderen im Dorf – sich gefragt hatte, wie ausgerechnet ihr dieser tödliche Irrtum hatte unterlaufen können. Jetzt erkannte er, wie sie manipuliert worden war, damit sie glauben mußte, einen Fehler gemacht zu haben. Jetzt sah er klar, wie alles eingefädelt worden war.

Dieser Gedanke und das stürmische Verlangen, das Unrecht, das ihr angetan worden war, zu rächen, trieben ihn nun vorwärts. Ein kurzes Stück hinter dem Pförtnerhäuschen, in dem Polly Yarkin mit ihrer Mutter lebte, bog er, vom vergnügt tollenden Leo begleitet, in den Eichenwald ab. Wie einfach es war, sich vom Pförtnerhäuschen zum Herrenhaus zu schleichen, dachte er. Man brauchte nicht einmal die katastrophale kleine Straße zu benützen.

Der Fußweg führte ihn unter Bäumen hindurch, über zwei Stege, deren Holz vermoost war und mit jedem feuchten Winter etwas weiter faulte, und über schwammigen Laubboden, der mit Wasser und Fäulnis vollgesogen unter einer feinen Reifdecke lag. Er endete dort, wo die Bäume dem Garten des Verwalterhäuschens wichen, und als Colin diese Stelle erreichte, blieb er stehen. Leo sprang über Komposthaufen und brachliegende Erde zum Haus, um an der Tür zu kratzen. Colin schwenkte den Strahl seiner Lampe hierhin und dorthin, um sich der Details zu vergewissern: das Gewächshaus unmittelbar zu seiner Linken, abseits vom Häuschen, kein Schloß an der Tür; dahinter der Schuppen, vier Holzwände und ein Dach aus Teerpappe, Aufbewahrungsraum für die Geräte, die sie im Garten und bei ihren Ausflügen in den Wald zum Sammeln von Pflanzen und Wurzeln brauchte; das Häuschen selbst mit der grünen Kellertür – von der die grüne Farbe in großen Stücken abblätterte –, die in die dunkle, nach Lehm riechende Höhle unter dem Häuschen führte, in der sie ihre Wurzeln aufbewahrte. Er hielt den Strahl der Taschenlampe auf diese Tür gerichtet, während er durch den Garten ging. Er untersuchte das Vorhängeschloß, das die Tür sicherte. Leo kam angesprungen und rammte seinen Kopf gegen Colins Schenkel. Er sprang auf die schrägliegende Fläche der Tür. Seine Krallen machten Kratzgeräusche auf dem Holz, und ein Scharnier quietschte.

Colin richtete sein Licht darauf. Es war alt und verrostet, saß nur noch locker im hölzernen Pfosten, der seinerseits in dem schrägen Steinsockel verankert war, der als Fundament diente. Colin bewegte das Scharnier mit seinen Fingern, vor und zurück, hinauf und hinunter. Er senkte die Hand zum unteren Scharnier. Es saß fest im Holz. Er beleuchtete es, besah es sich genau, fragte sich, ob man die Kratzer, die er erkennen konnte, als Anzeichen dafür deuten konnte, daß jemand versucht hatte, die Schrauben zu lockern, oder ob das nur Schmirgelspuren waren, zurückgeblieben, als man das Metall von den Flecken gereinigt hatte, die ein schlampiger Handwerker beim Streichen der Tür hinterlassen hatte.

All dies, sagte er sich, hätte er schon vorher sehen müssen. Er hätte nicht so versessen darauf sein dürfen, »Tod durch Unfall« zu hören, daß er darüber die Spuren übersah, die ihm hätten verraten können, daß Robin Sages Tod eben doch nicht auf einen Unfall zurückzuführen war. Hätte er sich mit Juliets eigenen Schlußfolgerungen auseinandergesetzt, hätte er einen klaren Kopf behalten und ihr vertraut, so hätte er ihr den schwarzen Fleck des Verdachts, den nachfolgenden Klatsch, die schreckliche Überzeugung, den Mann tatsächlich getötet zu haben, ersparen können.

Er schaltete die Taschenlampe aus und ging zur Hintertür. Er klopfte. Es rührte sich nichts. Er klopfte ein zweites Mal, dann drehte er den Knauf. Die Tür öffnete sich.

»Bleib«, sagte er zu Leo, der sich gehorsam setzte. Er trat in das Haus.

In der Küche roch es nach Abendessen – ein Duft nach gebratenem Hühnchen und frisch gebackenem Brot, nach Knoblauch und Olivenöl. Ihm fiel ein, daß er seit dem vorhergehenden Abend nichts mehr gegessen hatte. Er hatte den Appetit zusammen mit der Selbstsicherheit verloren, als Sergeant Hawkins ihn am Morgen angerufen hatte, um ihm mitzuteilen, daß er mit einem Besuch von New Scotland Yard rechnen müsse.

»Juliet?« Er knipste das Küchenlicht an. Auf dem Herd stand ein Topf, auf der Arbeitsplatte eine Schüssel mit Salat, der alte Resopaltisch mit dem Brandfleck, der wie ein Halbmond geformt war, war für zwei gedeckt. Zwei Gläser waren gefüllt – das eine mit Milch, das andere mit Wasser –, aber niemand hatte gegessen, und als er das Glas mit der Milch berührte, fühlte er an der Temperatur, daß es schon eine ganze Weile so gestanden haben mußte. Wieder rief er ihren Namen und ging dann durch den Gang ins Wohnzimmer.

Sie stand am Fenster im Dunkeln, einem Schatten gleich, die Arme unter der Brust verschränkt, und sah in die Nacht hinaus. Er sagte ihren Namen. Sie antwortete, ohne sich vom Fenster abzuwenden.

»Sie ist nicht nach Hause gekommen. Ich habe überall angerufen. Am Nachmittag war sie mit Pam Rice zusammen. Dann mit Josie. Und jetzt . . .« Sie lachte kurz und bitter. »Ich kann mir schon denken, wo sie jetzt ist. Und was sie treibt. Er war gestern abend hier, Colin. Nick Ware. Schon wieder.«

»Soll ich gehen und sie suchen?«

»Was hätte das für einen Sinn? Sie hat es sich in den Kopf gesetzt. Wir können sie nach Hause schleppen und in ihrem Zimmer einsperren, aber damit würden wir das Unvermeidliche nur hinausschieben.«

»Was denn?«

»Sie will unbedingt ein Kind bekommen.« Juliet drückte

die Fingerspitzen auf ihre Stirn, massierte in Kreisen bis zum Haaransatz hinauf, packte ein Büschel ihrer Haare und zog so fest, als wollte sie sich selbst Schmerz zufügen. »Sie hat von nichts eine Ahnung. Und ich genausowenig, Gott im Himmel. Wieso hab ich mir je eingebildet, ich könnte einem Kind etwas geben?«

Er kam durch das Zimmer zu ihr und blieb hinter ihr stehen. Sachte zog er ihre Hand aus dem Haar. »Aber natürlich kannst du ihr etwas geben. Das ist doch nur eine Phase.«

»Die ich herbeigeführt habe.«

»Wie denn?«

»Mit dir.«

Colin fühlte ein dunkles Unbehagen in sich aufwallen. »Juliet«, sagte er. Aber er wußte nicht, wie er sie beruhigen könte.

Das alte Arbeitshemd, das sie zu ihrer Blue jeans trug, roch schwach nach irgendeinem Gewürz. Rosmarin, dachte er. An etwas anderes wollte er jetzt nicht denken. Er drückte seine Wange an ihre Schulter und fühlte den Stoff weich an seiner Haut.

»Wenn ihre Mutter sich einen Liebhaber nehmen kann, warum dann nicht auch sie?« sagte Juliet. »Ich habe dich in mein Leben gelassen, und jetzt muß ich dafür bezahlen.«

»Da wird sie drüber hinauswachsen. Du mußt ihr nur Zeit lassen.«

»Und in dieser Zeit schläft sie regelmäßig mit einem fünfzehnjährigen Jungen?« Sie löste sich von ihm, und er spürte die Kälte, die von ihr ausging. »Ich kann ihr keine Zeit lassen. Und selbst wenn ich es könnte – das, was sie tut, was sie sucht, wird durch die Tatsache kompliziert, daß sie ihren Vater sucht, und wenn ich ihn nicht schleunigst aus dem Ärmel schütteln kann, wird sie Nick zum Vater machen.«

»Dann laß mich ihr Vater sein.«

»Darum geht es doch nicht. Sie will den echten Vater, nicht irgendeinen Ersatz, der zehn Jahre zu jung ist und blindverliebt in ihre Mutter, der sich einbildet, Ehe und Kinder seien die Antwort auf alles, der...« Sie brach ab. »O Gott. Entschuldige. Es tut mir leid.«

Er versuchte so zu tun, als sei er nicht getroffen. »Nun, die Worte entsprachen doch ziemlich genau den Tatsachen. Das wissen wir beide.«

»Nein. Sie waren grausam. Maggie ist überhaupt nicht nach Hause gekommen. Ich habe überall herumtelefoniert. Ich habe das Gefühl, in der Falle zu sitzen und...« Sie ballte die Hände zu Fäusten und drückte sie an ihr Kinn. Im schwachen Licht, das aus der Küche hereinfiel, sah sie selbst wie ein Kind aus. »Colin, du weißt nicht, wie sie ist – oder wie ich bin. Die Tatsache, daß du mich liebst, kann daran nichts ändern.«

»Und du?«

»Was?«

»Liebst du mich nicht auch?«

Sie drückte die Augen zu. »Ob ich dich *liebe*? Ach, es ist ja grotesk, natürlich liebe ich dich. Und sieh dir an, wohin mich das mit Maggie gebracht hat.«

»Maggie kann nicht dein Leben bestimmen.«

»Maggie *ist* mein Leben. Wieso kannst du das nicht verstehen? Es geht hier nicht um uns – um dich und mich, Colin. Es geht nicht um unsere Zukunft, denn wir haben keine Zukunft. Aber Maggie hat eine. Und ich werde nicht zulassen, daß sie sie zerstört.«

Er hörte nur einen Teil ihrer Worte und wiederholte langsam und sorgfältig, um sich zu vergewissern, daß er richtig verstanden hatte: »Wir haben keine Zukunft.«

»Das hast du doch von Anfang an gewußt. Du wolltest es dir nur nicht eingestehen.«

»Wieso?«

»Weil die Liebe uns der realen Welt gegenüber blind macht. Sie gibt uns das Gefühl, so heil zu sein – so sehr Teil eines anderen Menschen –, daß wir ihre andere Seite, die Macht zu zerstören, gar nicht sehen.«

»Ich wollte eigentlich nicht wissen, warum ich es mir nicht eingestehen wollte. Ich wollte wissen, wieso wir keine Zukunft haben«, sagte er.

»Selbst wenn ich nicht zu alt wäre, selbst wenn ich Kinder haben wollte, selbst wenn Maggie akzeptieren könnte, daß wir heiraten ...«

»Du weißt ja gar nicht, daß sie das nicht kann.«

»Laß mich ausreden. Bitte. Dies eine Mal. Und hör mir zu.« Sie wartete einen Moment, vielleicht um sich wieder in den Griff zu bekommen. Sie streckte ihm die Hände zu einer Muschel zusammengelegt entgegen, als wollte sie ihm geben, was sie sagte. »Ich habe einen Menschen getötet, Colin. Ich kann nicht länger hier in Winslough bleiben. Und ich werde nicht zulassen, daß du diesen Ort verläßt, den du liebst.«

»Die Polizei ist hier«, sagte er statt einer Antwort. »Sie sind aus London gekommen.«

Sogleich ließ sie ihre Hände sinken, und ihr Gesicht veränderte sich. Es war, als stülpe sie eine Maske über. Er spürte die Distanz, die dadurch zwischen ihnen geschaffen wurde. Sie war unverletzlich und unerreichbar, ihre Rüstung undurchdringlich. Als sie sprach, klang ihre Stimme völlig ruhig.

»Aus London? Und was wollen sie?«

»Sie wollen herausbekommen, wer Robin Sage getötet hat.«

»Aber wer ...? Wieso ...?«

»Es spielt keine Rolle, wer sie angerufen hat. Oder warum. Entscheidend ist, daß sie jetzt hier sind. Sie wollen die Wahrheit wissen.«

Sie hob ein klein wenig den Kopf. »Dann werd ich's ihnen sagen.«

»Stell dich nicht als die Schuldige hin. Das ist nicht nötig.«

»Ich habe schon einmal das gesagt, was du für richtig hieltst. Ich werde es nicht wieder tun.«

»Du hörst mir nicht zu, Juliet. Es besteht überhaupt keine Notwendigkeit, daß du dich opferst. Du bist genauso unschuldig wie ich.«

»Ich habe diesen Menschen getötet.«

»Du hast ihm wilde Pastinake zu essen gegeben.«

»Was ich für wilde Pastinake hielt. Die ich selbst ausgegraben hatte.«

»Das kannst du nicht mit Sicherheit sagen.«

»Aber natürlich kann ich das! Ich hab sie doch genau an dem Tag ausgegraben.«

»Alles?«

»Alles? Was soll die Frage bedeuten?«

»Juliet, hast du an dem Abend auch etwas Pastinake aus dem Keller geholt? Hast du sie auch mitgekocht?«

Sie trat einen Schritt zurück, als wollte sie sich von dem distanzieren, was seine Worte implizierten. Nun stand sie noch tiefer im Schatten. »Ja.«

»Und merkst du nicht, was das bedeutet?«

»Es bedeutet gar nichts. Es waren nur noch zwei Wurzeln im Keller, als ich an dem Morgen nachsah. Deswegen bin ich losgegangen, um noch welche zu holen. Ich ...«

Er hörte, wie sie schluckte, als sie zu begreifen begann. Er ging zu ihr. »Du begreifst es also, nicht wahr?«

»Colin ...«

»Du hast die Schuld völlig grundlos auf dich genommen.«

»Nein. Das ist nicht wahr. Das kannst du nicht glauben. Das darfst du gar nicht glauben.«

Er strich ihr mit dem Finger über die Wange, zeichnete die

Linie ihres Kiefers nach. Gott, sie war sein Lebenselixier. »Du merkst es gar nicht, nicht wahr? Du bist so gut, daß du es nicht einmal erkennen willst.«

»Was denn?«

»Es ging überhaupt nicht um Robert Sage. Es ist nie um Robert Sage gegangen. Juliet, wie kannst du am Tod des Pfarrers Schuld haben, wenn doch du es warst, die sterben sollte?«

Sie starrte ihn an. Sie begann zu sprechen. Mit einem Kuß gebot er ihren Worten – und der Furcht, die, wie er wußte, hinter ihnen lag – Einhalt.

Sie hatten gerade den Speisesaal verlassen und gingen durch die Gaststube zum Aufenthaltsraum für die Hotelgäste, als der ältere Mann ihnen in den Weg trat. Er musterte Deborah mit einem einzigen Blick von oben bis unten, vom roten Haar – dessen Zustand immer zwischen nachlässig frisiert und total zerzaust zu bezeichnen war – bis zu den grauen Wildlederschuhen mit den glänzenden Altersflecken. Dann richtete er seine Aufmerksamkeit auf St. James und Lynley, inspizierte beide mit der Schärfe, mit der man gemeinhin die Integrität eines Fremden einzuschätzen versucht.

»Scotland Yard?« fragte er. Sein Ton war gebieterisch, ein Ton, der vom Angesprochenen absolute Untertänigkeit erwartete. Gleichzeitig sagte er *Ihre Sorte kenn ich, treten Sie zwei Schritte zurück und nehmen Sie die Mütze ab.* Es war der Herrenton, jener Ton, den abzuschütteln sich Lynley jahrelang bemüht hatte und bei dem sich ihm augenblicklich die Haare sträubten, wenn er ihn hörte.

St. James sagte ruhig: »Ich trinke einen Cognac. Und du, Deborah? Tommy?«

»Ja. Gerne.« Lynley sah St. James und Deborah nach, als sie zum Tresen gingen.

Keiner der Stammgäste im Pub schien dem Mann, der vor Lynley stand und auf Antwort wartete, sonderliche Beachtung zu schenken. Dennoch waren sich offensichtlich alle seiner Anwesenheit bewußt. Ihr Bemühen, ihn zu ignorieren, war zu demonstrativ, die hastigen Blicke, die sie ihm zuwarfen, nicht unauffällig genug.

Lynley musterte den Mann. Er war groß und mager, mit grauem Haar, das sich zu lichten begann, und einer hellen Haut von gesunder Farbe, die verriet, daß der Mann viel Zeit im Freien verbrachte; beim Jagen und Fischen vermutlich, denn nichts an ihm ließ darauf schließen, daß er sich den Elementen aus anderen Gründen aussetzte als zum Vergnügen. Er trug einen Anzug aus erstklassigem Tweed; seine Hände waren gepflegt; er strahlte Selbstsicherheit aus. Und der Ausdruck des Widerwillens, mit dem er zu Ben Wragg hinüberblickte, der gerade mit der Faust auf den Tresen schlug und über einen Witz lachte, den er selbst St. James erzählt hatte, sagte klar, daß ein Besuch im *Crofters Inn* eigentlich weit unter seiner Würde war.

»Ich habe Ihnen eine Frage gestellt«, sagte der Mann. »Ich hätte gern eine Antwort. Und zwar sofort. Ist das klar? Wer von Ihnen ist vom Yard?«

Lynley nahm den Cognac, den St. James ihm brachte. »Ich«, antwortete er. »Inspector Thomas Lynley. Und ich nehme an, Sie sind Townley-Young.«

Er verabscheute sich selbst, als er es tat. Der Mann hatte aus Lynleys Äußerem keinerlei Schlüsse über ihn oder seine Herkunft ziehen können, da er sich zum Abendessen gar nicht erst groß umgezogen hatte. Er trug einen burgunderroten Pullover über seinem gestreiften Hemd, dazu eine graue Flanellhose und Schuhe, in deren Naht noch etwas Schmutz saß. Bis zu dem Moment also, als Lynley den Mund aufmachte – als er beschloß, jenen Ton anzuschlagen, der

Nobelinternat und alter Adel schrie –, hatte Townley-Young nicht wissen können, daß er es mit einem Grafen reinsten Geblüts zu tun hatte. Mit Sicherheit wußte er es immer noch nicht. Niemand flüsterte ihm *der achte Graf von Asherton* ins Ohr. Niemand wies ihn auf Vermögen und Abstammung hin; Stadthaus in London, Familienanwesen in Cornwall, Anrecht auf einen Sitz im Oberhaus (auch wenn Lynley davon bestimmt nie Gebrauch machen würde).

Während Townley-Young noch verdattert schwieg, stellte Lynley St. James und Deborah vor. Dann trank er einen Schluck von seinem Cognac und musterte Townley-Young über den Rand seines Glases.

Der Mann machte soeben eine merkliche Haltungsänderung durch. Die eingekniffenen Nasenflügel blähten sich, der Rücken lockerte sich. Es war klar, daß er am liebsten ein halbes Dutzend Fragen gestellt hätte, die in der Situation absolut verboten waren, und daß er den Eindruck zu erwekken versuchte, er habe von Anfang an gewußt, wie er Lynley einzuordnen habe.

»Kann ich Sie unter vier Augen sprechen?« sagte er und fügte dann mit einem Blick auf St. James hastig hinzu: »Ich meine, außerhalb des Pubs. Ich würde mich selbstverständlich freuen, wenn Ihre Freunde uns Gesellschaft leisten.« Es gelang ihm, diesen Vorschlag in angemessenem Ton vorzubringen.

Lynley wies mit dem Kopf zu der Tür, die in den Aufenthaltsraum für Hotelgäste führte. Townley-Young ging voraus. Im Aufenthaltsraum war es, wenn dies überhaupt möglich war, noch kälter als im Speisesaal, und hier gab es keinen zusätzlichen Heizlüfter, der wenigstens die Füße wärmte.

Deborah schaltete die Lampe ein und richtete ihren Schirm gerade. St. James nahm eine aufgeschlagene Zeitung aus einem der Sessel, warf sie auf das Sideboard, auf dem das Lektüreangebot für die Gäste lag – größtenteils uralte Ausgaben von *Country Life*, die aussahen, als würden sie sofort in Staub zerfallen, wenn man sie unbedacht aufschlug –, und setzte sich. Deborah ließ sich auf einem Sitzkissen nieder.

Lynley bemerkte, daß Townley-Young einen neugierigen Blick auf St. James' krankes Bein warf, sich dann hastig abwandte, um nach einem Platz für sich Ausschau zu halten. Er wählte das Sofa, über dem eine grauenvolle Reproduktion der *Kartoffelesser* hing.

»Ich bin gekommen, weil ich Ihre Hilfe brauche«, sagte Townley-Young. »Beim Abendessen hörte ich, daß Sie hier sind – so etwas spricht sich in Winslough mit der Geschwindigkeit eines Lauffeuers herum –, und da beschloß ich, sofort herzukommen und selbst mit Ihnen zu sprechen. Sie sind im Urlaub hier, nehme ich an?«

»Nicht direkt.«

»Dann wegen dieser Geschichte mit Sage?«

Lynley antwortete mit einer Gegenfrage. »Können Sie mir über Mr. Sages Tod etwas sagen?«

Townley-Young drückte den Knoten seiner grünen Krawatte. »Nicht direkt.«

»Aber?«

»Nun, auf seine Art war Sage wahrscheinlich ganz in Ordnung. Aber wir waren eben in der Frage der Rituale unterschiedlicher Auffassung.«

»Er war Ihnen wohl zu volksverbunden?«

»In der Tat.«

»Nun, das ist aber gewiß kein Mordmotiv.«

»Ein Mord ...« Townley-Youngs Hand fiel herab. Sein Ton war von eisiger Höflichkeit. »Ich bin nicht hergekommen, um ein Geständnis abzulegen, Inspector, wenn Sie das meinen sollten. Ich habe Sage nicht sonderlich gemocht, und mir hat die Nüchternheit seiner Gottesdienste nicht gefallen. Keine Blumen, keine Kerzen, nur das unbedingt Notwendige. So etwas bin ich nicht gewöhnt. Aber als Pfarrer war er nicht schlecht, und er hatte, wie man so schön sagt, das Herz auf dem rechten Fleck.«

Lynley nahm seinen Cognac und wärmte den Schwenker in seiner Hand. »Gehören Sie nicht zu den Mitgliedern des Kirchenvorstands, die mit Sage gesprochen haben, bevor er eingestellt wurde?«

»Doch, doch. Ich war gegen seine Einstellung.« Townley-Youngs rotgeäderte Wangen färbten sich noch eine Schattierung tiefer. Die Tatsache, daß der Herr und Gutsbesitzer auf den Kirchenvorstand, dessen vornehmstes Mitglied er zweifellos war, keinen Einfluß hatte, sprach Bände über das Verhältnis der Dorfbewohner zu ihm.

»Nun, dann wird sein Hinscheiden Sie nicht allzu tief bekümmert haben.«

»Wir waren keine Freunde, wenn Sie darauf hinaus wollen. Aber selbst wenn eine Freundschaft zwischen uns hätte entstehen können – er hatte ja gerade erst zwei Monate hier gelebt, als er starb. Ich weiß, in manchen Kreisen unserer heutigen Gesellschaft zählen zwei Monate soviel wie zwei Jahrzehnte, aber ich gehöre, offen gesagt, nicht zu den Leuten, die jeden gleich beim Vornamen nennen, Inspector.«

Lynley lächelte. Sein Vater war seit vierzehn Jahren tot, und seine Mutter besaß eine Vorliebe dafür, traditionelle Schranken einzureißen, da vergaß er manchmal, welches Gewicht die ältere Generation der Art der Anrede als Gradmesser für die Qualität einer Beziehung beimaß. Es überraschte und amüsierte ihn immer wieder, wenn er im Rahmen seiner Arbeit darauf gestoßen wurde.

»Sie sagten vorhin, Sie hätten mir etwas zu berichten, was

indirekt mit Mr. Sages Tod zu tun habe«, erinnerte er Townley-Young, der eben zu einer längeren Ausführung über Anredeformen ausholen wollte.

»Insofern, als er sich vor seinem Tod mehrmals auf dem Gelände von Cotes Hall aufgehalten hat.«

»Ich fürchte, ich kann Ihnen nicht ganz folgen.«

»Ich bin wegen Cotes Hall hier.«

»Cotes Hall?« Lynley warf einen Blick auf St. James, der mit einer Frag-mich-nicht-Geste die Hand hob.

»Ich möchte, daß Sie untersuchen, was da draußen eigentlich vorgeht. Mutwillige Zerstörung. Dumme Streiche. Seit vier Monaten versuche ich, das Haus zu renovieren, und ständig machen mir irgendwelche Rowdys einen Strich durch die Rechnung. Mal ist es ein umgestoßener Farbtopf, mal eine abgerissene Tapete. Mal laufendes Wasser, das nicht abgestellt worden ist, mal Schmierereien auf den Türen.«

»Glauben Sie etwa, daß Mr. Sage da die Hand im Spiel hatte? Das erscheint mir doch höchst unwahrscheinlich. Er war Geistlicher!«

»Ich glaube, daß da jemand die Hand im Spiel hat, der mir nicht grün ist. Und ich denke, Sie – ein Polizeibeamter – wird der Sache auf den Grund gehen und dafür sorgen, daß dieser Unfug aufhört.«

»Ach so.« Gereizt von dieser letzten, in herrischem Ton hervorgebrachten Bemerkung, fragte sich Lynley, wie viele Leute hier in der Gegend Townley-Young wohl nicht grün waren. »Sie haben einen Dorf-Constable, der sich um solche Angelegenheiten kümmert.«

Townley-Young prustete verächtlich. »Er hat sich von Anfang an mit dieser Sache befaßt.« Das letzte Wort troff vor Sarkasmus. »Er hat nach jedem Zwischenfall brav ermittelt. Und hat nach jedem Zwischenfall nichts zu melden gehabt.«

»Sie haben nicht daran gedacht, bis zum Abschluß der Arbeiten einen Wächter einzustellen?«

»Ich zahle pünktlich meine Steuern, Inspector. Ich möchte gern wissen, wozu sie verwendet werden, wenn ich nicht einmal mit der Hilfe der Polizei rechnen kann, wenn ich sie brauche.«

»Was ist mit Ihrer Hausmeisterin oder Verwalterin?«

»Mrs. Spence, meinen Sie? Sie hat einmal einen Trupp junger Tunichtgute vertrieben – auf sehr wirksame Art und Weise, wenn Sie mich fragen, auch wenn es hier deshalb Wirbel gab –, aber die Leute, die hinter dieser Welle mutwilliger Anschläge stecken, arbeiten mit weit mehr Finesse. Niemals werden Spuren gewaltsamen Eindringens gefunden, niemals irgendwelche Hinweise, abgesehen von dem Schaden.«

»Es muß also jemand mit einem Schlüssel sein, würde ich sagen. Wer hat Schlüssel zum Haus?«

»Ich. Mrs. Spence. Der Constable. Meine Tochter und ihr Mann.«

»Und wünscht einer von Ihnen vielleicht, daß das Haus niemals fertiggestellt wird? Wer soll denn dort einmal leben?«

»Becky – meine Tochter – und ihr Mann. Mit dem Kind, das im Juni kommt.«

»Kennt Mrs. Spence die beiden?« fragte St. James, der sich alles interessiert angehört hatte.

»Becky und Brendan? Wieso?«

»Wäre es ihr vielleicht lieber, wenn die beiden nicht einziehen würden? Wäre es dem Constable vielleicht lieber? Könnte es sein, daß diese beiden selbst das Haus benutzen? Wir haben gehört, daß sie eng befreundet sind.«

Diese Überlegungen, fand Lynley, führten in der Tat in eine interessante Richtung, wenn auch nicht in die von St.

James beabsichtigte. »Haben da in der Vergangenheit Leute genächtigt?« fragte er.

»Das Haus ist abgeschlossen und vernagelt.«

»Ein Brett kann man leicht lockern, wenn man unbedingt hinein will.«

St. James überlegte laut weiter: »Und wenn ein Paar sich in dem Haus heimlich zu treffen pflegte, wird es vielleicht übelnehmen, daß ihm das nun verwehrt sein soll.«

»Es ist mir ziemlich egal, wer in dem Haus was tut. Ich möchte nur, daß es aufhört. Und wenn Scotland Yard dafür nicht sorgen kann ...«

»Was war das für ein Wirbel?« unterbrach Lynley.

Townley-Young starrte ihn verständnislos an. »Was, zum Teufel ...?«

»Sie sagten vorhin, es habe Wirbel gegeben, als Mrs. Spence jemanden von Ihrem Grundstück vertrieben hat. Warum hat es Wirbel gegeben?«

»Weil sie mit der Schrotflinte geschossen hat. Darüber haben sich die Eltern dieser kleinen Rumtreiber maßlos aufgeregt.« Wieder ließ er sein verächtliches Prusten hören. »Die lassen ihre Kinder wirklich wie die Wilden herumlaufen, diese Eltern hier im Dorf. Und wenn dann jemand versucht, ihnen Disziplin beizubringen, tun sie so, als wäre die Apokalypse über sie hereingebrochen.«

»Disziplinierung mit einer Schrotflinte, das ist ziemlich happig«, meinte St. James.

»Und dann noch auf Kinder abgefeuert«, fügte Deborah hinzu.

»Kinder sind das nicht mehr, und selbst wenn es welche wären ...«

»Bedient sich Mrs. Spence mit Ihrer Zustimmung – oder vielleicht sogar auf Ihren Rat hin – einer Schrotflinte, um in Cotes Hall für Ordnung zu sorgen?« fragte Lynley.

Townley-Young kniff die Augen zusammen. »Es paßt mir nicht, wie Sie versuchen, den Spieß umzudrehen und gegen mich zu richten. Ich bin hergekommen, weil ich Ihre Hilfe wollte, Inspector, wenn Sie sie mir nicht geben können, werde ich jetzt wieder gehen.« Er machte Anstalten aufzustehen.

Lynley hob kurz die Hand, um ihn aufzuhalten, und sagte: »Wie lange arbeitet Mrs. Spence schon für Sie?«

»Über zwei Jahre. Fast drei.«

»Was wissen Sie von ihr? Was hat Sie bewogen, sie anzustellen?«

»Sie wollte Frieden und Ruhe, und ich habe da draußen genau so jemand gebraucht. Das Haus liegt einsam. Ich wollte keinen Hausmeister, der sich jeden Abend bemüßigt gefühlt hätte, sich unters Dorfvolk zu mischen. Das hätte meinen Zwecken nicht gedient.«

»Woher kam Mrs. Spence?«

»Aus Cumbria.«

»Von wo?«

»In der Nähe von Wigton.«

»Von wo genau?«

Townley-Young fuhr hoch. »Hören Sie mal zu, Lynley, eines wollen wir doch klarstellen. Ich bin hierhergekommen, um Ihre Dienste in Anspruch zu nehmen und nicht umgekehrt. Ich lasse mich nicht behandeln, als wäre ich ein Verdächtiger, ganz gleich, wer Sie sind oder woher Sie kommen. Ist das klar?«

Lynley stellte sein Cognacglas auf das Tischchen neben seinem Sessel. Er maß Townley-Young mit gleichmütigem Blick. Die Lippen des Mannes waren verkniffen, das Kinn war angriffslustig vorgeschoben. Wäre Sergeant Havers jetzt hiergewesen, so hätte sie an dieser Stelle ausgiebig gegähnt, mit dem Daumen lässig auf Townley-Young gedeutet und gesagt: »Hören Sie sich den mal an!« Und dann hätte sie wenig freundlich, dafür aber um so gelangweilter hinzugefügt: »Beantworten Sie die Frage, ehe wir Sie wegen mangelnder Kooperationsbereitschaft im Rahmen eines polizeilichen Ermittlungsverfahrens einlochen lassen.« Havers scheute sich nie, wenn sie eine heiße Information witterte, die Wahrheit so zu verdrehen, daß sie ihren Zwecken diente. Lynley fragte sich, ob diese Methode auch bei einem Mann wie Townley-Young gefruchtet hätte. Selbst wenn nicht, hätte er es immerhin genießen können, Townley-Youngs Reaktion darauf zu sehen, auf eine solche Art und Weise und in einem solchen Ton angesprochen zu werden. Der »richtige Tonfall« fehlte Havers ganz und gar, und sie pflegte das besonders demonstrativ herauszustellen, wenn sie es mit jemand zu tun hatte, der über ihn verfügte.

»Ich weiß, warum Sie mich aufgesucht haben«, sagte Lynley schließlich.

»Dann ist es ja gut. Ich...«

»Und das Schicksal wollte es, daß Sie mitten in ein Ermittlungsverfahren hineingeplatzt sind. Sie können selbstverständlich Ihren Anwalt anrufen, bevor Sie weiter meine Fragen beantworten. Woher genau ist Mrs. Spence gekommen?« Es war nur eine ganz kleine Verdrehung der Wahrheit. Lynley zog im stillen den Hut vor Havers. Damit konnte er leben.

Die Frage war, ob auch Townley-Young damit leben konnte. Mit Blicken trugen sie einen Machtkampf aus. Townley-Young zwinkerte schließlich.

»Aus Aspatria«, sagte er.

»In Cumbria?«

»Ja.«

»Wie kam sie zu Ihnen?«

»Ich hatte annonciert. Sie bewarb sich. Sie kam zu einem Gespräch. Sie gefiel mir. Sie ist eine gescheite Person, sie ist unabhängig und absolut fähig zu tun, was nötig ist, um meinen Besitz zu schützen.«

»Und Mr. Sage?«

»Was meinen Sie?«

»Woher kam er?«

»Aus Cornwall.« Und noch ehe Lynley die nächste Frage stellen konnte, fügte er hinzu: »Über Bradford. Das ist alles, woran ich mich erinnere.«

»Danke.« Lynley stand auf.

Townley-Young tat es ihm nach. »Was Cotes Hall angeht...«

»Ich werde mit Mrs. Spence sprechen«, sagte Lynley. »Aber ich würde vorschlagen, Sie überlegen sich einmal, wer ein Interesse daran haben könnte, daß Ihre Tochter und ihr Mann nicht in Cotes Hall einziehen.«

Die Hand schon auf dem Türknopf, blieb Townley-Young noch einmal stehen. Er hielt den Kopf gesenkt, und seine Stirn lag in Falten. »Die Hochzeit«, sagte er.

»Wie bitte?«

»Sage ist am Abend vor der Hochzeit meiner Tochter gestorben. Er hätte sie trauen sollen. Keiner von uns wußte, wo er geblieben war, und wir hatten die größten Schwierigkeiten, einen Ersatz für ihn aufzutreiben.« Er sah auf. »Jemand, der nicht möchte, daß meine Tochter in Cotes Hall einzieht, könnte auch gewollt haben, daß sie nicht heiratet.«

»Und warum?«

»Eifersucht. Rache. Neid.«

»Worauf?«

Townley-Young blickte durch die offene Tür in die Gaststube. »Auf das, was Becky schon hat«, sagte er.

Brendan fand Polly Yarkin im Pub. Er ging zum Tresen, ließ sich einen Gin geben, nickte den vier Männern zu, die dort standen, und ging zu ihrem Tisch beim offenen Kamin. Er wartete nicht auf eine Aufforderung, sich zu ihr zu setzen. Heute abend wenigstens hatte er einen Vorwand.

Sie blickte auf, als er sehr bestimmt sein Glas auf den Tisch stellte und sich auf dem dreibeinigen Hocker niederließ. Ihr Blick wanderte von ihm zur Tür auf der anderen Seite, hinter der sich der Aufenthaltsraum für die Hotelgäste befand. »Bren«, sagte sie, »Sie dürfen sich nicht hierher setzen. Fahren Sie lieber nach Hause.«

Sie sah schlecht aus. Obwohl sie direkt am Feuer saß, hatte sie weder Mantel noch Schal abgelegt, und als er seine Jacke aufknöpfte und seinen Hocker näher an den ihren heranschob, schien sie sich wie zum Schutz zusammenzuziehen.

»Bren«, sagte sie wieder, leise und drängend, »bitte, hören Sie auf mich.«

Brendan sah sich gleichgültig in der Gaststube um. Sein Gespräch mit Colin Shepherd – insbesondere die letzte Bemerkung, die er dem Constable im Weggehen hingeworfen hatte – hatte seinem Selbstbewußtsein Auftrieb gegeben wie schon lange nicht mehr. Er fühlte sich gegen neugierige Blicke und Getuschel, ja, sogar gegen direkte Konfrontation gefeit. »Wen haben wir denn hier schon, Polly? Arbeiter, Bauern, ein paar Hausfrauen, ein paar Jugendliche. Was die denken, ist mir doch völlig gleich. Die denken sich doch sowieso, was sie wollen, oder nicht?«

»Um die geht's doch gar nicht. Haben Sie nicht seinen Wagen gesehen?«

»Wessen Wagen?«

»Seinen. Mr. Townley-Youngs. Er ist da drinnen.« Sie wies mit dem Kopf zum Aufenthaltsraum. »Mit ihnen.«

»Mit wem?«

»Den Polizeibeamten aus London. Verschwinden Sie also lieber, bevor er rauskommt und ...«

»Und was? Was?«

Sie antwortete mit einem Achselzucken. Die Bewegung ihrer Schultern, die Linie ihres Mundes verrieten ihm, was sie von ihm hielt. Das gleiche wie Rebecca. Alle hier sahen ihn so; jeder einzelne in diesem ganzen gottverdammten Dorf. Alle glaubten sie, er stünde unter der Fuchtel seines Schwiegervaters, ein Schwächling, auf Lebenszeit an der Kandare.

»Ich habe keine Angst vor meinem Schwiegervater«, sagte er kurz. »Auch wenn das alle glauben. Ich bin durchaus in der Lage, mich gegen ihn zu behaupten. Ich bin zu weit mehr fähig, als diese Bande hier mir zutraut.« Er erwog flüchtig, eine Wenn-sie-nur-wüßten-Andeutung anzuhängen, um seiner Behauptung Glaubwürdigkeit zu verleihen. Aber Polly Yarkin war kein kleines Dummchen. Sie würde fragen und bohren, und am Ende würde er preisgeben, was er am dringendsten für sich behalten wollte. Darum sagte er statt dessen: »Ich habe ein Recht, hier zu sein. Ich habe das Recht, mich hinzusetzen, wo ich will. Ich habe das Recht zu sprechen, mit wem ich will.«

»Sie benehmen sich dumm.«

»Außerdem handelt es sich um eine geschäftliche Angelegenheit.« Er kippte seinen Gin. Der Alkohol rann ihm angenehm die Kehle hinunter. Er erwog einen Gang zum Tresen, um sich ein zweites Glas zu holen. Das würde er auch gleich kippen und dann vielleicht noch ein drittes trinken, und zum Teufel mit jedem, der versuchte, ihn davon abzuhalten.

Polly spielte mit einem Stapel Bierdeckel. Sie konzentrierte sich so angestrengt darauf, als könnte sie auf diese Weise weiterhin vermeiden, seine Anwesenheit offen zur Kenntnis zu nehmen. Er wünschte, sie würde ihn ansehen. Er wünschte, sie würde sich ihm zuwenden und seinen Arm berühren. Er war jetzt wichtig in ihrem Leben, und sie wußte es noch nicht einmal. Aber sie würde es bald genug erfahren.

»Ich war draußen in Cotes Hall«, sagte er.

Sie antwortete nicht.

»Zurück bin ich den Fußweg gegangen.«

Sie richtete sich auf ihrem Hocker auf, als wollte sie aufstehen und gehen. Mit einer Hand griff sie sich in den Nacken und rieb ihn.

»Ich habe Constable Shepherd getroffen.«

Sie machte keine Bewegung mehr. Ihre Augenlider schienen zu beben, als wollte sie ihn ansehen, könnte sich aber nicht einmal diese Art des Kontakts gestatten. »Und?« sagte sie.

»Sie sollten sich lieber in acht nehmen.«

Endlich Kontakt. Sie sah ihn an. Aber nicht Neugier las er in ihrem Gesicht. Da war kein Verlangen, mehr zu erfahren oder Klarheit zu erhalten. Ganz langsam stieg eine fleckige Röte von ihrem Hals auf und breitete sich in ihrem Gesicht aus.

Das brachte ihn aus der Fassung. Sie hätte jetzt fragen müssen, was er mit seiner Bemerkung meinte, und auf seine Erläuterung hin hätte sie ihn um Rat bitten müssen, den er ihr nur allzu gern gegeben hätte, was dann wiederum ihre Dankbarkeit geweckt hätte. Aus Dankbarkeit würde sie ihm dann endlich einen Platz in ihrem Leben einräumen. Und wenn er den erst einmal erobert hatte, würde langsam ihre Liebe zu ihm erwachen. Und wenn es nicht Liebe war, was sie schließlich empfand, dann würde er sich gern mit Begehren zufriedengeben.

Nur leider erzeugte seine Bemerkung nicht die geringste Spur jener Neugier, die er erhofft hatte, um die Schutzmauer ins Wanken zu bringen, die sie gegen ihn aufgezogen hatte. Sie sah nur wütend aus.

»Ich habe weder ihr noch sonst jemandem etwas getan«, zischte sie. »Ich weiß nichts über sie.«

Er wich zurück. Sie beugte sich vor. »Über sie?« fragte er verständnislos.

»Nichts«, wiederholte sie. »Und wenn Constable Shepherd Ihnen beim Schwatz auf dem Fußweg eingeredet haben sollte, Mr. Sage hätte mir etwas gesagt, was ich benutzen könnte, um ihn zu ...«

»... töten«, sagte Brendan.

»Was?«

»Er hält Sie für die Schuldige. Am Tod des Pfarrers. Er sucht nach Beweisen. Shepherd, meine ich.«

Sie machte den Mund auf und schloß ihn wieder. »Er sucht nach Beweisen?« wiederholte sie.

»Ja. Seien Sie also auf der Hut. Und wenn er Sie verhören will, Polly, dann rufen Sie mich sofort an. Sie haben doch die Nummer von der Kanzlei, nicht wahr? Sprechen Sie auf keinen Fall mit ihm allein. Bleiben Sie überhaupt nicht mit ihm allein. Haben Sie verstanden?«

»Er sucht nach Beweisen«, sagte sie wieder, als wollte sie sich von der Wahrheit der Worte überzeugen. Die Drohung, die sie enthielten, schien sie gar nicht zu berühren.

»Polly, antworten Sie mir. Haben Sie verstanden? Der Constable sucht Beweise dafür, daß Sie am Tod des Pfarrers schuldig sind. Er war auf dem Weg nach Cotes Hall, als ich ihn getroffen habe.«

Sie starrte ihn an, schien ihn jedoch gar nicht zu sehen. »Aber Col war doch nur ängstlich«, sagte sie. »Er hat es nicht ernst gemeint. Ich habe es zu weit getrieben – das tue ich manchmal –, und da hat er etwas gesagt, was er in Wirklichkeit gar nicht gemeint hat. Das wußte ich doch. Und er wußte es auch.«

Brendan verstand nicht, was sie da redete. Sie schien völlig weggetreten zu sein. Er nahm ihre Hand. Sie starrte immer noch wie blind ins Leere und entzog ihm ihre Hand nicht. Er verschränkte seine Finger mit den ihren.

»Polly, Sie müssen auf mich hören.«

»Nein, es ist nichts. Er hat es überhaupt nicht so gemeint.«

»Er hat mich nach den Schlüsseln gefragt«, fuhr Brendan fort. »Ob ich Ihnen die Schlüssel gegeben hätte, ob Sie mich darum gebeten hätten.«

Sie runzelte die Stirn, sagte aber nichts.

»Ich habe ihm keine Antwort gegeben, Polly. Ich habe ihm eine Abfuhr erteilt und ihn zum Teufel geschickt. Wenn er also bei Ihnen erscheint –«

»Das kann er nicht glauben.« Sie sprach so leise, daß Brendan sich vorbeugen mußte, um sie zu hören. »Er kennt mich doch. Colin kennt mich, Brendan.«

Sie faßte seine Hand fester, zog sie an ihr Herz. Er war verblüfft, entzückt, zu allem bereit.

»Wie kann er glauben, daß ich jemals ... Ganz gleich, was ... Brendan!« Sie stieß seine Hand weg. Sie sagte: »Jetzt ist es noch schlimmer.« Und gerade als Brendan sie fragen wollte, was sie damit meinte, als er sich von ihr erklären lassen wollte, was denn jetzt noch schlimm sein konnte, da sie ihn endlich akzeptiert hatte, fiel eine schwere Hand auf seine Schulter.

Brendan blickte auf und sah direkt in das Gesicht seines Schwiegervaters. »Gottverdammich!« sagte St. John Andrew Townley-Young kurz und scharf. »Mach, daß du hinauskommst, ehe ich dir sämtliche Knochen breche, du elender Wurm.«

Lynley schloß die Tür zu seinem Zimmer und blieb mit dem Rücken dagegengelehnt stehen, den Blick auf das Telefon gerichtet, das neben dem Bett stand. An der Wand darüber hingen weitere Zeugnisse der Vorliebe der Wraggs für die Impressionisten und ihre direkten Nachfolger. Monets zärtliches *Madame Monet mit Kind* nahm sich etwas seltsam aus neben Toulouse-Lautrecs *Im Moulin Rouge*, und beide Drucke waren mit mehr Begeisterung als Sorgfalt aufgezogen und gerahmt worden. Der Toulouse-Lautrec hing so schief, daß man den Eindruck hatte, das berühmte Nachtlokal sei soeben von einem Erdbeben heimgesucht worden. Lynley richtete ihn gerade. Er zupfte eine Spinnwebe aus Madame Monets Haar. Aber weder die Betrachtung der Bilder noch der flüchtige Gedanke an die merkwürdige Zusammenstellung konnte ihn daran hindern, zum Telefon zu greifen und ihre Nummer zu wählen.

Er kramte seine Uhr heraus. Es war kurz nach neun. Sie würde noch nicht im Bett sein. Nicht einmal die Uhrzeit gab einen plausiblen Grund ab, den Versuch zu unterlassen. Er hatte keine Entschuldigung, den Anruf nicht zu machen.

Außer Feigheit, an der es ihm Helen gegenüber weiß Gott nicht mangelte. Wollte ich wirklich Liebe, fragte er sich mit bitterer Ironie, und wenn ja, wann wollte ich sie? Und wäre nicht eine Affäre – wäre nicht ein Dutzend Affären – weniger kompliziert und weit bequemer als dies hier? Er seufzte. Wie entsetzlich die Liebe war; keineswegs so einfach wie das Tier mit zwei Rücken.

Im Bett hatten sie nie Probleme miteinander gehabt. An einem Freitag im November hatte er sie von Cambridge nach Hause gefahren. Sie hatten sich bis zum Sonntag morgen nicht aus ihrer Wohnung gerührt. Bis Samstag abend vergaßen sie sogar das Essen. Er konnte die Augen schließen – selbst jetzt, wenn er daran dachte – und ihr Gesicht über sich sehen, ihr herabfallendes Haar, in der Farbe dem Cognac nicht unähnlich, den er soeben getrunken hatte. Er konnte die Bewegungen ihres Körpers fühlen, die Wärme unter seinen Händen, wenn sie von ihren Brüsten zu ihrer Taille unter ihre Schenkeln glitten; er konnte hören, wie ihr Atem stockte und dann seinen Rhythmus völlig veränderte und ihrer wachsenden Erregung folgte, bis sie wie besinnungslos seinen Namen rief. Er hatte, seine Finger unter ihrer Brust, den hämmernden Schlag ihres Herzens gespürt. Sie hatte gelacht, ein wenig verlegen darüber, wie einfach das alles zwischen ihnen war.

Sie war das, was er sich wünschte. Zusammen waren sie das, was er sich wünschte. Aber ihr Leben bestand nicht auf Dauer aus den Stunden, die sie miteinander im Bett verbrachten.

Denn man konnte eine Frau lieben, man konnte mit ihr schlafen, man konnte erreichen, daß sie einen rückhaltlos wiederliebte, und dennoch konnte es passieren, daß man im Innersten nicht berührt wurde. Denn dies hätte eine endgültige Aufhebung aller Schranken bedeutet, die Bereitschaft zur Selbstaufgabe. Das wußten sie beide, hatten sie beide schon erfahren.

Wie lernen wir zu vertrauen, fragte er sich. Wie entwickeln wir den Mut, uns ein zweites oder drittes Mal verletzbar zu machen, das Herz immer wieder von neuem der Gefahr auszusetzen, daß es gebrochen wird? Helen wollte das nicht tun, und er konnte es ihr nicht verübeln. Er war selbst nicht immer sicher, ob er so weit gehen wollte.

Er dachte mit Ärger an sein heutiges Verhalten. Er hatte an diesem Morgen gar nicht schnell genug aus London herauskommen können. Er kannte seine Motive gut genug, um sich einzugestehen, daß ihn die Aussicht auf Distanz zu Helen, aber auch der Wunsch, sie zu bestrafen, getrieben hatte. Ihre Zweifel und Ängste reizten ihn, vielleicht weil sie so genau seine eigenen spiegelten.

Müde und verdrossen setzte er sich auf die Bettkante und

lauschte dem eintönigen Tropfen des Wasserhahns im Bad. Er wußte, daß das Geräusch ihn verrückt machen würde, wenn er erst im Bett lag und zu schlafen versuchte. Wahrscheinlich, dachte er, brauchte der Hahn nur eine neue Dichtung. Ben Wragg konnte ihm sicher eine geben. Er brauchte nur den Telefonhörer abzunehmen und darum zu bitten. Wie lange würde es schon dauern, den Hahn zu reparieren? Fünf Minuten vielleicht? Vier? Und er konnte nachdenken. Während seine Hände beschäftigt waren, würde er den Kopf frei haben, um in bezug auf Helen eine Entscheidung zu treffen. Er konnte sie schließlich nicht einfach anrufen, ohne zu wissen, was er mit seinem Anruf eigentlich wollte. Fünf Minuten Abstand würden verhindern, daß er sich gedankenlos in etwas hineinstürzte und ebenso gedankenlos riskierte, sich preiszugeben – ganz zu schweigen von Helen, die weit sensibler war als er... Er unterbrach den inneren Monolog. Preisgeben? Wem denn? Wem denn? Der Liebe? Der Verbindlichkeit? Der Ehrlichkeit? Dem Vertrauen? Nur Gott konnte wissen, wie sie beide eine solche Herausforderung überstehen würden.

Er lachte bitter über sein Spiel der Selbsttäuschung und griff zum Telefon, als es plötzlich läutete.

»Denton hat mir gesagt, wo ich dich erreichen kann«, war das erste, was sie sagte.

Und das erste, was er sagte, war: »Helen! Hallo, Darling. Ich wollte dich gerade anrufen.« Wobei ihm klar war, daß sie ihm das wahrscheinlich nicht glauben würde und er keinen Grund hatte, ihr dies zu verübeln.

Aber sie antwortete: »Ach, da bin ich aber froh.«

Und dann trat Schweigen ein. In diesem Schweigen konnte er sich vorstellen, wo sie war – in ihrem Schlafzimmer in der Wohnung am Onslow Square, auf dem Bett, die Beine untergeschlagen. Die in Gelb und Creme gehaltene Tagesdecke bildete einen schönen Kontrast zu ihrem Haar und ihren Augen. Er konnte sehen, wie sie den Telefonhörer hielt – mit beiden Händen umschlossen, als wollte sie ihn, sich selbst oder das Gespräch, das sie führte, schützen. Er wußte, welchen Schmuck sie trug – Ohrringe, die sie vielleicht schon auf dem Walnußtisch neben dem Bett abgelegt hatte, ein schmales goldenes Armband und eine dazu passende Halskette, die sie ab und zu mit der Hand berührte wie einen Talisman. Und aus dem Grübchen an ihrem Hals stieg der leise Duft des Parfums empor, das sie benutzte, etwas Blumiges mit einem Hauch von Zitrus.

Sie begannen beide zugleich zu sprechen.

»Ich hätte nicht...«, sagte der eine.

»Ich war den ganzen Tag...«, der andere.

Und dann brachen sie mit einem raschen, nervösen Lachen ab, wie es oft Gespräche zwischen Liebenden begleitet, die beide fürchten, das zu verlieren, was sie gerade erst gefunden haben. Und das war der Grund, weshalb Lynley sämtliche Pläne, die er unmittelbar vor ihrem Anruf gemacht hatte, schlagartig aufgab.

»Ich liebe dich, Darling«, sagte er. »Die ganze Sache tut mir wirklich leid.«

»Bist du davongelaufen?«

»Diesmal, ja. In gewisser Weise.«

»Darüber darf ich mich dann nicht aufregen. Ich habe das ja selbst oft genug getan.«

Wieder Schweigen. Sie hatte wahrscheinlich eine seidene Bluse an und dazu eine Flanellhose oder einen Rock. Ihre Jacke lag vermutlich am Fußende des Bettes, wo sie sie hingeworfen hatte. Ihre Schuhe standen neben dem Bett. Das Licht brannte und beleuchtete sanft die Streifen und Blüten der Tapete und ihre Haut.

»Aber du bist nie fortgelaufen, um mir weh zu tun!«

»Ist das denn der Grund, weshalb du davongelaufen bist? Um mir weh zu tun?«

»Da kann ich wieder nur sagen, in gewisser Weise. Ich bin jedenfalls nicht stolz darauf.« Er ergriff das Telefonkabel und schlang es nervös um seine Finger. Er sagte: »Helen, diese blöde Geschichte mit der Krawatte heute morgen...«

»Das war doch gar nicht der springende Punkt. Du hast es gleich gemerkt. Aber ich wollte es nicht zugeben. Es war nur ein Vorwand.«

»Wofür?«

»Angst.«

»Wovor?«

»Angst davor, vorwärts zu gehen, vermute ich. Dich noch mehr zu lieben, als ich es schon tue. Dich zu sehr in mein Leben einzubeziehen.«

»Helen...«

»Ich könnte mich in der Liebe zu dir leicht verlieren. Das Problem ist, daß ich nicht weiß, ob ich das will.«

»Wie kann denn so etwas schlimm sein? Kann es falsch sein?«

»Es ist weder das eine noch das andere. Aber der Liebe folgt früher oder später immer der Schmerz. Das ist so. Die Frage ist nur, wann. Und damit habe ich versucht, mich auseinanderzusetzen: ob ich den Schmerz will, und in welchem Maß. Manchmal...« Sie zögerte. Er konnte sehen, wie sie in einer schützenden Geste die Hand an ihren Halsansatz legte, ehe sie fortfuhr. »Es ist dem Schmerz näher als alles, was ich je erlebt habe. Ist das nicht verrückt? Davor habe ich Angst. Ich glaube, ich habe tatsächlich Angst vor dir.«

»Irgendwann mußt du anfangen, mir zu vertrauen, Helen, wenn wir gemeinsam weiterkommen wollen.«

»Das weiß ich.«

»Ich werde dir keinen Schmerz zufügen.«

»Absichtlich nicht. Nein, das weiß ich sehr wohl.«

»Aber?«

»Wenn ich dich verliere, Tommy.«

»Das wird nicht geschehen. Wie sollte es auch? Warum?«

»Ach, da gibt es tausend verschiedene Möglichkeiten.«

»Wegen meiner Arbeit?«

»Weil du der bist, der du bist.«

Er hatte ein Gefühl, als würde er von einer riesigen Welle fortgetragen, fortgetragen von allem, vor allem aber von ihr. »Es ist also doch die Krawatte«, sagte er.

»Andere Frauen?« erwiderte sie. »Ja. Am Rande. Aber es ist mehr eine Angst vor dem Alltag, vor dem täglichen Leben, vor der Art und Weise, wie die Menschen sich aneinander aufreiben. Ich will das nicht. Ich möchte nicht eines Morgens aufwachen und erkennen, daß ich bereits vor fünf Jahren aufgehört habe, dich zu lieben. Ich möchte nicht eines Abends vom Essen aufblicken und sehen müssen, daß du mich beobachtest, und auf deinem Gesicht genau das gleiche lesen.«

»Das ist das Risiko, Helen. Letztendlich läuft es darauf hinaus, Vertrauen zu wagen. Weiß der Himmel allerdings, was auf uns wartet, wenn wir es nicht einmal schaffen, für eine Woche zusammen nach Korfu zu fliegen.«

»Ja, das tut mir leid. Und es tut mir auch leid, wie ich mich benommen habe. Ich hab mich heute morgen so eingeengt gefühlt.«

»Na, das bist du jetzt los.«

»Und dabei will ich das gar nicht. Dich los sein. Das will ich überhaupt nicht, Tommy.« Sie seufzte. Es klang fast wie ein unterdrücktes Schluchzen. Helen hatte nur einmal in ihrem Leben geschluchzt, soviel er wußte – als junges Mädchen von einundzwanzig Jahren, als ihre Welt in Trümmer gegangen war, durch einen Autounfall, an dem er selbst beteiligt gewesen war –, und er zweifelte, daß sie jetzt seinetwegen zu schluchzen beginnen würde. »Ich wollte, du wärst hier.«

»Das wünschte ich mir auch.«

»Kommst du zurück? Morgen?«

»Ich kann nicht. Hat Denton es dir nicht gesagt? Ich habe hier mit einem Fall zu tun, oder etwas in dieser Art.«

»Dann wäre ich dir auch nur eine Plage, wenn ich käme.«

»Nein, eine Plage wärst du nicht. Aber es würde nicht gutgehen.«

»Wird denn je etwas gutgehen?«

Ja, das war die Frage. Er blickte zum Boden hinunter, starrte auf den Schmutz an seinen Schuhen, auf den Teppich mit dem Blumenmuster. »Ich weiß es nicht«, antwortete er. »Und genau das ist das Teuflische. Ich kann dich bitten, alles mit einem Sprung ins Leere zu riskieren. Ich kann dir beim besten Willen nicht garantieren, was du dort vorfinden wirst.«

»Dann kann es niemand.«

»Jedenfalls niemand, der ehrlich ist. Wir können die Zukunft nicht vorhersagen. Wir können uns nur der Gegenwart anvertrauen und hoffen, daß sie uns in die richtige Richtung führt.«

»Glaubst du daran, Tommy?«

»Mit ganzem Herzen.«

»Ich liebe dich.«

»Ich weiß. Darum glaube ich daran.«

12

Maggie hatte Glück. Er kam allein aus dem Pub. Das hatte sie gehofft, seit sie sein Fahrrad gegen das weiße Tor gelehnt, durch das man auf den Parkplatz des *Crofters Inn* gelangte, entdeckt hatte. Es war gar nicht zu übersehen, ein Mädchenrad mit dicken Reifen, einst Augapfel von Nicks älterer Schwester, das er sich nach ihrer Heirat unter den Nagel gerissen hatte und auf dem er jetzt mit fliegender Bomberjacke und seinem Kofferradio am Lenker zwischen dem Dorf und der Skelshaw Farm hin und her zu radeln pflegte, ohne sich darum zu kümmern, wie komisch er darauf aussah. Meistens donnerten Rock 'n' Roll-Rhythmen von Depeche Mode aus dem Radio. Diese Gruppe hatte es Nick nämlich besonders angetan.

Als er aus dem Pub kam, spielte er an dem Radio herum, seine ganze Konzentration anscheinend darauf gerichtet, einen Sender zu finden, den er möglichst störungsfrei und möglichst laut hereinbekam. Liederfetzen von Simple Minds, UB 40, Fairground Attraction lösten einander ab, ehe er die richtige Musik fand, die vor allem aus hohen, schrillen Tönen einer elektrischen Gitarre bestand. Sie hörte Nick sagen: »Clapton, das geht schon«, und sah, wie er den Träger des Radios über die Lenkstange seines Fahrrads streifte. Er bückte sich, um sein linkes Schuhband zu binden, und diese Gelegenheit benutzte Maggie, um sich aus dem Schatten der Türnische des *Pentagram Tearoom* auf der anderen Straßenseite herauszuwagen. Sie war noch eine ganze Weile in Josies Versteck geblieben, nachdem diese gegangen war, weil sie im Restaurant und im Pub aushelfen mußte. Sie hatte vorgehabt, erst nach Hause zu gehen, wenn das Abendessen nicht mehr zu retten war und ihr Ausbleiben bei vernünftiger Überlegung nur noch Mord, Entführung oder offene Rebellion bedeuten konnte. Zwei Stunden Verspätung nach dem Abendessen waren da gerade richtig. Ihre Mutter verdiente es.

Trotz dem, was sich gestern abend zwischen ihnen abgespielt hatte, hatte sie Maggie heute morgen wieder einen

Becher mit diesem gräßlichen Tee auf den Tisch gestellt und gesagt: »Trink das, Margaret. Und zwar sofort. Eh du gehst.« Sie wirkte hart und unerbittlich – aber wenigstens sagte sie jetzt nicht mehr, der Tee sei gut für ihre Knochen, auch wenn er scheußlich schmeckte, und enthielte alle Vitamine und Mineralien, die eine junge Frau brauchte. Diese Lüge war aus der Welt. Aber die eiserne Entschlossenheit ihrer Mutter war geblieben.

Ebenso allerdings die Maggies. »Ich trink den Tee nicht. Du kannst mich nicht zwingen. Vorher hast du's geschafft. Aber jetzt kannst du mich nicht mehr zwingen, das Zeug zu trinken.« Ihre Stimme war hoch und schrill. Sie wußte, sie hörte sich an wie eine am Schwanz aufgehängte Maus. Und als ihre Mutter ihr den Becher an die Lippen drückte, sie mit der anderen Hand im Nacken festhielt und sagte: »Du *wirst* ihn trinken, Margaret. Du bleibst hier so lange sitzen, bis du ihn getrunken hast«, riß Maggie ihre Arme hoch und schleuderte den heißen Tee ihrer Mutter an die Brust.

Der Pullover sog die Flüssigkeit auf wie ein Schwamm und wurde zu einer glühendheißen zweiten Haut. Juliet Spence schrie auf und rannte zum Spülbecken. Maggie starrte sie voller Entsetzen an.

»Mom!« rief sie. »Ich wollte nicht ...«

»Hinaus! Mach, daß du hinauskommst«, schrie ihre Mutter um Atem ringend. Und als Maggie sich nicht rührte, rannte sie zum Tisch zurück und riß an Maggies Stuhl. »Du hast gehört, was ich gesagt hab. Mach, daß du hinauskommst.«

Es war nicht die Stimme ihrer Mutter. Es war auch nicht ihre Mutter, die da über dem Spülbecken stand und sich mit zusammengebissenen Zähnen das eiskalte Wasser, das aus dem Hahn strömte, mit vollen Händen auf ihren Pullover schüttete. Sie gab Geräusche von sich, als könnte sie nicht atmen. Und als sie endlich fertig war und der Pullover ganz von kaltem Wasser durchtränkt, beugte sie sich vor und zog ihn sich über den Kopf. Sie zitterte am ganzen Körper.

»Mom!« sagte Maggie mit heller, unsicherer Stimme.

»Hinaus! Ich kenn dich überhaupt nicht«, war die Antwort.

Sie war stolpernd in den grauen Morgen hinausgelaufen und hatte auf der ganzen Fahrt zur Schule allein in einer Ecke des Busses gesessen. Im Lauf des Tages hatte sie sich langsam mit dem Ausmaß ihres Verlusts abgefunden. Sie erholte sich. Sie schlüpfte in einen starren kleinen Panzer, um sich zu schützen. Wenn ihre Mutter wollte, daß sie verschwand, dann würde sie eben verschwinden. O ja. Den Gefallen konnte sie ihr leicht tun.

Nick liebte sie. Hatte er ihr das nicht immer wieder gesagt? Sagte er es ihr nicht jeden Tag, an dem er eine Möglichkeit dazu hatte? Sie brauchte ihre Mutter nicht. Wie schwachsinnig, zu glauben, daß sie sie je gebraucht hatte. Und ihre Mutter brauchte sie nicht. Wenn sie erst weg war, konnte ihre Mutter endlich ihr eigenes Leben mit Mr. Shepherd führen. Vielleicht war *das* sogar der Grund, warum sie sie – Maggie – immer wieder zwingen wollte, diesen Tee zu trinken. Vielleicht . . .

Maggie fröstelte. Nein. Mom war gut. Sie war gut. Ganz bestimmt.

Es war halb acht, als Maggie das alte Eishaus am Fluß verließ. Bis sie zu Hause war, würde es nach acht sein. Hocherhobenen Hauptes und ohne ein Wort zu sagen, würde sie hineingehen. Sie würde in ihr Zimmer hinaufgehen und die Tür schließen. Nie wieder würde sie mit ihrer Mutter sprechen. Wozu auch?

Aber dann hatte sie Nicks Fahrrad gesehen und ihre Pläne über den Haufen geworfen. Sie war über die Straße gegangen zur tiefen Türnische des Tearooms, die vor dem Wind geschützt war. Dort wollte sie auf ihn warten.

Sie hatte nicht gedacht, daß sie so lang würde warten müssen. Aus irgendeinem Grund hatte sie geglaubt, Nick würde spüren, daß sie hier draußen war, und seine Freunde drinnen stehenlassen, um sie zu suchen. Sie konnte nicht zu ihm hineingehen, weil es ja sein konnte, daß ihre Mutter auf der Suche nach ihr im Pub anrief, aber es machte ihr nichts aus zu warten. Er würde ja bald kommen.

Fast zwei Stunden später kam er endlich heraus. Und als sie sich jetzt von hinten heranschlich und ihm den Arm um die Taille legte, fuhr er vor Schreck zusammen und kreischte wie eine Katze. Dann wirbelte er herum. Das Haar flog ihm in die Augen. Er warf es zurück und sah sie.

»Mag!« Er lachte.

»Ich hab auf dich gewartet. Dort drüben.«

Er drehte den Kopf. Der Wind blies ihm das Haar ins Gesicht. »Wo?«

»Da, beim Tearoom.«

»Draußen? Mag, bist du verrückt? Bei dem Wetter? Du bist bestimmt total durchgefroren. Warum bist du nicht reingekommen?« Er richtete den Blick auf die erleuchteten Fenster des Pub, nickte einmal und sagte: »Wegen der Polizei. Stimmt's?«

Sie runzelte die Stirn. »Wieso wegen der Polizei?«

»New Scotland Yard. Der Mann scheint so gegen fünf gekommen zu sein, jedenfalls hat Ben Wragg das gesagt. Hast du das nicht gewußt? Ich war ganz sicher, du wüßtest es.«

»Wieso?«

»Wegen deiner Mutter.«

»Wegen meiner Mutter? Was ...?«

»Die sind doch wegen Mr. Sage hier. Die sind anscheinend nicht zufrieden. Wir müssen mal miteinander reden, Mag.«

Er blickte die Straße hinunter in Richtung Gemeindewiese, wo auf dem Parkplatz auf der anderen Straßenseite ein altes

Steinhäuschen stand, in dem die öffentlichen Toiletten untergebracht waren. Dort würden sie vor dem Wind geschützt sein, wenn auch nicht vor der Kälte; doch Maggie hatte eine bessere Idee.

»Komm mit«, sagte sie. Sie wartete, bis er sein Radio an sich genommen hatte – das er wie in stillschweigender Gewißheit der Heimlichkeit ihres Tuns leiser stellte –, und führte ihn dann durch das Tor auf den Parkplatz des *Crofters Inn*. Sie huschten zwischen den Autos hindurch. Nick gab mit einem unterdrückten Pfiff seine Bewunderung für den silbernen Bentley zum Ausdruck, der schon einige Stunden zuvor hier gestanden hatte, als Josie und Maggie zum Fluß hinuntergegangen waren.

»Wohin ...«

»Das wirst du gleich sehen«, antwortete Maggie. »Es ist Josies Versteck. Aber sie hat bestimmt nichts dagegen. Hast du Streichhölzer? Wir brauchen Feuer für die Laterne.«

Vorsichtig stiegen sie den Pfad hinunter. Das Eis, das sich mit der Kälte der Nacht zu bilden begonnen hatte, und nasse Gräser und Binsen, die ständig vom fliegenden Schaum des sprudelnden Bachs benetzt wurden, machten ihn glitschig. Nick sagte: »Laß mich«, und ging voraus, einen Arm nach rückwärts gestreckt, um ihr die Hand zu reichen und ihr Halt zu geben. Jedesmal wenn er ein wenig rutschte, sagte er: »Vorsichtig, Mag«, und faßte sie fester. Er paßte auf sie auf, und dies zu sehen und zu spüren, wärmte sie.

»Hier«, sagte sie, als sie das alte Eishaus erreichten. Sie drückte gegen die Tür. Die Angeln quietschten, die schiefhängende Tür kratzte über den Boden und schob den Flickenteppich ein Stück zusammen. »Das ist Josies geheimes Versteck«, sagte Maggie. »Du sagst doch niemand was davon, Nick?«

Er schlüpfte durch die Tür, während Maggie nach der

Laterne tastete, die auf dem alten Faß stand. Sie sagte: »Ich brauch die Streichhölzer«, und da drückte er ihr schon ein Heftchen in die Hand. Sie zündete die Laterne an, drehte ihr Licht herunter, bis es so mild und weich wie das einer Kerze war, und drehte sich nach ihm herum.

Er sah sich um. »Toll«, sagte er lächelnd.

Sie ging an ihm vorüber, um die Tür zu schließen, und besprühte dann, wie vorher Josie das getan hatte, Wände und Boden mit Eau de Toilette.

»Hier drinnen ist es kälter als draußen«, stellte Nick fest. Er zog den Reißverschluß seiner Bomberjacke zu und schlug sich mit den Händen auf die Arme.

»Hier«, sagte sie. Sie setzte sich auf das alte Feldbett und klopfte auf den Platz neben sich. Als er sich neben ihr niederfallen ließ, nahm sie die Steppdecke und legte sie ihm und sich um wie ein Cape.

Er schlüpfte noch einmal einen Moment aus dem Kokon heraus, um seine Zigaretten zu holen. Maggie gab ihm seine Streichhölzer zurück, und er zündete zwei Zigaretten zugleich an, eine für jeden von ihnen. Er sog den Rauch tief ein und hielt den Atem an. Maggie tat so, als machte sie es genauso.

Sie kannte nichts Schöneres als seine Nähe. Die sachten Geräusche, die das Leder seiner Bomberjacke verursachte, den Druck seines Beins an ihrem, die Wärme seines Körpers und – wenn sie ihn ansah – seine langen Wimpern und die schwerlidrigen Augen. »Der Junge hat einen richtigen Schlafzimmerblick«, hatte sie eine der Lehrerinnen sagen hören. »Noch ein paar Jahre, und die Frauen werden sich darum reißen, von ihm beglückt zu werden.« Eine andere hatte bemerkt: »Ich hätte nichts dagegen, schon jetzt von ihm beglückt zu werden«, und sie hatten alle gelacht und abrupt aufgehört, als sie gesehen hatten, daß Maggie in Hörweite war. Nicht daß sie von Maggie und Nick gewußt hätten. Niemand wußte davon, außer ihre Mutter und Josie. Und Mr. Sage.

»Es hat eine gerichtliche Leichenschau stattgefunden«, sagte Maggie. »Und sie haben gesagt, es sei ein Unfall gewesen. Und wenn das einmal bei der Leichenschau festgestellt worden ist, dann kann niemand mehr was anderes behaupten. Oder stimmt das vielleicht nicht? Sie können jetzt nicht wieder von vorn anfangen. Weiß die Polizei das denn nicht?«

Nick schüttelte den Kopf. Er stäubte die Asche von seiner Zigarette auf den Teppich und trat sie mit der Schuhspitze in den Stoff hinein. »Das ist beim Prozeß so, Mag. Niemand kann wegen desselben Verbrechens zweimal vor Gericht gestellt werden, wenn nicht ganz neue Beweise auftauchen. Ich glaube, so ist das. Aber das ist sowieso egal, weil hier ja gar kein Prozeß stattgefunden hat. Eine Leichenschau ist kein Prozeß.«

»Und jetzt? Wird es jetzt einen Prozeß geben?«

»Das kommt darauf an, was sie herausfinden.«

»Herausfinden? Wo denn? Suchen sie denn was? Glaubst du, sie werden auch zu uns nach Hause kommen?«

»Ganz sicher werden sie mit deiner Mutter reden wollen. Sie haben heute abend schon mit Mr. Townley-Young gesprochen. Wenn du mich fragst, hat der sie überhaupt angerufen.« Nick grinste. »Das hättest du sehen sollen, Mag, als er aus dem Salon für die Gäste herauskam. Brendan hockte bei Polly Yarkin und trank ganz gemütlich seinen Gin, und als T-Y die beiden sah, ist er echt kreidebleich geworden und so starr wie ein toter Fisch. Dabei haben sie überhaupt nichts gemacht, nur einen zusammen getrunken. Aber T-Y hat Brendan sofort rausgeschmissen. Er hat ihn angefunkelt, als hätte er Laserstrahlen in den Augen. Echt, wie im Film.«

»Aber meine Mutter hat doch überhaupt nichts getan«,

sagte Maggie. Sie spürte, wie ein kleiner Knoten der Furcht sich in ihrer Brust zusammenzog. »Jedenfalls nicht mit Absicht. Das hat sie doch gesagt. Und der Coroner und das Gericht haben gesagt, daß es stimmt.«

»Ja, natürlich, nach allem, was sie gehört haben. Aber es könnte ja sein, daß jemand gelogen hat.«

»Meine Mutter hat nicht gelogen!«

Nick schien ihre Ängste augenblicklich zu erkennen. »Ist ja gut, Mag«, sagte er beruhigend. »Du brauchst keine Angst zu haben. Aber sie werden eben wahrscheinlich mit dir reden wollen.«

»Wer? Die Polizei?«

»Ja. Du hast Mr. Sage gekannt. Du und er, ihr wart doch Freunde, könnte man sagen. Und wenn die Polizei ein Verbrechen untersucht, dann redet sie immer mit den Freunden der Toten.«

»Aber Mr. Shepherd hat nie mit mir geredet. Und der Mann bei der Leichenschau auch nicht. Ich war doch an dem Abend gar nicht zu Hause. Ich weiß überhaupt nicht, was passiert ist. Ich kann denen gar nichts sagen. Ich ...«

»Hey!« Er zog ein letztes Mal an seiner Zigarette, ehe er sie an der Steinmauer hinter sich ausdrückte und dann das gleiche mit ihrer Zigarette tat. Er legte den Arm um ihre Taille. Auf der anderen Seite des Eishauses hustete und spuckte das Radio. »Es ist ja gut, Mag. Du brauchst keine Angst zu haben. Es hat doch mit dir gar nichts zu tun. Ich meine, du hast ja schließlich den Pfarrer nicht umgebracht, oder?« Er lachte leise bei diesem unmöglichen Gedanken.

Maggie stimmte nicht in sein Lachen ein. Im Grunde ging doch alles um Verantwortung, nicht wahr?

Sie konnte sich erinnern, wie zornig ihre Mutter geworden war, als sie von Maggies Besuchen im Pfarrhaus gehört hatte. Auf Maggies empörte und anklagende Frage »Wer hat dir das erzählt? Wer hat mir nachspioniert?« – die ihre Mutter ignoriert hatte, aber das spielte im Grunde keine Rolle, weil Maggie sowieso genau wußte, wer ihr nachspioniert hatte – hatte ihre Mutter gesagt: »Jetzt hör mir mal genau zu, Maggie. Sei vernünftig. Du kennst diesen Mann im Grunde überhaupt nicht. Und er ist ein Mann, kein Junge. Er ist mindestens fünfundvierzig Jahre alt. Ist dir das eigentlich klar? Was denkst du dir dabei, einen Mann in diesem Alter in seinem Haus zu besuchen? Auch wenn er Pfarrer ist. Gerade weil er Pfarrer ist. Begreifst du denn nicht, in was für eine Lage du ihn bringst?«

Auf Maggies Entgegnung »Aber er hat gesagt, ich könnte jederzeit zum Tee kommen. Und er hat mir ein Buch geschenkt. Und ...« sagte ihre Mutter: »Es ist mir gleichgültig, was er dir geschenkt hat. Ich möchte nicht, daß du dich mit ihm triffst. Nicht in seinem Haus. Nicht allein. Überhaupt nicht.«

Maggie waren die Tränen in die Augen geschossen. Sie hatte sie laufen lassen und gesagt: »Er ist mein Freund. Das hat er selbst gesagt. Du willst nur nicht, daß ich Freunde habe, stimmt's?«

Da hatte ihr Mutter sie am Arm gepackt, mit harter Hand, die sagte, hör mir jetzt genau zu und untersteh dich, mir zu widersprechen, und hatte gesagt: »Daß du mir nie wieder zu diesem Mann gehst!« Auf Maggies quengelige Frage »Aber warum?« hatte sie den Arm ihrer Tochter losgelassen und nur erwidert: »Du hast keine Ahnung, was da passieren kann. Was tatsächlich täglich passiert. Vielleicht fängst du mal an, die Zeitung zu lesen.« Mit diesen Worten war die Diskussion zwischen ihnen an jenem Abend beendet gewesen. Aber es folgten andere: »Du warst heute wieder mit ihm zusammen. Lüg mich nicht an, Maggie. Ich weiß, daß es so ist. Von heute an hast du Hausarrest.«

»Das ist gemein.«

»Was wollte er von dir?«

»Nichts.«

»Sei ja nicht bockig, sonst wird es dir noch mehr leid tun, daß du mir nicht gehorcht hast. Ist das klar? Also, was wollte er von dir?«

»Nichts.«

»Was hat er gesagt? Was hat er getan?«

»Wir haben nur miteinander geredet. Und ein paar Plätzchen gegessen. Polly hat Tee gemacht.«

»Sie war auch da?«

»Ja. Sie ist immer ...«

»Im selben Zimmer?«

»Nein. Aber ...«

»Worüber habt ihr gesprochen?«

»Alles mögliche.«

»Zum Beispiel?«

»Über die Schule. Über Gott.« Ihre Mutter machte ein Geräusch, das wie ein Schnauben klang. Maggie konterte mit: »Er hat mich gefragt, ob ich schon mal in London war. Ob ich Lust hätte, mal hinzufahren. Er hat gesagt, mir würde London bestimmt gefallen. Er ist schon oft dort gewesen. Erst letzte Woche war er zwei Tage dort. Er hat gesagt, Leute, die mit London nichts am Hut haben, sollten gar nicht leben dürfen. Oder so was ähnliches jedenfalls.«

Ihre Mutter antwortete nicht. Sie rieb nur wie eine Verrückte ein Stück Käse und hielt den Blick auf ihre Hand gesenkt. Sie rieb mit solcher Verbissenheit, daß die Knöchel an ihrer Hand ganz weiß wurden. Aber sie waren nicht so weiß wie ihr Gesicht.

Das ratlose Schweigen ihrer Mutter machte Maggie Mut: »Er hat gesagt, daß wir vielleicht mal mit der Jugendgruppe einen Ausflug nach London machen«, fuhr sie fort. »Er hat gesagt, in London gibt es Familien, bei denen wir übernachten könnten. Dann bräuchten wir uns kein Hotel zu suchen. Und er hat gesagt, daß London eine ganz tolle Stadt ist, und wir könnten ins Museum gehen und in den Tower und in den Hyde Park und zu Harrod's zum Mittagessen. Er hat gesagt ...«

»Geh auf dein Zimmer!«

»Aber Mom!«

»Hast du nicht gehört!«

»Aber ich wollte dir doch nur ...«

Weiter kam sie nicht. Die Hand ihrer Mutter traf sie voll im Gesicht. Schreck und Überraschung, weit mehr als Schmerz, trieben ihr die Tränen in die Augen. Und mit ihnen erwachten Zorn und der Wunsch, gleichen Schmerz zu bereiten.

»Er ist mein Freund«, rief sie weinend. »Er ist mein Freund, und wir reden miteinander, und du willst nur nicht, daß er mich mag. Nie willst du, daß ich Freunde habe. Darum zieh'n wir dauernd um, oder nicht? Immer wieder. Damit auch ja niemand mich mag. Damit ich immer allein bin. Und wenn Daddy ...«

»Hör auf!«

»Nein! Fällt mir nicht ein! Wenn Daddy mich findet, dann geh ich mit ihm. Ja, das tu ich. Du wirst schon sehen. Und du kannst mich nicht aufhalten, ganz gleich, was du tust.«

»Darauf verlaß dich mal lieber nicht, Margaret.«

Und vier Tage später war Mr. Sage gestorben. Wer war wirklich dafür verantwortlich? Und was war wirklich das Verbrechen?

»Meine Mutter ist gut«, sagte sie leise zu Nick. »Sie wollte bestimmt nicht, daß dem Pfarrer was Schlimmes geschieht.«

»Ich glaub dir, Mag«, antwortete Nick. »Aber irgend jemand hier sieht's anders.«

»Was passiert denn, wenn sie vor Gericht muß? Und wenn sie ins Gefängnis muß?«

»Ich kümmere mich schon um dich.«

»Ehrlich?«

»Klar.«

Das klang so stark und sicher. Er *war* stark und sicher. Es tat gut, ihm so nahe zu sein. Sie legte einen Arm um seine Taille und ihren Kopf an seine Brust.

»So müßte es immer sein«, sagte sie.

»Dann wird's auch immer so sein.«

»Wirklich?«

»Wirklich. Du bist meine Nummer eins, Mag. Du bist die einzige. Mach dir wegen deiner Mutter keine Gedanken.«

Sie schob ihre Hand von seinem Knie zu seinem Oberschenkel. »Mir ist kalt«, sagte sie und schmiegte sich enger an ihn. »Ist dir auch kalt, Nick?«

»Ein bißchen, ja.«

»Ich kann dich wärmen.«

Sie konnte sein Lächeln spüren. »Ja, das glaub ich dir.«

»Soll ich?«

»Ich hätt nichts dagegen.«

»Ich kann's. Ich tu's gern.« Sie machte es genauso, wie er es ihr gezeigt hatte, mit langsamen, geschmeidigen Bewegungen ihrer Hand. »Ist das gut, Nick?«

»Hm.« Nick stöhnte leise. Er richtete sich auf.

»Was ist?«

Er griff in seine Jacke. »Ich hab das von einem der Jungs bekommen«, sagte er. »Wir dürfen's nicht mehr ohne Kondom tun, Mag. Das wär Wahnsinn. Viel zu riskant.«

Sie küßte seine Wange und dann seinen Hals. Ihre Finger schoben sich zwischen seine Beine, und er stöhnte wieder und legte sich auf dem Feldbett nieder. »Aber diesmal müssen wir das Kondom nehmen«, sagte er.

Sie öffnete den Reißverschluß seiner Blue jeans, schob ihm die Hosen an den Hüften hinunter. Sie schlüpfte aus ihrer Strumpfhose und legte sich neben ihm nieder und hob ihren Rock.

»Mag, wir müssen ...«

»Ja, gleich, Nick. Nur noch einen Moment. Ja?«

Sie schob ein Bein über seine Beine. Sie begann, ihn zu küssen, ihn zu liebkosen und zu streicheln, ohne ihre Hände zu gebrauchen.

»Ist das schön?« flüsterte sie.

Er hatte den Kopf zurückgeworfen. Seine Augen waren geschlossen. Statt einer Antwort stöhnte er.

Ein Moment war mehr als genug Zeit, stellte sie fest.

St. James saß im einzigen Sessel des Zimmers, einem Ohrenbackensessel, abgesehen vom Bett das bequemste Möbelstück im ganzen Hotel. Zum Schutz gegen die eisige Kälte, die durch die beiden Oberlichte des Zimmers drang, zog er seinen Morgenrock fester um sich.

Hinter der geschlossenen Badezimmertür konnte er Deborah in der Wanne planschen hören. Im allgemeinen summte oder sang sie beim Baden, aus irgendeinem Grund immer entweder eine Melodie von Cole Porter oder etwas von Gershwin. Sie pflegte diese Lieder mit dem Enthusiasmus einer unentdeckten Edith Piaf und dem Talent eines Marktschreiers wiederzugeben. Sie war nicht fähig, einen Ton zu halten, auch wenn ein ganzer Chor sie unterstützt hätte. An diesem Abend jedoch sang sie nicht.

Normalerweise war er für jede größere Kunstpause froh und dankbar, besonders wenn er gerade zu lesen versuchte. An diesem Abend jedoch hätte er viel lieber als ihr beharrliches Schweigen ihre unbeschwerten schiefen Gesänge vernommen und sich Gedanken darüber gemacht, wie er ihnen am besten ein Ende bereiten sollte und ob er das überhaupt wollte.

Abgesehen von einem kurzen Scharmützel beim Tee hatten sie nach ihrer Rückkehr von der ausgedehnten Morgenwanderung in stillschweigendem Einverständnis einen Waffenstillstand geschlossen und auch eingehalten. In Anbetracht des Todes von Robin Sage und in Erwartung von Lynley war es nicht allzu schwierig gewesen. Doch jetzt, da Lynley hier und alles zur Aufnahme der Ermittlungen bereit war, merkte St. James, daß seine Gedanken immer wieder zu der Mißstimmung in seiner Ehe zurückkehrten und zu der Frage, welchen Anteil er selbst daran hatte.

So sehr Deborah Gefühlsmensch war, so sehr war er Vernunftmensch. Er hatte sich vorgemacht, dieser grundlegende Wesensunterschied zwischen ihnen bilde das Fundament aus Feuer und Eis, auf dem ihre Ehe fest verankert war. Doch ihre Ehe war in eine Phase eingetreten, in der seine Fähigkeit, logisch zu denken, nicht nur ein Nachteil zu sein schien, sondern eben der Punkt, an dem sich Deborahs Weigerung, einen Konflikt anders als dickköpfig anzugehen, verhärtete. Die Worte *Um noch einmal auf diese Adoptionsgeschichte zurückzukommen, Deborah* reichten aus, um sie in halsstarrige Defensive zu treiben. Die Übergänge von Zorn zu Anklage und schließlich zu Tränen waren so rasant bei ihr, daß er nicht wußte, wie er damit umgehen sollte. Und so kam es, daß er, wenn wieder einmal eine Diskussion damit endete, daß sie Türen knallend aus dem Zimmer oder aus dem Haus lief, häufiger einfach erleichtert aufatmete, anstatt sich zu fragen, was er selbst dazu tun konnte, das Problem auf andere Art anzugehen. Ich hab's versucht, pflegte er zu denken; dabei hatte er in Wirklichkeit nur das alte Muster durchgespielt und gar nichts versucht.

Er rieb sich seinen verspannten Nacken. Stets zeigte dies

ihm den Grad seelischer Belastung, die er zu verleugnen suchte. Er setzte sich etwas tiefer in den Sessel. Bei der Bewegung fiel sein Morgenrock etwas auseinander. Die kalte Luft stieg an seinem gesunden rechten Bein empor. In seinem linken Bein konnte er wie immer überhaupt nichts fühlen, stellte er ganz sachlich fest; in den letzten Jahren gönnte er dem Bein nur noch beiläufige Beachtung. Früher allerdings, in den Jahren vor seiner Ehe, hatte er es fast unablässig beobachtet, wie besessen.

Es ging dabei immer nur um eines: festzustellen, wie weit die Atrophie seiner Muskeln fortgeschritten war, und den Verfall, der früher oder später der Lähmung folgte, abzuwehren. Sein linker Arm hatte dank qualvollen Monaten harter physikalischer Therapie seine Bewegungsfähigkeit wiedergewonnen. Doch das Bein hatte sich allen Bemühungen der Rehabilitation widersetzt, wie ein Soldat, der sich die psychischen Verletzungen des Krieges bewahrt, als könnten sie allein beweisen, daß er an der Front war.

»Die Arbeit des Gehirns ist uns zum großen Teil immer noch ein Geheimnis«, hatten die Ärzte nachdenklich zur Erklärung dafür vorgebracht, daß er zwar seinen Arm wieder gebrauchen konnte, nicht aber sein Bein. »Bei einer so schweren Kopfverletzung wie der Ihren muß man mit Entwicklungsprognosen äußerst vorsichtig sein.«

Worauf dann die Liste der »Vielleichts« folgte: Vielleicht würde er das Bein eines Tages wieder völlig ungehindert gebrauchen können. Vielleicht würde er eines Tages ohne Stöcke gehen können. Vielleicht würde er eines Morgens aufwachen und sein Bein wieder spüren, die Muskeln spannen, die Zehen bewegen, das Knie beugen können. Aber nach zwölf Jahren war das nicht wahrscheinlich. So hielt er denn an dem fest, was geblieben war, nachdem er die hartnäckige Illusion der ersten vier Jahre begraben hatte: dem

Anschein der Normalität. Solange er seine Muskeln vor dem Verfall bewahren konnte, wollte er zufrieden sein und keinen Träumen nachhängen.

Er hatte die Atrophie mit elektrischem Strom bekämpft. Daß ihn die Eitelkeit dazu trieb, hatte er nie geleugnet; hatte sich gesagt, es sei ja wohl keine Sünde, wie ein vollkommener Mensch aussehen zu wollen, auch wenn man keiner mehr war.

Er haßte seinen ungelenken Gang, und selbst jetzt noch, nachdem er Jahre damit gelebt hatte, konnte er unter dem neugierigen Blick eines Fremden vorübergehend ins Schwitzen geraten. Anders, sagte dieser Blick, nicht so wie wir. Und wenn auch dieses körperliche Anderssein sich auf seine Invalidität beschränkte, so wurde es doch im Beisein von Fremden hundertfach verstärkt.

Wir haben gewisse Erwartungen an andere, dachte er, während er zerstreut sein Bein betrachtete. Daß sie gehen, sprechen, sehen und hören können. Wenn sie das nicht können – oder wenn sie es auf eine Art tun, die unseren vorgefaßten Vorstellungen nicht entspricht –, nageln wir sie auf eine Rolle fest, scheuen wir vor dem Kontakt mit ihnen zurück, zwingen wir sie, Teil eines Ganzen sein zu wollen, in dem es keine Unterschiede gibt.

Er hörte, wie das Wasser im Badezimmer abzulaufen begann. Er blickte zur Tür und fragte sich, ob dies die Wurzel der Schwierigkeiten war, die zwischen ihm und Deborah bestanden. Sie wollte das, was ihr zustand, die Norm. Er hatte schon lange aufgehört, an den Wert der Normalität zu glauben.

Mühsam stand er auf und lauschte ihren Bewegungen. Das geräuschvolle Schwappen des Wassers verriet ihm, daß sie soeben aufgestanden war. Jetzt würde sie aus der Wanne steigen, nach einem Badetuch greifen und es sich um den Körper wickeln. Er klopfte an die Tür und öffnete sie.

Sie war dabei, den beschlagenen Spiegel abzuwischen. Das

Haar fiel ihr in feuchten lockigen Strähnen aus dem Turban, den sie sich aus einem zweiten Handtuch gedreht hatte. Sie stand mit dem Rücken zu ihm, und er konnte die Wassertropfen auf ihrer Haut sehen, die glatt und geschmeidig war und weich von dem Badeöl, dessen Duft den Raum erfüllte.

Sie sah ihn im Spiegel an und lächelte. Der Ausdruck ihres Gesichts war liebevoll. »Jetzt ist es wohl wirklich und wahrhaftig aus zwischen uns.«

»Wieso?«

»Du bist nicht zu mir ins Bad gekommen.«

»Du hast mich ja nicht eingeladen.«

»Ich habe dir beim Abendessen die ganze Zeit telepathische Einladungen geschickt. Hast du sie nicht bekommen?«

»Ach, dann war das unterm Tisch dein Fuß? Hm, wenn ich's mir jetzt überlege, hatte er mit Tommys wirklich keine Ähnlichkeit.«

Sie lachte und schraubte ihre Gesichtsmilch auf. Er sah zu, wie sie sie in ihrem Gesicht verrieb. Muskeln arbeiteten mit den kreisenden Bewegungen ihrer Finger, und er machte eine Übung aus ihrer Identifizierung: *trapezius, levator scapulae, splenius cerviscis*. Es war eine Form der Disziplin, um seine Gedanken auf einer gewünschten Bahn zu halten. Die Versuchung, ein Gespräch mit Deborah auf ein andermal zu verschieben, gewann durch den Anblick der frisch dem Bad Entstiegenen stets zusätzliche Macht.

»Es tut mir leid, daß ich die Adoptionsunterlagen mitgenommen habe«, sagte er. »Ich habe mich nicht an unsere Vereinbarung gehalten. Ich hoffte, dich dazu verleiten zu können, mit mir über das Problem zu sprechen, solange wir hier sind. Schreib es männlicher Eitelkeit zu und verzeih mir bitte.«

»Schon verziehen«, sagte sie. »Aber es gibt kein Problem.«

Sie schraubte die Flasche mit der Gesichtsmilch zu und

begann sich mit mehr Energie als unbedingt nötig abzutrocknen. Als er das sah, wußte er, daß Vorsicht geboten war. Er sagte nichts mehr, bis sie ihren Morgenrock übergezogen und ihr Haar von dem Turban befreit hatte. Sie stand vornübergeneigt und kämmte sich, statt eine Bürste zu benutzen, das Haar mit den Fingern, als er von neuem zu sprechen begann. Er wählte seine Worte mit Sorgfalt.

»Das ist eine Frage der Semantik. Wie können wir das, was zwischen uns ist, sonst nennen? Verstimmung? Disput? Diese Worte scheinen mir nicht sehr treffend zu sein.«

»Und wir dürfen doch um Gottes willen nicht ungenau sein, wenn wir wissenschaftliche Begrifflichkeiten verteilen.«

»Das ist nicht fair.«

»Nein?« Sie richtete sich auf, kramte einen Moment in ihrer Toilettentasche und zog dann das flache Heftchen mit der Pille heraus. Sie drückte eine heraus, hielt sie zur Demonstration zwischen Daumen und Zeigefinger hoch und schob sie in den Mund. Sie drehte den Wasserhahn so resolut auf, daß das Wasser vom Boden des Beckens wie eine Fontäne aufspritzte.

»Deborah!«

Sie ignorierte ihn. Sie schluckte die Pille mit Wasser. »So. Jetzt kannst du ganz beruhigt sein. Ich habe das Problem soeben aus dem Weg geräumt.«

»Ob du die Pille nimmst oder nicht, ist deine Entscheidung, nicht meine. Ich kann natürlich aufpassen wie ein Schießhund. Ich kann versuchen, dich zu zwingen. Aber das möchte ich nicht. Ich möchte nur sicher sein, daß du meine Sorge verstehst.«

»Worum?«

»Um deine Gesundheit.«

»Das machst du mir bereits seit zwei Monaten klar. Und

ich habe getan, was du wolltest, und habe die Pille genommen. Ich werde nicht schwanger werden. Bist du damit nicht zufrieden?«

Ihre Haut fing an fleckig zu werden, immer das erste Zeichen, daß sie sich in die Enge getrieben fühlte. Und ihre Bewegungen wurden linkisch. Er wollte nicht der Anlaß zu Panik sein, gleichzeitig jedoch wollte er klare Verhältnisse zwischen ihnen schaffen. Er wußte, daß er genauso störrisch war wie sie, dennoch ließ er nicht locker. »So wie du das sagst, klingt es, als wollten wir nicht dasselbe.«

»Das tun wir auch nicht. Oder willst du von mir verlangen, so zu tun, als erkenne ich das nicht?« Sie ging an ihm vorbei ins Schlafzimmer, um möglichst umständlich den elektrischen Heizofen einzustellen. Er folgte ihr, wahrte den Abstand, indem er sich wieder in den Ohrensessel setzte.

»Es geht doch um die Familie«, sagte er. »Um Kinder. Am liebsten zwei. Und vielleicht auch drei. Das war es doch, was wir beide wollten, nicht wahr?«

»Ja, *unsere* Kinder, Simon. Nicht zwei Kinder, die uns gnädigerweise vom Jugendamt überlassen werden, sondern zwei, die wir gezeugt haben. Das ist es, was ich möchte.«

»Und warum?«

Sie sah auf. Ihre Haltung wurde starr, und er erkannte, daß er mit einer Frage, die zu stellen ihm vorher einfach nicht eingefallen war, den Nerv getroffen hatte. Bisher war er in ihren Disputen stets zu stark darauf bedacht gewesen, seine eigenen Argumente durchzubringen, um sich über ihre eigensinnige Entschlossenheit, um jeden Preis ein Kind zur Welt zu bringen, Gedanken zu machen.

»Warum?« fragte er wieder und neigte sich vor, die Ellbogen auf seine Knie gestützt. »Kannst du mit mir nicht darüber sprechen?«

Sie sah wieder zum Heizlüfter hinunter, legte ihre Finger

um einen seiner Knöpfe und drehte ihn heftig. »Sei nicht so gönnerhaft. Du weißt, das kann ich nicht ausstehen.«

»Ich bin nicht gönnerhaft.«

»Doch, bist du schon. Du psychologisierst. Du stocherst in allem herum und drehst und wendest es nach allen Seiten. Warum kann ich nicht einfach fühlen, was ich fühle, und wollen, was ich will, ohne mich unter einem deiner verdammten Mikroskope sezieren lassen zu müssen?«

»Deborah . . .«

»Ich möchte ein eigenes Kind. Ist das vielleicht ein Verbrechen?«

»Das habe ich doch gar nicht gesagt.«

»Bin ich deshalb vielleicht verrückt?«

»Nein. Natürlich nicht.«

»Ist es vielleicht erbärmlich von mir, daß ich gern ein Kind mit dir möchte? Daß ich mir wünsche, auf diese Weise Wurzeln zu schlagen? Daß ich gerne wissen möchte, daß wir es gezeugt haben – du und ich? Daß ich mir eine Verbindung zu diesem Kind wünsche? Wieso ist das alles ein solches Verbrechen?«

»Ist es doch gar nicht.«

»Ich möchte eine richtige Mutter sein. Ich möchte es erleben. Ich möchte das Kind.«

»Es sollte nicht um die Befriedigung des eigenen Egoismus gehen«, sagte er. »Denn dann, denke ich, hast du nicht wirklich verstanden, was es heißt, Mutter oder Vater zu sein.«

Mit einem Ruck wandte sie sich nach ihm um. Ihr Gesicht war brennend rot. »Wie gemein, mir das zu sagen. Ich hoffe, du hast es genossen.«

»O Gott, Deborah.« Er streckte die Arme nach ihr aus, konnte aber den Raum, der zwischen ihnen lag, nicht überbrücken. »Ich wollte dir doch nicht weh tun.«

»Das kannst du aber gut verbergen.«

»Es tut mir leid.«

»Ja, hm. Es ist nun mal gesagt.«

»Nein. Nicht alles.« Mit einer gewissen Verzweiflung suchte er nach Worten, die dieser Gratwanderung zwischen dem Bemühen, sie nicht noch tiefer zu verletzen, und dem Wunsch, selbst zu verstehen, gerecht wurden. »Ich finde, wenn Vater oder Mutter sein mehr bedeutet, als ein Kind in die Welt zu setzen, dann kann man diese Erfahrung mit jedem Kind machen – mit einem Kind, das man selbst geboren hat, mit einem, das man nur in seine Obhut nimmt, oder mit einem, das man adoptiert. Wenn es einem wirklich ums Elternsein geht und nicht lediglich darum, ein Kind zu produzieren. Wie ist das bei dir?«

Sie antwortete nicht. Aber sie sah auch nicht weg. Er glaubte es wagen zu können, weiterzusprechen.

»Ich glaube, viele Menschen setzen einfach Kinder in die Welt, ohne sich im geringsten zu überlegen, was diese Kinder im Laufe ihres Lebens alles von ihnen verlangen werden. Aber ein Kind großzuziehen verlangt seinen Preis. Und ihn zu zahlen muß man bereit sein. Man muß sich das ganze Erleben, die ganze Erfahrung wünschen. Nicht nur den Akt der Geburt, weil der einem das Gefühl gibt, vollständig zu sein.«

Den Rest brauchte er gar nicht zu sagen: daß er diese Erfahrung der Elternschaft schon einmal gemacht hatte, mit ihr. Sie kannte ja die Fakten ihrer gemeinsamen Geschichte: Elf Jahre älter als sie, hatte er von dem Tag an, an dem er achtzehn Jahre alt geworden war, für sie Verantwortung übernommen. Der Mensch, der sie heute war, war großenteils durch seinen Einfluß entstanden. Die Tatsache, daß er ihr eine Art zweiter Vater gewesen war, war für ihre Ehe einerseits ein Segen, andererseits, und zum größeren Teil, ein Fluch.

Jetzt baute er auf den positiven Einfluß seiner damaligen Vaterrolle und hoffte, es würde ihr gelingen, ihren Weg durch Angst und Zorn zu finden oder was sonst es war, das sich zwischen sie beide geschoben hatte; er hoffte, ihre gemeinsame Vergangenheit würde ihnen helfen, einen Weg in die Zukunft zu finden.

»Deborah«, sagte er, »du brauchst keinem Menschen etwas zu beweisen. Niemandem. Und ganz gewiß nicht mir. Wenn es hier also darum gehen sollte, etwas zu beweisen, dann laß das um Himmels willen sein, ehe es dich vernichtet.«

»Es geht nicht darum, etwas zu beweisen.«

»Worum geht es denn?«

»Es ist nur, daß – ich habe mir immer ausgemalt, wie es werden würde.« Ihre Unterlippe bebte. Sie drückte die Fingerspitzen darauf. »Ich hab mir vorgestellt, wie es in mir wachsen würde, wie ich seine Bewegungen spüren und wie ich deine Hand auf meinen Bauch legen würde. Damit du es auch spüren könntest. Wir würden uns gemeinsam überlegen, wie wir es nennen wollen, und wir würden ein Kinderzimmer einrichten. Und bei der Entbindung würdest du dabeisein. Es wäre so etwas wie ein Akt für die Ewigkeit, weil wir dieses – dieses kleine Wesen zusammen gezeugt hätten. Das ist es, was ich mir immer gewünscht habe.«

»Aber das sind doch Hirngespinste, Deborah. Das ist es nicht, was bindet. Das Leben mit seinen Alltäglichkeiten schafft die Bindungen. Dies hier – was jetzt zwischen uns ist –, das ist die Bindung. Und wir sind die Ewigkeit.« Wieder hielt er ihr seine Hand hin. Diesmal nahm sie sie, auch wenn sie blieb, wo sie war. »Komm zu mir zurück«, sagte er. »Spring mit deinem Rucksack und deinen Kameras die Treppe hinauf und hinunter. Laß überall im Haus deine Fotos herumliegen. Mach zu laute Musik. Wirf deine Kleider in Häufchen auf den Boden. Sprich mit mir und streite mit mir und sei neugierig. Sei lebendig bis in deine Fingerspitzen. Ich möchte dich zurückhaben.«

Sie begann zu weinen. »Ich weiß nicht mehr, wie das geht.«

»Das glaube ich nicht. Es steckt doch in dir. Aber irgendwie – aus irgendeinem Grund – hat die Vorstellung von einem Kind das alles verdrängt. Warum, Deborah?«

Sie sah zu Boden und schüttelte den Kopf. Ihre Finger, die seine Hand hielten, wurden schlaff. Ihrer beider Hände fielen herab. Und er erkannte, daß trotz all seiner guten Absichten und all seiner Worte etwas unausgesprochen geblieben war.

Der Fall wird wieder aufgerollt

13

Cotes Hall war nach bester viktorianischer Tradition ein Bau, der einzig aus Wetterfahnen, Kaminen und Giebeln zu bestehen schien, unter denen Erker- und Turmfenster den aschgrauen Morgenhimmel spiegelten. Es war aus Kalkstein erbaut, und auf seinen Mauern hatten sich infolge von Verwahrlosung und Witterungseinflüssen häßliche Flechten gebildet, die sich in graugrünen Streifen vom Dach abwärts zogen. Das Land, das Cotes Hall umgab, war von Unkraut überwuchert, und wenn man auch vom Herrenhaus aus nach Westen und Osten einen beeindruckenden Blick auf Wälder und Hügel hatte, so war doch angesichts der trostlosen Winterlandschaft und des Allgemeinzustands des Anwesens dem Gedanken, in diesem Haus zu leben, wenig abzugewinnen.

Vorsichtig lenkte Lynley den Bentley über die letzten Schlaglöcher in den Hof hinein, den Cotes Hall überschattete wie das Haus der Familie Usher. Flüchtig dachte er an St. John Townley-Youngs Erscheinen im *Crofters Inn* am vergangenen Abend. Beim Gehen hatte dieser seinen Schwiegersohn entdeckt, der mit einer Frau, die ganz offensichtlich nicht seine Ehefrau war, zusammengesessen hatte, und nach Townley-Youngs Reaktion zu urteilen, war das nicht der erste solche Seitensprung des jungen Mannes gewesen. Im ersten Moment hatte Lynley geglaubt, sie seien rein zufällig gleichzeitig auf die unerfreulichen Zwischenfälle in Cotes Hall und auf die Identität der Urheberin gestoßen. Die heimliche Geliebte eines verheirateten Mannes würde möglicherweise bis zum Äußersten gehen, um die Ehe eines Mannes zu erschüttern, den sie für sich selbst haben wollte. Doch als Lynley das alte Haus von den rostenden Wetterhähnen und den durchlöcherten Regenrinnen bis zum wuchernden Unkraut und dem großen feuchten Flecken am Sockel des Gebäudes betrachtete, mußte er sich eingestehen, daß dies eine voreilige, von männlichem Chauvinismus bestimmte Schlußfolgerung gewesen war. Selbst er, der dies gar nicht zu fürchten brauchte, schauderte bei dem Gedanken, hier leben zu müssen. Mochte drinnen noch so gründlich renoviert worden sein, es würde Jahre hingebungsvoller Arbeit brauchen, das Äußere des Hauses sowie den Garten und den Park zu retten. Man konnte es niemandem verübeln, ob glücklich verheiratet oder nicht, wenn er alles versuchte, einem Leben dort zu entkommen.

Er parkte seinen Wagen zwischen einem Lastwagen, der Bauholz geladen hatte, und dem Lieferwagen einer Installationsfirma namens Crackwell & Sons. Ein Durcheinander von Geräuschen, Hammerschläge, das Kreischen einer Säge, lautes Fluchen und die Klänge von »Auf in den Kampf, Torero«, drang aus dem Haus. Schwankend unter der Last einer Teppichrolle auf seiner Schulter, kam, unbewußt im Takt zur Musik gehend, ein älterer Mann in einem fleckigen Overall durch eine Hintertür heraus. Der Teppich schien völlig durchnäßt zu sein. Der Mann ließ ihn neben dem Lastwagen auf den Boden fallen und nickte Lynley zu. »Kann ich was für Sie tun, Meister?« fragte er und zündete sich eine Zigarette an, während er auf Antwort wartete.

»Können Sie mir sagen, wo das Verwalterhaus ist?« sagte Lynley. »Ich suche Mrs. Spence.«

Der Mann schob sein stoppeliges Kinn vor, um auf eine Remise auf der anderen Seite des Hofs zu deuten. An sie angelehnt stand ein kleineres Haus, eine Miniaturausgabe des Herrenhauses. Nur war seine Fassade im Gegensatz zu der des alten Hauses gereinigt worden, und in den Fenstern hingen Vorhänge. Zu beiden Seiten der Haustür hatte jemand Winteriris gepflanzt. Ihre gelben und purpurroten Blüten hoben sich leuchtend von den grauen Mauern ab.

Die Tür war geschlossen. Als Lynley klopfte und sich nichts rührte, rief der Mann im Overall: »Versuchen Sie's mal im Garten. Im Gewächshaus«, ehe er wieder im Herrenhaus verschwand.

Der Garten hinter dem Haus war vom Hof durch eine Mauer abgetrennt, in die ein grünes Tor eingelassen war. Es ließ sich leicht öffnen, obwohl die Scharniere verrostet waren. Das Stück Land dahinter war ganz offensichtlich Juliet Spences Reich. Hier war die Erde umgegraben und frei von Unkraut. Es roch nach Kompost. Auf einem Blumenbeet am Haus waren Zweige kreuzweise über eine Strohdecke gebreitet, die die Wurzelstöcke mehrjähriger Stauden vor dem Frost schützte. Auf der anderen Seite des Gartens wollte Juliet Spence offensichtlich etwas anpflanzen; mit in die Erde gehauenen Brettern hatte sie dort ein Gemüsefeld abgesteckt, und die Enden der Furchen, in denen bald die ersten grünen Pflanzen sprießen würden, waren mit Holzpfosten markiert.

Gleich dahinter stand das Gewächshaus. Seine Tür war geschlossen. Hinter den trüben Glasscheiben konnte Lynley die Gestalt einer Frau erkennen, die mit erhobenen Armen dastand und sich um eine Pflanze kümmerte, die auf Höhe ihres Kopfes hing. Er durchquerte den Garten. Seine Gummistiefel sanken in den feuchten Boden des Wegs ein, der vom Haus zum Gewächshaus führte und weiter in den Wald.

Die Tür war nur angelehnt. Der Druck eines kurzen, leichten Klopfens genügte, und sie öffnete sich lautlos. Mrs. Spence hörte offenbar weder das Klopfen, noch nahm sie das plötzliche Eindringen kühlerer Luft war; sie blieb in ihre Arbeit vertieft und bot ihm so Gelegenheit, sich umzusehen.

Die hängenden Pflanzen waren Fuchsien. Sie wuchsen in Drahtkörben, die mit irgendeinem Moos ausgekleidet waren. Sie waren für den Winter gestutzt, aber nicht all ihrer Blätter beraubt worden. Mrs. Spence war damit beschäftigt, die Blumen mit einer übelriechenden Flüssigkeit zu besprühen, wobei sie immer wieder eine Pause machte, um jeden Korb zu drehen, damit die Pflanze auch von allen Seiten gründlich behandelt wurde.

Wie sie sich da im Gewächshaus ihrer Pflanzen annahm, sah sie völlig harmlos aus. Gewiß, ihre Kopfbedeckung war ein wenig ausgefallen, aber man konnte eine Frau schließlich nicht dafür verurteilen, daß sie ein verblichenes rotes Tuch um die Stirn trug. Sie sah damit ein wenig wie eine Navajo-Indianerin aus. Und es erfüllte seinen Zweck, es hielt ihr nämlich das Haar aus dem Gesicht. Ihr Gesicht hatte Schmutzflecken, die sie weiter verschmierte, als sie sich mit der Hand, an der sie einen fingerlosen Handschuh trug, über die Wange wischte. Sie war mittleren Alters, aber mit der Konzentration eines jungen Menschen bei ihrer Arbeit, und Lynley, der sie beobachtete, fiel es schwer, von ihr als *Mörderin* zu denken.

Die Tatsache flößte ihm Unbehagen ein. Sie zwang ihn, nicht nur die Fakten zu bedenken, die er bereits hatte, sondern auch jene, die sich zu zeigen begannen, während er an der Tür stand. Das Gewächshaus enthielt ein buntes Allerlei von Pflanzen. Sie standen in Ton- und Plastiktöpfen auf einem langen Tisch in der Mitte. Sie reihten sich auf den beiden Arbeitstischen, die sich an den Seitenwänden des Gewächshauses erstreckten. Und während er sich umsah, fragte sich Lynley, wie genau Colin Shepherd seine Untersuchung hier drinnen durchgeführt hatte.

Juliet Spence wandte sich von der letzten Hängefuchsie ab. Sie fuhr zusammen, als sie ihn sah. Mit der rechten Hand griff sie sich instinktiv an den losen Rollkragen ihres schwarzen Pullovers, eine weibliche Geste der Abwehr. In der linken Hand jedoch hielt sie noch immer die Sprühpumpe. Sie war offensichtlich geistesgegenwärtig genug, sie nicht abzustellen, da sie sie doch notfalls gegen ihn einsetzen konnte.

»Was wollen Sie?«

»Entschuldigen Sie«, sagte er. »Ich habe geklopft. Sie haben mich nicht gehört. Inspector Lynley, New Scotland Yard.«

»Ich verstehe.«

Er wollte seinen Dienstausweis herausholen. Sie winkte ab und zeigte dabei ein großes Loch unter der Achsel ihres Pullovers.

»Nicht nötig«, sagte sie. »Ich glaube Ihnen. Colin hat mir schon gesagt, daß Sie wahrscheinlich heute morgen vorbeikommen würden.« Sie stellte die Pumpe auf den Arbeitstisch zwischen die Pflanzen und befühlte die noch verbliebenen Blätter der ihr am nächsten hängenden Fuchsie. Er konnte sehen, daß sie zerfressen waren. »Capsiden«, sagte sie erklärend. »Sie sind heimtückisch. Wie Blasenfüßer. Im allgemeinen merkt man erst, daß sie die Pflanze überfallen haben, wenn der Schaden sichtbar wird.«

»Ist das nicht immer so?«

Sie schüttelte den Kopf. »Manchmal hinterläßt ein Schädling eine Visitenkarte. Manchmal merkt man erst, daß er da war, wenn es zu spät ist, etwas anderes zu tun, als ihn zu töten und zu hoffen, daß die Pflanze nicht auch gleich stirbt. Aber mit Ihnen sollte ich wohl lieber nicht übers Töten sprechen, als machte es mir Spaß, auch wenn es so ist.«

»Vielleicht muß ein Geschöpf, das die Ursachen für die Vernichtung eines anderen ist, getötet werden.«

»Der Meinung bin ich auf jeden Fall. Blattläuse habe ich in meinem Garten noch nie mit offenen Armen aufgenommen.«

Er wollte ins Gewächshaus treten. Sie sagte: »Zuerst da hinein bitte«, und wies auf eine flache Plastikschale mit einem grünen Puder, die gleich neben der Tür stand. »Ein Desinfektionsmittel«, erklärte sie. »Zum Abtöten von Mikroorganismen. Wozu noch andere unwillkommene Gäste an den Schuhsohlen hereintragen.«

Er kam ihrer Aufforderung nach. Er schloß die Tür und stieg in die Schale, in der sie selbst bereits ihre Fußabdrücke hinterlassen hatte. An den Nähten und den Seiten ihrer Stiefel konnte er Spuren des Desinfektionsmittels sehen.

»Sie sind sehr viel hier im Gewächshaus«, stellte er fest.

»Ich arbeite gern mit Pflanzen.«

»Ein Hobby?«

»Es ist eine sehr friedliche Tätigkeit – Pflanzen zu ziehen. Ein paar Minuten mit den Händen in der Erde, und die ganze Welt scheint zu versinken. Es ist eine Form der Flucht.«

»Haben Sie's denn nötig zu fliehen?«

»Hat es nicht jeder irgendwann mal nötig? Haben Sie es nicht nötig?«

»Doch, ich kann es nicht bestreiten.«

Über den Kiesboden erhob sich ein Trampelpfad aus Backstein. Auf diesem Weg ging er zwischen dem Mitteltisch und dem seitlichen Arbeitstisch zu ihr. In dem geschlossenen Gewächshaus war es einige Grade wärmer als draußen. Die Luft roch durchdringend nach Blumenerde, Fischmehl und dem Insektenvernichtungsmittel, das sie versprüht hatte.

»Was für Pflanzen ziehen Sie hier?« fragte er. »Außer den Fuchsien.«

Sie lehnte sich beim Sprechen an den Arbeitstisch und zeigte die verschiedenen Beispiele mit einer Hand, deren Nägel männlich kurz geschnitten waren und schmutzverkrustet. Sie schien das nicht zu stören, sie schien es nicht einmal zu bemerken.

»Ich versuche seit Ewigkeiten, Zyklamen großzuziehen. Das sind die mit den beinahe durchsichtig wirkenden Stielen, die da drüben in den gelben Töpfen stehen. Das andere ist Philodendron, Efeu, Amaryllis. Ich habe außerdem Usambaraveilchen, verschiedene Farne und Palmen, aber ich denke, die erkennen Sie selbst. Und das hier –«, sie trat zu einem Bord, über dem ein helles Licht auf vier breite schwarze Saatkästen hinunterschien, »– sind meine Schößlinge.«

»Schößlinge?«

»Ich ziehe hier im Winter die Pflanzen für meinen Garten. Grüne Bohnen, Gurken, Erbsen, grünen Salat, Tomaten. Das hier sind Karotten und Zwiebeln.«

»Und was tun Sie mit den vielen Pflanzen?«

»Einen Teil verkaufe ich. Einen Teil setze ich in den Garten. Das Gemüse essen wir. Meine Tochter und ich.«

»Und ziehen Sie auch Pastinaken?«

»Nein«, antwortete sie und verschränkte die Arme. »Aber jetzt sind wir beim Thema, nicht wahr?«

»Ja. Es tut mir leid.«

»Sie brauchen sich nicht zu entschuldigen, Inspector. Das ist nun mal Ihr Job. Aber ich hoffe, es macht Ihnen nichts aus, wenn ich weiterarbeite, während wir uns unterhalten.« Sie ließ ihm gar keine Wahl. Sie nahm aus dem Durcheinander von Geräten, die in einem Blecheimer unter dem Mitteltisch standen, einen kleinen Kultivator und ging daran, vorsichtig die Erde in verschiedenen Töpfen zu lockern.

»Haben Sie schon früher wilde Pastinake aus dieser Gegend gegessen?«

»Mehrmals, ja.«

»Sie erkennen die Pflanze also, wenn Sie sie sehen.«

»Ja, natürlich.«

»Aber im letzten Monat haben Sie sich doch getäuscht.«

»Ja, ich hatte keine Ahnung.«

»Erzählen Sie.«

»Was? Über die Verwechslung? Über das Essen?«

»Beides. Wo haben Sie den Wasserschierling gefunden?«

Sie knipste von einem der größeren Philodendren ein welkes Blatt ab und warf es in einen Plastiksack unter dem Tisch. »Ich dachte, es sei wilde Pastinake«, erklärte sie.

»Gut, akzeptieren wir das für den Moment. Wo fanden Sie die Pflanze?«

»Nicht weit vom Herrenhaus. Es gibt da einen kleinen Teich auf dem Gelände. Rundherum ist alles völlig verwildert – Sie haben wahrscheinlich schon gesehen, wie es hier aussieht –, und da entdeckte ich ein Fleckchen mit wilden Pastinaken. Oder was ich für Pastinaken hielt.«

»Hatten Sie früher schon Pastinaken gegessen, die Sie am Teich gefunden hatten?«

»Direkt vom Teich nicht, nein. Ich hatte die Pflanzen nur bemerkt.«

»Wie sah der Wurzelstock aus?«

»Wie bei einer Pastinake natürlich.«

»War es eine einzelne Wurzel? Oder ein Büschel?«

Sie neigte sich über einen besonders üppigen Farn, bog die Blätter auseinander, betrachtete eingehend die unteren Stengel und hob die Pflanze dann auf den Arbeitstisch gegenüber. Sie arbeitete weiter mit dem Kultivator. »Es muß eine einzelne Wurzel gewesen sein, aber ich erinnere mich nicht, wie sie ausgesehen hat.«

»Sie wissen aber, wie sie hätte aussehen müssen.«

»Ja, natürlich. Ein einzelner Wurzelstock. Das weiß ich, Inspector. Und es würde uns beiden alles bedeutend leichter machen, wenn ich jetzt einfach lügen und behaupten würde, es sei eine einzelne Wurzel gewesen und nichts anderes. Aber Tatsache ist, daß ich an dem Tag in Hetze war. Ich war in den

Keller hinuntergegangen und hatte gesehen, daß ich nur noch zwei kleine Pastinaken hatte. Draufhin lief ich zum Teich hinaus, wo ich mehr zu sehen geglaubt hatte. Ich grub eine der Pflanzen aus und nahm sie mit ins Haus. Ich nehme an, die Wurzel, die ich ausgrub, war eine Einzelwurzel, aber ich erinnere mich nicht so genau, daß ich das beschwören könnte. Ich sehe sie nicht bildlich vor mir.«

»Finden Sie das nicht etwas merkwürdig? Schließlich ist das eines der wichtigsten Details.«

»Ich kann es nicht ändern. Aber es wäre nett, wenn Sie mir anrechnen würden, daß ich die Wahrheit sage. Glauben Sie mir, eine Lüge wäre weit bequemer.«

»Und was war mit Ihrer Erkrankung?«

Sie legte den Kultivator nieder und drückte ihren Handrücken an das verblichene rote Stirnband. »Was meinen Sie?«

»Constable Shepherd sagte uns, daß Sie an dem Abend selbst krank wurden. Er sagte, Sie hätten auch etwas von dem Wasserschierling gegessen. Er behauptete, er sei am Abend bei Ihnen vorbeigekommen und habe Sie gefunden ...«

»Colin will mich schützen. Er hat Angst. Er macht sich Sorgen.«

»Jetzt?«

»Schon damals.« Sie legte den Kultivator wieder zu den anderen Geräten und stellte einen Zähler ein, der offenbar zum Bewässerungssystem gehörte. Einen Augenblick später begann irgendwo rechts Wasser zu tropfen. Sie ließ Blick und Hand auf dem Zähler, als sie zu sprechen fortfuhr. »Das war auch eine bequeme Lüge, Inspector, Colins Behauptung, er sei ganz zufällig vorbeigekommen.«

»Er war also gar nicht bei Ihnen?« fragte Lynley.

»O doch. Er war hier. Aber es war kein Zufall. Er kam nicht zufällig auf seiner abendlichen Runde vorbei. So hat er es bei der Leichenschau dargestellt. Das hat er auch seinem Vater und Sergeant Hawkins erzählt. Das hat er allen erzählt. Aber so war es nicht.«

»Sie hatten mit ihm ausgemacht, daß er zu Ihnen kommen würde?«

»Ich habe ihn angerufen.«

»Ach so. Das Alibi.«

Jetzt erst sah sie auf. Ihre Miene wirkte eher resigniert als schuldbewußt oder ängstlich. Sie nahm sich einen Moment Zeit, um die ausgefransten fingerlosen Handschuhe auszuziehen und in den Ärmel ihres Pullovers zu stopfen. Dann sagte sie: »Genau das hat Colin mir vorausgesagt: daß die Leute glauben würden, ich hätte ihn angerufen, um von ihm meine Unschuld bezeugen zu lassen; damit er dann bei der Leichenschau sagen müßte: ›Sie hat auch von der giftigen Pflanze gegessen. Ich war bei ihr. Ich habe es selbst gesehen.‹«

»Und genau das hat er ja gesagt, wenn ich recht unterrichtet bin.«

»Er hätte auch den Rest erzählen sollen, wenn es nach mir gegangen wäre. Aber ich konnte ihn nicht von der Notwendigkeit überzeugen, dem Coroner zu sagen, daß ich ihn angerufen hatte, weil ich mich dreimal übergeben hatte, weil ich mit dem Schmerz nicht fertig wurde und ihn in meiner Nähe haben wollte. Statt dessen hat er sich selbst in eine prekäre Lage gebracht, indem er die Wahrheit verschleiert hat. Ich kann ehrlich gesagt nicht gut damit leben.«

»Seine Situation ist im Augenblick in mehrfacher Hinsicht prekär, Mrs. Spence. Das ganze Ermittlungsverfahren ist völlig unvorschriftsmäßig gelaufen. Er hätte den Fall einem Team der Kriminalpolizei von Clitheroe übergeben müssen. Da er das nicht getan hat, hätte er seine Vernehmungen mindestens im Beisein eines amtlichen Zeugen führen müssen. Und in Anbetracht seiner persönlichen Beziehung zu Ihnen hätte er den ganzen Fall eigentlich abgeben müssen.«

»Er möchte mich schützen.«

»Das mag sein, aber der Eindruck, den man bekommt, ist weit weniger harmlos.«

»Was meinen Sie damit?«

»Es hat den Anschein, als wollte Shepherd sein eigenes Verbrechen vertuschen. Welcher Art auch immer es gewesen sein mag.«

Mit einer abrupten Bewegung stieß sie sich vom Mitteltisch ab, an dem sie bisher gestanden hatte. Sie ging zwei Schritte von ihm weg, kam wieder zurück, zog sich dabei das Stirnband herunter. »Bitte! Hören Sie zu. Hier sind die Tatsachen.« Sie sprach kurz und heftig. »Ich bin zum Teich hinausgelaufen. Ich habe den Wasserschierling ausgegraben. Ich habe ihn für Pastinake gehalten. Ich habe ihn gekocht. Ich habe ihn serviert. Mr. Sage ist daran gestorben. Colin Shepherd hatte mit dem allem nichts zu tun.«

»Wußte er, daß Mr. Sage zum Essen kommen wollte?«

»Ich habe eben gesagt, er hatte mit dem allem nichts zu tun.«

»Hat er Sie je nach Ihrer Beziehung zu Sage gefragt?«

»Colin hat nichts getan!«

»Gibt es einen Mr. Spence?«

Sie ballte das rote Tuch in ihrer Faust zusammen. »Ich – nein!«

»Und der Vater Ihrer Tochter?«

»Das geht Sie nichts an. Diese ganze Sache hat mit Maggie absolut nichts zu tun. Sie war ja nicht einmal hier.«

»An dem Tag, meinen Sie?«

»Zum Abendessen. Sie war im Dorf, sie hat bei den Wraggs übernachtet.«

»Aber tagsüber war sie da, vorher, als Sie weggegangen

sind, um die wilden Pastinaken zu holen? Vielleicht auch, während Sie kochten?«

Ihr Gesicht schien wie erstarrt. »So hören Sie doch, Inspector. Maggie hat nichts damit zu tun.«

»Sie weichen den Fragen aus. Das könnte man als einen Hinweis darauf auslegen, daß Sie etwas zu verbergen haben. Vielleicht im Hinblick auf Ihre Tochter?«

Sie ging an ihm vorbei zur Tür des Gewächshauses. Ihr Arm streifte ihn, und er hätte sie festhalten können, aber er tat es nicht. Er folgte ihr hinaus. Ehe er eine weitere Frage stellen konnte, begann sie zu sprechen. »Ich war in den Wurzelkeller gegangen. Es waren nur noch zwei da. Ich brauchte aber mehr. Das ist alles.«

»Zeigen Sie mir doch den Keller.«

Sie führte ihn durch den Garten zum Haus, öffnete die Tür, zur Küche, wie es schien, und nahm von dem Haken gleich neben der Tür einen Schlüssel. Keine drei Meter weiter öffnete sie das Vorhängeschloß an der schrägliegenden Kellertür und hob diese hoch.

»Einen Augenblick«, sagte er. Er senkte und hob die Tür mit eigener Hand. Wie das Tor in der Mauer bewegte sie sich geschmeidig und geräuschlos. Er nickte, und sie stieg die Treppe hinunter.

Der Keller hatte keine Beleuchtung.

Licht fiel durch die Tür und durch ein kleines Fenster unter der Decke. Es hatte die Größe eines Schuhkartons und war von dem Stroh, mit dem draußen die Pflanzen zugedeckt waren, teilweise verdunkelt. Es war feucht und düster im Keller, einem Raum von vielleicht zweieinhalb Quadratmetern. Die Mauern waren Stein und Erde, unverputzt, ebenso der Boden, den man allerdings zu ebnen versucht hatte.

Juliet Spence wies zu einem der vier rohgezimmerten Borde, die an der dunkelsten Wand befestigt waren. Abgesehen von einem ordentlichen Stapel Körbe waren die Regalbretter einziges Inventar des Kellerraums. Auf den oberen drei Borden standen Konserven in Gläsern, deren Etiketten in der Düsternis nicht zu entziffern waren. Auf dem untersten standen fünf kleine Drahtkörbe, drei davon mit Kartoffeln, Karotten und Zwiebeln gefüllt. Die anderen beiden waren leer.

Lynley sagte: »Sie haben Ihren Vorrat nicht aufgefüllt.«

»Mir ist der Appetit auf Pastinaken vergangen. Besonders auf wilde.«

Er berührte den Rand eines der leeren Drahtkörbe. Ließ die Hand zu dem Brett hinuntergleiten, auf dem er stand. Völlig staubfrei.

»Warum schließen Sie den Keller ab? Haben Sie das schon immer getan?«

Als sie nicht gleich antwortete, wandte er sich vom Regal nach ihr um. Das gedämpfte Morgenlicht, das durch die offene Tür fiel, beleuchtete sie von hinten, so daß er ihren Gesichtsausdruck nicht erkennen konnte.

»Mrs. Spence?«

»Ich schließe seit letzten September ab.«

»Warum?«

»Das hat mit dieser Sache nichts zu tun.«

»Ich wäre dennoch für eine Antwort dankbar.«

»Die habe ich Ihnen doch eben gegeben.«

»Mrs. Spence, sehen wir uns doch einen Moment die Fakten an, ja? Nach dem Genuß eines Essens, das Sie gekocht haben, ist ein Mensch gestorben. Sie haben eine sehr persönliche Beziehung zu dem Polizeibeamten, der in dem Todesfall ermittelte. Wenn einer von Ihnen glaubt ...«

»Ja, ja, schon gut. Ich schließe wegen Maggie ab, Inspector. Ich wollte nicht, daß sie sich hier unten mit ihrem Freund trifft. Sie war schon einmal mit ihm intim gewesen. Drüben im Herrenhaus. Das hatte ich sofort unterbunden. Ich wollte auch alle übrigen Möglichkeiten ausschließen. Und der Keller schien mir eine zu sein, deshalb habe ich angefangen, ihn abzusperren. Was allerdings, wie ich inzwischen entdeckt habe, überhaupt nichts geändert hat.«

»Aber Sie haben den Schlüssel an einem Haken in der Küche hängen?«

»Ja.«

»Ganz offen.«

»Ja.«

»Jederzeit greifbar für Ihre Tochter.«

»Jederzeit greifbar für mich.« Mit einer ungeduldigen Bewegung strich sie ihr Haar zurück. »Inspector, bitte, Sie kennen meine Tochter nicht. Maggie gibt sich alle Mühe, brav zu sein und zu gehorchen. Sie fand schlimm genug, was sie getan hatte. Sie gab mir ihr Wort, daß sie nicht wieder mit Nick Ware intim werden würde, und ich versprach ihr, ihr dabei zu helfen, ihr Wort halten. Es reichte vollkommen, daß ich den Keller absperrte.«

»Ich dachte nicht an Maggie und ihren Freund«, sagte Lynley. Er sah, wie ihr Blick von seinem Gesicht zu dem Regal hinter ihm flog, und eben weil er nur einen Moment dort verweilte, wußte Lynley, was er dort gesucht hatte. »Schließen Sie Ihr Haus ab, wenn Sie weggehen?«

»Ja.«

»Auch wenn Sie im Gewächshaus sind? Oder wenn Sie im Herrenhaus nach dem Rechten sehen? Wenn Sie weggehen, um wilde Pastinaken zu sammeln?«

»Nein. Aber da bin ich auch niemals lange weg. Und ich würde es merken, wenn jemand hier gewesen wäre.«

»Nehmen Sie im allgemeinen Ihre Handtasche mit? Ihre Autoschlüssel? Die Hausschlüssel? Den Kellerschlüssel?«

»Nein.«

»Sie haben also an dem Tag, an dem Sie zum Teich gegangen sind, um Pastinake zu holen, nicht abgesperrt?«

»Nein. Ich weiß, worauf Sie hinauswollen, aber das bringt nichts. Niemand kann hier kommen oder gehen, ohne daß ich es merke. Das kommt einfach nicht vor. Es ist wie ein sechster Sinn. Wenn Maggie sich mit Nick traf, habe ich es jedesmal gewußt.«

»Ja«, sagte Lynley. »Natürlich. Bitte zeigen Sie mir jetzt, wo Sie den Wasserschierling gefunden haben, Mrs. Spence.«

»Ich habe Ihnen doch gesagt, ich hielt ihn für ...«

»Sicher. Für wilde Pastinake.«

Sie zögerte, eine Hand erhoben, als wollte sie auf etwas hinweisen. Doch dann sagte sie nur: »Bitte kommen Sie.«

Sie gingen durch das Tor hinaus. Drüben, auf der anderen Seite des Hofs, saßen drei Arbeiter auf einem der Bretterstapel auf der Pritsche des Lastwagens und hielten Brotzeit. Sie beobachteten Lynley und Juliet Spence mit unverhohlener Neugier. Es wurde klar, daß dieser Besuch dem Dorfklatsch neue Nahrung liefern würde.

Lynley nutzte die Gelegenheit, als sie über den Hof und um den Ostflügel des Herrenhauses herumgingen, um Juliet Spence bei Tageslicht noch einmal genauer zu betrachten. Sie zwinkerte mehrmals hastig, als wäre ihr etwas ins Auge geflogen, und er bemerkte, daß ihre Halsmuskeln unter dem losen Rollkragen ganz verkrampft waren. Offensichtlich versuchte sie mit aller Anstrengung, nicht zu weinen.

Mit das Schwierigste bei der Polizeiarbeit war, keine Anteilnahme zuzulassen. Die Ermittlungsarbeit verlangte ein Herz, das allein für das Opfer eines Verbrechens schlug und für die Gerechtigkeit. Während Lynleys Sergeant, Barbara Havers, gelernt hatte, sich emotionale Scheuklappen aufzusetzen, wenn sie einen Fall bearbeitete, fühlte sich Lynley häufig emotional durch die Mangel gedreht, während er Informationen sammelte und sich mit den Umständen des Falls und den Beteiligten vertraut machte. Es gab da selten nur Schwarz oder Weiß, wie er festgestellt hatte.

Auf der Terrasse vor dem Ostflügel von Cotes Hall blieb er stehen. Die Pflastersteine zeigten hier lauter Risse und erstickten in winterwelkem Unkraut. Der Blick ging auf einen weißbereiften Hang, der sich zu einem Teich hinuntersenkte. Auf der anderen Seite stieg steil ein Berg auf, dessen Gipfel vom Nebel verhüllt war.

»Ich habe gehört, daß Sie hier Ärger hatten. Mit mutwilliger Zerstörung und dergleichen. Es hat ganz den Anschein, als wollte irgend jemand verhindern, daß das junge Paar im Herrenhaus einzieht.«

Sie schien ihn mißzuverstehen, die Bemerkung als weiteren Versuch einer Anklage zu sehen, nicht als eine Art Gnadenfrist. Sie räusperte sich und riß sich aus der Verzweiflung, die sie vielleicht empfand. »Maggie war höchstens drei-, viermal hier. Das ist alles.«

Er überlegte flüchtig, ob er sie über den Zweck seiner Bemerkung beruhigen sollte, verwarf den Gedanken und folgte ihrer Vorgabe. »Wie ist sie denn überhaupt hineingekommen?«

»Nick – ihr Freund – hat eines der Bretter über den Fenstern im Westflügel gelockert. Ich hab es inzwischen wieder festgenagelt. Leider hat das dem Unfug kein Ende bereitet.«

»Sie wußten nicht sofort, daß Maggie und ihr Freund das Herrenhaus als Versteck benutzten? Sie haben nicht sofort gemerkt, daß sich da jemand herumgetrieben hatte?«

»Ich habe vorhin von meinem Haus gesprochen, Inspector Lynley. Sie selbst würden es doch bestimmt auch merken, wenn jemand in Ihr Haus oder Ihre Wohnung eingedrungen wäre.«

»Wenn der Betreffende etwas gesucht oder mitgenommen hätte, ja. Andernfalls bin ich mir nicht sicher.«

»Aber ich bin mir völlig sicher.«

Mit ihrer Stiefelspitze grub sie ein Büschel Löwenzahn aus der Ritze zwischen zwei Pflastersteinen. Sie hob es auf, musterte einen Moment die Blätter und warf die Pflanze dann weg.

»Aber Sie haben den Übeltäter nie erwischt? Er – oder sie – war immer so leise, daß Sie nichts gemerkt haben? Ist auch nie versehentlich in Ihren Garten geraten?«

»Nein.«

»Sie haben nie ein Auto oder ein Motorrad gehört?«

»Nein.«

»Und Sie machen Ihre Runden jeden Abend, zu unterschiedlichen Zeiten, so daß jemand, der hier Unfug machen wollte, nicht vorhersagen könnte, wann er mit Ihrem Erscheinen zu rechnen hätte?«

Ungeduldig schob sie sich das Haar hinter die Ohren. »Ganz recht, Inspector. Darf ich fragen, was das mit der Sache mit Mr. Sage zu tun hat?«

Er lächelte freundlich. »Das weiß ich nicht genau.«

Sie sah zum Teich am Fuß des Hügels, ihre Absicht war klar. Aber er wollte noch nicht gehen. Er richtete seine Aufmerksamkeit auf den Ostflügel des Hauses. Die unteren Erkerfenster waren vernagelt. Zwei der oberen Scheiben hatten Sprünge.

»Das Haus steht wohl schon seit Jahren leer?«

»Es ist eigentlich nie bewohnt worden – abgesehen von drei Monaten kurz nach seiner Erbauung.«

»Und warum nicht?«

»Angeblich spukt es dort.«

»Und wer spukt da herum?«

»Die Schwägerin von Mr. Townley-Youngs Urgroßvater.

In welchem Verhältnis steht sie also zu ihm? Sie ist seine Urgroßtante?« Sie wartete nicht auf eine Antwort. »Sie hat sich dort das Leben genommen. Alle glaubten, sie sei ausgegangen, um einen Spaziergang zu machen. Als sie am Abend immer noch nicht zurück war, begann man zu suchen. Erst nach fünf Tagen kam jemand auf den Gedanken, im Haus selbst zu suchen.«

»Und?«

»Sie hatte sich an einem Deckenbalken in der Gepäckkammer oben unterm Dach erhängt. Es war Sommer. Die Hausangestellten folgten dem Geruch.«

»Und ihr Mann wollte danach nicht mehr in dem Haus leben?«

»Ein romantischer Gedanke, aber er war bereits tot. Er war auf der Hochzeitsreise ums Leben gekommen. Es hieß, es sei ein Jagdunfall gewesen, aber niemand wollte sich näher darüber auslassen, wie es dazu gekommen war. Seine Frau kehrte allein zurück, das glaubte man jedenfalls. Man wußte zunächst nicht, daß sie die Syphilis mitgebracht hatte, sein Hochzeitsgeschenk an sie anscheinend.« Sie lächelte ohne Erheiterung, sah jedoch dabei nicht ihn an, sondern hielt den Blick auf das Haus gerichtet. »Es heißt, daß sie nun weinend im oberen Korridor herumgeistert. Die Townley-Youngs möchten gern glauben, aus Trauer um den verschiedenen Mann. Ich glaube eher aus Bedauern darüber, daß sie diesen Mann überhaupt geheiratet hat. Es war schließlich 1853. Da gab es noch keine Heilverfahren.«

»Für die Syphilis.«

»Und auch nicht für die Ehe.«

Sie schlug den Weg zum Weiher ein. Lynley sah ihr einen Moment nach. Trotz ihrer schweren Stiefel machte sie große Schritte. Ihr Haar hob sich im Luftzug ihrer Bewegung und fiel ihr grau schimmernd aus dem Gesicht zurück.

Er folgte ihr. Der Hang war eisig, das Gras darauf längst von Ginster und Farn zurückgedrängt. An seinem Fuß lag der nierenförmige Weiher, zugewachsen und verwildert, mit trübem Wasser, das im Sommer zweifellos eine Brutstätte nicht nur für Insekten, sondern auch für Krankheiten war. Schilf und braunes Unkraut standen hüfthoch. Dornen hängten sich in Juliet Spences Kleider, aber sie schien es gar nicht zu bemerken. Sie ging mitten durch das Gestrüpp und schob alles, was sie festhalten wollte, einfach beiseite. Etwa einen Meter vom Wasser entfernt blieb sie endlich stehen. »Hier«, sagte sie.

Soweit Lynley sehen konnte, waren die Pflanzen, auf die sie zeigte, vom Rest der Vegetation rundherum nicht zu unterscheiden. Im Frühling oder Sommer waren Blumen oder Früchte vielleicht besser zu erkennen. Doch das Schilf veränderte sich kaum mit dem Wechsel der Jahreszeiten. Lynley konnte dem Ganzen offensichtlich nicht viel abgewinnen.

Juliet sah das offenbar, denn sie erklärte: »Es ist natürlich wichtig, sich, wenn die Pflanze grün ist, ihren Standort zu merken, Inspector. Die Wurzeln bleiben ja in der Erde, auch wenn Stengel, Blätter und Blüten längst verdorrt sind.« Sie wies nach links zu einem ovalen Fleckchen Erde, wo aus einem Teppich welken Laubs ein spindeldürrer Busch herauswuchs. »Hier wachsen im Sommer Spierstrauch und Eisenhut. Ein bißchen weiter oben gibt es herrliche Kamille.« Sie bückte sich und sagte, während sie die Unkräuter zu ihren Füßen teilte: »Und wenn man Zweifel hat, sieht man sich die Blätter der Pflanze an, die unten, in Bodennähe, lange erhalten bleiben. Irgendwann zerfallen sie, aber das dauert sehr lange.« Sie richtete sich auf und streckte ihre Hand aus. In ihr hielt sie die Überreste eines gefiederten Blattes, das dem der Petersilie nicht unähnlich war. »Daran erkennen Sie, wo Sie graben müssen«, sagte sie.

»Zeigen Sie's mir.«

Das tat sie. Schaufel oder Hacke waren nicht nötig. Die Erde war feucht. Sie hatte keine Mühe, eine Pflanze zu entwurzeln, indem sie einfach die Stengel packte, die über der Erde noch vorhanden waren. Sie schlug die Wurzel kurz und hart gegen ihr Knie, um die Erdklumpen zu entfernen, und beide sahen sich wortlos an, was übrigblieb. Sie hielt einen verdickten Wurzelstock, an dem ein Büschel Knollen hing. Sie ließ ihn augenblicklich fallen, als besäße er die Macht, allein durch Berührung zu töten.

»Erzählen Sie mir, wie das mit Mr. Sage war«, sagte Lynley.

14

Sie schien nicht in der Lage zu sein, ihren Blick von dem Schierling zu wenden, den sie fallengelassen hatte. »Ich hätte doch bestimmt die Knollen gesehen«, sagte sie. »Ich hätte sofort Bescheid gewußt. Ich würde mich selbst jetzt noch daran erinnern.«

»Wurden Sie abgelenkt? War jemand bei Ihnen? Hat jemand nach Ihnen gerufen, während Sie gruben?«

Noch immer sah sie ihn nicht an. »Ich hatte es eilig. Ich weiß noch, ich bin den Hang hinuntergelaufen, direkt hierher, an diese Stelle, hab den Schnee weggeschoben und die Pastinake ausgegraben.«

»Den Schierling, Mrs. Spence. Genau wie jetzt.«

»Es muß eine einzelne Wurzel gewesen sein. Knollen hätte ich doch bemerkt. Ich hätte sie gesehen.«

»Erzählen Sie mir, wie das mit Mr. Sage war«, wiederholte er.

Sie hob den Kopf. Ihr Gesicht wirkte düster. »Er kam

mehrmals zu uns. Er wollte mit mir über die Kirche sprechen. Und über Maggie.«

»Warum über Maggie?«

»Sie hatte sich mit ihm angefreundet. Er nahm Anteil an ihrem Leben.«

»Welcher Art?«

»Er wußte, daß sie und ich Schwierigkeiten miteinander hatten. Aber das kommt zwischen Müttern und Töchtern immer einmal vor. Er wollte vermitteln.«

»Hatten Sie dagegen etwas einzuwenden?«

»Es war mir nicht besonders angenehm, als unzulängliche Mutter zu gelten, falls Sie das meinen. Aber ich ließ ihn kommen. Und ich ließ ihn reden. Maggie wollte es. Und ich wollte Maggie den Gefallen tun.«

»Und an dem Abend, an dem er starb – was war da?«

»Nichts Besonderes. Es war genauso wie die anderen Male. Er wollte mir Ratschläge geben.«

»In Glaubensfragen? Oder bezüglich Maggie?«

»Beides. Er meinte, ich sollte in die Kirche kommen, und wollte mich dazu überreden, auch Maggie zur Kirche gehen zu lassen.«

»Und das war alles?«

»Nicht ganz.« Sie wischte sich die Hände an dem verblichenen Tuch ab, das sie aus der Tasche ihrer Jeans gezogen hatte. Sie knüllte es zusammen und schob es zu ihren Handschuhen in den Ärmel ihres Pullovers. Sie fröstelte. Der Pullover war dick, aber bei dieser Kälte war er sicher nicht warm genug. Lynley, der sah, daß sie fror, beschloß, das Gespräch hier, an Ort und Stelle, weiterzuführen. Im Moment war er aufgrund ihres Schreckens über den Wasserschierling, den sie herausgezogen hatte, im Vorteil, und er war entschlossen, diesen Vorteil auszunützen und zu wahren, gleich, mit welchen Mitteln. Auch die Kälte war eines.

»Was wollte er noch?« fragte er.

»Er wollte mit mir über Kindererziehung sprechen, Inspector. Er war der Meinung, ich sei zu streng mit meiner Tochter. Mit meinen Verboten würde ich Maggie nur immer weiter in die Opposition treiben. Er meinte, wenn sie mit einem Jungen schliefe, dann sollte sie sich vor einer Schwangerschaft schützen. Ich war der Meinung, sie sollte überhaupt nicht mit einem Jungen schlafen, ob mit oder ohne Verhütung. Sie ist dreizehn Jahre alt. Sie ist ja noch ein halbes Kind.«

»Haben Sie sich Ihrer Tochter wegen mit dem Pastor gestritten?«

»Hab ich ihn vergiftet, weil er mit meinen Erziehungsmethoden nicht einverstanden war?« Sie zitterte, aber nicht aus seelischer Not, glaubte er. Abgesehen von den Tränen vorhin, die sie sofort unterdrückt hatte, schien sie ihm nicht eine Frau zu sein, die es sich vor der Polizei gestatten würde, Angst oder Schmerz zu zeigen. »Er hatte keine Kinder. Er war nicht einmal verheiratet. Ein Rat, der aus vergleichbarer Erfahrung gegeben wird, ist etwas ganz anderes als einer, der lediglich auf der Lektüre theoretischer Bücher und einer glorifizierenden Vorstellung des heilen Familienlebens basiert. Wie hätte ich mich mit seinen Kümmernissen identifizieren können?«

»Und trotzdem haben Sie nicht mit ihm gestritten?«

»Nein. Wie ich schon sagte, ich war bereit, mir anzuhören, was er zu sagen hatte. Ich habe es für Maggie getan, weil sie ihn gern hatte. Und das ist auch schon alles. Ich hatte meine Meinung. Er hatte seine. Er war der Auffassung, Maggie sollte Verhütungsmittel benützen. Ich war und bin der Meinung, sie sollte aufhören, sich viel zu früh mit sexuellen Beziehungen das Leben schwer zu machen. Meiner Meinung nach ist sie einfach noch nicht soweit. Aber er meinte, es sei zu spät, um da noch etwas rückgängig zu machen. Wir waren uns ganz einfach darin einig, daß wir uns nicht einig waren.«

»Und Maggie?«

»Was?«

»Auf welcher Seite stand sie bei dieser Auseinandersetzung?«

»Wir haben darüber gar nicht gesprochen.«

»Hat sie mit Sage darüber gesprochen?«

»Das weiß ich nicht.«

»Aber die beiden waren befreundet.«

»Sie hatte ihn gern.«

»War sie oft mit ihm zusammen?«

»Hin und wieder.«

»Mit Ihrem Wissen und Ihrer Billigung?«

Sie senkte den Kopf, stieß mit kurzen, abgerupften Bewegungen mehrmals die Fußspitze in die Erde. »Maggie und ich waren einander immer sehr nahe, bis diese Geschichte mit Nick anfing. Ich wußte es also immer, wenn sie mit dem Pfarrer zusammen war.«

Ihre Antwort verriet alles: Furcht, Liebe, Angst. Er fragte sich, ob diese Gefühle mit jeder Mutterschaft Hand in Hand gingen.

»Was hatten Sie an jenem Abend für ihn zu essen gemacht?«

»Lamm. Minzgelee. Erbsen. Pastinaken.«

»Und wie verlief der Abend?«

»Wir haben miteinander gesprochen. Und er ging dann kurz nach neun.«

»Fühlte er sich schlecht?«

»Er hat nichts davon gesagt. Er sagte nur, er hätte noch einen langen Weg vor sich, und es wäre wohl besser, wenn er ginge, weil es geschneit hatte.«

»Haben Sie ihm angeboten, ihn nach Hause zu fahren?«

»Es ging mir nicht gut. Ich dachte, es wäre die Grippe. Ich war, ehrlich gesagt, ganz froh, daß er ging.«

»Kann es sein, daß er auf dem Heimweg noch irgendwo einen Besuch gemacht hat?«

Ihr Blick wanderte zum Herrenhaus hinauf, von dort zum Eichenwald dahinter. Sie schien eine solche Möglichkeit in Betracht zu ziehen, dann jedoch sagte sie mit Entschiedenheit: »Nein. Hier in der Nähe ist das Pförtnerhäuschen – da wohnt seine Haushälterin, Polly Yarkin –, aber um dort hinzukommen, hätte er einen ziemlich großen Umweg machen müssen, und ich kann mir eigentlich nicht denken, was für einen Grund er gehabt haben sollte, Polly zu besuchen, die er doch sowieso jeden Tag im Pfarrhaus sah. Außerdem ist es einfacher, auf dem Fußweg ins Dorf zurückzukommen. Und Colin hat ihn ja am nächsten Morgen auch auf dem Fußweg gefunden.«

»Und Sie kamen, obwohl Sie sich an diesem Abend selbst so schlecht fühlten, nicht auf die Idee, ihn anzurufen, um sich nach seinem Befinden zu erkundigen?«

»Ich brachte mein Unwohlsein gar nicht mit dem Essen in Verbindung. Ich habe ja schon gesagt, ich fürchtete, eine Grippe zu bekommen. Hätte er im Weggehen etwas davon gesagt, daß er sich nicht wohl fühlte, so hätte ich ihn vielleicht angerufen. Aber er hatte nichts davon erwähnt. Wie sollte ich also darauf kommen?«

»Und doch ist er noch unterwegs gestorben. Wie weit von hier ist die Stelle, an der man ihn fand? Anderthalb Kilometer? Oder weniger? Es muß ihn sehr schnell erwischt haben, nicht wahr?«

»Ja. Anscheinend.«

»Es würde mich interessieren, wie es kommt, daß er sterben mußte und Sie nicht.«

Sie hielt seinem Blick stand. »Das kann ich nicht sagen.«

Zehn lange Sekunden des Schweigens wartete er darauf, daß sie den Blick von ihm abwenden würde. Als sie es nicht tat, nickte er schließlich und blickte seinerseits zum Weiher. An den Rändern, sah er, hatte sich eine schmutzige Eisschicht gebildet, einer Wachshaut ähnlich, die die Schilfgräser einschloß. Mit jeder Nacht und jedem weiteren Frost würde sich diese Haut mehr zur Mitte des Wassers hinausschieben. Ganz zugedeckt, würde der Weiher nicht anders aussehen als die hartgefrorene, bereifte Erde rundherum, wie ein unebenes, aber doch harmloses Stück Land. Die Vorsichtigen würden es meiden, es klar als das erkennen, was es war. Die Unschuldigen oder Unachtsamen würden versuchen, es zu überqueren, und durch die trügerische, dünne Decke in das faulige Wasser darunter einbrechen.

»Wie ist das Verhältnis zwischen Ihnen und Ihrer Tochter jetzt, Mrs. Spence?« fragte er. »Hört sie jetzt, wo der Pfarrer tot ist, auf Sie?«

Juliet Spence zog die Handschuhe aus dem Ärmel ihres Pullovers. Sie schob ihre Hände hinein. Es war klar, daß sie wieder an die Arbeit gehen wollte. »Maggie hört auf niemanden«, sagte sie.

Lynley legte eine Kassette ein und drehte das Radio in seinem Bentley lauter. Helen wäre mit seiner Wahl zufrieden gewesen, Haydns Es-Dur-Konzert mit dem Trompeter Wenton Marsalis. Heiter und beschwingt stand dieses Konzert, bei dem die Geigen den Kontrapunkt zu den klaren Tönen der Trompeten lieferten, im krassen Gegensatz zu seiner gewöhnlichen Vorliebe für »irgend so einen düsteren Russen. Du meine Güte, Tommy, haben die denn nie irgendwas komponiert, was auch nur im geringsten hörerfreundlich ist? Wieso waren die so düster? Meinst du, das liegt am Klima?«

Er lächelte bei dem Gedanken an sie. »Johann Strauß«, pflegte sie zu verlangen. »Ja, schon gut, ich weiß schon. Einfach zu prosaisch für deinen erhabenen Geschmack. Dann eben einen Kompromiß. Mozart.« Und schon pflegte sie *Eine kleine Nachtmusik* einzulegen, das einzige Stück von Mozart, das Helen mit Sicherheit erkennen konnte. Sie wollte nicht zur »absoluten Philisterin« werden, war ihre erklärende Entschuldigung.

Er fuhr in südlicher Richtung, vom Dorf weg. Er schob die Gedanken an Helen weg. Unter kahlen Bäumen hindurch fuhr er zum Hochmoor hinaus und dachte dabei über einen der grundlegenden Lehrsätze der Kriminologie nach: Bei vorsätzlichem Mord besteht zwischen dem Mörder und dem Opfer stets eine Beziehung. Das trifft nicht zu bei Serienmorden, zu denen der Mörder von Zwängen getrieben wird, die der Gesellschaft, in der er lebt, unbegreiflich sind. Und auch bei einem Verbrechen aus Leidenschaft, wenn ein unerwarteter, vorübergehender, aber dennoch heftiger Ausbruch von Zorn, Eifersucht, Rachsucht oder Haß zum Mord führt, trifft dies nicht immer zu. Etwas ganz anderes ist dagegen ein Zufallsverbrechen, wo die Mächte des Schicksals den Mörder und das Opfer unabänderlich zusammenführen. Der vorsätzliche Mord ergibt sich aus einer Beziehung. Prüft man die Beziehungen des Opfers, so stößt man unvermeidlich auf den Mörder.

Dieses Stück Weisheit war Teil der Bibel jedes Polizeibeamten. Es ging Hand in Hand mit der Tatsache, daß die meisten Opfer ihren Mörder gekannt hatten und häufig dem Opfer sehr nahestehende Personen die Täter sind. Es war gut möglich, daß Juliet Spence den Pastor Robin Sage infolge eines schrecklichen Versehens getötet hatte, mit dessen Konsequenzen sie sich ihr Leben lang würde quälen müssen. Es wäre nicht das erste Mal gewesen, daß ein Naturfreund die falsche Wurzel oder Blüte, den falschen Pilz oder die falsche Frucht gepflückt hatte und durch diesen Irrtum den eigenen Tod oder den eines anderen Menschen herbeigeführt hatte. Aber wenn St. James recht hatte – wenn Juliet Spence selbst den kleinsten Bissen von dem Giftwasserschierling nicht hätte überleben können, wenn die Symptome Fieber und Erbrechen sich überhaupt nicht auf eine Schierlingsvergiftung zurückführen ließen –, dann mußte es eine Verbindung zwischen Juliet Spence und dem Mann geben, der von ihrer Hand gestorben war. Und wenn das zutraf, schien diese Verbindung Juliets Tochter, Maggie, zu sein.

Die höhere Schule, ein unscheinbarer Backsteinbau an einer Straßenecke, war nicht weit vom Zentrum Clitheroes entfernt. Es war zwanzig vor zwölf, als er auf den Parkplatz fuhr und den Wagen in eine Lücke zwischen einem schon antiken Austin-Healey und einem Golf jüngeren Modells mit Kindersitz lenkte.

Nach den leeren Gängen und den geschlossenen Türen zu urteilen, war im Augenblick Unterricht. Die Verwaltungsbüros waren gleich im Erdgeschoß, links und rechts vom Eingang. Irgendwann hatte man schwarze Lettern auf die Milchglasfenster in den Türen gesetzt, doch die Jahre hatten die Buchstaben in rußfarbene Sprenkel zersetzt, aus denen man mit Müh und Not die Wörter *Direktorin*, *Sekretariat*, *Lehrerzimmer* erschließen konnte.

Er entschied sich für die Direktorin. Nach einem lauten und durch Verständigungsprobleme in die Länge gezogenen Wortwechsel mit einer etwa achtzigjährigen Sekretärin, die er beim Eintreten über einem Strickzeug dösend vorfand, wurde Lynley in das Arbeitszimmer der Direktorin geführt.

Mrs. Crone widersprach allen Erwartungen, die er sich nach der Begegnung mit der Sekretärin gemacht hatte. Sie war jung, trug einen knallengen Rock, der gut zehn Zentimeter über ihrem Knie aufhörte, und dazu eine überlange Jacke mit Schulterpolstern und riesigen Knöpfen. An ihren Ohren hingen große goldene Scheiben, um den Hals hatte sie eine passende Kette, und die Schuhe mit den hohen, bleistiftdünnen Absätzen lenkten den Blick unwiderstehlich auf ein Paar prächtiger Beine. Sie war die Art von Frau, die zu eingehender Betrachtung verlockte, und Lynley, der sich zwang, den Blick auf ihr Gesicht gerichtet zu halten, fragte sich, was die Schulbehörde veranlaßt hatte, einem solchen Geschöpf diesen Posten zu geben. Sie war bestimmt noch keine dreißig Jahre alt.

Er schaffte es, sein Anliegen vorzubringen, ohne sich länger auszumalen, wie sie nackt aussehen mochte. Fluch der Männlichkeit: Immer fühlte Lynley sich in der Gegenwart einer schönen Frau zu einem knieschlotternden Häufchen Haut, Knochen und Testosteron reduziert. Er wollte gern glauben, daß diese Reaktion auf weibliche Reize nichts damit zu tun hatte, wer er wirklich war und wem seine Loyalität galt. Aber er konnte sich Helens Reaktion auf dieses selbstverständlich völlig belanglose Ringen mit der Fleischeslust vorstellen, deshalb versuchte er, sein Verlangen mit Wendungen wie *reine Neugier* und *wissenschaftliches Interesse* hinwegzuerklären, und rechtfertigte es im stillen mit *Lieber Himmel, deine Reaktion ist doch völlig übertrieben, Helen*, als wäre sie anwesend, stünde hier in der Ecke, beobachtete ihn schweigend und kannte jeden seiner Gedanken.

Maggie Spence hatte gerade Latein, teilte ihm die Schulleiterin mit. Ob die Sache nicht bis zur Mittagspause Zeit habe? In einer Viertelstunde.

Nein, die Sache dulde keinen Aufschub. Und selbst wenn, würde er es vorziehen, mit dem Mädchen in aller Stille Kontakt aufzunehmen. In der Mittagspause, wenn es überall von Schülern wimmle, bestünde doch die Chance, daß man sie mit ihm sehen würde. Und er würde dem Kind gerne jede Peinlichkeit ersparen, soweit das in seiner Macht stehe. Es sei gewiß nicht leicht für sie, daß die Polizei sich nun wieder für ihre Mutter interessierte. Ob Mrs. Crone die Mutter übrigens kenne?

Sie habe sie beim Elternsprechtag im letzten Frühjahr kennengelernt. Eine sehr nette Frau. Streng, aber sehr liebevoll mit Maggie, offensichtlich sehr besorgt um das Kind. Die Gesellschaft könnte mehr Eltern dieser Art gebrauchen, meinen Sie nicht, Inspector?

In der Tat. Da müsse er Mrs. Crone zustimmen. Aber könne er denn nur Maggie sehen ...?

Ob ihre Mutter wüßte, daß er hier in der Schule sei?

Wenn Mrs. Crone sie anrufen wolle ...

Die Direktorin warf ihm einen scharfen Blick zu und musterte dann seinen Dienstausweis mit so konzentrierter Aufmerksamkeit, daß er glaubte, sie würde gleich darauf beißen, um zu prüfen, ob er echt sei. Schließlich reichte sie ihm das Papier zurück und sagte, sie würde das Mädchen holen lassen, wenn der Inspector so gut sein würde, einen Moment zu warten. Er könnte sich ruhig hier in diesem Zimmer mit dem Mädchen unterhalten, sagte sie, da sie selbst auf dem Weg in den Speisesaal sei, wo sie während der Pause Aufsicht habe. Sie erwarte jedoch, sagte sie warnend, bevor sie ging, daß der Inspector Maggie nicht zu lange in Anspruch nehmen würde; wenn das Mädchen um Viertel nach zwölf noch nicht im Speisesaal sein sollte, würde sie jemanden schicken, um sie holen zu lassen. Ob das klar sei? Ob sie einander verstanden hätten?

Aber selbstverständlich.

Keine fünf Minuten später öffnete sich die Tür, und Maggie Spence kam herein. Lynley stand auf. Das Mädchen schloß die Tür hinter sich mit übertriebener Sorgfalt und völlig geräuschlos. Dann blieb sie stehen, die Hände auf dem Rücken, den Kopf gesenkt.

Er wußte, daß er selbst im Vergleich zu der heutigen Jugend relativ spät seine Unschuld verloren hatte – auf enthusiastisches Betreiben der Mutter eines seiner Freunde während der Winterferien in seinem letzten Jahr in Eton. Er war gerade achtzehn geworden. Aber auch wenn sich die Sitten geändert hatten und sexuelle Freizügigkeit unter den Jugendlichen praktisch gang und gäbe war, fiel es ihm schwer zu glauben, daß dieses Mädchen irgendwelche sexuelle Erfahrung hatte.

Sie sah aus wie ein Kind. Zum Teil lag es an ihrer Größe. Sie war höchstens knapp über einen Meter fünfzig. Zum Teil lag es an ihrer Haltung und ihrem Verhalten. Sie stand mit leicht einwärts gedrehten Füßen; ihre dunkelblauen Strümpfe schlugen an den Knöcheln Falten; sie wackelte hin und her und kippte dabei ihre Füße auf die Außenkanten; sie sah aus, als erwarte sie, mit dem Rohrstock verhauen zu werden. Und es lag an ihrer äußeren Erscheinung: Möglich, daß die Schulvorschriften Schminke verboten, aber es gab doch sicherlich nichts, was sie daran hinderte, sich das Haar etwas schicker herzurichten. Sie hatte dasselbe kräftige Haar wie ihre Mutter, und es fiel ihr voll und wellig bis zu den Hüften herunter. Eine große bernsteinfarbene Spange in Form einer Schleife hielt es ihr aus dem Gesicht. Sie trug keinen Pagenkopf, keinen Stufenschnitt, keinen raffinierten französischen Zopf. Sie machte keinen Versuch, irgendeine Schauspielerin oder Popsängerin nachzuahmen.

»Hallo«, sagte er zu ihr und merkte, daß er einen so behutsamen Ton anschlug, als hätte er ein verschrecktes Kätzchen vor sich. »Hat Mrs. Crone dir gesagt, wer ich bin, Maggie?«

»Ja. Aber das wäre gar nicht nötig gewesen. Ich wußte es schon.« Ihre Arme bewegten sich. Sie schien auf dem Rücken die Hände zu ringen. »Nick hat gestern abend gesagt, daß Sie gekommen sind. Er hat Sie im Pub gesehen. Er hat gesagt, Sie würden mit allen guten Freunden von Mr. Sage reden wollen.«

»Und du bist einer von ihnen, nicht wahr?«

Sie nickte.

»Es ist schlimm, wenn man einen Freund verliert.«

Sie antwortete nicht, kippte nur wieder auf ihren Füßen hin und her. Hierin hatte sie Ähnlichkeit mit ihrer Mutter. Lynley mußte daran denken, wie Juliet Spence auf der Terrasse mit der Stiefelspitze in den Boden gestoßen hatte.

»Komm«, sagte er. »Setz dich zu mir.«

Er zog einen zweiten Sessel zum Fenster, und als sie sich gesetzt hatte, sah sie ihn endlich an. Mit ihren himmelblauen Augen betrachtete sie ihn offen, mit etwas zaghafter Neugier, ganz ohne Verstellung. Sie lutschte an der Innenseite ihrer Unterlippe. Dabei entstand in ihrer Wange ein Grübchen.

Jetzt, da sie ihm näher war, konnte er schon eher die knospende Frau entdecken, die bald die Hülle des Kindes abwerfen würde. Sie hatte einen vollippigen Mund. Sie hatte einen vollen Busen. Ihre Hüften waren breit genug, um einladend zu wirken. Sie hatte einen üppigen Körper und würde später wahrscheinlich immer mit ihrem Gewicht zu kämpfen haben. Jetzt jedoch wirkte der Körper unter der braven Schuluniform reif und voller Erwartung. Wenn es Juliet Spence war, die darauf bestand, daß Maggie sich nicht schminkte und ihr Haar wie eine Zehnjährige trug, so konnte man es ihr, fand Lynley, nicht verübeln.

»Du warst an dem Abend, an dem Mr. Sage gestorben ist, nicht zu Hause, nicht wahr?« fragte er sie.

Sie schüttelte den Kopf.

»Aber tagsüber warst du da?«

»Ab und an, ja. Es waren Weihnachtsferien, wissen Sie.«

»Du wolltest nicht zusammen mit Mr. Sage essen? Er war doch dein Freund. Es wundert mich, daß du die Gelegenheit nicht wahrgenommen hast.«

Ihre linke Hand bedeckte die rechte. Sie hielt die Hände zusammengeballt im Schoß. »Es war unser Rundumschlafabend«, sagte sie. »Von Josie, Pam und mir. Einmal im Monat übernachten zwei von uns bei der dritten.«

»Und ihr wechselt euch ab?«

»Ja, es geht in alphabetischer Reihenfolge. Josie, Maggie, Pam. An dem Tag war gerade Josie an der Reihe. Bei ihr ist es immer am lustigsten, weil wir uns da ein Zimmer aussuchen dürfen, wenn das Hotel nicht voll ist. An dem Abend haben wir das Zimmer ganz oben genommen, das mit den Oberlichtern. Es hat geschneit, und wir haben zugesehen, wie der Schnee auf dem Glas liegengeblieben ist.« Sie saß sehr gerade, die Beine an den Knöcheln gekreuzt, wie es sich für ein wohlerzogenes Mädchen gehörte. Feine Strähnen rotbraunen Haars, die der Spange entronnen waren, ringelten sich an ihren Wangen und ihrer Stirn. »Bei Pam übernachten macht am wenigsten Spaß, weil wir da immer im Wohnzimmer schlafen müssen. Wegen ihren Brüdern. Die haben ihr Zimmer oben. Es sind Zwillinge. Pam mag sie nicht besonders. Sie findet es eklig, daß ihre Mutter und ihr Vater noch mal Babys gemacht haben, obwohl sie schon so alt sind. Sie sind zweiundvierzig. Pams Mutter und Vater, meine ich. Pam sagt, ihr graust's, wenn sie sich ihre Mutter und ihren Vater so vorstellt. Aber ich finde sie süß. Die Zwillinge, meine ich.«

»Und wie organisiert ihr euren Rundumschlaftag?« fragte Lynley.

»Ach, wir organisieren eigentlich gar nichts. Wir tun's einfach.«

»Ganz ohne Plan?«

»Na ja, wir wissen, daß es immer am dritten Freitag im Monat ist. Und es geht nach dem Alphabet, wie ich schon gesagt hab. Josie – Maggie – Pam. Pam ist die nächste. Diesen Monat haben wir schon bei mir geschlafen. Ich hab gedacht, daß die Eltern von Josie und Pam mich vielleicht diesmal nicht bei sich übernachten lassen würden, aber sie haben's doch getan.«

»Wegen der Leichenschau, meinst du?«

»Die war natürlich schon vorbei, aber die Leute im Dorf...« Sie sah zum Fenster hinaus. Zwei grauschopfige Dohlen hatten sich auf dem Fensterbrett niedergelassen und pickten wie die Wilden auf ein paar Brotrinden ein, wobei jeder der Vögel versuchte, den anderen wegzudrängen. »Mrs. Crone mag Vögel gern. Sie füttert sie immer. Sie hat in ihrem Garten so ein großes Ding, wie ein Käfig, und da züchtet sie Finken. Und sie legt hier immer Körner oder irgendwas zu essen aufs Fensterbrett. Ich finde das nett. Aber die Vögel streiten sich immer um ihr Futter. Ist Ihnen das schon mal aufgefallen? Die tun immer so, als wär nicht genug da. Ich versteh gar nicht, warum.«

»Und die Leute im Dorf?«

»Ich merke, daß sie mich manchmal beobachten. Sie hören auf zu reden, wenn sie mich kommen sehen. Aber die Mütter von Josie und Pam tun das nicht.« Sie wandte den Blick von den Vögeln und sah ihn mit einem schiefen Lächeln an. Das Grübchen machte ihr Gesicht ein wenig schief und sehr liebenswert. »Vorigen Frühling haben wir mal im Herrenhaus geschlafen. Meine Mutter hat's uns erlaubt. Sie sagte, wir dürften nur keine Unordnung machen. Wir haben Schlafsäcke mitgenommen. Und dann haben wir im Eßzimmer geschlafen. Pam wollte eigentlich raufgehen, aber Josie und ich hatten Angst, daß uns dann das Gespenst begegnen würde. Da ist Pam mit einer Taschenlampe nach oben gegangen und hat allein im Westflügel geschlafen. Aber später haben wir dann rausgekriegt, daß sie überhaupt nicht allein war. Josie fand das gar nicht gut. Sie hat gesagt, das war doch nur für *uns*, Pamela. Männer verboten. Pam hat gesagt, du bist ja nur eifersüchtig, weil du noch nie einen Mann gehabt hast, stimmt's? Und Josie hat gesagt, ich hab schon massig Männer gehabt, du alte Angeberin – aber das hat in Wirklichkeit gar nicht gestimmt –, und dann haben sie sich so gestritten, daß Pam in den nächsten zwei Monaten nicht mehr mit uns zusammen übernachtet hat. Aber dann ist sie doch wieder gekommen.«

»Wissen eure Mütter immer, wann ihr euren Rundumschlaftag habt?«

»Immer am dritten Freitag im Monat. Das wissen alle.«

»Hast du gewußt, daß du ein Abendessen mit dem Pfarrer verpassen würdest, wenn du an dem Abend zu Josie gingst?«

Sie nickte. »Aber ich hab irgendwie gedacht, er wollte mit meiner Mutter allein sein.«

»Warum?«

Sie spielte am Ärmel ihres Pullovers. »Mr. Shepherd will doch auch immer mit ihr allein sein. Ich dachte, das wär vielleicht auch so was.«

»Hast du es gedacht oder gehofft?«

Sie sah ihn mit ernsthafter Miene an. »Er war schon vorher mal bei uns gewesen, Mr. Sage, meine ich. Da hat meine Mutter mich zu Josie geschickt, drum hab ich gedacht, sie wär interessiert. Sie haben miteinander geredet, er und meine Mutter. Dann kam er wieder. Ich hab mir gedacht, wenn sie ihm gefällt, wär's gut, wenn ich verschwinde. Aber dann kam ich dahinter, daß sie ihm überhaupt nicht gefallen hat. Nein, meine Mutter hat ihm gar nicht gefallen. Und er ihr auch nicht.«

Lynley runzelte die Stirn. Ein Alarmsignal schrillte in seinem Kopf. »Wie meinst du das?«

»Na ja, sie haben doch überhaupt nichts getan. Ich meine, nicht so wie sie und Mr. Shepherd.«

»Aber sie hatten einander doch auch nur wenige Male gesehen.«

Sie nickte zustimmend. »Aber er hat nie mit mir über meine Mutter geredet, wenn ich mit ihm zusammen war. Er hat auch nie gefragt, wie ich gedacht hab, daß er es tun würde, wenn er sich für sie interessierte.«

»Worüber hat er denn mit dir gesprochen?«

»Er ist gern ins Kino gegangen, und er hat gern gelesen. Er hat über Filme und Bücher geredet. Und über die Bibel. Manchmal hat er mir Geschichten aus der Bibel vorgelesen. Ganz besonders mochte er die Geschichte von den alten Männern, die zuschauen, wie die Frau im Gebüsch badet. Ich meine, die alten Männer waren im Gebüsch, nicht die Frau. Sie wollten gern mit ihr schlafen, weil sie so jung und so schön war, und obwohl sie selber schon so alt waren, hatten sie immer noch Lust darauf. Mr. Sage hat mir das erklärt. Er konnte gut erklären.«

»Was hat er dir denn noch erklärt?«

»Ach, einen Haufen über Männer. Zum Beispiel, wieso ich diese Gefühle für ...« Sie brach ab. »Ach, alles mögliche eben.«

»Er hat mit dir über deinen Freund gesprochen? Darüber, daß du mit ihm geschlafen hattest?«

Sie senkte den Kopf und konzentrierte sich darauf, einen Zipfel ihres Pullovers zu einem festen Röllchen zu drehen. Ihr Magen knurrte. »Ich hab Hunger«, murmelte sie. Noch immer sah sie nicht auf.

»Ihr müßt sehr gute Freunde gewesen sein, du und der Pfarrer«, sagte Lynley.

»Er hat gesagt, daß es nicht schlecht ist. Er hat gesagt, daß Begehren und Lust was Natürliches sind. Er hat gesagt, daß alle Menschen es fühlen. Auch er selbst.«

Wieder dieses Alarmsignal. Lynley beobachtete das Mädchen mit scharfer Aufmerksamkeit, während er versuchte, hinter jedes Wort zu sehen, das sie äußerte, und sich fragte, wieviel sie unausgesprochen ließ. »Wo habt ihr denn diese Gespräche geführt, Maggie?«

»Im Pfarrhaus. Polly hat Tee gemacht und hat ihn uns ins Arbeitszimmer gebracht. Und wir haben Plätzchen gegessen und geredet.«

»Ihr beide allein?«

Sie nickte. »Polly hatte keine Lust, über die Bibel zu reden. Sie geht nicht in die Kirche. Aber wir natürlich auch nicht.«

»Aber er hat mit dir über die Bibel gesprochen.«

»Ja, weil wir Freunde waren. Mit seinen Freunden kann man über alles reden, hat er gesagt. Man kann seine Freunde daran erkennen, daß sie einem zuhören.«

»Und du hast ihm zugehört. Er hat dir zugehört. Ihr hattet eine ganz besondere Beziehung zueinander.«

»Wir waren Freunde.« Sie lächelte. »Josie hat gesagt, daß der Pfarrer mich lieber hätte als alle anderen in der Gemeinde, obwohl ich nicht mal zur Kirche ging. Sie war richtig eingeschnappt deswegen. Sie hat gesagt, wieso lädt er gerade dich zum Tee ein und geht mit dir wandern, Miss Maggie Spence? Ich hab gesagt, weil er eben einsam sei und ich seine Freundin sei.«

»Hat er dir erzählt, er sei einsam?«

»Das brauchte er gar nicht. Ich hab's gleich gesehen. Er hat sich immer so gefreut, wenn ich kam. Er hat mich immer umarmt, wenn ich wieder gegangen bin. Das war richtig schön.«

»Du mochtest es, wenn er dich umarmte?«

»Ja.«

Er überlegte einen Moment, wie er das Thema am besten anschneiden konnte, ohne sie zu verschrecken. Robin Sage war ihr Freund gewesen, ihr Vertrauter. Was immer die beiden miteinander geteilt hatten, dem Mädchen war es heilig.

»Ja, es tut gut, wenn einen jemand umarmt«, meinte er nachdenklich. »Es gibt kaum was Schöneres, wenn du mich fragst.« Er merkte, daß sie ihn beobachtete, und hätte gern gewußt, ob sie sein Zögern spürte. Gespräche dieser Art zu führen, war nicht gerade seine starke Seite. Sie rührten an Ängste und Tabus, und um damit zurechtzukommen, war das Fingerspitzengefühl eines Psychologen nötig. Er versuchte, sich auf dem unsicheren Boden vorwärtszutasten, und fühlte sich nicht besonders wohl dabei. »Freunde haben auch manchmal Geheimnisse, nicht wahr, Maggie, zum Beispiel Dinge, die sie voneinander wissen oder die sie sagen oder die sie zusammen tun. Manchmal sind es gerade die Geheimnisse und das Versprechen, sie nicht preiszugeben, die einen zu Freunden machen. War es bei dir und Mr. Sage auch so?«

Sie schwieg. Er sah, daß sie wieder angefangen hatte, an der Innenseite ihrer Unterlippe zu lutschen. Ein Erdklumpen war von ihrem Schuh auf den Teppich gefallen. Sie hatte ihn mit den rastlosen Bewegungen ihrer Füße zu braunen Krümeln zerstampft. Mrs. Crone würde sich nicht darüber freuen.

»Haben sie deiner Mutter Sorgen gemacht, Maggie? Die Versprechungen vielleicht? Oder die Geheimnisse?«

»Er hat mich lieber gemocht als alle anderen«, sagte sie.

»Hat deine Mutter das gewußt?«

»Er hat gesagt, ich soll in die Jugendgruppe kommen. Er würde mit ihr sprechen, damit sie's mir erlaubt. Sie wollten einen Ausflug nach London machen. Er hat mich extra gefragt, ob ich mitwill. Und eine Weihnachtsfeier wollten sie auch veranstalten. Er hat gesagt, da würde ich bestimmt kommen dürfen. Er hat mit meiner Mutter telefoniert.«

»An dem Tag, an dem er starb?«

Die Frage kam zu prompt. Sie zwinkerte ein paarmal hastig und sagte: »Mama hat nichts getan. Meine Mama würde niemals jemandem etwas Böses tun.«

»Hatte sie ihn an dem fraglichen Abend zum Essen eingeladen, Maggie?«

Das Mädchen schüttelte den Kopf. »Sie hat nichts davon gesagt.«

»Sie hat ihn nicht eingeladen?«

»Sie hat nicht gesagt, daß sie ihn eingeladen hatte.«

»Aber sie hat dir gesagt, daß er kommen würde.«

Maggie zögerte. Er sah, wie sie überlegte, den Kopf gesenkt, die Augen niedergeschlagen. Er brauchte die Antwort nicht mehr.

»Woher hast du gewußt, daß er kam, wenn sie es dir nicht gesagt hat?«

»Er hat angerufen. Ich hab's gehört.«

»Was?«

»Es ging um die Jugendgruppe und um die Weihnachtsfeier, wie ich schon gesagt hab. Meine Mutter war ärgerlich. ›Ich beabsichtige nicht, es ihr zu erlauben. Es hat keinen Sinn, weiter darüber zu diskutieren.‹ Das hat sie gesagt. Dann hat er etwas gesagt. Er hat lange geredet. Und schließlich hat sie gesagt, er könnte ja zum Essen kommen, und dann könnten sie noch einmal alles besprechen. Aber ich hab nicht geglaubt, daß sie sich's noch einmal anders überlegen würde.«

»Und er kam am selben Abend?«

»Mr. Sage hat immer gesagt, man dürfte die Flinte nicht

gleich ins Korn werfen.« Sie runzelte nachdenklich die Stirn. »Oder so was Ähnliches. Jedenfalls hat er's nie einfach akzeptiert, wenn jemand nein gesagt hat. Er meinte, einmal nein ist nicht immer nein. Er hat gewußt, daß ich gern zu der Jugendgruppe wollte. Er fand es wichtig, daß ich mitmache.«

»Wer leitet die Gruppe?«

»Niemand. Jetzt, wo Mr. Sage tot ist.«

»Und wer war dabei?«

»Pam und Josie. Mädchen aus dem Dorf. Ein paar von den Bauernhöfen.«

»Keine Jungen?«

»Nur zwei.« Sie krauste die Nase. »Die Jungs fanden, die Jugendgruppe wäre Pipikram. ›Aber sie werden schon noch kommen‹, sagte Mr. Sage. ›Wir setzen uns zusammen, und dann machen wir einen Plan.‹ Das war auch einer der Gründe, warum er mich in der Gruppe haben wollte, wissen Sie.«

»Damit ihr euch zusammensetzen konntet?« fragte Lynley mit Unschuldsmiene.

Sie reagierte nicht. »Damit Nick auch kommen würde. Weil nämlich, wenn Nick gekommen wäre, dann wären die andern auch alle gekommen. Und das hat Mr. Sage gewußt. Mr. Sage hat alles gewußt.«

Regel Nummer eins: Man vertraue seiner Intuition.

Regel Nummer zwei: Man untermaure sie mit Fakten.

Regel Nummer drei: Man nehme eine Verhaftung vor.

Regel Nummer vier hatte etwas damit zu tun, wo ein Polizeibeamter sich Erleichterung verschaffen sollte, nachdem er zur Feier eines abgeschlossenen Falles vier Liter Bier in sich hineingekippt hatte, und Regel Nummer fünf bezog sich ausschließlich auf jene Unternehmung, die als Form der Feier empfohlen wurde, wenn es gelungen war, den Schuldigen der Gerechtigkeit zuzuführen. Inspector Angus MacPherson hatte diese Regeln, auf grelles pinkfarbenes Papier gedruckt und mit passenden Illustrationen versehen, eines Tages bei einer Teambesprechung in New Scotland Yard verteilt, und wenn auch Regel Nummer vier und fünf mit Gelächter und zotigen Bemerkungen aufgenommen worden waren, so hatte es Lynley doch für wert befunden, sich die ersten drei in einem müßigen Augenblick, während er am Telefon wartete, auszuschneiden. Er benutzte sie als Lesezeichen und betrachtete sie als Ergänzung zu den *Judge's Rules*, den Verfahrensregeln bezüglich der Zulässigkeit der Aussage eines Angeklagten als Beweismittel.

Die Vermutung, daß Maggie in den Geschehnissen um Robin Sages Tod eine zentrale Rolle spielte, hatte ihn in die höhere Schule nach Clitheroe geführt. Nichts, was sie während ihres Gesprächs gesagt hatte, hatte an seiner Überzeugung etwas geändert.

Ein einsamer Mann mittleren Alters und ein junges Mädchen an der Schwelle zum Frausein, das war eine brisante Kombination, mochte auch der Mann allem Anschein nach noch so rechtschaffen sein, das Mädchen noch so naiv. Lynley wußte, daß es ihn überhaupt nicht wundern würde, wenn sich bei näherer Betrachtung der Hintergründe von Robin Sages Tod die Geschichte der Verführung eines Kindes zeigen würde. Es wäre nicht das erste Mal, daß Mißbrauch mit Freundschaft und frommem Getue bemäntelt wurde. Und gewiß auch nicht das letzte Mal. Eben daß man sich hier an einem Kind vergehen konnte, war Teil der heimtückischen Verlockung. Und da in diesem Fall das Kind ja bereits intime sexuelle Beziehungen unterhielt, hatte der Mann die Schuldgefühle, die ihn sonst vielleicht an der Tat gehindert hätten, leicht ignorieren können.

Maggie suchte Freundschaft und Anerkennung. Sie

sehnte sich nach Wärme und Kontakt. Gab es für einen Mann ein besseres Angebot, seine körperliche Begierde zu stillen? Es mußte Robin Sage nicht unbedingt um Macht gegangen sein. Es mußte auch nicht zwangsläufig ein Beweis seiner Unfähigkeit gewesen sein, eine normale Erwachsenenbeziehung einzugehen. Es konnte schlicht und einfach menschliche Schwäche angesichts der Versuchung gewesen sein.

Er hatte sie zum Abschied immer umarmt, hatte Maggie erzählt. Sie war ein Kind, dem seine Umarmungen gutgetan hatten. Daß sie tatsächlich in mancher Hinsicht längst über das Kindesalter hinaus war, hatte der Pfarrer vielleicht zu seiner eigenen Überraschung entdeckt.

Und weiter, fragte sich Lynley. Sinnliche Erregung, die Sage nicht bezwingen konnte oder wollte? Die kribbelnde Verlockung, Kleider abzustreifen, um bloßes Fleisch zu sehen? Heißes Blut, das keinen vernünftigen Gedanken mehr zuließ und zum Handeln trieb? Und diese hinterlistige Stimme, die flüsterte: Was macht es denn schon aus, sie tut's ja sowieso schon, sie ist keine kleine Unschuld, es ist schließlich nicht so, als würdest du eine Jungfrau verführen, wenn es ihr nicht paßt, kann sie dir ja sagen, du sollst aufhören, drück sie doch einfach einmal fest an dich, damit sie dich fühlen kann und weiß, worum es geht, streichle ihr wie zufällig den Busen, schieb ihr eine Hand zwischen die Schenkel, erzähl ihr, wie schön es ist zu kuscheln, nur wir beide, Maggie, es soll unser ganz besonderes Geheimnis sein, du, meine liebste Freundin . . .

Wie leicht konnte sich so etwas innerhalb von ein paar kurzen Wochen abgespielt haben. Sie lag im Streit mit ihrer Mutter. Sie brauchte einen Freund.

Lynley lenkte den Bentley auf die Straße hinaus, fuhr bis zur Ecke und wendete, um zur Stadtmitte zurückzufahren. Es war möglich, dachte er. Aber im Augenblick waren auch noch alle anderen Möglichkeiten offen. Regel Nummer eins war von entscheidender Bedeutung. Daran gab es keinen Zweifel. Aber sie durfte Regel Nummer zwei nicht verdrängen.

Er hielt nach einem Telefon Ausschau.

15

Dicht unter dem Gipfel des Cotes Fell stehend, noch oberhalb des großen, aufrecht stehenden Steins, den man den Great North nannte, beschaffte sich Colin Shepherd all jene Erkenntnisse, die er seiner Faktensammlung über den Tod Robin Sages bisher anzufügen versäumt hatte: Wenn der Dunst sich lichtete oder wenn der Wind ihn auseinandertrieb, konnte man Cotes Hall und die umliegenden Ländereien ganz klar sehen, besonders im Winter, wenn die Bäume kahl waren. Ein paar Meter tiefer, wenn man an den Stein gelehnt eine Zigaretten- oder Verschnaufpause einlegte, sah man nur das Dach des alten Herrenhauses mit seinem Gewirr von Kaminen, Dachgauben und Wetterhähnen. Aber man brauchte nur ein kleines Stück höher zu steigen und sich unter dem bauchig gewölbten Felsvorsprung niederzusetzen, und man konnte alles sehen, das Herrenhaus selbst in seiner ganzen gespenstischen Verwahrlosung, den Hof, der es auf drei Seiten umgab, die ehemaligen Stallungen und Wirtschaftsgebäude. Zu letzteren gehörte das Verwalterhaus, und eben dorthin hatte Colin Inspector Lynley gehen sehen.

Während Leo oben auf dem Gipfel herumstöberte, beobachtete Colin voll staunender Verwunderung über den klaren Blick, der sich ihm bot, wie Lynley vom Garten ins Gewächshaus ging. Von unten hatte es ausgesehen, als bildete der Nebel eine dichte Decke, die ein Vorwärtskommen behindern und den Blick versperren würde. Hier oben jedoch zeigte sich, daß die scheinbar undurchdringliche Decke so fein und fragil wie Spinnweben war. Der Nebel war feucht und kalt, sonst jedoch kaum von Belang.

Er beobachtete alles, zählte die Minuten, die sie im Gewächshaus verbrachten, vermerkte den Besuch im Keller, die Tatsache, daß Juliet auch jetzt, als sie mit Lynley über den Hof ging, die Küchentür zum Haus, die nicht abgesperrt gewesen war, während sie im Gewächshaus gearbeitet hatte, nicht abschloß. Er sah, wie sie auf der Terrasse des Herrenhauses stehenblieben und miteinander sprachen, und als Juliet zum Teich hinunterwies, wußte er, was folgen würde.

Und die ganze Zeit konnte er auch etwas hören. Nicht ihr Gespräch, aber ganz deutlich die Klänge von Musik. Selbst als ein plötzlicher Windstoß die Nebel zusammentrieb und verdichtete, konnte er noch immer flotte Marschmusik hören.

Jeder, der sich die Mühe machte, zum Cotes Fell hinaufzusteigen, konnte sich über das Kommen und Gehen im Herrenhaus und im Verwalterhäuschen genau informieren. Man brauchte es nicht einmal zu riskieren, unbefugt den Grund und Boden der Familie Townley-Young zu betreten. Der Weg zum Gipfel war ein öffentlicher Fußweg. Der Anstieg war gelegentlich steil – besonders das letzte Stück oberhalb des Great North –, aber für jemanden, der in Lancashire geboren und aufgewachsen war, kein Problem. Ganz sicher kein Problem für eine Frau, die die Wanderung regelmäßig machte.

Als Lynley sein Monstrum von einem Auto rückwärts aus dem Hof hinausmanövriert hatte, um die Rückfahrt durch die Schlaglöcher und den Schlamm anzutreten, wandte sich Colin ab und ging hinüber zu dem Felsvorsprung. Er hockte sich in seinem Schatten nieder, fegte mit der Hand nachdenklich ein Häufchen Scherben und Kiesel auf und ließ sie durch die Finger rieseln. Leo kam angetrottet, rannte schnuppernd und witternd um den Fels herum und trat dabei einiges Geröll los. Colin zog einen alten Tennisball aus seiner Jackentasche, hielt ihn Leo unter die Nase, schleuderte ihn in den Nebel hinaus und sah zu, wie der Hund ausgelassen hinterherrannte. Er wußte genau, was er zu tun hatte, und tat es ganz selbstverständlich, ohne Schwierigkeiten.

Nicht weit von dem Felsvorsprung entfernt konnte Colin eine schmale, erdfarbene Schneise im Gras erkennen. Es war eine kreisförmige Schneise von knapp drei Metern Durchmesser, deren Rund von Steinen markiert war, die in gleichmäßigen Abständen von vielleicht fünfzehn Zentimetern angeordnet waren. In der Mitte des Kreises lag ein ovaler Granit, und Colin brauchte gar nicht hinzugehen und ihn sich anzusehen, um zu wissen, daß er darauf getrocknete Wachsreste finden würde, Kratzer von einer Kohlenpfanne und, deutlich eingemeißelt, das Bild eines fünfzackigen Sterns.

Alle im Dorf wußten, daß der Gipfel von Cotes Fell ein heiliger Ort war. Er wurde bewacht vom Great North, von dem es lange geheißen hatte, er besäße übersinnliche Kräfte und könnte Fragen beantworten, wenn man nur mit reinem Herzen und offenem Geist fragte und hinhörte. Die bauchige Wölbung des Felsvorsprungs sahen einige als ein Fruchtbarkeitssymbol an, den Leib einer Mutter, der von neuem Leben aufgeschwollen war. Und die Granitformation, die aussah wie eine Kreuzblume – einem Altar so ähnlich, daß man es nicht leicht ignorieren konnte –, war schon zu Beginn des vergangenen Jahrhunderts als geologische Besonderheit eingestuft worden. Der Gipfel von Cotes Fell war also ein heiliger Ort der Vorzeit, wo sich die alten Bräuche gehalten hatten.

Solange Colin denken konnte, übten die Yarkins den alten

Kult aus und huldigten der Göttin. Sie hatten nie ein Geheimnis daraus gemacht. Sie widmeten sich den Gesängen und Ritualen, den Zauber- und Beschwörungsformeln mit einer Hingabe, die ihnen, wenn auch nicht Respekt, so doch einen höheren Grad an Toleranz eingebracht hatte, als man ihn normalerweise von den Leuten auf dem Land erwarten konnte. Das abgeschottete Leben bildete hier häufig einen konservativen Nährboden, auf dem die alten Werte, wie Gott, König und Vaterland, gediehen. Doch in Zeiten der Bedrängnis wandte man sich mit seiner Fürbitte an die Gottheit, die einem am einflußreichsten zu sein schien. Wenn also ein geliebtes Kind erkrankte, eine Seuche die Schafe eines Bauern dahinzuraffen drohte, ein junger Mann als Soldat nach Nordirland versetzt werden sollte, lehnte keiner je Rita oder Polly Yarkins Angebot ab. Wer konnte schließlich wissen, welche Gottheit am Ende zuhörte? Warum nicht auf Nummer sicher gehen, für alle Eventualitäten vorsorgen und das Beste hoffen?

Colin selbst war da keine Ausnahme. Mehrmals hatte er Polly um Annies willen den Berg hinaufsteigen lassen. Sie hatte ein goldenes Gewand angehabt und in einem Korb Lorbeerzweige mit sich getragen, die sie zusammen mit Gewürznelken zu Weihrauch verbrannte. In Buchstaben, die er nicht lesen konnte und die er im Grunde für eine Spielerei hielt, ritzte sie seine Bitte in eine dicke orangefarbene Kerze und ließ diese herunterbrennen, während sie um ein Wunder bat. Alles, erklärte sie ihm, sei möglich, wenn das Herz der Hexe rein sei. Hatte nicht Nick Wares Mutter endlich doch den ersehnten Jungen zur Welt gebracht, und das trotz ihrer neunundvierzig Jahre? Hatte sich nicht Mr. Townley-Young, o Wunder, bereit erklärt, den Männern, die auf seinen Höfen arbeiteten, eine Pension auszusetzen? War nicht das Wasserspeicherprojekt entwickelt worden, um neue Arbeitsplätze für die Einheimischen zu schaffen? Dies alles, behauptete Polly, seien die Wohltaten der Göttin.

Niemals erlaubte sie ihm, beim Ritual dabeizusein. Er war kein Eingeweihter. Manche Dinge, erklärte sie, durften einfach nicht sein. Um also ganz ehrlich zu sein, er hatte keine Ahnung, was sie eigentlich tat, wenn sie den Gipfel von Cotes Fell erklommen hatte. Nicht ein einziges Mal hatte er sie die Göttin anrufen hören.

Aber vom Gipfel des Cotes Fell, wo sie, wie die Wachsreste auf dem Granitaltar verrieten, noch immer den Kult ausübte, konnte Polly Cotes Hall sehen. Alles, was im Hof, auf dem Grundstück, im Garten des Verwalterhauses vor sich ging, hätte sie beobachten können. Kein Kommen und kein Gehen wäre ihr entgangen, und selbst wenn jemand vom Verwalterhaus in den Wald gegangen wäre, hätte sie das von hier oben aus sehen können.

Colin stand auf und pfiff dem Hund. Leo kam mit großen Sprüngen aus dem Nebel angejagt. Den Tennisball hatte er im Maul und warf ihn Colin verspielt vor die Füße, die Nase dicht am Boden, bereit, den Ball sofort zu schnappen, sollte sein Herr danach greifen. Colin tat dem Retriever den Gefallen, ihn ein bißchen zu necken, und lächelte über das grimmige Knurren des Hundes, jedesmal, wenn er so tat, als greife er den Ball. Schließlich ließ Leo den Ball liegen, machte einen Sprung nach rückwärts und wartete. Colin warf den Ball in Richtung Herrenhaus den Hang hinunter und sah dem davonschießenden Hund einen Moment nach. Dann folgte er langsam auf dem Fußweg. Beim Great North blieb er stehen und legte die Hand auf den Stein. Seine Kälte durchzuckte ihn wie ein Schock. Die Alten hätten von der Zauberkraft des Steins gesprochen.

»Hat sie?« fragte er und schloß die Augen, um auf Antwort zu warten. Er konnte sie in seinen Fingern fühlen. *Ja ... ja ...*

Der Abstieg war nicht gleichmäßig steil. Es war ein kalter Weg, aber er war zu bewältigen. So viele Füße hatten im Lauf der Zeit den Pfad ausgetreten, daß das Gras, das an anderen Stellen schlüpfrig war vom Reif, auf dem Pfad bis auf Steine und Erde heruntergetrampelt war. Man hatte daher guten Halt, das Risiko zu stürzen oder abzurutschen war gering. Jeder konnte zum Cotes Fell hinaufsteigen. Man konnte im Nebel hinaufsteigen. Man konnte bei Nacht hinaufsteigen.

In drei spitzen Wenden zog sich der Weg abwärts, so daß der Ausblick ins Tal sich immer wieder änderte. Auf den Blick auf das Herrenhaus folgte die Aussicht auf das Hochmoor und die Häuser der Skelshaw Farm in der Ferne. Einen Moment später schon wich der Blick auf die Skelshaw Farm dem Bild der Kirche und der Häuser von Winslough. Und schließlich, als der Hang in Weideland überging, stieß der Fußweg an das Gelände von Cotes Hall.

Hier machte Colin halt. Die aus losen Steinen aufgetürmte Mauer hatte kein Treppchen, das dem Wanderer leichten Zugang zum Herrenhaus geboten hätte. Doch sie war in schlechtem Zustand. An manchen Stellen war sie von Dornengestrüpp überwuchert. An anderen Stellen bröckelte sie und hatte Lücken. Mit Leichtigkeit konnte man durch so eine Lücke steigen, und er tat es, pfiff dem Hund, der ihm folgte.

Noch einmal senkte sich hier das Land, führte sachte abwärts zum Weiher etwa zwanzig Meter entfernt. Dort angekommen, blickte Colin auf den Weg zurück, den er gekommen war. Er konnte den Great North sehen, darüber nichts. Himmel und Dunst verschmolzen in eintönigem Grau, das bereifte Land hob sich kaum vom Horizont ab. Der verhüllende Schleier täuschte den scharfen Blick. Ein Beobachter hätte sich nichts Besseres wünschen können.

Mit dem Hund an seiner Seite ging er um den Weiher herum, machte halt, um sich zu bücken und die Wurzel zu untersuchen, die Juliet für Lynley ausgegraben hatte. Er rieb die Oberfläche, bis das schmutzig cremefarbene Fleisch freigelegt war, und preßte seinen Daumennagel in den Stengel. Ein dünnes Rinnsal öliger Flüssigkeit tropfte heraus. *Ja ... ja.*

Er schleuderte sie in die Mitte des Teichs und sah zu, wie sie sank. Die Wellen breiteten sich kreisförmig zum Rand der Eisdecke aus. »Nein, Leo!« sagte er scharf, als der Hund, seinem Instinkt folgend, ans Wasser rannte. Er nahm ihm den Tennisball ab und warf ihn zur Terrasse hinauf und folgte.

Sie war jetzt sicher wieder im Gewächshaus. Er hatte sie dorthin zurückkehren sehen, nachdem Lynley abgefahren war. Er wußte, daß sie sich dort, bei ihren Pflanzen, beim Graben und Umtopfen und Schneiden, entspannen wollte. Er überlegte, ob er zu ihr gehen sollte. Er wollte ihr unbedingt mitteilen, was er bisher wußte. Aber sie würde es nicht hören wollen. Sie würde protestieren und die Vorstellung abschreckend finden. Anstatt also den Hof zu überqueren und in den Garten zu treten, ging er die von Lavendelhekken gesäumte schmale Fahrstraße entlang. Bei der ersten Lücke in der Hecke schwenkte er in den Wald ab.

Nach einer Viertelstunde Marsch erreichte er das Pförtnerhäuschen. Hier war kein Garten, nur eine kleine ungepflegte Fläche, auf der eine unglückliche italienische Zypresse stand. Windschief lehnte sie am einzigen Nebengebäude des Pförtnerhauses, einem alten Schuppen, dessen Dach unübersehbare Löcher zeigte.

Die Tür hatte kein Schloß, weder Klinke noch Knauf, nur einen verrosteten Eisenring, der Vernachlässigung und die Unbilden der Witterung überlebt hatte. Als er dagegenstieß, löste sich eine Türangel aus dem Rahmen, Schrauben fielen aus dem verrotteten Holz, die Tür senkte sich schief in den weichen Lehmboden und blieb so. Die entstandene Öffnung war groß genug, um in den Schuppen hineinzuschlüpfen.

Er wartete, bis seine Augen sich an die veränderte Beleuchtung gewöhnt hatten. Es gab kein Fenster, nur das fahle Tageslicht, das durch die Ritzen in den Wänden und die Türöffnung eindrang. Draußen hörte er den Hund an der Zypresse herumschnüffeln.

Langsam begannen sich Formen von dem Halbdunkel abzuheben. Was zunächst nur als eine merkwürdige Zickzacksilhouette erkennbar gewesen war, entpuppte sich jetzt als Arbeitstisch, auf dem Farbtöpfe standen und eingetrocknete Pinsel sowie erstarrte Malerrollen lagen. Auf der einen Seite standen mehrere flache Aluminiumwannen gestapelt, hinter den Farbtöpfen zwei Kartons mit Nägeln und ein Glas mit Schrauben, Muttern und Dübeln. Alles war mit einer Staubschicht überzogen, die offenbar seit zehn Jahren nicht mehr angerührt worden war.

Zwischen zwei Farbtöpfen hatte eine Spinne ihr Netz gespannt. Es erzitterte unter seiner Bewegung, aber in der Mitte wartete keine Spinne auf Beute. Er griff mit der Hand hinein, spürte die geisterhafte Berührung der zarten Fäden auf seiner Haut. Keine Spur des klebrigen Safts, der zum Insektenfang gebraucht wurde, haftete an ihnen. Die Architektin des Netzes war längst fort.

Das alles war unwichtig. Man konnte den Schuppen betreten, ohne den Eindruck, daß er längst außer Gebrauch und dem Verfall überlassen sei, zu stören.

Er ließ seinen Blick über die Wand schweifen, wo an Nägeln Werkzeuge und Gartengeräte hingen: eine rostige Säge, eine Hacke, ein Rechen, zwei Spaten und ein fast kahler Besen. Darunter lag zusammengerollt ein grüner Gartenschlauch. In der Mitte des Schuppens stand ein verbeulter Eimer. Er sah hinein. Nur ein Paar Gartenhandschuhe, Daumen und Zeigefinger durchgescheuert, lag darin. Nach der Größe zu urteilen, handelte es sich um Männerhandschuhe. Sie paßten Colin. An der Stelle, wo sie auf dem Grund des Eimers gelegen hatten, schimmerte das Metall hell und blitzte im Licht. Er legte die Handschuhe wieder hinein und sah sich weiter um.

Drei Säcke, einer mit Grassamen, ein zweiter mit Dünger und ein dritter mit Torferde, lehnten an einem schwarzen Schubkarren, der aufgerichtet in der hintersten Ecke stand. Er hievte die Säcke auf die Seite und zog den Schubkarren von der Wand weg, um einen Blick dahinter zu werfen. Von einer kleinen Holzkiste, die mit alten Lumpen gefüllt war, stieg ein schwacher Gestank nach Mäusen oder Ratten auf. Er stellte die Kiste auf und sah zwei kleine Tiere schutzsuchend unter den Arbeitstisch huschen. Er wühlte mit der Stiefelspitze in den Lumpen, fand aber nichts. Schubkarren und Säcke hatten genauso unberührt gewirkt wie alles andere im Schuppen; er war daher nicht überrascht, nur nachdenklich.

Es gab zwei Möglichkeiten, und er ließ sie sich durch den Kopf gehen, während er alles wieder an seinen Platz stellte. Ihm war aufgefallen, daß in dem Schuppen die meisten kleineren Alltagswerkzeuge fehlten. Er hatte keinen Hammer für die Nägel gesehen, keinen Schraubenzieher, keinen Schraubenschlüssel. Er hatte weder kleine Schaufeln noch einen Kultivator entdeckt, obwohl Rechen, Hacke und Spaten hier hingen. Nur das Schäufelchen oder den Kultivator verschwinden zu lassen, wäre natürlich zu auffällig gewesen. Alles verschwinden zu lassen, war entschieden schlau.

Die zweite Möglichkeit war, daß es diese Werkzeuge hier nie gegeben hatte, daß der lang verschwundene Mr. Yarkin sie bei seiner überstürzten Flucht aus Winslough vor mehr als fünfundzwanzig Jahren mitgenommen hatte. Etwas merkwürdig, gewiß, aber vielleicht hatte er sie für seine Arbeit gebraucht. Was für einen Beruf hatte er ausgeübt? Colin versuchte, sich zu erinnern. War er Schreiner gewesen? Aber warum hatte er dann die Säge zurückgelassen?

Er sponn seinen Gedankengang weiter. Wenn es hier im Haus und im Schuppen kein Werkzeug gab, dann hatte sie sie sich eben ausgeliehen. Sie hatte gewußt, wo sie sich welche holen konnte, und auch, wann, da sie ja den rechten Moment oben auf ihrem Ausguck auf dem Cotes Fell hatte abwarten können. Im übrigen hätte sie den rechten Moment auch hier im Pförtnerhäuschen abpassen können. Sie hätte hier jeden vorüberkommenden Wagen gehört und nur ans Fenster zu gehen brauchen, um zu sehen, wer am Steuer saß.

Das war einleuchtend. Selbst wenn sie ihr eigenes Werkzeug gehabt hätte, weshalb hätte sie es riskieren sollen, es zu benützen, wenn sie sich doch nur Juliets auszuleihen und sie später ins Gewächshaus zurückzubringen brauchte, ohne daß ein Mensch etwas merkte? Sie hätte ja sowieso in den Garten gehen müssen, um zum Keller zu kommen. Ja. Genau so war es gewesen. Sie hatte Motiv, Mittel und Gelegenheit gehabt. Aber obwohl Colin sich seiner Sache völlig sicher war, wußte er, daß er es sich nicht leisten konnte, diesen Weg weiterzuverfolgen, ohne noch ein paar weitere Fakten hieb- und stichfest zu machen.

Er schlüpfte aus dem Schuppen, schloß die Tür und ging durch den Matsch zum Haus. Leo kam aus dem Wald getrottet, ein Bild hündischer Glückseligkeit, schmutzverschmiert und mit welkem Laub im Fell. Welch ein Feiertag für ihn: erst eine Bergwanderung, dann fröhliches Ballspiel und zum Abschluß ein Schlammbad im Wald. Nichts tat er lieber, als unter den Eichen herumzustöbern wie ein Trüffelschwein.

»Bleib«, befahl Colin ihm und deutete auf einen Platz neben der Tür. Er klopfte und hoffte, auch ihm würde dieser Tag noch Anlaß zum Feiern bringen.

Er hörte sie, noch ehe sie ihm aufmachte. Der Boden knarrte unter ihrem schlurfenden Schritt. Ihr pfeifender Atem begleitete das Quietschen des Riegels, der zurückgeschoben wurde. Dann stand sie vor ihm wie ein Walroß auf dem Eis, eine Hand auf dem gewaltigen Busen gespreizt, als könnte sie sich durch den Druck das Atmen erleichtern. Er konnte sehen, daß er sie beim Lackieren ihrer Fingernägel gestört hatte. Zwei waren aquamarinblau, drei waren noch unlackiert. Alle waren sie unnatürlich lang.

»Sonne, Mond und Sterne, wenn das nicht Mr. C. Shepherd höchstpersönlich ist!« Sie musterte ihn von Kopf bis Fuß und ließ ihren Blick dabei vor allem auf seinem Unterleib ruhen. Unter ihrem Blick verspürte er ein verrücktes heißes Kribbeln in den Hoden. Als wüßte Rita Yarkin das, lächelte sie und stieß einen Seufzer aus, der sich wie ein Wonneseufzer anhörte. »So. Und was verschafft mir die Ehre, Mr. C. Shepherd? Sind Sie gekommen, um das heiße Flehen einer Jungfrau zu erhören? Wobei natürlich ich die Jungfrau bin. Nicht, daß Sie da was falsch verstehen.«

»Ich würde gern hereinkommen, wenn es Ihnen recht ist«, sagte er.

»Ach ja?« Sie verlagerte ihre Massen und lehnte sich an den Türpfosten. Sie streckte den Arm aus – mindestens ein Dutzend Reifen klirrten an ihrem Handgelenk – und strich ihm mit der Hand über das Haar. Er gab sich alle Mühe, nicht zusammenzuzucken. »Spinnweben«, sagte sie. »Hm. Noch eine. Wo haben Sie denn Ihr hübsches Köpfchen niedergelegt, Jungchen?«

»Darf ich hereinkommen, Mrs. Yarkin?«

»Rita.« Sie sah ihn an. »Kommt darauf an, was Sie mit

›hereinkommen‹ meinen. Es gibt bestimmt ’ne Menge Frauen, die Sie mit Freuden aufnehmen würden, ganz gleich, wann und wohin es Sie treibt. Aber ich? Hm, ich bin ein bißchen wählerisch mit meinen Spielgefährten. War ich immer schon.«

»Ist Polly da?«

»Ach, auf Polly haben Sie’s abgesehen, Mr. C. Shepherd? Na, ich möchte doch wissen, warum? Ist sie Ihnen plötzlich gut genug? Hat die andere Sie an die Luft gesetzt?«

»Rita, ich möchte keinen Streit mit Ihnen, lassen Sie mich rein, oder soll ich später wiederkommen?«

Sie spielte mit einer ihrer drei Halsketten. Sie war aus Federn und bunten Glasperlen gemacht und hatte einen holzgeschnitzten Ziegenkopf als Anhänger. »Ich kann mir nicht denken, daß wir hier was haben, was Sie interessieren könnte.«

»Vielleicht doch. Wann sind Sie dieses Jahr gekommen?« Er sah, wie ihre Mundwinkel zuckten, und kam einer spöttischen Bemerkung zuvor, indem er sich hastig verbesserte: »Wann sind Sie in Winslough angekommen?«

»Am vierundzwanzigsten Dezember. Wie immer.«

»Nach dem Tod des Pfarrers.«

»Ja. Ich hab den Mann nie kennengelernt. Nach allem, was da passiert ist und was ich so von Polly über ihn gehört hab, wär es interessant gewesen, ihm mal aus der Hand zu lesen.« Sie ergriff Colins Hand. »Soll ich mir Ihre mal ansehen, Jungchen?« Und als er sich losriß, meinte sie: »Angst vor der Zukunft, hm? Wie die meisten Leute. Na kommen Sie schon, sehen wir sie uns mal an. Wenn’s gut ausschaut, zahlen Sie. Wenn’s schlecht ausschaut, halt ich die Klappe. Na, ist das ein Angebot?«

»Wenn Sie mich reinlassen.«

Sie lächelte und trat ein paar watschelnde Schritte von der

Tür zurück. »Nur drauf, Jungchen. Haben Sie schon mal mit 'ner Frau gebumst, die mehr als zwei Zentner Lebendgewicht auf die Waage bringt? Bei mir gibt's so viele Löcher, daß Sie da gar nicht fertig werden.«

»Schon recht«, sagte Colin und drängte sich an ihr vorbei. Sie hatte sich so stark parfümiert, daß das ganze Haus roch. Der Duft strömte in Wellen von ihr aus, wie die Hitze von einem Kohlefeuer. Er versuchte, die Luft anzuhalten.

In dem kleinen Vorraum schnürte er seine schmutzigen Stiefel auf und stellte sie zu den Gummistiefeln, Regenschirmen und Regenmänteln. Er ließ sich Zeit beim Ausziehen der Stiefel und benutzte die Gelegenheit, sich gründlich umzusehen. Besonders vermerkte er, was da neben einem Abfalleimer mit verfaultem Rosenkohl, Lammknochen, vier leeren Puddingtüten, den Überresten eines Frühstücks, das aus Toast und Schinken bestanden hatte, und einer kaputten Lampe ohne Schirm stand. Es war ein Einkaufskorb mit Kartoffeln, Karotten, Kürbissen und einem Kopfsalat.

»Polly war beim Einkaufen?« fragte er.

»Das ist von vorgestern. Sie hat's mittags vorbeigebracht.«

»Bringt sie Ihnen auch manchmal Pastinaken fürs Abendessen?«

»Natürlich. Genau wie alles andere. Warum?«

»Weil man die nicht zu kaufen braucht. Die wachsen hier wild, wußten Sie das nicht?«

Rita strich mit ihrem Krallenfinger über den Ziegenbock an ihrer Halskette. Sie spielte erst mit dem einen Horn, dann mit dem anderen und betrachtete Colin dabei gedankenvoll. »Und was ist, wenn ich's weiß?«

»Es würde mich interessieren, ob Sie es auch Polly gesagt haben. Es wäre doch die reine Geldverschwendung, sie im Laden einkaufen zu lassen, was sie hier selbst ausgraben kann.«

»Richtig. Aber meine Polly ist keine Wurzelsammlerin, Mr. Constable. Wir sind total fürs natürliche Leben, das können Sie mir glauben, aber auf allen vieren im Wald rumkriechen und im Dreck wühlen, da hört's für Polly auf. Sie hat im Gegensatz zu gewissen anderen Leuten, die ich Ihnen nennen könnte, Besseres zu tun.«

»Aber sie kennt sich aus mit Pflanzen. Das gehört zum Kult. Man muß die verschiedenen Hölzer kennen, die man verbrennen kann. Und die Kräuter auch. Die braucht man doch fürs Ritual?«

Ritas Gesicht wurde völlig ausdruckslos. »Fürs Ritual braucht's mehr, als Sie wissen oder verstehen, Mr. C. Shepherd. Und mit Ihnen werde ich mich darüber bestimmt nicht unterhalten.«

»Aber die Kräuter haben doch Zauberkraft?«

»Vieles hat Zauberkraft. Aber sie entspringt immer dem Willen der Göttin, gelobt sei ihr Name, ob man nun den Mond, die Sterne, die Erde oder die Sonne gebraucht.«

»Oder die Pflanzen.«

»Oder das Wasser oder das Feuer oder sonst etwas. Die Zauberkraft entsteht aus dem Geist des Bittstellers und dem Willen der Göttin. Man gewinnt sie nicht, indem man irgendwelche Tränke mischt und die dann runterkippt.«

Sie watschelte durch eine Tür in die Küche, ging zum Wasserhahn und hielt den Kessel unter den erbärmlich dünnen Wasserstrahl.

Colin nahm die Gelegenheit wahr, um seine Untersuchung des Vorraums abzuschließen. Er enthielt die merkwürdigsten Dinge: zwei Fahrradfelgen ohne Reifen, einen rostigen Anker, einen ausrangierten Katzenkorb, in dem ein Berg zerfledderter Taschenbücher lag, mit Umschlägen, deren Illustrationen vorzugsweise vollbusige Frauen in den Armen von zügellos leidenschaftlichen Männern zeigten. Wenn hier zwischen Kartons voller Altkleidung, einem uralten Staubsauger und dem Bügelbrett irgendwo ein Satz Haushaltswerkzeuge versteckt war, so würde schon eine gründliche Durchsuchung nötig sein, um sie aufzustöbern.

Colin ging zu Rita in die Küche. Sie hatte sich an den Tisch gesetzt, auf dem noch die Reste ihres zweiten Frühstücks standen, und widmete sich wieder ihren Fingernägeln. Der Nagellack hatte einen starken Geruch, aber gegen ihr Parfum und fetten Schinkenspeck, der in einer Pfanne auf dem Herd brutzelte, kam er nicht an. Colin tauschte die Pfanne mit dem Wasserkessel aus. Rita bedeutete ihm ihren Dank mit dem Lackpinselchen, und er fragte sich, was sie wohl zu dieser Farbe inspiriert hatte und wo sie eine solche Farbe überhaupt aufgetrieben hatte.

Um sich vorsichtig an den Grund seines Besuchs heranzutasten, sagte er: »Ich bin hinten herum gekommen.«

»Ja, das ist mir aufgefallen, Süßer.«

»Ich meine, durch den Garten. Ich hab mir Ihren Schuppen angesehen. Der schaut ja übel aus, Rita. Die Tür hängt schief. Soll ich sie Ihnen richten?«

»Na, das ist aber mal eine tolle Idee, Mr. Constable.«

»Haben Sie Werkzeuge da?«

»Bestimmt. Irgendwo.« Sie streckte ihr rechte Hand auf Armeslänge aus und begutachtete ihre Fingernägel.

»Wo denn?«

»Keine Ahnung, Süßer.«

»Und Polly, weiß sie es?«

Sie wedelte mit der Hand.

»Rita, benützt Polly das Werkzeug?«

»Kann sein. Kann auch nicht sein. Aber uns geht's doch nicht ums schöner Wohnen, hm?«

»Ja, ich glaube, das ist typisch. Wenn Frauen längere Zeit ohne Mann leben, brauchen sie . . .«

»Ich hab nicht von mir und Polly gesprochen«, fiel sie ihm ins Wort. »Ich hab von mir und von Ihnen gesprochen. Oder gehört das neuerdings zu Ihrem Dienst, daß Sie durch Hintergärten streifen und Geräteschuppen prüfen und hilflosen Frauen Ihre Dienste anbieten?«

»Wir sind alte Freunde. Ich würde mich freuen, wenn ich helfen kann.«

Sie lachte. »Ja, das glaub ich! Freut sich wie ein Schneekönig, der gute Mr. Constable, wenn er nur helfen kann. Ich wette, wenn ich Polly frage, wird sie mir erzählen, daß Sie seit Jahren einmal oder zweimal jede Woche vorbeikommen, um ihr bei der Arbeit zu helfen.« Sie legte ihre linke Hand auf den Tisch und griff nach dem Nagellack.

Das Wasser begann zu kochen. Er nahm den Kessel vom Herd. Sie hatte bereits zwei klobige Becher mit Pulverkaffee bereitgestellt. Der eine Becher war schon benützt, wie die Lippenstiftspuren an seinem Rand verrieten. Der andere – mit dem Wort *Pisces* verziert und einem silbriggrünen Fisch, der in einem von Sprüngen durchzogenen azurblauen Meer schwamm – war offenbar für ihn gedacht. Er zögerte einen Moment, ehe er das Wasser hineingoß, und kippte den Becher so verstohlen wie möglich, um prüfend hineinsehen zu können.

Rita beobachtete ihn und zwinkerte. »Nun machen Sie schon, Schätzchen. Wagen Sie doch mal was. Irgendwann müssen wir ja alle sterben, oder nicht?« Lachend senkte sie den Kopf und widmete sich wieder ihren Fingernägeln.

Er goß das Wasser ein. Auf dem Tisch lag nur ein Teelöffel, allem Anschein nach kein sauberer. Ihm wurde ein wenig schwummrig bei dem Gedanken, ihn in seinen Becher zu stecken, aber kochendes Wasser sterilisierte ja, sagte er sich und tauchte den Löffel rasch ein, um ein paarmal hastig herumzurühren. Dann trank er. Es war eindeutig Kaffee.

»Ich seh jetzt mal nach dem Werkzeug«, sagte er und nahm den Becher mit ins Eßzimmer, wo er ihn in der Absicht, ihn zu vergessen, auf den Tisch stellte.

»Schauen Sie sich nur um«, rief Rita ihm nach. »Wir haben nichts zu verbergen als das, was wir unter unseren Röcken haben. Sagen Sie mir Bescheid, wenn Sie da nachsehen wollen.«

Ihr schrilles Gelächter folgte ihm ins Eßzimmer, wo die eilige Durchsuchung einer Kommode nicht mehr zum Vorschein brachte als einen Satz Geschirr und mehrere Tischdecken, die nach Mottenpulver rochen. Am Fuß der Treppe stand ein müder alter Zeitungsständer mit vergilbten Exemplaren eines Londoner Sensationsblatts. Ein rascher Blick zeigte ihm, daß offenbar nur die saftigeren Ausgaben aufgehoben wurden, in denen über zweiköpfige Säuglinge berichtet wurde, Leichen, die in Särgen geboren hatten, über Wolfskinder und einen Besuch Außerirdischer in einem Kloster in Southend-on-Sea. Er zog die einzige Schublade auf, die voller kleiner Holzstücke war. Er erkannte den Duft von Zeder und Fichte, an dem Stück Lorbeer hing noch ein Blatt. Die anderen Hölzer hätte er nicht benennen können, Polly und ihre Mutter jedoch wußten sicher genau, worum es sich handelte. Sie konnten die Hölzer an ihrer Farbe, ihrem Geruch, ihrer Maserung auseinanderhalten.

Er lief die Treppe hinauf, machte schnell, da er wußte, daß Rita der Durchsuchung ein Ende machen würde, sobald sie für sie keinen Unterhaltungswert mehr hatte. Er blickte nach rechts und nach links, taxierte die Möglichkeiten, die ein Bad und zwei Schlafzimmer boten. Direkt vor ihm stand eine Truhe, auf der die wenig gefällige Bronze irgendeines priapischen, gehörnten männlichen Wesens thronte. Auf der anderen Seite des Flurs war ein Schrank, dessen Tür offenstand, unordentlich vollgestopft mit Bettwäsche und anderen Dingen. Sisyphosarbeit, dachte er. Er war auf dem Weg zu einem der Schlafzimmer, als Rita nach ihm rief.

Er ignorierte sie, blieb an der Tür stehen und fluchte. Die Frau war wirklich der Gipfel der Faulheit. Seit mehr als einem Monat war sie im Haus und lebte immer noch aus ihrem gigantischen Koffer. Und was nicht gerade aus dem Koffer heraushing, lag auf dem Boden verstreut, über den Lehnen der beiden Sessel, am Fuß des ungemachten Betts. Der Toilettentisch unter dem Fenster sah aus, als sei gerade die Spurensicherung der Kriminalpolizei hier gewesen. Dosen und Töpfchen und Nagellackflaschen in sämtlichen Regenbogenfarben standen auf ihm zusammengedrängt, und das Ganze war überdeckt von einer dicken Schicht Gesichtspuder, der ihn an das Pulver erinnerte, das man zur Spurensicherung benützte. Halsketten hingen vom Türknauf und einem der Bettpfosten herab. Schals schlängelten sich zwischen herumliegenden Schuhen. Und das ganze Zimmer atmete Ritas charakteristischen Geruch: teils reife Frucht kurz vor dem Faulen, teils alternde Frau, die ein Bad nötig hatte.

Flüchtig sah er die Kommode durch, ging weiter zum Schrank, kniete nieder, um unter das Bett zu schauen. Dort entdeckte er nichts als Flusen und eine schwarze Plüschkatze mit hochgestelltem Buckel und einem Wimpel am Schwanz, auf dem »Rita weiß und sieht alles« stand.

Er ging ins Bad. Wieder rief Rita nach ihm. Er antwortete nicht. Er sah einen Stapel Handtücher durch, der ganz hinten in dem Regal mit Putzmitteln, Scheuerlappen, zwei verschiedenen Desinfektionsmitteln und einer Keramikkröte lag. Die Wand schmückte ein halbzerfetztes Poster irgendeiner jungfräulichen Schönheit von Typ Lady Godivas, die in einer Muschelschale stand und mit züchtiger Miene ihre Blößen bedeckt hielt.

Irgendwo im Haus mußte etwas zu finden sein. Er spürte das mit der gleichen Gewißheit, wie er das wellige grüne Linoleum unter seinen Füßen spürte. Und wenn es nicht das Werkzeug war, so würde er die Bedeutsamkeit des Funds doch sofort erkennen, ganz gleich, was es sein würde.

Er öffnete das Apothekerschränkchen und suchte zwischen Aspirin, Mundwasser, Zahnpasta und Abführmitteln. Er sah die Taschen eines Bademantels durch, der innen an der Tür hing. Er hob einen Stapel Taschentücher vom Wasserbehälter der Toilette, blätterte sie durch, legte sie auf dem Badewannenrand ab. Und dann hatte er es gefunden.

Als erstes stach ihm die Farbe ins Auge: ein lavendelblauer Schimmer vor der gelben Badezimmerwand, hinter dem Spülkasten eingeklemmt. Ein Buch, nicht groß, vielleicht zwölf mal zweiundzwanzig Zentimeter, und dünn, mit zerschlissenem Buchrücken, so daß man den Titel nicht mehr lesen konnte. Mit einer Zahnbürste aus dem Apothekerschränkchen schob er das Buch hoch. Es fiel neben einem zusammengeknüllten Waschlappen mit dem Titel nach oben zu Boden, und einen Moment lang starrte er nur auf den Titel und genoß das Gefühl, seinen Verdacht bestätigt zu sehen.

Zauberkraft der Alchimie: Kräuter, Gewürze und Pflanzen.

Wieso hatte er geglaubt, der Beweis könnte ein Schäufelchen, ein Kultivator oder ein Werkzeugkasten sein? Hätte sie wirklich so etwas benützt, hätte sie so etwas überhaupt ihr eigen genannt, wie einfach wäre es gewesen, diese Dinge loszuwerden. Sie hätte nur irgendwo ein Loch zu graben und sie im Wald zu verscharren brauchen. Dieser schmale Band jedoch verriet die Wahrheit dessen, was geschehen war.

Er schlug das Buch auf, las die Überschriften der einzelnen Kapitel und wurde mit jedem Moment sicherer. *Zauber der Erntezeit, Planeten und Pflanzen, Magische Eigenschaften.* Er blätterte weiter. Sein Blick fiel auf Gebrauchsanweisungen. Er las auch die angefügten Warnungen.

»Schierling, Schierling«, murmelte er und blätterte hastig. Seine Gier, Genaueres zu erfahren, wuchs, und Informationen über den Schierling sprangen ihm entgegen, als hätten sie nur auf die Gelegenheit gewartet, seine Wißbegier zu stillen. Er las, blätterte, las wieder. Die Worte flogen ihm entgegen, glühten wie mit Leuchtschrift an einen Nachthimmel geschrieben. Und bei den Worten *bei Vollmond* hielt er schließlich inne.

Er starrte darauf. Unvorbereitet traf ihn die Erinnerung. *Nein, nein, nein.* Wut und Schmerz schossen gleichzeitig in ihm hoch.

Sie hatte im Bett gelegen, sie hatte ihn gebeten, den Vorhang weit aufzumachen, sie hatte zum Mond hinausgeschaut. Es war der blutig orangerote Herbstmond, eine riesige glühende Scheibe, zum Greifen nah. Der Erntemond, Col, hatte Annie geflüstert. Und als er sich vom Fenster abgewandt hatte, um ihr zu antworten, war sie ins Koma gesunken, das sie in den Tod geführt hatte.

»Nein«, flüsterte er. »Nicht Annie, nein.«

»Mr. C. Shepherd?« rief Rita von unten herauf. Herrisch, näher als zuvor. Sie schien an der Treppe zu sein. »Amüsieren Sie sich vielleicht mit meiner Unterwäsche?«

Er nestelte an den Knöpfen seines Wollhemds, schob das Buch darunter, drückte es flach an seinen Magen und schob es in seinen Hosenbund. Ihm war schwindlig. Er warf einen Blick in den Spiegel und sah, daß sein Gesicht hochrot war. Er nahm seine Brille ab und drehte das Wasser auf, schöpfte das eisige Wasser auf sein Gesicht, bis dem Schmerz der Kälte Betäubung folgte.

Er trocknete sich ab und betrachtete sein Spiegelbild. Er fuhr sich mit beiden Händen durch das Haar. Er musterte seine Haut und seine Augen, und als er bereit war, ihr mit Gelassenheit gegenüberzutreten, ging er nach unten.

Sie stand am Fuß der Treppe und klatschte mit der Hand auf das Geländer. Ihre Armreifen klapperten. Ihr Doppelkinn schwabbelte.

»Was suchen Sie hier, Mr. Constable Shepherd? Ihnen geht's doch nicht um Schuppentüren, und ein Freundschaftsbesuch ist das auch nicht.«

»Kennen Sie die Tierkreiszeichen?« fragte er, noch im Hinuntergehen. Er war erstaunt, wie ruhig seine Stimme klang.

»Warum? Wollen Sie wissen, ob wir zwei zusammenpassen? Klar kenn ich die. Widder, Krebs, Jungfrau, Schütze ...«

»Steinbock«, sagte er.

»Sie sind Steinbock?«

»Nein. Ich bin Waage.«

»Ah, ein gutes Zeichen. Genau das Richtige für jemand in Ihrem Beruf.«

»Waage ist Oktober. Wann ist Steinbock? Wissen Sie das, Rita?«

»Natürlich weiß ich das. Was glauben Sie denn, mit wem Sie's hier zu tun haben, irgendeinem Penner auf der Straße? Steinbock ist Dezember.«

»Wann?«

»Fängt am zweiundzwanzigsten an. Warum? Ist die da oben im Verwalterhaus recht bockig?«

»Nein, nein, es war nur so ein Gedanke.«

»Ja, ich hab mir auch schon so meine Gedanken gemacht.« Sie manövrierte ihre wogenden Massen um die Ecke und watschelte in Richtung Küche davon. An der Tür zum Vorraum blieb sie stehen und winkte ihm mit wackelndem Zeigefinger. »Wir haben doch eine Vereinbarung«, sagte sie.

»Eine Vereinbarung?« wiederholte er, und vor Schreck begannen ihm die Knie zu zittern.

»Na, kommen Sie schon, Süßer. Nur keine Angst. Ich beiß nur Männer, die im Stier geboren sind. Geben Sie mir Ihre Hand.«

Da fiel es ihm ein. »Rita, ich glaub nicht an ...«

»Ihre Hand.« Wieder wackelte sie mit dem Finger, fast wie eine böse Hexe diesmal.

Er gehorchte. Sie blockierte schließlich den einzigen Zugang zu seinen Stiefeln.

»Ah, eine hübsche Hand, wirklich.« Sie strich mit ihren Fingern über die seine und streichelte ganz leicht seine Handfläche. Sie hauchte eine kreisförmige Liebkosung auf sein Handgelenk. »Sehr schön«, sagte sie und schloß mit flatternden Lidern die Augen. »Ja, sehr schön. Eine Männerhand. Eine Hand, die auf den Körper einer Frau gehört. Wonnehände sind das. Die setzen das Fleisch in Brand.«

»Das klingt mir nicht sehr nach Handleserei.« Er versuchte, ihr seine Hand zu entziehen. Aber sie hielt sie nur fester, umspannte mit einer Hand sein Handgelenk und hielt mit der anderen seine Finger ausgestreckt.

Sie drehte seine Hand und legte sie auf einen der Fleischberge, die er für ihre Brüste hielt. Sie zwang seine Finger zu drücken. »Davon würden Sie gern mal kosten, was, Mr. Constable? So was haben Sie doch bestimmt noch nie probiert?«

So unrichtig war das gar nicht. Sie fühlte sich nicht wie eine Frau an. Eher wie eine riesige Menge Brotteig. Die Berührung war etwa so erotisch wie der Griff in einen Batzen trocknenden Lehms.

»Na, da wird Ihnen der Mund wäßrig, was, Süßer? Hm?« Ihre Wimpern waren stark getuscht. Sie bildeten Halbmonde von Fliegenbeinen auf ihren Wangen. Ihr Busen hob und senkte sich mit einem zitternden Seufzer, und Zwiebelgeruch wehte ihm ins Gesicht. »O gehörnter Gott, mach ihn bereit«, murmelte Rita. »Mann zur Frau, Pflug zum Feld, Wonnespender und Kraft des Lebens. Aaahi-ooo-uuu.«

Er spürte ihre Brustwarze unter seiner Hand, groß und aufgerichtet, und sein Körper rührte sich trotz der abschrekkenden Vorstellung ... Er und Rita Yarkin ... Dieser Wal im knallroten Turban ... Diese Fettmassen, diese schwammigen Finger, die seinen Arm hinaufglitten, sein Gesicht küßten und seine Brust hinunterzuspazieren begannen ...

Er zog seine Hand weg. Sie riß die Augen auf. Ihr Blick wirkte benommen und glasig, aber nach einem kurzen Kopfschütteln waren ihre Augen wieder klar. Sie musterte sein Gesicht und schien darin zu lesen, was er nicht verbergen konnte. Sie kicherte leise, dann lachte sie, lehnte sich gegen die Arbeitsplatte in der Küche und brüllte vor Lachen.

»Sie haben gedacht ... Sie haben gedacht ... ich und Sie ... O Wellen des Ozeans ...« Unaufhörliches Gelächter zwischen abgerissenen Worten. Tränen bildeten sich in den Falten ihrer Augen. Als sie sich endlich wieder gefaßt hatte, sagte sie: »Ich hab Ihnen doch gesagt, Mr. C. Shepherd, wenn ich was von einem Mann will, dann hol ich's mir von einem Stier.« Sie schneuzte sich in ein schmutziges Geschirrtuch und streckte ihm ihre Hand hin. »Kommen Sie. Her damit. Keine Gebete mehr, damit Sie sich noch in die Hose machen, Sie Armer.«

»Ich muß gehen.«

»Ach was.« Mit den Fingern schnalzend, verlangte sie nach seiner Hand. Noch immer blockierte sie den Ausgang, darum gehorchte er nun doch, zeigte aber durch seine Miene klar, wie wenig dieses Spielchen nach seinem Geschmack war.

Sie zog ihn mit sich zum Spülbecken, wo das Licht besser war. »Gute Linien«, sagte sie. »Klare Kennzeichnung von

Geburt und Heirat. Die Liebe ist...« Sie zögerte stirnrunzelnd und zupfte zerstreut an einer ihrer Augenbrauen. »Stellen Sie sich hinter mich«, befahl sie.

»Was?«

»Machen Sie schon. Schieben Sie Ihre Hand unter meinem Arm durch, so kann ich sie mir besser ansehen, aus der richtigen Perspektive.« Als er zögerte, schnauzte sie: »Los, das soll kein Witz sein. Machen Sie schon.«

Wieder gehorchte er. Infolge ihrer Leibesfülle konnte er nicht sehen, was sie tat, doch er fühlte ihre Fingernägel auf seiner Handfläche, wie sie einzelne Linien nachzeichneten. Schließlich klappte sie seine Hand zur Faust zusammen und ließ sie los.

»Tja«, sagte sie lebhaft. »Da war nicht viel zu sehen nach Ihrer ganzen Anstellerei. Nichts als das Übliche. Nichts Wichtiges. Nichts, weshalb Sie sich Sorgen machen müßten.« Sie drehte den Wasserhahn über der Spüle auf und machte sich umständlich daran, drei Gläser auszuwaschen, in denen Milchreste eine Haut gebildet hatten.

»Sie halten sich vorbildlich an die Vereinbarung, nicht wahr?« fragte Colin.

»Wie meinen Sie das, Süßer?«

»Sie halten die Klappe, wie Sie so schön gesagt haben.«

»Ist doch sowieso nichts. Sie glauben doch nicht daran.«

»Aber Sie, Rita.«

»Ich glaube an vieles. Das heißt noch lang nicht, daß das alles Realität ist.«

»Zugegeben. Dann sagen Sie mir jetzt, was Sie gesehen haben. Lassen Sie mich selber urteilen.«

»Ich dachte, Sie hätten was Wichtiges zu tun, Mr. Constable. Wollten Sie nicht eben dringend weg?«

»Sie weichen der Antwort aus.«

Sie zuckte die Achseln.

»Aber ich will eine Antwort haben.«

»Man kann nun mal nicht alles haben, was man will, Süßer, auch wenn Sie's im Moment im Überfluß kriegen.« Sie hielt eines der Gläser ans Licht. Es war noch fast genauso schmutzig wie vorher. Sie nahm die Flasche mit dem Spülmittel und gab ein paar Tropfen hinein, nahm einen Schwamm und begann das Glas ernsthaft zu säubern.

»Was soll das heißen?«

»Stellen Sie sich doch nicht dümmer, als Sie sind. Sie sind doch ein schlauer Bursche. Überlegen Sie mal.«

»Ach, und das haben Sie aus meiner Hand gelesen? Wie praktisch für Sie, Rita. Erzählen Sie das auch den Dummköpfen, die Sie in Blackpool dafür bezahlen, daß Sie ihnen ihre Zukunft voraussagen?«

»Moment mal, ganz ruhig«, sagte sie.

»Das geht doch alles nach dem gleichen Muster, dieser ganze Hokuspokus, den Sie und Polly veranstalten. Steine deuten, Hand lesen, Tarotkarten legen. Das ist doch alles nur ein Spiel. Sie nützen eine menschliche Schwäche dazu aus, um an Geld zu kommen.«

»Ihre Dummheit ist gar keine Antwort wert.«

»Ja, klar, das ist auch so eine Taktik, stimmt's? Man hält die andere Wange hin, verpaßt aber dem Gegenüber trotzdem noch einen Schlag. Schaut so Ihre tolle Religion aus? Vertrocknete Weiber, die vom Leben nichts mehr zu erwarten haben und dafür das Leben anderer kaputtmachen? Ein Zauber hier, ein Fluch dort, was macht es schon, wenn dabei jemand verletzt wird, es erfährt ja keiner außer den anderen Angehörigen eurer Gemeinschaft. Und ihr haltet natürlich alle den Mund, nicht wahr, Rita? So ist das doch unter Hexen der Brauch.«

Sie fuhr fort, die Gläser zu waschen, eines nach dem anderen. Sie hatte sich einen Fingernagel eingerissen. An einem anderen war der Lack verkratzt. »Liebe und Tod«, sagte sie. »Liebe und Tod. Dreimal.«

»Was?«

»Das hat Ihre Hand gezeigt. Nur eine Ehe. Aber dreimal Liebe und Tod. Tod. Überall. Sie gehören der Priesterschaft des Todes an, Mr. Constable.«

»Na klar.«

Sie drehte den Kopf nach ihm, fuhr jedoch fort zu spülen. »Es steht in Ihrer Hand, Jungchen. Und die Handlinien lügen nicht.«

16

St. James war in der vergangenen Nacht am Ende seiner Weisheit gewesen. Er hatte im Bett gelegen und durch das Oberlicht zu den Sternen hinaufgesehen und über die schreckliche Vergeblichkeit der Ehe nachgedacht. Er wußte, daß dieses in Zeitlupe Mit-ausgebreiteten-Armen-Aufeinanderzulaufen-sich-glückselig-in-die-Arme-Sinken-Ausblendung, diese Zelluloidfassung menschlicher Beziehungen, den Romantiker, der in jedem wohnte, dazu verleitete, ein Glücklich-und-Zufrieden bis ans Ende aller Tage zu erwarten. Er wußte auch, daß die Realität des Lebens Schritt um Schritt gnadenlos lehrte, daß dieses Glücklich-und-Zufrieden, wenn es sich überhaupt einstellte, niemals für länger blieb und man, wenn man auf sein vermeintliches Klopfen die Tür öffnete, immer damit rechnen mußte, statt seiner von Brummig-und-Zornig oder einer ganzen Schar anderer überrannt zu werden. Es war manchmal schon sehr entmutigend, sich mit den Widrigkeiten des Lebens herumschlagen zu müssen. Gerade als er sich sagen wollte, die einzig vernünftige Art, mit einer Frau umzugehen, sei, strikt den

Mund zu halten, schob sich Deborah von der anderen Seite des Betts an ihn heran.

»Es tut mir leid«, flüsterte sie und legte ihren Arm über seine Brust. »Du bist mein Traummann Nummer eins.«

Er wandte sich ihr zu. Sie drückte ihre Stirn an seine Schulter. Er legte seine Hand in ihren Nacken, fühlte ihr schweres Haar und ihre zarte Haut.

»Da bin ich sehr froh«, flüsterte er. »Weil du nämlich mein Herzblatt Nummer eins bist. Du warst es immer, und du wirst es immer sein, das weißt du.«

Er spürte, daß sie gähnte. »Es ist schwierig für mich«, murmelte sie. »Ich sehe den Weg vor mir, aber der erste Schritt ist unendlich schwer. Ich komm einfach nicht zurecht damit.«

»So ist das mit den meisten Dingen. Ich vermute, das ist unsere Art zu lernen.« Er legte seinen Arm um sie. Er merkte, wie sie in Schlaf glitt. Er hätte sie gern zurückgerufen, statt dessen jedoch gab er ihr einen Kuß auf die Stirn und ließ sie ziehen.

Beim Frühstück jedoch blieb er vorsichtig. Gewiß, sie war seine Deborah, aber sie war sprunghafter als die meisten Frauen. Eben dies, das Unerwartete, war eines der Dinge, die er im Zusammenleben mit ihr genoß. Da brauchte nur in einem Zeitungsartikel angedeutet zu werden, die Polizei konstruiere möglicherweise einen Fall gegen einen IRA-Verdächtigen, und schon geriet sie in hellen Zorn und brachte es fertig, eine Foto-Odyssee nach Belfast oder Derry zu organisieren, um »sich mit eigenen Augen zu vergewissern, was eigentlich los ist«. Ein Bericht über Tierquälereien trieb sie auf die Straße hinaus, um sich einem öffentlichen Protestmarsch anzuschließen. Hörte sie von Diskriminierung gegen Aidskranke, so suchte sie sofort das nächste Hospiz auf, wo man Freiwillige nahm, die den Patienten vorlasen, sich mit ihnen unterhielten, ihnen Gesellschaft leisteten. So war er von einem Tag auf den nächsten niemals ganz sicher, in was für einer Stimmung er sie vorfinden würde, wenn er zum Mittagessen oder zum Abendessen aus seinem Labor herunterkam. Das einzig Sichere am Zusammenleben mit Deborah war, daß nichts besonders sicher war.

Im Prinzip genoß er ihr leidenschaftliches Naturell. Sie war lebendiger als jeder, den er kannte. Aber ohne Vorbehalt lebendig zu sein, verlangte auch, ohne Vorbehalt zu fühlen, und so war sie in ihren Tiefs natürlich ebenso hoffnungslos wie in ihren Hochs ekstatisch. Diese Tiefs waren es, die ihm angst machten, so daß er ihr am liebsten geraten hätte, sich zurückzunehmen. *Versuch, nicht so tief zu fühlen* lag ihm ständig auf der Zunge. Er hatte ja selbst längst gelernt, sich an dieses Rezept zu halten. Doch ihr zu sagen, sie solle nicht fühlen, war so, als rate man ihr, sie solle nicht atmen. Außerdem gefiel ihm dieser Emotionensturm, in dem sie lebte. Vor Langweile waren sie garantiert bewahrt.

Als sie deshalb, nachdem sie ihr letztes Grapefruitstückchen gegessen hatte, sagte: »Ich weiß jetzt, was es ist. Ich brauche eine feste Richtung. Ich kann dieses blinde Herumtappen nicht mehr aushalten. Es wird Zeit, daß ich mich auf eins konzentriere. Ich muß mich endlich einmal auf etwas einlassen und dann dabeibleiben«, gab er eine vage zustimmende Antwort, während er sich fragte, wovon, zum Teufel, sie da redete.

»Ja, das ist wichtig«, er strich etwas Butter auf eine dreieckkige Scheibe Toast. Auf seine zustimmenden Worte nickte sie heftig und klopfte mit ihrem Kaffeelöffel enthusiastisch ihr Ei auf. Als sie keine Anstalten machte, ihre Pläne expliziter zu formulieren, meinte er versuchsweise: »Bei diesem Herumtappen hat man das Gefühl, man hätte keinen Boden unter den Füßen, nicht wahr?«

»Simon, genau das ist es. Du verstehst mich wirklich immer.«

Er klopfte sich im stillen auf die Schulter, während er erwiderte: »Und wenn man sich für eine bestimmte Richtung entscheidet, schafft man sich eine Basis, nicht wahr?«

»Genau.« Sie kaute glücklich ihren Toast. Sie sah zum Fenster hinaus in den grauen Tag, auf die feuchte Straße und die tristen, rußgeschwärzten Häuser. Ihre Augen leuchteten im Glanz irgendwelcher obskuren Möglichkeiten, die sie dem eiskalten Wetter und der bedrückenden Umgebung abzugewinnen schien.

»Und worauf willst du dich nun konzentrieren?« fragte er in dem Versuch, sich auf dem schmalen Grat zwischen freundlicher Zusammenfassung und eingehenderem Interesse zu halten.

»Da bin ich mir noch nicht ganz sicher«, antwortete sie.

»Ach so.«

Sie griff nach der Erdbeermarmelade und klatschte einen Teelöffel voll auf ihren Teller. »Aber man braucht sich ja nur anzusehen, was ich bisher gemacht habe. Landschaften, Stillleben, Porträts. Häuser, Brücken, Hotelinterieurs. Frau Kunterbunt persönlich. Kein Wunder, daß es mir nicht gelingt, mir einen Ruf zu schaffen.« Sie strich Marmelade auf ihren Toast und gestikulierte temperamentvoll. »Ich muß für mich entscheiden, welche Art der Fotografie mir persönlich am meisten Freude macht. Ich muß meinem Herzen folgen. Ich muß aufhören, mich in alle Richtungen zu verzetteln und jedem Angebot nachzulaufen. Ich kann nicht in allem hervorragend sein. Das kann niemand. Aber in einem Teilbereich kann ich hervorragend sein. Anfangs, als ich noch in der Schule war, dachte ich, es wäre die Porträtfotografie, das weißt du ja. Dann hab ich mich davon abbringen lassen und habe Landschaften und Stilleben gemacht. Und jetzt übernehm ich jeden Auftrag, den ich ergattern kann. Das ist nicht gut. Ich muß mich jetzt endlich entscheiden.«

Auf ihrem Morgenspaziergang zum Park, wo Deborah die Enten mit den Toastresten fütterte und sie das Kriegerdenkmal des einsamen Soldaten betrachteten, sprach sie von ihrer Kunst. Stilleben böten eine Fülle von Möglichkeiten – ob er eigentlich wüßte, was die Amerikaner derzeit mit Blumen und Farbe machten? Ob er diese Studien mit erhitztem und säurebehandeltem Metall kenne? Yoshidas Darstellung von Früchten? –, andererseits mache das Ganze einen ziemlich distanzierten Eindruck. Es sei kein großes emotionales Risiko dabei, wenn man eine Tulpe oder eine Birne fotografierte. Landschaften seien herrlich – ein Genuß mußte das sein, als Reisefotograf in Afrika oder im Orient zu fotografieren –, aber sie verlangten eigentlich nur ein Auge für die Komposition, Geschick im Umgang mit dem Licht, Filtern und Filmarten, kurz, rein technisches Wissen. Porträts hingegen – nun, da spielte ein Element des Vertrauens mit, das zunächst zwischen dem Künstler und seinem Modell hergestellt werden mußte. Und Vertrauen setzte Risikobereitschaft voraus. Beim Porträt waren beide Parteien gezwungen, aus sich herauszugehen. Man fotografierte einen Körper, aber wenn man gut war, fing man die Persönlichkeit in ihm ein. Dabei spiele sich Leben ab, erklärte sie St. James, sich auf die Gefühle und den Geist des Modells einzulassen, sein Vertrauen zu gewinnen, ihn wahrhaftig einzufangen.

St. James, der ein wenig zu Zynismus neigte, hätte kein Geld darauf gewettet, daß die meisten Menschen hinter ihrer äußeren Persona »Wahrhaftiges« zu bieten hatten. Aber er war froh und glücklich, an Deborahs Überlegungen Anteil zu haben. Als sie angefangen hatte zu sprechen, hatte er zunächst versucht, an Worten, Ton und Ausdruck zu erkennen, ob sie vielleicht den Kern des Themas umgehen wollte.

Sie war am vergangenen Abend verstimmt und erregt gewesen, weil er in ihre Domäne eingedrungen war. Sie würde bestimmt nicht eine Wiederholung dieser Situation wollen. Doch je mehr sie sprach – diese Möglichkeit erwog und jene verwarf, ihre eigenen Motive auszuloten versuchte –, desto ruhiger wurde er. Deborah strahlte eine Energie aus, wie er sie in den letzten zehn Monaten bei ihr nicht erlebt hatte. Ganz gleich, aus welchen Gründen sie diese Ausführungen über ihre berufliche Zukunft begonnen hatte, die Stimmung, die sie herbeizuführen schienen, war weit positiver als ihre Depression vorher. Als sie darum ihr Stativ mit der Hasselblad aufstellte und sagte: »Jetzt ist das Licht gerade gut«, und ihn bat, ihr im verlassenen Biergarten des *Crofters Inn* Modell zu sitzen, damit sie sich an ihm gleich mit einigen Porträtaufnahmen versuchen konnte, ließ er sich von ihr trotz der Kälte über eine Stunde lang aus sämtlichen erdenklichen Perspektiven auf die Platte bannen.

»Verstehst du, ich möchte nicht diese üblichen Atelierporträts machen. Ich meine, ich habe überhaupt keine Lust, daß die Leute zu mir kommen, um für das Hochzeitstagsfoto oder so was Modell zu sitzen. Ich hätte nichts dagegen, vielleicht mal irgendwas Besonderes zu machen, aber hauptsächlich, glaube ich, möchte ich auf der Straße und an öffentlichen Plätzen arbeiten. Ich möchte ganz einfach interessante Gesichter finden und sich dann alles von selbst entwickeln lassen«, erklärte sie gerade, als Ben Wragg an der Hintertür des Pubs erschien und ihnen zurief, Inspector Lynley wolle Mr. St. James sprechen.

Das Ergebnis dieses Telefongesprächs – bei dem Lynley sich die Seele aus dem Leib schreien mußte, weil irgendwo in seiner Nachbarschaft Straßenarbeiten stattfanden, die kleinere Sprengungen notwendig machten – war eine Fahrt nach Bradford.

»Wir suchen nach einer Verbindung zwischen ihnen«, hatte Lynley gesagt. »Vielleicht kann der Bischof sie uns liefern.«

»Und du?«

»Ich habe eine Verabredung beim CID Clitheroe. Danach in der Pathologie. Das ist zwar hauptsächlich Formalität, aber es muß getan werden.«

»Du hast mit Mrs. Spence gesprochen?«

»Ja, und auch mit der Tochter.«

»Und?«

»Ich weiß nicht. Mir ist nicht wohl bei der ganzen Sache. Ich habe kaum einen Zweifel daran, daß die Spence es getan hat und auch genau wußte, was sie tat. Ich habe allerdings erhebliche Zweifel daran, daß es sich um einen Mord konventioneller Art handelt. Wir müssen mehr über Sage in Erfahrung bringen. Wir müssen herausbekommen, warum er aus Cornwall weggegangen ist.«

»Verfolgst du eine bestimmte Spur?«

Er hörte Lynley seufzen. »In diesem Fall hoffe ich nicht, St. James.«

So fuhren sie also, nachdem sie sich telefonisch angemeldet hatten, in ihrem Mietwagen an Pendle Hill vorbei die nicht unbeträchtliche Strecke bis nach Bradford, nördlich des Keighley Moors.

Im Amtssitz des Bischofs von Bradford, nicht weit von der Kathedrale aus dem fünfzehnten Jahrhundert entfernt, empfing sie der Sekretär des hohen Herrn. Er war ein junger Mann mit großen vorstehenden Zähnen, der einen in rostbraunes Leder gebundenen Terminkalender mit sich herumtrug, in dessen goldgeränderten Seiten er ständig blätterte, als wollte er sie daran erinnern, wie kostbar die Zeit des Bischofs sei und wie glücklich sie sich preisen könnten, daß er ihnen eine halbe Stunde davon gönnte. Er führte sie nicht in ein Büro oder Konferenzzimmer, sondern durch holzgetäfelte Gänge zu einer Hintertreppe, die in einen kleinen Fitneßraum mit Spiegelwand führte. Darin warteten ein Übungsfahrrad, eine Rudermaschine, irgendein komplizierter Aufbau zum Bodybuilding mit Gewichten und Robert Glennaven, der Bischof von Bradford, der seinen Körper auf einer vierten Maschine, die aus beweglichen Treppen und Rollstangen bestand, folterte.

»Euer Hochwürden«, sagte der Sekretär, stellte St. James und Deborah vor, machte hackenknallend auf dem Absatz kehrt und ließ sich auf einem harten geradlehnigen Stuhl am Fuß der Treppe nieder. Er faltete seine Hände über dem Terminkalender – der jetzt an angemessener Stelle aufgeschlagen war –, nahm seine Armbanduhr vom Handgelenk, legte sie auf sein Knie und stellte seine schmalen Füße flach auf den Boden.

Glennaven nickte ihnen kurz zu und wischte sich mit einem Handtuch den Schweiß von der glänzenden Glatze. Er trug eine graue Trainingshose und dazu ein ausgewaschenes schwarzes T-Shirt, auf dem über dem Datum *4. Mai* die Worte *Tenth UNICEF Jog-A-Thon* standen.

»Um diese Zeit macht der Bischof täglich sein Fitneßtraining«, verkündete der Sekretär überflüssigerweise. »Er hat in einer Stunde bereits den nächsten Termin und muß vorher noch duschen. Seien Sie so gut und denken Sie daran.«

Abgesehen von dem Stuhl, auf dem der Sekretär Platz genommen hatte, gab es keine Sitzgelegenheit in dem kleinen Raum. St. James fragte sich, wie viele andere unerwartete oder unerwünschte Gäste genötigt wurden, ihre Besuche beim Bischof kurz zu halten, indem man sie zwang, sie im Stehen zu absolvieren.

»Das Herz«, sagte Glennaven und klopfte sich auf die Brust, bevor er einen Knopf an der Treppenmaschine einstellte. Er verzog keuchend das Gesicht beim Sprechen, offensichtlich kein Fitneßfreak, sondern ein Mann, der keine andere Wahl hatte. »Eine Viertelstunde muß ich noch weitermachen. Tut mir leid. Ich kann jetzt nicht aufhören, sonst bringt es nichts. Sagt jedenfalls der Kardiologe. Manchmal hab ich den Verdacht, die Sadisten, die diese infernalischen Maschinen herstellen, beteiligen ihn am Gewinn.« Er arbeitete schwitzend weiter. »Der *Deacon* sagte mir ...«, sein Kopf deutete erklärend zum Sekretär ... »Scotland Yard möchte Auskünfte von mir, und natürlich, wie das heute so üblich ist, wenn möglich sofort.«

»Das ist richtig«, bestätigte St. James.

»Ich wüßte nicht, wie ich Ihnen da helfen soll. Dominic hier ...«, wieder wies er mit dem Kopf auf den Sekretär ... »kann Ihnen wahrscheinlich mehr sagen. Er war bei der Leichenschau.«

»In Ihrem Auftrag, wenn ich recht unterrichtet bin.«

Der Bischof nickte. Er grunzte vor Anstrengung bei seinen Übungen, und die Adern an seiner Stirn und seinen Armen schwollen an.

»Entspricht es Ihren Geschäftsgepflogenheiten, jemanden zu einer Leichenschau abzuordnen?«

Er schüttelte den Kopf. »Es ist noch nie passiert, daß einer meiner Geistlichen vergiftet wurde. Es gibt da keine Gepflogenheiten.«

»Würden Sie es wieder tun, wenn ein anderer Geistlicher unter fragwürdigen Umständen ums Leben käme?«

»Das käme auf den Geistlichen an. Wenn er wie Sage wäre, ja.«

Daß Glennaven selbst das Thema ansprach, erleichterte St. James seine Aufgabe. Seiner Sache schon sicherer als zu Anfang, ließ er sich auf der Bank des Bodybuildingapparats nieder. Deborah wählte das Übungsfahrrad. Der Sekretär quittierte dies mit einem mißbilligenden Blick zum Bischof. Alles so gut geplant und alles schiefgegangen, sagte seine Miene. Er tippte auf seine Uhr, als wollte er sich vergewissern, daß sie noch funktionierte.

»Sie meinen, wenn es sich um einen Mann handelt, bei dem man mit großer Wahrscheinlichkeit vermuten kann, daß er absichtlich vergiftet wurde«, sagte St. James.

»Wir brauchen Priester, die sich ihrem Amt mit Hingabe widmen«, erklärte der Bischof, dazwischen immer wieder grunzend, »besonders in Gemeinden, in denen der weltliche Lohn minimal ist. Aber religiöser Eifer hat auch seine negativen Seiten. Die Leute nehmen daran Anstoß. Der religiöse Eiferer hält den Menschen den Spiegel vor und verlangt von ihnen, sich selbst ins Gesicht zu sehen.«

»Und Sage war ein religiöser Eiferer?«

»In mancher Leute Augen, ja.«

»In Ihren Augen?«

»Ja. Aber es hat mich nicht gestört. Meine Toleranzschwelle bei religiösem Aktivismus ist ziemlich hoch. Er war ein anständiger Kerl. Er hatte einen klaren Verstand. Er setzte ihn ein. Aber natürlich schafft Eifer Probleme. Darum habe ich Dominic zur Leichenschau geschickt.«

»Soviel ich weiß, waren Sie mit dem, was Ihnen zu Ohren kam, zufrieden«, sagte St. James zu dem Sekretär.

»Nichts, was bei der Leichenschau zur Sprache kam, ließ darauf schließen, daß es an der Amtsführung Mr. Sages irgend etwas auszusetzen gab.« Diese Art nichtssagender Bemerkungen nach dem Motto »Nichts hören, nichts sehen und niemand auf die Zehen treten« waren dem Sekretär auf der politisch religiösen Ebene, auf der er tätig war, sicherlich dienlich. St. James hatte gar nichts davon.

»Und Mr. Sage selbst?« fragte St. James.

Der Sekretär fuhr sich mit der Zunge über seine vorstehenden Zähne und zupfte einen kleinen Fussel vom Revers seines schwarzen Jacketts. »Bitte?«

»Gab es an Mr. Sage selbst etwas auszusetzen?«

»Soweit es die Gemeinde betraf und soweit ich dank meiner Anwesenheit bei der Leichenschau in Erfahrung bringen konnte ...«

»Ich meine, in Ihren Augen. Gab es an ihm etwas auszusetzen? Sie haben ihn doch sicher gekannt und nicht nur bei der Leichenschau von ihm gehört.«

»Keiner von uns ist vollkommen«, antwortete der Sekretär gouvernantenhaft.

»Wissen Sie, aus der Luft gegriffene Mutmaßungen sind bei der Untersuchung eines ungewöhnlichen Todesfalls keine Hilfe«, sagte St. James.

Der Hals des Sekretärs schien um einiges länger zu werden, als er den Kopf hob. »Wenn Sie sich mehr erhoffen – vielleicht etwas Nachteiliges –, muß ich Ihnen sagen, daß ich nicht die Angewohnheit habe, über geistliche Kollegen zu Gericht zu sitzen.«

Der Bischof lachte. »Was reden Sie für einen Blödsinn, Dominic. Die meisten Tage sitzen Sie zu Gericht wie der heilige Petrus persönlich. Sagen Sie dem Mann, was Sie wissen.«

»Hochwürden ...«

»Dominic, Sie klatschen doch wie ein zehnjähriges Schulmädchen. Das war immer schon so. Hören Sie auf mit Ihrer Doppelzüngigkeit, sonst muß ich noch von dieser verflixten Maschine heruntersteigen und Ihnen eine kräftige Ohrfeige geben. Verzeihen Sie, gnädige Frau«, sagte er zu Deborah gewandt, die lächelte.

Der Sekretär machte ein Gesicht, als röche er etwas Unangenehmes und habe soeben den Befehl erhalten, so zu tun, als handelte es sich um Rosenduft. »Also gut«, sagte er. »Ich fand immer, Mr. Sage habe eine ziemlich eingeengte Betrachtungsweise. Sein einziger Bezugspunkt war die Bibel.«

»Ich würde das bei einem Geistlichen nicht als Beschränkung empfinden«, meinte St. James.

»Aber es ist eine Beschränkung, eine sehr schwerwiegende sogar für einen Geistlichen im Gemeindedienst. Eine strenge Auslegung der Bibel und ein striktes Festhalten an ihrem Wort kann absolut blind machen, ganz zu schweigen davon, daß dadurch gerade die Gemeinde, die man zu vergrößern sucht, abgeschreckt wird. Wir sind keine Puritaner, Mr. St. James. Wir wettern nicht mehr von der Kanzel. Wir fördern nicht religiöse Hingabe, die auf Furcht basiert.«

»Nichts, was wir über Sage gehört haben, gibt Anlaß zu glauben, daß er das getan hat.«

»In Winslough vielleicht noch nicht. Aber bei *unserem* letzten Zusammentreffen mit ihm hier in Bradford war klar ersichtlich, welche Richtung er einzuschlagen gedachte. Über dem Mann zog sich ein regelrechtes Gewitter zusammen. Man spürte, daß es nur noch eine Frage der Zeit war, bis es zum Ausbruch kommen würde.«

»Ein Gewitter? Sie meinen Ärger zwischen Sage und der Gemeinde? Oder mit einem Gemeindemitglied? Wissen Sie da etwas Bestimmtes?«

»Obwohl er jahrelang im Amt war, begriff er die konkreten Probleme seiner Gemeindemitglieder oder auch anderer nicht in ihrem wesentlichen Kern. Um Ihnen ein Beispiel zu geben: Etwa einen Monat vor seinem Tod nahm er an einer Konferenz über Ehe und Familie teil, und während ein Psychologe sich bemühte, unseren Brüdern eine Anleitung zu geben, wie sie mit Gemeindemitgliedern, die eheliche Schwierigkeiten hatten, umgehen sollten, wollte Mr. Sage unbedingt eine Diskussion über die Frau führen, die im Ehebruch ergriffen wurde.«

»Die Frau . . .?«

»Johannes, Kapitel acht«, sagte der Bischof. »›Aber die Schriftgelehrten und Pharisäer brachten eine Frau zu ihm, im Ehebruch ergriffen . . .‹ und so weiter, und so weiter. Sie kennen die Geschichte. ›Wer unter euch ohne Sünde ist, der werfe den ersten Stein.‹«

Der Sekretär berichtete weiter, als hätte der Bischof gar nicht gesprochen. »Wir waren mitten in der Diskussion darüber, wie man am besten einem Paar helfen kann, das nicht mehr vernünftig und offen miteinander sprechen kann, weil einer den anderen beherrschen will, und Sage wollte die Frage erörtern, was recht und was moralisch vertretbar sei. Aufgrund der Gesetze der Hebräer sei es moralisch gutgeheißen worden, diese Frau zu steinigen, erklärte er. Aber sei das damit auch recht gewesen? Und sollten wir bei unseren gemeinsamen Gesprächen nicht dieser Frage nachgehen, Brüder: dem Dilemma dessen, was in den Augen unserer Gesellschaft moralisch ist und was in den Augen Gottes recht ist? Es war der absolute Unsinn. Er war unfähig, über konkrete Dinge zu sprechen. Er meinte, wenn es ihm gelänge, uns die Köpfe mit Luft zu füllen und uns in nebulöse Diskussionen zu verwickeln, würden seine eigenen Schwächen als Priester – ganz zu schweigen von seinen menschlichen Mängeln – vielleicht nie ans Licht kommen.« Zum Abschluß seiner Rede wedelte der Sekretär mit der Hand vor seinem Gesicht herum, als wollte er eine lästige Fliege verjagen. Dann schnalzte er spöttisch mit der Zunge. »Die Frau, die im Ehebruch ergriffen wurde. Sollen wir nun die armen Sünder auf dem Marktplatz steinigen oder nicht. Du lieber Gott. So ein Gewäsch. Wir leben schließlich im zwanzigsten Jahrhundert.«

»Dominic legt den Finger immer auf die offene Wunde«, warf der Bischof ein.

Der Sekretär machte ein pikiertes Gesicht.

»Sie stimmen mit Mr. Sages Beurteilung des Problems nicht überein?«

»Doch. Sie ist zutreffend. Traurig, aber wahr. Er war in seinem Eifer ausgesprochen bibelstreng. Und das ist, offen gesagt, abschreckend, selbst für Geistliche.«

Der Sekretär senkte zum Zeichen dafür, daß er sich der lakonischen Zustimmung des Bischofs unterwürfig anschloß, kurz den Kopf.

Glennaven trampelte weiter keuchend auf seiner Treppenmaschine, und die Schweißflecken auf T-Shirt und Trainingshose wurden immer größer. Die Maschine ratterte und summte. Der Bischof keuchte. St. James dachte darüber nach, wie merkwürdig Religion sein konnte.

Alle Formen des christlichen Glaubens entsprangen derselben Quelle, dem Leben und dem Wort des Nazareners. Doch die Arten, dieses Leben und dieses Wort zu feiern, schienen unendlich in ihrer Vielfalt. St. James konnte sich vorstellen, daß es über der Auslegung des Worts und der Art der Gottesverehrung zu hitzigen Meinungsverschiedenheiten und schwelendem Unmut kommen konnte, aber würde man einen Geistlichen, dessen Art von Frömmigkeit die Gemeindemitglieder irritierte, nicht eher auswechseln als eliminieren? St. John Townley-Young mochte Robin Sage in seiner Glaubensausübung allzu volksverbunden gefunden haben. Der Sekretär mochte ihn allzu fundamentalistisch gefunden haben. Die Gemeinde hatte vielleicht sein leidenschaftlicher Eifer gestört. Aber dies alles waren doch keine Gründe, den Mann zu ermorden. Die Wahrheit mußte woanders liegen. Religiöser Eifer war sicherlich nicht die Verbindung, die Lynley zwischen Mörder und Opfer aufzudecken hoffte.

»Soviel ich weiß, kam er aus Cornwall zu Ihnen«, bemerkte St. James.

»Das ist richtig.« Der Bischof rubbelte sich mit dem Handtuch das Gesicht und tupfte sich den Schweiß vom Hals. »Er war fast zwanzig Jahre dort. Dann um die drei Monate hier. Ein Teil davon bei mir, während er zu den verschiedenen Vorstellungsgesprächen fuhr. Den Rest in Winslough.«

»Ist es üblich, daß ein Geistlicher sich während des Auswahlprozesses hier bei Ihnen aufhält?«

»Nein, das war ein Sonderfall«, antwortete Glennaven.

»Inwiefern?«

»Es war eine Gefälligkeit. Ludlow hatte darum gebeten.«

St. James runzelte die Stirn. »Die Stadt Ludlow?«

»Michael Ludlow«, erklärte der Sekretär. »Der Bischof von Truro. Er bat den Bischof, dafür zu sorgen, daß Mr. Sage . . .« Er nahm sich ostentativ Zeit, um aus dem Spreu seiner Gedanken ein Weizenkorn des Euphemismus auszusondern. »Er war der Meinung, Mr. Sage brauchte Tapetenwechsel. Er glaubte, eine neue Umgebung würde seine Chancen auf Erfolg erhöhen.«

»Ich hatte keine Ahnung, daß ein Bischof so persönlichen Anteil an der Arbeit eines einzelnen Geistlichen nimmt. Ist das normal?«

»Im Falle dieses Geistlichen, ja.« An der Treppenmaschine ging ein Summer los. »Gott sei gepriesen«, seufzte Glennaven und griff nach einem Knopf, den er mit großem Enthusiasmus gegen den Uhrzeigersinn drehte. Er verringerte sein Tempo, um sich allmählich zu entspannen. Sein Atem wurde langsam wieder normal. »Robin Sage war ursprünglich Michael Ludlows Archidiakon, also sein Vertreter«, sagte er. »Er war innerhalb von sieben Jahren zu diesem Amt aufgestiegen. Er war erst zweiunddreißig, als er auf den Posten berufen wurde. Ein Erfolg ohnegleichen. Man könnte sagen, daß er sich *carpe diem* zum persönlichen Motto gemacht hatte.«

»Das klingt aber gar nicht nach dem Mann aus Winslough«, murmelte Deborah.

Glennaven nickte. »Er machte sich Michael unentbehrlich. Er saß in allen möglichen Ausschüssen, war politisch tätig ...«

»Im Rahmen dessen, was die Kirche guthieß«, warf der Sekretär ein.

»... las an verschiedenen Universitäten. Durch seine Initiative wurden Tausende von Pfund für die Instandhaltung der Kathedrale und für die örtlichen Kirchen gesammelt. Er besaß die Fähigkeit, sich ohne Anstrengung oder Verlegenheit in jedem gesellschaftlichen Umfeld zu bewegen.«

»Der reinste Wunderknabe«, bemerkte der Sekretär mit saurer Miene.

»Merkwürdig, sich vorzustellen, daß einen solchen Mann plötzlich das Leben eines Dorfpfarrers locken sollte«, sagte St. James.

»Genau das dachte Michael auch. Er war unglücklich darüber, ihn zu verlieren, aber er ließ ihn gehen. Es war Sages eigene Bitte. Seine erste Pfarrei war Boscastle.«

»Wieso Boscastle?«

Der Bischof wischte sich die Hände am Handtuch ab und faltete es. »Vielleicht war er da im Urlaub mal gewesen.«

»Aber wieso dieser plötzliche Umschwung? Wieso der Wunsch, Macht und Einfluß aufzugeben, um irgendwo in der Versenkung zu verschwinden? Das ist doch nicht die Norm. Selbst für einen Geistlichen nicht, denke ich.«

»Er hatte kurz zuvor offenbar sein eigenes Damaskus erlebt. Er hatte seine Frau verloren.«

»Seine Frau?«

»Sie kam bei einem Bootsunfall ums Leben. Michael sagte, er sei danach nie wieder der alte geworden. Er betrachtete ihren Tod als eine Strafe Gottes für seine weltlichen Interessen und beschloß, sie aufzugeben.«

St. James sah zu Deborah hinüber. Er sah ihr an, daß sie das gleiche dachte wie er. Sie hatten sich von unvollständigen Informationen zu voreiligen Vermutungen verleiten lassen. Sie hatten angenommen, Robin Sage sei nicht verheiratet gewesen, weil niemand in Winslough eine Ehefrau erwähnt hatte. Deborahs nachdenklichem Gesicht sah er an, daß sie in Gedanken bei jenem Tag im November war, als sie mit dem Mann gesprochen hatte.

»Sein Streben nach Erfolg wurde also von dem Bestreben abgelöst, irgendwie für die Vergangenheit Wiedergutmachung zu leisten«, sagte St. James zum Bischof.

»Das Problem war nur, daß sich letzteres nicht so leicht in die Tat umsetzen ließ. Er wechselte neunmal den Posten.«

»In welcher Zeit?«

Der Bischof sah seinen Sekretär an. »In etwa zehn bis fünfzehn Jahren, nicht wahr?« Der Sekretär nickte.

»Und nirgends kam er an? Ein Mann mit seinen Talenten?«

»Wie ich schon sagte, dieses Bestreben um Wiedergutmachung ließ sich nicht gut umsetzen. Er wurde zu dem religiösen Eiferer, von dem wir vorhin sprachen, der mit größter Vehemenz gegen alles, von der abnehmenden Zahl der Kirchenbesucher bis zu dem, was er die Säkularisation der Geistlichkeit nannte, wetterte. Er lebte die Bergpredigt und war nicht bereit, Kollegen oder sogar Gemeindemitglieder zu akzeptieren, die es nicht ebenso hielten. Und um das Maß vollzumachen, war er auch noch felsenfest davon überzeugt, daß Gott seinen Willen durch das kundtat, was den Menschen in ihrem Leben zustößt. Das ist nun wirklich eine bittere Pille für jemanden, der gerade das Opfer einer sinnlosen Tragödie geworden ist.«

»Was ja auch auf ihn selbst zutraf.«

»Ja, aber er meinte, er habe es nicht anders verdient.«

»›Ich war absolut egozentrisch‹, pflegte er zu sagen«, imitierte der Sekretär im Deklamationston. »›Nur mein eigenes Bedürfnis nach Ruhm war mir wichtig. Bis Gott eingriff, um mich zu verändern. Auch Sie können sich verändern.‹«

»Leider waren seine Worte, so wahr sie auch gewesen sein mögen, kein Erfolgsrezept«, sagte der Bischof.

»Und als Sie von seinem Tod hörten, dachten Sie da an eine Verbindung?«

»Ich konnte nicht umhin, es in Betracht zu ziehen«, antwortete der Bischof. »Deshalb schickte ich meinen Sekretär zur Leichenschau.«

»Der Mann war von Dämonen besessen«, sagte der Sekretär. »Und er kämpfte vor aller Augen gegen sie. Er konnte für seine eigenen weltlichen Neigungen nur büßen, indem er alle anderen für die ihren geißelte. Ist das ein Motiv zum Mord?« Er klappte den Terminkalender des Bischofs zu. Das Gespräch war beendet. »Ich denke, das kommt darauf an, wie man reagiert, wenn man sich einem Menschen gegenübersieht, der davon überzeugt zu sein scheint, daß sein Lebensstil der einzig richtige ist.«

»Ich hab so was nie gekonnt, Simon, das weißt du doch.« Sie hatten endlich in Downham, auf der anderen Seite des Forest of Pendle, angehalten, um Rast zu machen. Sie parkten vor der Post und gingen die schmale abfallende Straße hinunter. Im Vorbeifahren hatten sie eine an eine aus losen Steinen aufgeschichtete Mauer gelehnte alte Bank entdeckt.

»Mach dir doch deswegen keine Gedanken. Du mußt hier nicht brillieren. Versuch einfach, dich zu erinnern. Der Rest kommt dann irgendwann von selbst.«

»Wieso bist du eigentlich so widerlich verständnisvoll?«

Er lächelte. »Ich dachte immer, das wäre ein Teil meines Charmes.«

Deborah setzte sich auf die Bank. Sie nickte grüßend einer Frau zu, die in Parka und roten Gummistiefeln mit einem drahtigen schwarzen Terrier an der Leine an ihnen vorüberging. Dann stützte sie ihr Kinn auf ihre Faust. St. James setzte sich zu ihr. Er berührte mit einem Finger die steile Falte zwischen ihren Augenbrauen.

»Ich denke nach«, sagte sie. »Ich versuche, mich zu erinnern.«

»Das ist mir schon aufgefallen.« Er schlug seinen Mantelkragen hoch. »Ich frage mich nur, ob man einen Denkprozeß zwingend bei arktischen Temperaturen in Gang setzen muß.«

»Bist du aber empfindlich! So kalt ist es gar nicht.«

»Du solltest dir mal deine Lippen ansehen. Die werden schon langsam blau.«

»Unsinn! Mich fröstelt ja nicht einmal.«

»Das wundert mich nicht. Du bist längst darüber hinaus. Du befindest dich im letzten Stadium der Unterkühlung und weißt es nicht einmal. Komm, gehen wir zu dem Pub zurück. Aus dem Kamin steigt Rauch auf.«

»Da werde ich zu stark abgelenkt.«

»Deborah, es ist kalt. Hat ein Brandy nicht was Verlockendes?«

»Ich muß nachdenken.«

St. James schob seine Hände in die Manteltaschen.

»Josef«, verkündete Deborah endlich. »Daran erinnere ich mich ganz deutlich, Simon. Er verehrte den heiligen Josef.«

St. James hob zweifelnd eine Braue hoch und kroch tiefer in seinen Mantel. »Na ja, das ist immerhin ein Anfang.« Er bemühte sich um einen positiven Ton.

»Nein, wirklich. Es ist wichtig. Es muß wichtig sein.« Deborah erzählte von ihrer Begegnung mit dem Pfarrer in der

National Portrait Gallery. »Ich sah mir den da Vinci an – Simon, warum hast du mir den eigentlich nie gezeigt?«

»Weil du Museen haßt. Ich hab's versucht, als du neun warst. Erinnerst du dich nicht? Du wolltest lieber auf der Serpentine rudern gehen und bist ziemlich ekelhaft geworden, als ich mit dir statt dessen ins British Museum gegangen bin.«

»Aber das waren ja auch Mumien. Ich mußte mir Mumien ansehen, Simon. Ich hatte wochenlang Alpträume.«

»Ich auch.«

»Du hättest dich ja von einem kleinen Temperamentsausbruch nicht gleich unterkriegen lassen müssen.«

»Das werde ich mir für die Zukunft merken. Aber erzähl mir weiter von Sage.«

Sie schob ihre Hände in die Mantelärmel. »Er machte mich darauf aufmerksam, daß es auf der Da-Vinci-Zeichnung keinen Josef gab. Er sagte, fast nie werde auf Gemälden mit der Heiligen Jungfrau auch Josef dargestellt, er fände das sehr traurig. Ja, so etwas in der Art sagte er.«

»Na ja, Josef war schließlich nur der Versorger. Der brave Ehemann, der das Geld heimbrachte.«

»Aber das schien ihn so – so traurig zu machen. Es wirkte beinahe so, als nähme er es persönlich.«

St. James nickte. »Das ist der Frust. Männer bilden sich gern ein, daß sie im Leben ihrer Frauen eine bedeutendere Rolle spielen. Woran erinnerst du dich noch?«

Sie drückte ihr Kinn auf ihre Brust. »Er wollte eigentlich gar nicht dort sein.«

»In London?«

»Im Museum. Er wollte woandershin – war es nicht der Hyde Park? –, als es zu regnen anfing. Er liebte die Natur. Er liebte das Land. Er sagte, im Freien könnte er besser nachdenken.«

»Worüber?«

»Über Josef?«

»Na, über dieses Thema kann man wahrlich endlos nachdenken.«

»Ich hab's dir ja gleich gesagt, daß ich das nicht kann. Ich habe kein Gedächtnis für Gespräche. Frag mich, was er anhatte, wie er aussah, welche Haarfarbe er hatte, welche Form sein Mund. Aber verlang von mir nicht, dir zu erzählen, was er gesagt hat. Selbst wenn ich mich an jedes einzelne Wort erinnern könnte, wäre ich nicht fähig, nach tieferen Bedeutungen zu schürfen. Ich bin nicht fürs Tiefschürfende. Ich begegne jemandem. Ich spreche mit ihm. Ich mag ihn, oder ich mag ihn nicht. Ich denke: Mit diesem Menschen könnte ich mich anfreunden. Und damit hat sich's. Ich rechne nicht damit, daß er tot ist, wenn ich komme, um ihn zu besuchen, deshalb hab ich auch nicht jedes einzelne Detail unserer ersten Begegnung im Gedächtnis. Wär das bei dir anders?«

»Nur wenn ich mich mit einer schönen Frau unterhalten würde. Und selbst da merk ich immer wieder, daß mich Details ablenken, die mit dem, was sie zu sagen hat, gar nichts zu tun haben.«

Sie sah ihn scharf an. »Was für Details?«

Er neigte nachdenklich den Kopf zur Seite und musterte ihr Gesicht. »Der Mund zum Beispiel.«

»Der Mund?«

»Ich finde, der Frauenmund ist eine Studie wert. Ich hab schon seit einigen Jahren gute Lust, eine wissenschaftliche Theorie über ihn aufzustellen.« Er lehnte sich auf der Bank zurück. Er spürte ihre Empörung und unterdrückte ein Lächeln.

»Erwarte jetzt bloß nicht, daß ich frage, was das für eine Theorie ist. Ich weiß, das hättest du gern. Seh ich dir an. Aber ich will sie gar nicht wissen.«

»Auch gut.«

»Gut.« Genau wie er lehnte sie sich zurück, streckte die Beine aus und starrte auf ihre Stiefelspitzen. Sie schlug die Absätze aneinander. Sie schlug die Spitzen aneinander. »Ach, verdammt noch mal, sag schon. Los, *sag mir's*.«

»Gibt es eine Beziehung zwischen Ausmaß und Wichtigkeit einer Äußerung?« sagte er ernsthaft.

»Du machst wohl Witze.«

»Durchaus nicht. Ist dir nie aufgefallen, daß Frauen mit kleinem Mund höchst selten etwas von Bedeutung zu sagen haben?«

»So ein sexistischer Quatsch.«

»Nimm zum Beispiel Virginia Woolf. Das war eine Frau mit großem Mund.«

»Simon!«

»Sieh dir Antonia Fraser an, Margaret Drabble, Jane Goodall ...«

»Margaret Thatcher?«

»Na ja, Ausnahmen gibt es immer. Aber in der Regel, und ich unterstelle, daß Untersuchungen das absolut bestätigen werden, stimmt meine These. Und ich habe die Absicht, sie wissenschaftlich zu untermauern.«

»Wie denn?«

»Mit persönlichem Einsatz. Ich hab mir gedacht, ich fange gleich bei dir an. Größe, Form, Proportionen, Weichheit, Sinnlichkeit ...« Er küßte sie. »Wieso hab ich eigentlich das Gefühl, daß du von allen die Beste bist?«

Sie lächelte. »Ich glaub, deine Mutter hat dich nicht oft genug verhauen, als du noch klein warst.«

»Na, dann sind wir quitt. Ich weiß genau, daß dein Vater nicht ein einziges Mal die Hand gegen dich erhoben hat.« Er stand auf und streckte ihr seine Hand hin. Sie nahm sie. »Und was hältst du jetzt von einem Brandy?«

Sie hatte nichts dagegen einzuwenden, und Arm in Arm gingen sie den Weg zurück, den sie gekommen waren. Ähnlich wie in Winslough dehnte sich gleich jenseits des Dorfs welliges Hügelland aus, das in Acker- und Weideland aufgeteilt war. Dahinter begann das Hochmoor. Vor ihnen lagen ausgedehnte Schafweiden. Hier und dort sprang ein Hund, meist ein Collie, um sie herum. Hier und dort arbeitete ein Bauer auf seinem Land.

Auf der Schwelle des Pubs blieb Deborah stehen. St. James, der ihr die Tür hielt, drehte sich nach ihr um und sah, daß sie zum Hochmoor hinausblickte und sich dabei mit dem Zeigefinger nachdenklich ans Kinn klopfte.

»Was ist?«

»Er sagte, er ginge gern im Hochmoor spazieren. Er sei gern draußen im Freien, wenn er über eine Entscheidung nachdenken müßte. Deshalb wollte er in den Park. Den St. James Park. Er hatte vorgehabt, die Spatzen auf der Brücke zu füttern. Er kannte die Brücke, Simon. Er muß schon früher dort gewesen sein.«

St. James lächelte und zog sie ins Haus.

»Glaubst du, das ist wichtig?« fragte sie.

»Ich weiß es nicht.«

»Glaubst du, er hatte vielleicht einen Grund dafür, über die Ehebrecherin zu sprechen, die die Hebräer steinigen wollten? Denn wir wissen ja jetzt, daß er verheiratet war. Wir wissen, daß seine Frau einen tödlichen Unfall hatte ... Simon!«

»Jetzt wirst du tiefschürfend«, sagte er.

17

»... die Spence holen lassen. Hast du das nicht gehört?«

»Die Direktorin hat sie holen lassen und ...«

»... sein Auto gesehen?«

»Es war wegen ihrer Mutter.«

Maggie blieb auf der Treppe vor der Schule stehen, als sie sich der taxierenden Blicke bewußt wurde, die auf sie gerichtet waren. Sie mochte die Zeit zwischen der letzten Stunde und der Abfahrt des Schulbusses gern. Es war die beste Gelegenheit, mit denjenigen, die in anderen Dörfern oder in der Stadt wohnten, zu klatschen. Aber sie hatte nie daran gedacht, daß das Kichern und Tuscheln eines Tages ihr gelten könnte.

Zunächst hatte alles ganz normal gewirkt. Die Schüler standen wie immer draußen auf dem Vorplatz der Schule herum, einige beim Schulbus, andere bei wartenden Autos. Mädchen kämmten sich die Haare und schminkten sich die Lippen. Jungen trugen spielerische kleine Kämpfe miteinander aus oder bemühten sich, möglichst cool zu wirken. Als Maggie durch die Tür kam, langsam die Treppe hinunterging und nach Josie und Nick Ausschau hielt, war sie innerlich noch mit den Fragen beschäftigt, die der Londoner Polizeibeamte ihr gestellt hatte. Sie dachte sich nicht einmal etwas dabei, als bei ihrem Erscheinen eine Welle zischenden Geflüsters durch die Menge ging. Seit dem Gespräch in Mrs. Crones Zimmer fühlte sie sich irgendwie schmutzig und verstand nicht recht, wieso. Sie war daher ganz damit beschäftigt, jeden möglichen Grund dafür zu drehen und zu wenden, als handelte es sich um einen Stein, und wartete eigentlich nur darauf zu sehen, ob eine Portion bisher unbewußten Schuldgefühls aus dem Dunkel ans Licht kommen würde.

Sie war Schuldgefühle gewöhnt. Sie sündigte ja dauernd,

sie versuchte, sich einzureden, sie sündige gar nicht, sie entschuldigte sogar ihre schlimmsten Taten damit, daß sie sich einredete, es sei die Schuld ihrer Mutter. *Nick liebt mich, Mom, auch wenn du es nicht tust. Siehst du, wie er mich liebt? Siehst du's? Siehst du's?*

Niemals hatte ihre Mutter mit Schuldzuweisungen nach dem Motto »Nach allem, was ich für dich getan habe, Margaret« geantwortet, wie Pam Rices Mutter das völlig ohne Wirkung zu tun pflegte. Niemals sprach sie von tiefer Enttäuschung, wie nach Josies Berichten deren Mutter dies bei mehr als einer Gelegenheit getan hatte. Und dennoch fühlte sich Maggie ihrer Mutter gegenüber ständig schuldig: sie glaubte ihre Mutter zu enttäuschen; sie machte ihre Mutter ärgerlich; sie bereitete ihrer Mutter Kummer. All dies wußte Maggie, sie brauchte es gar nicht zu hören. Sie hatte schon immer ihrer Mutter die Gefühle vom Gesicht ablesen können.

So war ihr am vergangenen Abend klar geworden, wieviel Macht sie in diesem Krieg mit ihrer Mutter besaß. Sie besaß die Macht zu strafen, zu verletzen, zu warnen, zu rächen … Die Liste konnte man fortsetzen. Sie hätte gern triumphiert in dem Wissen, daß sie ihrer Mutter die Kontrolle über ihr Leben aus den Händen gerissen hatte. Aber es beunruhigte sie nur. Und als sie gestern spätabends nach Hause gekommen war – nach außen stolz auf die Knutschflecken, die Nick ihr auf den Hals gedrückt hatte –, waren die warmen Flammen der Befriedigung beim Anblick der verzweifelten Sorge ihrer Mutter schlagartig erloschen. Sie äußerte nicht ein einziges Wort des Vorwurfs. Sie kam nur zur Tür des dunklen Wohnzimmers und sah ihre Tochter apathisch an. Sie sah aus, als wäre sie hundert Jahre alt.

»Mama?« sagte Maggie.

Ihre Mutter griff ihr mit einer Hand unter das Kinn und

drehte sachte ihren Kopf, um die Flecken auf dem Hals sichtbar zu machen; dann ließ sie sie los und ging die Treppe hinauf. Maggie hörte, wie die Tür leise hinter ihr ins Schloß fiel. Es war ein Geräusch, das mehr schmerzte als die Ohrfeige, die sie verdient hatte.

Sie war schlecht. Sie wußte es. Gerade wenn sie Nick am nächsten war, sich bei ihm geborgen fühlte, gerade wenn er sie liebte, wenn er sie mit seinen Händen und seinem Mund streichelte, sie an sich drückte und festhielt, sich auf sie legte und in sie eindrang und Maggie, Maggie sagte, war sie schwarz und schlecht. Sie war voller Schuld. Jeden Tag gewöhnte sie sich mehr an die Scham über ihr Tun, niemals jedoch hatte sie erwartet, daß eines Tages das Gefühl in ihr geweckt werden würde, sich auch ihrer Freundschaft mit Mr. Sage schämen zu müssen.

Was sie fühlte, war wie das brennende Jucken von Brennnesselblättern. Nur quälte der lästige Reiz nicht ihre Haut, sondern ihre Seele. Immer wieder hörte sie, wie der Polizeibeamte sie nach Geheimnissen fragte, und fühlte sich dabei wie von einem inneren Juckreiz geplagt. Mr. Sage hatte gesagt, du bist ein gutes Mädchen, Maggie, vergiß das nie und glaub ganz fest daran. Er hatte gesagt, wir geraten durcheinander, wir laufen in die Irre, aber durch unsere Gebete können wir immer den Weg zu Gott zurückfinden. Gott hört uns zu, hatte er gesagt, Gott verzeiht alles. Ganz gleich, was wir tun, Maggie, Gott verzeiht.

Er war der Trost in Person gewesen, Mr. Sage. Er war verständnisvoll gewesen. Er war die Güte und die Liebe gewesen.

Maggie hatte die Vertrautheit ihrer gemeinsamen Stunden nie verraten. Sie waren ihr kostbar gewesen. Und nun sah sie sich dem Verdacht des Londoner Polizisten ausgesetzt, daß eben das, was für sie an ihrer Freundschaft mit Mr.

Sage das Besondere gewesen war, zu seinem Tod geführt hatte.

Das war der Wurm, der sich unter dem letzten Stein wand, den sie umgedreht hatte. Sie war schuld. Und wenn das zutraf, dann hatte ihre Mutter genau gewußt, was sie tat, als sie dem Pfarrer an jenem Abend sein Essen aufgetischt hatte.

Nein. Maggie begann sich selbst zu widersprechen. Ihre Mutter konnte nicht gewußt haben, daß sie ihm Giftwasserschierling vorgesetzt hatte. Sie tat anderen Gutes. Sie schadete ihnen nicht. Sie machte Salben und Umschläge. Sie mischte besondere Tees. Sie braute Elixiere und Tinkturen. Alles, was sie tat, tat sie, um zu helfen, nicht um zu schaden.

Allmählich drang das Geflüster ihrer Schulkameraden zwischen Maggies Gedanken.

»Sie hat den Mann vergiftet.«

»... doch nicht ungestraft davongekommen.«

»Die Polizei ist extra aus London gekommen.«

»... Teufelsanbeter, hab ich gehört, und ...«

Maggie begriff plötzlich. Dutzende von Augen waren auf sie gerichtet. Blitzten vor Neugier und Spekulationen. Sie drückte die Tasche mit ihren Schulbüchern an ihre Brust und sah sich nach einem Freund oder einer Freundin um. Sie hatte das Gefühl, als hätte ihr Kopf überhaupt kein Gewicht, als schwebte er schwerelos über ihrem Körper. Und auf einmal war es das Wichtigste von der Welt, so zu tun, als hätte sie keine Ahnung, wovon sie alle redeten.

»Habt ihr Nick gesehen?« fragte sie. Ihre Lippen fühlten sich steif an. »Oder Josie?«

Ein Mädchen mit einem Fuchsgesicht und einem großen Pickel an der Nase machte sich zur Sprecherin. »Die wollen nichts mit dir zu tun haben, Maggie. Die sind schlau genug, um zu wissen, wie riskant das wäre.«

Beifälliges Gemurmel folgte den Worten des Mädchens

und verklang. Die Gesichter schienen sich näher an Maggie heranzuschieben.

Sie hielt ihre Schultasche fester. Die spitze Ecke eines Buchs grub sich in ihre Hand. Sie wußte, daß die anderen sie nur neckten – Freunde neckten einen doch immer, wenn sich eine Gelegenheit bot –, und sie richtete sich gerade auf, um der Herausforderung zu begegnen. »Klar«, sagte sie mit einem Lächeln, als sei sie amüsiert. »Logisch. Jetzt sagt schon. Wo ist Josie? Wo ist Nick?«

»Die sind schon weg«, sagte das Mädchen mit dem Fuchsgesicht.

»Aber der Bus ...« Er stand da, wo er immer stand, nur wenige Meter entfernt, innerhalb des Schultors. An den Fenstern waren Gesichter zu sehen, aber Maggie war zu weit weg, um erkennen zu können, ob ihre Freunde dabei waren.

»Die haben was anderes ausgemacht. In der Mittagspause. Als sie's erfahren haben.«

»Als sie was erfahren haben?«

»Bei wem du warst.«

»Ich war bei gar niemand.«

»Klar, klar. Wer's glaubt, wird selig. Du lügst ungefähr genauso gut wie deine Mutter.«

Maggie wollte etwas sagen, aber die Zunge klebte ihr am Gaumen. Sie machte einen Schritt in Richtung Bus. Die Gruppe ließ sie gehen, rückte aber hinter ihr enger zusammen. Sie konnte hören, wie die Jungen und Mädchen miteinander sprachen; sie taten so, als unterhielten sie sich nur untereinander, in Wirklichkeit jedoch galt jedes Wort ihr.

»Die sind mit einem Auto weggefahren, hast du das gewußt?«

»Nick und Josie?«

»Ja, und das Mädchen, das ihm schon lang hinterherläuft. Du weißt schon, wen ich meine.«

Sie machten nur Spaß. Sie machten bestimmt nur Spaß. Maggie ging schneller. Aber der Schulbus schien sich immer weiter zu entfernen. Vor ihm tanzte ein Lichtreflex, der in glitzernde Punkte zerfiel.

»Der wird ihr von jetzt an bestimmt aus dem Weg gehen.«

»Ja, wenn er schlau ist. Würde doch jeder tun.«

»Stellt euch das mal vor. Wenn ihre Mutter ihre Freunde nicht mag, lädt sie sie einfach zum Essen ein.«

»Wie im Märchen. Möchtest du vielleicht einen schönen Apfel, mein Kind? Da schläfst du besser.«

Gelächter.

»Nur wirst du leider so schnell nicht wieder aufwachen.«

Gelächter. Gelächter. Der Bus war zu weit weg.

»Hier, iß das. Ich hab's extra für dich gekocht. Nur für dich allein.«

»Nimm dir ruhig noch mal. Ich seh dir doch an, daß es dir todesgut schmeckt.«

Maggie fühlte ein heißes Brennen in der Kehle. Der Bus schimmerte, schrumpfte, wurde ganz klein. Die Luft schloß sich um ihn und verschluckte ihn. Nur das schmiedeeiserne Tor der Schule war noch da.

»Es ist mein eigenes Rezept. Pastinakeneintopf nenn ich es. Alle sagen, er schmeckt zum Sterben gut.«

Jenseits des Tors war die Straße ...

»Man nennt mich Dr. Crippen, aber lassen Sie sich davon nicht vom Essen abhalten.«

... war die Rettung. Maggie begann zu laufen.

Sie rannte keuchend in Richtung Ortsmitte, als sie ihn rufen hörte. Sie lief weiter, hetzte die Hauptstraße hinauf, überquerte sie, jagte zum Parkplatz am Fuß des Hügels hinunter. Was sie dort tun wollte, hätte sie nicht sagen können. Wichtig war nur wegzukommen.

Ihr Herz hämmerte gegen die Brust. Sie hatte Seitenstechen. Sie rutschte auf einer eisigen Stelle aus und stolperte, fing sich jedoch an einem Laternenpfahl und rannte weiter.

»Vorsichtig, Kind«, warnte ein Bauer, der am Straßenrand gerade aus seinem Auto stieg.

»Maggie!« rief jemand anders.

Sie hörte sich aufschluchzen. Die Straße verwischte sich vor ihren Augen. Immer noch stürzte sie vorwärts.

Sie rannte an der Bank vorbei, an der Post, an mehreren Läden, an einem Tearoom. Sie wich einer jungen Frau mit Kinderwagen aus. Sie hörte das Knallen schneller Schritte hinter sich, dann wieder ihren Namen. Sie schluckte die Tränen hinunter und rannte weiter.

Die Angst beflügelte sie. Sie glaubte, sie verfolgten sie. Sie lachten und zeigten mit den Fingern auf sie. Sie warteten nur auf die Gelegenheit, sie einzukreisen und wieder anzufangen zu tuscheln: ... was ihre Mutter getan hat ... weißt du das, weißt du das ... Maggie und der Pfarrer ... ein Pfarrer? ... Was, der? ... Mensch, der war doch alt genug, um ...

Nein! Wirf den Gedanken weg, trampel ihn nieder, vergrab ihn, stoß ihn weg. Maggie raste die Straße hinunter. Bis ein blaues Schild, das vor einem niedrigen Backsteinbau herabhing, sie zum Stehen brachte. Sie hätte es gar nicht gesehen, hätte sie nicht den Kopf gehoben, weil sie hoffte, daß dann ihre Augen aufhören würden zu tränen. Und selbst da war das Wort ganz verschwommen, aber sie konnte es dennoch entziffern. *Polizei.* Abrupt blieb sie stehen und fiel gegen eine Mülltonne. Das Schild schien größer zu werden. Das Wort flirrte vor ihren Augen.

Sie schreckte vor ihm zurück, duckte sich auf dem Bürgersteig, versuchte zu atmen und nicht zu weinen. Ihre Hände waren gefühllos. Ihre Finger waren um die Riemen ihrer Tasche gekrampft. Ihre Ohren waren so kalt, daß sie das

Gefühl hatte, spitze Nadeln des Schmerzes schössen ihren Hals hinunter. Es war das Ende des Tages, es begann kälter zu werden, und nie in ihrem Leben hatte sie sich so allein gefühlt.

Sie hat es nicht getan, sie hat es nicht getan, sie hat es nicht getan, dachte Maggie.

Aber irgendwo schrie eine Menge im Chor: Sie hat es doch getan.

»Maggie!«

Sie schrie auf. Sie versuchte, sich ganz klein zu machen, so klein wie eine Maus. Sie verbarg ihr Gesicht in den Händen und rutschte an der Seite der Mülltonne abwärts, bis sie auf dem Bürgersteig saß, zog sich ganz klein zusammen, als könnte das sie schützen.

»Maggie, was ist denn los? Warum bist du weggelaufen? Hast du mich nicht rufen hören?« Jemand setzte sich neben sie aufs Pflaster. Legte einen Arm um sie.

Sie roch das alte Leder seiner Jacke, noch ehe ihr Gehirn die Tatsache verarbeitete, daß es Nicks Stimme war, die sie da hörte. Sie mußte unvermittelt daran denken, wie er die Jacke während der Schulstunden, wenn er Uniform tragen mußte, immer zusammengeknüllt in seinem Rucksack aufbewahrte, wie er sie stets in der Mittagspause herausnahm, um »sie zu lüften«, wie er sie jede Minute trug, wenn er nicht in der Schule war. Komisch eigentlich, daß sie seinen Geruch noch vor seiner Stimme erkannte. Sie umfaßte sein Knie.

»Ihr seid einfach weg. Du und Josie.«

»Weg? Wohin denn?«

»Die andern haben gesagt, ihr wärt weg. Ihr wärt mit ... du und Josie. Die andern haben's gesagt.«

»Wir waren im Bus wie immer. Wir haben dich weglaufen sehen. Du hast total fertig ausgesehen, drum bin ich dir nachgelaufen.«

Sie hob den Kopf. Ihre Haarspange hatte sie irgendwo unterwegs verloren. Das Haar hing ihr lose um und ins Gesicht.

Er lächelte. »Du siehst ganz erledigt aus, Mag.« Er schob seine Hand in seine Jackentasche und zog seine Zigaretten heraus. »Du schaust aus, als hättest du ein Gespenst gesehen.«

»Ich geh nicht zurück«, sagte sie.

Er neigte den Kopf, um Zigarette und Flamme vor dem Wind zu schützen, und schnippte das abgebrannte Streichholz auf die Straße hinaus. »Das wär auch sinnlos.« Mit Genuß sog er den Rauch ein. »Der Bus ist sowieso weg.«

»Ich mein, in die Schule zurück. Morgen. Zum Unterricht. Ich geh da nicht hin. Nie wieder.«

Er sah sie schweigend an, während er sich das Haar aus dem Gesicht strich. »Ist es wegen dem Kerl aus London, Mag? Dem mit dem dicken Auto, der heute in der Schule war?«

»Ich weiß schon, du wirst gleich sagen, ich soll's einfach vergessen. Ich soll nicht auf die achten. Aber die hören bestimmt nicht auf. Ich geh da nicht wieder hin.«

»Warum denn? Es kann dir doch gleich sein, was diese Affen denken.«

Sie drehte den Riemen ihrer Schultasche um ihre Finger, bis sie sah, daß ihre Nägel blau anliefen.

»Wen interessiert das schon, was die sagen?« fragte er. »Du weißt, wie's wirklich ist. Und das ist die Hauptsache.«

Sie schloß die Augen vor der Wahrheit und preßte die Lippen aufeinander, um es nicht zu sagen. Sie fühlte, wie die Tränen unter ihren Lidern hervorquollen, und sie verachtete sich für das Schluchzen, das sie mit einem Hüsteln zu vertuschen suchte.

»Mag?« sagte er. »Du weißt doch, was wahr ist. Da kann es

dir doch völlig egal sein, was diese Idioten in der Schule sagen. Was die sagen, zählt nicht. Was du weißt, zählt.«

»Aber ich weiß es ja *nicht.*« Das Bekenntnis sprang ihr wie eine Übelkeit über die Lippen, die sie nicht länger zurückhalten konnte. »Ich weiß die Wahrheit nicht. Was sie ... ich weiß es nicht. Ich *weiß* es einfach nicht.« Noch mehr Tränen flossen. Sie versteckte ihr Gesicht, indem sie den Kopf auf die Knie legte.

Nick pfiff leise durch die Zähne. »Das hast du vorher noch nie gesagt.«

»Immer zieh'n wir um. Alle zwei Jahre. Aber diesmal wollte ich unbedingt bleiben. Ich hab ihr versprochen, daß ich brav sein würde, daß sie stolz auf mich sein könnte, daß ich mir in der Schule Mühe geben würde. Wenn wir nur hierbleiben könnten. Nur das eine Mal. Und sie hat ja gesagt. Und dann hab ich den Pfarrer kennengelernt, nachdem du und ich ... nach dem, was wir getan hatten, als meine Mutter so böse war und ich mir so schlecht vorkam. Er hat mich getröstet und ... sie war furchtbar wütend darüber.« Sie schluchzte.

Nick warf seine Zigarette auf die Straße und legte auch den anderen Arm um sie.

»Er hatte mich gefunden. Das war es, Nick. Er hatte mich endlich gefunden. Und das wollte sie nicht. Deswegen sind wir dauernd umgezogen. Und diesmal sind wir geblieben, und da hatte er genug Zeit. Und da ist er gekommen. Genau so, wie ich immer gewußt habe, daß er eines Tages kommen würde.«

Nick schwieg einen Augenblick. Sie hörte, wie er Atem holte. »Maggie, du glaubst, daß der Pfarrer dein Vater war?«

»Sie wollte nicht, daß ich zu ihm gehe, und ich bin trotzdem zu ihm gegangen.« Sie hob den Kopf und packte seine Jacke. »Und jetzt verbietet sie mir, dich zu sehen. Aber ich geh nicht mehr heim. Nie mehr. Und du kannst mich auch nicht dazu zwingen. Niemand kann das. Wenn du's versuchst...«

»Habt ihr irgendwelche Probleme, ihr beiden?«

Beim Klang der fremden Stimme fuhren sie beide zusammen und drehten sich herum. Eine zaundürre Polizeibeamtin stand vor ihnen, fest eingepackt gegen die Kälte, die Mütze in kesser Schrägstellung auf dem Kopf. In der einen Hand hatte sie ein Notizbuch, in der anderen einen Plastikbecher mit irgendeiner dampfenden Flüssigkeit. Sie trank daraus, während sie auf Antwort wartete.

»Ach, Krach in der Schule«, sagte Nick. »Nichts Besonderes.«

»Braucht ihr Hilfe?«

»Nein, nein. Ist schon in Ordnung.«

Die Polizeibeamtin musterte Maggie mit einem Blick, der mehr Neugier als Teilnahme enthielt. Dann richtete sie ihre Aufmerksamkeit auf Nick. Demonstrativ blickte sie über den Rand ihres Bechers zu ihnen hinunter, während sie wieder einen Schluck trank. Dann nickte sie und sagte: »Dann macht mal, daß ihr nach Hause kommt«, und blieb abwartend stehen.

»Ja, in Ordnung«, sagte Nick. Er zog Maggie hoch. »Komm. Gehen wir.«

»Wohnt ihr hier in der Nähe?« fragte die Polizeibeamtin.

»Nicht weit von der Hauptstraße.«

»Ich hab euch hier noch nie gesehen.«

»Nein? Ich hab Sie schon oft gesehen. Sie haben doch einen Hund, nicht?«

»Einen Corgi, ja.«

»Sehen Sie. Ich hab's gewußt. Ich hab Sie gesehen, wenn Sie mit ihm spazierengegangen sind.« Nick tippte sich zum Gruß mit dem Zeigefinger an die Stirn. »Wiedersehen«, sagte er, legte Maggie den Arm um die Taille und zog sie mit sich in

Richtung Hauptstraße. Sie drehten sich beide nicht um, um zu sehen, ob die Polizeibeamtin sie beobachtete.

An der ersten Ecke bogen sie rechts ab. Ein kurzes Stück die Straße hinunter gelangten sie an einer weiteren Rechtsbiegung zu einem Fußweg, der zwischen den Rückfronten der öffentlichen Gebäude und den ungepflegten Hintergärten einer Reihe Sozialhäuser hindurchführte. Dann ging es wieder den Hang hinunter, und keine fünf Minuten später erreichten sie den öffentlichen Parkplatz von Clitheroe. Er war um diese Zeit fast leer.

»Woher hast du gewußt, daß sie einen Hund hat?« fragte Maggie.

»Ich hab einfach geraten. Reines Glück.«

»Du bist schlau. Und gut. Ich liebe dich, Nick. Du kümmerst dich um mich.«

Im Schutz der öffentlichen Toilette blieben sie stehen. Nick blies sich in die Hände. »Heut nacht wird's kalt werden«, sagte er und sah in Richtung Ort, wo Rauch aus den Kaminen aufstieg und sich am Himmel verlor. »Hast du Hunger, Mag?«

Maggie verstand, was hinter den Worten steckte. »Du kannst ruhig nach Hause gehen.«

»Nein. Nur wenn du ...«

»Ich geh nicht.«

»Dann geh ich auch nicht.«

Sie schwiegen beide. Der Abendwind hatte aufgefrischt. Ungehindert blies er über den leeren Parkplatz und schlug ihnen Papierfetzen um die Füße.

Nick grub eine Handvoll Kleingeld aus seiner Hosentasche. Er zählte. »Zwei Pfund siebenundsechzig«, sagte er. »Was hast du?«

Sie schlug die Augen nieder, sagte: »Nichts«, sah dann rasch wieder auf. Sie gab sich Mühe, in stolzem Ton zu sprechen. »Du brauchst nicht zu bleiben. Geh nur. Ich komm schon zurecht.«

»Ich hab dir doch schon mal gesagt...«

»Wenn sie mich mit dir zusammen findet, wird's für uns beide nur noch schlimmer. Geh doch nach Hause.«

»Kommt nicht in Frage. Ich bleibe.«

»Nein. Ich möcht nicht schuld sein. Ich hab sowieso schon so viel Schuld... wegen Mr. Sage...« Sie wischte sich das Gesicht mit dem Mantelärmel. Sie war todmüde und wollte nur schlafen. Sie versuchte, die Toilettentür zu öffnen, aber sie war abgeschlsosen. Sie seufzte. »Geh nur«, sagte sie wieder. »Du weißt, was passieren kann, wenn du's nicht tust.«

Nick stellte sich zu ihr in die etwas tiefer liegende Türnische der Damentoilette. »Glaubst du das wirklich, Mag?«

Sie ließ den Kopf hängen. Das schreckliche Wissen lag ihr schwer und drückend auf den Schultern.

»Glaubst du im Ernst, sie hat ihn getötet, weil er zu dir wollte? Weil er dein Vater war?«

»Sie hat mir nie was über meinen Vater gesagt. Sie wollte nicht.«

Nick strich ihr mit der Hand leicht über den Kopf. »Ich glaube nicht, daß er dein Vater war, Mag.«

»Doch, ganz bestimmt, weil...«

»Nein. Paß mal auf.« Er trat einen Schritt näher. Er nahm sie in die Arme. Sein Mund berührte ihr Haar, als er sprach. »Seine Augen waren braun, Mag. Und die von deiner Mutter sind auch braun.«

»Na und?«

»Deswegen kann er nicht dein Vater sein. Die Chancen stehen alle dagegen.« Sie wollte etwas sagen, aber er ließ sie nicht zu Wort kommen. »Verstehst du, das ist wie bei den Schafen. Mein Vater hat's mir erklärt. Die sind doch alle weiß, nicht wahr? Na ja, so ungefähr war es jedenfalls. Aber alle heilige Zeiten taucht plötzlich ein schwarzes auf. Hast du mal drüber nachgedacht, wie das kommt? Das ist ein rezessives Gen, verstehst du. Das ist was Ererbtes. Mutter und Vater von dem Lamm hatten beide irgendwo ein schwarzes Gen, und als sie sich dann gepaart haben, kam anstelle von einem weißen ein schwarzes Lamm heraus, obwohl sie selbst alle beide weiß waren. Aber die Chance, daß so was passiert, ist ganz, ganz winzig. Deshalb sind die meisten Schafe weiß.«

»Ich versteh nicht ...«

»Du bist so was wie ein schwarzes Schaf, weil deine Augen blau sind. Mag, was glaubst du wohl, wie die Chancen stehen, daß zwei braunäugige Leute ein Kind mit blauen Augen kriegen?«

»Was?«

»Bestimmt eine Million zu eins. Vielleicht sogar eine Billion zu eins.«

»Glaubst du?«

»Ich weiß es. Der Pfarrer war nicht dein Vater. Und wenn er nicht dein Vater war, dann hat deine Mutter ihn auch nicht getötet. Und wenn sie ihn nicht getötet hat, dann tötet sie auch sonst niemand.«

In seiner Stimme lag so ein Fertig-und-basta-Ton, der keinen Widerspruch duldete. Maggie wollte ihm ja auch glauben. Alles wäre soviel einfacher, wenn sie sicher sein könnte, daß seine Theorie stimmte. Sie würde nach Hause gehen können. Sie würde ihrer Mutter gegenübertreten können. Sie würde sich keine Gedanken über die Form ihrer Nase und ihrer Hände machen – waren sie nun so wie die des Pfarrers oder nicht? Und sie würde nicht mehr darüber nachdenken, warum er sie auf Armeslänge von sich abgehalten und so genau gemustert hatte. Es wäre eine solche Erleichterung, etwas mit Sicherheit zu wissen, auch wenn es nicht die Erfüllung ihrer Wünsche war. Ja, sie wollte es glauben. Und sie hätte es geglaubt, wenn nicht in diesem Moment Nick der Magen geknurrt hätte, wenn Nick nicht in der Kälte gefröstelt hätte, wenn sie nicht im Geist seines Vaters eine riesige Herde von Schafen gesehen hätte, die wie leicht angeschmutzte Wolken vor einem grünen Himmel dahinzogen. Sie stieß ihn weg.

»Was ist?« fragte er.

»Es gibt immer mehr als nur ein schwarzes Schaf in einer Herde, Nick.«

»Und?«

»Und deshalb stehen die Chancen nicht eine Million zu eins.«

»Aber es ist ja auch nicht ganz genau so wie bei den Schafen. Wir sind ja Menschen.«

»Du willst heimgehen. Ich weiß schon. Geh nur. Geh nach Hause. Du hast mich angelogen, und ich will dich überhaupt nicht mehr sehen.«

»Mag, nein, ich hab nicht gelogen. Ich versuch doch nur, es dir zu erklären.«

»Du liebst mich nicht.«

»Doch.«

»Du willst nur heim zum Abendbrot.«

»Ich hab doch nur gesagt ...«

»Und zu deiner Marmelade und zu deinen Brötchen. Dann geh ruhig. Geh nur. Ich komm schon allein zurecht.«

»Ohne Geld?«

»Ich brauch kein Geld. Ich such mir einen Job.«

»Heute abend noch?«

»Ich mach irgendwas. Du wirst schon sehen. Aber heim geh ich nicht, und in die Schule geh ich auch nicht mehr, und du brauchst mit mir nicht über Schafe zu reden, als ob ich zu blöd wäre, um zu kapieren, worum's geht. Wenn nämlich zwei weiße Schafe ein schwarzes auf die Welt bringen können, dann können auch zwei braunäugige Menschen mich geboren haben, und das weißt du ganz genau. Oder stimmt das vielleicht nicht? Los, sag schon, stimmt's nicht?«

Er fuhr sich mit den Fingern durch das Haar. »Ich hab ja gar nicht gesagt, daß es nicht möglich ist. Ich hab nur gesagt, die Chance ...«

»Die Chance interessiert mich nicht. Das ist doch nicht wie beim Pferderennen. Hier geht's doch um mich. Wir reden von meiner Mutter und meinem Vater. Und sie hat ihn getötet. Das weißt du. Du spielst dich nur auf und versuchst mich dazu zu bringen, daß ich wieder nach Hause gehe.«

»Ist ja gar nicht wahr.«

»Doch.«

»Ich hab gesagt, daß ich dich nicht verlasse, und das tu ich auch nicht. Okay?« Er sah sich um, die Augen gegen die Kälte zusammengekniffen. »Jetzt brauchen wir erst mal was zu essen. Warte solange hier.«

»Wo gehst du hin? Wir haben ja doch nicht mal drei Pfund. Was willst du denn ...«

»Ich hol uns ein paar Chips und Cookies und so. Du hast jetzt vielleicht keinen Hunger, aber später bestimmt, und da sind wir dann nicht mehr in der Nähe von einem Laden.«

»Wie?« Sie zwang ihn, sie anzusehen. »Du brauchst nicht mitzukommen«, sagte sie ein letztes Mal.

»Willst du's denn?«

»Daß du mitkommst?«

»Und so.«

»Ja.«

»Liebst du mich? Vertraust du mir?«

Sie versuchte, in seinem Gesicht zu lesen. Er hatte es eilig wegzukommen. Aber vielleicht war er doch nur hungrig. Und wenn sie erst einmal marschierten, dann würde ihm schon warm werden. Sie konnten ja auch rennen.

»Mag?« sagte er.

»Ja.«

Er lächelte und streifte mit seinem Mund den ihren. Seine Lippen waren spröde. Es fühlte sich gar nicht wie ein Kuß an. »Warte hier«, sagte er. »Ich bin gleich wieder da. Wenn wir abhauen, ist es am besten, wenn uns hier niemand zusammen sieht. Sonst erinnert er sich womöglich daran, wenn deine Mutter die Polizei anruft.«

»Das wird sie nicht tun. Das traut sie sich gar nicht.«

»Also, darauf würd ich nicht wetten.« Er klappte den Kragen seiner Jacke hoch, sah sie ernst an. »Also, alles okay?«

Sie merkte, wie ihr warm ums Herz wurde. »Alles okay.«

»Und dir macht's nichts aus, wenn wir heut nacht irgendwo in einem Schuppen schlafen müssen?«

»Nicht, wenn ich mit dir zusammen bin.«

18

Colin aß stehend an der Spüle in der Küche. Sardinen auf Toast. Das Öl rann ihm zwischen den Fingern hindurch und tropfte auf das von Töpfen verkratzte Porzellan. Er war überhaupt nicht hungrig, aber die letzte halbe Stunde war ihm flau gewesen, und er hatte sich zittrig gefühlt. Essen schien die einfachste Methode, um Abhilfe zu schaffen.

Er war auf der Clitheroe Road zum Dorf zurückgegangen, denn dies war der kürzere Weg zum Pförtnerhäuschen als der Pfad, der vom Cotes Fell herunterkam. Er ging schnell. Er redete sich ein, es sei das Verlangen nach Vergeltung, das ihn so rasch vorwärtstrieb. Unentwegt wiederholte er sich beim Gehen im Geiste ihren Namen: Annie, Annie, Annie, meine Liebste. Er tat es, um die Worte *Dreimal Liebe und Tod* nicht hören zu müssen, die ihm im Gleichklang mit dem

Pulsen seines Bluts in den Ohren dröhnten. Als er endlich zu Hause ankam, glühte er am ganzen Körper, aber Hände und Füße waren eiskalt. Er konnte den unregelmäßigen Schlag seines Herzens in seinen Ohren hören, und seine Lunge schien nicht genug Luft zu bekommen. Er ignorierte die Symptome gut drei Stunden lang, aber als sich nichts besserte, beschloß er, etwas zu essen.

Er spülte den Fisch mit drei Flaschen Watney's hinunter. Die erste trank er schon, während das Brot noch im Toaster steckte. Er warf die Flasche in den Müll und suchte mit der zweiten in der Hand im Schrank nach Sardinen. Die Dose machte ihm Schwierigkeiten. Den Metalldeckel um den Öffner zu drehen, verlangte eine ruhige Hand, und die hatte er im Moment nicht. Er schaffte es, ihn bis zur Hälfte aufzurollen, dann rutschten seine Finger ab, und der scharfe Rand des Deckels schnitt ihm die Hand auf. Blut schoß aus der Wunde. Es mischte sich mit dem Öl des Fischs, begann zu sinken, bildete dann kleine Perlen, die auf dem Öl trieben wie scharlachrote Köder. Er spürte keinen Schmerz. Er wickelte sich ein Geschirrtuch um die Hand, tupfte mit seinem Zipfel das Blut von der Oberfläche des Öls und führte mit der anderen Hand die Bierflasche zum Mund.

Als der Toast fertig war, grub er den Fisch mit den Fingern aus der Dose. Er reihte die Sardinen nebeneinander auf dem Brot auf, gab Salz und Pfeffer und eine Zwiebelscheibe dazu und begann zu essen. Das Brot schmeckte und roch nach nichts, und das wunderte ihn, weil er sich lebhaft erinnern konnte, wie seine Frau sich einmal über den Fischgeruch von Sardinen beschwert hatte. Dieser Fischgeruch treibt mir gleich das Wasser in die Augen, Col, hatte sie gesagt, »Und ich hab das Gefühl, mir dreht sich gleich der Magen um.« Ihre Katzenuhr tickte an der Wand über dem Herd, schwanzwedelnd und augenrollend. Sie schien ihm ewig ihren Namen zu wiederholen: nicht mehr tick-tack, sondern An-nie, An-nie, An-nie. Colin konzentrierte sich ganz darauf. Wie zuvor der Rhythmus seiner Schritte verdrängte die ständige Wiederholung ihres Namens andere Gedanken.

Mit dem dritten Bier schwemmte er die Reste des geschmacklosen Fischs aus seinem Mund. Dann schenkte er sich einen kleinen Whisky ein und kippte ihn in zwei großen Schlucken hinunter, um wieder Leben in seine tauben Glieder zu bringen. Aber er konnte die Kälte nicht ganz besiegen, obwohl er eingeheizt hatte und immer noch seine dicke Jacke trug.

Nur sein Gesicht war so glühend heiß, daß seine Haut brannte. Sein Körper jedoch zitterte vor Kälte wie Espenlaub. Er trank noch einen Whisky. Er ging von der Spüle zum Küchenfenster und sah hinüber zum Pfarrhaus. Und da vernahm er es wieder, so deutlich, als stünde Rita direkt hinter ihm. *Dreimal Liebe und Tod.* Er hörte die Worte so klar, daß er mit einem Aufschrei herumfuhr, den er sofort unterdrückte, als er sah, daß er allein war. Er fluchte laut. Die verdammten Worte hatten keine Bedeutung. Sie waren nichts weiter als ein Köder, ein kleines Teil eines in Wahrheit gar nicht existierenden Lebenspuzzles, mit dem jede Handleserin versuchte, ihren Zauberbann auszuüben.

Er wandte sich wieder dem Fenster zu. Das Haus drüben auf der anderen Seite blickte zu ihm zurück. Drinnen war Polly und tat zweifellos das, was sie immer tat – schrubbte, polierte, wischte Staub und wachste die Böden, kurz, demonstrierte mit Hingabe ihre Nützlichkeit. Aber das war nicht alles, wie er nun endlich begriff. Zugleich nämlich wartete Polly nur auf den Augenblick, daß Juliet Spences blinde Bereitschaft, Schuld auf sich zu nehmen, zu ihrer Verhaftung führen würde. Zwar war eine Juliet im Gefängnis nicht ganz das gleiche wie eine tote Juliet, aber es war besser als nichts. Und Polly war zu schlau, um einen zweiten Anschlag auf Juliets Leben zu wagen.

Colin war kein religiöser Mensch. Er hatte seinen Glauben an Gott im zweiten Jahr von Annies langem Sterben aufgegeben. Dennoch mußte er zugeben, daß an jenem Abend im Dezember, als der Pfarrer gestorben war, im Verwalterhaus von Cotes Hall eine höhere Macht am Werk gewesen war. Normalerweise hätte Juliet an diesem Abend allein gegessen. Und wenn es so gewesen wäre, dann hätte der Coroner bei ihrem Tod auf *Unfalltod durch Vergiftung von eigener Hand* erkannt, und keiner hätte je erfahren, wie es zu diesem Unfall gekommen war.

Sofort wäre sie zur Stelle gewesen, um ihn in seinem Kummer zu trösten, die gute Polly. Sie verstand sich besser als jeder, den er kannte, auf Teilnahme und Mitgefühl.

Er entfernte das Sardinenöl von den Händen und klebte zwei Pflaster auf den Schnitt. Ehe er zur Tür ging, spülte er noch einen weiteren Schluck Whisky hinunter.

Luder, dachte er. Dreimal Liebe und Tod.

Sie kam nicht an die Tür, als er klopfte, deshalb drückte er den Finger auf die Glocke und ließ ihn darauf. Das schrille Läuten verschaffte ihm eine gewisse Befriedigung. Es war ein Geräusch, das einem auf die Nerven gehen konnte.

Die innere Tür wurde geöffnet. Durch das Milchglas konnte er ihre Silhouette erkennen. Mit dem großen Busen und den unförmigen Kleidern sah sie aus wie eine Miniaturausgabe ihrer Mutter. Er hörte sie sagen: »Du lieber Himmel! Nehmen Sie doch den Finger von der Glocke.« Dann riß sie die Tür auf und öffnete schon den Mund, um etwas zu sagen.

Als sie ihn erkannte, verstummte sie. Sie blickte an ihm vorbei zu seinem Haus hinüber, und er fragte sich, ob sie es wie üblich beobachtet hatte, aber vielleicht einen Moment vom Fenster weggegangen war und so nicht gesehen hatte, daß er kam.

Er wartete nicht auf ihre Aufforderung hereinzukommen. Er drängte sich einfach an ihr vorbei. Sie schloß beide Türen hinter ihm. Er ging den schmalen Korridor nach rechts hinunter direkt ins Wohnzimmer. Sie war dort drinnen an der Arbeit gewesen. Die Möbel glänzten. Eine Dose Bienenwachs und eine Flasche Möbelpolitur standen vor einem leeren Bücherregal. Daneben lagen mehrere Tücher. Nirgends war auch nur ein Staubkorn zu sehen. Der Teppich war gerade gesaugt. Die Spitzenvorhänge hingen frisch und sauber in den Fenstern.

Er drehte sich nach ihr herum und zog den Reißverschluß seiner Jacke auf. Sie blieb linkisch an der Tür stehen – den einen nur mit einem Socken bekleideten Fuß an den Rist des anderen gedrückt – und folgte ihm mit ihrem Blick. Er warf seine Jacke auf das Sofa, warf nicht weit genug, sie rutschte herunter. Sie wollte hingehen, eifrig darauf bedacht, alles ordentlich an seinen Platz zu legen. Tat ja nur ihre Arbeit, die gute Polly.

»Laß sie liegen.«

Sie blieb stehen. Mit beiden Händen umfaßte sie den Bund ihres unförmigen braunen Pullovers, der ihr lose und formlos auf die Hüften herabhing.

Sie öffnete den Mund, als er anfing, sein Hemd aufzuknöpfen. Er sah, wie sie ihre Zähne in die Unterlippe grub. Er wußte nur zu gut, was sie dachte und was sie wollte, und es verschaffte ihm eine tiefe Befriedigung zu wissen, daß er sie enttäuschen würde. Er zog das Buch heraus, das er unter dem Hemd getragen hatte, und warf es ihr vor die Füße. Sie sah nicht gleich zu ihm hinunter. Vielmehr rutschten ihre Hände vom Pullover zum dünnen Stoff ihres weiten Zigeunerrocks herab. Seine Farben schimmerten im Licht einer Stehlampe, die neben dem Sofa stand.

»Ist das deins?« fragte er.

Zauberkraft der Alchimie: Kräuter, Gewürze und Pflanzen. Er sah, wie ihre Lippen die ersten beiden Wörter formten.

»Du lieber Himmel, wo hast du denn das alte Ding gefunden?« Ihre Stimme klang nur neugierig und verwundert und sonst nichts.

»Da, wo du es gelassen hast.«

»Wo ich...?« Ihr Blick flog von dem Buch zu ihm. »Col, was soll das?«

Col. Er spürte, daß seine Hand zitterte von dem Verlangen, sie zu schlagen. Ihre vorgetäuschte Arglosigkeit schien weniger unverschämt als die Vertraulichkeit, die darin lag, daß sie ihn bei diesem Namen nannte.

»Ist es deins?«

»Es war mal meins, ja. Ich meine, es ist wahrscheinlich immer noch meins. Aber ich hab es seit Ewigkeiten nicht mehr gesehen.«

»Das glaub ich gern«, sagte er. »Es war ja auch gut versteckt.«

»Was soll das heißen?«

»Im Klo hinter dem Spülkasten.«

Das Licht in der Lampe flackerte, eine Birne gab ihren Geist auf. Sie gab ein feines Zischen von sich und verlosch. Das graue Licht des Tages sickerte durch die Spitzenvorhänge. Polly reagierte nicht, schien es gar nicht zu bemerken. Sie war anscheinend immer noch dabei, seine Worte zu verarbeiten.

»Es wär gescheiter gewesen, du hättest es weggeworfen. Wie das Werkzeug.«

»Das Werkzeug?«

»Oder hast du ihres benützt?«

»Wessen Werkzeug denn? Was redest du, Colin?« In ihrer Stimme lag Mißtrauen. Sie wich so vorsichtig vor ihm zurück, daß er es vielleicht gar nicht bemerkt hätte, hätte er nicht jedes Zeichen ihrer Schuld vorausgesehen. Sogar ihre Finger, die sie eben hatte krümmen wollen, erstarrten plötzlich. Er fand das interessant. Sie war klug genug, die Hände nicht zu Fäusten zu ballen.

»Oder vielleicht hast du auch gar kein Werkzeug benützt. Vielleicht hast du die Pflanze einfach gelockert – ganz sachte, du weißt schon, wie man das macht – und hast sie dann samt der Wurzel aus dem Boden gezogen. War es so? Denn du kennst diese Pflanze natürlich, nicht wahr, du würdest sie genauso leicht erkennen wie sie.«

»Ach, es geht um Mrs. Spence.« Sie sprach langsam, wie zu sich selbst, und schien ihn gar nicht zu sehen, obwohl sie in seine Richtung blickte.

»Wie oft benützt du den Fußweg?«

»Welchen?«

»Hör auf mit den Spielchen. Du weißt genau, warum ich hier bin. Du hast es nur nicht erwartet. Nachdem Juliet die ganze Schuld auf sich genommen hatte, war es ja auch unwahrscheinlich, daß je einer auf dich kommen würde. Aber ich hab dich erwischt, und ich möchte jetzt die Wahrheit wissen. Wie oft benutzt du den Fußweg?«

»Du bist ja verrückt.« Es gelang ihr, noch einen kleinen Schritt zurückzuweichen. Sie stand mit dem Rücken zur Tür und wußte, daß ein Blick über die Schulter ihre Absichten verraten und sie um den Vorteil bringen würde, den sie gegenwärtig zu haben glaubte.

»Mindestens einmal im Monat, würde ich sagen«, fuhr er fort. »Ist das richtig? Stimmt es nicht, daß das Ritual mehr Kraft hat, wenn es bei Vollmond vollzogen wird? Und stimmt es nicht, daß die Kommunikation mit der Göttin viel inniger ist, wenn das Ritual an einem heiligen Ort vollzogen wird? Wie zum Beispiel auf dem Gipfel von Cotes Fell?«

»Du hast immer gewußt, daß ich oben auf dem Cotes Fell bete. Ich habe nie ein Geheimnis daraus gemacht.«

»Aber dafür hast du andere Geheimnisse, nicht wahr? Hier, in diesem Buch.«

»Das ist nicht wahr.« Ihre Stimme war schwach. Ihr schien bewußt zu werden, wie Schwäche ausgelegt werden konnte, denn sie richtete sich auf und sagte mit einem Unterton des Trotzes: »Und du machst mir angst, Colin Shepherd.«

»Ich war heute dort oben.«

»Wo?«

»Auf dem Cotes Fell. Oben auf dem Gipfel. Ich war seit Jahren nicht mehr oben gewesen, seit der Zeit vor Annies Tod nicht mehr. Ich hatte ganz vergessen, wie gut man von dort oben sieht, Polly, und was man alles sieht.«

»Ich gehe nur zum Gebet da hinauf, und das weißt du auch.« Sie wich noch ein Stück zurück und sagte hastig: »Ich habe Lorbeer für Annie verbrannt. Ich habe die Kerze herunterbrennen lassen. Ich habe Nelken verbrannt. Ich habe gebetet ...«

»Und sie ist gestorben. In derselben Nacht. Welch ein glücklicher Zufall.«

»Nein!«

»Bei Vollmond, während du oben auf dem Cotes Fell gebetet hast. Und bevor du zum Beten hinaufgegangen bist, hast du ihr Brühe gebracht. Erinnerst du dich? Du hast gesagt, es wäre deine ganz besondere Brühe. Du hast gesagt, ich sollte dafür sorgen, daß sie sie ganz aufißt.«

»Es war nur eine Gemüsebrühe, für euch beide. Was denkst du denn? Ich hab selbst welche gegessen. Es war doch kein ...«

»Hast du gewußt, daß die Pflanzen bei Vollmond die

größte Wirkung haben? Das steht in dem Buch. Man muß sie bei Vollmond ernten, ganz gleich, welchen Teil man braucht, auch die Wurzel.«

»Ich gebrauche Pflanzen nicht auf diese Weise. Das gehört nicht zu unserem Glauben. Wir tun nichts Böses. Das weißt du auch. Wir suchen vielleicht Kräuter, um sie zu Weihrauch zu verbrennen, ja, aber das ist auch alles.«

»Es steht alles ganz genau in diesem Buch hier. Was man nimmt, um sich zu rächen, was den Geist verändert, was man als Gift nehmen kann. Ich hab's gelesen.«

»Nein!«

»Du hattest das Buch hinter dem Spülkasten im Klo versteckt. Wie lang ist das her?«

»Es war nicht versteckt. Wenn es da hinten gelegen hat, ist es einfach heruntergefallen. Es lagen doch noch Mengen anderer Sachen auf dem Spülkasten, oder nicht? Ein ganzer Stapel Bücher und Zeitschriften.« Sie berührte das Buch mit der Fußspitze und zog sie gleich wieder zurück, wobei sie noch ein kleines Stück Abstand zu ihm gewann. »Ich hab überhaupt nichts versteckt.«

»Was ist mit dem Zeichen des Steinbocks, Polly?«

Sie erstarrte. Ihre Lippen bewegten sich lautlos. Er sah, wie die Panik langsam von ihr Besitz ergriff.

»Die Kraft des Schierlings liegt im Zeichen des Steinbocks«, sagte er.

Sie fuhr sich mit der Zunge über die Unterlippe. Er roch ihre Angst, sauer und durchdringend.

»Der zweiundzwanzigste Dezember«, sagte er.

»Was war da?«

»Das weißt du ganz genau.«

»Ich weiß es nicht. Colin, ich weiß es nicht.«

»Das ist der erste Tag im Steinbock. In dieser Nacht ist der Pfarrer gestorben.«

»Das ist ja...«

»Und noch was. In der Nacht war Vollmond. Es paßt also alles zusammen. Du hattest deine Gebrauchsanweisung für Mord in diesem Buch hier: Man muß die Wurzel ausgraben, wenn die Pflanze nicht im Wachstum ist; man muß wissen, daß ihre Kraft im Steinbock liegt; man muß wissen, daß ihr Gift tödlich ist; man muß wissen, daß das Gift seine größte Wirkung bei Vollmond entfaltet. Soll ich es dir alles vorlesen? Oder möchtest du es lieber selbst lesen? Du brauchst nur im Inhaltsverzeichnis unter S nachzuschauen. S wie Schierling.«

»Nein! Das hat sie dir eingeblasen, nicht wahr? Mrs. Spence. Ich seh's dir am Gesicht an. Sie hat zu dir gesagt, geh doch mal zu dieser Polly, frag sie, was sie weiß, frag sie, wo sie gewesen ist. Und dann hat sie's dir überlassen, dir den Rest zusammenzuspinnen. So war es doch, stimmt's nicht? Stimmt's nicht, Colin?«

»Untersteh dich, ihren Namen zu sagen.«

»Ich sag ihn trotzdem. Und ich sag nicht nur ihren Namen, ich sag noch mehr.« Sie bückte sich und hob das Buch vom Boden auf. »Ja, es gehört mir. Ja, ich habe es gekauft. Ich hab's auch benützt. Und das weiß sie, weil ich einmal dumm genug war – vor mehr als zwei Jahren, als sie gerade nach Winslough gekommen war –, sie zu fragen, wie man eine Zaunrübentinktur macht. Ich war sogar so dumm, ihr zu sagen, warum ich das wissen wollte.« Sie hob das Buch und schüttelte es zornig. »Aus Liebe, Colin Shepherd. Zaunrübe ist für die Liebe. Und Apfel als Kettenanhänger auch. Hier, möchtest du's sehen?« Sie zog eine silberne Kette unter ihrem Pullover hervor. Eine kleine, filigrane Kugel hing daran. Sie riß den Anhänger herunter und warf ihn zu Boden, wo er gegen seinen Fuß schlug. Er konnte vertrocknete Stückchen der Frucht im Inneren sehen. »Und Aloe für Duftkissen, und Benzoe für Parfum. Und Fingerkraut für einen Trank, den du niemals trinken würdest. Das steht auch alles in dem Buch. Aber du siehst ja nur, was du sehen willst, nicht wahr? So ist es jetzt. So war es immer. Sogar mit Annie.«

»Mit dir rede ich nicht über Annie.«

»Ach nein? Annie Annie Annie mit dem Heiligenschein. Ich red über sie, soviel ich will, weil ich weiß, wie es wirklich war. Ich war dabei, genau wie du. Und sie war keine Heilige. Sie war keine heldenhafte Patientin, die schweigend gelitten hat, während du an ihrem Bett gesessen hast und ihr kühle Kompressen auf die Stirn gelegt hast. So war's nicht.«

Er machte einen Schritt auf sie zu. Sie wich nicht vor ihm zurück.

»Sei nett zu dir, Col, hat Annie gesagt, sorg für dich, mein Allerliebster. Und als du's getan hast, hat sie's dich niemals vergessen lassen.«

»Sie hat nie gesagt...«

»Sie *brauchte* es nicht zu sagen. Warum willst du das nicht sehen? Sie lag in ihrem Bett, und es war stockdunkel. Sie sagte: Ich war zu schwach, um die Lampe anzumachen. Sie sagte: Ich dachte, ich würde heute sterben, Col, aber jetzt ist alles gut, weil du endlich zu Hause bist. Mach dir also nur keine Sorgen um mich. Sie sagte: Ich verstehe, daß du eine Frau brauchst, mein Liebster, tu du nur, was du tun mußt, und denk nicht an mich, wie ich hier in diesem Haus, in diesem Zimmer, in diesem Bett liege. Ohne dich.«

»So war es nicht.«

»Und wenn die Schmerzen schlimm waren, hat sie nicht dagelegen wie eine Märtyrerin. Erinnerst du dich nicht mehr? Sie hat geschrien. Sie hat dich verflucht. Sie hat die Ärzte verflucht. Sie hat Sachen an die Wand geschmissen. Und wenn es ganz schlimm war, dann hat sie gesagt: Das hast du mir angetan, du bist schuld daran, daß ich hier bei lebendigem Leib verfaule, und ich sterbe, und ich hasse dich, ich *hasse* dich, ich wollte, du müßtest an meiner Stelle sterben.«

Er antwortete nichts. Er hatte das Gefühl, als kreischte eine Sirene in seinem Kopf. Polly stand vor ihm, nur Zentimeter entfernt, doch sie schien hinter blutroten Schleiern hervorzusprechen.

»Und da hab ich oben auf dem Cotes Fell gebetet, ja. Zuerst hab ich darum gebetet, daß sie wieder gesund wird. Und dann ... Und dann, nachdem sie gestorben war, hab ich für dich allein gebetet. Ich hab gehofft, du würdest sehen ... Du würdest merken ... Ja, ich hab mir dieses Buch gekauft«, wieder schüttelte sie es, »aber ich hab es gekauft und benützt, weil ich dich geliebt habe und weil ich mir gewünscht habe, daß du mich auch lieben würdest. Ich war bereit, alles zu versuchen, um dich heil zu machen. Denn als du mit Annie zusammen warst, da warst du nicht heil. Du warst jahrelang nicht mehr heil gewesen. Sie hat dich mit ihrem Sterben ausgeblutet, aber das willst du nicht sehen, weil du dir dann vielleicht auch anschauen müßtest, wie das Leben mit Annie in Wirklichkeit war. Es war nicht vollkommen. Weil nichts vollkommen ist.«

»Du hast ja keine Ahnung, wie es war, als Annie gestorben ist.«

»Du meinst, ich weiß nicht, wie widerlich es dir war, ihre Bettpfannen ausleeren zu müssen? Du meinst, ich weiß nicht, daß es dir jedesmal fast den Magen umgedreht hat, wenn du sie abwischen mußtest? Du meinst, ich weiß nicht, daß sie es jedesmal genau gespürt hat, wenn du das Bedürfnis hattest, mal aus dem Haus zu gehen und ein bißchen frische Luft zu schnappen, oder daß sie dann regelmäßig angefangen hat zu weinen und es ihr plötzlich schlecht gegangen ist und du jedesmal Schuldgefühle bekommen hast, weil *du* nicht krank warst? Weil du nicht im Sterben lagst.«

»Sie war mein Leben. Ich habe sie geliebt.«

»Am Ende auch noch? Daß ich nicht lache! Am Ende war nur noch Bitterkeit und Zorn. Weil kein Mensch so lange ohne Freude leben und etwas anderes empfinden kann.«

»Du verdammtes Luder.«

»Ja, meinetwegen. Du kannst mich nennen, wie du willst. Aber ich sehe der Wahrheit ins Auge, Colin. Ich takle sie nicht mit Herzchen und Blümchen auf wie du.«

»Dann gehen wir doch noch einen Schritt weiter mit der Wahrheit.« Als er den Anhänger mit dem Fuß zur Seite schleuderte, kam er ihr noch etwas näher. Die kleine Kugel flog klirrend an die Wand und zerbrach. Der Inhalt fiel auf den Teppich. Die Apfelstückchen sahen aus wie verschrumpelte Haut. Er traute es ihr zu, daß sie so etwas als Talisman mit sich herumtrug. Er traute Polly Yarkin alles zu.

»Du hast darum gebetet, daß sie stirbt, nicht, daß sie lebt. Und als es dir nicht schnell genug ging, da hast du nachgeholfen. Und als du nach ihrem Tod nicht sofort das bekommen hast, was du haben wolltest – und wann wolltest du's denn, Polly? Hätt ich dich gleich am Tag nach der Beerdigung bumsen sollen? –, da hast du beschlossen, es mit Zaubertränken und Magie zu versuchen. Dann kam Juliet. Sie hat alle deine Pläne durcheinandergebracht. Du wolltest sie benützen. Und es war verdammt schlau von dir, sie gleich wissen zu lassen, daß ich eigentlich nicht zu haben sei, nur für den Fall, daß sie sich für mich interessieren und dir in die Quere kommen sollte. Aber wir haben einander trotzdem gefunden – Juliet und ich –, und das konntest du nicht ertragen. Annie war tot. Das letzte Hindernis, das der Erfüllung deiner Wünsche entgegengestanden hatte, war tot und begraben auf dem Friedhof. Und plötzlich war da ein neues Hindernis. Du hast gesehen, was zwischen uns passierte, nicht wahr? Die einzige Lösung war, auch sie zu begraben.«

»Nein!«

»Du hast gewußt, wo der Schierling zu finden war. Du gehst ja jedesmal am Weiher vorbei, wenn du zum Cotes Fell hinaufsteigst. Du hast den Schierling ausgegraben, du hast die Wurzel in den Keller gelegt, und dann hast du darauf gewartet, daß Juliet davon essen und sterben würde. Und wenn Maggie auch gestorben wäre, dann wäre das zwar schade gewesen, aber du hättest es in Kauf genommen, nicht wahr? Jeder Mensch ist ja entbehrlich. Nur mit dem Pfarrer hattest du nicht gerechnet. Das war wirklich Pech. Du hattest wahrscheinlich ein paar unangenehme Tage, nachdem er gestorben war und während du darauf gewartet hast, daß Juliet die Schuld auf sich nehmen würde.«

»Und was hab ich gewonnen, wenn es sich wirklich so abgespielt hat? Der Coroner hat gesagt, daß es ein Unfall war, Colin. Sie ist frei. Du auch. Und seitdem treibst du's mit ihr wie ein geiler Bauernbursche, der den Böcken seines Vaters zugesehen hat. Also, was hab ich gewonnen?«

»Das, worauf du gewartet und gehofft hast, seit es aus Versehen den Pfarrer erwischt hat. Daß die Londoner Polizei sich einschaltet. Daß der Fall wieder aufgerollt wird. Daß sämtliche Indizien auf Juliet hinweisen.« Er riß ihr das Buch aus den Händen. »Aber das hier, Polly, das hier hast du vergessen.« Sie grapschte nach dem Buch. Er warf es in die Ecke des Zimmers und hielt sie am Arm fest. »Und wenn Juliet sicher eingesperrt ist, dann kriegst du, was du immer haben wolltest, was du schon haben wolltest, als Annie noch lebte, worum du gebetet hast, als du für ihren Tod gebetet hast, wofür du deine Zaubertränke zusammengebraut und deine Amulette getragen hast, worauf du's schon seit Jahren abgesehen hast.« Er trat einen Schritt näher an sie heran. Sie versuchte, sich loszureißen. Er spürte deutlich ein Prickeln der Genugtuung beim Gedanken an ihre Furcht. Es durchzuckte seinen ganzen Körper und versetzte ihn in unerwartete Erregung.

»Du tust mir weh.«

»Mit Liebe hat das nichts zu tun. Es hatte nie was mit Liebe zu tun.«

»Colin!«

»Liebe hat nichts mit dem zu tun, worauf du's abgesehen hast seit dem Tag...«

»Nein!«

»Du erinnerst dich also? Stimmt's, Polly?«

»Laß mich los!« Sie versuchte, sich ihm zu entwinden. Sie atmete in winzigen Stößen. Nicht mehr als ein Kind, so leicht zu unterwerfen. Wie sie sich drehte und wand. Tränen in den Augen. Sie wußte, was kam. Es gefiel ihm, daß sie es wußte.

»Damals, auf dem Boden im Stall. Wo die Tiere es treiben. Du erinnerst dich daran.«

Sie entriß ihm ihren Arm und wirbelte herum, um davonzulaufen. Er bekam sie am Rock zu fassen, der sich mit ihrer Bewegung blähte. Er zerrte sie zurück. Der Stoff riß. Er wickelte ihn um seine Hand und zog fester. Sie stolperte, fiel jedoch nicht.

»Weißt du noch, wie ich ihn dir reingesteckt hab und du gegrunzt hast wie eine Sau? Weißt du noch?«

»Bitte! Nein!« Sie fing an zu weinen, und er stellte fest, daß der Anblick ihrer Tränen ihn noch mehr entflammte als zuvor der Gedanke an ihre Furcht. Sie war die Sünderin. Er war der rächende Gott. Und sie würde ihre gerechte Strafe empfangen.

Er griff tiefer in ihren Rock hinein, zerrte heftig daran und hörte mit Befriedigung, wie der Stoff riß. Noch einmal zog er. Dann noch einmal. Und jedesmal, wenn Polly versuchte, ihm zu entkommen, riß der Rock weiter.

»Genau wie an dem Tag im Stall«, sagte er. »Du kriegst genau das, was du willst.«

»Nein. Ich will es nicht. Nicht so. Col. Bitte.«

Der Name. Der Name. Er packte mit beiden Händen zu und riß ihr den Rest des Rocks vom Leib. Doch sie nutzte den Moment und rannte davon. Sie kam bis zum Korridor. Sie war fast bei der Tür. Noch einen Meter, und sie würde entkommen.

Er sprang und zwang sie nieder, als sie nach dem Knauf der inneren Tür griff. Sie schlugen krachend auf den Boden. Verzweifelt wehrte sie sich mit Armen und Beinen. Sie sagte kein Wort. Ihr ganzer Körper zuckte.

Er hatte Mühe, ihre Arme auf den Boden zu drücken, grunzte: »... dich vögeln ... daß dir Hören ... und Sehen vergeht.«

»Nein! Colin!«

Aber er brachte sie mit seinem Mund zum Schweigen. Mit Gewalt stieß er ihr seine Zunge in den Mund, drückte ihr mit der einen Hand den Hals zu, während er mit der anderen an ihrer Unterwäsche zerrte. Mit dem Knie drückte er ihr die Beine auseinander. Sie fuhr ihm mit den Händen ins Gesicht. Sie fand seine Brille, riß sie ihm herunter. Ihre Finger suchten seine Augen. Doch er war dicht über ihr, drückte sein Gesicht in das ihre, seine Zunge in ihren Mund und spie, spie, während ihn die Gier, es ihr zu zeigen, sie zu unterwerfen, zu bestrafen, mit jedem Moment wilder machte. Sie würde vor ihm kriechen und betteln. Sie würde um Gnade bitten. Sie würde ihre Göttin anrufen. Aber ihr Gott war *er*.

»Fotze«, spie er in ihren Mund. »Sau ... Kuh.« Er nestelte an seiner Hose, während sie sich wälzte und strampelte und nach ihm trat. Jeder ihrer Atemzüge war ein Schrei. Sie riß ihr Knie nach oben, verfehlte seine Hoden aber um einen Zentimeter. Er schlug sie. Er genoß das Gefühl, das dieser

Schlag in ihm auslöste – wie er seiner Hand Leben und Kraft zurückgab. Er schlug sie noch einmal, härter diesmal. Er schlug sie mit den Fingerknöcheln und sah mit Genugtuung die roten Flecken auf ihrer Haut.

Sie weinte. Sie sah häßlich aus. Ihr Mund stand offen. Ihre Augen waren zugedrückt. Schleim tropfte ihr aus der Nase. So gefiel sie ihm. Weinen sollte sie. Ihr Entsetzen war wie eine Droge. Noch weiter drückte er ihr die Beine auseinander und fiel auf sie. Er, der Gott, feierte ihre Bestrafung.

So, dachte sie, ist es, wenn man stirbt. Sie lag da, wie er sie hatte liegen lassen, das eine Bein angezogen, das andere ausgestreckt, mit hochgeschobenem Pullover und heruntergerissenem Büstenhalter, die eine Brust, auf der noch sein brutaler Biß brannte, entblößt. Der Nylonslip mit dem Spitzenbesatz – »Hey, da hast du dir aber was Schickes zugelegt«, hatte Rita lachend gesagt. »Du bist wohl auf der Suche nach einem, der was für hübsche Verpackung übrig hat?« – hing an ihrem linken Fuß, ein Stoffetzen von ihrem Rock lag über ihrem Hals.

Ihr Blick war nach oben gerichtet und irrte über die Risse in der Decke. Irgendwo im Haus war ein metallisches Knakken und Klirren zu hören, dem ein gleichmäßiges, leises Summen folgte. Der Boiler, dachte sie. Es wunderte sie, daß er heizte; sie konnte sich nicht erinnern, an diesem Tag Wasser verbraucht zu haben. Sie ging Schritt für Schritt alles durch, was sie im Pfarrhaus getan hatte, weil es so wichtig schien zu wissen, warum der Boiler gerade jetzt das Wasser aufheizte. Er konnte schließlich nicht wissen, wie dreckig sie sich fühlte. Er war ja nur eine Maschine. Maschinen konnten die Bedürfnisse eines menschlichen Körpers nicht voraussehen.

In Gedanken machte sie eine Liste. Zuerst die Zeitungen.

Sie hatte sie gebündelt, wie sie sich das vorgenommen hatte, und zum Müll hinausgetragen. Dann hatte sie telefonisch das Abonnement gekündigt. Als nächstes die Topfpflanzen. Es waren nur vier, aber sie sahen traurig aus, und eine hatte fast alle ihre Blätter verloren. Sie hatte sie regelmäßig gegossen und konnte nicht verstehen, wieso sie alle gelb wurden. Sie hatte sie hinausgetragen und auf die Veranda gestellt; vielleicht, dachte sie, brauchten die armen Dinger ein bißchen Sonne, aber die Sonne war gar nicht herausgekommen. Danach die Bettwäsche. Sie hatte bei allen drei Betten – zwei Einzelbetten, ein Doppelbett – Laken und Bezüge gewechselt, so wie sie das jede Woche getan hatte, seit sie hier zu arbeiten angefangen hatte. Es spielte keine Rolle, daß die Betten nie benutzt wurden. Man mußte die Wäsche regelmäßig wechseln. Aber gewaschen hatte sie nicht, also konnte sich der Boiler auch nicht deshalb eingeschaltet haben. Weshalb dann?

Sie versuchte, sich alles, was sie an diesem Tag getan hatte, vor Augen zu führen. Sie versuchte, die Bilder an der Decke erscheinen zu lassen. Zeitungen. Telefon. Pflanzen auf die Veranda. Und danach ... Es war zu anstrengend, über die Pflanzen hinauszudenken. Warum? Hatte es mit Wasser zu tun? Hatte sie Angst vor Wasser? War irgend etwas mit Wasser geschehen? Nein, wie albern. Denke an Räume mit Wasser.

Sie erinnerte sich. Sie lächelte, aber es tat ihr weh, weil ihre Haut sich so starr anfühlte, als wäre Kleber darauf erhärtet, deshalb eilte sie in Gedanken von den Schlafzimmern in die Küche. Denn das war es ja. Sie hatte das ganze Geschirr gespült, die Gläser, die Töpfe und die Pfannen. Und sie hatte die Schränke innen ausgewischt. Deshalb war der Boiler jetzt angesprungen. Außerdem arbeitete so ein Boiler doch immer. Schaltete er sich nicht von selbst ein, wenn das Wasser abzukühlen begann? Niemand brauchte ihn anzuwerfen. Er legte einfach los. Wie von Zauberhand.

Zauber. Das Buch. Nein. Weg mit diesen Gedanken. Sie beschworen Alpträume herauf. Sie wollte diese Bilder nicht.

Die Küche, die Küche, dachte sie. Sie spülte das Geschirr, wischte die Schränke aus und ging weiter ins Wohnzimmer, das schon klinisch sauber und ordentlich war, aber sie polierte trotzdem die Möbel, weil sie es aus irgendeinem Grund nicht fertigbrachte, dieses Haus zu verlassen, zu gehen, sich etwas anderes zu suchen, und dann war er bei ihr. Und mit seinem Gesicht stimmte etwas nicht. Sein Rücken schien zu steif zu sein. Seine Arme hingen nicht locker herab, sie warteten nur.

Polly wälzte sich auf die Seite, zog die Beine hoch und versuchte, sich zu wiegen. Schmerzen, dachte sie. Es fühlte sich an, als seien ihr die Beine aus dem Körper gerissen worden. Unerträgliche Schmerzen durchzuckten ihren Unterleib. Sie glaubte von innen zu verbrennen. Sie fühlte sich leer. Sie war nichts.

Allmählich begann sie die Kälte wahrzunehmen, ein dünner Luftstrom, der stetig über ihre bloße Haut zog. Sie fröstelte. Sie sah, daß er die innere Tür offengelassen hatte und daß die äußere Tür nicht richtig geschlossen war. Ihre Finger zupften ziellos am Pullover, sie wollte ihn zum Schutz gegen die Kälte herunterziehen, aber sie hatte ihn erst knapp über ihren Busen gezogen, als sie aufgab. Die Wolle scheuerte auf ihrer Haut.

Von der Stelle, an der sie lag, konnte sie die Treppe sehen, und sie begann, langsam zu ihr hinzukriechen, keinen anderen Gedanken im Kopf, als dem kalten Luftzug zu entkommen, einen dunklen, sicheren Ort zu finden. Sie begann sich hinaufzuwinden. Sie konnte ihre Beine nicht gebrauchen, deshalb zog sie sich mit den Händen am Geländer hoch. Ihre

Knie schlugen gegen die Stufen. Als sie einmal zur Seite schwankte, prallte sie mit der Hüfte an die Wand und entdeckte das Blut. Sie hielt inne, um es neugierig zu betrachten, einen Finger in die rote Feuchte zu tauchen, und sie wunderte sich, wie schnell es trocknete, wie es die Farbe veränderte und fast braun wurde, wenn es sich mit Luft vermischte. Sie sah, daß es zwischen ihren Beinen hervorsikkerte, daß es schon lange genug lief, um auf den Innenseiten ihrer Schenkel farnähnliche Muster zu bilden.

Schmutzig, dachte sie. Sie würde baden müssen.

Der Gedanke an ein Bad breitete sich in ihrem Hirn aus und vertrieb die alptraumhaften Bilder. Sie klammerte sich an diese Vorstellung von Wasser und seiner Wärme, während sie sich weiter die Treppe hinaufzog und oben ins Bad kroch. Sie schloß die Tür und blieb auf den kalten weißen Kacheln sitzen, den Kopf an die Wand gelehnt, die Knie hochgezogen. Das Blut drang unter der Faust heraus, die sie zwischen ihre Beine drückte, um es zu stoppen.

Nach einer kurzen Verschnaufpause drückte sie ihre Schultern an die Wand, schob sich einen halben Meter vorwärts und erreichte so die Badewanne. Sie legte den Kopf auf den Wannenrand und griff mit einer Hand nach dem Hahn. Ihre Finger kämpften, schafften es nicht, ihn zu drehen, und glitten schließlich ab.

Irgendwie wußte sie, daß sie wieder ganz und heil werden würde, wenn sie sich nur waschen konnte. Wenn sie seinen Geruch entfernen und die Berührung seiner Hände von ihrem Körper schrubben konnte, wenn sie mit Seife ihren Mund säubern konnte. Wenn es ihr nur gelang, das Wasser aufzudrehen.

Wieder griff sie nach dem Hahn. Wieder vergeblich. Sie versuchte es blind, weil sie die Augen nicht öffnen und sich in dem Spiegel sehen wollte, der, wie sie wußte, an der Badezimmertür hing. Wenn sie den Spiegel sah, würden ihr erneut Gedanken durch den Kopf schießen, und sie war fest entschlossen, jetzt an nichts zu denken. Außer ans Baden.

Sie würde sich in die Wanne legen und nie wieder herauskommen, nur das Wasser steigen und sinken lassen. Sie würde auf sein Blubbern horchen, seinem Plätschern lauschen. Sie würde seine sanfte Berührung zwischen Fingern und Zehen spüren. Sie würde es lieben.

Nur dauerte eben nichts ewig, nicht einmal das Baden, und wenn das Bad vorüber war... Denn was ihr hier jetzt geschah, war Sterben, ganz gleich, was sie sich vormachte, es war das Ende. Und sie erkannte, daß der Mensch im Zweifel immer allein war. Und wenn Leben Alleinsein bedeutete, würde das Sterben nicht anders sein.

Sie konnte damit fertig werden. Allein sterben. Aber nur, wenn es hier und jetzt geschah. Weil es dann vorüber sein würde. Sie würde nicht aufstehen, ins Wasser steigen, ihn von sich abwaschen und zur Tür hinausgehen müssen. Sie würde niemals nach Hause gehen – o Göttin, dieser lange Weg – und ihrer Mutter gegenübertreten müssen. Sie würde ihn nie wiedersehen, ihm nie wieder in die Augen blicken und immer von neuem, wie in einem nicht enden wollenden Film den Moment erleben müssen, als ihr klar geworden war, daß er sie verletzen würde.

Ich weiß nicht, was es heißt, einen anderen zu lieben, sagte sie sich. Ich dachte, es sei etwas Gutes, das Bedürfnis zu teilen. Ich dachte, es sei so, als streckte man die Hand aus und ein anderer nähme sie, hielte sie fest und zöge einen ans sichere Ufer. Man spricht. Man erzählt dem anderen von sich. Man sagt, hier tut es mir weh, und man vertraut ihm seine Verletzung an, und er nimmt sie an sich und vertraut einem dafür seine Verletzungen an. Man nimmt sich ihrer an, und so lernt man lieben. Man lehnt sich an, wo der andere stark ist. Er lehnt sich an, wo man selbst stark ist. Und irgendwo wächst man zusammen. Aber so wie es heute war, hier, in diesem Haus, so ist es nicht. Nein, so ist es nicht.

Das war das Schlimmste, daß sie ihn liebte und sich nicht vom Schmutz dieser Liebe befreien konnte. Selbst in all ihrem Entsetzen, selbst in dem Augenblick, als sie genau wußte, was er vorhatte, selbst als sie ihn angefleht hatte, es nicht zu tun, und er es dennoch getan hatte – sie niedergeworfen und mißhandelt und sie dann wie ein Bündel alter Kleider liegengelassen hatte –, war das Schlimmste daran gewesen, daß er der Mann war, den sie liebte. Und wenn der Mann, den sie liebte, ihr dies antun konnte, ihr zeigte, wer der Herr war und wer die Sklavin, dann war das, was sie für Liebe gehalten hatte, nichts. Denn wenn man jemanden liebte und wenn der andere wußte, daß man ihn liebte, dann, meinte sie, würde er doch darauf achten, einem nicht weh zu tun. Auch wenn seine Liebe vielleicht nicht so groß war, würde er die Gefühle, die man ihm entgegenbrachte, achten und eine gewisse zärtliche Zuneigung verspüren. Denn so ging man doch mit den Menschen um.

Aber wenn das nicht so war, wenn die Wahrheit des Lebens eine andere war, dann wollte sie nicht mehr leben. Sie würde sich in die Wanne legen und sich dem Wasser überlassen. Sollte es sie reinigen und töten und davontragen.

19

»Sieh dir dies hier mal an.«

Lynley reichte St. James den Hefter mit Fotografien über den Tisch. Er nahm sein Bierglas und dachte daran, *Die Kartoffelesser* geradezuhängen oder den Staub von Rahmen und Glas von *Die Kathedrale von Rouen* abzuwischen, um zu sehen, ob sie wirklich, wie es schien, *im vollen Sonnenlicht* stand. Deborah schien seine Gedanken zumindest zu ahnen. Sie murmelte: »Ach verflixt, das macht mich ganz verrückt«, und richtete den Van-Gogh-Druck gerade, ehe sie sich wieder neben ihrem Mann aufs Sofa fallen ließ. Lynley sagte: »Gott segne dich, mein Engel«, und wartete auf St. James' Reaktion auf das Material, das er aus Clitheroe mitgebracht hatte.

Dora Wragg war so freundlich gewesen, sie im Aufenthaltsraum für Hotelgäste zu bedienen. Das Pub war zwar für den Nachmittag schon geschlossen, aber als Lynley von seinen Besuchen bei Maggie, der Polizei und dem Gerichtsarzt zurückgekehrt war, hatten am heruntergebrannten Kaminfeuer noch zwei ältere Frauen in langen Hosen und Wanderstiefeln gesessen. Obwohl sie in ein angeregtes Gespräch vertieft waren und nicht anzunehmen war, daß sie sich für anderes interessieren würden, hatte Lynley nach einem Blick auf ihre neugierigen, scharfen Augen Diskretion für ratsam gehalten.

Er wartete also, bis Dora die Getränke auf den Tisch im Aufenthaltsraum gestellt und sich in die unteren Regionen des Gasthauses entfernt hatte, ehe er seinem Freund den Hefter reichte. St. James sah sich zuerst die Fotos an. Deborah warf nur einen Blick darauf, schauderte und sah rasch wieder weg. Lynley konnte es ihr nicht verübeln.

Die Fotografien von diesem speziellen Todesfall waren aus irgendeinem Grund beunruhigender als vieles, was er im Lauf seiner Tätigkeit gesehen hatte, und zunächst konnte er gar nicht verstehen, weshalb. Ihm waren die vielfältigen Todesbilder schließlich nicht fremd. Der Anblick eines Erdrosselten – das blau verfärbte Gesicht, die hervorquellenden Augen, der Blutschaum vor dem Mund – war nichts Ungewohntes für ihn. Er hatte Tote gesehen, die erschlagen worden waren. Er hatte eine Vielfalt von Messerverletzungen untersucht – von der durchgeschnittenen Kehle bis zum aufgeschlitzten Bauch. Er hatte Menschen mit abgerissenen Gliedern und verstümmelten Körpern gesehen, die durch Bomben oder bei Schießereien ums Leben gekommen waren. Doch dieser Tod hatte etwas an sich, das ihn ganz persönlich erschreckte, aber er konnte nicht sagen, was es war. Deborah tat es für ihn.

»Das muß ein langes, grausames Sterben gewesen sein«, murmelte sie. »Der arme Mann.«

Genau das war es. Der Tod war nicht von einem Moment auf den anderen über Robin Sage gekommen, nicht in Gestalt eines kurzen, gewaltsamen Überfalls mit Schußwaffe, Messer oder Drahtschlinge, dem auf den Fuß gnädiges Vergessen folgte. Er hatte ihn langsam zu sich geholt, so langsam, daß Sage Zeit blieb, zu erkennen, was geschah, und schrecklich zu leiden. Die Fotografien gaben das wieder.

Es handelte sich um Farbaufnahmen der Polizei Clitheroe, aber was sie zeigten, war vorherrschend schwarzweiß. Weiß der frischgefallene Schnee auf dem Boden und der Mauer, neben der der Tote lag. Schwarz der Tote selbst, in der Kleidung des Geistlichen, der schwarze Mantel um Hüften und Taille zusammengeschoben, als hätte der Pfarrer versucht, sich aus ihm herauszuwinden. Doch selbst hier siegte das Schwarz nicht ganz über das Weiß, denn der Tote war, wie die Mauer, nach der er die Hand ausstreckte, von einer feinen weißen Schneeschicht bedeckt. Sieben Fotografien bezeugten dies, dann hatte man den Schnee von der Leiche gefegt, und der Fotograf hatte sich noch einmal an die Arbeit gemacht.

Die restlichen Bilder dokumentierten eingehend den Todeskampf des Pfarrers Robin Sage. Tiefe Furchen, kreuz und quer im Boden, dicke Lehmklumpen an den Absätzen der Schuhe, Erde und Graspartikel unter seinen Fingernägeln legten davon Zeugnis ab, wie verzweifelt er versucht hatte, den Konvulsionen zu entkommen. Blut an seiner linken Schläfe, drei Risse in seiner Wange, ein zertrümmerter Augapfel und ein blutverschmierter Stein unter seinem Kopf ließen die Stärke der Konvulsionen ahnen und zeigten, daß er nicht fähig gewesen war, sie zu bezwingen. Die Haltung von Kopf und Hals – so weit nach rückwärts geworfen, daß ein Wirbelbruch unausweichlich schien – zeugte von einem verzweifelten Kampf um Atem. Und die Zunge, aufgeschwollen und blutig gebissen, sagte alles über die letzten Momente dieses Mannes.

Zweimal sah St. James die Bilder durch. Dann legte er eine Großaufnahme des Gesichts und eine zweite von einer der Hände zur Seite. »Wenn man Glück hat, stirbt man an Herzversagen. Wenn nicht, an Erstickung. Der arme Teufel. Er hat überhaupt kein Glück gehabt.«

Lynley brauchte sich die Fotografien, die St. James zur Untermauerung seiner Worte ausgesucht hatte, nicht anzusehen. Er hatte die bläuliche Verfärbung der Lippen und der Ohren gesehen. Er hatte das gleiche an den Fingernägeln bemerkt. Das unverletzte Auge war fast aus der Höhle getreten. Die bläulich-weiße Verfärbung der Haut war weit fortgeschritten. Dies alles waren Anzeichen für Atemstillstand.

»Was glaubst du, wie lange es dauerte, bis er endlich starb?« fragte Deborah.

»Auf jeden Fall viel zu lang.« St. James sah über den Autopsiebericht hinweg zu Lynley. »Du hast mit dem Pathologen gesprochen?«

»Alle Symptome sprechen eindeutig für eine Vergiftung durch Wasserschierling. Keine spezifischen Läsionen der Magenschleimhaut. Gastrische Irritation und Lungenödem.

Todeszeit zwischen zweiundzwanzig Uhr abends und zwei Uhr morgens.«

»Und was sagte Sergeant Hawkins? Wieso hat das CID Clitheroe den Befund so schnell akzeptiert und sich aus den Ermittlungen zurückgezogen? Wieso hat man Shepherd den Fall ganz allein bearbeiten lassen?«

»Die Leute vom CID waren am Tatort gewesen, als die Leiche noch dort war. Es war, abgesehen von den äußeren Verletzungen, die er sich selbst im Gesicht beigebracht hatte, klar, daß sein Tod durch irgendeinen Anfall verursacht worden war. Sie wußten nicht, was für ein Anfall das gewesen sein konnte. Der Constable, der dabei war, dachte, als er die Zunge sah, tatsächlich, es handle sich um Epilepsie...«

»Guter Gott«, murmelte St. James.

Lynley nickte zustimmend. »Nachdem sie also ihre Aufnahmen gemacht hatten, überließen sie es Shepherd, die Einzelheiten zu diesem Todesfall zusammenzutragen. Es war ja sein Zuständigkeitsbereich. Zu diesem Zeitpunkt wußten sie nicht einmal, daß Sage die ganze Nacht draußen im Schnee gelegen hatte, denn er wurde ja erst vermißt, als er am folgenden Tag nicht zu der Trauung erschien, die er hätte vornehmen sollen.«

»Aber nachdem sie erfahren hatten, daß er zum Abendessen bei Juliet Spence gewesen war? Wieso haben sie da nicht eingegriffen?«

»Hawkins – er war übrigens jetzt, als ich mit meinem Dienstausweis in der Hand vor ihm stand, etwas entgegenkommender als am Telefon – erklärte mir, ihre Entscheidung sei von drei Faktoren beeinflußt worden: dem Eingreifen von Shepherds Vater in die Ermittlungen des Constable, dem, wie Hawkins glaubte, rein zufälligen Besuch Shepherds bei Juliet Spence am selben Abend und einigen zusätzlichen Informationen von seiten der Gerichtsmediziner.«

»War der Besuch denn ein Zufall?« fragte St. James.

»Nein, Mrs. Spence hat ihn angerufen und gebeten zu kommen«, antwortete Lynley. »Sie sagte mir, sie habe das auch bei der gerichtlichen Untersuchung aussagen wollen, aber Shepherd habe darauf bestanden, daß sie sage, er sei zufällig auf seiner abendlichen Runde bei ihr vorbeigekommen. Sie sagte, er habe gelogen, weil er sie vor Klatsch und Verdächtigungen nach dem Urteilsspruch habe schützen wollen.«

»Wenn ich daran denke, wie das neulich abends hier im Pub war, scheint das aber nicht geklappt zu haben.«

»Richtig. Aber soll ich dir mal sagen, was ich an der ganzen Sache merkwürdig finde, St. James: Als ich heute morgen bei ihr war, gab sie unumwunden zu, daß sie Shepherd angerufen hatte. Warum? Warum ist sie nicht bei der Geschichte geblieben, die sie vereinbart hatten, die inzwischen von allen geglaubt wurde, auch wenn sie gegen den Dorfklatsch nichts ausgerichtet hat?«

»Vielleicht war sie nie mit Shepherds Geschichte einverstanden«, meinte St. James. »Wenn er bei der gerichtlichen Untersuchung vor ihr ausgesagt hat, wollte sie ihn wahrscheinlich nicht bloßstellen.«

»Ja, aber warum ist sie dann nicht bei der Geschichte geblieben? Ihre Tochter war an dem Abend nicht zu Hause. Wenn nur sie und Shepherd wußten, daß sie ihn angerufen hatte, weshalb fühlt sie sich dann genötigt, jetzt mir eine andere Geschichte zu erzählen, auch wenn es die Wahrheit ist? Sie bringt sich doch durch dieses Geständnis nur selbst in die Bredouille.«

»Keiner wird glauben, daß ich schuldig bin, wenn ich zugebe, daß ich schuldig bin«, murmelte Deborah.

»Du lieber Gott, das ist ein ganz schön gefährliches Spiel.«

»Bei Shepherd hat's gewirkt«, sagte St. James. »Warum

nicht auch bei dir? Sie sorgte dafür, daß er sie als Leidende sah, der übel geworden war, die sich übergeben hatte. Er glaubte ihr und ergriff Partei für sie.«

»Das war der dritte Punkt, der zu Hawkins' Entscheidung beitrug, das CID zurückzupfeifen. Ihre Übelkeit. Den Gerichtsmedizinern zufolge...« Lynley stellte sein Glas nieder, setzte seine Brille auf und griff zu dem Bericht. Er überflog die erste Seite, die zweite und fand, was er suchte, auf der dritten. »Ah, hier ist es«, sagte er. »›Die Chancen auf Wiederherstellung bei Vergiftung mit Schierling ist gut, wenn bei dem Betroffenen Erbrechen herbeigeführt werden kann.‹ Die Tatsache, daß sie an Übelkeit und Erbrechen litt, bestätigt also Shepherds Behauptung, sie habe versehentlich auch von dem Schierling gegessen.«

»Absichtlich. Oder, was ich für wahrscheinlicher halte, überhaupt nicht.« St. James trank einen Schluck von seinem Bier. »*Herbeigeführt* ist das Schlüsselwort, Tommy. Daraus geht nämlich hervor, daß das Erbrechen nicht eine natürliche Folge des Genusses von Schierling ist. Es muß herbeigeführt werden. Sie hätte also ein entsprechendes Mittel nehmen müssen. Und dazu hätte sie wissen müssen, daß sie Gift zu sich genommen hatte. Und wenn das der Fall ist, warum hat sie nicht Sage angerufen, um ihn zu warnen, oder jemand mobil gemacht, um ihn zu suchen?«

»Wäre es möglich, daß ihr tatsächlich nicht gut war, sie aber nicht wußte, woher die Übelkeit kam, und sie auf etwas ganz anderes zurückführte? Schlechte Milch vielleicht oder ein Stück Fleisch, das nicht mehr gut war.«

»Wenn sie unschuldig ist, kann sie die Übelkeit auf alles mögliche zurückgeführt haben. Das ist ganz klar.«

Lynley ließ den Bericht auf den Tisch hinunterfallen, nahm seine Brille ab und fuhr sich mit der Hand durch das Haar. »Dann können wir eigentlich einpacken. Wir sagen, ja, sie hat's getan, und sie sagt, nein, ich hab's nicht getan. Und dabei wird's bleiben, solange wir kein Motiv haben. Wie sieht es aus, hat euch vielleicht der Bischof in Bradford eines geliefert?«

»Robin Sage war verheiratet«, sagte St. James.

»Er wollte mit seinen Kollegen über die Frau reden, die im Ehebruch aufgegriffen wurde«, fügte Deborah hinzu.

Lynley beugte sich auf seinem Stuhl vor. »Keiner hat ein Wort davon gesagt ...«

»Ich habe den Eindruck, daß niemand es wußte.«

»Und was ist aus der Ehefrau geworden? Ist Sage geschieden? Das wäre für einen Geistlichen schon sehr befremdlich.«

»Sie ist vor zehn oder fünfzehn Jahren ums Leben gekommen. Bei einem Bootsunfall in Cornwall.«

»Welcher Art?«

»Glennaven – das ist der Bischof in Bradford – wußte es nicht. Ich habe mit Truro telefoniert, kam aber zu dem Bischof dort nicht durch. Und sein Sekretär war nicht sehr entgegenkommend, sondern beschränkte sich darauf, mir zu sagen, daß es ein Bootsunfall gewesen sei. Er könnte am Telefon keine weiteren Auskünfte geben, sagte er. Was für ein Boot es war, unter welchen Umständen es zu dem Unfall kam, wo er geschah, wie das Wetter war, ob Sage bei seiner Frau war, als es geschah – nichts.«

»Eine Krähe hackt der anderen nicht die Augen aus?«

»Nun ja, er wußte ja wirklich nicht, mit wem er es da zu tun hatte. Ich konnte mich auch nicht darauf berufen, von der Polizei zu sein. Und außerdem kann man unser Unternehmen hier wohl kaum als offizielles Ermittlungsverfahren bezeichnen.«

»Ja, aber was meinst du?«

»Zu dem Gedanken, daß sie versuchen, Sage zu schützen?«

»Und durch ihn den Ruf der Kirche.«

»Möglich wär's. Die Anspielung auf die Frau, die im Ehebruch aufgegriffen wurde, kann nicht so leicht vom Tisch gewischt werden, nicht wahr?«

»Wenn er sie getötet hat...«, meinte Lynley nachdenklich.

»Dann hat vielleicht jemand anderer nur auf eine Gelegenheit zur Vergeltung gewartet.«

»Zwei Menschen in einem Segelboot. Stürmisches Wetter. Eine Böe. Der Baum dreht sich im Wind, trifft die Frau am Kopf, und sie geht über Bord.«

»Kann man so einen Unfall inszenieren?« fragte St. James.

»Du meinst Mord als Unfall getarnt? Es war gar nicht der Baum, sondern ein Schlag auf den Kopf? Natürlich.«

»Das nennt man dann poetische Gerechtigkeit«, sagte Deborah. »Ein zweiter Mord, der als Unfall getarnt ist. Erstaunliche Duplizität.«

»Eine perfekte Art der Vergeltung«, sagte Lynley. »Das ist wahr.«

»Aber wer ist dann Mrs. Spence?« fragte Deborah.

St. James zählte mehrere Möglichkeiten auf. »Eine ehemalige Haushälterin, die die Wahrheit weiß, eine Nachbarin, eine alte Freundin der Ehefrau.«

»Die Schwester der Ehefrau«, meinte Deborah. »Vielleicht sogar seine eigene Schwester.«

»Die hier in Winslough gedrängt wurde, in den Schoß der Kirche zurückzukehren, und entdeckte, daß er ein Heuchler war, den sie nicht ertragen konnte?«

»Vielleicht war sie auch eine Verwandte, Simon. Oder hat früher ebenfalls für den Bischof von Truro gearbeitet.«

»Vielleicht hatte sie früher ein Verhältnis mit Sage. Ehebruch kommt in den besten Familien vor.«

»Er hat seine Frau getötet, um mit Mrs. Spence zusammensein zu können, aber als sie die Wahrheit entdeckte, wollte sie ihn nicht mehr haben? Und ist ihm davongelaufen?«

»Es gibt unendlich viele Möglichkeiten. Der Schlüssel ist ihre Vergangenheit.«

Lynley drehte nachdenklich sein Bierglas. Er hatte sich das alles angehört, war aber dennoch nicht geneigt, seine früheren Mutmaßungen einfach zu verwerfen. »Sonst keine Auffälligkeiten in seiner Geschichte, St. James? Alkohol, Drogen, unmoralische oder verbotene Interessen vielleicht?«

»Er war ein Bibelfanatiker, aber das scheint mir bei einem Geistlichen nichts Auffälliges zu sein. Woran denkst du denn?«

»Ein unnatürliches Interesse an Kindern vielleicht?«

»Pädophilie?« Als Lynley nickte, sagte St. James: »Nicht der kleinste Hinweis darauf.«

»Aber könnte man denn überhaupt einen Hinweis erwarten, wenn die Kirche ihn schützt, um ihren eigenen Ruf zu wahren? Kannst du dir vorstellen, der Bischof gäbe zu, daß Robin Sage einen Hang zu den Chorknaben hatte und daß er versetzt werden mußte ...«

»Und wie uns der Bischof von Bradford sagte, hat er sich ständig versetzen lassen«, warf Deborah ein.

»... weil er die Hände nicht von den Knaben lassen konnte? Glaubst du, die würden so etwas jemals öffentlich zugeben?«

»Gut, eine Möglichkeit wäre es. Aber mir scheint es die am wenigsten plausible Erklärung zu sein. Wer sind denn hier die Chorknaben?«

»Vielleicht waren es keine Knaben.«

»Du denkst an Maggie? Und daß Mrs. Spence ihn getötet hat,um dem – was? Mißbrauch? – ein Ende zu machen. Wenn das wirklich der Fall war, warum verschweigt sie es dann?«

»Weil es dennoch Mord ist, St. James. Das Mädchen hat nur sie. Hätte sie sich darauf verlassen können, daß die Geschworenen bei der gerichtlichen Untersuchung die Sache so gesehen hätten wie sie und sie freigesprochen hätten, so daß sie weiterhin für das Kind hätte sorgen können? Das wäre doch ein sehr großes Risiko gewesen.«

»Warum hat sie ihn dann nicht der Polizei gemeldet? Oder der Kirche?«

»Da hätte ihr Wort gegen seins gestanden.«

»Aber das Wort ihrer Tochter ...«

»Vielleicht hätte Maggie den Mann geschützt? Vielleicht wünschte sie sich diese Beziehung sogar. Vielleicht bildete sie sich ein, den Mann zu lieben, oder bildete sich ein, er liebe sie.«

St. James rieb sich den Nacken. Deborah stützte den Kopf in ihre Hände. Beide seufzten. Deborah sagte: »Ich komm mir vor wie die rote Königin in *Alice*. Wir müßten doppelt so schnell laufen, und ich bin schon außer Atem.«

»Es sieht nicht gut aus«, stimmte St. James zu. »Wir brauchen mehr Informationen, und die anderen brauchen nur den Mund zu halten, dann tappen wir auf immer und ewig im Dunkeln.«

»Nicht unbedingt«, entgegnete Lynley. »Wir haben immer noch Truro. Da haben wir eine Menge Spielraum. Wir können Nachforschungen über den Tod der Frau anstellen und über Robin Sages Vorleben.«

»Du lieber Gott, das ist der nächste Weg. Willst du da hinfahren, Tommy?«

»Nein.«

»Wer dann?«

Lynley lächelte. »Jemand, der gerade im Urlaub ist. Genau wie wir.«

In Acton drehte Barbara Havers das Radio auf dem Kühlschrank an und unterbrach Sting mitten in seinen Gesängen über die Hand seines Vaters. »Genau, Baby. Sing du nur, Traumjunge.« Sie lachte über sich selbst. Sie hörte Sting gern. Lynley behauptete, ihr Interesse an Sting beruhe einzig auf der Tatsache, daß dieser sich in einer Zurschaustellung vermeintlicher Männlichkeit, die weibliche Fans anlocken sollte, nur einmal alle vierzehn Tage zu rasieren schien. Aber darüber konnte Barbara nur lachen. Sie hielt dagegen, Lynley sei ein musikalischer Snob, der sich zu fein sei, sein aristokratisches Ohr irgendwelchen Klängen auszusetzen, die erst in den letzten achtzig Jahren komponiert worden waren. Sie selbst hatte in Wahrheit keine Vorliebe für den Rock 'n' Roll, doch sie zog ihn immer noch der klassischen Musik, dem Jazz, dem Blues vor und dem, was Constable Nkata als die »Schmachtfetzen aus Omas Zeiten« bezeichnete. Nkata selbst liebte den Blues, Havers wußte allerdings, daß er ohne Zögern seine Seele – ganz zu schweigen von seiner wachsenden Sammlung von CDs – für nur fünf Minuten allein mit Tina Turner verkaufen würde. »Ist mir völlig egal, daß sie alt genug ist, um meine Mutter zu sein«, pflegte er zu seinen Kollegen zu sagen. »Wenn meine Mutter so aussehen würde, wär ich nie von zu Hause weggegangen.«

Barbara stellte die Musik lauter und öffnete den Kühlschrank. Sie hoffte, irgend etwas darin zu finden, das ihren Gaumen reizen würde. Doch der durchdringende Geruch einer fünf Tage alten Scholle trieb sie schleunigst zur anderen Seite der Küche. »Na, lecker«, sagte sie ironisch, während sie überlegte, wie sie das feuchte Fischpäckchen hinausbugsieren könnte, ohne es berühren zu müssen. Sie fragte sich, was sonst noch für übelriechende Überraschungen auf sie warteten, in Folie, in Plastik oder in praktischen kleinen Behältern, die sie für ein schnelles Abendessen nach Hause getragen und längst vergessen hatte. Von ihrem sicheren Beobachtungsposten aus gewahrte sie etwas Grünes, das an den Rändern eines Behälters emporkletterte. Sie hätte gern geglaubt, es handle sich um einen Rest Erbsenpüree. Die Farbe stimmte, aber die pelzige Beschaffenheit deutete auf Schimmel. Gleich daneben schien sich auf einem Teller uralter Spaghetti eine neue Form von Leben entwickelt zu haben. Ja, der ganze Kühlschrank sah aus wie ein kleines Labor, in dem Alexander Fleming in der Hoffnung auf eine weitere Reise nach Stockholm alle möglichen unappetitlichen Experimente machte.

Den Blick argwöhnisch auf diese unerquickliche Bescherung gerichtet, ging Barbara zur Spüle hinüber. Sie kramte in Putzmitteln, Drahtschwämmen, Bürsten und mehreren zu steifen Klumpen erstarrten Lappen, ehe sie die Müllbeutel fand. Mit einem Beutel und einem Pfannenheber bewaffnet, eröffnete sie den Kampf. Zuerst wanderte die Scholle in den Beutel. Platschend schlug sie auf seinem Grund auf und verströmte dabei eine Duftwolke, die Barbara schaudern machte. Als nächstes kam das Erbsenpüree mit Antibiotikum, gefolgt von den Spaghetti, einem Stück Käse, dem ein bartähnliches Gebilde gewachsen war, einem Teller versteinerter Würstchen und Kartoffelpüree und einer Pizza, die noch im Karton war, den zu öffnen Barbara sich hütete. Ein Rest Schweinefleisch *mu shu*, eine verschimmelte halbe Tomate, drei halbe Grapefruit und ein Karton Milch, den sie, wie sie sich ganz klar erinnerte, im vergangenen Juni gekauft hatte, verschwanden ebenfalls in dem Müllbeutel.

Sobald Barbara bei dieser Säuberungsaktion ein System entwickelt hatte, beschloß sie, sie auch konsequent zu Ende zu führen. Alles, was nicht festverschlossen in einem Glas oder einer Dose war, professionell eingelegt und mariniert, oder unbegrenzte Haltbarkeit auswies, ging denselben Weg wie die Scholle und Konsorten. Als sie fertig war, lag nichts mehr im Kühlschrank, was auch nur einen Imbiß hergegeben hätte; doch der Appetit war ihr sowieso längst vergangen.

Sie knallte die Tür zu und verschnürte den Müllbeutel. Sie öffnete die Hintertür, warf den Beutel hinaus und wartete einen Augenblick, um zu sehen, ob ihm nicht vielleicht Beine wachsen würden, damit er sich aus eigener Kraft dem anderen Haushaltsmüll zugesellen konnte. Als das nicht geschah, nahm sie sich vor, ihn später zur Tonne zu tragen.

Sie zündete sich eine Zigarette an. Der Geruch des Streichholzes und des brennenden Tabaks überdeckten den noch im Raum hängenden ekelhaften Gestank nach verfaulten Lebensmitteln. Sie zündete ein zweites Streichholz an und dann ein drittes und sog die ganze Zeit den Rauch der Zigarette so tief wie möglich ein.

War doch ganz gut, dachte sie; zwar habe ich kein Abendessen, dafür hab ich aber wieder etwas erledigt. Jetzt brauchte sie den Kühlschrank nur noch auszuwischen, dann konnte sie ihn verkaufen, nicht mehr ganz neu vielleicht, nicht mehr ganz zuverlässig, aber entsprechend preiswert. Nach Chalk Farm konnte sie ihn nicht mitnehmen – in der Wohnung hatte höchstens ein Minikühlschrank Platz –, deshalb mußte sie ihn loswerden, früher oder später ... Wenn sie so weit war, daß sie umziehen konnte ...

Sie ging zum Tisch und setzte sich. Die Stuhlbeine schrammten geräuschvoll über den klebrigen alten Linoleumboden. Sie drehte die Zigarette zwischen Daumen und Zeigefinger und sah zu, wie das Papier um den rotglühenden Tabak langsam verbrannte. Bei dieser unvorgesehenen Reinigung des Kühlschranks war wieder einmal, das wußte sie, ihre Gespaltenheit zu Tage getreten. Wieder war eine Arbeit erledigt, wieder konnte sie einen Punkt von der Liste streichen, wieder war der Hausverkauf und damit der Umzug in ein neues, unbekanntes Leben einen Schritt näher gerückt.

Es gab Tage, da fühlte sie sich zum Umzug bereit, und andere, an denen sie vor der Veränderung, die er bedeutete, eine unerklärliche Angst empfand. Ein halbes dutzendmal war sie schon in Chalk Farm gewesen, sie hatte die Kaution für die kleine Wohnung bezahlt, sie hatte mit dem Hauswirt gesprochen und den Anschluß eines Telefons veranlaßt. Sie hatte sogar ganz flüchtig einen ihrer neuen Hausgenossen gesehen, der am Fenster seiner Erdgeschoßwohnung in der Sonne gesessen hatte. Während dieser Teil ihres Lebens – mit der Überschrift *Zukunft* – sie stetig vorwärtszog, hielt der andere, größere Teil – mit der Überschrift *Vergangenheit* – sie an Ort und Stelle fest. Sie wußte, daß es kein Zurück gab, wenn dieses Haus in Acton erst einmal verkauft war. Eines der letzten Bande zu ihrer Mutter würde dann durchtrennt sein.

Barbara hatte den Morgen mit ihr verbracht. Sie waren zum kleinen Gemeindepark von Greenford spaziert und hatten sich dort auf eine der Bänke am Spielplatz gesetzt und einer jungen Frau zugesehen, die ihr lachendes kleines Kind auf dem Karussell gedreht hatte. Ihre Mutter hatte einen ihrer guten Tage gehabt. Sie erkannte Barbara, und obwohl sie sich dreimal versprach und Barbara Pearl nannte, widersprach sie nicht, als Barbara sie behutsam daran erinnerte, daß Tante Pearl seit fast fünfzig Jahren tot war. Sie sagte nur mit einem zaghaften Lächeln: »Ich vergesse so leicht, Barbie. Aber heute geht's mir gut. Kann ich bald nach Hause?«

»Gefällt es dir denn hier nicht?« fragte Barbara. »Mrs. Flo hat dich doch gern. Und du verstehst dich doch mit Mrs. Pendlebury und Mrs. Salkild, nicht wahr?«

Ihre Mutter scharrte mit den Füßen und streckte dann die Beine aus wie ein Kind. »Mir gefallen meine neuen Schuhe, Barbie«, sagte sie.

»Dann hab ich's ja richtig getroffen.« Es waren lavendelfarbene Baseballstiefel mit silbernen Streifen an den Seiten. Barbara hatte sie auf dem Wühltisch eines Warenhauses gefunden. Sie hatte sich ein Paar in Rot und Gold gekauft – erheitert von der Vorstellung, welch entsetztes Gesicht Inspector Lynley bei ihrem Anblick machen würde –, und obwohl sie in der Größe ihrer Mutter keine gehabt hatten, hatte sie die lavendelfarbenen gekauft, weil sie am unmöglichsten waren und ihr daher am ehesten gefallen würden. Sie hatte zwei Paar Wollsocken dazu gekauft, die ihre Mutter überziehen konnte, um in den Schuhen nicht herumzurutschen. Lächelnd hatte sie zugesehen, mit welcher Erwartungsfreude ihre Mutter das Paket ausgepackt und im Seidenpapier nach ihrer »Überraschung« gesucht hatte.

Barbara hatte sich angewöhnt, immer eine kleine Überraschung mitzubringen, wenn sie zweimal in der Woche nach Hawthorn Lodge hinausfuhr, wo ihre Mutter seit zwei Monaten mit zwei alten Frauen bei Mrs. Florence Magentry – Mrs. Flo, die sich um sie kümmerte – lebte. Barbara versuchte sich einzureden, sie täte es nur, um ihrer Mutter eine Freude zu bereiten. Aber sie wußte, daß jedes Päckchen ihr dazu diente, sich von Schuld freizukaufen. »Es gefällt dir doch hier bei Mrs. Flo, nicht wahr, Mama?«

Doris Havers beobachtete das kleine Kind auf dem Karussell. Sie wiegte sich zu irgendeiner inneren Melodie. »Mrs. Salkild hat gestern abend in die Hose gemacht«, teilte sie Barbara in vertraulichem Ton mit. »Aber Mrs. Flo ist nicht mal böse geworden, Barbie. Sie hat nur gesagt: ›So was kommt vor, Schätzchen, wenn wir älter werden. Machen Sie sich also keinen Kummer deswegen.‹ Aber ich hab nicht in die Hose gemacht.«

»Das ist gut, Mama.«

»Ich hab geholfen. Ich hab den Waschlappen geholt und

die Plastikschüssel, und ich hab sie so gehalten, daß Mrs. Flo sie saubermachen konnte. Mrs. Salkild hat geweint. Sie hat immer wieder gesagt: ›Es tut mir leid. Ich hab's nicht gemerkt. Ich hab's gar nicht gemerkt.‹ Sie hat mir leid getan. Ich hab ihr hinterher von meinen Pralinen gegeben. Ich hab nicht in die Hose gemacht, Barbie.«

»Du bist Mrs. Flo eine große Hilfe, Mama. Ohne dich käme sie wahrscheinlich gar nicht zurecht.«

»Ja, das sagt sie, nicht wahr? Sie wird traurig sein, wenn ich wieder gehe. Komm ich heute nach Hause?«

»Nein, heute noch nicht, Mama.«

»Aber bald?«

»Aber nicht heute.«

Barbara fragte sich manchmal, ob es nicht besser wäre, ihre Mutter einfach der Obhut der fähigen Mrs. Flo zu überlassen, ihren Unterhalt zu bezahlen und zu verschwinden, in der Hoffnung, daß ihre Mutter mit der Zeit vergessen würde, daß sie ganz in der Nähe eine Tochter hatte. Wenn sie über den Sinn dieser Besuche nachdachte, fiel sie stets von einem Extrem ins andere. Einmal glaubte sie, sie dienten einzig der Beschwichtigung ihrer persönlichen Schuldgefühle auf Kosten der inneren Ruhe ihrer Mutter, dann wieder sagte sie sich, ihr regelmäßiges Auftauchen würde den völligen geistigen Verfall ihrer Mutter verhindern. Es gab, soviel Barbara wußte, zu diesem Dilemma keinerlei Literatur. Und selbst wenn sie versucht hätte, welche zu finden – was hätten ihr die Theorien irgendeines Sozialwissenschaftlers bringen können, der aus seiner Distanz heraus gut reden hatte? Dies war schließlich ihre Mutter. Sie konnte sie nicht einfach im Stich lassen.

Barbara drückte ihre Zigarette im Aschenbecher auf dem Küchentisch aus und zählte die Kippen, die sich bereits angesammelt hatten. Achtzehn Zigaretten hatte sie seit heute morgen geraucht. Sie mußte aufhören. Diese Raucherei war ungesund und ekelhaft. Sie zündete sich eine neue Zigarette an.

Von ihrem Stuhl aus konnte sie durch den Korridor bis zur Haustür sehen. Sie konnte rechts die Treppe sehen und links das Wohnzimmer. Unmöglich zu ignorieren, wie weit die Renovierung des Hauses bereits fortgeschritten war. Die Wände waren gestrichen. Neuer Teppich war gelegt worden. Die Installationen in Bad und Küche waren repariert oder ersetzt worden. Herd und Backofen waren sauberer als die letzten zwanzig Jahre. Nur das Linoleum mußte neu verlegt werden, und es fehlten noch Tapeten. Wenn diese beiden Dinge erledigt waren, konnte Barbara sich dem Äußeren des Hauses und dem Garten zuwenden.

Der Garten hinten war ein einziger Alptraum, der Garten vorn existierte nicht mehr. Und das Haus selbst brauchte grundlegende Reparaturen: Regenrinnen mußten ersetzt werden, Fenster- und Türrahmen gestrichen, Fenster geputzt, die vordere Haustür neu lackiert werden. Obwohl ihre Ersparnisse rapide schrumpften und ihre Zeit wegen ihrer beruflichen Tätigkeit begrenzt war, ging alles nach Plan, wenn auch langsam, vorwärts. Falls sie also nicht etwas unternahm, um den Gang der Dinge zu bremsen, würde sie sehr bald allein und ohne Haus dastehen.

Barbara wünschte sich diese Selbständigkeit, sagte sie sich jedenfalls. Sie war dreiunddreißig Jahre alt und hatte nie ein eigenes Leben, unabhängig von Familie und deren niemals endenden Bedürfnissen, geführt. Daß sie dies nun würde tun können, hätte eigentlich ein Grund zum Jubeln sein müssen; zum Jubel über die Befreiung aus der Knechtschaft. Aber aus irgendeinem Grund wollte sich dieses Gefühl nicht einstellen, genaugenommen seit jenem Tag nicht mehr, als sie ihre Mutter nach Greenford gefahren und einem neuen, geordneten Leben bei Mrs. Flo übergeben hatte.

Mrs. Flo hatte ihnen einen Empfang bereitet, der eigentlich alle Zweifel und Sorgen hätte beiseite wischen müssen. Am Geländer der schmalen Treppe hing ein Willkommensschild, und im Vorsaal waren Blumen. Oben, im Zimmer ihrer Mutter, drehte sich ein kleines Porzellankarussell zu den perlenden Tönen der Melodie von *Der Clou.*

»Ach Barbie, Barbie, schau doch!« hauchte ihre Mutter und sah entzückt dem Auf und Nieder der winzigen Pferde zu.

Auch im Schlafzimmer ihrer Mutter standen Blumen in einer hohen weißen Vase.

»Ich hab mir gedacht, es würde ihr guttun, wenn man ein bißchen Aufhebens macht«, sagte Mrs. Flo und strich sich mit beiden Händen über das Oberteil ihres feingestreiften Hemdblusenkleids. »Damit sie weiß, daß sie uns hier willkommen ist. Ich hab unten zum Kaffee gedeckt. Es ist zwar noch ein bißchen früh dafür, aber ich dachte, Sie würden vielleicht nicht viel Zeit haben und müßten bald wieder weg.«

Barbara nickte. »Ja, ich arbeite an einem Fall in Cambridge.« Sie sah sich im Zimmer um. Es war sauber, frisch und freundlich mit dem Fleckchen Sonnenlicht auf dem geblümten Teppich. »Vielen Dank«, sagte sie nur.

Mrs. Flo tätschelte ihr die Hand. »Machen Sie sich nur keine Sorgen um Ihre Mutter. Wir kümmern uns schon um sie, Barbie. Darf ich Sie Barbie nennen?«

Barbara wollte ihr sagen, daß niemand außer ihren Eltern sie je so genannt hatte, daß es ihr das Gefühl gab, ein Kind zu sein, das Fürsorge brauchte. Sie wollte sie eben verbessern und sagen: »Barbara, bitte«, als ihr klar wurde, daß sie damit die Illusion zerstören würde, daß dies ihr Zuhause war und diese Frauen – ihre Mutter, Mrs. Flo, Mrs. Salkild und Mrs. Pendlebury, von denen die eine blind war und die andere fast völlig verwirrt – eine Familie, in die man sie aufzunehmen anbot. Sie brauchte nur einzuwilligen. Und sie tat es.

Es war also weniger die Vorstellung, ihre Mutter auf Dauer im Stich zu lassen, die Barbara jetzt, da ihr Traum von Freiheit und Selbständigkeit der Verwirklichung immer näher rückte, bedrückte. Es war die Aussicht, wirklich allein zu sein.

Seit zwei Monaten war es nun so, daß sie abends, wenn sie nach Hause kam, sich um niemanden mehr zu kümmern brauchte. Jahrelang, während des langen Leidens ihres Vaters, hatte sie sich das sehnlichst gewünscht, und als sie nach seinem Tod mit ihrer kranken Mutter allein dagestanden hatte, hatte sie verzweifelt und, wie ihr schien, eine Ewigkeit angemessene und liebevolle Betreuung für diese gesucht. Nun, da sie allem Anschein nach genau das Richtige gefunden hatte – es gab bestimmt keine zweite Mrs. Flo auf Erden –, stand nicht mehr die Sorge um die Mutter im Mittelpunkt ihrer Pläne, sondern nun mußte sie sich um das Haus kümmern. Und wenn das Haus keine Aufmerksamkeit mehr von ihr verlangte, wenn es verkauft war, würde sie sich selbst ausgeliefert sein.

Allein, würde sie anfangen müssen, über ihre Isolation nachzudenken. Und wenn abends das *King's Arms* sich leerte und die Kollegen einer nach dem anderen gingen – MacPherson nach Hause zu seiner Frau und seinen fünf Kindern, Lynley zum Abendessen mit Helen, Nkata zu einer heißen Nacht mit einer seiner sechs, sich dauernd zankenden Freundinnen –, würde sie langsam zum U-Bahnhof St. James' Park trotten und mit den Füßen die Abfälle wegstoßen, die es ihr in den Weg blies. Sie würde bis Waterloo fahren, dort in die Northern Line umsteigen, sich einen Platz suchen und hinter der *Times* verstecken, Interesse an

Politik und Wirtschaft heucheln, um ihre wachsende Panik im Angesicht des Alleinseins zu bemänteln.

Es ist kein Verbrechen, sich so zu fühlen, sagte sie sich immer wieder. Dreiunddreißig Jahre lang warst du an der Kandare. Was soll man denn sonst fühlen, wenn der Druck plötzlich weg ist? Was empfinden Sträflinge, wenn sie auf freien Fuß gesetzt werden? Na, man könnte sich vielleicht befreit fühlen. Man könnte Freudensprünge machen, man könnte sich bei einem dieser schicken Friseure in Knightsbridge eine neue Frisur verpassen lassen.

Jede andere in ihrer Situation, meinte sie, steckte wahrscheinlich voller Pläne, würde wie verrückt arbeiten, um das Haus auf Vordermann zu bringen, um es endlich verkaufen und ein neues Leben anfangen zu können, das zweifellos nicht nur mit einer nagelneuen Garderobe beginnen würde, sondern auch mit einer körperlichen Rundumerneuerung dank Fitneßtrainer, einem plötzlichen Interesse an Make-up und einem Anrufbeantworter, der alle Nachrichten der zahllosen Bewunderer aufnahm, die nur darauf warteten, ihr Leben mit dem ihren zu verflechten.

Aber Barbara war immer schon zu pragmatisch gewesen. Sie wußte, daß Veränderungen sich langsam entwickelten, wenn überhaupt. Für sie bedeutete daher der Umzug nach Chalk Farm im Augenblick nicht mehr als fremde Geschäfte, an die sie sich gewöhnen mußte, fremde Straßen, mit denen sie sich vertraut machen mußte, fremde Nachbarn, die sie kennenlernen mußte. Dies alles würde sie allein schaffen müssen, ohne teilnehmenden Freund und Gefährten, der bereit und begierig war, sich von ihr erzählen zu lassen, was sich an diesem oder jenem Tag ereignet hatte.

In ihrem Leben hatte es allerdings noch nie einen teilnehmenden Freund oder Gefährten gegeben, auch ihre Eltern, die jeden Abend ungeduldig ihre Heimkehr erwartet hatten, waren es nicht gewesen. Dennoch, dreiunddreißig Jahre lang hatten ihre Eltern ihr Leben begleitet. Sie hatten ihr das Leben zwar nicht gerade leicht gemacht, ihr nie das Gefühl gegeben, sie habe noch eine verheißungsvolle Zukunft vor sich, aber sie waren dagewesen, und sie hatten sie gebraucht. Jetzt brauchte sie niemand mehr.

Sie wurde sich darüber klar, daß sie nicht so sehr das Alleinsein fürchtete als vielmehr die Möglichkeit, eine der Unsichtbaren zu werden, eine Frau, die für niemanden besonders wichtig war. Dieses Haus in Acton – ganz besonders, wenn sie ihre Mutter hierher zurückholte – würde ihr ersparen, erkennen zu müssen, daß sie in dieser Welt ein überflüssiges Wesen war, das wie alle anderen Menschen schlief und arbeitete, Nahrung zu sich nahm und wieder ausschied, sonst jedoch entbehrlich war. Wenn sie die Tür hinter sich abschloß, dem Immobilienmakler den Schlüssel übergab und ihres Weges ging, riskierte sie damit die Aufdeckung ihrer eigenen Bedeutungslosigkeit. Das wollte sie vermeiden, solange es ging.

Sie drückte ihre Zigarette aus, stand auf und streckte sich. Sie war hungrig und beschloß, zum Griechen zum Essen zu gehen. Souvlaki mit Reis, Dolmades und eine halbe Flasche von Aristides' nicht allzu üblem Wein. Aber zuerst der Müllbeutel vor der Hintertür. Sie nahm ihn hoch und trug ihn über die von Unkraut überwachsenen Steinplatten zu den Mülltonnen. Gerade als sie den Beutel hineinfallen ließ, begann im Haus das Telefon zu läuten.

»Ah, das ist bestimmt mein Traummann, der mich zum Essen einladen will«, brummte sie. Und dann: »Ja ja, ich komm ja schon«, als ließe der Anrufer Ungeduld spüren.

Beim achten Läuten war sie dort, hob den Hörer ab und hörte eine Männerstimme sagen: »Ah, gut. Sie sind da. Ich hatte schon Angst, ich würde Sie nicht erwischen.«

»Ja, wäre das nicht schrecklich gewesen?« fragte Barbara. »Ich wette, Sie tun keine Nacht ein Auge zu, seit wir getrennt sind.«

Lynley lachte. »Wie läuft der Urlaub, Sergeant?«

»Mehr recht als schlecht.«

»Sie brauchen Tapetenwechsel, um auf andere Gedanken zu kommen.«

»Kann schon sein. Aber irgendwie hab ich das Gefühl, Sie wollen mir da was überstülpen, was mir später vielleicht leid tut.«

»Wie wär's mit Cornwall?«

»Hey, das klingt gar nicht schlecht. Und wer zahlt?«

»Ich.«

»In Ordnung, Inspector. Wann fahre ich los?«

20

Es war Viertel vor fünf, als Lynley und St. James die kurze Einfahrt zum Pfarrhaus hinaufgingen. Es war kein Auto zu sehen, aber in einem der Räume des Hauses, es schien die Küche zu sein, brannte Licht. Und auch im ersten Stock war eines der Fenster erleuchtet. Sie konnten den Schattenriß einer Gestalt sehen, die sich hinter den Vorhängen bewegte. Neben der Haustür wartete eine Ladung Müll darauf, beseitigt zu werden. Sie schien größtenteils aus Zeitungen, leeren Putzmittelbehältern und schmutzigen Lappen zu bestehen. Von letzteren stieg ein starker Ammoniakgeruch auf.

Lynley läutete. St. James sah über die Straße und betrachtete mit nachdenklichem Stirnrunzeln die Kirche. »Ich vermute, sie wird im Archiv der Lokalzeitung kramen müssen, um einen Bericht über den Unfall zu finden, Tommy. Ich kann mir nicht denken, daß der Bischof von Truro Barbara mehr sagen wird, als sein Sekretär mir verraten hat. Immer vorausgesetzt, daß es ihr überhaupt gelingt, bis zu ihm vorzudringen. Er kann sie tagelang hinhalten, wenn er will, besonders wenn es tatsächlich etwas zu verbergen gibt und Glennaven ihn von unserem Besuch unterrichtet hat.«

»Havers wird das schon irgendwie deichseln. Ich trau ihr ohne weiteres zu, daß sie auch einen Bischof in die Zange nimmt.« Lynley läutete wieder.

»Aber ob Truro irgendwelche unvorteilhaften Neigungen von Sage zugeben wird ...«

»Ja, das ist ein Problem. Aber unvorteilhafte Neigungen sind nur eine Möglichkeit. Es gibt Dutzende anderer, wie wir bereits festgestellt haben. Wenn Havers irgend etwas Fragwürdiges aufdecken sollte, ganz gleich, was es ist, haben wir wenigstens einen besseren Ansatzpunkt als jetzt.« Lynley spähte durch das Küchenfenster. Das Licht, das nach draußen fiel, kam von einer kleinen Lampe über dem Herd. Der Raum war leer. »Ben Wragg hat uns doch gesagt, es gebe hier eine Haushälterin, nicht wahr?« Er läutete ein drittes Mal.

Endlich hörten sie eine Stimme hinter der Tür, zaghaft und leise. »Wer ist da, bitte?«

»Scotland Yard«, antwortete Lynley. »Ich habe einen Ausweis, wenn Sie ihn sehen möchten.«

Die Tür wurde einen Spalt geöffnet und sofort wieder geschlossen, nachdem Lynley seinen Dienstausweis durch den Spalt gereicht hatte. Nahezu eine Minute verging. Auf der Straße ratterte ein Traktor vorbei. Am Rand des Parkplatzes vor der Kirche stiegen sechs Jugendliche in Schuluniformen aus dem Schulbus, der dann den Hang hinauf weiterfuhr.

Die Tür wurde wieder geöffnet. Eine Frau stand auf der Schwelle. Sie hatte den Dienstausweis in der einen Hand und hielt mit der anderen den Rollkragen ihres Pullovers zusammen, als hätte sie Angst, er bedeckte sie sonst nicht ausreichend. Ihr Haar – lang und kraus, so abstehend, daß es aussah wie elektrisch geladen – verbarg mehr als die Hälfte ihres Gesichts. Die Schatten verbargen den Rest.

»Der Pfarrer ist tot«, sagte sie undeutlich. »Er ist letzten Monat gestorben. Der Constable hat ihn auf dem Fußweg gefunden. Er hatte etwas Schlechtes gegessen. Es war ein Unfall.«

Sie erzählte ihnen das, als hätte sie keine Ahnung davon, daß New Scotland Yard bereits seit vierundzwanzig Stunden im Dorf die Spuren dieses Todesfalls verfolgte. Es war schwer zu glauben, daß sie noch nicht davon gehört haben sollte, zumal sie, wie Lynley erkannte, als er sie musterte, am vergangenen Abend, als St. John Townley-Young ins *Crofters Inn* gekommen war, mit einem männlichen Begleiter in der Gaststube gesessen hatte. Und eben den Mann, mit dem sie zusammengesessen hatte, hatte Townley-Young angegangen.

Sie machte keine Anstalten, sie hereinzulassen. Doch sie zitterte vor Kälte, und als Lynley abwärts blickte, sah er, daß ihre Füße nackt waren. Und er sah, daß sie eine lange Hose in feinem Fischgrätenmuster anhatte.

»Können wir einen Moment hereinkommen?«

»Es war ein Unfall«, sagte sie. »Das weiß jeder.«

»Wir bleiben nicht lange. Und Sie sollten nicht hier in der Kälte stehen.«

Sie zog den Kragen ihres Pullovers fester zusammen. Sie sah von Lynley zu St. James und wieder zu Lynley, ehe sie von der Tür zurücktrat und sie ins Haus ließ.

»Sie sind die Haushälterin?« fragte Lynley.

»Polly Yarkin«, antwortete sie.

Lynley stellte ihr St. James vor und sagte dann: »Können wir Sie einen Augenblick sprechen?« Er hatte das merkwürdige Gefühl, sehr sanft mit ihr sein zu müssen, ohne genau zu wissen, warum. Sie wirkte irgendwie verschreckt und gebrochen. Sie machte den Eindruck, als wollte sie jeden Moment auf und davon laufen.

Sie führte sie in das Wohnzimmer, wo sie auf den Schalter einer Stehlampe drückte, ohne daß etwas geschah. »Da ist anscheinend die Birne hinüber«, sagte sie und ließ sie allein.

Im schwindenden Licht des frühen Abends konnten Lynley und St. James sehen, daß alles, was der Pfarrer möglicherweise an persönlicher Habe besessen hatte, verschwunden war. Zurückgeblieben waren ein Sofa, ein Sitzkissen und zwei Sessel, dies alles um einen Couchtisch gruppiert. An der Wand war ein deckenhohes Bücherregal, allerdings ohne Bücher. Auf dem Boden daneben lag irgend etwas Glitzerndes. Lynley ging es sich ansehen.

St. James trat zum Fenster und schob die Vorhänge beiseite. »Nicht viel zu sehen da draußen. Die Büsche sehen übel aus. Auf der Treppe stehen Pflanzen«, sagte er mehr zu sich selbst.

Lynley hob eine kleine silberne Kugel auf, die zersprungen auf dem Teppich lag. Rundherum verstreut lagen verschrumpelte Schnipsel irgendeiner Substanz, vielleicht vertrocknete Überreste einer Frucht. Er hob auch eines dieser Schnipsel auf. Es hatte keinen Geruch, und seine Beschaffenheit erinnerte an getrockneten Schwamm. Die Kugel hing an einer passenden silbernen Kette, deren Verschluß beschädigt war.

»Ach, das ist meine.« Polly Yarkin war mit einer Glühbirne in der Hand zurückgekommen. »Ich hab mich schon gefragt, wo sie hingekommen ist.«

»Was ist das denn?«

»Ein Amulett. Für die Gesundheit. Meine Mutter will, daß ich es trage. Albern. Wie Knoblauch. Aber das darf man meiner Mutter nicht sagen. Sie glaubt fest an solche Talismane.«

Lynley reichte ihr die Kette und die kleine Kugel. Sie gab ihm seinen Dienstausweis zurück. Ihre Finger waren fiebrig heiß. Sie ging zur Stehlampe, wechselte die Birne aus, schaltete die Lampe ein und zog sich dann hinter einen der Sessel zurück. Dort blieb sie stehen, die Hände auf seiner Rückenlehne.

Lynley ging zum Sofa. St. James gesellte sich zu ihm. Mit einer Kopfbewegung forderte Polly sie auf, Platz zu nehmen, obwohl klar war, daß sie selbst nicht die Absicht hatte, sich zu setzen. Lynley wies auf den Sessel, sagte: »Wir halten Sie nicht lange auf«, und wartete darauf, daß sie hinter dem Sessel hervortreten würde.

Sie tat es widerstrebend, eine Hand weiterhin auf seiner Rückenlehne, als wollte sie sich gleich wieder hinter ihn zurückziehen. Sitzend war sie im Licht, und es schien, daß sie vor allem das Licht und weniger ihre Gesellschaft am liebsten gemieden hätte.

Zum erstenmal sah er, daß die Hose, die sie anhatte, zu einem Herrenanzug gehörte. Sie war viel zu lang. Sie hatte sie unten hochgekrempelt.

»Sie hat dem Pfarrer gehört«, erklärte sie zögernd. »Ich glaube, da hätte niemand was dagegen. Ich bin vorhin auf der Hintertreppe gestolpert und hab mir den Rock zerrissen. So was Dummes, ich bin wirklich ungeschickt.«

Er hob seinen Blick zu ihrem Gesicht. Ein brennend roter Striemen zog sich hinter dem schützenden Schleier ihres Haars hervor über ihr Gesicht bis zu ihrem Mundwinkel.

»Furchtbar ungeschickt«, sagte sie wieder und lachte ein wenig. Es klang nicht überzeugend. »Dauernd ecke ich irgendwo an. Meine Mutter hätte mir lieber ein Amulett schenken sollen, das mich sicher auf den Beinen hält.«

Sie schob ihr Haar noch ein wenig weiter vor. Lynley fragte sich, was sie noch zu verbergen suchte. Die Haut des Stücks Stirn, das er sehen konnte, glänzte; Schweiß, von Nervosität oder Unwohlsein hervorgerufen. Es war nicht so warm im Haus, daß das Schwitzen eine andere Ursache hätte haben können.

»Geht es Ihnen nicht gut?« fragte er. »Sollen wir vielleicht einen Arzt für Sie rufen?«

Sie rollte die aufgeschlagenen Hosenbeine herunter und zog den Stoff über ihre Füße. »Ich war seit zehn Jahren nicht mehr beim Arzt. Ich bin nur hingefallen. Ich hab mir nichts getan.«

»Aber wenn Sie sich den Kopf angeschlagen haben ...«

»Ach, ich bin nur mit dem Gesicht in die blöde Tür gerannt.« Sie lehnte sich tiefer in den Sessel und legte ihre Hände auf seine Armlehnen. Es war eine langsame und bedächtige Bewegung, als müßte sie sich erst ins Gedächtnis rufen, wie man zu sitzen und sich zu benehmen hatte, wenn Besuch da war. Aber irgendwie hatte man das Gefühl – vielleicht lag es an der mechanischen Bewegung ihrer Arme oder an dem Eindruck, daß es sie Mühe kostete, ihre gekrümmten Finger auf der Armlehne auszustrecken –, daß sie nur den einen Wunsch hatte, sich zusammenzukrümmen und sich selbst in die Arme zu schließen, bis irgendein innerer Schmerz nachließ. Als weder Lynley noch St. James gleich etwas sagten, bemerkte sie: »Die Leute vom Kirchenvorstand haben gesagt, ich soll das Haus sauberhalten, damit jederzeit ein neuer Pfarrer einziehen kann. Ich hab geputzt. Manchmal mach ich ein bißchen zuviel und bin dann hinterher ziemlich fertig.«

»Sie kommen immer noch regelmäßig hierher, obwohl der Pfarrer tot ist?« Das schien einigermaßen unwahrscheinlich. So groß war das Haus nicht.

»Ja, wissen Sie, es braucht schon seine Zeit, alles zu ordnen und sauberzumachen, wenn jemand gestorben ist.«

»Sie haben gute Arbeit geleistet.«

»Na ja, sie wollen doch immer das Pfarrhaus sehen, die Neuen, meine ich. Das hilft ihnen, sich zu entscheiden, wenn ihnen die Stelle angeboten wird.«

»War das mit Mr. Sage auch so? Hat er sich das Pfarrhaus angesehen, ehe er die Stelle annahm?«

»Ihm war es gleich, wie es aussah. Ich denke, das kam, weil er keine Familie hatte, da spielte das Haus keine große Rolle. Er war ja ganz allein.«

»Hat er mal von einer Ehefrau gesprochen?« fragte St. James.

Polly nahm den Talisman in die Hand, der in ihrem Schoß lag. »Von einer Ehefrau? Hat er denn daran gedacht, zu heiraten?«

»Er ist verheiratet gewesen. Er war Witwer.«

»Das hat er mir nie gesagt. Ich dachte ... Na ja, ich hatte nicht den Eindruck, daß er an Frauen großes Interesse hatte.«

Lynley und St. James tauschten einen Blick. Lynley sagte: »Wie meinen Sie das?«

Polly schloß die Finger um den Talisman und legte ihre Hand wieder auf die Armlehne des Sessels. »Er war zu den Frauen, die die Kirche saubergemacht haben, nie anders als zu den Burschen, die die Glocken geläutet haben. Ich dachte immer ... Ich dachte, na ja, vielleicht ist der Pfarrer zu heilig. Vielleicht denkt er gar nicht an Frauen und so was. Er hat ja viel in der Bibel gelesen. Und gebetet. Er hat mich oft aufgefordert, mit ihm zusammen zu beten. Kommen Sie, liebe Polly, hat er immer gesagt, beginnen wir den neuen Tag mit einem Gebet.«

»Und was war das für ein Gebet?«

»Gott hilf uns deinen Willen erkennen und den Weg finden.«

»Das war das ganze Gebet?«

»Es war die Hauptsache. Es war schon ein bißchen länger. Ich hab eigentlich nie gewußt, welchen Weg ich finden sollte.« Ihr Mund verzog sich zu einem flüchtigen Lächeln. »Vielleicht den Weg zum guten Kochen. Aber er hat sich nie über meine Küche beschwert, der Pfarrer. Er sagte oft, Sie kochen wie der heilige Sowieso, liebe Polly. Ich weiß nicht mehr, wer es war. Der heilige Michael? Hat der gekocht?«

»Ich glaube, er hat gegen den Teufel gekämpft.«

»Ach so. Na ja. Ich bin nämlich nicht fromm, wissen Sie. Ich meine fromm in dem Sinn, daß ich in die Kirche gehe und so. Aber der Pfarrer hat das nicht gewußt.«

»Wenn er Ihre Küche so gut fand, muß er Ihnen doch gesagt haben, daß er an dem Abend, an dem er dann starb, zum Abendessen nicht zu Hause sein würde.«

»Er hat mir nur gesagt, daß ich ihm nichts zu richten brauchte. Ich hab nicht gewußt, daß er weggehen wollte. Ich hab nur gedacht, er fühlte sich vielleicht nicht wohl.«

»Warum?«

»Na ja, er hatte sich den ganzen Tag in seinem Schlafzimmer vergraben und hat mittags überhaupt nichts gegessen. Nur einmal kam er raus, so um die Nachmittagsteezeit, und hat im Arbeitszimmer telefoniert, aber dann ist er gleich wieder in sein Zimmer gegangen.«

»Um welche Zeit war das?«

»So gegen drei, würde ich sagen.«

»Haben Sie das Gespräch gehört?«

Sie öffnete ihre Hand und blickte auf das Amulett. Dann krümmte sie wieder die Finger darum. »Ich hab mir ein bißchen Sorgen um ihn gemacht. Es war sonst gar nicht seine Art, nichts zu essen.«

»Sie haben das Gespräch also gehört.«

»Nur einen kleinen Teil. Und nur, weil ich mir Sorgen gemacht hab. Ich meine, ich hab nicht absichtlich gelauscht. Wissen Sie, der Pfarrer hat schlecht geschlafen. Morgens war sein Bett immer so zerwühlt, als hätte er die ganze Nacht mit dem Bettzeug gekämpft. Und er ...«

Lynley beugte sich vor und stützte seine Ellbogen auf seine Knie. Er sagte: »Es ist schon in Ordnung, Polly. Sie hatten die besten Absichten. Niemand wird Sie dafür verurteilen, daß Sie an einer Tür gelauscht haben.«

Sie sah nicht überzeugt aus. Mißtrauen flackerte in ihren Augen, die rasch von Lynley zu St. James und dann wieder zu Lynley wanderten.

»Was sagte er?« fragte Lynley. »Mit wem hat er gesprochen?«

»Niemand kann beurteilen, was damals geschehen ist. Niemand kann wissen, was heute das Rechte ist. Das liegt allein in Gottes Hand.«

»Wir sind nicht hier, um zu urteilen. Das ist ...«

»Nein, nein«, unterbrach Polly. »Das ist das, was ich gehört habe. Was der Pfarrer am Telefon gesagt hat. Niemand kann beurteilen, was damals geschehen ist. Niemand kann wissen, was heute das Rechte ist. Das liegt allein in Gottes Hand.«

»Und war das der einzige Anruf, den er an dem Tag gemacht hat?«

»Soviel ich weiß, ja.«

»War er zornig? Hat er mit erhobener Stimme gesprochen?«

»Er klang eigentlich hauptsächlich müde.«

»Und danach haben Sie ihn nicht mehr gesehen?«

Sie schüttelte den Kopf. Danach, sagte sie, hätte sie ihm den Tee ins Arbeitszimmer gebracht und festgestellt, daß er schon wieder in sein Schlafzimmer gegangen war. Sie folgte ihm dorthin und klopfte an die Tür, um ihm den Tee anzubieten, den er ablehnte.

»Ich hab gesagt, Sie haben den ganzen Tag keinen Bissen gegessen, Herr Pfarrer, und Sie müssen etwas essen, und ich gehe erst wieder, wenn Sie etwas von dem Toast genommen haben. Da hat er endlich die Tür aufgemacht. Er war angezogen, und das Bett war gemacht, aber ich wußte gleich, was er getan hatte.«

»Was denn?«

»Er hatte gebetet. Er hatte einen kleinen Betstuhl in einer Ecke vom Zimmer – mit einer Bibel darauf. Und da war er gewesen.«

»Woher wissen Sie das?«

Zur Erklärung rieb sie mit den Fingern ihr Knie. »Die Hose. Da am Knie war keine Bügelfalte mehr. Und hinten war sie vom Knien zerknittert.«

»Was sagte er zu Ihnen?«

»Ich wäre eine gute Seele, aber ich sollte mir keine Sorgen machen. Ich fragte ihn, ob er krank sei. Er sagte nein.«

»Haben Sie ihm geglaubt?«

»Ich hab gesagt, Sie übernehmen sich mit diesen Reisen nach London, Herr Pfarrer. Er war gerade am Tag vorher zurückgekommen, wissen Sie. Und jedesmal, wenn er nach London gefahren ist, sah er hinterher ein bißchen schlechter aus als beim Mal davor. Und jedesmal, wenn er in London war, kam er nach Hause und hat gebetet. Manchmal hab ich mich wirklich gefragt ... Na ja, was er da wohl in London tat, daß er immer so müde und abgespannt zurückkam. Er ist natürlich mit dem Zug gefahren, und da hab ich mir gedacht, vielleicht ist es einfach die Anstrengung von der Reise und so.«

»Wo in London hatte er denn zu tun, wissen Sie das?«

Nein, das wußte Polly nicht. Sie konnte ihnen auch nicht

sagen, was er in London zu tun gehabt hatte. Ob seine Reisen dienstlicher oder privater Natur waren, hatte der Pfarrer für sich behalten. Das einzige, was Polly ihnen mit Sicherheit sagen konnte, war, daß er in einem Hotel nicht weit vom Euston Bahnhof abzusteigen pflegte. Immer im selben Hotel. Daran erinnerte sie sich. Ob sie den Namen wissen wollten?

Ja, wenn sie ihn hätte.

Sie wollte aufstehen und schnappte wie überrascht nach Luft, als ihr das Schwierigkeiten bereitete. Sie vertuschte einen kleinen Aufschrei mit einem Hüsteln. Aber er konnte die Tatsache, daß sie Schmerzen hatte, kaum vertuschen.

»Entschuldigen Sie«, sagte sie. »Dieser Sturz war wirklich blöd. Ich hab mir richtig weh getan. Wie kann man nur so ungeschickt sein.« Sie rutschte im Sessel nach vorn und stemmte sich in die Höhe, als sie die Sesselkante erreicht hatte.

Lynley beobachtete sie stirnrunzelnd. Wieder fiel ihm auf, wie sie den Kragen ihres Pullovers mit beiden Händen an ihrem Hals zusammenhielt. Sie richtete sich nicht gerade auf. Als sie ging, schonte sie ihr rechtes Bein.

»Wer war heute bei Ihnen, Polly?« fragte er unvermittelt.

Sie blieb abrupt stehen. »Niemand. Jedenfalls erinnere ich mich nicht.« Sie tat so, als dächte sie angestrengt nach, krauste die Stirn und starrte zum Teppich hinunter, als könnte der ihr Antwort geben. »Nein. Keine Menschenseele.«

»Das glaube ich Ihnen nicht. Sie sind gar nicht gestürzt, nicht wahr?«

»Doch. Hinten draußen.«

»Wer war es? War Mr. Townley-Young bei Ihnen? Wollte er mit Ihnen über die Zwischenfälle oben im Herrenhaus sprechen?«

Sie schien ehrlich überrascht. »Im Herrenhaus? Nein!«

»Dann vielleicht über gestern abend? Über den Mann, mit dem Sie im Pub waren? Das ist sein Schwiegersohn, nicht wahr?«

»Nein. Ich meine, ja, es ist sein Schwiegersohn. Es war Brendan, ja. Aber Mr. Townley-Young war nicht hier.«

»Wer dann ...«

»Ich bin gestürzt. Ich hab mich angeschlagen. Ich muß eben in Zukunft ein bißchen vorsichtiger sein.« Sie ging aus dem Zimmer.

Lynley stand auf und ging zum Fenster, von dort zum Bücherregal, dann wieder zurück zum Fenster. Ein kleiner Heizkörper zischte darunter, unaufhörlich und irritierend. Er versuchte, den Knopf zu drehen. Der schien festzusitzen. Er umfaßte ihn fester, versuchte es mit Gewalt, verbrannte sich die Hand und fluchte.

»Tommy.«

Er drehte sich nach St. James herum, der ruhig auf dem Sofa saß. »Wer?«

»Vielleicht wär es wichtiger zu fragen, warum?«

»Warum? Um Himmels willen ...«

St. James' Stimme war leise und völlig ruhig. »Halte dir die Situation vor Augen. Plötzlich trifft Scotland Yard ein und fängt an, Fragen zu stellen. Es wird von allen erwartet, daß sie sich an die bereits etablierte Version halten. Vielleicht wollte Polly das nicht. Vielleicht weiß das jemand.«

»Herrgott noch mal, darum geht's doch gar nicht, St. James. Sie ist geschlagen worden. Jemand hat sie ...«

»Aber sie will nicht darüber sprechen. Vielleicht hat sie Angst. Vielleicht will sie auch jemanden schützen. Wir wissen es nicht. Die wesentlichere Frage ist doch im Augenblick, ob das, was ihr zugestoßen ist, mit Robin Sages Tod in Zusammenhang steht.«

»Du redest wie Barbara Havers.«

»Irgend jemand muß es ja tun.«

Polly kehrte mit einem Zettel in der Hand zurück. »Hamilton House«, sagte sie. »Die Telefonnummer ist auch dabei.«

Lynley steckte den Zettel ein. »Wie oft war Mr. Sage in London?«

»Viermal, vielleicht auch fünfmal. Ich kann in seinem Terminkalender nachsehen, wenn Sie es genau wissen wollen.«

»Sein Terminkalender ist noch hier?«

»Alle seine Sachen sind hier. In seinem Testament stand, daß alle seine Sachen einem wohltätigen Verein übergeben werden sollen, aber es stand nicht dabei, welchem. Die Leute vom Kirchenvorstand haben gesagt, ich soll schon mal alles einpacken, sie würden dann bestimmen, wohin die Sachen gehen sollen. Möchten Sie sie mal durchsehen?«

»Wenn das möglich ist.«

»Im Arbeitszimmer.«

Sie führte sie wieder durch den Korridor, an der Treppe vorbei. Sie hatte an diesem Tag offenbar den Teppich gereinigt; Lynley fielen feuchte Flecken auf, die er beim Eintritt ins Haus nicht gesehen hatte: Von der Tür führten sie in einer unregelmäßigen Spur bis zur Treppe, wo auch eine der Wände gewaschen worden war. Unter einem Blumenständer gegenüber der Treppe lag ein bunter Stoffetzen. Während Polly weiterging, ohne ihn zu sehen, hob Lynley ihn auf. Es war ein dünner Stoff, Gaze ähnlich, von goldschimmernden Metallfäden durchzogen. Er erinnerte ihn an die indischen Kleider und Röcke, die er häufig auf Märkten gesehen hatte. Nachdenklich drehte er den Stoffstreifen um seinen Finger, bemerkte eine ungewöhnliche Steifheit und hielt ihn gegen das Deckenlicht, das Polly gerade eingeschaltet hatte. Der Stoff hatte mehrere große rostrote Flecken. An den Rändern war der Stoffstreifen ausgefranst, also von einem größeren Stück Stoff abgerissen und nicht abgeschnitten worden. Lynley war nicht sonderlich überrascht. Er steckte das Stück Stoff ein und folgte St. James in das Arbeitszimmer des Pfarrers.

Polly stand neben dem Schreibtisch. Sie hatte die Tischlampe angeknipst, sich jedoch so gestellt, daß ihr Haar ihr Gesicht beschattete. Überall im Zimmer standen zugeklebte und mit Etiketten versehene Kartons; nur einer von ihnen war offen. Er enthielt Kleider, ihm hatte Polly offensichtlich die Hose entnommen, die sie trug.

Lynley sagte: »Er scheint ja eine Menge Dinge gehabt zu haben.«

»Ja, aber nichts wirklich Wertvolles. Er konnte sich nur nie von den Dingen trennen. Immer wenn ich etwas wegwerfen wollte, mußte ich es ihm erst auf den Schreibtisch legen und ihn entscheiden lassen. Die meisten Sachen behielt er, besonders alles, was mit London zu tun hatte. Die Eintrittskarten für die Museen, die U-Bahnfahrscheine. Als wären es Souvenirs. Er hat alles mögliche gesammelt. Manche Leute sind so, nicht wahr?«

Lynley ging von Karton zu Karton und las die Etiketten. *Bücher, Toilette, Gemeindeangelegenheiten, Wohnzimmer, Amtsgewänder, Schuhe, Arbeitszimmer, Schreibtisch, Schlafzimmer, Predigten, Briefe, Zeitschriften, Verschiedenes* ... »Was ist in dem Karton?« fragte er, sich auf den letzten beziehend.

»Sachen aus seinen Taschen und so. Theaterprogramme zum Beispiel.«

»Und der Terminkalender? Wo finde ich den?«

Sie wies auf die Kartons mit den Etiketten *Arbeitszimmer, Schreibtisch* und *Bücher*. Es waren mindestens ein Dutzend Kartons. Lynley schob sie erst einmal auf die Seite, um besser an sie heranzukommen. Er sagte: »Wer hat außer Ihnen noch die Sachen des Pfarrers durchgesehen?«

»Niemand«, antwortete sie. »Die Leute vom Kirchenvorstand haben mir gesagt, ich soll alles einpacken und verschließen und etikettieren, aber sie haben sich noch nichts angesehen. Ich vermute, sie werden den Karton mit den Gemeindesachen behalten wollen, nicht wahr, und vielleicht wollen sie auch die Predigten dem neuen Pfarrer übergeben. Die Kleider können dafür ...«

»Und bevor Sie die Sachen eingepackt haben?« fragte Lynley. »Wer hat sich die Sachen da angesehen?«

Sie zögerte. Sie stand neben ihm. Er roch ihren Schweiß, der sich in der Wolle ihres Pullovers festgesetzt hatte.

»Ich meine, nach dem Tod des Pfarrers«, erläuterte Lynley, »während des Ermittlungsverfahrens, hat da jemand seine Sachen durchgesehen?«

»Der Constable«, antwortete sie.

»Hat er sich die Sachen allein angesehen? Oder waren Sie dabei? Oder vielleicht sein Vater?«

Sie fuhr sich mit der Zunge über die Oberlippe. »Ich hab ihm immer Tee gebracht. Jeden Tag. Ich war mal drinnen und mal draußen.«

»Er hat also allein gearbeitet?« Als sie nickte, sagte er: »Ich verstehe«, und öffnete den ersten Karton, während St. James sich einen anderen vornahm. Er sagte: »Maggie Spence war oft hier im Pfarrhaus, wie ich gehört habe. Der Pfarrer hatte sie offenbar sehr gern.«

»Ja, ich glaub, schon.«

»Waren die beiden meistens allein?«

»Allein?«

»Der Pfarrer und Maggie. Waren sie hier meistens allein? Im Wohnzimmer? Oder in einem anderen Raum? Oben?«

Polly sah sich im Zimmer um, als suchte sie die Erinnerung. »Meistens hier, würde ich sagen.«

»Allein?«

»Ja.«

»War die Tür offen oder geschlossen?«

Sie ging daran, einen der Kartons zu öffnen. »Geschlossen. Meistens.« Ehe Lynley eine weitere Frage stellen konnte, fuhr sie fort: »Die zwei haben gern miteinander geredet. Über die Bibel. Die Bibel war ihr ein und alles. Ich hab ihnen immer den Tee gebracht. Er saß da in dem Sessel ...«, sie wies auf einen Polstersessel, auf dem jetzt drei weitere Kartons gestapelt waren ... »und Maggie da auf dem Hocker. Vor dem Schreibtisch.«

Diskrete anderthalb Meter entfernt, stellte Lynley fest. Er hätte gern gewußt, wer den Hocker dort hingestellt hatte: Sage, Maggie oder Polly. Er sagte: »Hat der Pfarrer auch von anderen jungen Leuten aus der Gemeinde Besuch bekommen?«

»Nein. Nur von Maggie.«

»Fanden Sie das ungewöhnlich? Soviel ich weiß, gab es doch eine Jugendgruppe. Mit den anderen hat er sich nie privat getroffen?«

»Gleich am Anfang, als er herkam, war in der Kirche eine Versammlung für die Jugendlichen. Da haben sie die Gruppe gegründet. Ich hab Brötchen gebacken dafür. Das weiß ich noch.«

»Aber hier ins Haus kam immer nur Maggie? Und ihre Mutter?«

»Mrs. Spence?« Polly kramte in den Sachen in dem Karton, studierte eingehend die enthaltenen Papiere. »Mrs. Spence war nie hier.«

»Hat sie angerufen?«

Polly ließ sich die Frage durch den Kopf gehen. Ihr gegenüber sah St. James ein Bündel Papiere und Flugblätter durch.

»Einmal. Abends. Maggie war noch hier. Sie sagte, sie solle sofort nach Hause kommen.«

»War sie böse?«

»Wir haben nur kurz miteinander gesprochen. Ich kann es nicht sagen. Sie fragte nur, ob Maggie da sei, ein bißchen kurz und aufgebracht vielleicht. Ich hab ja gesagt und hab Maggie geholt. Dann hat Maggie mit ihr am Telefon gesprochen, eigentlich nur ja, Mom, und nein, Mom, und dann ist sie nach Hause gegangen.«

»War sie aufgeregt oder ängstlich?«

»Ein bißchen blaß war sie und wollte sofort los. So, als sei sie bei was Verbotenem erwischt worden. Sie hat den Pfarrer gern gemocht, und er hat sie auch gern gemocht. Aber ihre Mutter war damit nicht einverstanden. Deshalb hat Maggie ihn heimlich besucht.«

»Und ihre Mutter kam dahinter. Wie denn?«

»Die Leute. Sie sehen alles. Und dann reden sie. In einem Dorf wie Winslough gibt es keine Geheimnisse.«

Das nun schien Lynley eine höchst leichtfertige Behauptung zu sein. Soweit er bisher erfahren hatte, schien es in Winslough Geheimnisse in Hülle und Fülle zu geben, und beinahe alle hatten mit dem Pfarrer, Maggie, dem Constable und Juliet Spence zu tun.

»Suchen wir das hier?« fragte St. James und hielt einen kleinen Terminkalender in schwarzem Plastikumschlag mit einem Spiralrücken hoch. Er reichte Lynley das Büchlein und fuhr fort, in dem Karton zu kramen, den er geöffnet hatte.

»Dann laß ich Sie jetzt allein«, sagte Polly. Wenig später hörten sie, daß sie in der Küche Wasser in einen Topf laufen ließ.

Lynley setzte seine Brille auf und blätterte den Terminkalender vom Dezember an nach rückwärts durch. Unter dem Dreiundzwanzigsten war ein Vermerk über die Townley-Young-Trauung, unter dem Zweiundzwanzigsten stand *Power/Townley-Young, halb elf*, aber das Abendessen mit Juliet

Spence am selben Tag war nicht eingetragen. Doch für den Vortag gab es einen Eintrag. Der Name *Yanapapoulis* zog sich diagonal über die ganze Seite.

»Wann ist Deborah ihm begegnet?« fragte Lynley.

»Als wir beide in Cambridge waren. Im November. Es war ein Donnerstag. Kann es so um den Zwanzigsten gewesen sein?«

Lynley blätterte weiter. Die Seiten waren gefüllt mit Anmerkungen zum Leben des Pfarrers. Versammlungen der Altargesellschaft, Besuche bei Kranken, Zusammentreffen der Jugendgruppe, Taufen, drei Beerdigungen, zwei Hochzeiten, Gespräche, die nach Eheberatung rochen, Besprechungen mit dem Kirchenvorstand, zwei geistliche Veranstaltungen in Bradford.

Das, was er suchte, fand er unter Donnerstag, dem Sechzehnten. *SD*, stand da in der Rubrik *Dreizehn Uhr*. Von dort führte die Spur jedoch nicht weiter zurück. Auf den nachfolgenden Seiten bis zum Tag von Sages Ankunft in Winslough tauchten alle möglichen Namen in dem Kalender auf, Vornamen oder auch Nachnamen. Doch es war unmöglich zu erkennen, ob sie Gemeindemitgliedern gehörten oder mit Sages Geschäften in London zu tun hatten.

Er sah auf. »SD«, sagte er zu St. James. »Sagt dir das etwas?«

»Irgend jemandes Initialen.«

»Möglich. Nur hat er sonst an keiner Stelle Initialen eingetragen. Immer sind es vollständige Namen. Was wäre daraus zu schließen?«

»Eine Organisation?« St. James machte ein nachdenkliches Gesicht. »Die Nazis fallen mir ein.«

»Robin Sage ein Neonazi? Heimlicher Skinhead?«

»Oder der Geheimdienst?«

»Robin Sage, der neue James Bond?«

»Nein, dann wäre es MI5 oder 6, nicht? Oder SIS.« St. James begann, die Sachen, die er aus dem Karton genommen hatte, wieder einzupacken. »Außer dem Terminkalender war ja nichts Aufregendes zu finden. Briefpapier, Visitenkarten – seine eigenen, Tommy –, Teile einer Predigt über die Lilien auf dem Felde, Tinte, Stifte, Gartenbücher, zwei Päckchen Tomatensamen, ein Hefter mit Korrespondenz voller Entlassungs- und Bewerbungsschreiben. Eine Bewerbung an ...« St. James runzelte die Stirn.

»Was denn?«

»Cambridge. Nur teilweise ausgefüllt. Doktor der Theologie.«

»Und?«

»Das ist es nicht. Es ist die Bewerbung. Das Formular, nur teilweise ausgefüllt. Das hat mich daran erinnert, was Deborah und ich – und dabei fällt mir ein, was es bedeuten könnte. Wie wär's mit Sozialdienst?«

Lynley sah den Bezug zu St. James' persönlichem Leben. »Er wollte ein Kind adoptieren?«

»Oder ein Kind unterbringen?«

»Du lieber Gott. Maggie?«

»Vielleicht fand er Juliet Spence als Mutter untauglich.«

»Das hätte sie zur Gewalt treiben können, ja.«

»Es ist auf jeden Fall eine Überlegung wert.«

»Aber in der Richtung hat es doch nicht einmal eine Andeutung gegeben – von keinem hier.«

»Das ist bei Mißhandlungen meistens so. Du weißt, wie das läuft. Das Kind ist voller Mißtrauen und hat Angst, sich jemandem anzuvertrauen. Wenn es schließlich doch jemanden findet, dem es vertraut ...« St. James schloß die Klappen des Kartons und drückte das Klebeband wieder fest.

»Wir haben Robin Sage vielleicht in ganz falschem Licht betrachtet«, sagte Lynley. »Diese vielen Zusammentreffen mit Maggie allein. Da ging es vielleicht gar nicht um Verführung, sondern um das Bemühen, die Wahrheit herauszubekommen.« Lynley setzte sich in den Schreibtischsessel und legte den Terminkalender nieder. »Aber das sind zwecklose Spekulationen. Wir wissen nicht genug. Wir wissen nicht einmal, wann er in London war, weil aus dem Terminkalender nicht hervorgeht, *wo* er war. Der Kalender enthält zwar Namen und Zeiten, aber abgesehen von Bradford wird niemals ein Ort genannt.«

»Aber er hat sich die Quittungen aufgehoben«, sagte Polly Yarkin von der Tür her. Sie hatte ein Tablett mit einer Teekanne, zwei Tassen und einem zerdrückten Päckchen Schokoladenbiskuits in den Händen. »Die Hotelquittungen. Die hat er aufgehoben. Da können Sie doch die Daten vergleichen.«

Sie fanden den Hefter mit Robin Sages Hotelquittungen im dritten Karton, mit dem sie ihr Glück versuchten. Fünfmal war er diesen Unterlagen zufolge in London gewesen, das erste Mal im Oktober, dem Tag, der in seinem Terminkalender mit dem Namen Yanapapoulis markiert war. Lynley verglich die Daten der Quittungen mit den entsprechenden Eintragungen im Terminkalender, doch das brachte ihm lediglich drei weitere Hinweise ein, die halbwegs verheißungsvoll aussahen: den Namen *Kate*, der am elften Oktober, also bei Sages erstem Londoner Besuch, in das Buch eingetragen war; eine Telefonnummer zur Zeit des zweiten Besuchs; *SS* wiederum zur Zeit seines dritten.

Lynley wählte die Nummer. Es war eine Londoner Nummer. Eine Frau, deren Stimme die Erschöpfung eines langen Arbeitstags verriet, sagte: »Sozialdienst«, und Lynley lächelte St. James zu und hob die Faust mit aufgerichtetem Daumen. Das Gespräch jedoch war wenig gewinnbringend. Es gab keine Möglichkeit festzustellen, aus welchem Grund Robin

Sage mit dem Sozialdienst in Kontakt gestanden hatte. Es gab dort niemanden namens Yanapapoulis, und es war unmöglich, rückwirkend festzustellen, mit wem Sage gesprochen hatte, als er angerufen hatte, wenn überhaupt. Doch wenigstens hatten sie jetzt etwas, womit sie arbeiten konnten, wenn es auch nicht viel war.

»Hat Mr. Sage zu Ihnen einmal etwas über den Sozialdienst gesagt, Polly?« fragte Lynley. »Hat irgend jemand vom Sozialdienst ihn einmal hier angerufen?«

»Vom Sozialdienst? Sie meinen, wegen der Betreuung von alten Leuten oder so?«

»Ganz gleich, aus welchem Grund.« Als sie den Kopf schüttelte, fragte Lynley: »Hat er etwas gesagt, daß er den Sozialdienst in London aufsuchen wollte? Hat er je irgendwelche Unterlagen oder Dokumente mitgebracht, wenn er von einer Reise zurückkam?«

»Vielleicht liegt was in dem Karton mit *Verschiedenes*«, sagte sie.

Der Karton enthielt, wie Lynley sah, als er ihn öffnete, ein kunterbuntes Durcheinander von Papieren, die in einer Art Collage Robin Sages Leben spiegelten. Das Sammelsurium reichte von uralten Plänen des Londoner U-Bahnnetzes bis zu einer vergilbten Sammlung jener historischen Handzettel, die man in jeder Dorfkirche für zehn Pence kaufen kann. Ein kleiner Packen Buchbesprechungen, aus der *Times* ausgeschnitten und brüchig vom Alter, verriet ihnen, als sie ihn durchsahen, wenigstens, daß der Pfarrer eine Vorliebe für Biografien und philosophische Werke hatte und sich immer auch für die Bücher interessiert hatte, die gerade den Booker Preis erhalten hatten. Lynley reichte St. James ein Bündel Papiere und setzte sich wieder in den Schreibtischsessel, um sich ein anderes vorzunehmen. Polly huschte zaghaft im Zimmer umher, schob hier und dort einen Karton zurecht, prüfte bei anderen, ob sie auch noch richtig verschlossen waren. Lynley spürte, daß sie ihn immer wieder verstohlen ansah.

Er ging die Papiere durch, die er vor sich liegen hatte. Informationsblätter zu Ausstellungen; einen Führer durch die Turner-Ausstellung in der Tate Gallery; Gebrauchsanweisungen für eine elektrische Säge, die Montage eines Fahrradkorbs, ein Dampfbügeleisen; Reklamezettel, die die Freuden und Vorteile der Mitgliedschaft in einem Fitneßclub priesen, Handzettel und Flugblätter, wie sie einem in London auf der Straße in die Hand gedrückt werden. Dazu gehörten das Angebot eines Frisiersalons (*Das Goldene Haar*, Clapham High Street, fragen Sie nach Sheelah), körnige Fotografien von Automobilen (Fahren Sie den neuen Metro von Lambeth Ford); politische Bekanntmachungen (Heute abend um 20 Uhr spricht im Rathaus Camden Ihr Labour-Abgeordneter); außerdem diverse Spendenaufrufe von wohltätigen Vereinen aller Art. Eine Broschüre der Hare Krischnas lag als Buchzeichen in einem Gebetbuch. Lynley schlug es auf und las das angekreuzte Gebet aus Hesekiel: *Und wenn sich der Gottlose von seiner Gottlosigkeit bekehrt und tut, was recht und gut ist, so soll er deshalb am Leben bleiben.* Er las es noch einmal, laut, und sah zu St. James hinüber. »Was sagte Glennaven gleich wieder, was Sage mit Vorliebe diskutierte?«

»Den Unterschied zwischen dem, was moralisch ist – vom Gesetz vorgeschrieben –, und dem, was recht ist.«

»Diesem Text hier zufolge scheint die Kirche aber der Meinung zu sein, das sei ein und dasselbe.«

»Ja, das sind die wunderbaren Wege der Kirche, nicht wahr?« St. James entfaltete ein Blatt Papier, las es, legte es auf die Seite, nahm es wieder zur Hand.

»War es Haarspalterei von ihm, daß er das Moralische und das Rechte einander gegenüberstellte? Oder ging es ihm darum, etwas zu vermeiden, indem er seine Kollegen in sinnlose Diskussionen verwickelte?«

»Dieser Meinung war auf jeden Fall Glennavens Sekretär.«

»Oder saß er selbst im Dilemma?« Lynley sah noch einmal zu dem Gebet hinunter. »›... so soll er deshalb am Leben bleiben.‹«

»Hier ist was«, sagte St. James. »Oben ist ein Datum. Es steht zwar nur der elfte darauf, aber das Papier ist wenigstens relativ frisch, vielleicht hat es also etwas mit einem seiner Londoner Besuche zu tun.« Er reichte Lynley das Blatt.

Der las die gekritzelten Worte. »Charing Cross bis Sevenoaks, High Street links, Richtung... Das ist eine Wegbeschreibung, St. James.«

»Stimmt das Datum mit einem der Londoner Besuche überein?«

Lynley blätterte im Terminkalender. »Ja, mit dem ersten. Am elften Oktober, wo der Name *Kate* vermerkt ist.«

»Vielleicht hat er diese Kate aufgesucht. Vielleicht ergaben sich aus diesem einen Besuch die anderen Reisen. Der Kontakt zum Sozialdienst. Vielleicht auch zu – was war das im Dezember gleich wieder für ein Name?«

»Yanapapoulis.«

St. James warf einen raschen Blick auf Polly Yarkin und schloß vielsagend mit: »Und jeder dieser Besuche könnte der Anlaß gewesen sein.«

Es war alles Spekulation, aus der Luft gegriffen, und Lynley wußte es. Jedes neue Gespräch und jede neue Tatsache lenkte ihre Gedanken in eine neue Richtung. Sie hatten keine konkreten Beweise, und soweit er sehen konnte, hatte es auch nie welche gegeben, es sei denn, irgend jemand hatte sie entfernt. Keine Waffe am Tatort, kein belastender Fingerabdruck, kein Härchen. Die einzige Verbindung, die sich zwischen der angeblichen Mörderin und ihrem Opfer herstellen ließ, waren ein Telefongespräch, das Maggie mitgehört und Polly bestätigt hatte, und ein Abendessen, nach dem beide Personen, die davon gegessen hatten, erkrankt waren.

Lynley war sich im klaren darüber, daß er und St. James dabei waren, aus dünnsten Fädchen ein Gewebe der Schuld zu flechten. Er fühlte sich nicht wohl dabei. Und ihm war auch nicht wohl angesichts des versteckten Interesses und der Neugier von Polly Yarkin, die sich anscheinend unbeteiligt in dem Raum zu schaffen machte.

»Waren Sie bei der Leichenschau?« fragte er sie.

Sie zog den Arm von der Lampe weg, als fühlte sie sich bei einem Vergehen ertappt. »Ich? Ja. Alle waren dort.«

»Warum? Hatten Sie eine Aussage zu machen?«

»Nein.«

»Aber ...?«

»Nur ... ich wollte einfach wissen, was passiert. Ich wollte es hören.«

»Was denn?«

Sie hob leicht die Schultern und ließ sie wieder herabfallen. »Was sie zu sagen hatte. Nachdem ich erfahren hatte, daß der Pfarrer an dem Abend bei ihr gewesen war. Alle sind hingegangen«, wiederholte sie.

»Weil es sich um den Pfarrer handelte? Und eine Frau? Oder um diese besondere Frau, Juliet Spence?«

»Weiß ich nicht«, antwortete sie.

»Was alle anderen betrifft? Oder was Sie selbst betrifft?«

Sie senkte den Blick. Das reichte aus, um ihm zu verraten, warum sie ihnen den Tee gebracht hatte und warum sie, nachdem sie ihn eingeschenkt hatte, im Arbeitszimmer geblieben war.

21

Als Polly die Tür hinter ihnen geschlossen hatte, gingen St. James und Lynley die Einfahrt hinunter. An ihrem Ende blieb Lynley stehen und richtete seine Aufmerksamkeit auf die Silhouette der Johanneskirche. Es war mittlerweile ganz dunkel geworden. An der Straße, die leicht ansteigend durch das Dorf führte, brannten schon die Laternen. Hier bei der Kirche jedoch, außerhalb des eigentlichen Dorfs, spendeten nur der Vollmond – der jetzt über dem Gipfel des Cotes Fell aufstieg – und die Sterne, die ihn begleiteten, Licht.

»Ich könnte eine Zigarette gebrauchen«, sagte Lynley zerstreut. »Was meinst du, wann dieses Bedürfnis, mir eine anzuzünden, endlich aufhören wird?«

»Wahrscheinlich nie.«

»Na, das ist wirklich tröstlich.«

»Es ist eine statistische Wahrscheinlichkeit, die auf wissenschaftlichen und medizinischen Erfahrungen beruht. Tabak ist eine Droge. Man wird die Sucht niemals ganz los.«

»Und wie bist du ihr entronnen? Ich weiß noch, wie wir nach dem Sport immer heimlich gepafft haben. Kaum waren wir über die Brücke in Windsor, haben wir uns eine ins Gesicht gesteckt und uns selbst mit unserer Lässigkeit mächtig imponiert. Nicht zu vergessen, daß wir natürlich auch allen anderen unbedingt imponieren wollten. Warum ging dir das nicht so?«

»Ich nehme an, weil ich in ziemlich zartem Alter einer Schocktherapie ausgesetzt worden bin.« Als Lynley ihm einen fragenden Blick zuwarf, fuhr St. James fort: »Meine Mutter erwischte David mit einer Packung Dunhill, als er zwölf war. Sie sperrte ihn in die Toilette ein und zwang ihn, die Zigaretten alle zu rauchen. Uns andere hat sie gleich mit ihm eingesperrt.«

»Solltet ihr auch rauchen?«

»Nein, zusehen. Meine Mutter hat von Anschauungsunterricht immer viel gehalten.«

»Und er hat ja auch gewirkt.«

»Bei mir, ja. Und bei Andrew auch. Aber für Sid und David hat die Genugtuung, Mutter ärgern zu können, immer alle Scherereien, die sie dadurch hatten, mehr als wettgemacht. Sid hat geraucht wie ein Schlot, bis sie dreiundzwanzig war. David tut es immer noch.«

»Aber deine Mutter hatte recht. Mit dem Tabak.«

»Natürlich. Ich bin mir nur nicht sicher, ob ihre Erziehungsmethoden gerade das Richtige waren. Wenn wir es zu weit getrieben haben, konnte sie wirklich fuchsteufelswild werden. Sidney behauptete immer, das läge an ihrem Namen: Was kann man sonst von einer Frau erwarten, die Hortense heißt, fragte Sidney immer, wenn wir mal wieder für dies oder jenes verdroschen worden waren. Ich glaube hingegen, für sie war das Muttersein eher ein Fluch als ein Segen. Mein Vater war ja fast nie zu Hause. Sie mußte allein fertig werden, unterstützt von einem Kindermädchen, wenn David und Sid es nicht gerade zum Haus hinausgetrieben hatten.«

»Bist du dir mißhandelt vorgekommen?«

St. James knöpfte seinen Mantel zu. Hier ging kaum ein Lüftchen – die Kirche schützte vor dem Wind, der fast immer durch das Tal fegte –, aber der feuchte Nebel legte sich ihm klamm auf die Haut und schien durch Muskeln und Blut bis in die Knochen zu sickern. Er unterdrückte ein Frösteln und dachte über die Frage nach.

Seine Mutter im Zorn war immer ein beängstigender Anblick gewesen. Wie Medea pflegte sie zu toben. Sie schlug schnell zu und wurde noch schneller laut und ließ die Kinder, wenn sie eine Schandtat begangen hatten, im allgemeinen stundenlang – manchmal tagelang – links liegen. Niemals handelte sie ohne Ursache; niemals strafte sie ohne Erklärung. Und doch hätten manche – und in der heutigen Zeit wahrscheinlich viele – ihr höchste Unzulänglichkeit vorgeworfen, das wußte er.

»Nein«, sagte er mit Überzeugung. »Wir waren eine wilde Bande und haben bei jeder Gelegenheit über die Stränge geschlagen. Ich glaube, sie hat ihr Bestes getan.«

Lynley nickte und wandte sich wieder der Betrachtung der Kirche zu. Viel, fand St. James, gab es da nicht zu sehen. Das Mondlicht glänzte auf dem Dach und umfloß silbern die Silhouette eines Baumes auf dem Friedhof. Alles andere lag im Dunkeln: die Glocke im Glockenturm, das Giebeldach der Friedhofspforte, das kleine Nordportal. Die Stunde des Abendgottesdiensts näherte sich, aber es war niemand da, der die Vorbereitungen dafür traf.

St. James wartete. Unter dem Arm trug er den Karton *Verschiedenes*, den sie mitgenommen hatten. Er stellte ihn zu Boden und versuchte mit seinem Atem die Hände zu wärmen. Lynley schien aus seinen Gedanken zu erwachen. Er sah St. James an und sagte: »Entschuldige. Wir sollten gehen. Deborah wird sich schon wundern, was aus uns geworden ist.« Aber er rührte sich nicht von der Stelle. »Ich habe nachgedacht.«

»Über gewalttätige Mütter?«

»Zum Teil. Aber mehr darüber, wie das alles zusammenpaßt. Wenn es alles zusammenpaßt. Wenn die geringste Möglichkeit besteht, daß da irgend etwas zusammenpaßt.«

»Die Kleine, als sie heute mit dir sprach, hat nichts gesagt, was auf Mißhandlung hätte schließen lassen?«

»Maggie? Nein. Aber das würde sie bestimmt auch niemals tun. Wenn es so war, daß sie Sage etwas gesagt hat – etwas, das ihn veranlaßte zu handeln und das ihm dann von der Hand ihrer Mutter den Tod brachte –, würde sie bestimmt kein zweites Mal mit irgend jemand darüber sprechen. Sie würde sich ja für das, was passiert ist, voll verantwortlich fühlen.«

»Ich habe den Eindruck, du glaubst trotz des Anrufs beim Sozialdienst sowieso nicht recht an diese Idee.«

Lynley nickte. Der Nebel dämpfte das Mondlicht, und im Halbschatten wirkte sein Gesicht grüblerisch. »›Und wenn sich der Gottlose von seiner Gottlosigkeit bekehrt und tut, was recht und gut ist, so soll er deshalb am Leben bleiben.‹ Hat Sage dieses Gebet auf Juliet Spence bezogen oder auf sich selbst?«

»Vielleicht auf gar niemand. Du liest da vielleicht zuviel hinein. Es kann doch sein, daß diese Stelle nur zufällig in dem Gebetbuch eingemerkt war. Oder sie kann sich auf etwas ganz anderes beziehen. Vielleicht wollte Sage damit jemanden trösten, der zur Beichte zu ihm gekommen war. Vielleicht wollte er mit diesem Satz die Leute wieder in die Kirche locken, wir wissen ja, daß ihm das am Herzen lag. Tuet das, was gut und recht ist: Geht sonntags zum Gottesdienst.«

»An Beichte hatte ich gar nicht gedacht«, bekannte Lynley. »Ich behalte meine schlimmsten Sünden für mich, und ich kann mir gar nicht vorstellen, daß andere es anders halten. Aber mal angenommen, es hat tatsächlich jemand Sage gebeichtet und hat es später bereut.«

St. James ließ sich den Gedanken einen Moment durch den Kopf gehen. »Da sind die Möglichkeiten so gering, daß ich es für unwahrscheinlich halte, Tommy. Dieser Geständige, der es hinterher bedauerte, sich Sage anvertraut zu haben, hätte dann ja jemand sein müssen, der wußte, daß Sage an dem fraglichen Abend zum Essen zu Juliet Spence ging. Und wer wußte es?« Er begann die Personen aufzuzählen. »Einmal Mrs. Spence selbst. Dann Maggie ...«

Auf der anderen Straßenseite wurde krachend eine Tür zugeschlagen. Sie drehten sich herum und hörten im selben

Moment eilige Schritte. Colin Shepherd öffnete die Tür zu seinem Landrover, hielt jedoch inne, als er die beiden Männer sah.

»Und der Constable natürlich«, murmelte Lynley und ging über die Straße, um Shepherd aufzuhalten, ehe er abfuhr.

St. James blieb zunächst, wo er war, am Ende der Einfahrt, einige Meter entfernt. Er sah, wie Lynley am Rand des Lichtkegels, der aus dem Inneren des Rover fiel, einen Moment stehenblieb. Er sah, wie Lynley seine Hände aus den Taschen zog, und bemerkte etwas erschrocken und verwirrt, daß seine rechte Hand zur Faust geballt war. St. James kannte seinen Freund gut genug, um zu wissen, daß es jetzt geraten war, sich zu ihm zu gesellen.

Lynley sagte gerade in einem jovialen, aber eiskalten Ton: »Sie hatten anscheinend einen Unfall, Constable?«

»Nein«, antwortete Shepherd.

»Und was ist mit Ihrem Gesicht?«

St. James erreichte den Rand des Lichtfelds. Das Gesicht des Constable zeigte Schrammen an der Stirn und den Wangen.

»Das hier, meinen Sie?« sagte Shepherd und berührte eine der verletzten Stellen mit den Fingern. »Ich hab ein bißchen mit dem Hund herumgetobt. Oben auf dem Cotes Fell. Sie waren ja selbst heute dort.«

»Ich? Auf dem Cotes Fell?«

»Beim Herrenhaus. Das sieht man vom Fell aus. Jeder, der da oben ist, kann alles sehen. Das Herrenhaus, das Verwalterhäuschen, den Garten, überhaupt alles. Wußten Sie das, Inspector? Jeder, der es nur möchte, kann alles sehen, was unten vorgeht.«

»Ich hab meine Gespräche gern weniger indirekt, Constable. Wollen Sie mir irgend etwas mitteilen, abgesehen davon natürlich, was mit Ihrem Gesicht passiert ist?«

»Man kann alles genau beobachten, das Kommen und Gehen, ob das Verwalterhaus abgeschlossen ist, wer im Herrenhaus an der Arbeit ist.«

»Und zweifellos auch, ob das Haus leer ist und wo der Schlüssel zum Rübenkeller aufbewahrt wird«, fügte Lynley hinzu. »Denn darauf wollen Sie doch hinaus. Wollen Sie jemanden anzeigen?«

Shepherd hatte eine Taschenlampe bei sich. Er warf sie auf den vorderen Sitz des Rover. »Warum fragen Sie nicht mal, was oben auf dem Gipfel vom Fell vorgeht? Warum erkundigen Sie sich nicht mal, wer da regelmäßig raufgeht?«

»Sie selbst offensichtlich, Ihrem eigenen Geständnis zufolge. Ein ziemlich belastendes Geständnis, meinen Sie nicht?«

Der Constable prustete geringschätzig und machte Anstalten, in den Wagen zu steigen. Lynley hielt ihn zurück, indem er sagte: »Sie scheinen die Unfalltheorie, die Sie gestern noch vertreten haben, fallengelassen zu haben. Darf ich wissen, warum? Hat vielleicht irgend etwas Sie zu der Schlußfolgerung veranlaßt, daß Ihre ursprünglichen Ermittlungen nicht vollständig waren?«

»Das haben Sie gesagt, nicht ich. Sie sind einzig auf Ihren eigenen Wunsch hier. Niemand hat Sie hergebeten. Ich wäre Ihnen dankbar, wenn Sie daran denken würden.« Er legte seine Hand auf das Lenkrad, als wollte er nun endlich in den Wagen steigen.

»Haben Sie sich mal mit seiner Reise nach London befaßt?« fragte Lynley.

Shepherd zögerte. Sein Gesicht war mißtrauisch. »Wessen Reise nach London?«

»Mr. Sage ist wenige Tage vor seinem Tod nach London gefahren. Wußten Sie das?«

»Nein.«

»Polly Yarkin hat es Ihnen nicht gesagt? Haben Sie Polly verhört? Sie war schließlich seine Haushälterin. Sie weiß sicherlich mehr über den Pfarrer als jeder andere hier. Sie hätte Ihnen ...«

»Ich habe mit Polly gesprochen. Aber ich habe sie nicht verhört. Nicht offiziell.«

»Inoffiziell dann? Und vielleicht erst vor kurzem? Heute?«

Die Fragen standen zwischen ihnen. In der Stille nahm Shepherd seine Brille ab. Der feuchte Nebel hatte sie leicht beschlagen. Er wischte sie vorn an seinem Jackett ab.

»Die Brille haben Sie sich auch zerbrochen«, stellte Lynley fest. Ein kleines Stück Pflaster hielt sie, wie St. James sah, über dem Nasenrücken zusammen. »Da haben Sie aber ganz schön getobt mit Ihrem Hund. Oben auf Cotes Fell.«

Shepherd setzte die Brille wieder auf. Er griff in seine Tasche und zog einen Schlüsselbund heraus. Er sah Lynley direkt ins Gesicht. »Maggie Spence ist ausgerissen«, sagte er. »Wenn Sie also weiter nichts mehr zu bemerken haben, Inspector, würde ich jetzt gern fahren. Mrs. Spence erwartet mich. Sie ist etwas erregt. Offenbar haben Sie ihr nicht gesagt, daß Sie in die Schule gehen würden, um mit Maggie zu sprechen. Die Schulleiterin glaubte, Maggies Mutter wäre unterrichtet. Und Sie haben mit dem Mädchen allein gesprochen. Sind das die neuen Methoden des Yard?«

Touché, dachte St. James. Der Constable war nicht bereit, sich einschüchtern zu lassen. Er hatte seine eigenen Waffen und war kaltschnäuzig genug, sie zu gebrauchen.

»Haben Sie nach einer Verbindung zwischen den beiden gesucht, Mr. Shepherd? Haben Sie nach einer weniger erquicklichen Wahrheit gesucht als der, die Sie zutage gefördert haben?«

»Das Ergebnis meiner Ermittlungen hatte Hand und Fuß«, entgegnete er. »Clitheroe hat die Sache gesehen wie ich. Der

Coroner ebenfalls. Was für eine Verbindung auch immer ich vielleicht übersehen habe, ich wette, sie führt zu einer anderen Person, und nicht zu Juliet Spence. Wenn Sie mich jetzt entschuldigen würden ...«

Er schwang sich in den Wagen und steckte den Schlüssel ins Zündschloß. Der Motor heulte auf. Die Scheinwerfer wurden hell. Krachend schaltete er in den Rückwärtsgang.

Lynley beugte sich in den Wagen hinein, um noch ein paar Worte zu sagen. St. James hörte nur »... Ihnen das hier ...« und sah, wie sein Freund Shepherd etwas in die Hand drückte. Dann fuhr der Wagen zur Straße hinaus, wieder wurde krachend geschaltet, dann brauste der Constable davon.

Lynley sah ihm nach. St. James beobachtete Lynley. Dessen Gesicht war hart. »Ich bin meinem Vater nicht ähnlich genug«, sagte er. »Er hätte den Kerl auf die Straße hinausgeschleppt, wäre ihm ins Gesicht getreten und hätte ihm wahrscheinlich sechs oder acht Finger gebrochen. Das hat er einmal wirklich getan, weißt du, draußen, vor einem Pub in St. Just. Er war damals zweiundzwanzig. Irgendein Mann hatte Augustas Gefühle mit Füßen getreten, und da machte er kurzen Prozeß. ›Niemand bricht meiner Schwester das Herz‹, sagte er.«

»Aber eine Lösung ist das nicht.«

»Nein.« Lynley seufzte. »Ich hab nur immer gedacht, es müßte so verdammt guttun.«

»Ja, aber nur für den Augenblick. Die Komplikationen folgen auf dem Fuß.«

Sie gingen wieder zum Pfarrhaus hinüber, wo Lynley den Karton an sich nahm. Etwa eine Viertelmeile die Straße hinunter konnten sie die roten Rücklichter des Landrovers sehen. Shepherd war aus irgendeinem Grund an den Straßenrand gefahren. Seine Scheinwerfer erleuchteten eine kahle Hecke. Sie warteten einen Augenblick ab, ob er weiterfahren würde. Als er es nicht tat, traten sie den Rückweg zum Gasthaus an.

»Und was kommt jetzt?« fragte St. James.

»London«, antwortete Lynley. »Das ist das einzige, was mir im Augenblick einfällt, da auch harte Bandagen bei den Verdächtigen offenbar keine nennenswerte Wirkung zeigen.«

»Läßt du das Havers machen?«

»Du meinst, weil ich von harten Bandagen spreche?« Lynley lachte. »Nein, darum muß ich mich selbst kümmern, da ich sie auf meine Kosten nach Truro geschickt habe, wird sie vermutlich nicht gerade alles dransetzen, innerhalb der üblichen vierundzwanzig Polizeistunden hin- und wieder zurückzukommen. Ich würde sagen, drei Tage ... Bei erstklassiger Unterkunft zweifellos. Darum werde ich mich selbst um London kümmern.«

»Wie können wir helfen?«

»Genießt euren Urlaub. Mach eine Tour mit Deborah. Nach Cumbria vielleicht.«

»Zu den Seen?«

»Ja, gute Idee. Aber ich hab mir sagen lassen, daß auch Aspatria im Januar recht hübsch ist.«

St. James lächelte. »Das wird ein verdammt anstrengender Tagesausflug. Da müssen wir spätestens um fünf raus. Dafür schuldest du mir dann was. Und wenn's dann nichts über die Spence zu holen gibt, schuldest du mir gleich doppelt.«

»Wie immer.«

Vor ihnen huschte eine schwarze Katze mit etwas Grauem, Schlaffem im Maul aus den Schatten zweier Häuser. Auf dem Bürgersteig ließ sie die Beute fallen und begann in der unbewußt grausamen Art aller Katzen, sie sachte mit den Pfoten anzustupsen, um sich noch einen Moment des Spiels zu gönnen, ehe sie den Überlebenshoffnungen ihres Opfers ein Ende bereitete. Das Tier erstarrte, als sie näher kamen, kauerte mit gesträubtem Fell wartend über seiner Beute. Als St. James hinunterblickte, erkannte er eine kleine Ratte, die hoffnungslos zwischen den Pfoten der Katze hing. Er dachte daran, die Katze zu verscheuchen. Dieses Todesspiel, das sie spielte, war unnötig herzlos. Aber Ratten, das wußte er, waren Krankheitsüberträger. Es war das Beste – wenn auch nicht das Barmherzigste –, die Katze ihr Werk vollenden zu lassen.

»Was hättest du getan, wenn Polly Shepherd beschuldigt hätte?« fragte St. James.

»Ich hätte das Schwein festgenommen. Ihn dem CID Clitheroe übergeben. Dafür gesorgt, daß er seine Stellung verliert.«

»Und da sie ihn nicht beschuldigt hat?«

»Werd ich's aus einer anderen Richtung angehen müssen.«

»Um ihm ins Gesicht zu treten?«

»Bildlich gesprochen, ja. In Gedanken bin ich auf jeden Fall der Sohn meines Vaters, wenn auch nicht in Taten. Ich bin nicht stolz darauf, aber so ist es nun einmal.«

»Was hast du Shepherd gegeben, bevor er abfuhr?«

Lynley schob den Karton unter seinem Arm zurecht. »Ich hab ihm etwas zum Nachdenken gegeben.«

Colin Shepherd erinnerte sich mit absoluter Klarheit daran, wann sein Vater ihn das letzte Mal geschlagen hatte. Wie ein Narr, viel zu sehr in Rage, um die Folgen von Widerstand zu bedenken, war er für seine Mutter in die Bresche gesprungen. Er hatte seinen Stuhl vom Eßtisch zurückgestoßen – er konnte noch heute das Geräusch hören, wie der Stuhl über den Boden geschrammt und dann an die Wand geflogen war

– und hatte laut geschrien, laß sie endlich in Ruhe, Papa! Dabei hatte er seinen Vater bei den Armen gepackt, um zu verhindern, daß er ihr noch einmal ins Gesicht schlug.

Die Wut seines Vaters entzündete sich stets an irgendeiner Kleinigkeit, und weil sie niemals wußten, wann damit zu rechnen war, daß sein Zorn sich zur Gewalttätigkeit steigerte, machte er ihnen um so mehr angst. Alles konnte der Auslöser sein: das Essen, ein fehlender Knopf an seinem Hemd, die Bitte um Geld für die Gasrechnung, eine Bemerkung über sein spätes Nachhausekommen am vergangenen Abend. An jenem Abend war ein Anruf von Colins Biologielehrer der Auslöser gewesen. Wieder ein Ungenügend, wieder keine Hausaufgaben, ob es vielleicht zu Hause Probleme gäbe, wollte Mr. Tranville wissen.

Soviel immerhin hatte seine Mutter beim Essen angedeutet, zaghaft, als wollte sie ihrem Mann auf telepathischem Weg eine Botschaft übermitteln, die sie vor ihrem Sohn nicht aussprechen wollte. »Colins Lehrer hat gefragt, ob es Probleme gäbe, Ken. Hier zu Hause. Er meinte, eine Beratung wäre vielleicht ...«

Weiter kam sie nicht. »Eine Beratung?« sagte sein Vater. »Habe ich dich richtig verstanden? Beratung?« Sein Ton hätte ihr sagen müssen, daß es klüger von ihr gewesen wäre, in aller Ruhe zu essen und den Anruf für sich zu behalten.

Doch statt dessen sagte sie: »Er kann nicht lernen, Ken, wenn alles so chaotisch ist. Das mußt du doch verstehen.« Ihr Ton flehte um Einsicht, verriet jedoch nur ihre Furcht.

Ken Shepherd genoß es, wenn man ihn fürchtete. Und er liebte es, die Furcht noch zu schüren. Er legte zuerst sein Messer nieder, dann die Gabel. Er schob seinen Stuhl vom Tisch zurück. Er sagte: »Ach sag mir doch, was alles so chaotisch ist, Clare.« Sie spürte, was er vorhatte, und sagte, es wäre wahrscheinlich gar nichts, wirklich nichts, doch sein

Vater ließ sich nicht abspeisen. »Nein«, sagte er. »Sag es mir. Ich möchte es hören.« Als sie darauf nicht einging, stand er auf. »Antworte mir, Clare«, sagte er scharf, und als sie erwiderte: »Ach, es ist nichts, Ken. Iß doch weiter«, ging er schon auf sie los.

Er hatte sie erst dreimal ins Gesicht geschlagen – wobei er mit der einen Hand ihre Haare packte, während er mit der anderen jedesmal, wenn sie aufschrie, härter zuschlug –, als Colin ihn ergriff. Die Reaktion seines Vaters war die gleiche wie immer seit Colins Kindheit. Frauen prügelte man mit der offenen Hand. Bei Jungen und Männern gebrauchte ein richtiger Mann die Fäuste.

Diesmal jedoch war der Unterschied, daß Colin größer war. Zwar war die Furcht vor seinem Vater so groß wie immer, gleichzeitig jedoch war er zornig. Und der Zorn besiegte die Furcht. Als sein Vater ihn traf, schlug Colin zum erstenmal in seinem Leben zurück. Sein Vater brauchte mehr als fünf Minuten, um ihn niederzuprügeln. Er tat es mit den Fäusten, mit dem Gürtel, mit den Füßen. Aber als alles vorbei war, hatte sich das Schwergewicht der Macht verlagert. Und als Colin sagte: »Das nächste Mal bring ich dich um, du dreckiges Schwein«, sah er im Gesicht seines Vaters, wenn auch nur flüchtig, daß auch er fähig war, Furcht einzuflößen.

Colin war stolz darauf gewesen, daß sein Vater seine Mutter nie wieder geschlagen hatte, daß seine Mutter einen Monat später die Scheidung eingereicht hatte und vor allem, daß sie beide dank seinem Eingreifen dieses Schwein auf immer los waren. Er hatte sich geschworen, niemals so zu werden wie sein Vater. Er hatte nie wieder einen Menschen geschlagen. Bis zu Polly.

Colin saß in seinem Landrover an der Straße, die aus Winslough hinausführte, und rollte zwischen seinen Händen das Stück Stoff von Pollys Rock hin und her, das der Inspector ihm in die Hand gedrückt hatte. Er hatte solche Genugtuung verspürt: wie ihre Haut unter seiner Hand brannte, wie er ihr den Stoff vom Leib riß, den salzigen Schweiß ihres Entsetzens schmeckte, ihre Schreie hörte, ihr Betteln und besonders das erstickte Schluchzen des Schmerzes – kein Stöhnen der Lust jetzt, Polly, ist es das, was du wolltest, hast du's dir so erträumt? – und schließlich die Unterwerfung. Er hatte sie niedergemacht, bezwungen und sie dabei die ganze Zeit mit der Stimme seines Vaters beschimpft, Kuh, Luder, Sau, Fotze.

Er hatte dies alles in einem Sturm blinder Wut und Verzweiflung getan, um sich die Erinnerung an Annie und ihre Wahrheit vom Leib zu halten.

Colin drückte das Stück Stoff an seine geschlossenen Augen und bemühte sich, nicht an sie zu denken, weder an Polly noch an seine Frau. Mit Annies Sterben hatte er jede Grenze überschritten, jeden Code verletzt, war durch die Dunkelheit gegangen und hatte sich schließlich ganz verloren, irgendwo zwischen tiefsten Depressionen und schwärzester Verzweiflung. Die Jahre seit ihrem Tod hatte er in dem Bemühen hingebracht, die Geschichte ihrer qualvollen Krankheit neu zu schreiben und in der Erinnerung das Bild einer Ehe neu zu erfinden, das bis ins letzte vollkommen war. Mit der selbst erschaffenen Lüge war so viel leichter zu leben gewesen als mit der Realität.

Immer hatte er das Gefühl gehabt, wenn er nur diese Fiktion aufrechterhalte, könnte er mit dem Leben zurechtkommen und vorwärtsschreiten. Dazu gehörte das, was er das Wunderbare ihrer Beziehung nannte, das sichere Wissen, daß zwischen ihm und Annie Wärme und Zärtlichkeit bestanden hatten, vollkommenes Verstehen, Mitgefühl und Liebe. Dazu gehörte auch eine Krankengeschichte, die sich aus Momenten heldenhaften Erduldens, seinen Bemühungen, sie zu retten, und schließlich seiner gelassenen Einsicht, daß er nichts ausrichten konnte, zusammensetzte.

Du wirst das alles vergessen, hatten die Leute bei der Beerdigung gesagt. Mit der Zeit wirst du dich nur noch an das Schöne erinnern. Und du hast zwei wunderbare Jahre mit ihr zusammen gehabt, Colin. Laß also die Zeit ihre heilende Wirkung tun und warte ab, was geschieht. Du wirst wieder erstarken, glücklich zurückblicken und immer die Erinnerung an diese zwei Jahre besitzen.

Es war nicht so geschehen. Daher hatte er seine Erinnerung an das Ende und an ihren gemeinsamen Weg dorthin verändert. In seiner überarbeiteten Version ihrer Geschichte hatte Annie ihr Schicksal mit Anmut und Würde angenommen, und er hatte keine Sekunde in seinem Bemühen nachgelassen, sie zu stützen. Aus der Erinnerung gelöscht waren ihre tiefen Abstiege in die Bitterkeit. Aus dem Denken verbannt war seine unversöhnliche Wut. Statt dessen existierte eine neue Realität, die all das verdeckte, dem er nicht ins Auge sehen konnte.

Laß es anders sein, hatte er nach ihrem Tod gedacht, laß mich besser sein, als ich war. Und er hatte die vergangenen sechs Jahre dazu benützt, dieses Ziel zu erreichen, hatte Vergessen gesucht statt Verzeihung.

Er rieb den dünnen Stoff an seinem Gesicht, spürte, wie er an den Stellen, an denen Pollys Nägel seine Haut aufgerissen hatte, hängenblieb. Er konnte Pollys geronnenes Blut ertasten und nahm den Eigengeruch ihres Körpers wahr.

»Es tut mir leid, Polly«, flüsterte er.

Er hatte sich standhaft geweigert, Polly Yarkin gegenüberzutreten, weil sie das verkörperte, was für ihn gefährlich war. Sie kannte die Realität. Sie verzieh sie auch. Aber ihr Wissen allein machte sie zu einer Gefahr, der er unbedingt aus dem

Weg gehen mußte, wenn er in Seelenfrieden leben wollte. Sie sah das nicht. Sie begriff einfach nicht, wie wichtig es war, daß sie beide völlig getrennte Leben führten. Für sie gab es nichts anderes als ihre Liebe zu ihm und ihre Sehnsucht, ihn zu heilen. Hätte sie nur begreifen können, daß es nach Annie für sie beide niemals eine gemeinsame Zukunft geben konnte, so hätte sie die Grenzen, die er nach dem Tod seiner Frau ihrer Beziehung auferlegte, akzeptieren gelernt. Dann hätte sie ihn seinen eigenen Weg gehen lassen. Letztlich hätte sie sich über seine Liebe zu Juliet gefreut. Und dann wäre Robin Sage am Leben geblieben.

Colin wußte, was geschehen war und wie sie es bewerkstelligt hatte. Er verstand auch, warum. Wenn er Wiedergutmachung an Polly nur leisten konnte, indem er dieses Wissen für sich behielt, so würde er das tun. Die Herren von New Scotland Yard würden die Zusammenhänge schon aufdecken, wenn sie erst einmal ihren Wanderungen zum Cotes Fell nachgingen. Er, der er zu einem so großen Teil mitverantwortlich war für das, was sie getan hatte, würde sie nicht verraten.

Er fuhr weiter. Anders als am vergangenen Abend brannten im Verwalterhaus alle Lichter, als er im Hof von Cotes Hall anhielt. Als er die Wagentür öffnete, kam Juliet herausgerannt. Im Laufen zog sie ihre dunkelblaue Jacke über. Ein rotgrüner Schal flatterte wie ein Banner an ihrem Arm.

»Gott sei Dank«, sagte sie. »Das Warten hat mich ganz wahnsinnig gemacht.«

»Tut mir leid.« Er stieg aus dem Landrover. »Die Kerle von Scotland Yard haben mich aufgehalten, als ich gerade losfahren wollte.«

Sie zögerte. »Dich? Warum?«

»Sie waren vorher im Pfarrhaus gewesen.«

Sie knöpfte die Jacke zu, wickelte sich den Schal um den

Hals. Sie zog Handschuhe aus ihrer Tasche und schlüpfte hinein. »Ah ja. Denen hab ich zu verdanken, daß Maggie weggelaufen ist.«

»Ich denke, sie werden bald wieder verschwinden. Der Inspector hat was gehört, daß der Pfarrer an dem Tag, bevor er – du weißt schon –, an dem Tag vor seinem Tod in London war. Da wird er sich wohl bald mit diesem Hinweis befassen. Und dann wieder mit irgendeinem anderen. So läuft das bei diesen Typen. Maggie wird er bestimmt nicht wieder belästigen.«

»O Gott.« Juliet blickte auf ihre Hände hinunter. Sie brauchte viel zu lange, um in die Handschuhe richtig hineinzukommen. Mit ruckhaften Bewegungen, die ihre ängstliche Nervosität verrieten, streifte sie das Leder über jeden einzelnen Finger. »Ich habe mit der Polizei in Clitheroe telefoniert, aber sie haben mich überhaupt nicht ernst genommen. Sie ist dreizehn Jahre alt, sagten sie mir, sie ist erst seit drei Stunden weg, Madam, spätestens um neun wird sie wieder da sein. Das ist immer so bei den jungen Leuten. Aber das stimmt nicht, Colin. Du weißt es. Es stimmt nicht, daß sie immer wieder zurückkommen. Maggie wird bestimmt nicht zurückkommen. Ich weiß nicht einmal, wo ich nach ihr suchen soll. Josie hat gesagt, sie sei aus dem Schulhof gerannt. Nick ist ihr nachgelaufen. Ich muß sie finden.«

Er nahm sie beim Arm. »Ich suche sie schon. Du mußt hierbleiben.«

Sie riß sich von ihm los. »Nein! Das kann ich nicht. Ich muß doch wissen ... Ich – glaub mir, ich muß sie finden. Ich muß selbst nach ihr suchen.«

»Aber du mußt hierbleiben. Es kann doch sein, daß sie anruft. Und wenn sie das tut, dann wirst du sie doch holen wollen, nicht wahr?«

»Aber ich kann nicht einfach hier sitzen und warten.«

»Du hast keine andere Wahl.«

»Und du verstehst mich nicht. Du willst mich trösten. Das weiß ich. Aber sie wird nicht anrufen. Glaub mir. Der Inspector hat mit ihr gesprochen. Er hat ihr alle möglichen Dinge eingeflüstert ... Bitte. Colin. Ich muß sie selbst suchen. Hilf mir.«

»Das will ich ja. Das tu ich ja. Ich rufe sofort an, wenn ich etwas weiß. Ich fahr in Clitheroe vorbei und laß ein paar Wagen losschicken. Wir finden sie. Das verspreche ich dir. Geh jetzt wieder rein.«

»Nein. Bitte.«

»Anders geht's nicht, Juliet.« Er führte sie zum Haus. Er spürte ihren Widerstand. Er öffnete die Tür. »Bleib in der Nähe des Telefons.«

»Er hat ihr den Kopf mit Lügen gefüllt«, sagte sie. »Colin, wo kann sie nur sein? Sie hat kein Geld, nichts zu essen. Sie hat nur ihren Schulmantel an, der ist doch nicht warm genug. Es ist kalt, und Gott weiß ...«

»Sie kann noch nicht so weit gekommen sein. Und vergiß nicht, Nick ist bei ihr. Der paßt schon auf sie auf.«

»Aber wenn sie per Anhalter gefahren sind ... Wenn jemand sie mitgenommen hat. Mein Gott, sie können inzwischen in Manchester sein. Oder in Liverpool.«

Er strich ihr mit den Fingern über die Schläfen. Ihre großen dunklen Augen zeigten Tränen und Panik. »Sch«, flüsterte er. »Hab keine Angst, Liebes. Ich hab dir gesagt, ich finde sie, und das werd ich auch. Du kannst dich darauf verlassen. Vertrau mir. Beruhige dich jetzt. Ruh dich aus.« Er lockerte ihren Schal und knöpfte ihren Mantel auf. Er streichelte zärtlich ihr Gesicht. »Mach ihr jetzt etwas zu essen und halt es warm. Glaub mir, sie wird es früher essen, als du dir vorstellen kannst.« Er berührte ihre Lippen und ihre Wangen. »Ich verspreche es dir.«

Sie schluckte. »Colin.«

»Ich versprech es dir. Du kannst dich auf mich verlassen.«

»Das weiß ich. Du bist so gut zu uns.«

»Und so will ich immer sein.« Er küßte sie behutsam. »Kann ich dich jetzt allein lassen, Liebes?«

»Ich – ja. Ich warte. Ich geh nicht weg.« Sie hob seine Hand und drückte sie an ihre Lippen. Dann krauste sie plötzlich die Stirn. Sie zog ihn ins Licht der offenen Tür. »Du hast dir weh getan«, sagte sie. »Colin, was ist mit deinem Gesicht?«

»Es ist nichts. Du brauchst dir deswegen keine Sorgen zu machen«, sagte er. »Niemals.« Und er küßte sie wieder.

Als er abgefahren war, als das Geräusch des Rover allmählich verklang und vom Seufzen des Abendwinds übertönt wurde, ließ Juliet an der Haustür ihre Jacke von den Schultern fallen. Ihren Schal warf sie obenauf. Die Handschuhe behielt sie an.

In Gedanken versunken betrachtete sie das alte Leder, innen mit Kaninchenfell gefüttert, das vom langen Tragen so weich wie Flaum geworden war. An einem der Handschuhe war am Handgelenk die Naht aufgegangen, und ein Fädchen hing herunter. Sie drückte die Hände in den Handschuhen an ihre Wangen. Das Leder war kühl. Die Temperatur ihres Gesichts konnte sie so nicht wahrnehmen; es war beinahe so, als berührte eine andere Person ihr Gesicht, als fließe aus diesen Händen Zärtlichkeit, Liebe, Erheiterung oder irgendeine Gefühlsäußerung, die im entferntesten auf eine Liebesbeziehung schließen ließ.

Ja, dadurch war alles erst ins Rollen gekommen: durch ihre Sehnsucht nach einem Mann. Jahrelang hatte sie es geschafft, diese Sehnsucht zu verleugnen, indem sie sich und ihre Tochter von den Menschen abgesondert hatte – Mom und Maggie gegen die ganze Welt. Sie hatte sich von der

Sehnsucht und dem dumpfen Schmerz des Verlangens abgelenkt, indem sie alle ihre Energien auf Maggie konzentriert hatte; denn Maggie war es, die ihrem Leben seinen Sinn gab.

Juliet wußte, daß sie die Gewissensqualen und die Angst dieses Abends einer Seite von sich selbst zu verdanken hatte, die ihr immer wieder zu schaffen gemacht hatte. Das Verlangen nach einem Mann, die Begierde, einen männlichen Körper zu berühren, die Sehnsucht, unter ihm zu liegen und die Wonne jenes Augenblicks zu spüren, wenn ihre Körper sich vereinigten ... Diese Sehnsucht hatte sie schließlich in die Katastrophe getrieben.

Sie hatte durch Polly von Colin gehört, lange ehe sie ihn das erstemal gesehen hatte. Und sie hatte sich vor allen Versuchungen sicher geglaubt, da sie wußte, daß Polly diesen Mann liebte; daß er erheblich jünger war als sie; daß sie ihn kaum je zu Gesicht bekommen würde – sie sah ja jetzt, da sie glaubte, das ideale Zuhause gefunden zu haben, um endlich zur Ruhe kommen zu können, sowieso kaum Menschen. Selbst als er an jenem Tag dienstlich hier herausgekommen war, als sie ihn bei der Lavendelhecke in seinem Wagen hatte sitzen sehen und die blanke Verzweiflung auf seinem Gesicht gesehen und sich an die Geschichte von seiner Frau erinnert hatte; selbst als sie gespürt hatte, wie im Angesicht seines Schmerzes ihre innere Abwehr zu bröckeln begann, als sie zum erstenmal seit Jahren den Schmerz eines anderen wahrgenommen hatte, hatte sie die Gefahr nicht gesehen, die er für sie war, da sie ihre Schwäche längst bezwungen glaubte.

Erst als er im Haus war und sie die kaum verhohlene Sehnsucht sah, mit der er in der Küche ihre alltäglichen Verrichtungen beobachtete, rührte sich ihr Herz. Während sie sich und ihm ein Glas von ihrem selbstgemachten Wein eingeschenkt hatte, hatte sie selbst sich umgesehen und zu erfassen versucht, was ihn bewegte. Sie wußte, die Äußerlichkeiten konnten es nicht sein – der Herd, der Tisch, die Stühle, die Schränke –, und sie fand es verwunderlich, daß ihn dies in irgendeiner Weise berühren sollte.

Armer Mann, hatte sie gedacht. Und das war ihr Verhängnis gewesen. Sie wußte von seiner Frau, sie begann zu sprechen, und von diesem Moment an hatte es keine Umkehr mehr gegeben. Irgendwann im Lauf des Gesprächs hatte sie gedacht, *nur dies eine Mal, einfach mit einem Mann zusammensein, nur dies eine Mal, nur einmal noch, er quält sich so, und wenn ich die Fäden in der Hand behalte, wenn ich diejenige bin, wenn es nur zu seiner Freude ist, ohne einen Gedanken an meine eigene, kann es doch nicht so schlecht sein,* und als er sie nach der Büchse fragte und warum sie damit geschossen habe und wie, hatte sie seine Augen beobachtet. Sie antwortete ihm, kurz und sachlich. Und als er eigentlich hätte gehen sollen – das wäre alles, und danke Ihnen, Madam, daß Sie sich die Zeit genommen haben –, da beschloß sie, ihm die Pistole zu zeigen, um ihn noch festzuhalten. Sie feuerte sie ab und wartete auf seine Reaktion, wartete, daß er sie ihr wegnehmen, ihre Hand berühren würde, wenn er sie ihr abnahm, aber das tat er nicht, er wahrte den Abstand zwischen ihnen, und sie wurde sich beinahe ungläubig bewußt, daß er genau das gleiche dachte wie sie, *nur dies eine Mal, nur dies eine Mal.*

Liebe, sagte sie sich, konnte es nicht sein. Sie war zehn Jahre älter als er, sie kannten einander nicht einmal, hatten vor diesem Tag nie miteinander gesprochen,und der christliche Glaube, dem sie vor langer Zeit den Rücken gekehrt hatte, behauptete ja, daß niemals Liebe entstehen konnte, wenn die Begierden des Fleisches jene der Seele beherrschten.

An diese Gedanken klammerte sie sich an jenem ersten gemeinsamen Nachmittag und glaubte sich vor der Liebe sicher. Sie hätte das Ausmaß der Gefahr, die er für sie darstellte, erkennen müssen, als sie auf der Uhr auf ihrem Nachttisch sah, daß mehr als vier Stunden vergangen waren und sie nicht ein einziges Mal an Maggie gedacht hatte. Da hätte sie Schluß machen sollen – in dem Moment, als die Schuldgefühle hochkamen und den schläfrigen Frieden der Erfüllung verdrängten. Sie hätte ihr Herz verschließen und ihn mit einer abrupten und verletztenden Bemerkung wie *Für einen Bullen bumsen Sie gar nicht übel* aus ihrem Leben verbannen sollen. Statt dessen jedoch sagte sie: »O mein Gott«, und er hatte alles gewußt. Er hatte gesagt: »Ich war selbstsüchtig. Du machst dir Sorgen um deine Tochter. Ich gehe jetzt lieber. Ich habe dich viel zu lange für mich in Anspruch genommen. Ich habe ...« Als er schwieg, sah sie ihn nicht an, aber sie fühlte, wie seine Hand ihren Arm berührte. »Ich weiß nicht, wie ich das nennen soll, was ich empfunden habe«, sagte er, »und was ich jetzt empfinde. Ich weiß nur, dieses Zusammensein mit dir – es war nicht genug. Es ist selbst jetzt noch nicht genug. Ich weiß nicht, was das bedeutet.«

Sie hätte trocken sagen sollen: »Es bedeutet, daß Sie scharf waren, Constable. Wir waren es beide. Sind es immer noch.« Aber sie sagte es nicht. Sie hörte auf die Geräusche, die er beim Anziehen machte, und versuchte, sich irgend etwas Kurzes und unmißverständlich Endgültiges einfallen zu lassen, um ihn wegzuschicken. Als er sich auf die Bettkante setzte und sie herumdrehte und sie mit einem Gesicht, in dem sich Staunen und Furcht mischten, ansah, hätte sie die Gelegenheit gehabt, den Schlußstrich zu ziehen. Aber sie zog ihn nicht. Statt dessen hörte sie ihm zu, als er sagte: »Ist es möglich, daß ich dich so schnell liebe, Juliet Spence? Einfach so, aus heiterem Himmel? An einem Nachmittag? Kann das Leben sich so plötzlich verändern?«

Und da sie nichts besser wußte, als daß das Leben sich in

dem einen Moment unwiderruflich ändern kann, sagte sie: »Ja. Aber tu es nicht.«

»Was?«

»Liebe mich nicht. Laß nicht zu, daß dein Leben sich verändert.«

Er verstand sie nicht. Er konnte sie ja auch nicht verstehen. Er glaubte vielleicht, sie sei kokett. Er sagte: »Das hat man doch nicht unter Kontrolle.« Als er mit der Hand langsam ihren Körper hinunterstrich und ihr Körper sich gegen ihren Willen der Liebkosung begierig öffnete, wußte sie, daß er recht hatte.

Lange nach Mitternacht rief er sie in dieser Nacht an und sagte: »Ich weiß nicht, was das ist. Ich weiß nicht, wie ich es nennen soll. Ich dachte, wenn ich deine Stimme höre ... Ich habe noch nie solche Gefühle ... Aber das sagen Männer immer, wie? Noch nie habe ich solche Gefühle gehabt, darum laß mich mit dir schlafen, damit ich diese Gefühle ausloten kann. Sicher, das spielt auch mit, ich will nicht lügen, aber es geht darüber hinaus, und ich weiß nicht, wieso.«

Sie hatte sich wie ein albernes Ding benommen, weil sie nicht genug davon bekommen konnte, von einem Mann geliebt zu werden. Auch Maggie hatte das nicht verhindern können: nicht mit ihrem Wissen, das ihr unausgesprochen im bleichen Gesicht geschrieben stand, als sie keine fünf Minuten nach Colins Gehen mit ihrer Katze in den Armen und glänzenden Wangen, von denen sie die Tränen abgewischt hatte, ins Haus gekommen war; nicht mit der Art, wie sie Colin schweigend zu taxieren pflegte, wenn er zum Essen kam oder mit ihnen wandern ging; nicht mit ihrem Betteln, sie nicht allein zu lassen, wenn Juliet wegging, um ein, zwei Stunden mit Colin in seinem Haus zu verbringen. Nein, Maggie hatte sie nicht bremsen können. Aber es war im Grunde auch gar nicht nötig gewesen, weil Juliet wußte, daß das Ganze keine Zukunft hatte. Sie hatte nur vergessen, daß sie sich in den vielen Jahren, da sie einzig für den Augenblick gelebt hatte – an der Schwelle zu einem Morgen, das stets das Schlimmste zu bringen drohte –, die größte Mühe gegeben hatte, Maggie ein Leben zu bieten, das normal zu sein scheinen sollte. Darum waren Maggies Ängste, daß Colin dieses Leben dauerhaft stören könnte, ganz natürlich. Ihr zu erklären, daß sie gleichzeitig unbegründet waren, hätte geheißen, ihr Dinge sagen zu müssen, die ihre Kinderwelt zerstört hätten. Und das brachte Juliet nicht über sich. Sie brachte es aber auch nicht über sich, Colin fortzuschicken. Nur noch eine Woche, pflegte sie zu denken, lieber Gott, bitte gönne mir nur noch eine Woche mit ihm, dann beende ich es. Ich verspreche es.

Und so hatte sie sich diesen Abend eingehandelt. Sie wußte es nur zu gut.

Wie die Mutter, so die Tochter, darauf, dachte Juliet, lief es letztlich hinaus. Maggies intime Beziehung zu Nick Ware war mehr als der Racheakt einer Pubertären gegen ihre Mutter; sie war mehr als nur die Suche nach einem Mann, den sie ganz im geheimen *Daddy* nennen konnte; in ihr bewies sich letztlich ihr Erbe. Aber Juliet wußte, daß sie es hätte verhindern können, hätte sie selbst sich nicht mit Colin eingelassen und so ihrer Tochter ein Beispiel gegeben.

Juliet zog sich die Lederhandschuhe von den Fingern und warf sie zu Jacke und Schal auf den Boden. Sie ging nicht in die Küche, um ein Abendessen zu richten, das ihre Tochter doch nicht essen würde, sondern zur Treppe. Vor der ersten Stufe blieb sie mit der Hand auf dem Geländer stehen und versuchte, die Kraft zu finden, hinaufzugehen. So viele Treppen im Lauf der Jahre, eine wie die andere: abgetretener Teppichboden, kahle Wände. Wenn man Bilder an die Wände hängte, hatte sie sich immer gesagt, mußte man sie beim Umzug nur wieder abnehmen; es war ihr daher sinnlos erschienen, sie überhaupt aufzuhängen. Halte alles schlicht, einfach, funktional. Dieser Parole folgend, hatte sie stets allen Schmuck abgelehnt, der emotionale Bindung an die Wohnung, in der sie zufällig gerade lebte, hätte fördern können. Es sollte kein Verlust entstehen, wenn sie weiterzogen.

Ein neues Abenteuer hatte sie jeden Umzug genannt; schauen wir mal, wie es in Northumberland ist. Sie hatte versucht, aus dem Auf-der-Flucht-Sein ein Spiel zu machen. Erst als sie nicht mehr geflohen war, hatte sie verloren.

Sie ging die Treppe hinauf. Die Angst ergriff immer mehr von ihr Besitz. Warum ist sie ausgerissen, fragte sie sich. Was haben sie ihr erzählt? Was weiß sie?

Die Tür zu Maggies Zimmer war nur angelehnt. Sie drückte sie auf. Mondlicht schimmerte zwischen den Ästen der Linde draußen vor dem Fenster und fiel in einem welligen Muster auf das Bett. Auf ihm lag zusammengerollt Maggies Katze, den Kopf tief zwischen den Pfoten, Schlaf vortäuschend, in der Hoffnung, Juliet würde Gnade vor Recht ergehen lassen und sie nicht verjagen. Punkin war der erste Kompromiß, auf den Juliet sich mit Maggie eingelassen hatte. *Bitte, bitte, darf ich eine kleine Katze haben, Mom* – so ein bescheidener Wunsch war das gewesen, so leicht zu gewähren. Sie hatte damals nicht gewußt, daß Maggies freudige Dankbarkeit über die Erfüllung eines kleinen Wunsches unausweichlich in ihr die Lust wecken würde, weitere zu erfüllen. Kleinigkeiten waren es zu Anfang gewesen – bei den Freundinnen übernachten, eine Fahrt nach Lancaster mit Josie und ihrer Mutter –, aber sie erzeugten ein Gefühl der Zugehörigkeit, das Maggie nie zuvor gekannt hatte, und führten schließlich zu der Bitte zu bleiben. Und die Entscheidung zu bleiben hatte zu Nick geführt, zum Pfarrer, zu diesem Abend ...

Juliet setzte sich aufs Bett und knipste das Licht an. Punkin schob seinen Kopf tiefer zwischen seine Pfoten, doch sein Schwanz zuckte einmal und verriet ihn. Juliet strich ihm mit der Hand über den Kopf und die Rundung seines Rückens. Er war nicht so sauber, wie er hätte sein sollen. Er war zuviel draußen im Wald. Noch sechs Monate, und er würde ganz verwildert sein. Instinkt war eben Instinkt.

Auf dem Boden neben Maggies Bett lag ihr dickes Album. Der Einband war abgegriffen und rissig, die Seiten hatten unzählige Eselsohren, so daß an manchen Stellen ihre Ecken zerfielen. Juliet hob das Buch auf und legte es auf ihren Schoß. Auf die erste Seite hatte sie mit großen Druckbuchstaben geschrieben *Wichtige Ereignisse in Maggies Leben*. Juliet konnte fühlen, daß die meisten Seiten beklebt waren. Sie hatte das Album nie zuvor durchgesehen – es wäre ihr wie ein unbefugtes Eindringen in Maggies kleine geheime Welt vorgekommen –, aber jetzt sah sie hinein, weniger aus Neugier als aus dem Bedürfnis, ihre Tochter zu verstehen.

Der erste Teil enthielt Erinnerungen aus der Kindheit: die Zeichnung einer großen Hand, in die eine kleinere hineingezeichnet war, darunter die Worte *Mom und ich*; ein phantasievoller Aufsatz mit dem Titel *Mein Hund Fred*, zu dem die Lehrerin geschrieben hatte: »Das muß ja wirklich ein lieber Hund sein, Margaret«; das Programm für eine Weihnachtsfeier, bei der Maggie im Chor mitgesungen hatte; eine Urkunde für den zweiten Preis bei einem Naturkundewettbewerb; und zahllose Fotos und Postkarten von ihren gemeinsamen Campingurlauben auf den Hebriden, auf Holy Island, weitab von der Welt im Lake District. Juliet blätterte langsam, zeichnete mit der Fingerspitze die kleine Hand nach, studierte jedes Foto, das das Gesicht ihrer Tochter zeigte. Dies war die reale Geschichte ihres gemeinsamen Lebens, eine Zusammenstellung, die erzählte, was ihr und ihrer Tochter auf Sand aufzubauen gelungen war.

Der zweite Teil des Albums jedoch zeugte von dem Preis eben dieser gemeinsamen Geschichte. Er enthielt eine Sammlung Zeitungsausschnitte und Zeitschriftenartikel über Autorennen. Eingestreut waren Fotografien von Männern. Zum erstenmal sah Juliet, daß die Bemerkung *Er ist bei einem Autounfall ums Leben gekommen, Herzchen* in Maggies Augen heroische Ausmaße angenommen hatte, und Juliets Weigerung, über das Thema zu sprechen, einen Vater hatte wachsen lassen, den Maggie lieben konnte. Ihre Väter waren die Sieger von Indianapolis, Monte Carlo und Le Mans. Sie sprangen auf einer Rennbahn in Italien aus einem brennenden Wagen und gingen hocherhobenen Hauptes davon. Reifen platzten ihnen, sie hatten Zusammenstöße, sie ließen Champagnerkorken knallen und winkten mit Trophäen. Alle waren sie lebendig.

Juliet schloß das Album und legte die Hände auf seinen Umschlag. Es geht immer nur um Schutz und Geborgenheit, sagte sie im Geist zu Maggie. Wenn du einmal Mutter bist, Maggie, dann wirst du wissen, daß es das Schlimmste ist, ein Kind zu verlieren. Alles andere kann man ertragen, und meistens muß man es auch irgendwann ertragen – daß man seine Habe verliert, sein Heim, die Arbeit, den Geliebten, den Ehemann. Aber ein Kind zu verlieren, das bringt einen um. Und darum vermeidet man jedes Risiko, das einen solchen Verlust verursachen könnte.

Du weißt das noch nicht, mein Kind, weil du noch nicht diesen Moment erlebt hast, wenn mit dem schiebenden, stoßenden Druck deiner Muskeln und dem Drang, auszustoßen und zu schreien zugleich, dieses kleine Bündel Mensch hervorgebracht wird, das dann schreiend und atmend auf deinem Bauch liegt, nackt auf deiner Haut, abhängig von dir, blind noch, mit winzigen Händen, instinktiv zu greifen versuchend. Und wenn du einmal diese kleinen Finger um einen deiner eigenen geschlossen hast – nein, nicht erst dann –, wenn du einmal dieses Leben betrachtest, das du geschaffen hast, dann weißt du, daß du alles tun und alles erleiden wirst, um es zu beschützen. Größtenteils beschützt du es natürlich um seinetwillen, weil es Schutz braucht. Aber zum Teil beschützt du es auch um deiner selbst willen.

Und das ist die schwerste meiner Sünden, Maggie, mein Liebes. Ich habe den Prozeß umgekehrt und habe gelogen, als ich es tat, weil ich die Ungeheuerlichkeit des Verlusts nicht ertragen konnte. Aber jetzt sage ich die Wahrheit, ich sage sie dir, hier und jetzt. Was ich getan habe, das habe ich zum Teil für dich getan, meine Tochter. Aber was ich vor vielen Jahren getan habe, das tat ich vor allem für mich selbst.

22

»Ich finde nicht, daß wir schon anhalten sollten, Nick«, sagte Maggie so bestimmt, wie sie es eben fertigbrachte. Der Kiefer tat ihr weh, weil sie die ganze Zeit die Zähne fest zusammengebissen hatte, damit sie nicht vor Kälte aufeinanderschlugen, und ihre Fingerspitzen waren schon taub, obwohl sie die Hände in den Taschen fast den ganzen Weg zusammengeballt hatte. Sie war müde vom Marschieren und spürte ihre Muskeln, die das Springen hinter Hecken, über Mauern oder in Straßengräben – jedesmal, wenn ein Auto kam – nicht gewöhnt waren. Auch wenn es schon dunkel war, war es noch relativ früh, und sie wußte, daß die Dunkelheit ihre Flucht begünstigte.

Unterwegs nach Südwesten, Richtung Blackpool, hatten sie die Straße weitestgehend gemieden. Der Weg über Weideland und Hochmoor war beschwerlich, aber Nick wollte auf jeden Fall erst mindestens zehn Kilometer von Clitheroe entfernt sein, ehe sie die normale Landstraße benutzten. Und selbst dann war er nicht einverstanden, der Hauptstraße nach Longridge zu folgen, wo sie einen Lastwagen nach Blackpool hätten anhalten können. Sie sollten besser auf den schmalen, von Hecken gesäumten Landstraßen bleiben, die sich durch kleine Dörfer und an Einödhöfen vorbeischlängelten, meinte er, und wenn es nicht anders ging, würden sie eben Feldwege nehmen. So sei zwar die Strecke nach Longridge viel weiter, aber auch sicherer. In Longridge würde kein Mensch sich nach ihnen umdrehen. Bis dahin jedoch mußten sie der Straße fernbleiben.

Sie hatte keine Uhr, aber sie wußte, daß es nicht viel später als acht oder halb neun sein konnte, auch wenn sie bereits sehr gegen Erschöpfung, Kälte und Hunger ankämpften. Die Lebensmittel, die Nick im Ort gekauft hatte, hatten sie gerecht geteilt und sich vorgenommen, bis zum Morgen damit auszukommen, aber dann hatten sie zuerst die Chips gegessen, danach die Äpfel, um ihren Durst zu löschen, und schließlich die Kekse, weil sie solchen Appetit auf etwas Süßes hatten. Nick rauchte seitdem eine Zigarette nach der anderen, um den Hunger zu vertreiben.

Nick kletterte über eine aus losen Steinen zusammengefügte Mauer, als Maggie wieder sagte: »Es ist noch zu früh zum Anhalten, Nick. Wir sind noch lange nicht weit genug weg. Wohin willst du überhaupt?«

Er deutete auf drei gelbe Lichtflecke am anderen Ende der Wiese. »Da ist ein Hof«, sagte er. »Da gibt's bestimmt auch einen Stall. Da können wir übernachten.«

»In einem Stall?«

Er strich sich das Haar aus dem Gesicht. »Was hast du denn gedacht, Mag? Wir haben kein Geld. Wir können uns nicht einfach irgendwo ein Zimmer nehmen.«

»Aber ich hab gedacht...« Sie zögerte und blickte mit

zusammengekniffenen Augen zu den Lichtern hinüber. Was hatte sie eigentlich gedacht? Nur weg, davonlaufen, nie wieder einen Menschen sehen außer Nick, aufhören zu denken, aufhören, sich Gedanken zu machen, ein Versteck finden.

Er wartete. Er griff unter seine Jacke und zog seine Zigaretten heraus. Er schüttelte die Packung, und die letzte Zigarette fiel heraus. Er begann die Packung zusammenzuknüllen, und Maggie sagte: »Willst du dir die letzte nicht aufheben? Für später, meine ich.«

»Nein.« Er knüllte die Packung zusammen und ließ sie fallen. Während sie über die Mauer kletterte, zündete er sich seine Zigarette an. Sie hob die weggeworfene Packung auf, glättete sie sorgfältig und steckte sie ein.

»Wir dürfen keine Spuren hinterlassen«, sagte sie zur Erklärung. »Ich meine, für den Fall, daß sie uns suchen.«

Er nickte. »Richtig. Jetzt komm.« Er nahm ihre Hand und zog sie mit sich in Richtung der Lichter.

»Aber warum halten wir jetzt schon an?« fragte sie wieder. »Es ist doch noch viel zu früh, findest du nicht?«

Er sah zum Nachthimmel hinauf, prüfte den Stand des Mondes. »Vielleicht«, sagte er und rauchte einen Moment lang nachdenklich. »Paß auf. Wir rasten hier eine Weile und übernachten dann später irgendwo anders. Bist du nicht auch hundemüde? Möchtest du dich nicht eine Weile irgendwo hinsetzen?«

Doch, das wollte sie. Aber sie befürchtete, wenn sie sich irgendwo niedersetzte, würde sie nicht wieder aufstehen. Ihre Schulschuhe waren zum Wandern nicht sonderlich geeignet, und sie meinte, wenn ihre Füße erst einmal zum Stillstand gekommen wären, würden sie später den Dienst verweigern.

»Ich weiß nicht...« Sie fröstelte.

»Und du mußt dich dringend ein bißchen aufwärmen«, sagte er mit Entschiedenheit und zog sie weiter, den Lichtern entgegen.

Dort an der Mauer jenseits der Weide drängte sich eine große Schafherde zusammen. Nick sprach mit leiser, beruhigender Stimme, während sie sich langsam der Herde näherten. Er hielt eine Hand ausgestreckt vor sich. Willig wichen die Tiere zurück, um Nick und Maggie durchzulassen.

»Du kennst dich aus«, sagte Maggie bewundernd. »Nick, wieso weißt du immer ganz genau, was man tun muß?«

»Es sind doch nur Schafe, Mag.«

»Ja, aber du kennst dich aus. Das mag ich so an dir, Nick. Du weißt immer das Richtige.«

Er sah zu dem Bauernhaus hinüber. Es stand jenseits einer Koppel und einer weiteren Mauer. »Ja, mit Schafen kenn ich mich aus«, sagte er.

»Nicht nur mit Schafen«, erwiderte sie. »Ehrlich.«

Er duckte sich an der Mauer und schob einen Schafbock zur Seite. Maggie kauerte neben ihm nieder. Er rollte seine Zigarette zwischen seinen Fingern hin und her und holte plötzlich tief Atem, als wollte er etwas sagen. Sie wartete auf seine Worte, dann sagte sie selbst: »Was?« Er schüttelte den Kopf. Sein Haar fiel ihm über Stirn und Wange, und er konzentrierte sich einzig aufs Rauchen. Maggie umfaßte seinen Arm und lehnte sich an ihn. Es war schön hier, wo die dichte Wolle und der Atem der Tiere sie wärmte. Beinahe hätte sie sich vorstellen können, die ganze Nacht hier an dieser Stelle zu verbringen. Sie hob den Kopf.

»Die Sterne«, sagte sie. »Ich wünsch mir immer, ich wüßte ihre Namen. Aber immer kann ich nur den Polarstern finden, weil der am hellsten leuchtet. Er ist ...« Sie drehte sich herum. »Er müßte doch eigentlich ...« Sie runzelte die Stirn. Wenn Longridge westlich von Clitheroe lag und ein ganz klein wenig südlich, dann mußte doch der Polarstern ... Wo war sein helles Licht?

»Nick«, sagte sie langsam, »ich kann den Polarstern nicht finden. Haben wir uns verirrt?«

»Verirrt?«

»Ich glaube, wir gehen in die falsche Richtung, der Polarstern ist nicht da, wo ...«

»Wir können uns nicht nach den Sternen richten, Mag. Wir müssen uns nach dem Land richten.«

»Wie meinst du das? Woher weißt du denn, in welcher Richtung du dich bewegst, wenn du dich nach dem Land richtest?«

»Weil ich mich hier auskenne. Weil ich schon immer hier gelebt habe. Wir können nicht mitten in der Nacht die Berge rauf und runter klettern, und das müßten wir tun, wenn wir direkt nach Westen gehen wollten. Wir müssen um die Berge rumgehen.«

»Aber ...«

Er drückte seine Zigarette an der Sohle seines Schuhs aus. Er richtete sich auf. »Komm.« Er kletterte über die Mauer und reichte ihr die Hand, um ihr zu helfen. Dann sagte er: »Wir müssen jetzt ganz leise sein. Hier gibt's bestimmt Hunde.«

Fast lautlos huschten sie über die Koppel, nur die Sohlen ihrer Schuhe knirschten leise auf dem reifbedeckten Boden. An der letzten Mauer duckte sich Nick, hob langsam den Kopf und sah sich um. Maggie beobachtete ihn von unten, in der Hocke an die Mauer gedrückt, beide Arme um ihre Knie geschlungen.

»Der Stall ist drüben auf der anderen Seite vom Hof«, sagte er. »Und alles voll Mansche, wie es aussieht. Das wird eine schöne Schweinerei. Halt dich an mir fest.«

»Gibt's Hunde?«

»Sehen kann ich keine. Aber sie sind bestimmt irgendwo.«

»Aber Nick, wenn sie bellen oder auf uns losgehen, was sollen wir dann ...«

»Denk nicht drüber nach. Komm lieber jetzt.«

Er kletterte über die Mauer. Sie folgte, schrammte mit ihrem Knie über den obersten Stein und spürte, wie ihre Strumpfhose zerriß. Sie schrie leise auf bei dem plötzlichen brennenden Schmerz. Aber so ein Kratzer war jetzt wirklich Babykram. An der Mauer wuchs dichter Farn, der Boden war von Furchen durchzogen und matschig. Mit jedem Schritt sank Maggie tiefer in den Morast, spürte, wie er seitlich in ihre Schuhe quoll. »Nick, ich bleibe bei jedem Schritt kleben«, flüsterte sie. Doch da kamen schon die Hunde.

Zuerst hörten sie ihr Kläffen. Dann sahen sie von den Stallungen her drei Collies mit wütendem Gebell und gefletschten Zähnen über den Hof jagen. Nick stieß Maggie hinter sich. Keine zwei Meter von ihm entfernt kamen die Hunde rutschend zum Stehen, knurrend und kläffend, bereit, sich auf ihn zu stürzen.

Nick streckte ihnen seine Hand entgegen.

Maggie flüsterte: »Nick! Nein!« und beobachtete voller Angst das Haus. Jeden Moment würde krachend die Tür auffliegen und der Bauer selbst herausgestürmt kommen, rot im Gesicht, wütend, schimpfend. Er würde die Polizei anrufen, denn sie hatten ja hier nichts zu suchen.

Die Hunde begannen zu heulen.

»Nick!«

Nick ging in die Hocke. Er sagte: »He, kommt doch mal her, ihr ulkigen Kerle. Ihr könnt mir keine Angst machen.« Und er pfiff leise.

Es wirkte wie ein Zauber. Die Hunde wurden still, kamen näher, beschnupperten seine Hand, und schon einen Augenblick später behandelten sie ihn wie einen alten Freund. Nick streichelte sie und kraulte sie leise lachend hinter den Ohren. »Ihr tut uns nichts, hm, ihr Kerle?« Schwanzwedeln war die Antwort, und einer von ihnen leckte Nick das Gesicht. Als Nick sich aufrichtete, sprangen sie vergnügt um ihn herum und folgten ihm wie eine Eskorte in den Hof.

Maggie war voller Bewunderung. »Wie hast du das gemacht, Nick?«

Er nahm sie bei der Hand. »Es sind doch nur Hunde, Mag.«

Der alte Stall war Teil eines aus Stein erbauten länglichen Gebäudes, das dem Wohnhaus auf der anderen Seite des Hofs gegenüberstand. Er schloß direkt an ein schmales Haus an, in dessen erstem Stockwerk hinter einem Fenster mit zugezogenen Vorhängen ein Licht brannte. Früher war dies wahrscheinlich ein Getreidespeicher mit einer Wagenremise darunter gewesen. Irgendwann war der Speicher in eine Wohnung für einen Arbeiter und seine Familie umgewandelt worden. Eine Treppe führte zu einer dunkelroten Tür hinauf, über der jetzt eine einsame Glühbirne brannte. Darunter befand sich die Remise mit einem einzigen unverglasten Fenster und einem breiten Tor.

Nick blickte von der Remise zum Stall, in dem früher wohl Kühe untergebracht worden waren und der jetzt langsam verfiel. Das Mondlicht beleuchtete die Silhouette des windschiefen Dachs, die ungleichmäßige Reihe runder Fenster im Oberstock, die großen, altersschwachen Holztore. Während die Hunde schnüffelnd um sie herumstrichen, schien Nick die sich bietenden Möglichkeiten gegeneinander abzuwägen und stapfte schließlich durch den Morast auf die Remise zu.

»Sind da oben nicht Leute?« flüsterte Maggie und wies zu dem erleuchteten Fenster hinauf.

»Doch, wahrscheinlich. Wir müssen eben ganz leise sein.

Da ist es wärmer. Der Stall ist viel zu groß, und er steht genau im Wind. Komm.«

Er führte sie unter die Treppe zu der Bogentür, durch die man in die Remise gelangte. Durch ihr Fenster fiel ein Lichtschimmer von der Glühbirne über der oberen Wohnungstür. Die Hunde folgten ihnen, liefen einen Moment schnüffelnd um ein paar schmutzige alte Decken herum, die in einer Ecke auf dem Steinboden lagen, ihr Schlafquartier offenbar, traten sich scharrend ihre Kuhlen und ließen sich zum Schlaf nieder.

Die Steinwände der Remise schienen die Kälte, die von draußen hereindrang, noch zu verstärken. Maggie versuchte, sich mit dem Gedanken zu trösten, daß es genau war wie in der Hütte, in der das Jesuskind geboren war – nur waren da keine Hunde dabeigewesen, soweit sie sich erinnern konnte. Doch das merkwürdige Pfeifen und Rascheln aus den tiefen Schatten in den Ecken war ihr unheimlich.

Sie stellte fest, daß die Remise als Lager- und Abstellraum benutzt wurde. An der einen Wand waren große Säcke gestapelt, schmutzige Eimer standen daneben, Werkzeug, ein Fahrrad, ein Schaukelstuhl, dem die Sitzfläche fehlte, sowie eine Toilette, die zur Seite gekippt war. Gegenüber an der Wand stand eine völlig verstaubte Kommode. Ruckweise zog Nick die oberste Schublade des Möbels auf und sagte mit einiger Erregung in der Stimme: »He, schau dir das an, Mag. Da haben wir echt Glück gehabt.«

Sie stieg über das alte Gerümpel hinweg. Nick zog erst eine große, warme Decke, dann noch eine zweite aus der Schublade. Sie schienen sauber zu sein. Nick stieß die Schublade wieder zu. Das Holz krachte. Die Hunde hoben die Köpfe. Maggie hielt den Atem an und lauschte auf verräterische Geräusche aus der Wohnung über ihnen. Undeutlich konnte sie jemanden sprechen hören – einen Mann zuerst, dann eine

Frau, danach folgten dramatische Musik und das Krachen einer Schießerei –, aber es kam niemand.

»Das ist der Fernseher«, sagte Nick. Er machte ein Stück Boden frei, breitete die erste Decke darauf aus und faltete sie einmal zur Polsterung gegen die Härte der Steine und zum Schutz gegen die Kälte. Dann winkte er Maggie zu sich. Die zweite Decke wickelte er um sie beide herum und sagte: »Das tut's erst einmal. Ist dir schon wärmer, Mag?« Er zog sie an sich.

Ihr war tatsächlich augenblicklich wärmer, doch der frische Lavendelduft der Decke weckte Zweifel bei ihr. »Wieso heben die ihre Decken hier draußen auf? Da werden sie doch ganz feucht, oder nicht? Werden die da nicht modrig oder so was?«

»Ist doch egal. Für uns ist es jedenfalls gut, daß sie so blöd sind. Komm, leg dich hin. Tut gut, nicht? Ist dir wärmer, Mag?«

Das Rascheln und gelegentliche Pfeifen in den Ecken schien ihr jetzt, da sie unten auf dem Boden lag, lauter zu sein. Sie kuschelte sich dichter an Nick und sagte: »Was sind das für Geräusche?«

»Hab ich dir doch schon gesagt. Der Fernseher.«

»Nein, ich mein die anderen – das da, hast du's gehört?«

»Ach, das! Ratten wahrscheinlich.«

Sie fuhr in die Höhe. »Ratten! Nick, nein! Ich kann nicht – bitte – ich hab Angst ... Nick!«

»Pscht. Die tun dir doch nichts. Komm, leg dich wieder hin.«

»Aber Ratten beißen doch. Und wenn sie einen beißen, stirbt man. Und ich ...«

»Wir sind doch viel größer als sie. Die haben mehr Angst als wir. Die kommen bestimmt nicht in unsere Nähe.«

»Aber meine Haare ... Ich hab mal gelesen, daß sie Haare sammeln und daraus ihre Nester bauen.«

»Ich paß schon auf, daß sie dir nicht zu nahe kommen.« Er

zog sie wieder zu sich hinunter und legte sich auf seine Seite. »Leg deinen Kopf auf meinen Arm«, sagte er. »Meinen Arm klettern sie bestimmt nicht rauf. Mensch, Mag, du zitterst ja. Komm her. Rück näher an mich ran. Du brauchst keine Angst zu haben.«

»Aber wir bleiben nicht lange hier?«

»Nur zum Verschnaufen.«

»Versprichst du's mir?«

»Ja, ich versprech's dir. Komm schon. Es ist kalt.« Er öffnete den Reißverschluß seiner Bomberjacke und hielt sie auf. »Hier. Doppelte Wärme.«

Mit einem furchtsamen Blick in die Schatten, wo die Ratten zwischen den Säcken umherhuschten, legte sie sich auf der Decke nieder und kuschelte sich in Nicks Bomberjacke. Sie war steif vor Kälte und Angst. Gewiß, die Hunde hatten niemanden aufgeschreckt, aber wenn der Bauer vor dem Zubettgehen noch eine letzte Runde auf dem Hof machte, würde er sie wahrscheinlich finden.

Nick gab ihr einen Kuß auf den Kopf. »Okay?« fragte er. »Wir bleiben nicht lange. Wir ruhen uns nur ein Weilchen aus.«

»Okay.«

Sie schlang ihre Arme um ihn und ließ sich wärmen. Sie zwang sich, nicht an die Ratten zu denken, sondern stellte sich vor, sie wären zusammen in ihrer ersten gemeinsamen Wohnung. Es wäre ihre erste richtige gemeinsame Nacht, so ähnlich wie eine Hochzeitsnacht. Und am Fuß des Bettes läge Punkin. Er würde es natürlich tun wollen – er würde es immer tun wollen –, und sie würde es auch immer tun wollen. Weil es so ein schönes, warmes Gefühl war.

»Mag«, sagte Nick, »hör auf. Lieg still.«

»Ich tu doch gar nichts.«

»Doch, tust du schon.«

»Ich wollte nur ein bißchen näher ran. Es ist kalt. Du hast gesagt...«

»Es geht jetzt nicht. Hier nicht. Okay?«

Sie drückte sich an ihn. Sie konnte spüren, daß er wollte, obwohl er das Gegenteil behauptet hatte. Sie schob ihre Hand zwischen ihre beiden Körper.

»Mag!«

»Es ist so schön warm«, flüsterte sie und rieb, so wie er es ihr beigebracht hatte.

»Mag, ich hab nein gesagt«, flüsterte er scharf.

»Aber du magst es doch, oder nicht?« Sie drückte. Sie ließ wieder los.

»Mag! Hör endlich auf!«

Sie streichelte und liebkoste.

»Nein! Verdammt noch mal! Mag, laß das doch!«

Sie zuckte zurück, als er ihre Hand wegschlug, und die Tränen schossen ihr in die Augen. »Ich wollte doch nur...« Das Atmen tat ihr weh. »Es war doch schön, oder nicht? Ich wollte es dir doch nur schön machen.«

Im dämmrigen Licht sah er aus, als täte ihm innerlich etwas weh. Er sagte: »Ja, es ist schön. Du bist lieb, Mag. Aber wenn du das tust, dann möchte ich es mit dir tun, und das geht jetzt nicht. Wir können jetzt nicht. Okay. Leg dich doch hin.«

»Ich wollte doch nur, daß wir einander ganz nah sind.«

»Wir sind einander nah, Mag. Komm jetzt. Komm, ich nehm dich in die Arme.« Behutsam zog er sie wieder zu sich herunter. »Es ist doch auch so schön, wenn wir einfach so hier liegen, du und ich.«

»Aber ich wollte doch nur...«

»Ist ja gut. Es macht doch nichts.« Er öffnete ihren Mantel und legte seinen Arm um sie. »Es ist schön, einfach so«, flüsterte er, seinen Mund an ihrem Haar. Er schob seine Hand auf ihren Rücken und begann sie zu streicheln.

»Aber ich wollte doch nur . . .«

»Sch. Schau, ist es nicht auch so schön? Wenn wir uns einfach nur in den Armen halten? So?« Seine Finger zogen lange, langsame Kreise auf ihrem Rücken und blieben schließlich in ihrem Kreuz liegen, wo sie einen sanften Druck ausübten, der sie völlig entspannte. Behütet und geliebt glitt sie schließlich in den Schlaf.

Die Hunde weckten sie. Die Tiere waren auf den Beinen, rannten schnüffelnd herum und schossen beim Geräusch eines Autos, das in den Hof fuhr, zur Tür hinaus. Als sie anfingen zu bellen, war Maggie bereits hellwach, hatte sich aufgesetzt und sah, daß sie allein auf der Decke war. Sie zog die andere Decke um sich herum und flüsterte erschrocken: »Nick!« Er trat aus der Dunkelheit beim Fenster. Das Licht im ersten Stock brannte nicht mehr. Sie hatte keine Ahnung, wie lange sie geschlafen hatte.

»Es ist jemand hier«, sagte er ganz überflüssigerweise.

»Polizei?«

»Nein.« Er blickte zum Fenster zurück. »Ich glaub, es ist mein Vater.«

»Dein Vater? Aber wie –«

»Keine Ahnung. Komm her. Sei leise.«

Sie raffte die Decken zusammen und schlich zum Fenster. Die Hunde machten ein Spektakel, das Tote aufgeweckt hätte, und draußen gingen Lichter an.

»He, hallo! Das reicht!« rief jemand unwirsch. Die Hunde blafften noch ein paarmal, dann waren sie still. »Was ist los? Wer ist da?«

Jemand watete durch den Schlamm im Hof. Dann wurde gesprochen. Maggie versuchte, etwas zu hören, aber die Stimmen waren leise. Eine Frau, die weiter entfernt zu sein schien, sagte gedämpft: »Ist es Frank?«, und ein Kind rief: »Mami, ich will schauen.«

Maggie zog die Decke fester um sich. Sie klammerte sich an Nick. »Wo können wir jetzt hin? Nick, wenn wir abhauen?«

»Sei leise. Er müßte eigentlich – ach, verdammt.«

»Was denn?«

Aber sie hörte es selbst: »Kann ich mich vielleicht mal kurz umsehen?«

»Natürlich. Es sind also zwei?«

»Ja, ein Junge und ein Mädchen. Sie haben wahrscheinlich ihre Schuluniformen an. Und der Junge trägt möglicherweise eine Bomberjacke.«

»Von den beiden hab ich keine Spur gesehen. Aber wer weiß. Ich zieh mir nur schnell meine Stiefel über, dann können wir ja mal schauen. Taschenlampe?«

»Ich hab eine, danke.«

Schritte entfernten sich in Richtung Stall. Maggie packte Nick bei der Jacke. »Komm, Nick, hauen wir ab. Jetzt gleich. Wir können zur Mauer rennen. Wir können uns auf der Weide verstecken. Wir können ...«

»Und die Hunde?«

»Was?«

»Die laufen uns bestimmt nach und verraten uns. Außerdem hat der andere Mann gesagt, daß er beim Suchen mithilft.« Nick wandte sich vom Fenster ab und sah sich in der Remise um. »Wir müssen uns hier verstecken. Das ist unsere einzige Hoffnung.«

»Hier? Wo denn?«

»Wir schieben die Säcke weg und hocken uns hinter sie.«

»Aber die Ratten!«

»Das ist nicht zu ändern. Komm. Du mußt mir helfen.«

Der Bauer ging hinter Nicks Vater her über den Hof, als sie die Decken hinwarfen und darangingen, die Säcke von der Wand wegzuziehen. Sie hörten, wie Nicks Vater rief: »Im Stall ist nichts«, und der andere Mann sagte: »Dann schauen wir doch mal da in der Remise nach.« Der Klang ihrer sich nähernden Schritte trieb Maggie, wie eine Wahnsinnige an den Säcken zu zerren, bis sie einige so weit von der Wand weggebracht hatte, daß dahinter eine Höhle entstanden war. Sie war hineingekrochen – und Nick ebenfalls –, als der Lichtstrahl einer Taschenlampe durch das Fenster fiel.

»Da scheint nichts zu sein«, sagte Nicks Vater.

Ein zweiter Lichtstrahl gesellte sich zum ersten; es wurde heller in der Remise. »Hier drinnen schlafen die Hunde. Ich glaub nicht, daß ich zu denen reingehen würde, wenn ich ausreißen wollte.« Er schaltete seine Taschenlampe aus. Maggie atmete auf. Sie hörte Schritte. Dann: »Aber vielleicht sollten wir uns trotzdem noch mal genauer umschauen«, und das Licht erschien wieder, heller, von der Tür her kommend.

Das Winseln eines Hundes begleitete das Klatschen nasser Stiefel auf dem Fußboden. Krallen schlugen klappernd gegen den Stein. »Nein«, hauchte Maggie in lautloser Verzweiflung und fühlte, daß Nick näher an sie heranrückte.

»Hier haben wir was«, sagte der Bauer. »Da war jemand an der Kommode.«

»Gehören die Decken da auf den Boden?«

»Bestimmt nicht.« Der Lichtstrahl wanderte durch den ganzen Raum, von den Ecken zur Decke. Er huschte über die ausrangierte Toilette und streifte über den Staub auf dem Schaukelstuhl. Auf den Säcken kam er zur Ruhe und beleuchtete die Wand über Maggies Kopf. »Aha«, sagte der Bauer. »Da haben wir's. Heraus mit euch, ihr beiden. Los, kommt sofort heraus, sonst schick ich euch die Hunde, die werden euch schon Beine machen.«

»Nick?« sagte Frank Ware. »Bist du's, mein Junge? Ist das Mädchen bei dir? Komm jetzt raus da. Na los, wird's bald.«

Maggie stand zuerst auf, zitternd, ins Licht blinzelnd. Sie wollte sagen, bitte seien Sie Nick nicht böse, Mr. Ware. Er wollte mir doch nur helfen, aber statt dessen begann sie zu weinen und konnte immer nur denken, schickt mich bitte nicht nach Hause, ich will nicht nach Hause.

Frank Ware sagte: »Was, in Gottes Namen, hast du dir dabei gedacht, Nick? Los, raus mit dir. Versohlen sollte ich dich. Ist dir eigentlich klar, was für eine Angst deine Mutter um dich hat, Junge?«

Nick drehte den Kopf, die Augen gegen das Licht zusammengekniffen, mit dem ihm sein Vater ins Gesicht leuchtete. »Tut mir leid«, sagte er.

Frank Ware räusperte sich. »Na, so billig kommst du mir nicht weg. Ist dir eigentlich klar, daß ihr hier unbefugt eingedrungen seid? Ist dir klar, daß diese Leute euch die Polizei auf den Hals hetzen können? Was hast du dir bloß dabei gedacht? Ich hätte dich für vernünftiger gehalten. Und was hattest du mit der Kleinen vor?«

Nick schwieg.

»Du starrst vor Dreck.« Frank Ware ließ den Lichtstrahl an Nick hinauf- und hinunterwandern. »Allmächtiger, wie du aussiehst! Wie ein Landstreicher.«

»Nein, bitte!« rief Maggie und rieb sich die nasse Nase am Mantelärmel trocken. »Es ist nicht Nicks Schuld. Es ist meine Schuld. Er wollte mir nur helfen.«

Frank Ware räusperte sich wieder und schaltete die Taschenlampe aus. Der Bauer tat es ihm nach. Er war etwas abseits stehengeblieben, hatte zwar das Licht auf sie gerichtet, selbst jedoch zum Fenster rausgesehen. Als Frank Ware sagte: »Hinaus ins Auto mit euch beiden«, hob der Bauer die beiden Decken vom Boden auf und folgte ihnen nach draußen.

Die Hunde strichen um Frank Wares alten Nova herum, schnupperten an den Reifen und am Boden darunter. Am Haus brannte die Außenbeleuchtung, und in ihrem Licht konnte Maggie zum erstenmal sehen, wie ihre Kleider zugerichtet waren: schmutzig, zerknittert, schlammverkrustet. An manchen Stellen waren Flechten von den Mauern hängengeblieben, über die sie hinweggeklettert waren. An ihren Schuhen klebte der Lehm in Klumpen, aus denen Farn und Stroh heraushingen. Bei diesem Anblick brach sie von neuem in Tränen aus. Was hatte sie sich nur gedacht? Wohin hatte sie in diesem Zustand gehen wollen? Ohne Geld, ohne Kleider, ohne einen Plan. Was hatte sie sich nur gedacht?

Sie umklammerte Nicks Arm, als sie zum Wagen gingen, und sagte schluchzend: »Es tut mir leid, Nick. Es ist meine Schuld. Ich sag's deiner Mutter. Du wolltest ja gar nichts Böses tun. Ich erklär's ihr. Ganz bestimmt.«

»Steigt ein«, sagte Frank Ware barsch. »Wir können uns später darüber unterhalten, wer schuld ist.« Er öffnete die Tür auf der Fahrerseite und sagte zu dem Bauern: »Ich bin Frank Ware. Ich bin auf der Skelshaw Farm in Richtung Winslough zu erreichen. Meine Nummer steht im Telefonbuch, falls die beiden hier irgendwelchen Schaden angerichtet haben sollten.«

Der Bauer nickte, sagte aber nichts. Er trat von einem Fuß auf den anderen und machte den Eindruck, als wünschte er, sie würden endlich abfahren. »Los, raus aus dem Dreck«, rief er den Hunden zu, als sich die Tür des Wohnhauses öffnete. Ein kleines Mädchen von vielleicht sechs Jahren stand im Nachthemd im Licht. Sie lachte und winkte und rief: »Hallo, Onkel Frank. Darf Nick heute bei uns schlafen? Bitte, erlaub's ihm doch.« Ihre Mutter kam hastig zur Tür und zog sie mit einem erschrockenen und entschuldigenden Blick zum Auto wieder ins Haus.

Maggie blieb stehen. Sie sah Nick an. Sie blickte von ihm zu seinem Vater und dann zu dem Bauern. Zuerst sah sie die Ähnlichkeit – der gleiche Haaransatz, auch wenn die Haarfarbe nicht stimmte; der gleiche Höcker auf der Nase; die gleiche Kopfhaltung. Dann begriff sie den Rest – die Hunde, die Decken, Nicks Vorschlag, in dieser Richtung zu gehen, sein Bestehen darauf, genau auf diesem Hof Rast zu machen. Und als sie aufgewacht war, hatte er am Fenster gestanden und gewartet ...

In ihrem Inneren wurde es so still, daß sie zuerst glaubte, ihr Herz hätte aufgehört zu schlagen. Ihr Gesicht war immer noch naß, aber die Tränen versiegten. Sie stolperte einmal auf dem glitschigen Boden, hielt sich am Türgriff des Nova fest und spürte, wie Nick ihren Arm nahm. Wie aus weiter Ferne hörte sie ihn ihren Namen sagen. Sie hörte, wie er sagte: »Bitte, Mag. Hör mir zu. Ich hab nicht gewußt, was ich sonst ...«, dann verschwamm alles in ihrem Kopf, und sie konnte den Rest nicht mehr hören. Sie stieg hinten ins Auto. Direkt in ihrem Blickfeld lag unter einem Baum ein Stapel alter Dachschindeln, und auf sie konzentrierte sie ihre Aufmerksamkeit. Sie waren groß, viel größer als sie gedacht hatte, und sie sahen aus wie Grabsteine. Sie zählte sie langsam, eins, zwei, drei, und war über zehn hinaus, als sie merkte, wie der Wagen sich neigte, als Frank Ware einstieg. Dann rutschte Nick neben sie auf den Rücksitz. Sie spürte, daß er sie ansah, aber das war ohne Bedeutung. Sie zählte weiter – vierzehn, fünfzehn, sechzehn. Wieso hatte Nicks Onkel so viele Dachschindeln? Und warum hob er sie unter dem Baum auf? Siebzehn, achtzehn, neunzehn.

Nicks Vater kurbelte sein Fenster herunter. »Danke, Kev«, sagte er leise. »Denk dir jetzt bloß nichts.«

Der andere Mann kam zum Wagen und lehnte sich dagegen. Er richtete das Wort an Nick. »Tut mir leid, Junge«, sagte er. »Wir kriegten die Kleine nicht ins Bett, als sie hörte, daß du kommen würdest. Sie hat dich einfach so gern.«

»Ist schon okay«, sagte Nick.

Sein Onkel nickte kurz und trat vom Wagen zurück. »He, ihr ulkigen Kerle«, rief er den Hunden zu. »Macht, daß ihr da wegkommt.«

Der Wagen setzte sich schlingernd in Bewegung, drehte und fuhr zur Straße hinaus. Frank Ware schaltete das Radio ein. »Was wollt ihr hören, Kinder?« fragte er freundlich, aber Maggie schüttelte nur den Kopf und sah zum Fenster hinaus, und Nick sagte: »Irgendwas, Dad. Es ist ganz egal.« Die Wahrheit dieser Worte traf Maggie eiskalt. Nick berührte vorsichtig ihre Hand. Sie zuckte zurück.

»Es tut mir leid«, sagte er leise. »Ich hab nicht gewußt, was ich sonst tun sollte. Wir hatten doch kein Geld. Und wir wußten nicht, wohin. Ich hab einfach nicht gewußt, wie ich richtig für dich sorgen kann.«

»Aber du hast gesagt, du würdest für mich sorgen«, sagte sie tonlos. »Gestern abend. Da hast du's gesagt.«

»Aber ich hab doch nicht gedacht, daß es so ...« Sie sah, wie seine Hand sich um sein Knie legte. »Mag, hör mir doch mal zu. Ich kann nicht richtig für dich sorgen, wenn ich nicht zur Schule geh. Ich möchte Tierarzt werden. Ich muß erst die Schule machen, danach können wir für immer zusammensein. Aber ich muß ...«

»Du hast gelogen.«

»Hab ich nicht.«

»Du hast deinen Vater von Clitheroe aus angerufen, als du weggegangen bist, um was zu essen zu kaufen. Du hast ihm gesagt, wo er uns finden kann. Stimmt's oder nicht?«

Er sagte nichts, das war Bestätigung genug. Die nächtliche Landschaft glitt am Fenster vorbei. Steinmauern wichen den kahlen Gerippen von Hecken. Äcker und Weiden wichen wildem Land. Hinter dem Hochmoor erhoben sich wie Lancashires dunkle Wächter die Fells zum Himmel.

Frank Ware hatte die Heizung eingeschaltet, aber Maggie

war nie in ihrem Leben so kalt gewesen. Ihr war kälter als am Nachmittag, als sie über die Felder gelaufen waren, kälter als auf dem Steinboden der Remise. Ihr war kälter als am vergangenen Abend in Josies Versteck, als Nick auf ihr gelegen und sie mit Versprechen, die nichts bedeuteten, gewärmt hatte.

Es endete dort, wo es angefangen hatte, bei ihrer Mutter. Als Frank Ware in den Hof von Cotes Hall hineinfuhr, ging die Tür des Verwalterhauses auf, und Juliet Spence kam heraus. Maggie hörte, wie Nick drängend flüsterte: »Mag! Warte!«, aber sie stieß die Wagentür auf. Der Kopf war ihr so schwer, daß sie ihn nicht heben konnte. Und gehen konnte sie auch nicht.

Sie hörte, wie ihre Mutter sich näherte. Sie hörte das Klappern ihrer Stiefel auf den Pflastersteinen. Sie wartete. Worauf, wußte sie nicht. Auf den Zorn, die Vorhaltungen, die Strafe: es spielte keine Rolle. Was auch immer, es konnte sie nicht berühren. Nichts würde sie je wieder berühren.

Juliet sagte in seltsam ungläubigem Ton: »Maggie?«

Frank Ware redete. Maggie hörte Satzfetzen wie »zu seinem Onkel mitgenommen ... Ganz hübscher Marsch ... Wahrscheinlich hungrig ... todmüde ... diese jungen Leute. Manchmal weiß man wirklich nicht, was man von ihnen ...«

Juliet räusperte sich und sagte: »Ich danke Ihnen vielmals. Ich weiß nicht, was ich getan hätte, wenn ... Vielen Dank noch einmal, Frank.«

»Ich glaube nicht, daß sie es bös gemeint haben«, sagte Frank Ware.

»Nein«, antwortete Juliet. »Nein, sicher nicht.«

Der Wagen stieß zurück, wendete, fuhr davon. Immer noch hielt Maggie den Kopf gesenkt. Noch drei klappernde Schritte, und sie konnte die Stiefelspitzen ihrer Mutter sehen.

»Maggie.«

Sie konnte nicht aufsehen. Sie war bleischwer. Sie spürte eine zarte Berührung auf ihrem Haar und zog sich furchtsam vor ihr zurück.

»Was ist?« Die Stimme ihrer Mutter klang verwirrt. Mehr als verwirrt, sie klang ängstlich.

Maggie konnte nicht verstehen, wie das hatte geschehen können, denn wieder hatten sich die Machtverhältnisse geändert, und noch dazu das Schlimmste war geschehen: Sie war allein mit ihrer Mutter, ohne eine Möglichkeit, entkommen zu können. Verzweifelt kämpfte sie gegen die Tränen an.

Juliet trat zurück. »Komm mit rein, Maggie«, sagte sie. »Es ist kalt. Du zitterst.« Sie ging zum Haus.

Maggie hob den Kopf. Sie trieb im Nichts. Nick war fort, und ihre Mutter entfernte sich von ihr. Nichts war mehr da, an dem man sich festhalten konnte. Das Schluchzen brach sich Bahn. Ihre Mutter blieb stehen.

»Sprich mit mir«, sagte Juliet. Ihre Stimme schwankte. Sie klang verzweifelt. »Du mußt mit mir reden. Du mußt mir sagen, was passiert ist. Du mußt mir sagen, warum du weggelaufen bist. Solange du nicht mit mir sprichst, können wir keine Lösung finden.«

Sie standen weit auseinander, Juliet auf der Türschwelle, Maggie im Hof. Maggie war es, als trennten sie Meilen. Sie wollte näher kommen, aber sie wußte nicht, wie. Sie konnte das Gesicht ihrer Mutter nicht klar genug erkennen, um festzustellen, was sie erwartete. Sie wußte nicht, ob das Zittern in der Stimme ihrer Mutter Schmerz oder Wut war.

»Maggie, Liebling. Bitte.« Juliets Stimme brach. »Sprich mit mir. Ich bitte dich.«

Die Qual ihrer Mutter – sie schien so echt – riß ein kleines Loch in Maggies Herz. Sie sagte mit einem Schluchzen: »Nick hat versprochen, daß er für mich sorgen würde, Mom. Er hat gesagt, daß er mich liebt. Er hat gesagt, ich wäre was Besonderes, wir wären beide was Besonderes, aber er hat gelogen, und dann hat er seinen Vater angerufen, damit der uns holt, und hat mir gar nichts davon gesagt, und ich hab die ganze Zeit geglaubt...« Sie weinte. Sie wußte schon längst nicht mehr, was die eigentliche Quelle ihres Kummers war. Außer daß sie nicht wußte, wohin, und keinen Menschen hatte, dem sie vertrauen konnte. Obwohl sie doch so dringend jemanden brauchte, einen Anker, ein Zuhause.

»Ach, das tut mir leid, meine Kleine.«

So viel Güte in diesen wenigen Worten. Diesen Klang in den Ohren, war es leichter fortzufahren.

»Er hat so getan, als könnte er die Hunde zähmen, als hätte er die Decken ganz zufällig gefunden und...« Die ganze Geschichte sprudelte heraus. Von dem Polizeibeamten aus London, dem Tuscheln, dem Flüstern, dem Klatsch. Und schließlich: »Und da hatte ich eben Angst.«

»Wovor?«

Maggie konnte es nicht in Worte fassen. Sie stand im Hof, und der Nachtwind pfiff durch ihre schmutzigen Kleider, und sie konnte nicht vor und nicht zurück. Weil es kein Zurück gab, wie sie sehr wohl wußte. Und weil Vorwärtsgehen Vernichtung bedeutete.

Aber offenbar brauchte sie nirgendwohin zu gehen, denn Juliet sagte: »Mein Gott, Maggie«, und schien schon alles zu wissen. Sie sagte: »Wie konntest du je glauben... Du bist mein Leben. Du bist alles, was ich habe. Du bist...« Den Kopf zum Himmel erhoben, die Fäuste auf ihre Augen gedrückt, lehnte sie sich an den Türpfosten. Sie begann zu weinen.

Es war ein schreckliches Geräusch, als risse ihr jemand die Eingeweide heraus. Es war leise und häßlich. Es machte ihren Atem stocken. Es klang wie Sterben.

Nie zuvor hatte Maggie ihre Mutter weinen sehen. Es

machte ihr angst. Sie starrte ihre Mutter an und wartete, die Hände in ihren Mantel gekrallt, denn ihre Mutter war doch die Starke, war die, die immer wußte, was zu tun war. Aber jetzt erkannte Maggie, daß ihre Mutter im Schmerz gar nicht so anders war als sie. Sie ging zu ihr. »Mom?«

Juliet schüttelte den Kopf. »Ich kann es jetzt nicht wiedergutmachen. Ich kann nichts ändern. Jetzt nicht. Das schaff ich nicht. Bitte mich nicht darum.« Mit einer heftigen Bewegung wandte sie sich vom Türpfosten ab und ging ins Haus. Wie betäubt folgte Maggie ihr in die Küche und sah, wie sie sich an den Tisch setzte und ihr Gesicht in die Hände vergrub.

Maggie wußte nicht, was sie tun sollte, deshalb setzte sie Wasser auf und huschte in der Küche umher, um den Tee zu richten. Als sie ihn fertig hatte, hatte Juliet aufgehört zu weinen, aber im harten Licht der Deckenlampen sah sie alt und krank aus. Ihre Augen waren von Falten umgeben. Ihr Gesicht war grau, voll roter Flecken. Das Haar hing ihr strähnig um das Gesicht. Sie nahm eine Papierserviette aus dem Metallständer und schneuzte sich damit. Sie nahm noch eine und tupfte sich das Gesicht ab.

Das Telefon läutete. Maggie rührte sich nicht. Ihre Mutter stand auf und hob den Hörer ab. Sie sprach kurz und emotionslos. »Ja, sie ist hier ... Frank Ware hat sie gefunden ... Nein ... Nein ... Ich – ich glaube nicht, Colin ... Nein, heute abend nicht.« Langsam legte sie den Hörer wieder auf und ließ die Hand wie bei einem Tier, dessen Ängste man zu beruhigen versucht, darauf liegen. Einen Moment lang tat sie nichts, als das Telefon anzustarren, und Maggie starrte sie an, dann ging sie zum Tisch zurück und setzte sich wieder.

Maggie brachte ihr den Tee. »Kamille«, sagte sie. »Hier, Mom.«

Maggie schenkte ein. Sie verschüttete etwas von dem Tee

und griff hastig nach einer Serviette, um es aufzuwischen. Ihre Mutter faßte sie am Handgelenk.

»Setz dich«, sagte sie.

»Willst du nicht...«

»Setz dich.«

Maggie setzte sich. Juliet nahm die Teetasse von der Untertasse und umschloß sie mit beiden Händen. Sie blickte in den Tee, während sie langsam die Tasse drehte. Ihre Hände wirkten jetzt kräftig, ruhig und sicher.

Maggie wußte, daß gleich etwas sehr Bedeutsames geschehen würde. Sie fühlte es. Es lag in der Luft und in dem Schweigen zwischen ihnen. Der Kessel zischte auf dem Herd noch immer leise vor sich hin, und der Herd knackte, während er langsam abkühlte. Die Geräusche verhallten als Hintergrundmusik, als ihre Mutter den Kopf hob und sagte: »Ich erzähle dir jetzt von deinem Vater.«

23

Polly streckte sich in der Wanne aus. Sie wollte spüren, wie sich die Wärme zwischen ihren Beinen ausbreitete, während sie langsam tiefer sank, doch statt dessen schrie sie auf und drückte hastig die Augen zu. Sie merkte, wie das Negativbild ihres Körpers langsam auf der Innenseite ihrer Augenlider verblaßte. Winzige rote Pünktchen verdrängten es. Dann wurde alles schwarz. Das war es, was sie wollte, das Schwarz. Sie brauchte die Schwärze hinter ihren Augenlidern, sie brauchte sie in ihrem Kopf.

Sie hatte jetzt stärkere Schmerzen als am Nachmittag im Pfarrhaus. Ihr ganzer Körper tat ihr so weh, als hätte man sie aufs Rad gespannt. Es war ein Gefühl, als wären sämtliche Muskeln und Sehnen ihres Unterleibs gerissen, als wäre sie bis auf die Knochen geprügelt worden. Ein ziehender Schmerz pochte in ihrem Rücken und ihrem Nacken. Aber dieser Schmerz würde mit der Zeit nachlassen. Der andere Schmerz jedoch, der würde wohl niemals vergehen.

Wenn sie nur die Schwärze sah, würde sie sein Gesicht nicht mehr sehen müssen: die hochgezogenen Lippen, die entblößten Zähne, die Augen, die wie Schlitze waren. Wenn sie nur die Schwärze sah, würde sie nicht sehen müssen, wie er hinterher schwankend und keuchend aufstand und sich mit dem Handrücken über den Mund wischte, um ihren Geschmack zu beseitigen. Sie würde nicht sehen müssen, wie er an die Wand gelehnt seine Kleider in Ordnung brachte. Aber das andere würde sie natürlich dennoch aushalten müssen. Diese heisere, gemeine Stimme, die ihr klargemacht hatte, daß sie der letzte Dreck für ihn war. Die Roheit und die Gewalt und die Grausamkeit, mit der er sie gezüchtigt hatte. Damit würde sie leben müssen. Es gab kein Mittel, dies zu vergessen, auch wenn sie sich das noch so sehr wünschte.

Das Schlimmste an allem war, zu wissen, daß sie das, was Colin ihr angetan hatte, verdient hatte. Schließlich wurde ihr Leben von den Gesetzen des Kults regiert, und sie hatte das wichtigste verletzt: *Acht Worte erfüllen der Göttin Gebot/Wenn es nicht schadet, tut, was ihr wollt.*

Damals, vor Jahren, hatte sie sich eingeredet, sie zöge den magischen Kreis, um Annie zu helfen. In Wirklichkeit jedoch hatte sie die ganze Zeit tief in ihrem Inneren geglaubt – und gehofft –, daß Annie sterben würde und daß ihr Tod ihr – Polly – Colin in seinem Schmerz, den er mit einem Menschen würde teilen wollen, der seine Frau gekannt hatte, näherbringen würde. Und daraus wiederum, hatte sie geglaubt, würde Liebe entstehen, die ihn schließlich vergessen lassen würde. Mit diesem Ziel im Auge – das sie edel, selbstlos und gut nannte – begann sie, Venus zu huldigen. Es spielte keine

Rolle, daß sie sich dieser Göttin erst zugewandt hatte, als Annie schon beinah ein Jahr tot gewesen war. Die Göttin ließ sich nicht täuschen. Sie sah den Menschen tief in die Seele hinein. Die Göttin hatte das Gebet gehört: *O Göttin, aller Himmel Zier/sende Colin voll der Liebe zu mir,* und erinnerte sich, wie drei Monate vor Annie Shepherds Tod deren Freundin Polly Yarkin – mit wunderbaren Kräften begabt, da sie das Kind einer Hexe war, im magischen Kreis gezeugt – aufgehört hatte, der Sonne zu huldigen, und sich statt dessen an Saturn gewandt hatte. Schwarz gekleidet und in Wolken duftenden Weihrauchs gehüllt, hatte Polly Eichenholz verbrannt und um Annies Tod gebetet. Sie hatte sich eingeredet, das Ende eines Lebens, wenn das erduldete Leiden lang und schwer gewesen sei, könnte sogar ein Segen sein. So hatte sie das Böse gerechtfertigt und dabei doch die ganze Zeit gewußt, daß die Göttin Böses nicht ungestraft lassen würde.

Heute nun hatte die Göttin ihren Zorn auf sie herabgelassen. Und sie hatte Polly auf eine Weise gestraft, die genau der begangenen Sünde entsprach: Sie hatte Colin nicht in Liebe gesandt, sondern in Lüsternheit und Gewalt und so den Zauber in dreifacher Stärke gegen die Urheberin gewendet. Wie einfältig, auch nur einen Moment lang zu glauben, Juliet Spence sei die von der Göttin gewollte Strafe. Colin und Juliet zusammen sehen und erkennen zu müssen, was sie einander waren, das war nichts weiter gewesen als ein Vorgeschmack der wahren Demütigung.

Jetzt war es vorbei. Schlimmeres konnte ihr nicht widerfahren, es sei denn der Tod. Und da sie schon jetzt halbtot war, erschien ihr selbst der nicht mehr so schrecklich.

»Polly? Herzenskind? Was treibst du eigentlich?«

Polly öffnete die Augen und stand so schnell auf, daß das Wasser über den Badewannenrand schwappte. Sie starrte auf die Badezimmertür. Dahinter konnte sie den pfeifenden Atem ihrer Mutter hören. Rita stieg die Treppe im allgemeinen nur einmal am Tag hinauf – um zu Bett zu gehen –, und da sie niemals vor Mitternacht nach oben kam, hatte Polly angenommen, sie wäre sicher, als sie bei ihrer Heimkehr gerufen hatte, sie wolle kein Abendessen, und gleich ins Badezimmer hinaufgelaufen war. Jetzt antwortete sie nicht. Sie griff nach einem Badetuch. Wieder schwappte Wasser über den Rand.

»Polly! Sitzt du denn immer noch in der Wanne? Hab ich das Wasser nicht lang vor dem Essen laufen hören?«

»Ich bin eben erst rein, Rita.«

»Eben erst? Ich hab doch das Wasser laufen hören, gleich nachdem du nach Hause kamst. Das war vor mehr als zwei Stunden. Also sag schon, was ist los, Herzenskind?« Rita kratzte mit ihren langen Fingernägeln an der Tür. »Polly?«

»Nichts.« Polly wickelte sich in das Badetuch und stieg aus der Wanne. Es kostete sie Anstrengung, die Beine zu heben.

»Mach mir doch nichts vor! Hygiene in allen Ehren, aber du treibst's mir schon ein bißchen weit. Los, was gibt's? Machst du dich vielleicht für irgendeinen Kerl schön, der heut nacht bei dir einsteigen will? Triffst du dich mit einem? Willst du ein paar Spritzer von meinem Parfum?«

»Ich bin ganz einfach müde. Ich geh schlafen. Geh du wieder runter zum Fernseher, einverstanden?«

»Nein.« Sie klopfte von neuem. »Was ist denn nur los? Geht's dir nicht gut?«

Polly rubbelte sich die Beine mit dem Badetuch. »Mir geht's gut, Rita.« Sie versuchte, sich den Umgangston ins Gedächtnis zu rufen, der zwischen ihr und ihrer Mutter üblich war, um ihr möglichst normal zu antworten. War sie schon leicht gereizt durch Ritas Fragen? Zeigte ihre Stimme Ungeduld? Sie konnte sich nicht erinnern. Sie entschied sich für ruhige Freundlichkeit. »Geh ruhig wieder runter. Läuft jetzt nicht gerade deine Krimiserie? Schneid dir doch ein Stück von dem Kuchen ab. Und mir auch gleich eins, und laß es mir auf der Arbeitsplatte stehen.«

Sie wartete auf eine Antwort, das Schlurfen und Keuchen, das Ritas Abgang begleiten würde, aber aus dem Flur war kein Laut zu hören. Mißtrauisch beobachtete Polly die Tür. Dort, wo ihre Haut feucht und unbedeckt war, war ihr kalt, aber sie hätte es jetzt nicht geschafft, das Badetuch abzunehmen, um ihren restlichen Körper abzutrocknen, und ihn dabei erneut ansehen zu müssen.

»Kuchen?« sagte Rita endlich.

»Ich eß vielleicht auch ein Stück.«

Der Türknauf klapperte. Ritas Stimme war scharf. »Mach auf, Kind. Du hast seit fünfzehn Jahren keinen Kuchen mehr gegessen. Da stimmt doch was nicht, und ich möchte wissen, was los ist.«

»Rita ...«

»Wir machen hier keine Versteckspiele, Herzenskind. Wenn du nicht vorhast, aus dem Fenster zu klettern, machst du die Tür am besten gleich auf, weil ich hier nämlich so lange stehenbleiben werde, bis du rauskommst.«

»Bitte. Es ist nichts.«

Das Klappern des Türknaufs wurde lauter. Die Tür selbst wackelte scheppernd. »Muß ich vielleicht erst die Polizei holen?« fragte Rita. »Ich kann ihn jederzeit anrufen, das weißt du wohl. Aber ich hab so das Gefühl, es wär dir lieber, ich tu das nicht.«

Polly nahm den Bademantel vom Haken und sperrte die Tür auf. Sie zog den Bademantel über und war gerade dabei, den Gürtel zu verknoten, als ihre Mutter die Tür aufdrückte. Hastig wandte Polly sich ab und zog den Gummi aus ihrem Haar, um es nach vorn fallen zu lassen.

»Er war übrigens heute hier, der ehrenwerte Mr. C. Shepherd«, bemerkte Rita. »Angeblich hat er Werkzeug gesucht, um die Tür von unserem Geräteschuppen zu reparieren. Wirklich ein netter Kerl, unser Dorfpolizist. Weißt du vielleicht etwas darüber, Herzenskind?«

Polly schüttelte den Kopf und zupfte an dem Gürtel. Sie sah auf ihre Hände hinunter und wartete darauf, daß ihre Mutter ihre Bemühungen, mit ihr ins Gespräch zu kommen, aufgeben und gehen würde. Doch Rita hatte nichts dergleichen vor.

»Ich finde, du solltest mit mir darüber reden, Kind.«

»Worüber?«

»Über das, was passiert ist.« Sie watschelte ins Badezimmer und schien den ganzen Raum mit ihrem Umfang, dem schwülen Duft ihres Parfums, vor allem aber mit ihrer Energie auszufüllen. Polly versuchte, zur Abwehr ihre eigenen Energien zu mobilisieren, aber ihr Wille war schwach.

Sie hörte das Klirren und Klimpern der Armreifen, als Rita ihren Arm hob. Sie zuckte nicht zusammen – sie wußte, ihre Mutter hatte nicht die Absicht, sie zu schlagen –, aber sie wartete mit Unbehagen auf Ritas Reaktion auf das schwache Kraftfeld ihres Körpers.

»Du hast überhaupt keine Aura«, sagte Rita. »Und Wärme strahlst du auch keine aus. Dreh dich um.«

»Rita, hör auf. Ich bin einfach müde. Ich hab den ganzen Tag geschuftet, und ich möchte jetzt ins Bett.«

»Glaub ja nicht, du kannst mir was vormachen. Ich hab gesagt, du sollst dich umdrehen. Also los!«

Polly machte noch einen Knoten in den Gürtel. Sie schüttelte den Kopf, so daß ihr das Haar noch weiter ins Gesicht fiel. Dann drehte sie sich langsam herum und sagte: »Ich bin doch nur müde. Und hab ein bißchen Schmerzen. Ich bin heute morgen in der Einfahrt vor dem Pfarrhaus ausgerutscht und hab mir das Gesicht aufgeschlagen. Das tut weh. Und im Rücken hab ich mir einen Muskel gezerrt oder so etwas. Ich dachte, ein heißes Bad würde ...«

»Heb deinen Kopf. Los, Kopf hoch!«

Sie spürte die Kraft hinter dem Befehl, der sie kaum etwas entgegenzusetzen hatte. Sie hob das Kinn, doch den Blick ließ sie gesenkt. Direkt vor sich sah sie den Bockskopf, der an der Halskette ihrer Mutter hing. Sie richtete ihre Gedanken auf den Bock, seinen Kopf, seine Ähnlichkeit mit der nackten Hexe in Pentagramm-Position, die Ausgangspunkt der Riten und Gebete war.

»Nimm dein Haar aus dem Gesicht.«

Polly gehorchte.

»Sieh mich an.« Sie hob den Blick.

Rita starrte ihrer Tochter ins Gesicht und sog pfeifend die Luft ein. Ihre Pupillen weiteten sich, bis von der Iris kaum noch etwas zu sehen war, dann zogen sie sich wieder zu winzigen schwarzen Pünktchen zusammen. Sie hob die Hand und folgte mit ihren Fingern dem brandroten Striemen, der sich sichelförmig von Pollys Auge zu ihrem Mund zog. Sie berührte ihn nicht, aber Polly empfand es wie eine Berührung. Sie fühlte die Finger, die einen Moment über dem geschwollenen Auge verweilten; die von ihrer Wange zu ihrem Mund hinunterwanderten. Schließlich schoben sie sich in ihr Haar, eine Hand auf jeder Seite ihres Kopfs, und diesmal fand wirklich eine Berührung statt, die in ihrem Schädel Vibrationen hervorzurufen schien.

»Und was noch?« fragte Rita.

Polly spürte, wie die Finger in ihrem Haar fester zupackten, dennoch sagte sie: »Nichts. Ich bin hingefallen. Das ist alles.« Aber ihre Stimme klang schwach und wenig überzeugend.

»Mach den Bademantel auf.«

»Rita!«

Ritas Hände drückten, aber es tat nicht weh, vielmehr breiteten sich unter ihrer Berührung Wärmewellen aus, kreisförmig wie in einem Teich, wenn ein Stein in sein Wasser fällt. »Mach den Bademantel auf.«

Polly zog den ersten Knoten auf, aber beim zweiten konnte sie nicht mehr. Ihre Mutter kam ihr zu Hilfe, öffnete den Gürtel mit ihren langen blaulackierten Fingern, die so unruhig waren wie ihr Atem. Sie schob den Bademantel von den Schultern ihrer Tochter und trat einen Schritt zurück, als er zu Boden glitt.

»Große Mutter!« sagte sie und griff zu dem Bockskopf an ihrer Halskette. Der gewaltige Busen unter dem Kaftan wogte.

Polly senkte den Kopf.

»Das war er«, sagte Rita. »Das hat er getan, nicht wahr, Polly. Nachdem er hier war.«

»Laß sein«, sagte Polly.

»Lassen?« wiederholte Rita ungläubig.

»Ich habe nicht recht an ihm gehandelt. Meine Wünsche waren nicht rein. Ich habe die Göttin belogen. Sie hat es gehört, und Sie hat mich bestraft. Er war es nicht. Er lag in ihren Händen.«

Rita nahm sie beim Arm und drehte sie zum Spiegel über dem Waschbecken. Er war noch beschlagen, und Rita fuhr ein paarmal energisch mit der Hand über das Glas, wischte sie sich dann an ihrem Kaftan ab. »Sieh dir das an, Polly«, sagte sie. »Sieh es dir gut an. Los. Jetzt.«

Polly sah, was sie schon gesehen hatte. Den flammend roten Eindruck seiner Zähne auf ihrer Brust, die Blutergüsse, die Striemen von den Schlägen. Sie schloß die Augen, spürte, wie ihr die Tränen dennoch heraustraten.

»Glaubst du wirklich, daß Sie auf diese Weise straft, Kind?

Glaubst du wirklich, Sie würde einem einen Vergewaltiger auf den Hals schicken?«

»Der Wunsch schlägt in dreifacher Stärke auf den zurück, der ihn ausgesprochen hat. Das weißt du doch. Ich habe nicht mit reinem Herzen gewünscht. Ich wollte Colin für mich haben, aber er hat Annie gehört.«

»Kein Mensch gehört irgend jemandem!« entgegnete Rita. »Und sie benützt nicht die Sexualität – die Urkraft ihrer Schöpfung – als Mittel zur Strafe. Du bist ja völlig verquer. Du siehst dich so, wie diese gräßlichen christlichen Heiden das verlangen: Nahrung für die Würmer ... ein stinkender Misthaufen. Sie ist das Tor, durch das der Teufel eintritt ... sie ist das, was der Stich des Skorpions ist ... So siehst du dich jetzt, stimmt's? Als etwas, das niedergetrampelt werden muß. Etwas, das zu nichts taugt.«

»Ich habe mich an Colin versündigt. Ich habe den Kreis gezogen ...«

Rita zog sie herum und packte sie energisch bei den Armen. »Und du wirst ihn wiederziehen, jetzt gleich, mit mir zusammen. Für Mars. Wie ich's dir gelehrt hab.«

»Neulich abend hab ich ja Mars geopfert, wie du gesagt hast. Die Asche habe ich Annie gebracht. Und ich habe den Ringstein dazugelegt. Aber mein Herz war nicht rein.«

»Polly!« Rita schüttelte sie. »Du hast nichts Unrechtes getan.«

»Ich hab gewünscht, daß sie stirbt. Und diesen Wunsch kann ich nicht zurücknehmen.«

»Und glaubst du etwa, sie selbst wollte nicht sterben? Sie war vom Krebs zerfressen. Du hättest sie nicht retten können. Niemand hätte sie retten können.«

»Doch, die Göttin hätte sie retten können. Wenn ich aufrichtig darum gebeten hätte. Aber das hab ich nicht getan. Darum hat sie mich bestraft.«

»Sei nicht naiv. Das, was dir passiert ist, ist keine Strafe. Das war böse. Und das Böse kam von ihm. Wir müssen dafür sorgen, daß er dafür bezahlt.«

Polly löste die Hände ihrer Mutter von ihren Armen. »Du darfst keinen Zauber gegen Colin verwenden. Das laß ich nicht zu.«

»Glaube mir, mein Kind, ich denke gar nicht an Zauber«, versetzte Rita. »Ich denke an die Polizei.« Sie schwang ihre Körpermassen herum und steuerte auf die Tür zu.

»Nein!« Polly zuckte zusammen vor Schmerz, als sie sich bückte, um den Bademantel vom Boden aufzuheben. »Du holst sie umsonst. Ich rede nicht mit ihnen. Kein einziges Wort sage ich.«

Rita drehte sich herum. »Jetzt hör mir mal zu . . .«

»Nein! Du hörst mir zu, Mama. Es ist ohne Bedeutung, was er getan hat.«

»Was! Ebensogut könntest du sagen, daß du keine Bedeutung hast.«

Polly zog den Gürtel des Bademantels fest zu. »Ja. Das weiß ich«, sagte sie.

»Tommy ist aufgrund dieser Verbindung zum Sozialdienst noch mehr als vorher davon überzeugt, daß ihre Gründe, den Pfarrer zu töten, mit Maggie zu tun haben.«

»Und was glaubst du?«

St. James öffnete die Tür zu ihrem Zimmer und schloß ab, nachdem sie eingetreten waren. »Ich weiß nicht. Irgendwas stört mich da immer noch.«

Deborah streifte ihre Schuhe ab und ließ sich aufs Bett fallen. Sie zog die Beine hoch, kreuzte sie und rieb sich die Füße. »Ich hab das Gefühl, meine Füße sind zwanzig Jahre älter als ich«, sagte sie seufzend. »Die Leute, die Damenschuhe entwerfen,müssen Sadisten sein. Man sollte sie erschießen.«

»Die Schuhe?«

»Die auch.« Sie zog einen Schildpattkamm aus ihrem Haar und warf ihn auf die Kommode. Sie trug ein grünes Wollkleid in der Farbe ihrer Augen, das weich ihren Körper umhüllte.

»Schon möglich, daß deine Füße sich anfühlen wie fünfundvierzig«, meinte St. James, »aber du siehst aus wie höchstens zwanzig.«

»Das liegt an der Beleuchtung, Simon. Weich und gedämpft. Du solltest dich langsam daran gewöhnen. Du wirst sie in den kommenden Jahren immer häufiger auch zu Hause erleben.«

Er lachte und zog sein Jackett aus. Dann nahm er seine Uhr ab und legte sie auf den Nachttisch. Er setzte sich zu ihr aufs Bett und zog sein krankes Bein hoch, um sich nach rückwärts auf die Ellbogen stützen zu können. »Das macht mich sehr froh«, sagte er.

»Wieso? Hast du plötzlich eine Leidenschaft für gedämpfte Beleuchtung entwickelt?«

»Nein. Aber ich habe ganz entschieden eine Leidenschaft für die kommenden Jahre. Ich meine, daß es unsere sein werden.«

»Hast du gedacht, es könnte anders sein?«

»Bei dir weiß ich nie ganz genau, was ich denken soll.«

Sie zog ihre Knie hoch und stützte ihr Kinn darauf. Ihr Blick war auf die Badezimmertür gerichtet. Sie sagte: »Bitte, denk das nie, Liebster. Laß dich nur nicht davon, wie ich bin und was ich tu, zu dem Glauben verleiten, daß wir uns einander entfremden. Ich bin schwierig, das weiß ich ...«

»Ja, das warst du immer.«

»... aber unsere Zusammengehörigkeit ist für mich das Wichtigste im Leben.« Als er nicht gleich etwas sagte, drehte sie den Kopf nach ihm. »Glaubst du das?«

»Ich möchte schon.«

»Aber?«

Er wand eine Locke ihres Haars um seinen Finger und betrachtete sie im Licht. Die Farbe lag irgendwo auf einer Skala zwischen Rot, Kastanienbraun und Blond. Er hätte sie nicht beschreiben können. »Manchmal kommen die prosaischen Probleme des Alltags dem Zusammengehörigkeitsgefühl in die Quere«, begnügte er sich zu sagen. »Wenn das passiert, verliert man leicht aus dem Auge, wo man angefangen hat, wohin man wollte und warum man sich überhaupt zusammengetan hat.«

»Damit habe ich nie Schwierigkeiten gehabt. Du warst immer schon mein Leben, und ich liebe dich.«

»Aber?«

Sie lächelte und wich geschickter aus, als er ihr zugetraut hätte. »An dem Abend, an dem du mich das erstemal geküßt hast, hast du aufgehört, Mr. St. James, der Held meiner Kindheit, zu sein und bist zu dem Mann geworden, den ich heiraten wollte. Für mich war es ganz einfach.«

»Es ist nie einfach, Deborah.«

»Doch, ich glaube, es kann einfach sein. Wenn man sich einig ist.« Sie küßte ihn auf die Stirn, den Nasenrücken, den Mund. Seine Hand glitt von ihrem Haar zu ihrem Nacken hinunter, doch da sprang sie vom Bett und zog gähnend den Reißverschluß ihres Kleides auf.

»Unsere Fahrt nach Bradford war dann wohl reine Zeitverschwendung?« Sie ging zum Kleiderschrank und holte einen Bügel heraus.

Er starrte sie verblüfft an. »Bradford?«

»Na ja, wegen Robin Sage. Habt ihr denn im Pfarrhaus etwas über seine Ehe gefunden? Über die Frau, die im Ehebruch ergriffen wurde? Und wie steht's mit dem heiligen Josef?«

Er nahm den Themenwechsel zunächst einmal hin. Er machte das Gespräch unverfänglich. »Nein, nichts. Alle seine Sachen waren schon eingepackt, Dutzende von Kartons, es kann also leicht sein, daß sich noch irgend etwas findet. Tommy scheint es allerdings für unwahrscheinlich zu halten. Er ist der Meinung, daß die Wahrheit in London zu finden ist. Und er glaubt, wie gesagt, daß sie mit der Beziehung zwischen Maggie und ihrer Mutter zu tun hat.«

Deborah zog sich ihr Kleid über den Kopf, und der Stoff dämpfte ihre Stimme, als sie sprach. »Ich versteh trotzdem nicht«, sagte sie, »warum ihr die Vergangenheit ad acta gelegt habt. Es war doch so spannend – eine mysteriöse Ehefrau und ein noch mysteriöseres Bootsunglück, bei dem sie umgekommen ist. Vielleicht hat er beim Sozialdienst aus Gründen angerufen, die mit dem Mädchen überhaupt nichts zu tun haben.«

»Das ist richtig. Aber weshalb den Sozialdienst in London? Hätte er nicht die lokale Dienststelle angerufen, wenn es sich um ein hiesiges Problem handelte?«

»Ebensogut könnte ich fragen, weshalb hat er in London angerufen, wenn es sich um Maggie handelte?«

»Ich könnte mir denken, er wollte nicht, daß ihre Mutter davon erfährt.«

»Da hätte er auch in Manchester oder Liverpool anrufen können. Warum hat er das nicht getan?«

»Frag mich nicht. Mir ist völlig klar, daß uns eine Menge Antworten fehlen. Nehmen wir an, es ging um irgendeine Geschichte, die Maggie ihm anvertraut hatte. Wenn er in ein Gebiet eindrang, das Juliet Spence als ihre ureigenste Domäne ansah – die Erziehung ihrer Tochter –, und wenn er es auf eine Weise tat, durch die sie sich bedroht fühlte, wenn er es vielleicht ganz offen tat, um sie irgendwie aus der Reserve zu locken, glaubst du nicht, daß sie dann eingegriffen hätte?«

»Doch«, antwortete Deborah. »Ich denke, schon.« Sie hängte ihr Kleid über den Bügel. Ihre Stimme klang nachdenklich.

»Aber überzeugt bist du nicht?«

»Das ist es nicht.« Sie nahm ihren Morgenrock, schlüpfte hinein und kehrte zum Bett zurück. Sie setzte sich auf die Kante und hielt den Blick auf ihre Füße gesenkt. »Weißt ...« Sie runzelte die Stirn. »Ich glaube, wenn Juliet Spence ihn ermordet hat und es dabei um Maggie ging, dann hat sie es wahrscheinlich nicht getan, weil sie selbst sich bedroht fühlte, sondern weil Maggie bedroht war. Sie ist schließlich ihr Kind. Das darf man nicht vergessen. Man darf nicht vergessen, was das bedeutet.«

St. James spürte ein warnendes Kribbeln im Nacken. Er wußte, daß ihre letzte Bemerkung auf trügerischen Boden führen konnte. Schweigend wartete er, daß sie fortfahren würde. Sie tat es, senkte dabei die Hand, um nachdenklich ein Muster auf die Decke zwischen ihnen zu zeichnen.

»Dieses Kind ist neun Monate lang in ihr gewachsen und war aufs innigste mit ihr verbunden. Maggie ist ein Teil von ihr. Sie hat das Kind gestillt. Ich glaube ...« Ihre Finger hielten still; sie bemühte sich, sachlich zu sprechen, doch es mißlang. »Eine Mutter würde alles tun, um ihr Kind zu behüten. Ich meine ... Würde sie nicht alles tun, um das Leben, das sie zur Welt gebracht hat, zu schützen? Und glaubst du nicht, wenn du ehrlich bist, daß es genau darum bei diesem Mord geht?«

Irgendwo unten im Gasthaus rief Dora Wragg: »Josephine Eugenia! Wo bist du denn jetzt wieder verschwunden? Wie oft muß ich dir noch sagen ...« Eine Tür flog krachend zu und schnitt ihr das Wort ab.

St. James sagte: »Nicht jede Frau ist wie du, Liebes. Nicht jede Frau sieht ein Kind mit solchen Augen.«

»Aber wenn es ihr einziges Kind ist...«

»Dann muß man immer noch fragen, unter welchen Umständen es geboren wurde. Wie es ihr Leben beeinflußt hat. Wie hart es ihre Geduld vielleicht auf die Probe stellt. Wer weiß denn, was zwischen den beiden war? Du kannst Mrs. Spence und ihre Tochter nicht durch den Filter deiner eigenen Wünsche betrachten. Du kannst nicht in ihre Fußstapfen steigen.«

Deborah lachte bitter. »Oh, das weiß ich nur zu gut.«

Er merkte sofort, wie sie seine Worte umgedreht und verletzend gegen sich selbst gerichtet hatte.

»Nein«, sagte er. »Du kannst nicht wissen, was die Zukunft dir bringen wird.«

»Wenn die Vergangenheit ihr Vorspiel ist?« Sie schüttelte den Kopf. Er konnte ihr Gesicht nicht sehen, nur einen schmalen Streifen ihrer Wange.

»Manchmal ist die Vergangenheit das Vorspiel für die Zukunft. Manchmal ist sie es aber auch nicht.«

»Na, das ist eine feine Art, jeder Verantwortung aus dem Weg zu gehen, Simon.«

»Ja, richtig, das kann es sein. Es kann aber auch eine Art sein, das Leben anzupacken und vorwärtszukommen, nicht wahr? Du suchst deine Hinweise immer in der Vergangenheit, Deborah. Doch das scheint dir nur Schmerz zu verursachen.«

»Während du überhaupt nicht auf richtungsweisende Anzeichen achtest.«

»Ja, da hast du recht«, gab er zu. »Jedenfalls nicht, was uns betrifft.«

»Aber was andere betrifft? Tommy und Helen? Deine Brüder? Deine Schwester?«

»Nein, bei denen auch nicht. Die werden letztlich immer ihren eigenen Weg gehen, auch wenn ich mir noch so sehr den Kopf darüber zerbreche, was zu ihrer Entscheidung geführt hat.«

»Bei wem dann?«

Er antwortete nicht. Tatsache war, daß ihre Worte ihn an etwas erinnert und nachdenklich gemacht hatten. Aber er fürchtete, sie könnte einen Themenwechsel als weiteren Beweis für seine innere Distanz zu ihr auslegen.

»Sag's mir.« Er sah den ersten Anflug von Gereiztheit in der Art, wie sie die Finger spreizte und dann in die Decke grub. »Dir geht doch etwas im Kopf herum, und ich mag es nicht, daß du mich einfach ausschließt, wenn wir darüber sprechen, wie ...«

Er drückte ihre Hand. »Es hat nichts mit uns zu tun, Deborah.«

»Dann also ...« Sie las in ihm wie in einem offenen Buch. »Mit Juliet Spence.«

»Du hast in bezug auf Menschen und Situationen im allgemeinen einen guten Instinkt. Ich nicht. Ich brauche immer die nackten Tatsachen. Du fühlst dich wohler mit Mutmaßungen.«

»Und?«

»Es war diese Bemerkung darüber, daß die Vergangenheit das Vorspiel für die Zukunft ist.« Er lockerte seine Krawatte, zog sie sich über den Kopf und warf sie zur Kommode hinüber. »Polly Yarkin hörte ein Telefongespräch, das Sage an dem Tag führte, an dem er starb. Er sprach von der Vergangenheit.«

»Mit Mrs. Spence?«

»Das vermuten wir. Er sprach von der Beurteilung ...« St. James, der dabei war, sein Hemd aufzuknöpfen, hielt inne. Er versuchte sich der Worte zu erinnern, die Polly Yarkin zitiert hatte. »›Niemand kann beurteilen, was damals geschehen ist.‹«

»Das Bootsunglück.«

»Ich glaube, das ist es, was mich umtreibt, seit wir aus dem Pfarrhaus weggegangen sind. Diese Bemerkung paßt meiner Ansicht nach nicht zu seinem Interesse am Sozialdienst. Aber ich habe das Gefühl, daß sie von Bedeutung ist. Er hatte den ganzen Tag gebetet, erzählte uns Polly. Und er wollte nichts essen.«

»Er hat gefastet.«

»Ja. Aber warum?«

»Vielleicht war er nicht hungrig.«

St. James zog andere Möglichkeiten in Betracht. »Askese, Sühne.«

»Wegen einer Sünde? Doch welche?«

Er öffnete die letzten Knöpfe und warf das Hemd der Krawatte hinterher. »Ich weiß es nicht«, sagte er. »Aber ich wette, Mrs. Spence weiß es.«

Wenn die Vergangenheit wiederaufersteht

24

Da er aufgebrochen war, noch ehe die Sonne über den Hängen des Cotes Fell aufgegangen war, erreichte Lynley gegen zwölf Uhr mittag den Stadtrand von London. Der Verkehr, der von Tag zu Tag chaotischer zu werden schien, verlangte ihm noch eine weitere Stunde Fahrzeit ab, und so war es kurz nach eins, als er am Onslow Square einen Parkplatz ergatterte, aus dem eben ein Mercedes mit eingedrückter Tür und einem Fahrer mit Halskrause herausfuhr.

Er hatte sie nicht angerufen, weder von Winslough aus noch von unterwegs. Es sei ja noch viel zu früh, hatte er sich anfangs gesagt – wann war Helen je vor neun Uhr morgens aufgestanden, wenn es nicht unbedingt sein mußte? –, aber als die Stunden vergingen, hatte er sich neue Gründe überlegt und vorgegeben, er wolle auf keinen Fall, daß sie seinetwegen ihre Pläne für den Tag über den Haufen warf. Sie war nicht die Frau, die ihren Lebensinhalt darin sah, sich dem Herrn und Gebieter jederzeit zur Verfügung zu halten, und er hatte nicht die geringste Absicht, ihr diese Rolle aufzudrücken. Ihre Wohnung war schließlich nicht so weit von seinem Haus entfernt. Wenn sie nicht dasein sollte, konnte er ganz gemütlich zum Eaton Terrace weiterfahren und zu Hause zu Mittag essen. Er fand sich ungemein emanzipiert in seinen Überlegungen, aber das war natürlich auch viel einfacher, als unmittelbar die Wahrheit zuzugeben: Er wollte sie sehen, aber er fürchtete die Enttäuschung einer Absage.

Er läutete und wartete, sah zum grauen Himmel hinauf

und fragte sich, wie lang der Regen noch auf sich warten lassen würde und ob Regen in London Schnee in Lancashire bedeutete. Er läutete ein zweites Mal und hörte ihre Stimme, von der Sprechanlage verzerrt.

»Du bist zu Hause«, sagte er.

»Tommy!« rief sie, und schon summte der Türöffner.

Sie erwartete ihn an ihrer Wohnungstür. Ungeschminkt, das Haar aus dem Gesicht genommen und von einer raffinierten Kombination aus Elastic- und Satinband zusammengehalten, sah sie aus wie ein Teenager. Und ihre ersten Worte waren wie eine Bestätigung dieses Eindrucks.

»Ich hab heute morgen schon wahnsinnigen Krach mit meinem Vater gehabt«, sagte sie, als er sie küßte. »Ich wollte mich eigentlich mit Sidney und Hortense zum Mittagessen treffen – Sid hat in Chiswick ein armenisches Restaurant entdeckt, von dem sie behauptet, es sei absolut himmlisch, wenn die Kombination von armenischem Essen, Chiswick und Himmel überhaupt möglich ist –, aber dann kam gestern mein Vater, weil er hier geschäftlich zu tun hatte, und hat bei mir übernachtet, und daraufhin verbissen wir uns prompt heute morgen in neue ungeahnte Tiefen gegenseitigen Abscheus.«

Lynley zog seinen Mantel aus. Sie hatte sich, wie er sah, wohl zum Trost schon am Mittag den seltenen Luxus eines Feuers geleistet. Auf einem Couchtisch vor dem offenen Kamin lag aufgeschlagen die Morgenzeitung neben zwei Tassen und den Überresten eines Frühstücks, das offenbar überwiegend aus zu hart gekochten Eiern, die angegessen liegengeblieben waren, und verbranntem Toast bestanden hatte.

»Ich wußte gar nicht, daß ihr euch so wenig ausstehen könnt, du und dein Vater«, sagte er. »Ist das etwas Neues? Ich hatte immer eher den Eindruck, du seist sein Liebling.«

»Oh, tun wir auch nicht, und bin ich auch, das ist schon wahr«, sagte sie. »Gerade deshalb ist es ja so gemein von ihm, derartige Erwartungen an mich zu haben. ›Bitte, mißversteh mich jetzt nicht, Darling. Deine Mutter und ich gönnen dir die Wohnung von Herzen‹, sagte er auf diese sonore Art, die er an sich hat. Du weißt schon, was ich meine.«

»Bariton, ja. Möchte er dir denn die Wohnung nehmen?«

»›Deine Großmutter hatte sie für die Familie bestimmt, und da du zur Familie gehörst, können wir weder dir noch uns den Vorwurf machen, daß wir ihre Wünsche ignorierten. Dennoch, wenn deine Mutter und ich uns überlegen, wie du deine Zeit verbringst‹, und so weiter und so fort. Ich finde es einfach widerlich von ihm, mich auf solche Art zu erpressen.«

»Du meinst, ›Ich glaube, du bist eine richtige kleine Tagediebin, liebe Helen‹?« fragte Lynley.

»Genau das ist es.« Sie ging zum Tisch, faltete die Zeitung und begann das Geschirr zusammenzustellen. »Und es kam nur so weit, weil Caroline nicht da war, um ihm sein Frühstück zu machen. Sie ist nach Cornwall zurück – sie hat sich nun definitiv entschlossen, dort zu bleiben. Das ist wirklich die freudigste Nachricht des Jahres! Für meine Begriffe ist ganz allein Denton daran schuld. Und weil Cybele so ein Ausbund ehelicher Glückseligkeit ist und Iris mit ihrem Cowboy in Montana so glücklich ist wie ein Schwein im Morast. Aber hauptsächlich kam es dazu, weil sein Ei nicht ganz so gekocht war, wie er's gern gehabt hätte, und weil ich seinen Toast verbrannt habe. Das war der Auslöser. Er ist sowieso ein richtiger Morgenmuffel.«

Lynley hakte bei dem einzigen Punkt ein, zu dem er überhaupt etwas sagen konnte. Zur Partnerwahl von Helens Schwestern – Cybele hatte einen italienischen Industriellen geheiratet, Iris einen Rancher in den Vereinigten Staaten –

konnte er sich nicht äußern, doch Caroline, die seit mehreren Jahren als Helens Mädchen, Gesellschafterin, Haushälterin, Köchin, Zofe und rettender Engel fungierte, kannte er. Sie war in Cornwall geboren und aufgewachsen, und er hatte gewußt, daß sie es auf die Dauer in London nicht aushalten würde. »Du konntest nicht darauf setzen, daß du Caroline ewig würdest aushalten können«, bemerkte er. »Schließlich ist ihre Familie in Howenstow.«

»Doch, das hätte ich schon hingekriegt, wenn es nicht Denton darauf angelegt hätte, ihr so ungefähr jeden Monat einmal das Herz zu brechen. Ich verstehe nicht, wieso du deinem Diener nicht mal gründlich die Leviten lesen kannst. In bezug auf Frauen ist er einfach schamlos.«

Lynley folgte ihr in die Küche. Sie stellten das Geschirr auf die Arbeitsplatte, und Helen ging zum Kühlschrank. Sie nahm einen Becher Zitronenjoghurt heraus und öffnete ihn.

»Ich wollte dich eigentlich zum Mittagessen einladen«, sagte er eilig, als sie den Löffel in den Becher tauchte.

»Ach ja? Danke dir, Darling, aber ich kann die Einladung unmöglich annehmen. Ich bin leider viel zu sehr damit beschäftigt, mir zu überlegen, wie ich mein Leben auf eine Art einrichten kann, die sowohl meinen Vater als auch mich zufriedenstellen würde.« Sie kniete nieder, griff ein zweites Mal in den Kühlschrank und brachte drei weitere Joghurtbecher zum Vorschein. »Erdbeer, Banane und noch einmal Zitrone«, sagte sie. »Welches möchtest du?«

»Ehrlich gesagt keines. Mir schwebte Räucherlachs und danach Kalbsmedaillon vor. Champagner vorher, dann ein guter Rotwein, hinterher Cognac.«

»Gut, dann nehmen wir Banane«, entschied Helen und reichte ihm den Becher und einen Löffel. »Es ist genau das Richtige. Wirklich erfrischend. Du wirst schon sehen. Ich mache uns Kaffee.«

Lynley betrachtete das Joghurt und schnitt eine Grimasse. »Das soll ich wirklich essen?« Er ging zu einem runden Glastisch, der sehr hübsch in einen Erker in der Küche paßte. Die Post von mindestens drei Tagen lag ungeöffnet darauf, daneben zwei Modezeitschriften, bei denen bestimmte Seiten durch umgeknickte Ecken markiert waren. Er blätterte sie durch, während Helen den Kaffee mahlte. Er fand die Wahl ihrer Lektüre hochinteressant. Sie schien sich recht eingehend mit Hochzeitskleidern und Hochzeitsfeiern befaßt zu haben. Satin oder Seide, Leinen oder Baumwolle. Blumen im Haar oder ein Hut oder ein Schleier. Ein Empfang oder ein Frühstück. Standesamt oder Kirche.

Als er aufblickte, sah er, daß sie ihn beobachtete. Sofort wandte sie sich ab und beschäftigte sich sehr eingehend mit der Kaffeemühle. Aber er hatte die Verwirrung in ihren Augen gesehen – wann hatte sich Helen je durch irgend etwas aus der Fassung bringen lassen? – und fragte sich, wie weit, wenn überhaupt, ihr derzeitiges Interesse an Hochzeiten mit ihm zu tun hatte und wie weit es mit der Unzufriedenheit ihres Vaters zu tun hatte. Sie schien seine Gedanken zu lesen.

»Ständig hält er mir Cybele vor«, sagte sie. »Was für eine tolle Frau sie ist, Mutter von vier Kindern, pflichttreue Ehefrau, *Grande dame* der Mailänder Gesellschaft, Kunstmäzenin, Mitglied der Gesellschaft der Opernfreunde, des Vorstands des Museums für moderne Kunst, Vorsitzende sämtlicher Komitees und Vereine der Welt. Und dazu spricht sie noch Italienisch wie eine Einheimische. Entsetzlich, so eine älteste Schwester zu haben. Sie könnte wenigtens so anständig sein, unglücklich zu sein. Oder mit einem Flegel verheiratet zu sein. Aber nein, Carlo betet sie an, liegt ihr zu Füßen, nennt sie seine zarte englische Rose.« Helen rammte die Glaskanne unter die Öffnung der Kaffeemaschine. »Cybele ist ungefähr so zart wie ein Ackergaul, und das weiß er auch ganz genau.«

Sie öffnete einen Schrank und nahm ein Sortiment von Dosen, Gläsern und Pappkartons heraus, trug sie alle zum Tisch. Käsekräcker kamen zusammen mit einem Stück Brie auf einem Teller, Oliven und süß-saure Gürkchen kamen in eine Schale. Sie gab noch ein paar Cocktailzwiebeln dazu. Zum Schluß trug sie noch ein großes Stück Salami auf einem Holzbrett auf.

»Mittagessen«, sagte sie und setzte sich ihm gegenüber, während der Kaffee langsam durchlief.

»Ein echter bunter Teller«, stellte er fest. »Was hab ich mir nur dabei gedacht, dir Räucherlachs und Kalbsmedaillon vorzuschlagen.«

Helen schnitt sich ein Stück Brie ab und drückte es auf einen Kräcker. »Er meint, einen Beruf brauchte ich ja gar nicht – er ist wirklich viktorianisch bis ins letzte –, aber er findet, ich sollte etwas Nützliches tun.«

»Das tust du doch.« Lynley nahm mit Todesverachtung sein Bananenjoghurt in Angriff. »Oder ist es etwa nichts, wie du Simon unter die Arme greifst, wenn ihm die Arbeit über den Kopf wächst?«

»Das ist meinem Vater besonders ein Dorn im Auge. Wie kommt ausgerechnet eine seiner Töchter dazu, versteckte Fingerabdrücke zu fotografieren, fremder Leute Haare auf Objektträger zu legen, Berichte über verwesende Leichen zu tippen? Ist das etwa das Leben, das er sich für die Frucht seiner Lenden erträumt hatte? Hat er mich deshalb etwa aufs Pensionat geschickt? Damit ich den Rest meiner Tage – mit Unterbrechungen natürlich, ich behaupte gar nicht, daß ich irgend etwas außer Dummheiten regelmäßig mache – in einem Labor zubringe? Wenn ich ein Mann wäre, könnte ich meine Zeit wenigstens im Club aussitzen. Das würde zweifellos seine Billigung finden. So hat er selbst schließlich den größten Teil seiner Jugend verbracht.«

Lynley zog eine Augenbraue hoch. »War dein Vater nicht Vorsitzender von drei oder vier ziemlich erfolgreichen Investmentgesellschaften? Ist er in einer von ihnen nicht immer noch Aufsichtsratsvorsitzender?«

»Ach, erinnere mich nicht daran. Das hat er selbst schon den ganzen Morgen getan, wenn er nicht gerade die wohltätigen Vereine aufgezählt hat, für die ich mich einsetzen sollte. Wirklich, Tommy, manchmal habe ich den Eindruck, er ist mitsamt seiner Ansichten direkt einem Roman von Jane Austen entsprungen.«

Lynley schob die Zeitschrift hin und her, die er durchgesehen hatte. »Es gibt natürlich noch andere Möglichkeiten, ihn zu beschwichtigen. Du brauchst dich ja nicht gleich in die Wohltätigkeit zu stürzen. Du könntest dich ja für irgend etwas anderes engagieren, das in seinen Augen die Mühe lohnt.«

»Natürlich. Ich könnte für die medizinische Forschung sammeln, alte Leute besuchen oder bei irgendeinem telefonischen Notruf arbeiten. Ich weiß, daß ich endlich etwas mit mir anfangen sollte. Und ich hab's ja auch dauernd vor, aber irgendwie komme ich nie dazu.«

»Ich habe jetzt eigentlich nicht an ehrenamtliche Arbeit gedacht.«

Sie legte das Messer und die Salami weg, von der sie sich gerade ein Stück hatte abschneiden wollen, wischte sich die Finger an einer pfirsichfarbenen Leinenserviette ab und sagte gar nichts.

»Überleg doch mal, wie viele Fliegen du mit einer Klappe schlagen würdest, wenn du heiraten würdest, Helen. Diese Wohnung könnte wieder deiner ganzen Familie offenstehen.«

»Die können doch sowieso jederzeit hierherkommen. Das wissen sie auch.«

»Du könntest immer behaupten, mit den egozentrischen Interessen deines Mannes zuviel zu tun zu haben, um dich so für Soziales und Kultur zu engagieren, wie Cybele das tut.«

»Ich muß mich einfach mehr engagieren, da hat mein Vater schon recht, auch wenn ich es nicht gern zugebe.«

»Und wenn du erst Kinder hättest, könntest du sie als Abwehr gegen alle Vorwürfe deines Vaters verwenden. Obwohl ich kaum glaube, daß er dir da noch Vorwürfe machen würde. Er wär viel zu erfreut.«

»Worüber?«

»Darüber, daß du endlich – im sicheren Hafen der Ehe gelandet wärest, vermute ich.«

»Im sicheren Hafen der Ehe gelandet? Du lieber Himmel, sag mir bloß nicht, daß du wirklich so provinziell bist.«

»Ich wollte nicht . . .«

»Du kannst doch nicht im Ernst glauben, daß die Frau in den sicheren Hafen der Ehe gehört, Tommy. Oder«, fragte sie mit scharfem Blick, »gehöre vielleicht nur ich da hin?«

»Nein. Tut mir leid. Das war eine etwas unglückliche Wortwahl.«

»Dann wähle doch noch mal.«

Er stellte seinen Joghurtbecher auf den Tisch. Die ersten Löffel hatten nicht allzu übel geschmeckt, aber dann hatte das Zeug seinem Gaumen nicht mehr zugesagt. »Hören wir doch auf, um den heißen Brei herumzureden, Helen. Dein Vater weiß, daß ich dich heiraten möchte.«

»Ja. Und?«

Er hob die Hand, um seine Krawatte zu lockern, nur um zu entdecken, daß er gar keine trug. Er seufzte. »Herrgott noch mal! Nichts! Ich finde nur, daß es so schlecht nicht wäre, wenn wir heiraten würden.«

»Und Daddy wäre darüber ganz gewiß höchlichst erfreut.«

Ihr Sarkasmus verletzte ihn, und er parierte mit Schärfe. »Es geht mir nicht darum, deinem Vater eine Freude zu machen, aber es gibt ...«

»Du selbst hast das Wort *erfreuen* eben gebraucht. Oder hast du das vergessen?«

»... aber es gibt Momente – und das hier ist ehrlich gesagt nicht gerade einer davon –, da bin ich tatsächlich so blind zu glauben, es könnte mich erfreuen.«

Nun war sie ihrerseits verletzt. Sie lehnte sich auf ihrem Stuhl zurück. Schweigend starrten sie einander an. Zum Glück begann das Telefon zu läuten.

»Laß es läuten«, sagte er. »Wir müssen das austragen, und wir müssen es jetzt tun.«

»Der Meinung bin ich nicht.« Sie stand auf. Das Telefon stand auf der Arbeitsplatte neben der Kaffeemaschine. Sie goß zwei Tassen ein, während sie am Telefon sprach. »Gut geraten. Er sitzt hier in meiner Küche bei Salami und Joghurt ...« Sie lachte. »Truro? Na, ich hoffe, Sie lassen es sich richtig gutgehen auf seine Kosten ... Nein, ich gebe ihn Ihnen ... Wirklich, Barbara, es ist schon in Ordnung. Unser höchst tiefschürfendes Gespräch drehte sich gerade darum, ob Hering mariniert oder mit Dill besser schmeckt.«

Sie wußte stets genau, wann er sich durch ihre Frivolität am tiefsten verraten fühlte, daher überraschte es Lynley nicht, daß Helen seinem Blick auswich, als sie ihm den Hörer reichte und überflüssigerweise sagte: »Es ist Sergeant Havers. Für dich.«

Er drückte seine Hand auf die ihre, als er den Hörer nahm, und ließ erst los, als sie ihn ansah. Und auch dann sagte er nichts, denn schließlich war sie selbst ja schuld, verdammt noch mal, und es fiel ihm nicht ein, sich für etwas zu entschuldigen, wozu sie ihn getrieben hatte.

Seine Stimme, als er Sergeant Havers begrüßte, mußte wohl mehr verraten haben, als er beabsichtigt hatte, denn Barbara ging ohne irgendeine vorbereitende Bemerkung direkt *in medias res.* »Es wird Sie freuen zu hören«, sagte sie, »daß die Kirche von England hier unten in Truro der Polizei und ihrer Arbeit höchste Wertschätzung entgegenbringt. Der Sekretär des Bischofs hat mir freundlicherweise einen Termin für morgen in einer Woche gegeben, ist das nicht reizend? Bienenfleißig, der ehrenwerte Bischof, wenn man seinem Sekretär glauben kann.« Sie schnaubte laut und lang ins Telefon. Wahrscheinlich rauchte sie wie üblich. »Und Sie sollten sich mal die Baracke ansehen, in der diese zwei Kerle hier wohnen. Da kann einen echt der Klassenhaß packen. Erinnern Sie mich daran, daß ich bei der nächsten Kollekte in der Kirche mein Geld im Beutel lasse. Die sollten mich unterstützen und nicht umgekehrt.«

»Also die ganze Reise umsonst.« Lynley beobachtete Helen, die sich wieder an den Tisch gesetzt hatte und nun die Ecken der Zeitschriftenseiten glattstrich, die sie zuvor umgeknickt hatte. Sie tat es sehr langsam und bedächtig. Sie wollte, daß er es sah. Er kannte sie gut genug, um das zu wissen, und als es ihm klar wurde, überkam ihn ein so mächtiger, irrationaler Zorn, daß er am liebsten den Tisch umgestoßen hätte.

Havers sagte: »Das Wort ›Bootsunglück‹ war ganz offensichtlich ein Euphemismus.«

Lynley riß seine Aufmerksamkeit von Helen los. »Was?«

»Sie haben mir wohl gar nicht zugehört?« fragte Havers. »Schon gut. Sie brauchen nicht zu antworten. Wann haben Sie sich denn wieder eingeschaltet?«

»Bei dem Bootsunglück.«

»Aha.« Sie wiederholte ihren Bericht.

Nachdem ihr klargeworden war, daß vom Bischof von Truro keine Hilfe zu erwarten war, hatte sie sich in die

Redaktion der Lokalzeitung gesetzt und einen Morgen damit verbracht, alte Zeitungen zu lesen. Auf diese Weise hatte sie entdeckt, daß der Bootsunfall, bei dem Robin Sages Ehefrau ...

»Sie hieß übrigens Susanna.«

... ums Leben gekommen war, nicht als Unfall behandelt worden war.

»Es passierte auf der Fähre zwischen Plymouth und Roscoff«, erklärte Havers. »Und der Zeitung zufolge war es Selbstmord.«

Havers skizzierte ihm die Geschichte mit allen Details, die sie den Zeitungsberichten entnommen hatte. Sage und seine Frau, die zu einem zweiwöchigen Urlaub nach Frankreich wollten, hatten bei schlechtem Wetter übergesetzt. Nachdem sie etwa auf halbem Weg ...

»Die Fahrt dauert sechs Stunden, wissen Sie.«

... etwas gegessen hatten, war Susanna zur Damentoilette gegangen, während ihr Mann mit seinem Buch in den Salon zurückgekehrt war. Erst nach mehr als einer Stunde fiel ihm auf, daß sie noch immer nicht zurück war, aber da sie ein wenig bedrückt gewesen war, hatte er angenommen, sie wollte allein sein.

»Er sagte, wenn sie in so einer Stimmung gewesen sei, habe sie immer die Tendenz gehabt, sich zurückzuziehen«, erklärte Havers. »Und er wollte ihr Raum lassen. Das sind meine Worte, nicht seine.«

Havers' Informationen zufolge hatte Robin Sage danach den Salon zwei- oder dreimal verlassen, um sich die Beine zu vertreten, sich etwas zu trinken zu besorgen, einen Schokoriegel zu kaufen, nicht aber, um nach seiner Frau zu sehen, deren lange Abwesenheit ihn allem Anschein nach nicht beunruhigt hatte. Als die Fähre in Frankreich anlegte, ging er nach unten zu seinem Wagen. Er nahm an, daß sie dort bereits auf ihn warten würde. Als die Fähre sich zu leeren begann und sie immer noch nicht kam, machte er sich auf die Suche nach ihr.

»Aber er schlug erst Alarm, als er sah, daß ihre Handtasche auf dem Vordersitz des Wagens lag«, berichtete Havers. »In der Handtasche war ein Brief. Moment...« Lynley hörte Papier rascheln. »Da hieß es: ›Robin, es tut mir leid. Ich finde das Licht nicht.‹ Er war nicht unterzeichnet, aber die Handschrift war eindeutig die ihre.«

»Ein ziemlich dürftiger Abschiedsbrief«, bemerkte Lynley.

»Sie sind nicht der einzige mit dieser Meinung«, sagte Havers.

Doch bei der Überfahrt war schließlich schlechtes Wetter gewesen. Man war in die Dunkelheit hineingefahren. Es war kalt gewesen, daher war niemand an Deck gewesen, der es hätte sehen können, wenn eine Frau sich über die Reling gestürzt hätte.

»Oder vielleicht gestürzt worden wäre?« fragte Lynley.

Havers stimmte ihm indirekt zu. »Es könnte Selbstmord gewesen sein, es könnte aber genausogut etwas anderes gewesen sein. Und das dachten ganz offensichtlich auch die Kollegen auf beiden Seiten des Kanals. Sage wurde zweimal durch die Mangel gedreht. Aber er war sauber. Zumindest so sauber, wie er sein konnte, da keinem Menschen irgend etwas aufgefallen war, auch nicht Sages Abstecher zur Bar und sein kleiner Spaziergang, um sich die Füße zu vertreten.«

»Und es ist nicht möglich, daß seine Frau sich einfach klammheimlich davongeschlichen hat, als das Boot anlegte?« fragte Lynley.

»Im Ausland, Inspector? Ihr Paß war in ihrer Handtasche, ebenso ihr Geld, ihr Führerschein, ihre Kreditkarten und was man sonst alles so braucht. Sie konnte sich weder hier noch dort davongeschlichen haben. Das ganze Boot wurde sowohl in Frankreich als auch in England von oben bis unten durchsucht.«

»Und hat man ihre Leiche gefunden? Wer hat sie identifiziert?«

»Das weiß ich noch nicht, aber ich bin schon an der Arbeit. Möchten Sie Wetten plazieren?«

»Sage sprach gern von der Frau, die im Ehebruch ergriffen wurde«, sagte Lynley mehr zu sich selbst als zu ihr.

»Und da es auf der Fähre keine Steine gab, hat er ihr einfach einen kräftigen Stoß gegeben?«

»Vielleicht.«

»Na ja, ganz gleich, was passiert ist, sie schlafen jetzt alle in Jesu Schoß. Auf dem Friedhof von Tresillian. Alle drei. Ich war extra dort und hab mir das Grab angesehen.«

»Alle drei?«

»Susanna, Sage und das Kind. Schön in Reih und Glied.«

»Das Kind?«

»Ja, das Kind. Joseph. Ihr Sohn.«

Mit gerunzelter Stirn hörte Lynley Barbara zu und beobachtete gleichzeitig Helen. Die eine berichtete ihm die restlichen Einzelheiten. Die andere zog mit der Spitze eines Küchenmessers Linien auf einem Stück Brie.

»Er war drei Monate alt, als er starb«, sagte Havers. »Und dann ihr Tod – Moment mal – ach ja, hier ist es. Sie ist sechs Monate später gestorben. Das würde die Theorie vom Selbstmord bestätigen, nicht wahr. Ich kann mir vorstellen, daß sie nach dem Tod ihres Kindes total deprimiert war. Wie hat sie's gleich selber ausgedrückt? Sie hat das Licht nicht gefunden.«

»Woran ist das Kind gestorben?«

»Keine Ahnung.«

»Stellen Sie's fest.«

»In Ordnung.« Er hörte, wie am anderen Ende der Leitung ein Streichholz angerissen wurde. Sie zündete sich schon wieder eine Zigarette an. Es gelüstete ihn selbst nach einer. Er sagte: »Kümmern Sie sich auch gleich um Susanna ein bißchen eingehender. Sehen Sie zu, ob Sie etwas über eine Beziehung zu Juliet Spence herausbekommen können.«

»Spence – in Ordnung. Die Zeitungsartikel hab ich Ihnen kopiert. Viel ist es nicht, aber soll ich sie Ihnen ins Yard faxen?«

»Ja, tun Sie das.«

»In Ordnung. Gut.« Er hörte, wie sie an ihrer Zigarette zog. »Inspector …«

»Was denn?«

»Halten Sie die Ohren steif da oben. Sie wissen schon. Helen.«

Leicht gesagt, dachte er, als er auflegte. Er kehrte zum Tisch zurück und sah, daß Helen die ganze Decke des Brie säuberlich schraffiert hatte. Ihr Joghurt hatte sie stehenlassen, und von der Salami hatte sie auch nichts genommen. Im Augenblick rollte sie mit ihrer Gabel eine schwarze Olive auf ihrem Teller hin und her. Sie sah sehr unglücklich aus. Er fühlte sich zum Mitgefühl gerührt.

»Dein Vater würde es wahrscheinlich auch nicht gutheißen, daß du mit deinem Essen spielst«, sagte er leise.

»Nein. Cybele spielt nie mit ihrem Essen. Und Iris ißt gar nicht erst, soviel ich weiß.«

Er setzte sich und sah ohne Appetit auf den Käsekräcker, den er sich gemacht hatte. Er nahm ihn, legte ihn weg, zog sich die Schale mit den Oliven und den Gurken heran, schob sie wieder weg. Schließlich sagte er: »Also dann. Ich muß los. Ich muß noch bis nach …«, und im selben Moment sagte sie hastig: »Es tut mir so leid, Tommy. Ich will dir überhaupt nicht weh tun. Ich weiß nicht, was in mich fährt und warum ich es tue.«

»Ich reize dich dazu. Wir reizen uns gegenseitig.«

Sie zog das Stirnband aus ihrem Haar und wickelte es sich um die Hand. »Ich glaube«, sagte sie, »ich suche nach Beweisen, und wenn ich keine finde, dann erfinde ich sie.«

»Aber Helen, es handelt sich doch hier um eine Beziehung und nicht um ein Gerichtsverfahren. Was willst du überhaupt beweisen?«

»Unwürdigkeit.«

»Ich verstehe. Meine.« Er bemühte sich, objektiv zu sprechen, wußte jedoch, daß es ihm nicht gelang.

Sie sah auf. Ihre Augen waren trocken, aber ihre Haut war fleckig. »Deine. Ja. Weil ich meine eigene längst fühle.«

Er griff nach dem Band, das sie lose um ihre beiden Hände geschlungen hatte, und entfernte die Fessel. »Wenn du darauf warten solltest, daß ich Schluß mache, wartest du umsonst. Das wird nicht geschehen. Du mußt es schon selber tun.«

»Ich kann es tun, wenn du mich darum bittest.«

»Ich habe nicht die Absicht.«

»Es wäre soviel leichter.«

»Ja. Das wäre es. Aber nur zu Anfang.« Er stand auf. »Ich muß heute nachmittag nach Kent hinaus. Ißt du heute abend mit mir?« Er lächelte. »Würdest du auch mit mir frühstükken?«

»Vor Intimität im Bett hab ich keine Angst, Tommy.«

»Nein«, stimmte er zu. »Intimität im Bett ist einfach. Aber mit der Intimität zu leben, das ist höllisch schwer.«

Als Lynley auf dem Parkplatz des Bahnhofs in Sevenoaks anhielt, klatschten die ersten Regentropfen auf die Windschutzscheibe des Bentley. Er suchte in seiner Manteltasche nach der Wegbeschreibung, die sie in Lancashire unter den Besitztümern des Pfarrers gefunden hatten.

Es war leicht, ihr zu folgen. Sie führte ihn zunächst zur Hauptstraße, dann aus dem Ort hinaus. Ein paar Kurven über die Stelle hinaus, wo früher die Eichen gestanden hatten, die dem Ort ihren Namen gegeben hatten, und er war auf dem Land. An zwei kleinen Seitenstraßen vorbei fuhr er einen sanften Hügel hinauf und bog dann in eine kurze Einfahrt ein, an deren Beginn ein Schild mit der Aufschrift *Wealdon Oast* stand. Sie führte zu einem Backsteinhaus mit weißem Dach, das im Westen nach Sevenoaks hinunterschaute und im Süden auf Wald- und Ackerland. Land und Bäume waren jetzt winterlich trüb, doch während der anderen Jahreszeiten boten sie gewiß ein wunderbares Bild.

Er stellte seinen Wagen zwischen einem Sierra und einem Metro ab und fragte sich, ob Robin Sage den ganzen Weg vom Ort bis hierher zu Fuß gegangen war. Er war auf jeden Fall von Lancashire aus nicht mit dem Auto gefahren, und die Wegbeschreibung schien Lynley zweierlei zu verraten: Er hatte nicht die Absicht gehabt, nach seiner Ankunft mit dem Zug ein Taxi zu nehmen, und es hatte ihn auch niemand abgeholt oder versprochen, ihn abzuholen, weder am Bahnhof noch sonstwo im Ort.

Ein Holzschild, säuberlich gelb beschriftet und links von der Haustür befestigt, verriet, daß es sich hier nicht um ein Privathaus handelte, sondern um den Sitz eines geschäftlichen Unternehmens. *Gitterman Zeitarbeit*, stand darauf, und darunter, in kleineren Buchstaben, *Katherine Gitterman, Geschäftsführerin.*

Kate, dachte Lynley. Wieder eine Antwort auf eine der Fragen, die sich aus Sages Terminkalender ergeben hatten.

Die junge Frau am Empfang sah auf, als Lynley eintrat. Das ehemalige Wohnzimmer war jetzt ein Büro mit cremefarbenen Wänden, grünem Spannteppich und modernen Eichenmöbeln, die schwach nach Zitronenöl rochen. Die junge Frau, die am Telefon war, nickte ihm zu und sprach weiter in die Sprechmuschel.

»Ich kann Ihnen wieder Sandy geben, Mrs. Coatsworth. Sie ist doch mit Ihrem Personal gut ausgekommen, und – ja, das ist die mit der Zahnspange.« Die junge Frau sah Lynley an und verdrehte die Augen, die, wie er bemerkte, mit aquamarinblauem Lidschatten geschminkt waren, der genau zum Pullover paßte. »Ja, natürlich, Mrs. Coatsworth. Einen Augenblick bitte...« Auf ihrem Schreibtisch, auf dem peinliche Ordnung herrschte, lagen sechs braune Hefter. Sie schlug den ersten auf. »Das ist überhaupt kein Problem, Mrs. Coatsworth. Wirklich. Bitte, das ist doch selbstverständlich.« Sie blätterte in dem zweiten Hefter. »Mit Joy haben Sie es noch nicht versucht, nicht wahr? ... Nein, sie hat keine Zahnspange. Schreibmaschine... Lassen Sie mich nachsehen...«

Lynley blickte nach links durch die Tür, die sich einem runden Raum öffnete, in dessen gekrümmte Wand ein halbes Dutzend Nischen eingebaut waren. In zwei davon saßen junge Frauen an elektrischen Schreibmaschinen, in einer dritten arbeitete ein junger Mann an einem Computer. Er sah kopfschüttelnd auf den Bildschirm und sagte: »Mann o Mann, das ist nun wirklich hinüber. Ich wette hundert Pfund, das war wieder so eine Stromschwankung.« Er beugte sich zum Boden hinunter und kramte in einem Werkzeugkasten mit Schalttafeln und irgendwelchen geheimnisvollen Geräten.

»Kann ich Ihnen behilflich sein, Sir?«

Lynley wandte sich wieder dem Empfang zu. Die Dame mit den Aquamarinaugen hatte ihren Bleistift gezückt, als wollte sie sich Notizen machen. Die braunen Hefter waren von ihrem Schreibtisch verschwunden, an ihrer Stelle lag ein gelber Schreibblock. Hinter ihr fiel von einem Strauß Gewächshausrosen, die in einer Vase auf einem auf Hochglanz polierten Beistelltischchen standen, ein Blütenblatt zu Boden. Lynley wartete nur darauf, daß augenblicklich ein gehetzter Wächter mit Besen und Schäufelchen erscheinen würde, um das störende Stück Blüte wegzufegen.

»Ich möchte zu Katherine Gitterman«, sagte er und zeigte seinen Dienstausweis. »New Scotland Yard.«

»Sie wollen zu Kate?« Die junge Frau schien so ungläubig, daß sie es versäumte, auch nur einen Blick auf seinen Ausweis zu werfen. »Zu Kate?«

»Ist sie zu sprechen?«

Den Blick immer noch auf ihn gerichtet, nickte sie, hob einen Finger, um ihm zu bedeuten, er möge warten, und tippte eine Nummer in ihr Telefon. Nach einem kurzen und gedämpften Gespräch, bei dem sie ihm den Rücken zuwandte, führte sie ihn an einem zweiten Empfangstisch vorbei, auf dem in gefälliger Fächerformierung die Post des Tages ausgelegt war. Sie öffnete die Tür hinter diesem Schreibtisch und wies auf eine Treppe.

»Da hinauf«, sagte sie und fügte mit einem Lächeln hinzu: »Sie haben ihren ganzen Tag durcheinandergebracht. Überraschungen mag sie gar nicht.«

Kate Gitterman erwartete ihn am Ende der Treppe, eine große Frau in einem Morgenrock aus kariertem Flanell, dessen Gürtel zu einer vollkommen symmetrischen Schleife gebunden war. Die vorherrschende Farbe des Kleidungsstücks war das gleiche Grün wie das des Teppichs, und darunter trug sie einen Pyjama identischer Färbung.

»Ich hatte die Grippe«, sagte sie. »Jetzt kämpfe ich noch mit den letzten Nachwehen. Ich hoffe, Sie lassen sich davon nicht stören.« Sie ließ ihm keine Gelegenheit zu einer Erwiderung. »Bitte kommen Sie.«

Sie führte ihn durch einen schmalen Flur in das Wohnzimmer einer modernen, gut ausgestatteten Wohnung. Irgendwo pfiff ein Wasserkessel, als sie eintraten, und mit einem »Einen Augenblick, bitte« eilte sie davon. Die Sohlen ihrer schmalen Lederpantoffeln klatschten auf das Linoleum, als sie in der Küche hin und her ging.

Lynley sah sich in dem Wohnzimmer um. Wie das Büro im Erdgeschoß war es ordentlich bis zur Zwanghaftigkeit, mit Regalen, Borden und Ständern, in denen jedes Ding seinen festen Platz zu haben schien. Die Kissen auf dem Sofa und in den Sesseln standen genau im selben Winkel, der kleine Orientteppich vor dem offenen Kamin lag genau in der Mitte. Im Kamin selbst brannte weder Holz noch Kohle, vielmehr eine Pyramide künstlicher Scheite, rotglühend wie schwelende Asche.

Er war gerade dabei, die Beschriftung ihrer Videobänder zu lesen – säuberlich aufgereiht unter einem Fernsehapparat –, als sie wieder reinkam.

»Ich versuche, mich fitzuhalten«, sagte sie, wohl um zu erklären, weshalb außer einer Aufnahme von Oliviers *Sturmhöhen* nur Kassetten mit Fitneßprogrammen irgendwelcher Filmschauspielerinnen vorhanden waren.

Er konnte sehen, daß körperliche Fitneß ihr etwa ebenso wichtig war wie peinliche Ordnung; ganz abgesehen davon, daß sie selbst schlank, straff und sportlich wirkte, war das einzige Bild im Zimmer eine gerahmte, auf Postergröße vergrößerte Fotografie von ihr selbst als Wettläuferin, die Nummer 194 auf der Brust. Sie trug ein rotes Stirnband und schwitzte stark, aber für die Kamera hatte sie dennoch ein strahlendes Lächeln zustande gebracht.

»Mein erster Marathonlauf«, bemerkte sie. »Der erste ist immer etwas ganz Besonderes.«

»Ja, das kann ich mir vorstellen.«

»Hm. Also ...« Sie fuhr sich mit der Hand durch das hellbraune Haar mit den sorgfältig eingefärbten blonden Strähnchen. Es war ziemlich kurz geschnitten und zu einer modisch sportlichen Frisur gefönt, die auf häufige Besuche bei einem Friseur, der mit Schere und Farbe umzugehen wußte, schließen ließ. Im grauen Licht des regnerischen Tages und angesichts der Fältchen um die Augen hätte Lynley sie auf Mitte bis Ende vierzig geschätzt. Doch er konnte sich vorstellen, daß sie geschminkt und zurechtgemacht und im schmeichelnden künstlichen Licht eines Restaurants gesehen mindestens zehn Jahre jünger wirkte.

Sie hielt eine große Tasse, aus der duftender Dampf aufstieg. »Hühnerbrühe«, sagte sie. »Ich sollte Ihnen wohl auch etwas anbieten, aber ich habe leider keine Erfahrung darin, wie man sich benimmt, wenn die Polizei zu Besuch kommt. Und Sie sind doch von der Polizei, nicht wahr?«

Er reichte ihr seinen Ausweis. Im Gegensatz zu der Empfangsdame unten sah sie ihn sich genau an, ehe sie ihn zurückreichte.

»Ich hoffe, es geht nicht um eine meiner Angestellten.« Sie ging zum Sofa, setzte sich auf seine Kante und stellte die Tasse mit der Hühnerbrühe auf ihr Knie. Sie hatte die Schultern einer Schwimmerin und die kerzengerade Haltung einer viktorianischen Dame im engen Korsett. »Ich prüfe sie immer sehr gründlich, wenn sie sich bewerben. Ich nehme nur Leute mit ausgezeichneten Referenzen. Wenn die Mädchen von mehr als zwei ihrer Arbeitgeber schlechte Zeugnisse bekommen, nehme ich sie nicht. Darum habe ich auch nie Schwierigkeiten.«

Lynley setzte sich in einen der Sessel. »Ich bin wegen eines Mannes namens Robin Sage hier«, erklärte er. »Die Wegbeschreibung zu diesem Haus war unter seinen Sachen, und in seinem Terminkalender stand Ihr Vorname. Kennen Sie ihn? War er in letzter Zeit einmal bei Ihnen?«

»Robin? Ja.«

»Wann?«

Sie zog die Brauen zusammen. »Ich kann mich nicht genau erinnern. Es war irgendwann im Herbst. Vielleicht Ende September.«

»Könnte es der elfte Oktober gewesen sein?«

»Möglich ist es. Soll ich nachsehen?«

»Hatte er einen Termin?«

»So könnte man es nennen. Warum? Steckt er in irgendwelchen Schwierigkeiten?«

»Er ist tot.«

Sie umfaßte den Henkel ihrer Tasse etwas fester, doch das war die einzige Reaktion, die Lynley beobachten konnte. »Ist das ein polizeiliches Ermittlungsverfahren?«

»Er starb unter recht ungewöhnlichen Umständen.« Er wartete darauf, daß sie das Selbstverständliche tun und ihn nach den Umständen fragen würde. Als sie das nicht tat, fügte er hinzu: »Sage hat in Lancashire gelebt. Ich darf wohl annehmen, daß er nicht zu Ihnen kam, weil er eine Aushilfskraft engagieren wollte.«

Sie trank einen Schluck von ihrer Bouillon. »Er war hier, weil er mit mir über Susanna sprechen wollte.«

»Seine Frau.«

»Meine Schwester.« Sie zog ein weißes Taschentuch heraus, tupfte sich die Mundwinkel damit und steckte es wieder ein. »Ich hatte seit dem Tag ihrer Beerdigung nichts mehr von ihm gehört oder gesehen. Er war hier nicht gerade willkommen. Nach allem, was passiert war.«

»Zwischen ihm und seiner Frau?«

»Und mit dem Kind. Diese schreckliche Geschichte mit Joseph.«

»Er starb als Säugling, wenn ich recht unterrichtet bin.«

»Ja, er war gerade drei Monate alt. Es war ein plötzlicher

Kindstod. Susanna ging morgens zu ihm hinein, um ihn zu wecken. Sie glaubte, er hätte das erste Mal durchgeschlafen. Er war bereits seit Stunden tot. Sie brach ihm drei Rippen, als sie versuchte, ihn wiederzubeleben. Natürlich gab es eine Untersuchung. Und als das mit den gebrochenen Rippen bekannt wurde, war von Kindesmißhandlung die Rede.«

»Bei der Polizei?« fragte Lynley erstaunt. »Wenn die Knochen nach dem Tod gebrochen waren –«

»Dann konnte die Polizei das feststellen, ja, das weiß ich. Nein, bei der Polizei war nicht die Rede davon. Natürlich wurde meine Schwester verhört, aber sobald der Befund des Pathologen da war, hatte die Polizei keine Fragen mehr an sie. Aber die Leute haben natürlich getuschelt. Und Susanna befand sich ja in einer exponierten Stellung.«

Kate stand auf und ging zum Fenster. Sie schob die Vorhänge auf die Seite. Regen schlug gegen die Scheiben. Sie sagte sinnend, aber ohne sonderlichen Ingrimm: »Ich habe ihm die Schuld gegeben. Ich gebe sie ihm immer noch. Aber Susanna hat sich allein die Schuld gegeben.«

»Nun, das ist doch eine ziemlich normale Reaktion.«

»Normal?« Kate lachte leise. »Nichts war normal an ihrer Situation.«

Lynley wartete ohne Antwort oder Frage. Der Regen rann in Bächen an den Fensterscheiben herunter. Unten im Büro läutete ein Telefon.

»Joseph schlief die ersten zwei Monate in ihrem gemeinsamen Schlafzimmer.«

»Das ist doch wohl kaum anormal.«

Sie schien ihn nicht zu hören. »Dann bestand Robin darauf, daß er sein eigenes Zimmer bekam. Susanna wollte den Kleinen in ihrer Nähe haben, aber sie gab Robin nach. Das war ihre Art. Und er war sehr überzeugend.«

»Inwiefern?«

»Er behauptete steif und fest, ein Kind, gleich welchen Alters, könnte nicht wiedergutzumachenden Schaden erleiden, wenn es Zeuge der, wie Robin es in seiner unerschöpflichen Bildung nannte, ›Primärszene‹ zwischen seinen Eltern werde.« Kate wandte sich vom Fenster ab. »Robin weigerte sich, Susanna anzurühren, solange das Baby im Zimmer war. Als Susanne die – äh – ehelichen Beziehungen wiederaufnehmen wollte, mußte sie sich deshalb Robins Wünschen fügen. Aber Sie können sich denken, wie der Tod des Kleinen sich auf zukünftige Primärszenen zwischen ihnen auswirkte.«

Die Ehe sei sehr schnell in die Brüche gegangen, berichtete sie. Robin stürzte sich in seine Arbeit. Susanna versank in Depressionen.

»Ich lebte damals in London«, sagte Kate, »und holte sie eine Weile zu mir. Ich ging mit ihr in Galerien. Ich gab ihr Bücher, mit deren Hilfe sie die Vögel im Park identifizieren konnte. Ich habe ihr Spaziergänge durch die Stadt aufgezeichnet und sie gezwungen, jeden Tag einen zu machen. Irgend jemand mußte schließlich etwas tun. Ich hab's versucht.«

»Was?«

»Sie ins Leben zurückzuholen. Was glauben Sie denn? Sie schwelgte förmlich in Schuldgefühlen und Selbstekel. Das war nicht gesund. Und Robin war auch nicht gerade hilfreich.«

»Ich könnte mir denken, er war mit seinem eigenen Schmerz beschäftigt.«

»Sie weigerte sich einfach, einen Strich zu ziehen. Jeden Tag, wenn ich nach Hause kam, saß sie auf dem Bett und hielt das Foto des Babys an ihre Brust gedrückt und wollte einzig darüber sprechen und alles noch einmal durchleben. Tag für Tag. Als ob das ständige Reden etwas geholfen hätte!« Kate kehrte zum Sofa zurück und stellte die Tasse mit der Bouillon auf einen Beistelltisch. »Sie hat sich entsetzlich gequält. Sie konnte einfach nicht loslassen, obwohl ich ihr immer wieder gesagt habe, sie sei doch noch jung, sie könnte wieder ein Kind bekommen. Joseph war tot. Begraben. Ich hab ihr gesagt, wenn sie nicht aufhören würde, sich damit herumzuquälen, und endlich anfangen würde, für sich selbst zu sorgen, würde sie am Ende noch mit ihm begraben werden.«

»Was ja dann auch geschah.«

»*Er* war daran schuld. Er mit seinen Primärszenen und seinem elenden Glauben daran, daß Gott uns schon im Leben richtet. Das hat er nämlich zu ihr gesagt, wissen Sie. Josephs Tod war Gottes Werk. Ein entsetzlicher Mensch! Diesen Blödsinn brauchte Susanna in ihrem Zustand nun wirklich nicht. Man brauchte ihr doch nicht einzureden, sie sei bestraft worden. Und wofür überhaupt? Wofür?«

Zum zweitenmal zog Kate ihr Taschentuch heraus. Sie drückte es an ihre Stirn, obwohl sie nicht zu schwitzen schien.

»Entschuldigen Sie«, sagte sie. »Es gibt Dinge im Leben, an die man sich besser nicht erinnert.«

»Und warum ist Robin Sage nun zu Ihnen gekommen? Wollte er Erinnerungen mit Ihnen teilen?«

»Er hat sich plötzlich für sie interessiert«, antwortete sie. »In den sechs Monaten vor ihrem Tod hatte er sie völlig allein gelassen. Aber plötzlich war ihm das alles sehr wichtig. Was hat sie getan, während sie bei dir war, fragte er mich. Wohin ist sie gegangen? Wovon hat sie gesprochen? Wie hat sie sich verhalten? Mit wem hat sie sich getroffen?« Sie lachte voll Bitterkeit. »Nach all der Zeit. Am liebsten hätte ich ihm mitten in seine erbärmliche Trauermiene geschlagen. Damals konnte er sie gar nicht schnell genug begraben.«

»Wie meinen Sie das?«

»Jedesmal, wenn an der Küste eine Leiche angespült wurde, hat er sie als Susanna identifiziert. Es waren bestimmt zwei oder drei, und jedesmal sagte er, es handelte sich um Susanna. Falsche Größe, falsche Haarfarbe, wenn überhaupt noch Haare vorhanden waren, falsches Gewicht. Aber das spielte für ihn keine Rolle. Er war total versessen, sie begraben zu sehen, einfach widerlich.«

»Aber wieso war er so versessen darauf?«

»Ich weiß es nicht. Anfangs glaubte ich, er hätte eine andere Frau, die er heiraten wollte, und wollte Susanna deshalb so schnell wie möglich für tot erklären lassen.«

»Aber er hat nicht geheiratet.«

»Nein. Ich nehme an, die Frau, wer immer es gewesen sein mag, hat ihn fallenlassen.«

»Sagt Ihnen der Name Juliet Spence etwas? Hat er eine Frau namens Juliet Spence erwähnt, als er hier bei Ihnen war? Hat Susanna je von einer Juliet Spence gesprochen?«

Sie schüttelte den Kopf. »Warum?«

»Sie hat Robin Sage vergiftet. Letzten Monat in Lancashire.«

Kate hob eine Hand, als wollte sie ihr perfekt gefröntes Haar berühren. Doch sie senkte sie sofort wieder. Ihr Blick schweifte einen Moment in die Ferne. »Ist das nicht seltsam? Ich stelle fest, daß ich richtig froh darüber bin.«

Lynley wunderte es nicht. »Hat Ihre Schwester je von anderen Männern gesprochen, als sie bei Ihnen wohnte? Hat sie sich mit anderen Männern getroffen, als ihre Ehe in die Brüche ging? Könnte ihr Mann dahintergekommen sein?«

»Sie hat nie von Männern gesprochen. Sie hat immer nur von kleinen Kindern gesprochen.«

»Nun, zwischen beidem besteht eine unvermeidliche Verbindung.«

»Ich habe immer schon gefunden, daß das eine ziemlich

unglückselige Eigenart unserer Gattung ist. Jeder keucht dem Orgasmus entgegen, ohne sich auch nur einen Moment lang bewußtzumachen, daß er lediglich eine biologische Falle zum Zweck der Vermehrung ist. Was für ein Blödsinn.«

»Die Menschen suchen eine Beziehung zueinander. Und mit der Liebe suchen sie Nähe.«

»Um so dümmer«, sagte Kate.

Lynley stand auf. Kate trat hinter ihn und richtete das Kissen in seinem Sessel wieder gerade. Mit einer Hand wischte sie über die Rückenlehne des Sessels. Er sah ihr zu und fragte sich dabei, wie ihre Schwester sich mit ihr gefühlt hatte. Schmerz braucht Akzeptanz und Verständnis. Zweifellos hatte sie sich von der ganzen Menschheit abgeschnitten gefühlt.

»Haben Sie eine Ahnung, weshalb Robin Sage den Sozialdienst London angerufen haben könnte?«

Kate zupfte ein Härchen vom Revers ihres Morgenrocks. »Sicherlich weil er mich suchte.«

»Sie vermitteln Hilfskräfte an den Sozialdienst?«

»Nein. Ich habe diese Firma erst seit acht Jahren. Vorher habe ich für den Sozialdienst gearbeitet. Deswegen wird er dort zuerst angerufen haben.«

»Aber Ihr Name stand vor seinen Anrufen oder Besuchen beim Sozialdienst in seinem Terminkalender. Wie kommt das?«

»Das kann ich nicht sagen. Vielleicht wollte er auf der Reise in die Erinnerung, die er anscheinend angetreten hatte, Susannas Papiere durchsehen. Als das Kind starb, schaltete sich natürlich der Sozialdienst in Truro ein. Vielleicht hat er ihre Papiere nach London verfolgt.«

»Aber warum?«

»Um sie zu lesen? Um irgend etwas zu berichtigen?«

»Um festzustellen, ob der Sozialdienst wußte, was jemand anders zu wissen behauptete?«

»Über Josephs Tod?«

»Wäre das eine Möglichkeit?«

Sie kreuzte die Arme unter ihrer Brust. »Das kann ich mir eigentlich nicht vorstellen. Wenn sich bei seinem Tod irgendwelche Verdachtsmomente ergeben hätten, dann wäre gehandelt worden, Inspector.«

»Vielleicht war es ein Grenzfall, etwas, das man so oder so auslegen konnte.«

»Aber weshalb sollte er sich dann jetzt plötzlich dafür interessiert haben? Von dem Moment an, als Joseph starb, interessierte Robin nichts anderes mehr als sein Amt. ›Gottes Gnade wird uns über diese Zeit hinweghelfen‹, sagte er immer zu Susanna.« Kate verzog den Mund in einem Ausdruck des Abscheus. »Ich sag's ganz ehrlich, ich hätte es ihr überhaupt nicht verübelt, wenn sie das Glück gehabt hätte, einen anderen Mann zu finden. Robin nur ein paar Stunden vergessen zu können, wäre schon das Paradies gewesen.«

»Ist es möglich, daß sie jemand anders gefunden hat? Hatten Sie das Gefühl?«

»Nein, sie hat nie etwas Derartiges angedeutet. Wenn sie nicht über Joseph gesprochen hat, hat sie mich über meine Fälle ausgefragt. Es war nur eine andere Art der Selbstbestrafung.«

»Sie waren damals Sozialarbeiterin? Ich hatte gedacht ...« Er wies zur Treppe hin.

»... daß ich Sekretärin war? Nein. Ich war viel ambitionierter. Ich habe einmal daran geglaubt, ich könnte den Menschen helfen. Etwas verändern. Etwas verbessern. Heute kann ich darüber nur lachen. Zehn Jahre beim Sozialdienst haben gereicht.«

»Auf welchem Gebiet haben Sie gearbeitet?«

»Mit Müttern und Säuglingen«, antwortete sie. »Hausbesuche. Und mit der Zeit wurde mir immer klarer, was für einen Mythos unsere Kultur da um die Geburt kreiert hat, indem sie sie als höchsten Lebenssinn der Frau darstellt. So ein unerträglicher Quatsch, nur von Männern erfunden. Die meisten Frauen, die ich gesehen habe, waren total unglücklich, wenn sie nicht zu ungebildet oder zu unwissend waren, um das Ausmaß ihres Dilemmas überhaupt zu erkennen.«

»Aber Ihre Schwester hat an den Mythos geglaubt.«

»Ja. Und er hat sie umgebracht, Inspector.«

25

»Was mir aufstößt, ist die Tatsache, daß er einfach drauflos identifiziert hat«, sagte Lynley. Er nickte dem diensthabenden Beamten zu, zeigte seinen Ausweis und fuhr die Rampe hinunter in die Tiefgarage von New Scotland Yard. »Warum hat er bei jeder Toten, die gefunden wurde, gesagt, es sei seine Frau? Warum hat er nicht einfach gesagt, er sei nicht sicher? Es spielte doch im Grunde keine Rolle. Eine Obduktion wäre bei den Leichen so oder so durchgeführt worden. Das muß er doch gewußt haben.«

»Mich erinnert das ein bißchen an Max de Winter«, antwortete Helen.

Lynley lenkte den Wagen in eine Lücke in der Nähe des Aufzugs. »Wir sollen glauben, daß sie es verdient hat zu sterben«, meinte er nachdenklich.

»Susanna Sage?«

Er stieg aus dem Wagen und öffnete Helen die Tür. »Rebecca«, sagte er. »Sie war böse, lasziv, sündhaft...«

»Genau die Art von Frau, die man gern bei einer Dinner-party dabeihaben möchte, damit sie ein bißchen Leben in die Bude bringt.«

»Und sie hat ihn mit einer Lüge dazu getrieben, sie zu töten.«

»Ach ja? Ich erinnere mich gar nicht mehr richtig an die Geschichte.«

Lynley nahm ihren Arm und führte sie zum Lift. »Sie hatte Krebs«, sagte er, während sie warteten. »Sie wollte sich das Leben nehmen, aber ihr fehlte der Mut, es selbst zu tun. Und weil sie ihn haßte, brachte sie ihn dazu, es für sie zu tun. Damit zerstörte sie nicht nur sich selbst, sondern auch ihn. Und als er es getan und das Boot in der Bucht von Manderley versenkt hatte, mußte er warten, bis irgendwo an der Küste eine weibliche Leiche angespült wurde, damit er dann behaupten konnte, es handle sich um Rebecca, die bei einem Sturm mit ihrem Boot verschollen war.«

»Armes Ding.«

»Wer?«

Helen tippte sich mit dem Finger nachdenklich an die Wange. »Ja, das ist das Problem, nicht wahr? Wir sollen mit einer Person mitleiden, aber es kommt einem schon ein bißchen schlecht vor, sich auf die Seite eines Mörders zu schlagen.«

»Rebecca war zügellos, sie hatte kein Gewissen. Wir sollten den Mord als entschuldbare Handlung sehen.«

»Und war er das? Ist das ein Mord jemals?«

»Das ist die Frage«, erwiderte er.

Sie traten in den Lift und fuhren schweigend aufwärts. Auf seiner Rückfahrt in die Stadt hatte es zu regnen angefangen. In einem Verkehrsstau in Blackheath steckend, hatte er beinahe die Hoffnung aufgegeben, je auf die andere Seite der Themse zu kommen. Dennoch hatte er es geschafft, um sieben am Onslow Square zu sein, um Viertel nach acht hatten sie sich im *Green's* zum Abendessen gesetzt, und jetzt, zwanzig Minuten vor elf, waren sie auf dem Weg in sein Büro, um zu sehen, was Barbara Havers ihm aus Truro gefaxt hatte.

Zwischen ihnen bestand ein wortloser Waffenstillstand. Sie hatten über das Wetter gesprochen, über die Entscheidung seiner Schwester, ihr Land und ihre Schafherden in West Yorkshire zu verkaufen und in den Süden zurückzukehren, um in der Nähe seiner Mutter sein zu können, und über eine Winslow-Homer-Ausstellung, die bald nach London kommen würde. Er spürte, wie sehr sie darum bemüht war, ihn auf Abstand zu halten, und er half ihr dabei, ohne darüber besonders glücklich zu sein. Aber er wußte, daß er mit Geduld mehr Aussicht hatte, ihr Vertrauen zu gewinnen, als mit Konfrontation.

Die Aufzugtüren öffneten sich, selbst New Scotland Yard schien um diese Zeit wie ausgestorben. Doch zwei von Lynleys Kollegen standen an der Tür zu einem der Büros, tranken Kaffee aus Plastikbechern, rauchten und unterhielten sich über den letzten Minister, der mit heruntergelassener Hose hinter dem King's Cross Bahnhof, wo die Straßenmädchen ihre Waren feilboten, ertappt worden war.

»Da bumst der Idiot irgend so ein Flittchen, während England zum Teufel geht«, bemerkte Phillip Hale finster. »Was ist mit diesen Kerlen eigentlich los?«

John Stewart schnippte Zigarettenasche auf den Boden. »Na, mit so einer Puppe im Lederrock eine Nummer zu schieben ist bestimmt lustiger, als über dem Haushaltsdefizit zu brüten.«

»Aber das war ja nicht einmal ein Callgirl. Das war ein billiges Strichmädchen. Mensch, John, du hast sie doch *gesehen.*«

»Ja, und seine Frau hab ich auch gesehen.«

Die beiden Männer lachten. Lynley warf Helen einen Blick

zu. Ihre Miene war unergründlich. Er führte sie mit einem Nicken an seinen Kollegen vorbei.

»Sind Sie nicht im Urlaub?« rief Hale ihnen nach.

»Wir sind in Griechenland«, antwortete Lynley.

In seinem Büro zog er seinen Mantel aus und hängte ihn an der Tür auf. Er wartete auf ihre Reaktion. Aber sie sagte nichts über das kurze Gespräch, das sie gehört hatte.

»Glaubst du, daß Robin Sage sie getötet hat, Tommy?«

»Es war Nacht und stürmische See. Niemand hat gesehen, daß seine Frau sich von der Fähre stürzte, niemand konnte seine Behauptung bestätigen, er sei, als er den Salon verließ, nur in die Bar gegangen, um etwas zu trinken.«

»Aber er, ein Geistlicher! So etwas zu tun und danach weiterhin sein Amt zu versehen, als wäre nichts geschehen.«

»Genau das hat er ja nicht getan. Er hat seine Position in Truro unmittelbar nach dem Tod seiner Frau aufgegeben. Er hat eine ganz andere Art der Seelsorge übernommen und sich an Orte versetzen lassen, wo ihn keiner kannte.«

»Weil er etwas zu verbergen hatte, meinst du? Weil den Leuten, die ihn ja nicht kannten, sein eventuell verändertes Verhalten nicht aufgefallen wäre?«

»Möglich.«

»Aber warum hätte er sie überhaupt töten sollen? Was wäre sein Motiv gewesen? Eifersucht? Zorn? Rache? Eine Erbschaft?«

Lynley griff zum Telefon. »Mir scheint, es gibt da drei Möglichkeiten. Sie hatten sechs Monate zuvor ihr einziges Kind verloren.«

»Aber du hast doch gesagt, es war plötzlicher Kindstod.«

»Vielleicht hat er sie dafür verantwortlich gemacht. Es kann auch sein, daß er eine Beziehung zu einer anderen Frau hatte und wußte, daß er als Geistlicher, wenn er sich scheiden ließ, keine Karriere mehr zu erwarten hatte.«

»Oder aber sie hatte eine Beziehung zu einem anderen Mann, und er ist dahintergekommen und hat im Affekt gehandelt?«

»Oder die letzte Möglichkeit: Es war tatsächlich Selbstmord, und die kopflosen Identifizierungsversuche waren ehrliche Irrtümer eines in seinem Schmerz völlig verstörten Witwers. Aber keine dieser Möglichkeiten bietet eine Erklärung dafür, warum er im Oktober Susannas Schwester aufgesucht hat. Und wo paßt eigentlich Juliet Spence ins Bild?« Er hob den Hörer ab. »Du weißt doch, wo das Fax steht, nicht wahr, Helen? Würdest du mal nachsehen, ob Havers die Zeitungsberichte geschickt hat?«

Als sie gegangen war, rief er im *Crofter's Inn* an.

»Ich habe Denton eine Nachricht hinterlassen«, sagte St. James, als Dora Wragg die Verbindung hergestellt hatte. »Er sagte, er habe dich den ganzen Tag nicht zu Gesicht bekommen und habe dich auch nicht erwartet. Ich vermute, er hängt jetzt am Telefon und ruft sämtliche Krankenhäuser zwischen London und Manchester an, weil er glaubt, du wärst irgendwo gegen einen Baum gerast.«

»Ich werd mich bei ihm melden. Wie war es in Aspatria?«

St. James berichtet ihm die Fakten, die sie während ihres Besuchs in Cumbria zusammengetragen hatten. Mittags war, wie er Lynley mitteilte, der erste Schnee gefallen und hatte sie dann bis nach Lancashire zurück verfolgt.

Vor ihrem Umzug nach Winslough war Juliet Spence als Verwalterin im Sewart House angestellt gewesen, einem großen Besitz etwa sechs Meilen außerhalb von Aspatria, einsam gelegen wie Cotes Hall und zu jener Zeit lediglich im Monat August bewohnt, wenn der Sohn des Eigentümers mit seiner Familie zu einem längeren Urlaub aus London heraufzukommen pflegte.

»Ist sie gefeuert worden?« fragte Lynley.

Keineswegs, antwortete St. James. Nach dem Tod des Eigentümers war das Haus in die Hände des National Trust übergegangen. Die Vertreter des Trust hatten Juliet Spence gebeten, auch in Zukunft zu bleiben, wenn das Haus und der Park zur öffentlichen Besichtigung freigegeben werden würden. Sie hatte es vorgezogen, nach Winslough zu gehen.

»Und hat es irgendwelche Probleme gegeben, während sie in Aspatria lebte?«

»Keine. Ich habe mich mit dem Sohn des Eigentümers unterhalten. Er hat sie nur gelobt und hatte die kleine Maggie offensichtlich sehr gern.«

»Also nichts«, meinte Lynley nachdenklich.

»Na ja, wer weiß. Deborah und ich haben fast den ganzen Tag für dich herumtelefoniert.«

Ehe Juliet Spence nach Aspatria gegangen war, berichtete St. James, hatte sie in Northumberland gearbeitet, nicht weit von einem kleinen Dorf namens Holystone. Sie war dort die Haushälterin und Gesellschafterin einer invaliden alten Dame gewesen, Mrs. Soames-West, die allein in einem kleinen Herrenhaus nördlich des Dorfs gelebt hatte.

»Mrs. Soames-West hat keinerlei Angehörige in England«, sagte St. James. »Und ich hatte den Eindruck, daß sie auch seit Jahren keinen Besuch mehr gehabt hat. Aber sie hat sehr viel von Juliet Spence gehalten, hat sie nur ungern ziehen lassen und bat mich extra, sie zu grüßen.«

»Und warum ist Juliet Spence gegangen?«

»Sie hat keinen Grund angegeben. Sie sagte nur, sie habe eine andere Stellung gefunden.«

»Und wie lange war sie bei dieser Mrs. Soames-West?«

»Zwei Jahre. Und zwei Jahre in Aspatria.«

»Und davor?« Lynley sah auf, als Helen mit ganzen Papiergirlanden über dem Arm zurückkehrte. Sie reichte sie ihm. Er legte sie auf den Schreibtisch.

»Zwei Jahre auf Tiree.«

»Hebriden?«

»Ja. Und davor Benbecula. Du siehst wohl, wie der Hase läuft.«

Ja, er sah es. Ein Ort war abgelegener als der nächste. Wenn das so weiterging, dachte er, würde sich herausstellen, daß sie ihre erste Anstellung in Island gehabt hatte.

»Auf Benbecula hat sich die Spur verloren«, fuhr St. James fort. »Sie hat dort in einem kleinen Gästehaus gearbeitet, aber niemand konnte mir sagen, woher sie gekommen war.«

»Merkwürdig.«

»Wenn man bedenkt, wie lange das alles her ist, finde ich diese eine Tatsache nicht sonderlich verdächtig. Andererseits finde ich dieses ewige Umherziehen doch ziemlich suspekt, aber ich bin wahrscheinlich jemand, der fest an der Scholle klebt.«

Helen saß in dem Sessel vor Lynleys Schreibtisch. Er hatte statt der Neonbeleuchtung nur die Schreibtischlampe eingeschaltet, so daß sie jetzt fast ganz im Schatten saß, da Licht nur auf ihre Hände fiel. Er sah, daß sie einen Perlenring trug, den er ihr zu ihrem zwanzigsten Geburtstag geschenkt hatte. Seltsam, daß ihm das nicht früher aufgefallen war.

St. James sagte gerade: »... also werden sie trotz ihrer Wanderlust im Augenblick wohl nirgendwohin gehen.«

»Wer?«

»Juliet Spence und ihre Tochter. Sie war heute nicht in der Schule, wie mir Josie erzählte, und daraufhin dachten wir zunächst, sie hätten davon gehört, daß du nach London gefahren bist, und hätten sich davongemacht.«

»Du bist sicher, daß sie noch in Winslough sind?«

»O ja, sie sind hier. Josie erzählte uns beim Abendessen sehr ausführlich, daß sie gegen fünf Uhr fast eine Stunde lang mit Maggie telefoniert hätte. Maggie behauptet, sie hätte die Grippe, aber Josie meint, sie hätte die Schule geschwänzt, weil sie sich mit ihrem Freund verkracht hat. Wie dem auch sei, auch wenn sie nicht krank ist und sie vorhaben zu verschwinden, dürfte das jetzt unmöglich sein. Es schneit seit mehr als sechs Stunden, und die Straßen sind die Hölle. Wenn sie weg wollen, dann müssen sie schon Skier nehmen.« Im Hintergrund machte Deborah eine Bemerkung, worauf St. James hinzufügte: »Richtig. Deborah sagt, du solltest dir vielleicht lieber einen Range Rover mieten und nicht mit dem Bentley zurückkommen. Wenn das so weiterschneit, wirst du so wenig hier hereinkommen, wie alle anderen hinauskommen.«

Lynley versprach, sich das zu überlegen, und legte dann auf.

»Und?« fragte Helen, als er die Faxschreiben nahm und auf dem Schreibtisch ausbreitete.

»Die Sache wird immer merkwürdiger«, antwortete er. Er nahm seine Brille heraus und begann zu lesen. Die Fakten waren völlig ungeordnet, Havers schien die Unterlagen mit einer Nachlässigkeit durchgelassen zu haben, die er bei ihr überhaupt nicht gewöhnt war. Irritiert nahm er eine Schere aus dem Schreibtisch, schnitt die ganze lange Geschichte auseinander und war gerade dabei, die einzelnen Artikel chronologisch zu ordnen, als das Telefon läutete.

»Denton ist überzeugt, daß Sie tot sind«, sagte Sergeant Havers.

»Havers, was haben Sie sich eigentlich gedacht? Auf diesem Fax geht es ja wie Kraut und Rüben durcheinander.«

»Tatsächlich? Oh, da hat mich wahrscheinlich der schöne Mann durcheinandergebracht, der den Kopierer neben mir benützte. Er sah aus wie Ken Branagh. Ich kann mir allerdings nicht vorstellen, wozu Ken Branagh einen Handzettel für einen Antiquitätenmarkt kopieren mußte. Na ja... Er behauptet übrigens, Sie führen viel zu schnell.«

»Wer? Kenneth Branagh?«

»Nein, Denton. Und da Sie sich nicht bei ihm gemeldet haben, nimmt er an, daß Sie irgendwo wie ein zerquetschter Käfer auf dem M1 oder dem M6 liegen. Wenn Sie mit Helen zusammenzögen, oder sie mit Ihnen, würden Sie uns allen das Leben wesentlich erleichtern.«

»Ich arbeite daran, Sergeant.«

»Gut. Rufen Sie den armen Kerl an, ja? Ich hab ihm gesagt, daß Sie um eins noch gelebt haben, aber er hat's mir nicht geglaubt, weil ich Ihr Gesicht nicht gesehen hatte. Ich meine, was ist schon eine Stimme am Telefon? Jeder kann Sie nachgeahmt haben.«

»Okay, ich melde mich«, versprach Lynley. »Also, was haben Sie? Ich weiß, daß Joseph den plötzlichen Kindstod gestorben ist...«

»Fleißig, fleißig, Inspector. Das gleiche noch mal, und Sie wissen, was es mit Juliet Spence auf sich hat.«

»Was?«

»Plötzlicher Kindstod.«

»Sie hatte ein Kind, das an plötzlichem Kindstod gestorben ist?«

»Nein. Sie ist selbst daran gestorben.«

»Havers, um Himmels willen! Das ist die Frau in Winslough.«

»Kann schon sein, aber die Juliet Spence, die mit den Sages in Cornwall zu tun hat, liegt tot und begraben auf demselben Friedhof wie die Familie Sage, Inspector. Sie ist vor vierundvierzig Jahren gestorben. Genauer gesagt, vierundvierzig Jahre, drei Monate und sechzehn Tage.«

Lynley zog das Bündel nunmehr geordneter Papiere zu sich heran, während Helen fragte: »Was ist?« und Havers weitersprach.

»Die Verbindung, nach der Sie gesucht haben, bestand nicht zwischen Juliet Spence und Susanna. Sie bestand zwischen Susanna und Juliets Mutter, Gladys. Sie lebt übrigens heute noch in Tresillian. Ich habe heute nachmittag mit ihr Tee getrunken.«

Er überflog die Kopie des ersten Artikels und schob den Moment hinaus, da er das dunkle, grobkörnige Foto, das zu dem Bericht gehörte, würde betrachten müssen.

»Sie kannte die ganze Familie – Robin ist in Tresillian aufgewachsen, und sie hat seinen Eltern das Haus geführt –, und sie kümmert sich immer noch um den Blumenschmuck der hiesigen Kirche. Ich schätze sie auf ungefähr siebzig und bin überzeugt, sie würde uns beide im Tennis schlagen. Kurz und gut, sie und Susanna kamen sich nach dem Tod des kleinen Joseph eine Weile ziemlich nahe. Da sie das gleiche durchgemacht hatte, wollte sie Susanna helfen, soweit diese das zuließ, aber sehr weit ging es offenbar nicht.«

Er holte ein Vergrößerungsglas aus der Schreibtischschublade, hielt es über die gefaxte Fotografie und wünschte, er hätte das Original vor sich. Die Frau auf dem Foto hatte ein volleres Gesicht als Juliet Spence, das Haar schien dunkler zu sein, fiel ihr lockig über die Schultern herab. Doch seit die Aufnahme gemacht worden war, war mehr als ein Jahrzehnt vergangen. Die Jugendlichkeit dieser Frau war vielleicht der Reife einer anderen gewichen. Trotzdem war die Ähnlichkeit unverkennbar.

Havers fuhr fort: »Sie hat mir erzählt, sie und Susanna seien nach der Beerdigung des Kindes viel zusammengewesen. Sie sagte, der Verlust eines Kindes, besonders ein solcher Verlust eines Säuglings, sei etwas, worüber eine Frau niemals hinwegkommt. Sie denkt heute noch jeden Tag an ihre Juliet und vergißt niemals ihren Geburtstag. Und immer fragt sie sich, zu was für einem Menschen sie sich wohl entwickelt hätte. Sie hat mir erzählt, daß sie heute noch von dem Nachmittag träumt, als das Kind plötzlich nicht mehr erwachte.«

Es war eine Möglichkeit, unklar wie die Fotografie selbst, aber dennoch real.

»Sie bekam nach Juliet noch zwei Kinder, Gladys, meine ich. Sie versuchte, Susanna damit zu trösten, daß der schlimmste Schmerz vorbeigehen würde, wenn andere Kinder kämen. Aber Gladys hatte außerdem ein Kind, das *vor* Juliet geboren und am Leben geblieben war. Susanna hielt ihr das immer vor.«

Er legte das Vergrößerungsglas und die Fotografie weg. Nur über einen Punkt mußte er sich noch Gewißheit verschaffen, ehe er handelte. »Havers«, sagte er, »hat man Susannas Leiche je gefunden? Und wenn ja, wer hat sie gefunden und wo?«

»Sie ist nie gefunden worden. Auch das hat Gladys mir erzählt. Es hat zwar eine Trauerfeier stattgefunden, aber das Grab ist leer. Nicht einmal ein Sarg ist darin.«

Er beendete das Gespräch und nahm seine Brille ab. Er polierte ihre Gläser sorgfältig mit einem Taschentuch, ehe er sie wieder aufsetzte. Er blickte auf seine Notizen hinunter – Aspatria, Holystone, Tiree, Benbecula – und ihm wurde klar, was sie zu tun versucht hatte. Der Grund für dies alles, dessen war er sicher, lag bei Maggie.

»Ein und dieselbe Person, nicht wahr?« Helen stand aus ihrem Sessel auf und stellte sich hinter ihn, um über seine Schulter hinweg auf die Papiere hinunterzublicken, die er vor sich ausgebreitet hatte. Sie legte ihre Hand auf seine Schulter.

Er legte die seine darauf. »Ja, ich glaube, so ist es«, sagte er.

»Und was bedeutet es?«

Er sprach nachdenklich. »Sie wird eine Geburtsurkunde für einen neuen Paß gebraucht haben, da sie in Frankreich ja heimlich von der Fähre verschwinden wollte. Vielleicht hat sie sich auf dem Standesamt eine Kopie der Geburtsurkunde dieser Juliet Spence besorgt, vielleicht hat sie auch Gladys ohne deren Wissen das Original entwendet. Vor ihrem ›Selbstmord‹ war sie bei ihrer Schwester in London. Da hätte sie Zeit gehabt, alles zu arrangieren.«

»Aber warum?« fragte Helen. »Warum hat sie das getan?«

»Vielleicht weil sie tatsächlich die Frau war, die im Ehebruch ergriffen wurde.«

Sachte Bewegung im Bett weckte Helen am folgenden Morgen, und sie öffnete blinzelnd ein Auge. Graues Licht drang durch die Vorhänge und fiel auf ihren Lieblingssessel, über dessen Lehne ein Mantel geworfen war. Die Uhr auf ihrem Nachttisch zeigte kurz vor acht an. »Du lieber Gott«, murmelte sie, knüllte ihr Kopfkissen zusammen und drückte mit Entschlossenheit ihre Augen zu. Wieder bewegte sich das Bett.

»Tommy«, sagte sie, griff blind nach der Uhr und drehte sie zur Wand, »ich glaube, es ist noch nicht einmal Tag. Wirklich, Darling. Du brauchst noch ein bißchen Schlaf. Wann sind wir denn eigentlich ins Bett gekommen? Das war doch bestimmt zwei Uhr?«

»Verdammt«, sagte er leise. »Ich weiß es. Ich weiß es genau.«

»Gut. Dann leg dich wieder hin.«

»Die Lösung ist hier, Helen, irgendwo hier.«

Sie runzelte die Stirn und wälzte sich auf die andere Seite, sah, daß er aufrecht im Bett saß, die Brille fast vorn an der Nasenspitze, und einen ganzen Wust von Zetteln, Flugblättern, Fahrscheinen, Programmen und anderen Papieren durchging, die er auf dem Bett ausgebreitet hatte. Sie gähnte und erkannte im gleichen Moment, was das für Papiere waren. Sie hatten Robin Sages Karton mit dem Etikett *Verschiedenes* am vergangenen Abend dreimal durchgewühlt, ehe sie aufgegeben hatten und zu Bett gegangen waren. Aber Tommy war, wie es schien, noch nicht fertig damit. Er beugte sich vor, blätterte eines der Häufchen durch und lehnte sich wieder gegen das Kopfende des Bettes, als wartete er auf die große Erleuchtung.

»Die Lösung ist hier«, sagte er wieder. »Ich weiß es.«

Helen streckte unter der Decke ihren Arm aus und legte ihre Hand auf seinen Schenkel. »Sherlock Holmes hätte das Rätsel längst gelöst«, stellte sie fest.

»Bitte, erinnere mich nicht daran.«

»Hm. Du bist so schön warm.«

»Helen, ich versuche mich hier im deduktiven Denken.«

»Stör ich dich dabei?«

»Was glaubst du wohl?«

Sie lachte, griff nach ihrem Morgenrock, legte ihn sich um die Schultern und setzte sich zu ihm. Sie nahm eines der Papierhäufchen und blätterte es durch. »Ich dachte, du hättest die Lösung. Wenn Susanna wußte, daß sie schwanger war, und wenn das Kind nicht von ihm war, und wenn es keine Möglichkeit für sie gab, es als seins auszugeben, weil sie nicht mehr miteinander schliefen, was ja ihrer Schwester zufolge der Fall gewesen zu sein scheint ... Was brauchst du denn noch?«

»Mir fehlt immer noch ihr Grund, ihn zu töten. Im Augenblick haben wir nur einen Grund für ihn, sie zu töten.«

»Vielleicht wollte er sie zurückhaben, und sie wollte nicht.«

»Na, er konnte sie wohl kaum zwingen.«

»Aber vielleicht hatte er vor zu behaupten, das Kind sei von ihm. Vielleicht wollte er sie durch Maggie zwingen.«

»Eine genetische Untersuchung hätte so einen Plan sehr schnell zum Scheitern gebracht.«

»Dann war Maggie vielleicht doch sein Kind. Vielleicht war er tatsächlich an Josephs Tod schuld, oder vielleicht glaubte Susanna, er sei schuld daran gewesen, und als sie entdeckte, daß sie wieder schwanger war, wollte sie ihn auf keinen Fall an dieses zweite Kind heranlassen.«

Lynley verwarf das mit einem kurzen Brummen und griff nach Robin Sages Terminkalender. Helen sah, daß er, während sie geschlafen hatte, auch das Telefonbuch herbeigeholt hatte. Es lag aufgeschlagen am Fußende des Betts.

»Dann ... Warte mal.« Sie ging wiederum das dünne Bündel Papiere durch, das sie in der Hand hielt, und fragte sich, warum, um alles in der Welt, sich irgend jemand bemüßigt fühlte, diese schmutzigen Handzettel aufzuheben, die einem auf der Straße an jeder Ecke in die Hand gedrückt wurden. Sie selbst hätte sie in den nächsten Abfalleimer geworfen.

Sie gähnte. »Erinnert mich irgendwie an die ausgestreuten Brotstückchen, die einem den Weg zeigen sollen«, bemerkte sie.

Er blätterte im Telefonbuch ganz nach hinten und suchte. »Sechs insgesamt«, sagte er. »Ein Glück, daß es nicht Smith war.« Er sah auf seine Taschenuhr, die offen auf seinem Nachttisch lag, und schlug die Decke zurück. Die Zettel flatterten in die Höhe wie vom Wind getriebene Blätter.

»Waren das Hänsel und Gretel, die die Brotkrumen ausgestreut haben, oder Rotkäppchen?« fragte Helen.

Er kramte in seinem Koffer, der offen auf dem Boden stand, die Kleidungsstücke darin ein einziges Durcheinander, bei dessen Anblick Denton entsetzt gewesen wäre. »Wovon redest du überhaupt, Helen?«

»Von diesen Papieren hier. Sie kommen mir vor wie so eine Brotkrumen-Spur. Nur hat er sie nicht ausgestreut, sondern er hat sie aufgehoben.«

Lynley fand den Gürtel seines Morgenrocks, setzte sich zu ihr aufs Bett und las noch einmal die Handzettel. Sie las sie mit ihm: Auf dem ersten wurde ein Konzert in St. Martin-in-the-Fields angekündigt; der zweite war eine Reklame für einen Autohändler in Lambeth; der dritte rief zu einer Versammlung im Rathaus von Camden auf; der vierte pries einen Frisiersalon in der Clapham High Street an.

»Er ist mit dem Zug hergekommen«, sagte Lynley nachdenklich und begann, die Handzettel neu zu ordnen. »Gib mir doch mal den Plan von der Untergrundbahn, Helen.«

Mit dem Plan in einer Hand fuhr er fort, die Handzettel zu ordnen, bis er die Versammlung im Rathaus von Camden an erster Stelle hatte, das Konzert an zweiter, den Autohändler an dritter und den Frisiersalon an vierter Stelle. »Den ersten hat er sicher am Euston Bahnhof mitgenommen«, meinte er.

»Und wenn er nach Lambeth wollte, dann hat er die Northern Line genommen und ist in Charing Cross umgestiegen«, sagte Helen.

»Und da wird er dann den zweiten Zettel bekommen haben, den für das Konzert. Aber wie kommen wir dann zur Clapham High Street?«

»Vielleicht ist er da zuletzt hingefahren, nachdem er in Lambeth war. Steht in seinem Terminkalender nichts?«

»Unter dem Datum seines letzten Tags in London steht nur Yanapapoulis.«

»Yanapapoulis«, wiederholte sie seufzend. »Griechisch.« Sie spürte eine leichte Traurigkeit. »Diese Woche habe ich uns gründlich verpatzt. Jetzt, in diesem Moment, könnten wir dort sein. In Korfu.«

Er legte seinen Arm um sie und küßte sie. »Es spielt doch

keine Rolle. Wir würden dort das gleiche tun, was wir jetzt hier tun.«

»Uns über die Clapham High Street unterhalten? Das bezweifle ich.«

Er lächelte und legte seine Brille auf den Tisch. Er strich ihr das Haar zurück und küßte sie auf den Hals. »Nein, das nicht gerade«, murmelte er. »Über die Clapham High Street sprechen wir später ...«

Und das taten sie auch, etwas mehr als eine Stunde später.

Lynley war damit einverstanden, daß Helen den Kaffee machte, aber nach dem Mittagessen, das sie ihm am Tag zuvor geboten hatte, war er nicht bereit, sie das Frühstück machen zu lassen. Er schlug die sechs Eier, die er im Kühlschrank fand, gab Schmelzkäse, entkernte schwarze Oliven und ein paar Pilze dazu. Er machte eine Dose geschnipselte Grapefruit auf, verteilte sie auf Schälchen, zierte sie mit einer Maraschinokirsche und ging daran, den Toast zu machen.

Helen hatte inzwischen Telefondienst. Als er das Frühstück fertig hatte, hatte sie fünf der sechs Yanapapoulis angerufen, die er im Telefonbuch gefunden hatte, hatte sich vier griechische Restaurants notiert, die sie noch nicht kannte, hatte ein Rezept für einen Mohnkuchen mit Ouzo bekommen – »Du meine Güte, das klingt ja richtig feuergefährlich« –, hatte versprochen, eine Beschwerde über Inkompetenz der Polizei bei einem Einbruch in der Nähe von Nottinghill Gate an ihre »Vorgesetzten« weiterzugeben, und ihre Ehre gegen die Anschuldigungen einer kreischenden Frau verteidigt, die sie für die Geliebte ihres auf Abwegen wandelnden Ehegatten hielt.

Lynley hatte ihre Teller auf den Tisch gestellt und schenkte gerade Kaffee und Orangensaft ein, als Helen mit ihrem letzten Anruf endlich einen Volltreffer landete. Sie hatte gefragt, ob sie Mutter oder Vater sprechen könnte. Die

Antwort nahm einige Zeit in Anspruch. Lynley war dabei, Orangenmarmelade auf seinen Teller zu löffeln, als Helen sagte: »Ach, das tut mir aber wirklich leid. Und was ist mit deiner Mutter? Ist sie da?... Aber du bist doch nicht allein zu Hause, oder? Müßtest du nicht in der Schule sein?... Ach so! Ja, wenn Linus eine Erkältung hat, muß sich natürlich jemand darum kümmern... Mit Salzwasser gurgeln, das ist sehr gut bei Halsschmerzen.«

»Helen, was zum Teufel...«

Sie hob abwehrend eine Hand. »Wo ist sie?... Ich verstehe. Könntest du mir vielleicht den Namen geben?« Lynley sah, wie ihre Augen groß wurden und ein Lächeln sich langsam auf ihrem Gesicht ausbreitete. »Wunderbar«, sagte sie. »Das ist ganz wunderbar, Philip. Du warst mir wirklich eine große Hilfe. Vielen herzlichen Dank... Ja, gib ihm die Hühnerbouillon.« Sie legte auf und lief aus der Küche hinaus.

»Helen, ich hab das Frühstück...«

»Nur einen Moment, Darling.«

Brummend probierte er von dem Omelett. So schlecht war es gar nicht. Denton hätte zwar eine solche Kombination niemals serviert oder gutgeheißen, aber Denton war sowieso reichlich engstirnig, was das Essen anging.

»Hier! Schau!« In einem Wirbel burgunderroter Seide kam Helen mit klappernden Absätzen wieder in die Küche gelaufen – sie war die einzige Frau, die Lynley kannte, die tatsächlich hochhackige Pantöffelchen mit puderquastenartigen Pompons trug, die farblich auf ihr jeweiliges nächtliches Ensemble abgestimmt waren – und hielt ihm einen der Handzettel hin, die sie sich zuvor angesehen hatten.

»Was denn?«

»Das goldene Haar«, sagte sie. »Clapham High Street.« Sie setzte sich an den Tisch, nahm sich einen Löffel Grapefruit und sagte: »Tommy, Schatz, du kannst ja tatsächlich kochen. Vielleicht sollte ich dich doch behalten.«

»Mir wird ganz warm ums Herz.« Mit zusammengekniffenen Augen sah er auf das Blatt in seiner Hand hinunter. *»Unisex Styling«*, las er laut. *»Erschwingliche Preise. Fragen Sie nach Sheelah.«*

»Yanapapoulis«, sagte Helen. »Was hast du denn alles an die Eier getan. Sie schmecken köstlich.«

»Sheelah Yanapapoulis?«

»Dieselbe. Und sie muß die Yanapapoulis sein, die wir suchen, Tommy. Der Name Yanapapoulis stand in Robin Sages Terminkalender, und er hatte einen Reklamezettel von einem Frisiersalon in seinem Besitz, in dem ebenfalls eine Yanapapoulis arbeitet. Das kann doch kein Zufall sein, was meinst du?« Sie wartete nicht auf seine Antwort, sondern fügte hinzu: »Das war übrigens ihr Sohn, mit dem ich eben gesprochen habe. Er sagte, wir sollen im Salon anrufen und nach Sheelah fragen.«

Lynley lächelte. »Du bist unglaublich.«

»Du aber auch. Wärst du nur gestern hier gewesen, um meinem Vater das Frühstück zu machen . . .«

Er legte den Handzettel zur Seite und widmete sich wieder seinem Omelett. »Das läßt sich leicht arrangieren«, sagte er beiläufig.

»Ja, wahrscheinlich.« Sie gab Milch und Zucker in ihren Kaffee. »Kannst du auch staubsaugen und Fenster putzen?«

»Wenn's hart auf hart geht.«

»Hallo, da würde ich ja vielleicht direkt noch ein gutes Geschäft machen.«

»Also dann?«

»Was?«

»Abgemacht.«

»Tommy, du bist wirklich unerbittlich.«

26

Obwohl der Sohn von Sheelah Yanapapoulis einen Anruf im Salon *Das goldene Haar* empfohlen hatte, entschloß sich Lynley zu einem persönlichen Besuch. Der Friseursalon befand sich im Erdgeschoß eines schmalen, rußgeschwärzten viktorianischen Hauses, eingezwängt zwischen einem indischen Restaurant und einer Reparaturwerkstatt für Haushaltsgeräte in der Clapham High Street. Er war über die Albert Bridge gefahren und dann um den Clapham Common herum, auf dessen Nordseite ein Samuel Pepys im Alter liebevoll versorgt worden war. Zu Pepys' Zeiten hatte man die Gegend als das »paradiesische Clapham« bezeichnet, aber damals war es auch noch ein Dorf auf dem platten Land gewesen, mit Häusern und Gärten, die sich vom Nordostzipfel der Gemeindewiese aus in einem Bogen ausbreiteten, und mit Feldern und Gemüsegärten anstelle der dichtbebauten Straßen, die mit der Ankunft der Eisenbahn entstanden waren. Die Gemeindewiese gab es noch, im wesentlichen intakt, aber viele der hübschen Häuser, die sie einst umgeben hatten, waren schon vor langer Zeit abgerissen und durch die kleineren und weniger originellen Gebäude des neunzehnten Jahrhunderts ersetzt worden.

Der Regen, der am Vortag eingesetzt hatte, begleitete Lynley die High Street hinunter und machte aus dem üblichen Sortiment von Einwickelpapieren, Tüten, Zeitungen, das sich im Rinnstein angesammelt hatte, eine einzige triefende Masse, die alle Farbe verloren hatte. Ihm war es auch zuzuschreiben, daß praktisch keine Fußgänger unterwegs waren. Abgesehen von einem unrasierten Mann in zerschlissenem Tweedmantel, der, eine Zeitung über seinen Kopf haltend, auf dem Bürgersteig dahinschlurfte und vor sich hin brabbelte, war im Augenblick nur noch ein Mischlingshund auf der Straße und beschnupperte einen einzelnen Schuh, der auf einer Holzkiste lag.

In der St. Luke's Avenue fand Lynley einen Parkplatz, nahm Schirm und Mantel und ging zu Fuß zurück zu dem Frisiersalon. Offenbar hatte der Regen auch hier für eine Flaute gesorgt. Als er die Tür aufmachte, schlug ihm der beißende Geruch entgegen, der das Legen einer Dauerwelle begleitet, und sah, daß diese übelriechende Verschönerungsmaßnahme soeben bei der einzigen Kundin des Salons vorgenommen wurde, einer rundlichen Frau von etwa fünfzig Jahren, die ein Heft von *Royal Monthly* in den Händen hielt und sagte: »Na, schauen Sie sich doch das mal an, Stace! Dieses Kleid, das sie da zum Ballettabend anhatte, muß gut und gern seine vierhundert Pfund gekostet haben.«

»Ja, Wahnsinn«, antwortete Stace in einem Ton, in dem sich höfliches Interesse mit bleierner Langeweile mischte. Sie spritzte irgendeine chemische Substanz auf einen der kleinen rosaroten Lockenwickler auf dem Kopf ihrer Kundin und betrachtete dabei ihr eigenes Bild im Spiegel. Sie strich sich glättend über ihre Augenbrauen, die merkwürdig spitz in die Höhe gingen und genau die gleiche Farbe hatten wie ihr glattes, kohlschwarzes Haar. Bei dieser Selbstbetrachtung bemerkte sie Lynley, der an dem gläsernen Verkaufstisch im vorderen Teil des Ladens stand.

»Wir nehmen keine Männer, tut mir leid.« Mit einer Kopfbewegung, bei der ihre langen Ohrringe wie Kastagnetten klapperten, wies sie auf den benachbarten Arbeitsplatz. »Ich weiß, in unseren Anzeigen steht Unisex, aber das gilt nur für montags und mittwochs, wenn unser Roger hier ist. Heute sind nur Sheelah und ich da. Tut mir leid.«

»Ich wollte eigentlich zu Sheelah Yanapapoulis«, sagte Lynley.

»Ach ja? Sie nimmt aber keine Männer. Das heißt . . .«, mit

einem Augenzwinkern ... »nicht zum Frisieren. In anderer Hinsicht – na, ich sag's ja, das Mädchen hat immer schon Glück gehabt.« Sie rief nach hinten: »Sheelah! Komm mal her. Du hast heute deinen Glückstag.«

»Stace, ich hab dir doch gesagt, daß ich jetzt gehe. Linus ist krank, und ich war die ganze Nacht auf den Beinen. Ich hab für heute nachmittag keine Anmeldung, da wär's total sinnlos, wenn ich bleibe.« Geräusche aus dem Hinterzimmer begleiteten die Stimme, die quengelig und müde klang. Eine Handtasche schnappte mit einem metallischen Klicken zu; Stoff raschelte; Gummischuhe klatschten auf den Boden.

»Er sieht gut aus, Sheel«, sagte Stace mit einem neuerlichen Augenzwinkern. »Den würdest du bestimmt nicht verpassen wollen. Glaub's mir.«

»Ach, dann ist es wohl mein Harold, der sich da draußen mit dir amüsiert? Wenn's so ist ...« Sie kam aus dem Hinterzimmer, ganz damit beschäftigt, sich einen schwarzen Schal über das Haar zu legen, das sehr kurz war, raffiniert geschnitten, weißblond, wie es nur aus der Tube kommen konnte, wenn man nicht gerade ein Albino war. Als sie Lynley sah, blieb sie stehen, musterte ihn mit ihren blauen Augen von oben bis unten, Mantel, Schirm, Haarschnitt. Augenblicklich bekam ihr Gesicht einen mißtrauischen Zug; ihre vogelähnlichen Züge schienen sich zu verschließen. Doch das dauerte nur einen Moment, dann hob sie mit einer scharfen Bewegung den Kopf und sagte: »Ich bin Sheelah Yanapapoulis. Darf ich fragen, wer meine Bekanntschaft machen möchte?«

Lynley zog seinen Ausweis heraus. »New Scotland Yard.«

Sie war dabei gewesen, ihren grünen Trenchcoat zuzuknöpfen; als Lynley sich vorstellte, wurden ihre Bewegungen zwar langsamer, aber sie hielt nicht inne. Sie sagte: »Ach, Polizei?«

»Ja.«

»Ihresgleichen hab ich nichts zu sagen.« Sie schob ihre Handtasche über ihren Arm.

»Ich werde Sie nicht lang aufhalten«, sagte Lynley. »Aber es ist leider wichtig.«

Die andere Friseuse hatte sich von ihrer Kundin abgewandt. Sie sagte einigermaßen beunruhigt: »Sheel, soll ich Harold anrufen?«

Sheelah ignorierte sie. »Wichtig wozu?« fragte sie. »Hat einer meiner Jungs heute morgen Mist gebaut? Ich hab sie heut zu Hause gelassen, wenn das ein Verbrechen sein soll. Sie sind alle erkältet. Haben sie was angestellt?«

»Nicht, daß ich wüßte.«

»Sie machen ja immer Dummheiten mit dem Telefon. Letzten Monat hat Gino 999 gewählt und Feuer geschrien. Bekam eine saubere Tracht Prügel dafür, das können Sie mir glauben. Aber der ist stur, genau wie sein Vater. Ich würd's ihm zutrauen, daß er's wieder tut, nur zum Spaß.«

»Ich bin nicht wegen Ihrer Kinder hier, Mrs. Yanapapoulis. Allerdings hat Philip mir gesagt, wo ich Sie finden kann.«

Sie knöpfte ihre Gummistiefel an den Knöcheln zu. Dann richtete sie sich stöhnend auf und drückte sich beide Fäuste ins Kreuz. Als sie so stand, sah Lynley, was ihm vorher entgangen war: Sie war schwanger.

»Können wir uns irgendwo hinsetzen und miteinander reden?«

»Worüber?«

»Über einen Mann namens Robin Sage.«

Sie drückte beide Hände auf ihren Bauch.

»Sie kennen ihn also«, sagte er.

»Und wenn schon?«

»Sheel, ich rufe Harold an«, sagte Stace. »Der will bestimmt nicht, daß du mit den Bullen redest.«

Lynley sagte zu Sheelah: »Wenn Sie sowieso nach Hause wollen, dann erlauben Sie mir, Sie in meinem Wagen mitzunehmen. Wir können uns unterwegs unterhalten.«

»Moment mal. Ich bin eine gute Mutter, Mister. Da gibt's niemanden, der Ihnen was anderes sagen wird. Sie brauchen nur zu fragen. Fragen Sie doch mal Stace hier.«

»Sie ist echt die reinste Heilige«, versicherte Stace. »Wie oft hast du auf neue Schuhe verzichtet, damit deine Kinder die Turnschuhe haben konnten, die sie wollten? Wie oft, hm, Sheel? Und wann hast du das letzte Mal auswärts gegessen? Und wer bügelt bei euch, wenn nicht du? Und wie viele neue Kleider hast du dir letztes Jahr gekauft?« Stace holte Luft. Lynley packte die Gelegenheit beim Schopf.

»Wir ermitteln in einem Mordfall«, sagte er.

Die einzige Kundin des Salons senkte ihre Zeitschrift. Stace drückte ihre Chemikalienflasche an die Brust. Sheelah starrte Lynley an und schien seine Worte abzuwägen.

»Wer ist ermordet worden?« fragte sie.

»Robin Sage.«

Ihr starres Gesicht löste sich, sie atmete tief auf. »Also gut dann. Ich wohne in Lambeth, und meine Jungs warten schon. Wenn Sie mit mir reden wollen, müssen Sie's dort tun.«

»Ich habe meinen Wagen draußen«, sagte Lynley, und als sie aus dem Laden gingen, rief Stace ihnen hinterher: »Ich ruf trotzdem Harold an!«

Als Lynley die Tür hinter ihnen schloß, ging gerade ein Wolkenbruch nieder. Er spannte seinen Schirm auf, doch obwohl er für sie beide groß genug gewesen wäre, hielt Sheelah Abstand und zog sich unter ihren eigenen kleinen Knirps zurück. Sie schwieg, bis sie im Auto saßen und in Richtung Lambeth fuhren, und auch dann sagte sie nur: »Tolles Auto, Mister. Ich hoffe nur, es hat eine Alarmanlage, sonst ist da nichts mehr dran, wenn Sie aus meiner Wohnung wieder rauskommen.« Sie strich über den Ledersitz. »Meinen Jungs würde das gefallen.«

»Sie haben drei Kinder?«

»Fünf.« Sie klappte ihren Mantelkragen hoch und sah zum Fenster hinaus.

Lynley warf ihr einen Blick zu. Sie gab sich resolut und illusionslos, ihre Sorgen waren die einer Erwachsenen, dennoch sah sie nicht alt genug aus, um fünf Kinder geboren zu haben. Sie konnte noch keine dreißig sein.

»Fünf«, wiederholte er. »Die werden Sie auf Trab halten.«

Sie sagte: »Biegen Sie hier links ab. Sie müssen die South Lambeth Road runterfahren.«

Sie fuhren in Richtung Albert Embankment, und als sie in der Nähe des Vauxhall-Bahnhofs in einen Stau gerieten, lotste sie ihn durch ein Gewirr von Seitenstraßen zu dem Hochhaus, in dem sie mit ihrer Familie lebte. Zwanzig Stockwerke, Stahl und Beton, schmucklos, von Wohnsilos gleicher Art umgeben. Die vorherrschenden Farben waren verrostetes Bleigrau und ein schmutziges Beige.

In dem Lift, in dem sie nach oben fuhren, roch es nach nassen Windeln. Seine hintere Wand war mit Bekanntmachungen aller Art gepflastert: Bürgerversammlungen, Vereine zur Verbrechensbekämpfung, Notrufzentralen für sämtliche Eventualitäten, von Vergewaltigung bis zur Aidshilfe, alle hatten sie sich hier verewigt. Die Seitenwände waren aus gesprungenem Spiegelglas. Die Türen waren mit einem Gekritzel unleserlicher Graffiti beschmiert.

Sheelah schüttelte ihren Schirm aus, schob ihn zusammen, steckte ihn in ihre Manteltasche, nahm ihr Kopftuch ab und lockerte ihr Haar. Sie tat das, indem sie es vom Scheitel aus nach vorn zog, so daß es wie ein Hahnenkamm aufstand.

»Hier lang«, sagte sie, als die Lifttüren sich öffneten, und führte ihn einen schmalen Korridor hinunter in den rückwärtigen Teil des Hauses. Rechts und links waren numerierte Türen. Dahinter hörte man Musik, das Dröhnen von Fernsehapparaten, Stimmengewirr. Eine Frau kreischte: »Billy, laß mich sofort los!« Ein Baby schrie.

Aus Sheelahs Wohnung hörte man eine erboste Kinderstimme. »Nein, das tu ich nicht! Und du kannst mich auch nicht dazu zwingen!« Dazu erklang das Scheppern einer Kindertrommel, die jemand schlug, der nicht gerade ein ausgeprägtes Rhythmusgefühl hatte. Sheelah sperrte die Tür auf und rief: »Wer von meinen Jungs hat einen Kuß für Mama?«

Augenblicklich war sie von drei ihrer Kinder umgeben, lauter eifrige kleine Jungen, von denen einer den anderen überschrie.

»Philip hat gesagt, wir müssen ihm gehorchen, aber das stimmt gar nicht, Mama, oder?«

»Er hat Linus zum Frühstück Hühnerbrühe gegeben.«

»Hermes hat meine Socken an und zieht sie einfach nicht aus, und Philip hat gesagt...«

»Wo ist er, Gino?« fragte Sheelah. »Philip! Komm, gib deiner Mama einen Kuß.«

Ein schlanker, braunhäutiger Junge von vielleicht zwölf Jahren kam mit einem Holzlöffel in der einen und einem Topf in der anderen Hand aus der Küche. »Ich mach grade Kartoffelbrei«, sagte er. »Diese blöden Kartoffeln kochen dauernd über. Ich muß aufpassen.«

»Aber erst mußt du deiner Mama einen Kuß geben.«

»Ach, komm.«

»*Du* kommst.« Sheelah deutete auf ihre Wange. Philip trottete zu ihr hin und gab ihr pflichtschuldig einen flüchtigen Kuß. Sie puffte ihn leicht und griff ihm ins Haar, aus dem das Plektron, das er zum Kämmen benutzte, emporragte wie ein Kopfschmuck aus Plastik. Sie zog es heraus. »Hör auf, dich wie dein Vater zu benehmen. Das macht mich ganz verrückt, Philip.« Sie schob es ihm in die Hüfttasche seiner Jeans und gab ihm einen Klaps auf den Hintern. »Das sind meine Jungs«, sagte sie zu Lynley. »Und der Mann hier ist von der Polizei, Freunde. Benehmt euch also lieber anständig, habt ihr verstanden?«

Die Jungen starrten Lynley an. Er gab sich größte Mühe, nicht zurückzustarren. So nebeneinander stehend, sahen sie eher aus wie eine kleine Völkergemeinschaft als wie Angehörige ein und derselben Familie, und es war klar, daß jedem von den Kindern bei den Worten *dein Vater* eine andere Person vorschwebte.

Sheelah stellte sie vor, mit einem zärtlichen Kneifen hier, einem Küßchen dort. Philip, Gino, Hermes, Linus. »Und mein Lämmchen Linus, der mich mit seinen Halsschmerzen die ganze Nacht nicht hat schlafen lassen.«

»Und Peanut«, sagte Linus und klopfte seiner Mutter sanft auf den Bauch.

»Richtig. Und wieviel macht das dann, Schätzchen?«

Linus hielt mit gespreizten Fingern seine Hand hoch und grinste strahlend, mit laufender Nase.

»Und wie viele Finger sind das?« fragte ihn seine Mutter.

»Fünf.«

»Wunderbar.« Sie kitzelte ihn am Bauch. »Und wie alt bist du?«

»Fünf!«

»Richtig.« Sie zog ihren Trenchcoat aus und reichte ihn Gino mit den Worten: »Verlegen wir diese Konferenz in die Küche. Wenn Philip Kartoffelbrei macht, muß ich mich um die Würstchen kümmern. Hermes, räum diese Trommel weg und kümmere dich um Linus' Nase. Ach Mensch, doch nicht mit dem Hemdzipfel.«

Die Jungen folgten ihr in die Küche, einem von vier Räumen, die vom Wohnzimmer abgingen. Die beiden Kinderzimmer, sah Lynley, die mit Spielsachen, zwei Fahrrädern und einem Haufen schmutziger Wäsche vollgestopft waren, blickten zum benachbarten Hochhaus hinaus. Es war so eng in ihnen, daß man sich kaum rühren konnte: zwei Stockbetten in dem einen Zimmer, ein Doppelbett und ein Kinderbett im anderen.

»Hat Harold heute morgen angerufen?« fragte Sheelah gerade Philip, als Lynley in die Küche kam.

»Nee.« Philip wischte den Küchentisch mit einem Spüllappen ab, der tiefgrau war. »Den Kerl mußt du abschieben, Mama. Der ist doch ein Schwein.«

Sie zündete sich eine Zigarette an und legte sie, ohne inhaliert zu haben, in einen Aschenbecher, neigte sich über den aufsteigenden Rauch und atmete tief ein. »Das kann ich nicht, Schatz. Peanut braucht ihren Daddy.«

»Ja, okay. Aber das Rauchen tut ihr bestimmt nicht gut, oder?«

»Ich rauch doch gar nicht. Siehst du mich vielleicht rauchen? Hab ich vielleicht eine Zigarette im Mund?«

»Das ist doch genauso schlecht. Du atmest den Rauch ein, oder vielleicht nicht? Den Rauch einatmen ist genauso schlecht. Wir könnten alle an Krebs sterben.«

»Du bildest dir immer ein, du wüßtest alles. Genau...«

»... wie mein Vater.«

Sie nahm eine Bratpfanne aus einem der Schränke und ging zum Kühlschrank. Zwei Listen hingen an der Tür, die mit vergilbtem Klebeband festgemacht waren. *Regeln* stand oben auf der einen, *Pflichten* auf der anderen. Diagonal über beide hinweg hatte jemand die Worte *Ach, schleich dich, Mama* geschrieben. Sheelah riß die beiden Listen herunter und drehte sich nach ihren Söhnen um. Philip stand am Herd und wachte über seine Kartoffeln. Gino und Hermes krochen unter dem Tisch herum. Linus vergnügte sich mit ein paar Cornflakes, die jemand auf dem Boden liegengelassen hatte.

»Wer von euch war das?« fragte Sheelah. »Los, ich möcht es wissen. Wer von euch war das, verdammt noch mal?«

Schweigen. Die Jungen sahen Lynley an, als wäre er gekommen, sie wegen eines Verbrechens zu verhaften.

Sheelah knüllte die Papiere zusammen und schleuderte sie auf den Tisch. »Wie heißt die Regel Nummer eins? Gino?«

Er versteckte seine Hände hinter dem Rücken, als fürchtete er, eins auf die Finger zu bekommen. »Das Eigentum anderer respektieren«, sagte er.

»Und wessen Eigentum war das? Wessen Eigentum hast du da beschmiert?«

»Ich war's doch gar nicht.«

»Ach nein, du warst es nicht? Erzähl keine Märchen. Du machst doch dauernd nur Mist. Du nimmst jetzt diese Listen mit in euer Zimmer und schreibst sie zehnmal ab.«

»Aber Mama . . .«

»Und du kriegst erst was zu essen, wenn du fertig bist. Hast du das verstanden?«

»Ich hab doch gar nichts . . .«

Sie packte ihn am Arm und stieß ihn in Richtung Kinderzimmer. »Laß dich hier nicht wieder blicken, solange die Listen nicht fertig sind.«

Die anderen Jungen tauschten verstohlene Blicke, als er weg war. Sheelah ging zum Aschenbecher und atmete eine neue Dosis Rauch ein. »Ich konnte nicht einfach so aufhören«, sagte sie zu Lynley. »Mit anderen Sachen könnte ich das, aber mit dem Rauchen nicht.«

»Ich habe selbst sehr lange geraucht«, sagte er.

»Ja? Dann wissen Sie ja, wie es ist.« Sie nahm die Würstchen aus dem Kühlschrank und legte sie in die Bratpfanne. Sie machte das Gas an, schlang ihren Arm um Philips Hals und küßte ihren Sohn herzhaft auf die Schläfe. »Mensch, du bist wirklich ein süßer kleiner Bursche, weißt du das? In fünf Jahren werden die Mädchen dir in Scharen nachlaufen.«

Philip grinste und schüttelte ihren Arm ab. »Mama!«

»Warte nur, wenn du ein bißchen älter bist, wird dir das prima gefallen. Genau ...«

»... wie meinem Vater.«

Sie kniff ihn in den Hintern. »Frechdachs.« Sie wandte sich zum Tisch. »Hermes, paß mal auf die Würstchen auf. Bring deinen Stuhl hierher. Linus, deck den Tisch. Ich muß mit dem Herrn da reden.«

»Ich will Cornflakes«, sagte Linus.

»Nicht zum Mittagessen.«

»Ich will aber.«

»Und ich habe gesagt, nicht zum Mittagessen.« Sie nahm ihm den Karton ab und warf ihn in einen Schrank. Linus begann zu weinen. »Schluß jetzt«, sagte sie. Und dann zu Lynley: »Das ist nur die Schuld von seinem Vater. Diese verdammten Griechen. Die erlauben ihren Söhnen alles. Schlimmer als die Italiener. Kommen Sie, reden wir hier draußen.«

Sie nahm ihre Zigarette mit ins Wohnzimmer. Bei einem Bügelbrett blieb sie einen Moment stehen und wickelte das brüchige Kabel um den Boden des Bügeleisens. Mit dem Fuß stieß sie einen überquellenden Wäschekorb zur Seite.

»Tut gut, mal wieder zu sitzen.« Seufzend ließ sie sich in das Sofa sinken. Die Polster hatten pinkfarbene Schonbezüge. Durch Brandlöcher konnte man das ursprüngliche Grün darunter sehen. An der Wand hinter ihr hing eine große Collage aus Fotografien. Die meisten waren Momentaufnahmen. Sie umgaben in strahlenförmiger Anordnung eine professionelle Atelieraufnahme, die in der Mitte prangte. Einige der Fotos zeigten Erwachsene, auf allen jedoch war mindestens eines ihrer Kinder abgebildet. Selbst auf den Aufnahmen von Sheelahs Hochzeit – sie stand neben einem dunkelhäutigen Mann mit einer Nickelbrille und einer unübersehbaren Lücke zwischen den vorderen Schneidezähnen – fehlten die Kinder nicht: ein weit jüngerer Philip und Gino, der nicht älter als zwei gewesen sein konnte.

»Ist das Ihr Werk?« fragte Lynley mit einer Kopfbewegung zu der Collage.

Sie drehte den Kopf. »Sie meinen, ob ich das gemacht hab? Ja. Die Jungs haben mir geholfen. Aber das meiste hab ich gemacht. Gino!« Sie beugte sich auf dem Sofa nach vorn. »Marsch, geh wieder in die Küche. Iß dein Mittagessen.«

»Aber die Listen ...«

»Tu, was ich dir sage. Hilf deinen Brüdern und halt die Klappe.«

Gino trottete mit hängendem Kopf in die Küche zurück. Sheelah klopfte Asche von ihrer Zigarette und hielt sie sich einen Moment unter die Nase. Dann legte sie sie wieder in den Aschenbecher.

»Robin Sage war im Dezember bei Ihnen, nicht wahr?« sagte Lynley.

»Ja, kurz vor Weihnachten. Er kam in den Laden, genau wie Sie. Ich dachte, er wollte sich die Haare schneiden lassen – er hätte mal was Neues gebrauchen können –, aber er wollte nur mit mir reden. Hier. Genau wie Sie.«

»Hat er Ihnen gesagt, daß er anglikanischer Geistlicher war?«

»Er hatte so eine Priestertracht an oder wie man das nennt, aber ich hab gedacht, das wär nur Verkleidung. Ich mein, das hätte der Bande vom Sozialdienst doch ähnlich gesehen, daß sie jemanden herschickt, der als Priester getarnt ist und so tut, als wär er auf der Suche nach armen Sündern. Von denen hab ich die Nase voll, das kann ich Ihnen sagen. Die kreuzen hier mindestens zweimal im Monat auf. Wie die Aasgeier warten sie darauf, daß ich endlich mal einen von meinen Jungs prügle, damit sie ihn mir wegnehmen können.« Sie lachte bitter. »Aber da können sie warten, bis sie schwarz werden, diese verdammten alten Hexen.«

»Wie kamen Sie denn auf den Gedanken, er könnte vom Sozialdienst kommen? Hatte er eine Art Empfehlung von ihnen? Hat er Ihnen eine Karte gezeigt?«

»Es war einfach die Art, wie er sich benommen hat, als er hier war. Über meine Einstellung zur Religion wollte er mit mir reden, sagte er. Wohin ich denn meine Söhne zum Religionsunterricht schickte? Ob wir regelmäßig in die Kirche gingen und wo? Aber dabei hat er sich die ganze Zeit in der Wohnung umgeschaut, als wollte er sehen, ob sie auch das Richtige für Peanut wäre, wenn die kommt. Und dann wollte er mir sagen, was eine gute Mutter ist. Und er wollte wissen, wie ich's meinen Kindern zeig, daß ich sie liebhab, und ob ich's ihnen regelmäßig zeig, und wie ich sie bestrafe, wenn sie mal Quatsch gemacht haben. Na, der gleiche Mist, mit dem Sozialarbeiter immer ankommen.«Sie neigte sich zur Seite und knipste eine Lampe an. Der Schirm war nicht gerade kunstvoll mit einem roten Schal überzogen worden. Im Licht der Glühbirne nahmen sich große Kleberflecken unter dem Stoff wie die beiden Teile Amerikas aus. »Na ja, und da hab ich eben gedacht, er wär mein neuer Sozialarbeiter, und das wäre seine ach so clevere Art, mit mir Bekanntschaft zu schließen.«

»Aber gesagt hat er das nie.«

»Er hat mich nur so angeschaut, wie die das immer tun, mit Hundeblick und Kummerfalten.« Sie ahmte nicht schlecht einen Ausdrück künstlichen Mitgefühls nach. Lynley versuchte, nicht zu lächeln, schaffte es aber nicht. Sie nickte. »Ich hab diese Bande seit meinem ersten Kind auf dem Hals, Mister. Eine Hilfe sind sie nie, und sie verändern auch nichts. Sie glauben einem nicht, daß man sein Bestes tut, und wenn was passiert, dann geben sie einem selbst zuallererst die Schuld. Ich hasse sie alle miteinander. Sie sind schuld, daß ich meine Tracey Joan verloren habe.«

»Tracey Jones?«

»Tracey *Joan*. Tracey Joan Cotton.« Sie drehte sich im Sofa und wies auf die Atelieraufnahme in der Mitte der Collage. Da hielt ein lachendes Baby einen grauen Stoffelefanten. Sheelah berührte mit den Fingern das Gesicht des Kindes. »Mein kleines Mädchen«, sagte sie. »Das war meine Tracey.«

Lynley bekam eine Gänsehaut. Fünf Kinder, hatte sie gesagt. Weil sie schwanger war, hatte er es mißverstanden. Er stand auf und sah sich das Foto genauer an. Das Kind sah nicht älter als vier oder fünf Monate aus. »Was ist ihr denn zugestoßen?« fragte er.

»Sie ist eines Abends entführt worden. Sie haben sie mir aus meinem Auto gestohlen.«

»Wann?«

»Ich weiß nicht.« Sheelah sprach hastig weiter, als sie sein Gesicht sah. »Ich bin ins Pub gegangen, weil ich mich da mit ihrem Vater treffen wollte. Sie hat im Auto geschlafen, und ich hab sie drin gelassen, weil sie ein bißchen Fieber hatte und endlich aufgehört hatte zu quengeln. Als ich wieder rauskam, war sie weg.«

»Ich wollte eigentlich wissen, wie lange das alles her ist«, sagte Lynley.

»Im letzten November waren es zwölf Jahre.« Sheelah drehte sich wieder herum, wandte sich von der Fotografie ab. Sie tupfte sich die Augen. »Sie war erst sechs Monate alt, meine kleine Tracey Joan, und als sie entführt worden ist, da hat diese verdammte Bande vom Sozialdienst keinen Finger gerührt. Das einzige, was sie getan haben, war, daß sie die Sache der Polizei übergeben haben.«

Lynley saß im Bentley. Er dachte daran, das Rauchen wieder anzufangen. Er erinnerte sich des Gebets aus Hesekiel, das in Robin Sages Buch eingemerkt gewesen war: »Und wenn sich der Gottlose von seiner Gottlosigkeit bekehrt und tut, was recht und gut ist, so soll er deshalb am Leben bleiben.«

Das war es, worauf diese ganze Geschichte letztlich hinauslief: Er hatte ihr Leben – sprich: ihre Seele – retten wollen. Doch sie hatte das Kind retten wollen.

Er versuchte, sich das moralische Dilemma vorzustellen, vor dem der Geistliche gestanden hatte, als er Sheelah Yanapapoulis endlich gefunden hatte. Denn zweifellos hatte seine Frau ihm die Wahrheit gesagt. Die Wahrheit war ihre einzige Verteidigung und die beste Möglichkeit gewesen, ihn dazu zu bewegen, das Verbrechen, das sie vor so vielen Jahren begangen hatte, zu übersehen.

Hör mir zu, hatte sie vermutlich zu ihm gesagt. Ich habe sie gerettet, Robin. Möchtest du wissen, was in Kates Unterlagen über ihre Eltern stand, über die Verhältnisse, in die sie hineingeboren war, und über das, was ihr zugestoßen war? Willst du alles wissen, oder hast du vor, mich einfach zu verurteilen, ohne die Fakten zu kennen?

Sicherlich hatte er alles wissen wollen. Er war im Grunde ein anständiger Mensch gewesen, dem es darum gegangen war, das Rechte zu tun, nicht nur das, was das Gesetz vorschrieb. Er würde sich also die Fakten angehört und sie dann persönlich in London überprüft haben. Zuerst indem er Kate Gitterman aufsuchte und herauszubringen versuchte, ob seine Frau tatsächlich Zugang zu den Fallakten ihrer Schwester gehabt hatte, als diese damals, vor so langer Zeit, beim

Sozialdienst tätig gewesen war. Dann indem er direkt zum Sozialdienst gegangen war, um das junge Mädchen ausfindig zu machen, deren Kind einen Schädelbruch und einen Beinbruch erlitten hatte, noch ehe es zwei Monate alt gewesen war, und dann auf einer Straße in Shoreditch entführt worden war. Es konnte nicht allzu schwierig gewesen sein, sich diese Informationen zu beschaffen.

Ihre Mutter war fünfzehn Jahre alt, würde Susanna zu ihm gesagt haben. Ihr Vater war dreizehn. Bei diesen beiden hätte sie nie eine Chance gehabt. Siehst du das denn nicht? Nein? Ja, ich habe sie mitgenommen, Robin. Und ich würde es wieder tun.

Er war nach London gefahren. Er hatte gesehen, was Lynley gesehen hatte. Er hatte sie kennengelernt. Und während er mit ihr in der engen kleinen Wohnung gesessen und geredet hatte, war vielleicht Harold gekommen und hatte gesagt: »Na, wie geht's meinem Baby? Wie geht's meiner süßen kleinen Mama?« Und er hatte seine Hand, an der ein goldener Trauring glänzte, auf ihren Bauch gelegt. Vielleicht hatte er auch gehört, wie Harold ihr draußen im Korridor, bevor er gegangen war, zugeflüstert hatte: »Heute abend schaff ich's nicht, *babe*. Komm, mach jetzt bloß kein Theater, Sheel, ich schaff's einfach nicht.«

Hast du eine Ahnung, wie oft der Sozialdienst einer mißhandelnden Mutter eine zweite Chance gibt, ehe man ihr endlich das Kind abnimmt? würde sie gefragt haben. Hast du eine Ahnung, wie schwierig es ist, Mißhandlung überhaupt nachzuweisen, wenn das Kind nicht sprechen kann und es eine scheinbar plausible Erklärung für die Verletzungen gibt?

»Ich habe ihr nie ein Haar gekrümmt«, hatte Sheelah Lynley versichert. »Aber sie haben mir nicht geglaubt. Oh, sie haben sie mir gelassen, weil sie nichts beweisen konnten, aber sie haben mich gezwungen, irgendwelche Kurse zu besuchen, und jede Woche mußte ich mich bei ihnen melden und ...« Sie drückte ihre Zigarette aus. »Dabei war es die ganze Zeit Jimmy. Ihr blöder Vater. Sie hat geschrien, und er hat nicht gewußt, was er machen soll, damit sie aufhört, und dabei hatte ich sie nur für eine Stunde bei ihm gelassen, und da hat Jimmy mein Baby verletzt. Er hat einen Wutanfall gekriegt ... Er hat sie an die Wand geschmissen ... Niemals hätte ich ... Niemals! Aber keiner hat mir geglaubt, und er hat kein Wort gesagt.«

Als daher der Säugling verschwand und die junge Sheelah Cotton, damals noch nicht Yanapapoulis, schwor, das Kind sei entführt worden, hatte Kate Gitterman die Polizei angerufen und erzählt, wie sie die Lage beurteilte. Die Polizei hatte sich die junge Mutter angesehen, den Grad ihrer Hysterie abgewogen und nach einem Leichnam gesucht anstatt nach möglichen Hinweisen auf den Entführer des Kindes. Und niemand, der mit den Ermittlungen zu tun hatte, stellte je zwischen dem Selbstmord einer jungen Frau vor der französischen Küste und der Kindesentführung, die drei Wochen später in London geschah, eine Verbindung her.

»Aber natürlich haben sie keine Leiche gefunden«, hatte Sheelah gesagt und sich die Wangen gewischt. »Ich hatte der Kleinen ja nie was getan, und ich hätt ihr auch nie was getan. Sie war doch mein Baby. Ich hab sie liebgehabt. Ja, ehrlich.« Die Jungen waren an die Tür gekommen, als sie geweint hatte, und Linus war durch das Wohnzimmer gekrabbelt und zu ihr auf das Sofa gekrochen. Sie drückte ihn an sich und wiegte ihn hin und her, ihre Wange in sein Haar gedrückt. »Ich bin eine gute Mutter. Ich sorg für meine Jungs. Keiner kann mir nachsagen, daß ich das nicht tu. Und keiner – verdammt noch mal, keiner! – nimmt mir meine Kinder weg.«

Während Lynley hinter beschlagenen Scheiben in seinem Wagen saß und draußen der Verkehr vorbeirauschte, erinnerte er sich an das Ende der Geschichte von der Frau, die im Ehebruch ergriffen wurde. Es ging dabei ums Steinigen: Nur der Mann, der ohne Sünde war – und interessant, dachte er, daß es die Männer waren, die steinigten, und nicht die Frauen –, durfte zu Gericht sitzen und strafen. Der, dessen Seele nicht fleckenlos rein war, mußte zur Seite treten.

Fahr nach London, wenn du mir nicht glaubst, würde sie zu ihrem Mann gesagt haben. Prüf die Geschichte nach. Sieh selbst, ob sie besser dran wäre, wenn sie bei der Frau lebte, die ihr einen Schädelbruch beigebracht hat.

Und er war nach London gefahren. Er hatte sie kennengelernt. Und dann hatte er sich vor die Entscheidung gestellt gesehen. Ihm würde klar gewesen sein, daß er nicht ohne Sünde war. Er war nicht in der Lage gewesen, seiner Frau über ihren Schmerz hinwegzuhelfen, als ihr gemeinsames Kind gestorben war, war daran mit schuld, daß sie dieses Verbrechen begangen hatte. Wie konnte er es jetzt wagen, einen Stein auf sie zu werfen, da er selbst zumindest teilweise für das verantwortlich war, was sie getan hatte? Wie konnte er einen Prozeß einleiten, der sie für immer vernichten würde und gleichzeitig das Risiko in sich barg, auch dem Kind schwer zu schaden? War Maggie vielleicht wirklich besser bei ihr aufgehoben als bei dieser weißhaarigen Frau mit ihren vielfarbigen Kindern und deren nicht existenten Vätern? Und wenn ja, konnte er vor einem Verbrechen die Augen verschließen, wenn er in der Bestrafung in diesem Fall das größere Unrecht sah?

Er hatte gebetet und um die Einsicht gefleht. Er war auf der Suche nach dem Unterschied zwischen dem, was rechtens war, und dem, was recht war. Jenes letzte Telefongespräch mit seiner Frau hatte ahnen lassen, wie seine Entscheidung ausgefallen war: *Niemand kann beurteilen, was damals geschehen ist. Niemand kann wissen, was heute das Rechte ist. Das liegt allein in Gottes Hand.*

Lynley sah auf seine Taschenuhr. Es war halb zwei. Er würde nach Manchester fliegen und dort einen Range Rover mieten. So konnte er bis zum Abend zurück in Winslough sein.

Er hob den Hörer des Autotelefons ab und tippte Helens Nummer. Sie wußte alles, als er nur ihren Namen sagte.

»Soll ich mitkommen?« fragte sie.

»Nein. Ich bin jetzt schwer zu ertragen. Und später auch.«

»Das macht mir doch nichts aus, Tommy.«

»Aber mir.«

»Ich möchte dir irgendwie helfen.«

»Dann sei für mich da, wenn ich zurückkomme.«

»Wie?«

»Ich möchte nach Hause kommen und möchte die Gewißheit haben, daß du mein Zuhause bist.«

Sie zögerte. Er glaubte, sie atmen hören zu können, wußte aber, daß die Verbindung seines Autotelefons dafür viel zu unklar war. Wahrscheinlich hörte er nur sich selbst.

»Und was werden wir tun?« fragte sie.

»Wir werden einander lieben. Heiraten. Kinder bekommen. Das Beste hoffen. Gott, ich weiß nicht mehr, Helen.«

»Du hörst dich schrecklich an.« Ihre eigene Stimme klang zutiefst unglücklich. »Was wirst du tun?«

»Ich werde dich lieben.«

»Ich meine, nicht hier. Ich meine, in Winslough. Was wirst du tun?«

»Ich würde wünschen, Salomon zu sein, und statt dessen werde ich Nemesis sein.«

»Ach, Tommy.«

»Sag es. Irgendwann mußt du es sagen. Warum also nicht jetzt?«

»Ich werde hier sein. Immer. Wenn es vorbei ist. Das weißt du.«

Sehr langsam legte er auf.

Das Werk der Rachegöttin

27

»Hat er sie gesucht, Tommy?« fragte Deborah. »Meinst du, er hat vielleicht nie geglaubt, daß sie ertrunken ist? Ist er deshalb von Gemeinde zu Gemeinde gezogen? Ist er darum nach Winslough gekommen?«

St. James rührte noch einen Löffel Zucker in seine Tasse und sah seine Frau nachdenklich an. Sie hatte ihnen den Kaffee eingeschenkt, ihrem eigenen jedoch nichts hinzugegeben. Sie drehte das kleine Sahnekännchen hin und her, während sie mit gesenktem Blick auf Lynleys Antwort wartete. Es war das erste Mal, daß sie überhaupt gesprochen hatte, seit Lynley seinen Bericht begonnen hatte.

»Ich glaube, es war reiner Zufall.« Lynley spießte mit der Gabel ein Stück Kalbfleisch auf. Er war im *Crofters Inn* angekommen, als St. James und Deborah gerade ihr Abendessen beendet hatten. Sie hatten zwar an diesem Abend den Speisesaal nicht für sich allein gehabt, doch die beiden Paare, die mit ihnen zusammengegessen hatten, waren zum Kaffee in den Salon für die Hotelgäste umgezogen. So hatte Lynley ungehindert erzählen können, nur ab und zu von Josie Wragg unterbrochen, die ihm Gang für Gang sein verspätetes Abendessen servierte.

»Seht euch die Fakten an«, fuhr er fort. »Sie war keine Kirchgängerin; abgesehen von den letzten Jahren hat sie im Norden gelebt, während er im Süden blieb; sie war dauernd auf Achse; immer wählte sie möglichst abgelegene Gegenden. Wenn irgendein Ort populärer zu werden drohte, ist sie stets weitergezogen.«

»Bis auf dieses letzte Mal«, warf St. James ein.

Lynley griff nach seinem Weinglas. »Ja. Es ist merkwürdig, daß sie nach Ablauf ihrer zwei Jahre hier nicht fortgezogen ist.«

»Vielleicht Maggies wegen«, meinte St. James. »Sie ist jetzt ein Teenager. Sie hat hier einen Freund, und nach dem, was Josie uns gestern abend mit ihrer gewohnten Leidenschaft für Details erzählt hat, scheint das eine ziemlich ernste Angelegenheit zu sein. Vielleicht hat sie sich geweigert, von hier wegzugehen.«

»Das wäre eine Möglichkeit. Aber für ihre Mutter war Isolation immer noch äußerst wichtig.«

Bei diesen Worten hob Deborah den Kopf. Sie setzte zum Sprechen an, unterbrach sich dann aber gewissermaßen selbst, beinahe mit Gewalt, wie es schien.

»Ich finde es merkwürdig«, fuhr Lynley fort, »daß Juliet – oder Susanna, wenn ihr wollt – keine Entscheidung erzwungen hat. Schließlich wußte sie doch, daß das einsame Leben in Cotes Hall sehr bald ein Ende haben würde. Sobald die Renovierungsarbeiten beendet gewesen wären, wäre Brendan Power mit seiner Frau ...« Er unterbrach sich mitten im Satz. »Natürlich«, sagte er.

»Sie war der mutwillige Zerstörer, der in Cotes Hall sein Unwesen getrieben hat«, sagte St. James.

»Sie muß es gewesen sein. Wenn das Haus bezogen worden wäre, wäre für sie die Gefahr, gesehen und erkannt zu werden, gewachsen. Sie mußte damit rechnen, daß Power und seine Frau Gäste empfangen würden: Familienangehörige, Freunde, Besucher von außerhalb.«

»Ganz zu schweigen vom Pfarrer.«

»Diesem Risiko wollte sie bestimmt aus dem Wege gehen.«

»Aber sie muß doch den Namen des neuen Pfarrers, lange bevor er selbst eintraf, erfahren haben«, sagte St. James.

»Hätte sie sich nicht irgendeinen zwingenden Grund einfallen lassen können, um zu entkommen?«

»Vielleicht wollte sie das. Aber der Pfarrer ist erst im Herbst nach Winslough gekommen. Da war Maggie schon in der Schule. Wenn sie – Juliet, meine ich – sich wirklich erst kurz vorher aus Liebe zu Maggie bereit erklärt hatte, im Dorf zu bleiben, wäre es schwierig gewesen, so plötzlich einen plausiblen Vorwand zur Flucht aus dem Ärmel zu schütteln.«

Deborah stellte das Milchkännchen ab und schob es weg. »Tommy«, sagte sie mit so mühsam beherrschter Stimme, daß sie bis aufs äußerste gespannt klang, »ich verstehe nicht, wie du dir deiner Sache so sicher sein kannst.« Als Lynley sie ansah, sprach sie schnell weiter. »Vielleicht hatte sie es gar nicht nötig zu fliehen. Was für einen Beweis hast du denn tatsächlich dafür, daß Maggie nicht ihre leibliche Tochter ist? Sie könnte es doch sein, nicht wahr?«

»Das ist unwahrscheinlich, Deborah.«

»Aber du ziehst Schlüsse, ohne sämtliche Fakten zusammenzuhaben.«

»Was für Fakten brauche ich denn noch?«

»Was wäre, wenn ...« Deborah ergriff ihren Löffel und umklammerte ihn, als wollte sie damit auf den Tisch schlagen, um ihr Argument zu unterstreichen. Doch dann legte sie ihn nieder und sagte entmutigt: »Ich nehme an, sie ... ach, ich weiß nicht.«

»Ich denke, eine Röntgenaufnahme von Maggies Bein wird zeigen, daß es einmal gebrochen war, und eine Untersuchung der Erbanlagen wird den Rest belegen«, erklärte Lynley.

Zur Antwort stand sie auf, schob sich das Haar aus dem Gesicht. »Ja. Hm. Also, ich – seid mir nicht böse, aber ich bin ein bißchen müde. Ich glaube, ich gehe nach oben. Ich –

Nein, bitte, Simon. Du und Tommy habt bestimmt noch eine Menge zu reden. Bis später. Gute Nacht.«

Sie war gegangen, ehe die beiden reagieren konnten. Lynley sah ihr verwundert nach und fragte St. James: »Habe ich etwas gesagt?«

»Nein, nein.« St. James blickte nachdenklich auf die Tür. Er glaubte, Deborah werde es sich anders überlegen und zurückkommen. Als das nicht geschah, wandte er sich wieder seinem Freund zu. Ihre Gründe, Lynleys Schlußfolgerungen in Frage zu stellen, waren vielfältig, das wußte er, aber Deborah hatte mit ihren Argumenten nicht ganz unrecht. »Warum hat Juliet nicht einfach geblufft?« fragte er. »Warum hat sie nicht einfach behauptet, Maggie sei ihr leibliches Kind, die Frucht einer Liebschaft?«

»Das habe ich mich zunächst auch gefragt. Denn es wäre logisch gewesen. Aber Sage war zuerst Maggie begegnet, das darfst du nicht vergessen. Ich nehme an, er wußte, wie alt sie war, so alt, wie sein Sohn Joseph gewesen wäre. Juliet hatte also keine Wahl. Sie wußte, daß sie ihn nicht täuschen konnte. Sie konnte ihm nur die Wahrheit sagen und das Beste hoffen.«

»Und hat sie das getan? Ihm die Wahrheit gesagt?«

»Ich denke, schon. Die Wahrheit war schließlich dramatisch genug: ein unverheiratetes Teenager-Pärchen mit einem Säugling, der bereits einen Schädelbruch und einen Beinbruch erlitten hatte. Ich bin überzeugt, sie hat sich als Maggies Retterin gesehen.«

»War sie ja vielleicht auch.«

»Ich weiß. Das ist ja das Tragische. Sie war vielleicht wirklich Maggies Retterin. Und ich nehme an, das war auch Robin Sage klar. Er hatte die erwachsene Sheelah Yanapapoulis aufgesucht. Er konnte nicht wissen, wie sie als fünfzehnjähriges Mädchen gewesen war, das für einen Säugling zu sorgen hatte. Er konnte Mutmaßungen anstellen, die sich auf das stützten, was er bei ihren anderen Kindern sah: wie sie sich entwickelten, was sie über sie urteilte, wie sie mit ihnen umging. Aber er konnte nicht mit Sicherheit wissen, was aus Maggie geworden wäre, wenn sie bei Sheelah aufgewachsen wäre und nicht bei Juliet Spence.« Lynley schenkte sich noch ein Glas ein und lächelte trübe. »Ich bin nur froh, daß ich nicht in Sages Haut stecke. Sein Kampf um eine Entscheidung muß qualvoll gewesen sein. Meine ist nur niederschmetternd. Und nicht einmal niederschmetternd für mich.«

»Du bist nicht verantwortlich«, sagte St. James. »Aber es handelt sich immerhin um ein Verbrechen.«

»Ich diene der Gerechtigkeit. Das weiß ich, Simon. Doch ich muß ehrlich sagen, Vergnügen macht mir das nicht.« Er trank, schenkte nach, trank noch einmal. Dann stellte er das Glas auf den Tisch. Der Wein schimmerte im Licht. »Ich habe den ganzen Tag versucht, nicht an Maggie zu denken. Ich habe versucht, mich ganz auf das Verbrechen zu konzentrieren. Ich bilde mir ein, wenn ich nur immer wieder beleuchte, was Juliet getan hat – damals, vor vielen Jahren, und auch jetzt erst, im vergangenen Dezember –, könnte ich vergessen, warum sie es getan hat. Weil das Warum nicht von Bedeutung ist. Nicht von Bedeutung sein darf.«

»Dann laß alles andere außer Betracht.«

»Seit halb zwei sage ich es mir vor wie eine Litanei. Er hat sie angerufen und ihr seine Entscheidung mitgeteilt. Sie protestierte. Sie sagte, sie würde sie nicht aufgeben. Sie forderte ihn auf, am Abend zu ihr zu kommen, um noch einmal in Ruhe zu sprechen. Sie ging zu der Stelle, an der, wie sie wußte, der Wasserschierling wuchs. Sie grub einen Wurzelstock aus. Sie gab ihn ihm zu essen. Sie schickte ihn nach Hause. Sie wußte, daß er sterben würde. Sie wußte auch, wie er sterben würde.«

St. James fügte den Rest hinzu. »Sie nahm ein Mittel, das

Übelkeit herbeiführte. Dann rief sie den Constable an und zog ihn in die Sache hinein.«

»Wie, in Gottes Namen, kommt es dann, daß ich ihr dennoch verzeihen kann?« fragte Lynley. »Sie hat einen Menschen ermordet. Weshalb möchte ich vor der Tatsache, daß sie eine Mörderin ist, am liebsten die Augen verschließen?«

»Wegen Maggie. Sie war schon einmal in ihrem Leben das Opfer, und sie wird wieder zum Opfer werden, wenn auch auf andere Art. Diesmal durch dein Eingreifen.«

Lynley sagte nichts. Im Gastraum nebenan schwoll eine Männerstimme an und verklang wieder. Stimmengewirr folgte.

»Und jetzt?« sagte St. James.

Lynley knüllte die Leinenserviette zusammen und legte sie auf den Tisch. »Ich habe von Clitheroe eine Beamtin angefordert. Sie ist auf dem Weg hierher.«

»Für Maggie.«

»Sie muß sich um das Kind kümmern, wenn wir die Mutter mitnehmen.« Er sah auf seine Taschenuhr. »Sie war nicht im Dienst, als ich dort war. Aber sie wollten sie benachrichtigen. Sie kommt dann zu Shepherd.«

»Er weiß noch nichts?«

»Nein. Ich fahre jetzt zu ihm.«

»Soll ich mitkommen?« Als Lynley zu der Tür sah, durch die Deborah verschwunden war, sagte St. James: »Es ist schon in Ordnung.«

»Dann wäre ich froh, wenn du mitkämst.«

Im Pub war viel los an diesem Abend. Die Gäste schienen größtenteils Bauern zu sein, die zu Fuß, mit dem Traktor oder mit dem Landrover gekommen waren, um sich lautstark über das Wetter auszulassen. In Rauchschwaden gehüllt, erzählten sie einander, wie sich der anhaltende Schneefall auf ihre Schafe, die Straßen, ihre Ehefrauen und ihre

Arbeit auswirkte. Einzig weil es am Nachmittag einige Stunden aufgeklart hatte, waren sie noch nicht eingeschneit. Aber gegen Abend hatte es erneut angefangen zu schneien. Die Bauern schienen sich für eine lange Belagerung zu stärken.

Sie waren nicht die einzigen. Hinten in der Gaststube hatten sich die Teenager des Dorfs versammelt, versuchten ihr Glück am Spielautomaten und beäugten Pam Rice, die es wieder einmal ganz wild mit ihrem Freund trieb. Brendan Power saß in der Nähe des Feuers und sah jedesmal, wenn die Tür aufging, hoffnungsvoll auf.

»Diesmal erwischt's uns richtig, Ben«, schrie ein Mann laut, um das allgemeine Getöse zu übertönen.

Ben Wragg, der hinter dem Tresen an den Zapfhähnen stand, hätte nicht zufriedener dreinschauen können. Das Geschäft war im Winter weiß Gott schlecht genug. Wenn das Wetter nur so richtig übel wurde, würde die Hälfte der Männer hier Betten haben wollen.

St. James ließ Lynley allein, um nach oben zu gehen und Mantel und Handschuhe zu holen. Deborah saß, sämtliche Kissen im Rücken, auf dem Bett. Ihr Kopf war in den Nakken geneigt, ihre Augen waren geschlossen, und ihre Hände, die in ihrem Schoß lagen, waren zu Fäusten geballt. Sie war immer noch voll angekleidet.

Als er die Tür schloß, sagte sie: »Ich war unaufrichtig. Aber du hast es gewußt, nicht wahr?«

»Ich wußte, daß du nicht müde warst, wenn du das meinst.«

»Du bist mir nicht böse?«

»Sollte ich das denn sein?«

»Ich bin keine gute Frau.«

»Weil du nichts mehr von Juliet Spence hören wolltest? Ich weiß nicht, ob das der richtige Maßstab ist.« Er holte seinen Mantel aus dem Schrank und zog ihn an, griff in die Taschen, um nach seinen Handschuhen zu sehen.

»Du gehst also mit. Um die Sache zu beenden.«

»Es ist mir lieber, wenn er es nicht allein tun muß. Schließlich habe ich ihn da hineingezogen.«

»Du bist ihm ein guter Freund, Simon.«

»Er mir auch.«

»Und du bist auch mir ein guter Freund.«

Er setzte sich auf die Bettkante und legte seine Hand um ihre Faust. Die Faust drehte sich herum, die Finger öffneten sich. Er spürte etwas, das zwischen seiner Handfläche und der ihren lag. Es war ein Stein, sah er, auf den in leuchtendem Pink zwei Ringe aufgemalt waren.

Sie sagte: »Ich habe ihn auf Anne Shepherds Grab gefunden. Er hat mich an Heirat erinnert – die Ringe, wie sie gemalt sind. Seitdem trage ich ihn mit mir herum. Ich dachte, er würde mir vielleicht helfen, ein bißchen mehr an dich zu denken als bisher.«

»Ich habe mich nicht beklagt, Deborah.« Er schloß seine Finger um den Stein und gab ihr einen Kuß auf die Stirn.

»Du wolltest reden. Ich nicht. Es tut mir leid.«

»Ich wollte predigen«, sagte er. »Das ist etwas anderes als reden. Man kann es dir nicht übelnehmen, daß du dir meine Predigten nicht anhören wolltest.« Er stand auf, zog die Handschuhe über. Er nahm seinen Schal aus der Kommode. »Ich weiß nicht, wie lange es dauern wird.«

»Macht nichts. Ich warte.« Als er aus dem Zimmer ging, legte sie den Stein auf den Nachttisch.

Lynley erwartete ihn vor dem Gasthaus, im Schutz der Veranda. Draußen fiel, von Straßenlampen und den Lichtern der benachbarten Reihenhäuser beleuchtet, lautlos der Schnee.

»Sie war nur einmal verheiratet, Simon. Nur mit Yanapapoulis.« Sie gingen zum Parkplatz, wo Lynley den Range Rover abgestellt hatte, den er in Manchester gemietet hatte. »Ich habe versucht zu verstehen, wie Robin Sage zu seiner Entscheidung gekommen ist, und im Grund läuft es schlicht und einfach auf folgendes hinaus: Sie ist kein schlechter Mensch, sie liebt ihre Kinder, und sie war trotz ihres Lebenswandels vorher und nachher nur einmal verheiratet.«

»Was ist aus dem Ehemann geworden?«

»Aus Yanapapoulis? Er hat ihr Linus hinterlassen – ihren vierten Sohn – und sich dann offenbar einem zwanzigjährigen Knaben zugewandt, der frisch aus Delphi eingetroffen war.«

»Mit einer Botschaft des Orakels?«

Lynley lächelte. »Immer noch besser als Danaergeschenke.«

»Hat sie dir sonst noch etwas erzählt?«

»Durch die Blume. Sie sagte, sie habe eine Schwäche für dunkelhäutige Ausländer: Griechen, Italiener, Iraner, Pakistani, Nigerianer. ›Sie brauchen nur mit dem Finger zu wakkeln‹, sagte sie, ›und schon bin ich schwanger. Keine Ahnung, wieso.‹ Nur Maggies Vater sei Engländer gewesen, sagte sie. Und schauen Sie sich an, was der für ein Mensch war, Herr Inspector.«

»Glaubst du ihre Geschichte? Darüber, wie Maggie verletzt wurde?«

»Welchen Unterschied macht es, was ich glaube. Robin Sage hat ihr geglaubt. Deshalb ist er jetzt tot.«

Sie stiegen in den Range Rover. Lynley ließ den Motor an und fuhr rückwärts aus der Lücke heraus. Sie schoben sich an einem Traktor vorbei hinaus zur Straße.

»Er hatte sich für das entschieden, was rechtens war«, bemerkte St. Jones. »Er stellte sich hinter das Gesetz. Was hättest du getan, Tommy?«

»Ich hätte ihre Geschichte nachgeprüft, genau wie er das getan hat.«

»Und wenn du dann die Wahrheit herausgefunden hättest?«

Lynley seufzte und bog in südlicher Richtung in die Clitheroe Road ein. »Ich weiß es nicht, Simon. Mir fehlt diese moralische Sicherheit, die Sage irgendwie gewonnen zu haben schien. Für mich gibt es bei dieser Geschichte kein Schwarz oder Weiß. Das Grau dehnt sich in die Unendlichkeit, trotz aller Gesetze und meiner beruflichen Verpflichtung ihnen gegenüber.«

»Aber wenn du dich entscheiden müßtest.«

»Dann, denke ich, liefe es auf Verbrechen und Strafe hinaus.«

»Juliet Spences Verbrechen gegen Sheelah Cotton?«

»Nein. Sheelahs Verbrechen: daß sie das Kind mit dem Vater allein ließ und ihm so die Gelegenheit gab, das Kind zu verletzen; daß sie es vier Monate später allein im Auto zurückließ und so einer Fremden die Gelegenheit gab, es zu entführen. Ich vermute, ich würde mich fragen, ob die Strafe, das Kind dreizehn Jahre lang – oder für immer – zu verlieren, den Verbrechen, die gegen es begangen wurden, angemessen sei oder über sie hinausginge.«

»Und dann?«

Lynley sah ihn kurz an. »Dann würde ich in Gethsemane stehen und darum bitten, daß der Kelch an mir vorübergehe. Was vermutlich auch Sage getan hat.«

Colin Shepherd war mittags bei ihr gewesen, aber sie hatte ihn nicht ins Haus gelassen. Maggie ging es nicht gut, hatte sie ihm erklärt. Hohes Fieber, Schüttelfrost, eine Magenverstimmung. Folgen ihres nächtlichen Ausflugs mit Nick Ware. Sie hatte eine zweite schlimme Nacht verbracht, aber jetzt schlief sie, und Juliet wollte unbedingt vermeiden, daß irgend etwas sie weckte.

Sie kam nach draußen, um ihm das zu sagen. Sie zog die Tür hinter sich zu und stand fröstelnd in der Kälte. Das erstere schien ihm eine bewußte Maßnahme zu sein, um ihn nicht ins Haus zu lassen. Das zweite schien ihm ein Mittel zu sein, ihn möglichst schnell wieder loszuwerden. Wenn er sie wirklich liebte, sagte ihr zitternder Körper, würde er nicht wollen, daß sie hier draußen in der Kälte stand und mit ihm schwatzte.

Ja, ihre Körpersprache war mehr als deutlich: fest verschränkte Arme, Finger tief in die Ärmel des Flanellhemds gebohrt, starre Haltung. Aber er redete sich ein, es sei nur die Kälte, und versuchte, aus ihren Worten eine versteckte Botschaft herauszulesen. Er sah ihr ins Gesicht, blickte ihr in die Augen. Höflichkeit und Distanz nahm er wahr. Ihre Tochter brauchte sie; war es nicht ziemlich egoistisch von ihm, zu erwarten, sie wolle oder würde sich in dieser Situation gerne ablenken lassen?

»Juliet, wann können wir einmal in Ruhe miteinander sprechen?« Aber sie sah nur zum Fenster von Maggies Zimmer hinauf und antwortete: »Ich muß zu ihr. Sie träumt schlecht. Ich rufe dich später an, ja?« Damit verschwand sie wieder im Haus und schloß lautlos die Tür. Er hörte, wie sich der Schlüssel im Schloß drehte.

Er hätte gern geschrien: Du hast es wohl vergessen, wie? Ich habe meinen eigenen Schlüssel. Ich kann trotzdem noch rein. Ich kann dich zwingen, mit mir zu reden. Ich kann dich zwingen, mir zuzuhören. Aber statt dessen starrte er lange und intensiv die Tür an und wartete darauf, daß sein Herz sich beruhigen würde.

Er war an seine Arbeit zurückgekehrt, hatte seine Runden gemacht, drei Autofahrern geholfen, die die Straßenverhältnisse falsch eingeschätzt hatten, fünf Schafe über eine bröckelnde Mauer in der Nähe der Skelshaw Farm auf die Weide zurückgetrieben, die heruntergefallenen Steine wieder an ihren Platz gelegt, schließlich einen verwilderten Hund eingefangen, den man endlich in einem Schuppen außerhalb vom Dorf in die Enge getrieben hatte. Nichts als Routine, die sein Denken nicht in Anspruch nahm. Dabei hätten seine Gedanken dringend Ablenkung gebraucht.

»Später« kam, und sie rief nicht an. Ruhelos ging er in seinem Haus umher, während er wartete. Er blickte durchs Fenster hinüber auf den tiefverschneiten Friedhof. Er sah zu den Weiden und den Hängen des Cotes Fell. Er machte Feuer im Kamin, als es dem Abend entgegenging, und beobachtete Leo, der sich davor aalte. Er machte sich eine Tasse Tee, gab einen Schuß Whisky dazu, vergaß, sie zu trinken. Zweimal hob er den Telefonhörer ab, um sich zu vergewissern, daß der Anschluß in Ordnung war. Es konnte ja sein, daß der Schnee die Leitungen heruntergerissen hatte. Aber das herzlose Summen des Freizeichens sagte ihm, daß irgend etwas von Grund auf nicht stimmte.

Er wollte es nicht glauben. Sie machte sich Sorgen um Maggie, sagte er sich. Und sie war zu Recht besorgt. Mehr war es nicht.

Um vier hielt er das Warten nicht mehr aus und rief an. Es war besetzt; immer noch besetzt um Viertel nach; besetzt um halb und jede Viertelstunde danach bis halb sechs, als er endlich begriff, daß sie den Hörer abgenommen hatte, damit ihre Tochter nicht vom Läuten des Telefons gestört wurde.

Von halb sechs bis sechs versuchte er, ihren Anruf herbeizuzwingen. Nach sechs begann er, ziellos herumzuwandern. Er ging jedes einzelne der kurzen Gespräche durch, die sie in den zwei Tagen seit Maggies Rückkehr von ihrem kurzen Ausflug in die große Welt geführt hatten. Er rief sich Juliets

Ton ins Gedächtnis, wie ihre Stimme am Telefon geklungen hatte – resigniert irgendwie, als hätte sie sich mit etwas abgefunden, von dem er aber nicht wissen wollte, was es war –, und seine Hoffnungslosigkeit wurde immer größer.

Als um acht Uhr das Telefon läutete, riß er den Hörer in die Höhe und hörte eine barsche Stimme. »Wo, zum Teufel, bist du den ganzen Tag gewesen, Junge?«

Colin merkte, wie er unwillkürlich die Zähne aufeinanderbiß, und versuchte, sich zu entspannen. »Ich hatte Dienst, Vater. Wie immer.«

»Werd bloß nicht frech. Er hat eine Beamtin angefordert, und sie ist schon unterwegs. Hast du das gewußt, Jungchen? Hast du das gewußt?«

Colin drückte sich den Hörer ans Ohr und ging mit dem Telefon zum Küchenfenster. Er konnte das Licht von der Veranda des Pfarrhauses sehen, sonst jedoch war alles vom dichten Schneetreiben verschleiert.

»Wer hat eine Beamtin angefordert? Wovon sprichst du?«

»Der Kerl vom Yard.«

Colin wandte sich vom Fenster ab. Er sah auf die Uhr. Die Katzenaugen bewegten sich in gleichmäßigem Rhythmus, der Schwanz schwang dazu hin und her. Er sagte: »Woher weißt du das?«

»Manche von uns pflegen eben ihre Beziehungen, Jungchen. Manche von uns haben Kumpel, die für sie durchs Feuer gehen. Manche von uns tun den anderen einen Gefallen, damit sie später, wenn sie's mal brauchen, die Gegenleistung erwarten können. Das hab ich dir doch seit Jahren gepredigt, oder nicht? Aber du willst ja nicht lernen. Du bist ja so verdammt blöd, so eingebildet ...«

Colin hörte das Klirren eines Glases, das Klappern von Eiswürfeln. »Und was trinkst du?« fragte er.

Das Glas krachte gegen irgendeinen harten Gegenstand –

die Wand, ein Möbelstück, den Herd, die Spüle. »Du gottverdammter Pinscher, du! Ich versuch, dir zu helfen.«

»Ich brauche deine Hilfe nicht.«

»Haha! Du steckst so tief in der Scheiße, daß du sie nicht mal mehr riechst. Der Kerl hat fast eine Stunde mit Hawkins gequatscht. Er hat die Leute von der Gerichtsmedizin reingerufen und den Constable, der zu euch raufkam, als du die Leiche gefunden hattest. Ich weiß nicht, was er ihnen erzählt hat, aber das Resultat war, daß sie eine Beamtin angefordert haben. Und alles, was der Kerl vom Yard von jetzt an tut, hat Clitheroes Segen, das ist klar. Hast du das kapiert, Jungchen? Hawkins hat dich nicht angerufen und ins Bild gesetzt, hm? Sag schon – hat er dich informiert?«

Colin antwortete nicht.

»Was, glaubst du wohl, hat das zu bedeuten?« fuhr sein Vater fort. »Kannst du dir's selber zusammenreimen, oder soll ich dir ein Bild malen?«

Colin zwang sich, einen gleichgültigen Ton anzuschlagen. »Mir ist's recht, wenn sie eine Beamtin zuziehen, Vater. Du regst dich wegen nichts auf.«

»Was, zum Teufel, soll das jetzt wieder heißen?«

»Das heißt, daß ich ein paar Dinge übersehen habe. Der Fall muß wiederaufgerollt werden.«

»Du verdammter Idiot! Hast du eigentlich eine Ahnung, was es heißt, so ein Ermittlungsverfahren in einer Mordsache zu verpfuschen?«

Colin sah förmlich, wie die Venen in den Armen seines Vaters anschwollen. Er sagte: »Es ist schon öfter vorgekommen, daß ein Verfahren wiederaufgerollt wurde.«

»Du Einfaltspinsel! Du Esel!« zischte sein Vater. »Du hast für sie ausgesagt. Du hast einen Eid geleistet. Du hast ein Verhältnis mit ihr. Glaub ja nicht, daß das einer vergessen wird, wenn es hart auf hart...«

»Ich habe neue Informationen, und sie haben mit Juliet nichts zu tun. Ich werde sie dem Kerl vom Yard übergeben. Es ist ganz gut, daß er eine Beamtin angefordert hat. Er wird sie nämlich brauchen.«

»Was soll das heißen?«

»Daß ich weiß, wer's getan hat.«

Schweigen. Er hörte das Knistern des Feuers im Wohnzimmer und das Schmatzen des Hundes, der eifrig an einem Knochen nagte.

»Bist du sicher?« Der Ton seines Vaters war argwöhnisch. »Hast du Beweise?«

»Ja.«

»Wenn du die Sache nämlich noch mehr vermasselst, Junge, dann gnade dir Gott. Und wenn es soweit ist...«

»Dazu kommt es nicht.«

»...dann komm bloß nicht bei mir an und heul mir was vor, daß du Hilfe brauchst. Ich hab's nämlich endgültig satt, dich dauernd bei den Herrschaften oben zu decken. Kapiert?«

»Kapiert, Vater. Und danke für das Vertrauen.«

»Du und dein verdammtes Mundwerk...«

Colin legte auf. Keine zehn Sekunden später läutete das Telefon wieder. Er nahm nicht ab. Es bimmelte geschlagene drei Minuten. Er starrte es an und stellte sich seinen Vater am anderen Ende der Leitung vor. Er würde fluchen wie ein Wahnsinniger und danach lechzen, irgend jemanden zusammenzuschlagen. Aber wenn nicht eines seiner Mäuschen da war und sich dafür zur Verfügung stellte, würde er seine Wut allein austragen müssen.

Als das Telefon verstummte, goß Colin sich ein Glas Whisky ein, ging wieder in die Küche und tippte Juliets Nummer. Bei ihr war immer noch besetzt.

Er nahm das Glas mit in sein Arbeitszimmer und setzte sich

an den Schreibtisch. Aus der untersten Schublade holte er das schmale Büchlein. *Zauberkraft der Alchimie: Kräuter, Gewürze, Pflanzen.* Er legte es neben einen großen Schreibblock und begann, seinen Bericht zu schreiben. Er floß ihm leicht aus der Feder: Zeile um Zeile verflocht er Tatsachen und Mutmaßungen zu einem Gewebe der Schuld. Er habe keine Wahl, redete er sich ein. Wenn Lynley eine Polizeibeamtin angefordert hatte, so bedeutete das, daß er Juliet Scherereien machen wollte. Es gab nur ein Mittel, das zu verhindern.

Er hatte den Bericht gerade fertig geschrieben, noch einmal durchgesehen und ihn getippt, als er draußen das Knallen von Autotüren hörte. Leo fing an zu bellen. Colin stand vom Schreibtisch auf und ging zur Tür, noch ehe sie läuten konnten. Er war vorbereitet.

»Ich bin froh, daß Sie gekommen sind«, sagte er zu ihnen. Sein Tonfall war eine Mischung aus Selbstsicherheit und Jovialität, und das machte ihn zufrieden. Er drückte die Tür hinter ihnen zu und führte sie ins Wohnzimmer.

Der Blonde – Lynley – zog seinen Mantel aus, nahm seinen Schal ab und wischte sich den Schnee aus dem Haar, als habe er die Absicht, eine Weile zu bleiben. Der andere – St. James – lockerte nur seinen Schal und öffnete ein paar Knöpfe seines Mantels. Die Handschuhe behielt er in der Hand und zog sie unter den Fingern der anderen hindurch, während die Schneeflocken auf seinem Haar schmolzen.

»Ich habe in Clitheroe eine Polizeibeamtin angefordert«, sagte Lynley. »Sie wird bald hier sein.«

Colin schenkte beiden Männern Whisky ein und reichte ihnen die Gläser, ohne sich darum zu kümmern, ob sie trinken wollten oder nicht. Sie wollten nicht. St. James nickte und stellte sein Glas auf den Beistelltisch neben dem Sofa. Lynley sagte, danke, und stellte das seine auf den Boden, als er sich unaufgefordert in einen der Sessel setzte.

»Ja, ich habe bereits vernommen, daß sie unterwegs ist«, sagte Colin leichthin. »Mir scheint, zu Ihren Begabungen gehört die Hellsichtigkeit, Inspector. Spätestens in zwölf Stunden hätte ich selbst eine von Sergeant Hawkins angefordert.« Er reichte Lynley zuerst das dünne Buch. »Ich könnte mir denken, daß Sie das haben wollen.«

Lynley nahm es, drehte es herum, setzte seine Brille auf, um zuerst das Titelblatt zu lesen, dann den Text auf der Umschlagrückseite. Er schlug das Buch auf, überflog das Inhaltsverzeichnis. Einige Seiten waren an den Ecken umgeknickt – Colins Werk –, und die las er als nächstes. Vor dem Feuer wandte sich Leo wieder seinem Knochen zu. Vergnügt klopfte er mit dem Schwanz auf den Teppich.

Lynley sah schließlich ohne Kommentar auf. »Das Durcheinander und die Irrtümer in diesem Fall sind meine Schuld«, begann Colin. »Ich hatte Polly zunächst überhaupt nicht in Verdacht, aber ich denke, das hier erklärt alles.« Er reichte Lynley seinen Bericht. Der gab das Buch an St. James weiter, ehe er zu lesen begann.

Colin beobachtete ihn, wartete auf ein Zeichen von Interesse, ein Zeichen der Einsicht und plötzlicher Erkenntnis. »Als Juliet die Schuld auf sich nahm und sagte, es sei ein Unglücksfall gewesen, habe ich meine Aufmerksamkeit nur noch darauf konzentriert. Ich konnte mir nicht vorstellen, wer ein Motiv gehabt haben sollte, Sage zu töten, und als Juliet behauptete, niemand hätte ohne ihr Wissen ihren Wurzelkeller betreten können, glaubte ich ihr das. Zu dem Zeitpunkt war mir nicht klar, daß er überhaupt nicht das Ziel des Anschlags war. Ich machte mir Sorgen um Juliet, wegen der Leichenschau. Ich hab nicht klar gesehen. Ich hätte vorher merken müssen, daß dieser Mord mit dem Pfarrer überhaupt nichts zu tun hatte. Er war nur versehentlich das Opfer geworden.«

Lynley hatte noch zwei Seiten zu lesen, aber er faltete den Bericht zusammen und nahm seine Brille ab. Er steckte sie ein und reichte den Bericht Colin Shepherd.

»Sie hätten es *vorher* merken müssen – eine interessante Wortwahl. Heißt das, vor oder nach Ihrem Überfall auf sie, Constable? Und was sollte der übrigens? Wollten Sie ein Geständnis von ihr? Oder nur Ihr Vergnügen?«

Das Papier in seiner Hand hatte kein Gewicht. Er sah, daß es zu Boden gefallen war. Er hob es auf und sagte: »Wir sind hier, um über einen Mord zu sprechen. Wenn Polly die Tatsachen verdreht, um mich in Verdacht zu bringen, dann sollte Ihnen das doch einiges über sie sagen, meinen Sie nicht?«

»Mir sagen ganz andere Dinge etwas über sie – die Tatsache zum Beispiel, daß sie nicht ein Wort über den tätlichen Angriff verloren hat. Nicht ein Wort über Sie, Constable. Nicht eines über Juliet Spence. Sie verhält sich keineswegs wie eine Frau, die ihre Schuld vertuschen möchte.«

»Na und? Die Person, auf die sie es abgesehen hatte, lebt ja noch. Den anderen kann sie als dummen Fehler abhaken.«

»Und das Motiv, vermute ich, soll blinde Eifersucht sein. Sie halten wohl sehr viel von sich, Mr. Shepherd.«

Colins Gesicht wurde hart. »Ich würde vorschlagen, Sie halten sich an die Fakten.«

»Nein. Jetzt halte ich mich einmal an *Sie*. Hören Sie mir gut zu, denn wenn ich fertig bin, werden Sie Ihren Dienst bei der Polizei quittieren und Gott danken, daß das das einzige ist, was Ihre Vorgesetzten von Ihnen erwarten.«

Und dann begann Lynley zu sprechen. Er erwähnte Namen, die Colin nichts sagten: Susanna Sage und Joseph, Sheelah Cotton und Tracey, Gladys Spence, Kate Gitterman. Er sprach von plötzlichem Kindstod, einem weit zurückliegenden Selbstmord, einem leeren Sarg in einem Familiengrab. Er skizzierte den Weg des Pfarrers durch London und erzählte die Geschichte, die Robin Sage – und er selbst – detailgetreu zusammengetragen hatte. Am Ende breitete er eine schlechte Kopie eines Zeitungsartikels aus und sagte: »Schauen Sie sich das Bild an, Mr. Shepherd.« Colin jedoch hielt seinen Blick auf den Gewehrschrank und die Flinten, die er am Nachmittag gereinigt hatte, gerichtet. Er wollte sie am liebsten benutzen.

Er hörte Lynley sagen, »St. James«, und dann begann der andere zu sprechen. Colin dachte, nein, ich will nicht und ich kann nicht, und beschwor ihr Bild herauf, um sich die Wahrheit vom Leib zu halten. Satzfetzen und Worte drangen hin und wieder durch: giftigste Pflanze der westlichen Hemisphäre... Wurzelstock... hätte gewußt... öliger Saft beim Anschneiden des Stengels... kann sie unmöglich zu sich genommen haben...

Mit einer Stimme, die so tief aus seinem Inneren kam, daß er selbst sie nicht recht hören konnte, sagte er: »Ihr war übel. Sie hatte davon gegessen. Ich war dabei.«

»Das trifft leider nicht zu. Sie hatte ein abführendes Mittel genommen.«

»Das Fieber. Sie war glühend heiß. *Glühend!*«

»Ich vermute, sie hatte auch etwas genommen, um ihre Temperatur in die Höhe zu treiben. Cayenne wahrscheinlich.«

Er fühlte sich niedergetrampelt.

»Sehen Sie sich das Bild an, Mr. Shepherd«, sagte Lynley.

»Polly wollte sie töten. Sie wollte sie aus dem Weg räumen.«

»Polly Yarkin hatte mit dieser Geschichte überhaupt nichts zu tun«, entgegnete Lynley. »Sie waren eine Art Alibi. Bei der gerichtlichen Untersuchung sollten Sie aussagen, daß Juliet Spence am Abend von Robin Sages Tod selbst erkrankt war.

Sie hat Sie benutzt, Constable. Sie hat ihren Mann umgebracht. Sehen Sie sich das Bild an!«

Sah es ihr ähnlich? War dies ihr Gesicht? Waren dies ihre Augen? Es war mehr als zehn Jahre alt, die Kopie war schlecht, dunkel, unscharf.

»Das beweist gar nichts. Es ist ja nicht einmal scharf.«

Aber die beiden Männer waren gnadenlos. Eine simple Gegenüberstellung zwischen Kate Gitterman und ihrer Schwester würde zur Identifizierung ausreichen. Und wenn nicht, dann konnte man immer noch die Leiche Joseph Sages exhumieren und mit Hilfe von Gewebeproben genetische Vergleichsuntersuchungen vornehmen. Denn warum sollte die Frau, die sich Juliet Spence nannte, es ablehnen, sich oder Maggie untersuchen zu lassen, die Geburtsurkunde Maggies vorzulegen, alles Menschenmögliche zu tun, um ihre Identität zu beweisen, wenn sie tatsächlich Juliet Spence war?

Sie ließen ihm nichts. Kein Wort der Widerrede, kein Gegenargument, nichts. Er stand auf und ging mit der kopierten Fotografie und dem Artikel zum offenen Kamin. Er warf beides ins Feuer und sah zu, wie die Flammen darüber herfielen, zuerst die Ränder des Papiers aufbogen, dann gierig leckten, schließlich alles verschlangen.

Leo hob den Kopf von seinem Knochen und beobachtete ihn mit einem leisen Winseln. Gott, wenn alles so einfach wäre wie für einen Hund. Nahrung und Obdach. Wärme. Unverbrüchliche Treue und Liebe.

»Gut, ich bin fertig.«

»Wir brauchen Sie nicht, Constable«, entgegnete Lynley.

Colin wollte protestieren, obwohl er wußte, daß er das Recht dazu verwirkt hatte. Im selben Moment läutete es draußen.

Der Hund bellte und wurde wieder still. »Möchten Sie da

nicht selbst hingehen?« schlug Colin verbittert vor. »Das wird Ihre angeforderte Beamtin sein.«

Es war die Beamtin. Aber sie kam nicht allein. »Constable Garrity, CID Clitheroe, Sergeant Hawkins hat mich schon unterrichtet«, sagte sie, und hinter ihr auf der Veranda wartete ein Mann in dicker Tweedjacke, festen Stiefeln, die Mütze tief ins Gesicht gezogen: Frank Ware, Nicks Vater. Beide wurden von den Scheinwerfern eines ihrer beiden Fahrzeuge angestrahlt, die scharfes, weißes Licht in das Schneegestöber ausbreiteten.

Colin sah Frank Ware an. Ware sah voll Unbehagen von der Beamtin zu Colin. Er stampfte sich den Schnee von den Stiefeln und zog an seiner Nase. »Tut mir leid, wenn ich störe«, sagte er. »Aber gleich beim Stausee liegt ein Auto im Graben, Colin. Ich wollt's Ihnen gleich sagen. Ich glaube, es ist Juliets Opel.«

28

Es blieb ihnen nichts anderes übrig, als Shepherd mitzunehmen. Er war in dieser Gegend aufgewachsen. Er kannte sich aus. Doch Lynley ließ nicht zu, daß er in seinem eigenen Wagen fuhr. Er wies ihn zu dem gemieteten Range Rover, und dann brachen sie, gefolgt von Constable Garrity und St. James in einem zweiten Range Rover, zum Stausee auf.

Der Schnee flog vom Wind getrieben und im Licht der Scheinwerfer glitzernd in zahllosen Wirbeln gegen die Windschutzscheibe. Unter der festgefahrenen Schneedecke lauerte das blanke Eis und machte das Fahren gefährlich. Selbst der Vierradantrieb ihrer Range Rover wurde mit den Kurven und Steigungen nicht problemlos fertig. Sie rutschten und schlingerten und kamen nur im Schneckentempo vorwärts. Als die Scheibenwischer anfingen, eine eisige Bahn auf dem Glas zu hinterlassen, wurde die Sicht immer schlechter.

»Verdammt«, murmelte Lynley. Er stellte den Defroster anders ein, aber das half nichts.

Shepherd, der neben ihm saß, beschränkte sich darauf, einsilbige Anweisungen zu geben, wann immer sie sich einer Kreuzung näherten. Lynley warf ihm einen kurzen Blick zu, als er »Hier links« sagte. Die Scheinwerfer fielen auf einen Wegweiser zum Fork Stausee. Einen Moment lang dachte Lynley daran, sich das Vergnügen zu gönnen, Schimpf mit Schande zu mischen – Shepherd kam mit einer Kündigung statt eines öffentlichen Verfahrens weiß Gott viel zu billig davon –, aber beim Anblick der starren Maske, die das Gesicht des anderen war, verging Lynley das Verlangen, ihn zu demütigen. Colin Shepherd würde die Ereignisse der letzten Tage sein Leben lang nicht vergessen. Und bis zu dem Moment, in dem er für immer die Augen schloß, so hoffte Lynley, würde ihn unablässig das Gesicht Polly Yarkins verfolgen.

Als sie die letzten Häuser des Dorfs hinter sich gelassen hatten, hörte die Straßenbeleuchtung auf; sie mußten sich auf ihre Scheinwerfer der Autos und die wenigen Lichter verlassen, die hier und dort aus Bauernhäusern herüberschimmerten. Es war, als führe man blind. Der fallende Schnee reflektierte das Licht der Scheinwerfer, und man hatte den Eindruck, gegen eine wabernde, milchige Wand zu fahren.

»Sie hat gewußt, daß Sie nach London gefahren waren«, sagte Shepherd endlich. »Ich hab's ihr erzählt. Das können Sie also auch noch in Ihren Bericht aufnehmen, wenn Sie wollen.«

»Beten Sie zu Gott, daß wir sie finden, Constable.« Als vor

ihnen eine Kurve auftauchte, schaltete Lynley runter. Die Räder drehten einen Moment durch, dann griffen sie wieder. Hinter ihnen hupte Constable Garrity aufmunternd. Sie zuckelten weiter.

Etwa sechs bis sieben Kilometer vom Dorf entfernt öffnete sich linker Hand die Zufahrt zum Stausee. Sie war durch eine Gruppe Fichten gekennzeichnet, deren Zweige von der Last des Schnees tief herabgedrückt wurden. Etwa einen halben Kilometer weit säumten die Fichten auf einer Seite die Straße. Auf der anderen begrenzte eine Hecke das Hochmoor.

»Da«, sagte Shepherd, als sie das Ende der Baumreihe erreicht hatten.

Lynley sah es, noch während Shepherd sprach: die Silhouette eines Autos, dessen Fenster, Dach, Kühlerhaube und Kofferraum mit einer Schneeschicht überzogen waren. Der Wagen hing schräg über dem Straßengraben, genau an der Stelle, wo die Straße zu steigen begann.

Sie hielten an. Shepherd bot ihm seine Taschenlampe an. Constable Garrity gesellte sich mit der ihren dazu. Sie richtete den Lichtstrahl auf das Auto. Die Hinterräder hatten sich ein tiefes Grab im Schnee geschaufelt. Sie hingen tief eingesunken im Graben.

»Meine Schwester hat das auch mal versucht«, bemerkte Constable Garrity und wies mit der Hand den Hang hinauf. »Sie wollte einen Berg rauf und rutschte nach rückwärts. Sie hätte sich beinahe das Genick gebrochen.«

Lynley fegte den Schnee von der Tür auf der Fahrerseite und drückte den Griff herunter. Der Wagen war nicht abgeschlossen. Er zog die Tür auf, leuchtete mit der Lampe ins Innere des Wagens und sagte: »Mr. Shepherd?«

Shepherd ging zu ihm. St. James öffnete die andere Tür. Constable Garrity reichte ihm ihre Taschenlampe. Shepherd sah sich die Koffer und Kartons im Wagen an, während St. James das Handschuhfach durchsuchte, das weit offen stand.

»Und?« fragte Lynley. »Ist es ihr Wagen, Constable?«

Es war ein Opel wie hunderttausend andere; aber sein Rücksitz war bis unter das Verdeck mit Gepäck vollgestopft. Shepherd zog einen der Kartons zu sich heran und griff ein Paar Gartenhandschuhe heraus. Lynley sah, wie seine Hand sich fest um sie schloß. Das war ihm Bestätigung genug.

»Hier ist nichts weiter«, bemerkte St. James und klappte das Handschuhfach zu. Er hob ein schmutziges Frotteetuch vom Boden auf und wickelte sich ein kurzes Stück Schnur um die Hand, das daneben gelegen hatte. Nachdenklich blickte er zum Moor hinaus. Lynley folgte seinem Blick.

Ihren Augen bot sich nur Schneetreiben und stockdunkle Nacht, weder von Mond noch von Sternen erhellt. Nichts gab es hier, das die Gewalt des Windes abschwächte – weder Wald noch Hügel unterbrachen die weite Ebene –, so daß der eisige Luftzug scharf und schneidend traf und einem die Tränen in die Augen trieb.

»Was ist da vorn?« fragte Lynley.

Niemand antwortete. Constable Garrity wedelte mit den Armen, stampfte mit den Füßen und sagte: »Es muß mindestens zehn Grad unter Null haben.« St. James stand stirnrunzelnd da und machte Knoten in das Stück Schnur, das er gefunden hatte. Shepherd hielt immer noch die Gartenhandschuhe in seiner Faust auf die Brust gedrückt. Er beobachtete St. James. Er wirkte wie unter Schock, halb benommen, halb hypnotisiert.

»Constable«, sagte Lynley scharf. »Ich habe gefragt, was da vorn liegt?«

Shepherd riß sich zusammen. Er nahm seine Brille ab und wischte sie an seinem Ärmel. Es war sinnlos. Sobald er sie wieder aufsetzte, waren die Gläser wieder von Schnee gesprenkelt.

»Das Hochmoor«, sagte er. »Der nächste Ort ist High Bentham. Im Nordwesten.«

»An dieser Straße hier?«

»Nein. Die hier führt zur A65.«

Nach Kirby Lonsdale, dachte Lynley, und weiter zur M6, zum Lake District und nach Schottland. Oder in südlicher Richtung nach Lancaster, Manchester, Liverpool. Wäre es ihr gelungen, so weit zu kommen, so hätte sie sich einen Vorsprung erobert und vielleicht sogar die Flucht in die Irische Republik geschafft. So jedoch spielte sie die Rolle des Fuchses in einer Winterlandschaft, in der entweder die Polizei oder das gnadenlose Wetter sie schließlich besiegen würde.

»Ist High Bentham näher als die A65?«

»Auf dieser Straße, nein.«

»Und querfeldein? Herrgott noch mal, Mann, die beiden marschieren bestimmt nicht die Straße entlang und warten darauf, daß wir kommen und sie mitnehmen.«

Shepherds Blick flog ins Wageninnere und dann, mit Anstrengung, wie es schien, zu Constable Garrity, als wäre es ihm wichtig, daß sie alle seine Worte hörten und erkannten, daß er sich an diesem Punkt zu uneingeschränkter Kooperation entschieden hatte. Er sagte: »Wenn sie von hier aus direkt östlich über das Moor gegangen sind, treffen sie nach ungefähr acht Kilometern auf die A65. High Bentham ist doppelt so weit.«

»An der A65 würden sie bestimmt ein Auto finden, das sie mitnimmt, Sir«, bemerkte Constable Garrity. »Wenn sie noch passierbar ist.«

»Einen Sechzehn-Kilometer-Marsch nach Nordwesten würden sie bei diesem Wetter niemals schaffen«, sagte St.

James. »Aber wenn sie nach Osten gehen, haben sie Gegenwind. Es ist fraglich, ob sie da selbst die acht Kilometer schaffen könnten.«

Lynley richtete den Strahl seiner Lampe in die Dunkelheit jenseits des Wagens. Constable Garrity folgte seinem Beispiel und tat das gleiche in der anderen Richtung. Doch wenn Juliet Spence und Maggie Fußspuren hinterlassen hatten, so hatte der Neuschnee sie längst überdeckt.

»Kennt sie sich hier aus?« fragte Lynley. »War sie schon früher einmal hier draußen? Gibt es hier irgendwo eine Unterkunft?« Er sah das Zucken, das über Shepherds Gesicht lief. »Wo?« fragte er.

»Es ist zu weit.«

»Wo?«

»Selbst wenn sie vor Einbruch der Dunkelheit losgegangen sind, ehe es so stark zu schneien anfing...«

»Verdammt noch mal, Ihre Analysen interessieren mich nicht, Shepherd. Wo?«

Shepherd zeigte mehr in westlicher als in nördlicher Richtung. Er sagte: »Back End Barn. Das ist gute sechs Kilometer südlich von High Bentham.«

»Und von hier aus?«

»Direkt über das Moor? Vielleicht viereinhalb Kilometer.«

»Konnte sie das wissen? Ich meine, hier, als sie hier festsaß. Konnte sie das wissen?«

Lynley sah, wie Shepherd schluckte, alle Falschheit aus seinen Zügen wich und diese sich zu einer Maske der Hoffnungslosigkeit verhärteten. »Wir sind vier- oder fünfmal vom See aus dahin gewandert. Sie kennt sich hier aus«, sagte er.

»Und das ist die einzige Unterkunft hier?«

»Ja.« Sie würde den Fahrweg finden müssen, der vom Stausee zum Knottend Well führte, erklärte er, eine Quelle, die auf halbem Weg zwischen dem Stausee und Back End Barn lag. Sie war normalerweise gut zu finden, aber eine falsche Wendung in der Dunkelheit, und sie würden sich im Schneetreiben verlaufen. Wenn sie den Weg jedoch fand, konnten sie ihm bis Raven's Castle folgen, wo die Wege zum Cross of Greet und zu den East Cat Stones zusammenliefen.

»Wo ist der Stall von dort aus?« fragte Lynley.

Ungefähr zweieinhalb Kilometer nördlich vom Cross of Greet. Er war nicht weit von der Straße entfernt, die High Bentham und Winslough verband.

»Ich verstehe nicht, warum sie nicht gleich mit dem Wagen dorthin gefahren ist«, schloß Shepherd, »anstatt hier herauszukommen.«

»Wieso?«

»Weil es in High Bentham einen Bahnhof gibt.«

St. James stieg aus dem Wagen und schlug die Tür zu. »Es könnte ein Täuschungsmanöver sein, Tommy.«

»Bei diesem Wetter?« meinte Lynley. »Das bezweifle ich. Da hätte sie schon einen Komplizen gebraucht. Ein zweites Fahrzeug.«

»Man fährt bis hierher, täuscht einen Unfall vor, fährt mit jemand anderem weiter«, sagte St. James. »Hat eine gewisse Ähnlichkeit mit dem Selbstmordspiel.«

»Und wer soll ihr geholfen haben?«

Alle sahen Shepherd an. »Ich war mittags bei ihr draußen. Sie sagte mir, Maggie sei krank. Das war alles. Gott ist mein Zeuge, Inspector.«

»Sie haben vorher auch schon gelogen.«

»Jetzt lüge ich nicht. Sie hat mit dieser Panne nicht gerechnet.« Er deutete mit dem Daumen auf das Auto. »Sie hat keinen Unfall geplant. Sie hat überhaupt nichts geplant. Sie wollte nur weg. Betrachten Sie es doch mal ganz sachlich. Sie weiß, daß Sie in London waren. Wenn Sage in London die

Wahrheit entdeckt hat, dann wird Ihnen das auch gelingen. Sie flieht. Sie ist in Panik. Sie ist nicht so vorsichtig, wie sie sein müßte. Der Wagen kommt auf dem Eis ins Schleudern und landet im Graben. Sie versucht, wieder herauszukommen. Sie schafft es nicht. Sie steht hier auf der Straße, wo wir jetzt stehen. Sie weiß, sie könnte versuchen, über das Moor zur A65 zu kommen, aber es schneit, und sie hat Angst, sich zu verlaufen, weil sie den Weg nicht kennt, und das kann sie bei dieser Kälte nicht riskieren. Sie sieht sich in der anderen Richtung um und erinnert sich an den alten Stall. Nach High Bentham schafft sie es nicht. Aber sie glaubt, daß sie und Maggie den Stall erreichen können. Sie war früher schon dort. Also brechen sie auf.«

»Und vielleicht ist das genau das, was wir glauben sollen.«

»Nein! Verdammt noch mal, so ist es, Lynley. Das ist der einzige Grund, weshalb ...« Er brach ab. Er sah über das Moor.

»Der Grund, weshalb was?« hakte Lynley nach.

Shepherds Antwort wurde beinahe vom Wind fortgetragen. »Weshalb sie die Pistole mitgenommen hat.«

Das offene Handschuhfach habe es ihm verraten, sagte er. Das Frotteetuch und die Schnur auf dem Boden des Autos.

Woher er von der Waffe wüßte?

Er hatte sie gesehen. Er hatte gesehen, wie Juliet damit geschossen hatte. Sie hatte sie eines Tages aus der Kommode im Wohnzimmer genommen. Hatte sie ausgepackt. Auf einen Kamin auf dem Dach des Herrenhauses geschossen. Sie ...

»Gottverdammich, Shepherd, Sie haben gewußt, daß sie eine Pistole hat? Was tut sie mit einer Pistole? Ist sie Sammlerin? Hat sie einen Waffenschein?«

Nein, hatte sie nicht.

»Du lieber Gott!«

Er glaubte nicht... Damals hatte es irgendwie nicht... Er wußte ja, er hätte sie ihr abnehmen müssen. Aber er hatte es nicht getan. Das war alles.

Shepherds Stimme war leise. Er bekannte sich zu einem weiteren Verstoß gegen die Regeln und Vorschriften, die er um ihretwillen von Anfang an gebrochen hatte, und er wußte, welche Konsequenzen dies haben würde.

Lynley fluchte noch einmal und schlug mit der Hand auf die Gangschaltung. Sie schossen vorwärts, nach Norden. Sie hatten bei dieser Verfolgungsjagd praktisch keine Wahl. Vorausgesetzt, sie hatte den Weg gefunden, der vom Stausee wegführte, dann war sie jetzt durch Dunkelheit und Schneetreiben begünstigt. Wenn sie sich noch auf dem Hochmoor befand und sie versuchten, ihr im Schein ihrer Taschenlampen zu folgen, brauchte sie nur, sobald sie in Schußweite waren, auf die Lichtkegel zu zielen und sie der Reihe nach abzuknallen. Sie hatten nur eine Chance, wenn sie nach High Bentham weiterfuhren und dann in südlicher Richtung die Straße hinunter, die zum Back End Barn führte. Wenn sie den Stall bis zu ihrer Ankunft nicht erreicht hatte, konnten sie nicht riskieren, auf sie zu warten. Die Gefahr, daß sie sich im Schneesturm verlaufen hatte, war zu groß. Dann mußten sie in Richtung zum Stausee über das Moor zurückmarschieren und sie suchen. Sie mußten versuchen, sie zu finden.

Lynley bemühte sich, nicht an Maggie zu denken, die verwirrt und verängstigt Juliet Spence auf ihrem Wahnsinnsweg folgte. Er hatte keine Ahnung, um welche Zeit sie das Haus verlassen hatten. Er hatte keine Ahnung, wie sie angezogen waren. Als St. James etwas von Unterkühlung murmelte, sprang Lynley in den Range Rover und schlug mit der Faust auf die Hupe. So nicht, dachte er. Ganz gleich, wie es enden würde, so auf keinen Fall.

Weder Wind noch Schnee gönnten ihnen auch nur eine Minute Verschnaufpause. Der Schnee fiel so dicht, daß es schien, als sollte die ganze Gegend bis zum Morgen unter anderthalb Meter hohen Verwehungen liegen. Die Landschaft war völlig verändert. Die gedämpften Grün- und Brauntöne des Winters waren zur Mondlandschaft geworden. Heide und Ginster waren zugedeckt. Der Schnee hatte aus Grasland, Farn und Heide eine eintönig weiße Fläche gemacht, auf der die einzigen Markierungen die Findlinge waren, deren Kronen weiß bestäubt, aber noch sichtbar waren, dunkle Flecken auf weißem Grund.

Sie krochen vorwärts, mühten sich Steigungen hinauf, schlitterten Hänge im Schneckentempo hinunter. Die Lichter von Constable Garritys Wagen schlingerten hinter ihnen, doch sie kamen ganz langsam vorwärts.

»Das schaffen sie nicht«, sagte Shepherd, während er in das Schneegestöber hinausstarrte. »Das würde niemand schaffen. Nicht bei diesen Verhältnissen.«

Lynley schaltete in den ersten Gang hinunter. Der Motor jaulte. »Sie ist verzweifelt«, sagte er. »Das hält sie vielleicht auf den Beinen.«

»Sagen Sie ruhig den Rest, Inspector.« Er kroch tiefer in seinen Mantel. Sein Gesicht sah graugrün aus im Schein der Armaturenbeleuchtung. »Es ist meine Schuld. Wenn sie umkommen.« Er wandte sich zum Fenster. Er machte sich an seiner Brille zu schaffen.

»Das wäre nicht das einzige, was Sie auf dem Gewissen haben, Mr. Shepherd. Aber das wissen Sie ja vermutlich.«

Auf einem Wegweiser hinter der nächsten Kurve, der nach Westen wies, stand nur *Keasden*. Shepherd sagte: »Biegen Sie hier ab.« Sie schwenkten nach links in eine kleine Straße ein, die nur noch aus zwei tiefen Rinnen von der Breite eines PKW bestand. Sie führte durch einen Weiler, nicht mehr als eine kleine Kirche, ein Telefonhäuschen und fünf Wegweiser für Wanderwege. Als sie westlich des Weilers in ein Wäldchen hineinfuhren, ließen Sturm und Schnee für einen Moment nach. Aber schon die nächste Kurve führte sie wieder auf offenes Gelände hinaus, und gleich erfaßte ein Windstoß den Wagen.

»Und wenn sie nicht im Stall sind?« fragte Shepherd.

»Dann suchen wir auf dem Moor.«

»Wie denn? Sie haben ja keine Ahnung, was da los ist. Sie können bei der Suche da draußen umkommen. Wollen Sie das wirklich riskieren? Für eine Mörderin?«

»Ich suche nicht nur eine Mörderin.«

Sie näherten sich der Verbindungsstraße zwischen High Bentham und Winslough. Die Entfernung von Keasden zu dieser Straßenkreuzung betrug knapp fünf Kilometer. Sie hatten für die Strecke fast eine halbe Stunde gebraucht.

Sie bogen nach links ab, Richtung Winslough. Auf dem nächsten Kilometer sahen sie hin und wieder Lichter aus Häusern, die weit abseits der Straße lagen. Das Land war hier von einer Mauer umfriedet, die wie ein weißer Schneekamm aussah, aus dem wie zackige Felsen hier und dort einzelne Steine aufragten. Dann waren sie wieder draußen auf dem Hochmoor, wo weder Zaun noch Mauer eine Grenze zwischen Straße und freiem Gelände bildete. Nur die Spuren eines schweren Traktors zeigten ihnen den Weg. In einer halben Stunde würden wahrscheinlich auch sie verschwunden sein.

»Es hört auf zu schneien«, bemerkte Shepherd. Lynley warf ihm einen raschen Blick zu, in dem der andere offenbar Ungläubigkeit las, denn er fügte hinzu: »Das ist hauptsächlich der Wind, der den Schnee herumbläst.«

»Das reicht auch.«

Doch als Lynley genauer hinsah, konnte er erkennen, daß

Shepherd nicht nur den Optimisten spielte. Der Schneefall hatte tatsächlich nachgelassen. Was die Scheibenwischer jetzt noch wegzufegen hatten, wurde hauptsächlich durch den peitschenden Wind wieder vom Boden aufgewirbelt. Die Sicht war kaum besser als zuvor, aber die Verhältnisse würden sich wenigstens nicht weiter verschlechtern.

Endlich fielen die Scheinwerfer auf ein Gatter, das die Straße versperrte. »Hier. Der Stall ist rechts«, sagte Shepherd. »Gleich hinter der Mauer.«

Lynley konnte nichts erkennen.

»Dreißig Meter von der Straße entfernt«, sagte Shepherd. Er drückte die Tür auf.»Ich schau mal nach.«

»Sie tun, was ich Ihnen sage«, sagte Lynley. »Bleiben Sie, wo Sie sind.«

Shepherd war aufgebracht. »Sie hat eine Pistole, Inspector. Wenn sie wirklich hier ist, wird sie auf mich wahrscheinlich nicht schießen. Ich kann mit ihr sprechen.«

»Sie werden nichts dergleichen tun.«

»Aber überlegen Sie doch! Lassen Sie mich ...«

»Sie haben schon genug angerichtet.«

Lynley stieg aus dem Wagen. Constable Garrity und St. James folgten ihm. Sie leuchteten mit ihren Taschenlampen in die Dunkelheit und sahen die Steinmauer, die rechtwinklig von der Straße abging. Mit ihren Taschenlampen folgten sie der Mauer und fanden die Lücke eines Tors. Auf der anderen Seite stand Back End Barn, ein Bau aus Stein und Schiefer mit einem großen Tor und einer kleineren Tür. Der Wind hatte den Schnee in hohen Wächten an der Fassade des Gebäudes aufgehäuft. Vor der Tür jedoch war eine der Wächten niedergetrampelt, von einem V-förmigen Einschnitt durchzogen.

»Sie hat es tatsächlich geschafft«, sagte St. James leise.

»Sie oder jemand anders«, erwiderte Lynley. Er blickte

über seine Schulter nach rückwärts. Shepherd war aus dem Wagen gestiegen, stand jedoch gehorsam neben der Tür.

Lynley überlegte. Sie hatten das Überraschungsmoment auf ihrer Seite, Juliet Spence jedoch hatte eine Waffe. Er zweifelte kaum daran, daß sie sie benutzen würde, sobald sie sich von ihm in die Enge getrieben fühlte. Shepherd zu ihr hineinzuschicken, wäre in Wahrheit wirklich das Vernünftigste gewesen. Er war nicht bereit, ein Menschenleben zu riskieren, solange eine Chance bestand, sie ohne Schießerei da herauszuholen. Sie war schließlich eine intelligente Frau. Sie war ja überhaupt nur geflohen, weil sie wußte, daß die Wahrheit jeden Moment aufgedeckt werden würde. Sie konnte nicht hoffen, mit Maggie zu entfliehen und ein zweites Mal in ihrem Leben davonzukommen.

»Inspector.« Constable Garrity drückte ihm etwas in die Hand. »Vielleicht sollten Sie das hier nehmen.« Er blickte hinunter und sah, daß sie ihm ein Megaphon gegeben hatte. »Gehört zum Inventar des Wagens«, sagte sie. Sie machte ein verlegenes Gesicht, als sie mit dem Kopf zu ihrem Range Rover wies. »Sergeant Hawkins sagt, ein Constable muß immer wissen, was möglicherweise am Tatort oder in einer Notsituation gebraucht wird. Ein Seil habe ich auch da. Und Schwimmwesten. Da fehlt nichts.« Sie zwinkerte ernsthaft hinter tropfnassen Brillengläsern.

»Sie sind ein Geschenk des Himmels, Constable«, sagte Lynley. »Danke.« Er hob das Megaphon. Er sah zum Stall hinüber. Kein Lichtschimmer war an den Türen zu sehen. Fenster gab es keine. Wenn sie drinnen war, dann war sie völlig abgeschlossen.

Was, fragte er sich, sollte er sagen. Welche Kino-Albernheit würde wirken und sie bewegen herauszukommen? Sie sind umzingelt, Sie haben keine Hoffnung auf Entkommen, werfen Sie die Waffe heraus, wir wissen, daß...

»Mrs. Spence«, rief er. »Sie haben eine Schußwaffe bei sich. Ich nicht. Wir stecken also in einer Sackgasse. Ich möchte Sie und Maggie hier herausholen, ohne daß jemandem etwas passiert.«

Er wartete. Aus dem Stall kam kein Laut. Der Wind pfiff über das Dach.

»Sie sind immer noch gut acht Kilometer von High Bentham entfernt, Mrs. Spence. Selbst wenn Sie die Nacht in dem Stall überleben sollten, wären Sie und Maggie morgen nicht in der Verfassung weiterzukommen. Das müssen Sie doch wissen.«

Nichts. Aber er fühlte förmlich, wie sie überlegte.

»Machen Sie es nicht noch schlimmer, als es schon ist«, sagte er. »Ich weiß, daß Sie das Maggie nicht antun wollen. Ihre Tochter friert, sie hat Angst und wahrscheinlich auch Hunger. Ich möchte sie jetzt gern ins Dorf zurückbringen.«

Stille. Ihre Augen hatten sich gewiß längst an die Dunkelheit gewöhnt. Wenn er in den Stall einbrach und das Glück hatte, sie mit dem Strahl der Taschenlampe direkt ins Gesicht zu treffen, dann würde sie, selbst wenn sie abdrücken sollte, wohl kaum treffen. Das wäre eine Chance. Wenn er sie nur finden konnte, sobald er durch die Tür gebrochen war ...

»Maggie hat noch nie gesehen, wie jemand angeschossen worden ist«, rief er. »Sie weiß nicht, wie das ist. Sie hat noch nie eine Schußwunde bluten sehen. Beschützen Sie das kindliche Vorstellungsvermögen.«

Er wollte mehr sagen. Daß er wußte, daß ihr Mann und ihre Schwester sie im Stich gelassen hatten, als sie sie am dringendsten gebraucht hatte; daß die Trauer über den Tod ihres kleinen Sohns ein Ende gefunden hätte, wenn sie nur einen Menschen gehabt hätte, der ihr darüber hinweggeholfen hätte; daß sie überzeugt gewesen war, in Maggies

Interesse zu handeln, als sie das Baby an jenem lang zurückliegenden Abend aus dem Auto entwendet hatte. Aber er wollte ihr auch sagen, daß sie trotz allem nicht das Recht gehabt hatte, über das Schicksal eines Kindes zu bestimmen, das das Kind einer anderen Frau war; daß sie zwar vielleicht Maggie wirklich ein besseres Leben geboten hatte als ihre wahre Mutter, man das jedoch nicht mit Sicherheit sagen konnte; und daß Robin Sage eben deshalb, weil man es einfach nicht mit Sicherheit sagen konnte, entschieden hatte, daß hier dem Recht Genüge geleistet werden müsse, auch wenn es grausam war.

Er wurde sich bewußt, daß er an dem, was in dieser Nacht geschehen würde, dem Mann die Schuld geben wollte, den sie vergiftet hatte, seinen Moralpredigten und seinem tölpelhaften Bemühen, die Dinge zu richten. Denn letztlich war sie so sehr sein Opfer wie er ihrs.

»Mrs. Spence«, sagte er, »Sie wissen, daß wir hier am Ende angelangt sind. Machen Sie es nicht noch schlimmer für Maggie. Bitte. Sie wissen, daß ich in London war. Ich habe mit Ihrer Schwester gesprochen. Ich habe Maggies Mutter gesehen. Ich habe . . .«

Ein Wimmern erhob sich plötzlich über den Wind. Unheimlich, wie aus einer anderen Welt, griff es direkt ans Herz und verdichtete sich dann zu einem einzigen Wort: *Mom.*

»Mrs. Spence!«

Und wieder ein Wimmern. Schrill vor Angst. »Mom. Ich hab Angst. Mom! Mom!«

Lynley drückte Constable Garrity das Megaphon in die Hand. Er rannte durch das Tor. Und da sah er es. Eine schattenhafte Gestalt bewegte sich jetzt zu seiner Linken wie er selbst über der Mauer.

»Shepherd!« schrie er.

»Mom!« weinte Maggie.

Der Constable rannte durch den Schnee direkt auf den Stall zu.

»Shepherd!« schrie Lynley wieder. »Verdammt noch mal! Weg da!«

»Mom! Bitte! Ich hab so Angst. Mom!«

Shepherd erreichte die Stalltür im selben Moment, als der Schuß krachte. Er war drinnen, als sie ein zweites Mal schoß.

Es war lange nach Mitternacht, als St. James endlich die Treppe zu ihrem Zimmer hinaufstieg. Er glaubte, sie würde schlafen, aber sie erwartete ihn, wie sie gesagt hatte, im Bett sitzend, die Decke bis zur Brust hochgezogen, eine alte Ausgabe von *Elle* auf dem Schoß.

»Ihr habt sie gefunden«, sagte sie, als sie sein Gesicht sah, und als er nickte und nur kurz »Ja« sagte, fragte sie: »Was ist geschehen, Simon?«

Er war so müde, daß er sich richtiggehend schwach fühlte. Sein invalides Bein hing ihm wie ein Zentnergewicht von der Hüfte herab. Er ließ Mantel und Schal auf den Boden gleiten, warf die Handschuhe dazu und ließ alles so liegen.

»Simon?«

Er berichtete ihr. Er begann mit Colin Shepherds Versuch, Polly Yarkin zu belasten. Er schloß mit den Schüssen im Back End Barn.

»Es war eine Ratte«, sagte er. »Sie hatte auf eine Ratte geschossen.«

Sie hockten aneinandergedrängt in einer Ecke, als Lynley sie fand: Juliet Spence, Maggie und eine orangefarbene Katze namens Punkin, die das Mädchen nicht im Auto hatte zurücklassen wollen. Als die Taschenlampe sie traf, fauchte die Katze und flüchtete in die Dunkelheit. Aber weder Juliet noch Maggie rührten sich von der Stelle. Das Mädchen saß in die Arme der Frau geschmiegt, das Gesicht versteckt. Die

Frau hielt sie fest umschlossen, vielleicht um sie zu wärmen, vielleicht um sie zu behüten.

»Im ersten Moment glaubten wir, sie seien tot«, sagte St. James, »ein Mord und ein Selbstmord, aber es war nirgends Blut zu sehen.«

Dann sprach Juliet, als wären die anderen gar nicht da. »Es ist ja gut, Herzchen. Wenn ich sie nicht getroffen habe, habe ich sie wenigstens zu Tode erschreckt. Die tut dir nichts, Maggie. Beruhige dich, mein Kleines. Es ist ja gut.«

»Sie waren völlig verdreckt«, sagte er. »Ihre Kleider waren steif vom Schnee. Ich kann mir nicht vorstellen, daß sie die Nacht überstanden hätten.«

Deborah streckte ihm die Hand hin. »Bitte«, sagte sie.

Er setzte sich aufs Bett. Sie strich ihm mit den Fingern sachte um die Augen und über die Stirn. Sie strich ihm das Haar zurück.

Ihr Kampfgeist war völlig gebrochen, erzählte St. James, und jede Absicht zu fliehen oder zu schießen schien dahinzusein. Sie hatte die Pistole auf den Boden fallen lassen und hielt Maggies Kopf an ihre Schulter gedrückt. Sie begann, sie zu wiegen.

»Sie hatte ihren Mantel ausgezogen und ihn der Kleinen umgelegt«, sagte St. James. »Ich glaube, sie war sich gar nicht bewußt, daß wir da waren.«

Shepherd war zuerst bei ihr. Er riß sich seine dicke Jacke herunter. Er legte sie ihr um und schlang dann seine Arme um beide, weil Maggie ihre Mutter nicht losließ. Er sagte ihren Namen, aber sie reagierte nicht, sondern sagte nur: »Ich habe auf sie geschossen, Herzchen. Ich treffe immer, das weißt du doch. Wahrscheinlich ist sie tot. Du brauchst keine Angst zu haben.«

Constable Garrity rannte zum Auto, um Decken zu holen. Sie hatte von zu Hause eine Thermosflasche mit Tee mitgebracht, und den schenkte sie ein und sagte dabei immer wieder, auf eine Art, die weit eher mütterlich als kühl professionell war: »Ach, die armen Dinger. Die armen Seelen.« Sie wollte Shepherd überreden, seine Jacke wieder anzuziehen, aber er weigerte sich, wickelte sich statt dessen in eine der Decken und beobachtete alles – die Augen wie ein Sterbender auf Juliets Gesicht gerichtet.

Als sie aufgestanden waren, begann Maggie um ihre Katze zu weinen, rief immer wieder, »Punkin! Mami, wo ist Punkin? Er ist weggelaufen. Es schneit doch, da erfriert er ja. Er weiß bestimmt nicht, was er tun soll.«

Sie fanden die Katze mit gesträubtem Fell und gespitzten Ohren hinter der Tür. St. James schnappte sie sich. Die Katze sprang ihm in heller Panik auf den Rücken. Aber sie beruhigte sich, als man sie dem kleinen Mädchen gab.

»Punkin hat uns gewärmt, nicht wahr, Mom? Es war gut, daß wir Punkin mitgenommen haben, wie ich es wollte, nicht? Aber er wird froh sein, wenn er wieder nach Hause kommt.«

Juliet legte ihren Arm um das Mädchen und drückte ihr Gesicht in ihr Haar. Sie sagte: »Paß nur gut auf Punkin auf, Herzchen.«

Und da schien Maggie zu erkennen, worum es ging. »Nein«, sagte sie. »Mom, bitte, ich hab Angst. Ich will nicht zurück. Ich will nicht, daß sie mir weh tun. Mom! Bitte!«

»Tommy beschloß, sie auf der Stelle zu trennen«, berichtet St. James.

Constable Garrity nahm sich Maggies an – »Nimm deine Katze mit, Schätzchen«, sagte sie –, während Lynley die Mutter mitnahm. Er wollte bis Clitheroe durchfahren, und wenn er die ganze Nacht dazu brauchen sollte. Er wollte es hinter sich bringen. Er wollte es los sein.

»Ich kann es ihm nicht verdenken«, sagte St. James. »Ich

werde ihr Schreien, als sie merkte, daß er sie sofort trennen wollte, bestimmt nicht so bald vergessen.«

»Mrs. Spence?«

»Maggie. Wie sie nach ihrer Mutter schrie. Wir konnten sie noch hören, nachdem der Wagen abgefahren war.«

»Und Mrs. Spence?«

Juliet Spence hatte zunächst überhaupt nicht reagiert. Völlig apathisch hatte sie zugesehen, wie Constable Garrity davongefahren war. Die Hände in den Taschen von Shepherds Jacke, stand sie da. Der Wind blies ihr das Haar ins Gesicht, und sie blickte den Rücklichtern des Fahrzeugs nach, das sich schlingernd und schwankend in Richtung Winslough entfernte. Als sie ihrerseits losfuhren, saß Juliet hinten neben Shepherd und wandte nicht ein einziges Mal den Blick von den Lichtern.

»Was hätte ich denn tun sollen?« stammelte sie. »Er sagte, er würde sie nach London zurückbringen.«

»Das war das wahrhaft Tragische an dem Mord«, sagte St. James.

Deborah sah ihn verständnislos an. »Wieso das wahrhaft Tragische? Was denn?«

St. James stand auf und ging zum Kleiderschrank. Er begann sich auszukleiden. »Sage hatte nie die Absicht, seine Frau wegen der Kindesentführung der Polizei auszuliefern«, erklärte er. »An jenem letzten Abend seines Lebens hatte er ihr Geld mitgebracht – so viel, daß sie außer Landes hätte gehen können. Er war eher bereit, ins Gefängnis zu gehen, als irgend jemandem zu verraten, wo er das Mädchen gefunden hatte. Natürlich hätte die Polizei es früher oder später herausgefunden, aber bis dahin wäre seine Frau längst über alle Berge gewesen.«

»Das kann nicht stimmen«, behauptete Deborah. »Da muß sie euch angelogen haben, als sie das erzählte.«

Er drehte sich nach ihr herum. »Warum?« fragte er. »Daß er ihr Geld angeboten hatte, macht die Sache für sie nur noch schlimmer. Weshalb sollte sie lügen?«

»Weil . . .« Deborah zupfte an der Bettdecke. Langsam und bedächtig, als deckte sie ihre Karten auf, präsentierte sie ihm ihre Fakten: »Er hatte sie gefunden. Er hatte aufgedeckt, wer Maggie war. Wenn er vorhatte, sie ihrer leiblichen Mutter zurückzugeben, warum hätte sie dann nicht das Geld nehmen und sich vor dem Gefängnis retten sollen? Warum hätte sie ihn töten sollen? Warum ist sie nicht einfach geflohen? Sie hat doch gewußt, daß ihr Spiel verloren war.«

St. James knöpfte langsam sein Hemd auf. »Ich vermute, daß sie nicht geflohen ist, weil sie sich immer als Maggies richtige Mutter gesehen hat, Liebes.«

Erst jetzt sah er auf. Sie saß immer noch da und zupfte an der Bettdecke. Sie schien ganz in sich versunken.

Im Badezimmer ließ er sich Zeit. Er wusch sich, putzte sich die Zähne, bürstete sich das Haar. Er nahm seine Beinschiene ab und ließ sie zu Boden fallen. Er stieß sie mit dem Fuß an die Wand. Sie war aus Metall und Kunststoff, Streifen aus Velcro und Polyester. Sie war einfach gemacht, aber sehr funktional. Wenn die Beine ihren Dienst nicht so versahen, wie das von ihnen erwartet wurde, schnallte man eine Schiene an, nahm Zuflucht zu einem Rollstuhl oder behalf sich mit Krücken. Aber man blieb auf den Beinen und bewegte sich vorwärts. Das war immer seine Philosophie gewesen. Er wünschte, auch Deborah würde sie sich zu eigen machen, aber er wußte, daß sie sich freiwillig dafür entscheiden mußte.

Sie hatte die Nachttischlampe ausgeschaltet, aber als er aus dem Bad kam, fiel das Licht hinter ihm ins Zimmer. Er sah, daß sie immer noch aufrecht im Bett saß, jetzt jedoch mit dem Kopf auf den Knien und den Armen um die Beine geschlungen. Ihr Gesicht war verborgen.

Er knipste das Badezimmerlicht aus und tastete sich in der Dunkelheit zum Bett. Er schob sich unter die Decke und legte seine Krücken geräuschlos auf den Boden. Er streckte den Arm aus und strich ihr mit der Hand über den Rücken.

»Du wirst kalt«, sagte er. »Leg dich hin.«

»Gleich.«

Er wartete. Er dachte darüber nach, wieviel im Leben Warten war. Er hatte sich die Kunst des Wartens schon seit langem zu eigen gemacht. Sie war ein Geschenk, das ihm aufgedrängt worden war – nach einem Abend mit zuviel Alkohol, entgegenkommenden Scheinwerfern, dem schrillen Quietschen schleudernder Autoreifen. Aus reiner Notwendigkeit waren Abwarten und Zeitlassen sein Schild geworden. Manchmal zwangen diese Maximen zur Untätigkeit. Manchmal ermöglichten sie ihm innere Gelassenheit.

Deborah richtete sich unter seiner Berührung ein wenig auf. »Du hast neulich abend natürlich recht gehabt«, sagte sie. »Ich wollte es für mich selbst. Aber ich wollte es auch für dich. Vielleicht sogar noch mehr. Ich weiß es nicht.« Sie drehte den Kopf. Er konnte im Dunklen ihre Umrisse erkennen.

»Zum Ausgleich?« fragte er und spürte, daß sie den Kopf schüttelte.

»Damals waren wir uns entfremdet, nicht wahr? Ich habe dich geliebt, aber du hast dir nicht gestattet, mich wiederzulieben. Darum habe ich versucht, einen anderen zu lieben. Und ich habe ihn geliebt, weißt du.«

»Ja.«

»Tut es dir weh, daran zu denken?«

»Ich denke nicht daran. Tust du's?«

»Manchmal überfällt es mich. Ich bin nie darauf vorbereitet. Plötzlich ist es da.«

»Und dann?«

»Dann fühle ich mich zerrissen. Ich denke daran, wie sehr ich dich verletzt habe. Und ich möchte alles anders haben.«

»Die Vergangenheit?«

»Nein. Die kann man nicht ändern. Die kann man nur verzeihen. Mir geht es um die Gegenwart.«

Er ahnte, daß sie ihn auf etwas hinführte, was sie sorgfältig durchdacht hatte: vielleicht an diesem Abend, vielleicht in den Tagen, die ihm vorausgegangen waren. Er wollte ihr helfen, das auszusprechen, was auszusprechen sie für notwendig hielt, aber er sah die Richtung noch nicht klar. Er konnte nur ahnen, daß sie fürchtete, das Unausgesprochene würde ihn irgendwie verletzen. Und wenn er auch Diskussionen nicht fürchtete – ja, er selbst war entschlossen gewesen, die Diskussion in Gang zu bringen, seit sie aus London abgereist waren –, so merkte er doch, daß er im Moment eine Diskussion nur wollte, wenn er sie auch kontrollieren konnte. Die Tatsache, daß sie die Diskussion in die Hand nehmen und zu einem Ziel führen wollte, das er nicht klar voraussehen konnte, weckte mißtrauische Vorsicht in ihm. Er wollte sie abschütteln, aber es gelang ihm nicht ganz.

»Du bist alles für mich«, sagte sie leise. »Und das wollte ich auch für dich sein. Alles.«

»Das bist du.«

»Nein.«

»Diese Geschichte mit dem Kind, Deborah. Die Adoption ...« Er sprach den Satz nicht zu Ende, weil er nicht mehr weiter wußte.

»Ja«, sagte sie. »Das ist es. Die Geschichte mit dem Kind. Ganz werden, heil sein. Das war es, was ich für dich wollte. Das sollte mein Geschenk sein.«

Da erkannte er die Wahrheit. Sie lag zwischen ihnen, und es gelang ihnen nicht, sie zu verdauen. Er hatte in den Jahren ihrer Trennung unablässig darauf herumgenagt. Und seither kaute Deborah darauf herum. Selbst jetzt noch, da es gar nicht mehr nötig war.

Er sagte nichts mehr. Er vertraute darauf, daß sie nun auch den Rest aussprechen würde. Sie war jetzt dem Kern zu nahe, um vor ihm zurückzuscheuen; und vor den Dingen zurückzuschrecken, war ja auch gar nicht ihre Art. Jetzt erkannte er, daß sie es monatelang getan hatte, um ihn zu schützen. Dabei hatte er diesen Schutz gar nicht gebraucht, weder vor ihr noch vor diesem Unausgesprochenen.

»Ich wollte es wiedergutmachen«, sagte sie.

Sprich den Rest aus, dachte er. Es tut mir nicht weh, es wird auch dir nicht weh tun, du kannst ihn aussprechen.

»Ich wollte dir etwas Besonderes schenken.«

Es ist ja gut, dachte er. Es ändert nichts.

»Weil du versehrt bist.«

Er zog sie zu sich herunter. Zuerst widersetzte sie sich, aber als er ihren Namen sagte, kam sie zu ihm. Und dann sprudelte es alles aus ihr heraus. Vieles machte keinen Sinn, ein merkwürdiges Durcheinander von Erinnerungen und den Erlebnissen und Einsichten der letzten Tage. Er hielt sie nur fest und hörte zu.

Sie erinnerte sich, sagte sie, wie man ihn aus dem Sanatorium in der Schweiz zurückgebracht hatte. Vier Monate war er weg gewesen. Sie war damals dreizehn Jahre alt gewesen, und sie erinnerte sich genau an jenen regnerischen Nachmittag. Sie hatte es alles vom obersten Stockwerk des Hauses aus beobachtet. Wie ihr Vater und seine Mutter ihm langsam die Treppe hinauf gefolgt waren. Keinen Moment hatten sie ihn aus den Augen gelassen, während er sich am Geländer hochgezogen hatte, immer wieder hatten sie hastig die Arme ausgestreckt, um ihn zu aufzufangen, sollte er das Gleichgewicht verlieren, aber nicht ein einziges Mal hatten sie ihn berührt, weil sie gewußt hatten, daß man ihn nicht berühren durfte, nicht auf diese Weise, jetzt nicht mehr. Und eine Woche später, als sie beide allein im Haus gewesen waren – sie, Deborah, im Arbeitszimmer und dieser zornige Fremde namens Mr. St. James ein Stockwerk darüber in seinem Schlafzimmer, aus dem er seit Tagen nicht herausgekommen war –, hatte sie das Krachen gehört, den schweren Aufprall, und hatte gewußt, daß er gestürzt war. Sie war die Treppe hinaufgerannt und hatte, von Unschlüssigkeit gequält, vor seiner Tür gestanden. Dann hatte sie ihn weinen hören. Sie hatte gehört, wie er sich auf dem Boden entlanggezogen hatte, und hatte sich davongeschlichen. Sie hatte ihn allein mit seinen Dämonen kämpfen lassen, weil sie nicht gewußt hatte, wie sie ihm helfen sollte.

»Und da hab ich mir geschworen«, flüsterte sie in der Dunkelheit, »daß ich alles für dich tun würde. Damit es besser wird.«

Juliet hatte zwischen dem Kind, das sie geboren, und dem, das sie gestohlen hatte, keinen Unterschied gemacht, erklärte ihm Deborah. Beide waren ihre Kinder. Sie war die Mutter. Und sie machte keinen Unterschied. Muttersein war für sie nicht der Moment der Empfängnis und die nachfolgenden neun Monate. Doch Robin Sage hatte das nicht begriffen, nicht wahr? Er hatte ihr Geld für eine Flucht geboten, dabei hätte er wissen müssen, daß sie Maggies Mutter war und sie ihr Kind nicht verlassen würde, ganz gleich, welchen Preis sie dafür bezahlen mußte, daß sie bei ihm blieb. Sie würde ihn bezahlen. Sie liebte Maggie. Sie war ihre Mutter.

»So empfand sie es, nicht?« flüsterte Deborah.

St. James küßte sie auf die Stirn und zog die Decke fester um sie. »Ja«, sagte er. »Genau so.«

29

Brendan Power stapfte am Straßenrand entlang zum Dorf. Er wäre bis zu den Knien im Schnee eingesunken, wäre nicht schon vor ihm jemand unterwegs gewesen und hätte einen Pfad getrampelt. Ungefähr alle dreißig Meter war der Schnee mit verkohlten Tabakklümpchen gesprenkelt. Der Spaziergänger hatte eine Pfeife geraucht, die nicht besser zog als die Brendans.

Aber er selbst rauchte an diesem Morgen nicht. Er hatte seine Pfeife zwar dabei für den Fall, daß er glaubte, irgendwie seine Hände beschäftigen zu müssen, aber bisher hatte er sie nicht aus ihrem Lederbeutel genommen, dessen leichten Druck an seiner Hüfte er als beruhigend empfand.

Meistens folgte auf einen Schneesturm ein herrlicher Tag. Die Luft war still. Die Morgensonne warf ihre glitzernden Schleier über das weite Land. Mauern und Dächer trugen eine dicke Schneedecke. Als er am ersten Reihenhaus auf seinem Weg ins Dorf vorüberkam, sah er, daß jemand auch an die Vögel gedacht hatte. Drei Spatzen hüpften eifrig pikkend um eine Handvoll Toastbröckchen vor einer Haustür herum. Sie musterten ihn zwar mißtrauisch, als er vorüberkam, doch der Hunger hielt sie davon ab, sich in die Bäume zu flüchten.

Er wünschte, er hätte daran gedacht, etwas mitzunehmen: Toast, eine Scheibe altes Brot, einen Apfel, einfach irgend etwas. Der Wunsch, die Vögel zu füttern, wäre eine halbwegs glaubhafte Entschuldigung für seinen Spaziergang gewesen. Und er würde eine Entschuldigung brauchen, wenn er wieder nach Hause kam. Ja, es wäre vielleicht gar nicht dumm, sich schon jetzt eine auszudenken.

Daran hatte er zuvor überhaupt nicht gedacht. Während er, am Fenster des Speisezimmers stehend, über den Garten hinaus zum weiten weißen Weideland geblickt hatte, das zum Besitz der Townley-Youngs gehörte, hatte er nur das Verlangen verspürt, hinauszulaufen, tiefe Löcher in den Schnee zu stapfen, in eine Welt zu entkommen, in der das Leben erträglich war.

Um acht Uhr war sein Schwiegervater zu ihrem Schlafzimmer gekommen. Als Brendan seinen militärischen Schritt im Korridor hörte, war er hastig aufgestanden, nachdem er sich vorher vom schwer lastenden Arm seiner Frau befreit hatte. Im Schlaf hatte sie ihn diagonal über ihn gelegt, so daß ihre Finger zwischen seinen Schenkeln ruhten. Unter anderen Umständen hätte er vielleicht diese Art unbewußter Intimität erotisch gefunden. So jedoch lag er schlaff und insgeheim abgestoßen unter ihrer Berührung und war froh, daß sie schlief. Ihre Finger würden nicht kokett noch ein paar Zentimeterchen nach links wandern, um männlicher Erregung zu begegnen, wie sie sie des Morgens für angemessen hielt. Sie würde nicht fordern, was er nicht geben konnte, würde nicht wie eine Wilde an ihm herumfummeln und warten – erregt, begierig und schließlich wütend –, daß sein Körper reagierte. Es würden keine kreischenden Vorwürfe folgen. Und auch nicht das tränenlose Weinen, das ihr Gesicht völlig entstellte und durch den ganzen Korridor schallte. Solange sie schlief, gehörte sein Körper ihm, und sein Geist war frei. Darum huschte er, als er seinen Schwiegervater kommen hörte, zur Tür und zog sie einen Spalt auf, ehe Townley-Young klopfen und sie wecken konnte.

Sein Schwiegervater war korrekt gekleidet wie immer. Brendan hatte ihn nie anders gesehen. Sein Tweedanzug, sein Hemd, seine Schuhe und seine Krawatte waren ein schlüssiges Statement vornehmer Gediegenheit, und Brendan wußte, daß von ihm Nachahmung erwartet wurde. Alles, was Townley-Young trug, war gerade alt genug, um die angemessene Nachlässigkeit zu attestieren, die dem Landadel im Blute lag. Mehr als einmal hatte Brendan seinen Schwiegervater gemustert und sich gefragt, wie er es schaffte, sich eine Garderobe zu halten, die – vom Hemd bis zu den Schuhen –, auch wenn sie nagelneu war, immer aussah, als sei sie mindestens zehn Jahre alt.

Townley-Young warf einen Blick auf Brendans wollenen Morgenrock und schürzte in schweigender Mißbilligung die Lippen über die schlampige Schleife, mit der Brendan den Gürtel gebunden hatte. Wirkliche Männer machen nur einen Knoten in ihren Morgenrockgürtel, sagte sein Blick, und die beiden Enden, die von der Taille herabfallen, sind immer absolut gleich lang, du Schwachkopf.

Brendan trat auf den Korridor und zog die Tür hinter sich zu. »Sie schläft noch«, erklärte er.

Townley-Young fixierte die Tür, als könnte er durch das Holz hindurchsehen und sich ein Bild von der Stimmung seiner Tochter verschaffen. »Wieder eine schlimme Nacht?« fragte er.

So konnte man es nennen, dachte Brendan. Er war nach elf nach Hause gekommen und hatte gehofft, sie würde schlafen. Statt dessen hatte er, gezwungen, seine ehelichen Pflichten zu erfüllen, unter der Bettdecke einen erbitterten Kampf ausgetragen. Zum Glück hatte er es geschafft, sie zu befriedigen, aber auch nur, weil das Zimmer dunkel gewesen war und sie es sich angewöhnt hatte, ihm bei ihren zweimal wöchentlich stattfindenden nächtlichen Begegnungen gewisse angelsächsische Reizwörter ins Ohr zu flüstern, die es ihm ermöglichten, frei zu phantasieren. Er stöhnte und zuckte unter ihr, äußerte sein Gefallen, doch vor seinen Augen hatte er Polly Yarkin.

In der vergangenen Nacht war Becky aggressiver gewesen als sonst. Ihre Zuwendungen waren von Zorn geleitet gewesen. Sie hatte ihm weder Vorwürfe gemacht, noch hatte sie geweint, als er nach Gin riechend und niedergeschlagen, sichtlich von Liebeskummer gequält, in ihr Schlafzimmer gekommen war. Vielmehr hatte sie wortlos Entschädigung in der Form verlangt, wie er sie am wenigsten zu leisten wünschte.

Es war also tatsächlich eine schlimme Nacht gewesen, wenn auch nicht in dem Sinn, wie sein Schwiegervater es gemeint hatte. »Es war etwas unangenehm«, murmelte er und hoffte, Townley-Young würde es auf seine Tochter beziehen.

»Ah ja«, sagte Townley-Young. »Nun, wenigstens können wir sie jetzt ein für allemal beruhigen. Das wird ihr in ihrem Zustand sicher guttun.«

Und er hatte erklärt, daß die Renovierungsarbeiten in Cotes Hall nun endlich ohne Unterbrechungen voranschreiten würden. Brendan nickte nur zu seinen Erklärungen und bemühte sich, Vorfreude zu zeigen, während er das Gefühl hatte, sein Leben werde ihm entzogen.

Als er sich jetzt dem *Crofters Inn* näherte, fragte er sich, wieso er sich so sehr darauf verlassen hatte, daß Cotes Hall für sie immer unerreichbar bleiben würde. Er war schließlich mit Becky verheiratet. Er hatte sein Leben verpfuscht. Wieso schien es ihm eine bleibende Katastrophe zu sein, wenn sie ihr eigenes Zuhause hatten?

Er fühlte sich plötzlich in einem Käfig gefangen. Er wollte heraus. Wenn er schon seiner Ehe nicht entfliehen konnte, dann konnte er wenigstens aus dem Haus fliehen. Und so war er in den Wintermorgen hinausgelaufen.

»Wo gehen Sie hin, Bren?« Josie Wragg hockte auf einem der beiden Steinpfosten an der Einfahrt zum Parkplatz des *Crofters Inn*. Sie hatte Schnee geschaufelt, saß jetzt mit den Beinen baumelnd da und sah so tieftraurig aus, wie Brendan sich fühlte. Alles an ihr schien zu hängen: der ganze Körper, die Arme und Beine, die Füße. Selbst ihr Gesicht wirkte schwer und schlaff.

»Ich mach nur einen Spaziergang«, antwortete er. Und weil sie so niedergedrückt aussah und er genau wußte, wie sehr diese Stimmung das ganze Leben verdunkelt, fügte er hinzu: »Hast du Lust mitzukommen?«

»Ich kann nicht. Die hier sind nichts für den Schnee.«

Sie hob ihre Füße, um ihn die Gummistiefel sehen zu lassen. Sie waren riesig, viel zu groß für sie. Mindestens drei Paar Kniestrümpfe waren über ihren Rändern umgeschlagen. »Meine sind mir zu klein. Und wenn ich meiner Mutter sag, daß ich neue brauche, kriegt sie einen Anfall. ›Wann hörst du endlich mal zu wachsen auf, Josephine Eugenia?‹ Sie wissen schon. Die hier gehören Mr. Wragg. Er hat nichts dagegen.« Sie senkte ihre Beine wieder.

»Warum nennst du ihn Mr. Wragg?«

Sie hatte eine frische Packung Zigaretten herausgezogen und mühte sich, das Zellophan mit behandschuhten Händen herunterzuziehen. Brendan kam über die Straße, nahm ihr die Packung aus den Händen, öffnete sie, bot ihr eine Zigarette an und gab ihr Feuer. Sie rauchte, ohne ihm eine Antwort zu geben, versuchte vergeblich, einen Rauchring zustande zu bringen.

»Das ist nur Getue«, sagte sie schließlich. »Blöd, ich weiß schon. Sie brauchen's mir nicht erst zu sagen. Meine Mutter sieht immer rot, wenn ich das sage, aber Mr. Wragg ist es egal. Wenn er nicht mein richtiger Vater ist, kann ich mir einbilden, meine Mutter hätte mal eine große Leidenschaft gehabt, wissen Sie, und ich bin das Produkt dieser großen Liebe. Ich stell mir vor, dieser Mann ist auf der Reise nach weiß Gott wohin durch Winslough gekommen, und da hat er meine Mutter getroffen. Und es war Liebe auf den ersten Blick, aber sie konnten nicht heiraten, weil meine Mutter niemals aus Lancashire weggegangen wäre. Aber er war die große Liebe ihres Lebens, und er hat sie in Flammen gesetzt, wie das die richtigen Männer mit den Frauen eben so machen. Und wenn sie mich ansieht, dann erinnert sie sich an ihn.« Josie schnippte Asche von ihrer Zigarette. »Darum nenn ich ihn Mr. Wragg. Es ist blöd. Ich weiß nicht, warum ich Ihnen das erzählt hab. Ich weiß überhaupt nicht, warum ich überhaupt noch den Mund aufmache. Immer ist es meine Schuld, und irgendwann merken das alle. Ich quassle zuviel.« Ihre Lippen bebten. Sie rieb sich mit dem Finger unter der Nase und warf ihre Zigarette weg. Sie erlosch leise zischend im Schnee.

»Quasseln ist doch kein Verbrechen, Josie.«

»Maggie Spence war meine beste Freundin, wissen Sie. Und jetzt ist sie fort. Mr. Wragg hat gesagt, daß sie wahrscheinlich nicht mehr wiederkommt. Und sie hat Nick geliebt. Haben Sie das gewußt? Das war wahre Liebe. Und jetzt sehen sie sich nie wieder. Ich finde, das ist nicht fair.«

Brendan nickte. »Ja, so ist das Leben, nicht wahr?«

»Und Pam hat Hausarrest bis in alle Ewigkeit, weil ihre Mutter sie gestern abend mit Todd im Wohnzimmer erwischt hat. Wie sie's getan haben. Ihre Mutter hat das Licht angemacht und angefangen zu schreien. Es war wie im Film, hat Pam gesagt. Und jetzt ist niemand mehr da. Niemand, der mir was bedeutet. Ich fühl mich irgendwie leer. Hier.« Sie deutete auf ihren Magen. »Meine Mutter sagt, ich hätte nur Hunger. Aber das ist nicht wahr. Ich hab keinen Hunger. Verstehen Sie, was ich meine?«

Ja, er verstand sie nur zu gut. Er kannte diese Leere. Er fühlte sich manchmal wie die personifizierte Leere.

»Und an den Pfarrer darf ich gar nicht denken«, sagte sie. »Eigentlich darf ich an gar nichts denken.« Sie starrte blinzelnd auf die Straße. »Wenigstens haben wir Schnee. Der ist schön zum Anschauen. Jetzt jedenfalls.«

»Ja.« Er nickte, gab ihr einen Klaps aufs Knie und ging weiter. Er bog in die Clitheroe Road ein und konzentrierte sich ganz aufs Gehen, um nicht denken zu müssen.

In der Clitheroe Road kam man besser vorwärts als auf dem Weg ins Dorf. Mehr als eine Person waren hier schon durch den Schnee gestapft, wahrscheinlich auf dem Weg zur Kirche. Zwei von ihnen – den Londonern – begegnete er nicht weit von der Grundschule entfernt. Sie gingen langsam, die Köpfe nahe beieinander, während sie miteinander sprachen. Sie sahen nur kurz auf, als er an ihnen vorüberging.

Flüchtige Traurigkeit durchzuckte ihn, als er sie sah. Der Anblick von Paaren, wie sie miteinander sprachen und einander berührten, würde ihm in den kommenden Jahren Schmerzen bereiten. Er konnte sich nur zu Gleichgültigkeit erziehen. Doch ob er das schaffen würde, ohne irgendwo Erleichterung zu suchen, war er nicht sicher.

War dies nicht auch der Grund, warum er überhaupt unterwegs war, zielstrebig vorwärts marschierte und sich einzureden versuchte, er wollte nur nach dem Herrenhaus sehen? Die Bewegung war gesund, die Sonne tat ihm gut, er brauchte frische Luft. Aber hinter der Kirche wurde der Schnee tief, und als er das Pförtnerhäuschen endlich erreichte, blieb er erst einmal ein paar Minuten stehen, um zu verschnaufen.

Nur eine kleine Pause, schwor er sich, während er die Fenster anstarrte, eines nach dem anderen, und nach Bewegung hinter den Vorhängen suchte.

Die letzten beiden Abende war sie nicht im Pub gewesen. Er hatte auf sie gewartet, bis Ben Wragg die Polizeistunde verkündete und Dora die Gläser einsammelte. Er wußte, wenn es erst einmal halb zehn war, würde sie kaum noch kommen. Dennoch wartete er und hing seinen Träumen nach.

Er hing ihnen immer noch nach, als sich die Haustür öffnete und Polly herauskam. Sie fuhr zusammen, als sie ihn sah. Er ging ihr eilig ein paar Schritte entgegen. Sie trug einen Korb und war von Kopf bis Fuß in Wolle gehüllt.

»Wollen Sie ins Dorf?« fragte er. »Ich war gerade beim Herrenhaus draußen. Darf ich Sie begleiten, Polly?«

Sie kam näher, blickte das Sträßchen hinauf, in dem der Schnee unberührt war. »Sie sind wohl hingeflogen?« fragte sie.

Er kramte in seiner Jacke nach seinem Lederbeutel. »Na ja, eigentlich wollte ich gerade erst hin. Einen Spaziergang machen. Es ist ja ein herrlicher Tag.«

Etwas Tabak fiel zu Boden. Sie blickte hinunter und schien die Krümel genauer zu untersuchen. Er sah, daß sie ein paar blaue Flecken im Gesicht hatte.

»Sie waren die letzten Tage gar nicht im Pub. Sie hatten wohl viel zu tun?«

Sie nickte, den Blick immer noch auf die Sprenkel im Schnee gerichtet.

»Ich habe Sie vermißt. Die netten Gespräche mit Ihnen und so. Aber Sie haben natürlich viel zu tun. Das kann ich verstehen. Eine Frau wie Sie. Aber trotzdem haben Sie mir gefehlt. Albern, aber so ist es nun mal.«

Sie schob den Korb an ihrem Arm zurecht.

»Ich habe gehört, die Sache ist geklärt. Mit Cotes Hall. Was dem Pfarrer zugestoßen ist. Wußten Sie das? Sie sind von allem Verdacht befreit. Eine gute Nachricht, nicht? Wenn man alles zusammen betrachtet.«

Sie erwiderte nichts. Sie trug schwarze Handschuhe mit einem Loch am Handgelenk. Er wünschte, sie würde sie ausziehen, so daß er ihre Hände betrachten konnte. Sie vielleicht sogar wärmen konnte. Und sie selbst wärmen.

»Ich denke viel an Sie, Polly«, sprudelte er heraus. »Die

ganze Zeit. Tag und Nacht. Nur die Gedanken an Sie halten mich am Leben. Das wissen Sie, nicht wahr? Ich kann meine Gefühle nicht gut verstecken. Sie sehen mir an, wie mir zumute ist, nicht? Sie sehen es mir doch an? Sie haben es mir von Anfang an angesehen.«

Sie schlang sich ein purpurrotes Tuch um den Kopf und sah ihn neugierig an. Er merkte, wie ihm heiß wurde. »Ich hab mich nicht richtig ausgedrückt, nicht wahr? Darum ist alles durcheinander. Ich hab's verkehrt herum gesagt. Ich liebe Sie, Polly.«

»Es ist kein Durcheinander«, erwiderte sie. »Sie haben es nicht verkehrt herum gesagt.«

Ihm ging das Herz auf vor Wonne. »Dann ...«

»Sie haben aber nicht alles gesagt.«

»Was gibt es da noch zu sagen? Ich liebe Sie. Ich begehre Sie. Ich bereite Ihnen den Himmel auf Erden, wenn Sie nur ...«

»... die Tatsache ignorieren, daß Sie eine Ehefrau haben.« Sie schüttelte den Kopf. »Gehen Sie nach Hause, Brendan. Kümmern Sie sich um Miss Becky. Legen Sie sich in Ihr eigenes Bett. Hören Sie auf, um meines herumzustreichen.«

Sie nickte bestimmt – abweisend, um ihm guten Morgen zu wünschen, er konnte es nehmen, wie er wollte – und ging in Richtung zum Dorf davon.

»Polly!«

Sie drehte sich herum. Ihr Gesicht war steinern. Sie wollte sich nicht berühren lassen. Aber er würde sie dennoch erreichen. Er würde ihr Herz finden. Er würde darum bitten, darum betteln, alles tun. »Ich liebe Sie«, sagte er. »Polly, ich brauche Sie.«

»Ja, brauchen wir nicht alle etwas?« Sie ging.

Colin sah sie vorübergehen. Sie war ein Farbklecks auf weißem Hintergrund. Purpurroter Schal, marineblauer Mantel, rote Hose, braune Stiefel. Sie trug einen Korb und stapfte auf der anderen Straßenseite gleichmäßig durch den Schnee. Sie sah nicht zu seinem Haus herüber. Früher einmal hätte sie das getan. Sie hätte einen verstohlenen Blick zu seinem Haus gewagt, und wenn er zufällig vorn im Garten gearbeitet oder an seinem Auto herumgebastelt hätte, wäre sie mit einem Vorwand über die Straße gekommen. Hast du von den Hunderennen in Lancaster gehört, Colin? Wie geht es deinem Vater? Was hat der Tierarzt zu Leos Augen gesagt?

Jetzt sah sie demonstrativ geradeaus. Die andere Straßenseite, die Häuser, die sie säumten, insbesondere das seine, existierten einfach nicht. Auch gut. Sie schonte sie beide. Hätte sie den Kopf gedreht und bemerkt, daß er sie vom Küchenfenster aus beobachtete, so hätte er vielleicht etwas gefühlt. Und bisher war es ihm gelungen, alle Gefühle auszuschalten.

Wie ein Automat hatte er die gewohnten morgendlichen Verrichtungen erledigt: Kaffee gemacht, sich rasiert, den Hund gefüttert. Cornflakes in eine Schale gegeben, eine Banane aufgeschnitten, Zucker darüber gestreut, Milch dazugegossen. Er hatte sich sogar an den Tisch gesetzt. Er hatte sogar den Löffel eingetaucht. Er hatte ihn zum Mund geführt. Zweimal. Aber er konnte nicht essen.

Er hatte ihre Hand gehalten, aber sie lag wie tot in der seinen. Er hatte ihren Namen gesagt. Er wußte nicht mehr, wie er sie nennen sollte – diese Juliet-Susanna, die sie angeblich war –, aber er hatte dennoch das Bedürfnis, sie beim Namen zu nennen, um zu versuchen, sie zu sich zurückzuholen.

Aber sie war eigentlich gar nicht da. Nur ihre Hülle war da, der Körper, den er geliebt hatte, doch ihre Seele fuhr vorn mit, in dem anderen Range Rover, versuchte, die Ängste ihrer Tochter zu beruhigen, Abschied zu nehmen.

Er griff fester nach ihrer Hand. Mit einer Stimme, der jedes Timbre fehlte, sagte sie: »Der Elefant.«

Er versuchte zu begreifen, was sie wollte. Der Elefant. Warum? Warum hier? Warum jetzt? Was sagte sie ihm da? Was, glaubte sie, müßte er von Elefanten wissen? Daß sie niemals vergaßen? Daß auch sie – Juliet – niemals vergessen würde? Daß sie in ihrer tiefen Verzweiflung noch immer auf seine rettende Hand wartete? Der Elefant.

Und dann hatte Lynley, als spreche er eine Sprache, die nur Juliet und er verstanden, geantwortet:

»Ist er im Opel?«

»Ich habe ihr gesagt, Punkin oder der Elefant«, sagte sie. »Du mußt dich entscheiden, Herzchen.«

»Ich werde dafür sorgen, daß sie ihn bekommt, Mrs. Spence«, beruhigte Lynley sie.

Und das war alles. Colin wollte sie zwingen, auf den Druck seiner Hand zu reagieren. Aber ihre Hand rührte sich nicht, ergriff die seine nicht. Sie ging einfach fort, an einen Ort, wo sie sterben konnte.

Das begriff er jetzt. Er war selbst an diesem Ort. Zunächst schien ihm, der Weg dorthin habe begonnen, als Lynley ihm zum erstenmal die Fakten unterbreitet hatte. Zunächst schien ihm, er sei im Lauf der endlosen Nacht immer weiter dem Verfall entgegengegangen. Er beobachtete, wie Lynley mit ihr sprach, nicht als Polizeibeamter, sondern als wollte er sie beruhigen oder trösten; wie er ihr in den Wagen half; wie er ihr den Arm um die Schulter legte und wie er ihren Kopf an seine Brust drückte, als sie Maggie das letzte Mal schreien hörten. Merkwürdig, daß er nicht einmal darüber zu triumphieren schien, daß seine Vermutungen sich als zutreffend erwiesen hatten. Vielmehr sah er tieftraurig aus. Der Mann mit dem kranken Bein hatte etwas von den Mühlen der Gerechtigkeit gesagt, aber Lynley lachte nur bitter. Ich hasse das alles, sagte er, das Leben, das Sterben, dieses ganze grausame Durcheinander. Und Colin, der wie aus weiter Ferne zuhörte, stellte fest, daß er überhaupt keinen Haß empfand. Man kann nicht hassen, wenn man langsam stirbt.

Später erkannte er, daß er den langen Weg in Wirklichkeit in jenem Moment begonnen hatte, als er seine Hand gegen Polly erhoben hatte. Als er jetzt am Fenster stand und sie vorübergehen sah, fragte er sich, ob er nicht schon seit Jahren starb.

Hinter ihm tickte die Uhr in den Tag hinein. Ihre Augen bewegten sich im Takt mit dem Ticktack des Katzenschweifs. Wie sie gelacht hatte, als sie die gesehen hatte. Die ist ja köstlich, Col, hatte sie gesagt. Die muß ich haben. Unbedingt. Und er hatte sie ihr zum Geburtstag gekauft, in Zeitungspapier eingepackt, weil er das Geschenkpapier und das bunte Band vergessen hatte. Er hatte sie auf die Veranda gelegt und geläutet. Wie sie gelacht und in die Hände geklatscht hatte. Häng sie auf, hatte sie gerufen. Bitte, häng sie mir auf. Jetzt gleich.

Er nahm die Uhr von der Wand über dem Herd und trug sie zur Arbeitsplatte. Er legte sie mit dem Zifferblatt nach unten. Der Schweif wedelte noch. Er spürte, daß sich auch die Augen noch bewegten. Er konnte immer noch das Vergehen der Zeit hören.

Er versuchte, das Fach zu öffnen, in dem sich ihr Räderwerk befand, aber mit bloßen Fingern schaffte er es nicht. Er versuchte es dreimal, dann gab er auf und zog eine Schublade unter der Arbeitsplatte auf. Er nahm ein Messer heraus.

Die Uhr tickte. Der Katzenschweif wedelte.

Er schob das Messer zwischen die Rückwand und das Vorderteil und stemmte es hart nach oben. Dann noch einmal.

Das Plastikmaterial gab mit einem Krachen nach, ein Teil der Rückwand flog weg und landete auf dem Boden. Er drehte die Uhr herum und rammte sie mit Wucht einmal gegen die Arbeitsplatte. Ein Rädchen fiel heraus. Schweif und Augen standen still. Das sanfte Ticken verstummte.

Er brach den Schweif ab. Mit dem Holzgriff des Messers zertrümmerte er die Augen. Er schleuderte die Uhr in den Müll. Eine Dose drehte sich unter dem Aufprall, und Tomatenpüree begann auf das Zifferblatt der Uhr zu tropfen.

Wie sollen wir sie taufen, Col? hatte sie gefragt und ihren Arm unter den seinen geschoben. Tiger würde mir gefallen. Hör dir an, wie das klingt: Tiger Ticktack. Bin ich eine Dichterin, Col?

»Vielleicht warst du eine«, sagte er.

Er zog seine Jacke über. Leo stürmte aus dem Wohnzimmer, zu einem Spaziergang bereit. Colin hörte sein aufgeregtes Winseln und strich ihm über den Kopf. Aber als er aus dem Haus ging, ging er allein.

Der Hauch seines Atems sagte ihm, daß die Luft kalt war. Aber er fühlte nichts, weder Wärme noch Kälte.

Er ging über die Straße und trat durch die Pforte. Er sah, daß andere vor ihm auf dem Friedhof gewesen waren. Jemand hatte einen Zweig Wacholder auf eines der Gräber gelegt. Die anderen waren kahl, gefroren unter dem Schnee, aus dem die Grabsteine aufragten wie Schornsteine über den Wolken.

Er ging in Richtung Mauer und zu dem Kastanienbaum, unter dem seit sechs Jahren Annie lag. Er zog ganz bewußt eine neue Spur durch den Schnee und fühlte, wie die Wächten sich an seinen Schienbeinen brachen.

Der Himmel war so blau wie der Flachs, den sie einst vor der Haustür gepflanzt hatte. Die nackten Zweige der Kastanie waren von glitzerndem Eis und Schnee überzogen. Sie warfen ein Gittermuster auf den Boden, streckten ihre dünnen Finger zu Annies Grab hinunter.

Ich hätte etwas mitbringen sollen, dachte er. Einen Strauß Efeu oder Stechpalme, einen Fichtenkranz. Er hätte wenigstens mit einem kleinen Besen herkommen sollen, um den Stein zu fegen und sich zu vergewissern, daß die Flechten nicht überhandnahmen. Er mußte dafür sorgen, daß die Inschrift nicht verblaßte. Und jetzt wollte er ihren Namen lesen.

Der Grabstein war teilweise im Schnee begraben, und er begann, ihn mit den Händen freizuschaufeln. Zuerst fegte er den Stein oben ab, dann machte er die Seiten frei, dann wollte er mit den Fingern die eingemeißelten Buchstaben säubern.

Aber da sah er ihn. Zuerst stach ihm die Farbe ins Auge, grelles Pink auf reinweißem Grund. Dann nahm er die Formen wahr, zwei sich überschneidende Ovale. Es war ein kleiner flacher Stein – glatt geschliffen von tausend Jahren fließenden Wassers –, und er lag am Kopf des Grabs, gleich zu Füßen des Grabsteins.

Er streckte die Hand aus und zog sie wieder zurück. Er kniete im Schnee nieder.

Ich habe Zedernholz für dich verbrannt, Colin. Ich habe die Asche auf das Grab gelegt. Ich habe den Ringstein dazugelegt. Ich habe Annie den Ringstein geschenkt.

Wie von selbst streckte sich sein Arm. Seine Hand hob den Stein auf. Seine Finger schlossen sich um ihn.

»Annie«, flüsterte er. »O Gott. Annie.«

Er spürte den kalten Wind vom Hochmoor über sich hinwegfegen. Er spürte die eisige, gnadenlose Kälte des Schnees. Er spürte den kleinen Stein in seiner Hand. Er spürte ihn hart und glatt.

Ruth Rendell
bei Blanvalet

Eine entwaffnende Frau
Roman. 476 Seiten. Gebunden
Aus dem Englischen von Christian Spiel

Ruth Rendell ist mit der Gestalt des Inspectors Wexford das Kunststück gelungen, aus Kriminalromanen hochkarätige und vergnügliche Literatur zu machen.
»Eine entwaffnende Frau« ist Wexfords erschreckendster Fall. Denn zwei Frauen machen Wexford blind für die wahren Vorgänge auf Tancred Dorst, wo rüde Herrschsucht und geschändete Liebe zu tödlichem Wahn verschmelzen: Daisy Flory, einzige Überlebende eines blutigen Massakers und Alleinerbin von Tancred House, und Sheila, Wexfords eigene Tochter.

Der Krokodilwächter
Roman. ca. 450 Seiten. Gebunden
Aus dem Englischen von Cornelia Walter

Souverän und präzise schildert Ruth Rendell die Untiefen menschlicher Seelen. So auch von Liza und ihrer Mutter Eve, die von klein auf völlig abgeschieden im Gesindehaus eines englischen Landsitzes wohnen. Mit seinen unendlichen Wäldern und prächtigen Parks, mit Zimmerfluchten voller Geheimnisse und Wunder ist Shrove House der Mittelpunkt ihres Lebens. Ein Garten Eden, in dem die Zeit stillzustehen scheint. Doch als Liza erwachsen wird, erkennt sie allmählich die Schatten des Paradieses, das ihre Mutter gegen jeden Eindringling von außen verteidigt, wenn nötig mit tödlicher Gewalt.